Einaudi. Stile Libero Big

Dello stesso autore nel catalogo Einaudi

Il diritto dei lupi

Stefano De Bellis e Edgardo Fiorillo

La stagione delle Erinni

Einaudi

Pubblicato in accordo con
Benedetta Centovalli Literary Agency, Milano

www.einaudi.it

ISBN 978-88-06-25639-5

La stagione delle Erinni

agli Amici

Prologo

Il sogno della cerva bianca

Roma, anno 681 ab Urbe condita, il giorno prima delle none di maggio (6 maggio, 72 a. C.)

Nudo, immobile, Quinto Sertorio cercava dentro lo specchio quel che restava di sé. Nella mano sinistra stringeva una brocca, nella destra una daga. Le braccia erano abbandonate lunghi i fianchi. Si perlustrava, con l'unico occhio che gli rimaneva. Non scorgeva nulla di familiare. Il viso abbronzato contrastava con il pallido torace villoso. Il ventre gonfio, il membro flaccido e le gambe malferme dovevano appartenere al corpo di qualcun altro. Portò la brocca alle labbra, tracannò il poco vino che ancora conteneva e la scagliò addosso a una colonna. Ringhiò a sé stesso. Si disprezzò. Puntò la daga contro la propria immagine. I morti lo incitavano. Vide i bambini della sua scuola. Si vide mentre li teneva sulle ginocchia e raccontava loro le storie dei grandi romani del passato. Si vide, illuminato dalle fiamme, assistere impassibile al loro massacro. Vide Mario, che aveva amato e odiato; ammise che stava facendo la stessa fine.

Vide il suo luogotenente, il suo compagno d'armi, l'amico di sempre, Irtuleio, morto sul campo combattendo Pompeo.

– Perché non lo fai? – gli chiese Irtuleio. – Hai paura di morire?

– Non ho paura di morire.

– E allora fallo. Salva il tuo onore.

Sertorio impugnò la daga con due mani, la rivolse verso di sé. Il freddo metallo punse la pelle alla bocca dello stomaco. Stava per affondare la lama quando si sentí urtare. Si scosse. La sua cerva bianca gli leccava la mano. Lasciò cadere l'arma. – Che ci fai tu qui? – Abbracciò l'animale, che era entrato dal giardino. Gli aveva impedito di uccidersi. – Non oggi, forse. Va bene? – Le baciò il muso.

Madido di sudore si distese su un divano, nella penombra della sua casa, lasciando che la psiche lo avvolgesse in strette spire. La cerva strusciò la testa sulla spalla del padrone, che la allontanò delicatamente. L'animale sbuffò e tornò in giardino.

Il caldo era soffocante. Sertorio chiuse gli occhi e si concesse a un magmatico su e giú onirico, galleggiando nel dormiveglia. Fu svegliato da voci che giungevano ovattate, al di là della porta, voci che si sovrapponevano in un'accesa discussione. Sentí ripetere il proprio nome. Toni alti, ira, tensione, e quella fottuta paura che aveva infettato i romani del campo e stava imputridendo ossa e muscoli di migliaia di ribelli mariani. Erano venuti in Hispania per lui, attratti come falene dalla sua fama, aggrappati alle idee di Mario. Ma lui non era Mario, e loro se ne erano accorti presto.

Troppa paura, troppa tensione. Una fiammella di rabbia lo rianimò. Gli parve di emergere da una fossa comune in cui aveva ammassato memorie e desideri, abbandonati a decomporsi in un melmoso miscuglio di passato e futuro. Si buttò addosso una tunica senza nemmeno allacciarla in vita.

Aprire la porta gli richiese uno sforzo immane. Si trovò di fronte una manciata di ufficiali romani con la scorta: avevano sguainato i gladi e fronteggiavano i celtiberi di guardia ai suoi alloggi.

– Bene, – disse. Ascoltò la propria voce provenire da lontano. – Cosa vogliono adesso i romani da me? – Il suo occhio scrutò gli ufficiali.

Le guardie lo strinsero. Lui le spinse via.

Fece segno ai legionari. – Non ce n'è motivo... Non c'è alcuna ragione per impugnare le armi dinanzi alla mia porta.

Gli ufficiali fecero largo a Marco Perperna Ventone, il capo dei mariani accampati nella piana. La lorica musculata di cuoio gli conferiva un aspetto grottesco. La stempiatura svelava un cranio lucido e imperlato di sudore. – Se anche loro le abbassano.

Sertorio strappò rabbioso l'asta dalle mani di una delle sue guardie e la scagliò lontano. I celtiberi calarono le lance, i legionari rinfoderarono i gladi.

– Adesso possiamo parlare, – disse Sertorio.

– Non qui.

– D'accordo, allora... – scostò il battente invitando Perperna a entrare.

L'uomo gli sfilò davanti senza degnarlo di uno sguardo, il passo deciso del militare romano. Sertorio ordinò alle guardie di rimanere fuori.

Chiuse la porta alle proprie spalle. Perperna stava al centro della stanza, teneva l'elmo con il cimiero rosso ormai sfibrato da anni di guerra sotto il braccio. Si guardò attorno, annusò l'aria pesante. L'odore acido del sudore si mischiava a quello dell'incenso: tappeti e cuscini ovunque, sul tavolo piatti e brocche, frutta lasciata a marcire. La stanza era buia. La casa aveva l'aria di una dimora romana, ma l'arredo era esotico, locale.

Perperna scacciò una mosca. Infilò due dita tra il bordo dell'armatura e la pelle del collo, là dove il sudore e la polvere gli avevano provocato una fastidiosa irritazione.

Sertorio si sedette su uno scranno. – Che vuoi, Perperna?

Quello divagò. – Quanto tempo... – squadrò il suo ospite. Non lo vedeva cosí vicino da mesi, dall'ultima esecuzione di disertori avvenuta all'accampamento. La guerra era andata avanti senza che i due si accordassero veramente su come condurla. Per dieci anni Quinto Sertorio aveva resistito alla furia di Roma grazie ai suoi veterani e arruolando barbari lusitani e celtiberi, cercando di farli combattere fianco a fianco con gli uomini di Perperna. Aveva dato fondo alle sue abilità e alla sua fortuna, continuando a lottare nonostante l'inferiorità di mezzi e uomini, una condizione che peggiorava di giorno in giorno. Ma adesso era finita. Gneo Pompeo Magno e Quinto Metello Pio, a capo delle legioni leali al senato, stavano tagliando i rifornimenti alle loro truppe, spingendo i mariani verso l'abisso della sconfitta. Un pugno di veterani, i suoi barbari sempre piú stanchi e demotivati e i quindicimila romani esausti di Perperna erano tutto ciò che rimaneva tra Roma e la fine della guerra civile. Sertorio, in quel frangente ormai disperato, si era ritirato nei suoi quartieri circondato da una guardia di fanatici. Beveva molto, era tormentato dagli incubi e dalle visioni. Il Nuovo Annibale, come lo chiamavano da quelle parti, stava facendo la fine del vecchio.

Perperna constatò che non v'era piú traccia in lui dell'archetipo di soldato romano che era stato. I capelli lunghi, sempre piú bianchi, la barba incolta, la pelle scura cotta dal sole, la tunica di lana grezza al ginocchio, candida, decorata con eleganti motivi ondulati e con il collo dai bordi incrociati a disegnare una *x* sul petto, in tutto e per tutto simile a quella indossata dagli iberici del luogo: no, nessun cittadino romano degno del nome si sarebbe vestito cosí. Nessuno.

Sertorio lo invitò a sedersi sul divano. Perperna si accorse, nella penombra, che stava calpestando pelli di capra e pergamene. Camminava su contorti piani di battaglia mai condivisi, basati su truppe che non esistevano piú da mesi, partoriti da una mente turbata e per niente lucida. Il divano era sporco, costellato di macchie scure. Si sedette sul margine. Teneva l'elmo sulle gambe. Sentiva il sudore colare e impregnare la tunica di lino sotto la lorica. Si tolse il fazzoletto rosso che portava al collo e lo usò per asciugarsi la fronte.

Sertorio gli porse una coppa di vino. Perperna rifiutò, ma ne accettò una d'acqua. La tracannò, era calda.

– Ebbene, te lo chiedo di nuovo: cosa vuoi da me, Perperna? Sono molto impegnato...

– Lo vedo... – Perperna si schiarí la voce. – Voglio soltanto che torni in te. Ti chiedo di assecondarmi per un istante, di ricordarti che sei un romano e che, come tale, hai un dovere verso la tua gente.

– La mia gente? Cosa intendi con «la mia gente»?

– I romani, Sertorio. I romani accampati in questa piana che attendono una tua decisione, una *nostra* decisione.

Sertorio scacciò una mosca. Rise, si versò del vino. – Perché non vuoi capire?

Perperna ebbe un moto di insofferenza. – Cosa c'è da capire? Eravamo trentamila, siamo venuti qui per unirci a te e riprenderci il diritto di tornare a Roma. Ho seguito i tuoi consigli e i miei uomini hanno affrontato il nemico al fianco dei barbari, secondo le loro rozze tattiche, tendendo agguati. Si sono battuti come selvaggi delle montagne.

Sertorio si coricò su un divano. Si passò una mano sulla fronte. La testa gli scoppiava. Bevve altro vino. – Perché non vuoi capire...

Perperna sbottò. – Che c'è da capire, per gli dèi?! Siamo fermi qui, nel nulla, ad attendere che Pompeo ci assedi e ci massacri! Ad aspettare la morte. Ci avevi detto che saremmo tornati a Roma da vincitori. I trentamila soldati che ho raccolto ovunque nel Mediterraneo, me compreso, ti hanno creduto. E adesso sono rimasti in quindicimila e non si fidano di te. Se non fossi perennemente ubriaco, te ne accorgeresti.

– È proprio per questo che abbiamo fallito. Perché non avete creduto abbastanza in me! Volete tornare in un luogo che non esiste piú. Siete già a Roma e non ve ne rendete nemmeno conto –. Sertorio strinse i pugni, furente. – Soffocare un sogno in mezzo a sette maledettissimi colli! A questo è ridotta la visione di Mario? Roma è ovunque, il fuoco di Vesta può illuminare l'Hispania come l'Italia, l'Africa, la Grecia e il buio ai margini del mondo. Ma voi non vedete al di là del Pomerio! La Roma che immaginate è un mostro annidato nelle vostre anime dai contorni troppo ristretti. Ingabbiato, fremente, urla per essere liberato, ma siete sordi! – Sertorio guardava nel vuoto, oltre Perperna e le sue stupide rimostranze. Una goccia di sudore gli cadde dalla punta del naso. Sospirò, mandò giú una coppa di vino in un solo sorso e chiese, di nuovo: – Che vuoi, Perperna, da me?

Il generale romano, incredulo, allargò le braccia. – Cosa voglio? Cosa… – Si fece scuro in volto, rimuginò per qualche istante, nelle narici un insopportabile odore di morte e davanti agli occhi un incomprensibile estraneo. Si sistemò la lorica e mise in testa l'elmo, cercò di corrispondere a quello che sentiva di essere. – Scendi al campo, stasera. Partecipa a un tavolo di guerra con me e i miei legati. Spieghiamo come abbiamo intenzione di tirarli fuori da questa situazione. Prendiamo decisioni e diamo loro la sensazione di essere comandati da uomini e non dagli eventi. Poi mangia con noi, stai in mezzo a noi.

Sertorio scosse il capo. Chiuse l'occhio diventando cieco per un attimo.

Congiunse le mani coprendosi il volto, sussurrò parole incomprensibili.

– Cosa? – chiese Perperna.

– Non stavo parlando con te, – disse Sertorio.

Il generale romano fece un passo indietro.

Sertorio si alzò in piedi barcollante. – Verrò.

– Verrai? – Perperna sembrò stupito.

– Certo. Ora lasciami, per favore. Verrò.

Il generale romano annuí. Per un momento sembrò volergli dire qualcosa e un velo di mestizia coprí il suo sguardo. Invece si limitò a chinare leggermente il capo, ruotare su stesso e uscire dalla stanza.

Sertorio, rimasto solo, si versò altro vino. Sentiva una profonda tristezza stringergli la gola. Mosso da un improvviso furore, cercò una tavoletta e uno stilo. Cominciò a incidere la cera in preda al delirio. Pianse e si maledisse. Quando ebbe finito chiamò a gran voce lo scrivano. Gli ordinò di ricopiare quelle poche, furiose righe. Gli ordinò di affidarle al messaggero piú fidato e veloce. Poi fece convocare i suoi aiutanti perché lo vestissero. Indossò una lorica decorata da un'impressionante testa di leone; il gladio pendeva dal fianco sinistro e il *pugium* dal destro. Mise gli schinieri di bronzo e l'elmo con i paraguance, memoria delle battaglie che aveva combattuto dall'alba dei tempi. Si avvolse nel pesante mantello rosso di lana. Volle rimanere solo a rimirarsi nello specchio. Lo spettro di Irtuleio ricomparve. – Adesso ti riconosco.

– Volevo vedermi un'ultima volta.

– Sai, allora, che Perperna ti ucciderà.

– Sí.

– Bene, è giusto cosí. Ti hanno tradito, ti hanno abbandonato, ma l'idea è viva e presto o tardi qualcuno la coglierà. Sei un dio, e l'idea di un dio non muore, – disse solenne lo spettro di Irtuleio prima di svanire.

– Io? Sono un dio? – Sertorio scoppiò a ridere e si rese conto che non lo faceva da tanto tempo.

Scese verso il campo di Perperna, la sua cerva lo seguiva passo passo, mentre il sole si tuffava oltre l'orizzonte, colorando d'arancio i Pirenei. Si era rasato capelli e barba. Giunto alle porte della città, congedò la guardia.

Sussurrando qualcosa di simile a una preghiera tra sé e sé, lasciò che la cerva infilasse la testa in sparuti cespugli dalle foglie tenere. Infine la richiamò. Quella gli si avvicinò docile. Lui la scrutò negli occhi rossi. Gli era stata regalata dai capi iberici che lo avevano adorato come un semidio liberatore. La cerva si appoggiò all'uomo che l'aveva amata in cerca di una carezza da colui che la nutriva e le portava le bacche piú succose, l'amico che seguiva in lunghe passeggiate all'alba e al tramonto nelle strade della città o tra le tende negli accampamenti. Gli frugò col muso nella mano per il consueto premio. Non trovò nulla. Sertorio la strinse, calde lacrime gli rigavano il volto. – Amica mia, ne abbiamo passate tante insieme, eh? Quando ti eri smarrita sul campo di battaglia, ho pensato di impazzire. In te c'è solo amore per me, – la baciò e la sgozzò, con tenerezza infinita, contenendone i sussulti.

Si guardò le mani insanguinate, lasciò cadere la daga nella polvere. La cerva scalciò. Lui, commosso, abbracciò il suo sogno mentre moriva, innocente. Col petto stretto contro quello dell'animale, attese che il proprio cuore rimanesse il solo a battere.

La caccia

Appennino tosco-emiliano a sud di Placentia, anno 681 ab Urbe condita, quarto giorno prima delle none di giugno
(2 giugno, 72 a. C.)

Il messaggero era ormai certo di essere seguito. Ne era sicuro, tanto quanto era sicuro di non aver sbagliato niente. Era montato a cavallo dopo aver preso terra a Genua e, come sempre, aveva scelto il tragitto senza comunicarlo a nessuno. Nemmeno chi lo aveva mandato e chi lo stava aspettando sapevano che strada avrebbe fatto. Stavolta aveva deciso di infilarsi nelle valli piú anguste e selvagge, lontano dalle vie consolari, e di avventurarsi per gli antichi sentieri battuti dai barbari; ora stava costeggiando il corso tortuoso di un fiumiciattolo che aveva un nome soltanto per i montanari. Conosceva bene la mulattiera. Non aveva mai incontrato anima viva da quelle parti, a eccezione di boscaioli, pastori e cacciatori. Contava di non pagare al viaggio un tributo piú grande della dovuta circospezione, però era sicuro che in quel momento qualcuno fosse sulle sue tracce. Ne era dannatamente certo.

«Qualcuno parla, prima o poi. Qualcuno fotte tutti, sempre», pensò.

Già la notte precedente, quando si era accampato nel folto dei boschi, aveva udito il nitrito di un cavallo o, almeno, aveva creduto di averlo sentito nel dormiveglia, mentre il fuoco si stava spegnendo. L'animale che l'aveva emesso doveva essere a non piú di un miglio a monte del corso del fiume. E con lui senza dubbio il cavaliere. Pensava di esserselo sognato, ma adesso, nel silenzio della valle, in pieno giorno, l'aveva sentito di nuovo. Aveva rallentato, eppure nessuno lo aveva raggiunto. Chi era alle sue spalle stava tenendo il passo, forse da un paio di giorni. E questo non andava bene. Per niente. Non poteva rischiare di essere seguito fino a destinazione. Era il quinto viaggio in due anni e non lo avevano mai nemmeno notato, o cosí gli era parso. E ora la paura gli stava divorando lo stomaco: cacciatori, boscaioli e pastori non vanno a cavallo.

– È sempre cosí: prima o poi qualcosa va storto.

Esplorò i suoi ricordi piú recenti finché la memoria non si focalizzò sul volto di un uomo, all'ultima posta in cui aveva dormito. Lo ricordava illuminato dal fuoco. Eccolo lí, la mandibola squadrata, lo sguardo senza espressione di uno abituato a sporcarsi le mani senza porsi troppe domande. Ma poi aveva accumulato miglia alle spalle e si era convinto che doveva essere stato un attimo di stanchezza, di paura, di quella normale paranoia che infetta l'anima di tutti i congiurati.

Adesso quello che aveva sentito era un maledetto cavallo. Il messaggero decise, quindi, che fosse giunto il momento di affrontare le proprie paure e togliersi quella piattola di torno, si trattasse di un vero pedinatore o soltanto dell'ansia. Accarezzò il cavallo, lo legò a un albero ai piedi di un roccione dietro una curva a gomito, in un punto stretto qualche piede, tanto che persino un mulo avrebbe dovuto fare attenzione a dove posare gli zoccoli. Si infilò a tracolla la sacca di cuoio, i due otri in pelle di capra pieni di vino che aveva legato alla sella e sguainò il gladio. Salí a fatica per la ripa. Si appostò sulla sommità del masso, pancia a terra, cercando di domare il battito del cuore e il respiro. Al collo aveva un piccolo pendaglio a forma di *manus fica*: lo strinse forte, lo baciò. Poi guardò il gladio che teneva stretto: – Ma che sto facendo?

Pensò alla svelta. Alla sua destra notò una grossa pietra, abbastanza grande da richiedere due mani per essere sollevata. Si immaginò la scena, sorrise soddisfatto e si mise in attesa. Trascorse un tempo infinito a fissare la curva prima che succedesse qualcosa. Secondo i suoi calcoli, l'inseguitore doveva aver rallentato. Alla fine apparve un tipo vestito leggero a dorso di un bel cavallino africano. Lo sconosciuto tirò le redini. Il messaggero aveva la vista coperta in parte delle fronde di un arbusto che cresceva sotto il roccione. Col cuore in gola, incominciò a sudare. L'uomo scese circospetto dal cavallo, sguainò una daga. Era di grande statura, ma da quella prospettiva al messaggero risultava difficile capire se fosse proprio il tipo che alla posta, a furia di fissarlo, gli aveva spellato la nuca. L'energumeno, accorto ma apparentemente tranquillo, scrutò l'ambiente circostante senza muovere un passo, ascoltando i rumori del bosco. Stette fermo immobile cosí a lungo che, quando si mosse per fare un giro attorno al cavallo, il messaggero quasi trasalí. Appena l'uomo si sporse a sbirciare giú, lungo il ripido pendio sotto la strada, il messaggero decise di agire. Sollevò la pietra e la lasciò cadere sulla testa del bastardo, che rovinò in avanti. Il messaggero lo osservò per qualche secondo dall'alto del roccione per capire se fosse ancora in grado di nuocere. Il ferito emetteva un suono basso, monotono, e a parte qualche scatto scomposto delle gambe non sembrava dare segno di potersi rialzare. Pigri fiotti di sangue innaffiavano la terra intorno alla sua testa.

Il messaggero scese per vederlo da vicino. I ricci neri erano impiastricciati di grumi rosso cupo e brillante materia cerebrale. Si accosciò e afferrò una ciocca di capelli per sollevargli la faccia. Ci impiegò un attimo a capire che non era il tipo alla posta.

Raccolse la tozza daga della sua vittima non dissimile dal *pugium* che portava in vita. – Non so chi tu sia, ma se eri qui per me, ti ho fottuto. Alla grande.

Piantò la daga in terra, si sollevò, si grattò il mento. Sospirò per lo scampato pericolo. All'improvviso, però, gli passò per la testa un brutto pensiero, di quelli che fanno stringere lo stomaco. Udí rotolare una pietra lungo la ripa alle sue spalle, a pochi piedi di distanza, e gli si accapponò la pelle. Non fece in tempo a voltarsi che un giavellotto da caccia, leggero, in frassino, gli trafisse la gamba destra. Urlò. Non vide l'assalitore, ma lo sentí imprecare per il colpo sbagliato. Udí poi fronde mosse dietro il roccione: stava scendendo per finirlo. Il messaggero, nel panico, cercò di estrarre il dardo, invano. Non poteva correre e non poteva salire a cavallo, men che meno combattere. Però poteva rotolare, questo sí. Spezzò la sottile asta del giavellotto. Provò un dolore immane. Poi si lasciò cadere lungo la ripida riva sotto il sentiero. Rotolò giú, verso il fiume. Quello che restava del giavellotto conficcato nella gamba gli procurò fitte atroci. Franò rovinosamente tra gli arbusti, su pietre appuntite e rovi. Rimbalzò un paio di volte prima di finire la sua corsa contro il tronco di una quercia. Vide nero.

Aprí gli occhi. Girava tutto. Li richiuse subito. Aspettò qualche minuto, un'ora o forse un anno, prima di cercare di alzarsi. La terra gli mancò sotto i piedi e cadde. Ebbe un conato, si mise su un fianco e vomitò. La spalla sinistra era lussata e aveva perso talmente tanto sangue dalla coscia che gli sembrava di essersi pisciato addosso. Nessuna traccia del suo gladio. Udí i rami spezzarsi dietro di lui. Il bastardo l'aveva seguito fin laggiú, e stava canticchiando oscenità. Il messaggero cercò di tirarsi su di nuovo. Svenne di nuovo. Si risvegliò quando si sentí frugare addosso.

L'assalitore lo sovrastava a gambe larghe mentre tagliava con un coltello la tracolla della sacca. Il messaggero socchiuse gli occhi per vederlo meglio: quello sí, quello era il figlio di lupa della posta. Aveva mandato avanti il compare e lui lo aveva seguito stando piú in alto lungo la strada. E chi sta piú in alto, in genere, vince.

Il bastardo aveva la testa ficcata nella sacca come un cane nella tana di una volpe. Rovistava, borbottava: – Dove sono, per gli dèi? Dove le tieni?

Gettò la sacca lontano. Si chinò sul messaggero: – Sei sveglio? – Gli diede un buffetto. Rise. – Ascolta, stai crepando. Hai la testa spaccata quanto il mio compare lassú. Fatti una cortesia: muori senza soffrire piú del dovuto e dimmi dove nascondi quello che cerco.

– E cosa cerchi? – il messaggero respirava a stento.

– Lo sai benissimo.

– Fottiti.

Il tipo sembrò prenderla bene. Si fece una bella risata poi afferrò il moncone dell'asta che sporgeva dalla coscia e la ruotò.

Il messaggero urlò per il dolore.

– Mi permetto di insistere, – disse il bastardo.

Il messaggero, con la mano destra lungo il fianco, perlustrò lento il fogliame secco del sottobosco. Le sue dita scorrevano sul terreno come le zampe di un ragno. Distinse il fodero del suo pugnale incastrato sotto il ginocchio sinistro dell'assalitore, che gli stava cavalcioni e che ruotò ancora l'asta piantata nella sua coscia.

– Tranquillo, urla pure. Non ti sente nessuno, – gli strinse le guance con una mano. – Ti ammiro, sai? Sei ostinato. Nelle tue condizioni... Straordinario! Eppure, da come s'è aperta contro questa quercia, la tua testa non sembrerebbe poi tanto dura. Quanti ne ho ammazzati, di fanatici come te...

Con le poche forze che gli rimanevano, il messaggero infilò il *pugium* per un terzo nella possente coscia del suo torturatore ruotando la lama. L'uomo rotolò via ululando per il dolore e la sorpresa. Bastò questo a far sorridere il messaggero, che sputò sangue e un dente.

– Bene, è meglio che tu abbia ancora un po' di energia perché... – il bastardo studiò la ferita. Niente di troppo grave. Rimirò la lama che si era appena estratto dalla gamba e regalò al messaggero un sorriso agghiacciante: – ... non sarà una chiacchierata breve, per niente.

Le grida del messaggero rimbalzarono nella gola, inascoltate da orecchio umano. Sotto scorreva il fiumiciattolo, brillante bava di lumaca. Rifletteva uno splendido sole di giugno.

Venti milioni (e mezzo) di buone ragioni

Roma, anno 681 ab Urbe condita, terzo giorno prima delle none di giugno (3 giugno, 72 a. C.)

Tirone non riusciva a distogliere lo sguardo dalla goccia di sudore che stava scendendo lungo il collo di Plauzia Nevia Capella Minore. Seguí con il fiato sospeso la luccicante perla che dall'angolo della mandibola precipitò fino al giugulo. Sussultò quando andò a depositarsi nello spazio intimo disegnato dalla clavicola, sul confine tra la pelle e il tessuto della veste. Tutto quello che aveva sentito dire a proposito della bellezza della ragazza era vero.

Aveva un viso tondo incorniciato da una folta chioma nera e ondulata, circondata da un elegante diadema di tessuto intrecciato con fili d'oro. Un piccolo naso appuntito sovrastava inquiete labbra carnose. Teneva i grandi occhi nocciola fissi sulle mani. Il diadema contrastava con la veste grigia e la stola grigia con cui copriva le spalle in segno di lutto.

Tirone si scosse da sogni impossibili da realizzare, precipitando nella realtà in cui lui non era altri che lo scrivano di Marco Tullio Cicerone e lei la piú giovane dei tre figli di un ricco patrizio. Sospirò e predispose due tavolette sulle ginocchia, lo stiletto in mano appoggiato alla cera, pronto a prendere appunti. Aveva accompagnato Cicerone a casa di Quinto Nevio Capella, il padre di Plauzia. Cicerone e Capella erano entrambi senatori, eppure non si può dire che si conoscessero. Per l'oratore, Capella era solo una delle facce che comparivano nella curia in occasione delle sedute piú importanti. Capella, dal canto suo, come qualsiasi romano, plebeo, equestre o patrizio che fosse, conosceva bene Cicerone, e sapeva che nessuno meglio di lui avrebbe potuto affrontare il genere di problemi che lo tormentavano. Otto anni prima, Cicerone aveva conosciuto un inaspettato successo dopo aver puntato pubblicamente il dito contro Crisogono, il corrotto, depravato liberto braccio destro di Lucio Cornelio Silla, difendendo Sesto Roscio, uno sconosciuto plebeo di provincia, dalle prepotenze dei sillani: aveva vinto, aveva portato alla luce il sistema basato su corruzione e violenza con cui il dittatore teneva in pugno l'Urbe. Si era goduto per qualche giorno il successo, poi aveva mascherato con un viaggio a scopo di studio la sua fuga ad Atene, lontano dall'imprevedibile desiderio di vendetta di Silla e dei suoi. Era rientrato dopo che il dittatore aveva abbandonato il potere e la città, certo di poter navigare in acque piú calme e sicure. E cosí era stato.

Approfittando della sua fama di coraggioso e abile oratore, Cicerone si era fatto un nome come esperto nel gestire controversie in cui la materia del contendere era rappresentata da grandi somme di denaro. Per un anno era stato questore di Lilibeo, in Sicilia, e quello era stato l'unico passo in avanti della sua carriera, che dopo la breve parentesi si era arenata nelle sabbie mobili dell'indecisione. Lui, che era originario di Arpino, aveva passato gli ultimi anni a proteggere gli affari di provinciali tanto ricchi quanto sconosciuti nella capitale, studiando e oziando, tra una seduta e l'altra del senato, rimandando senza una scadenza definita la decisione di proseguire il suo *cursus honorum*. Era come se la feroce ambizione che lo aveva animato nei primi anni a Roma si fosse tutta d'un colpo esaurita.

E cosí, quando aveva ricevuto da Capella un invito attraverso una lettera piuttosto sintetica, aveva accettato controvoglia di incontrare il collega. Il Nevio scriveva di volere un parere in merito a una «grave questione» che avrebbe potuto persino minare il buon nome della sua famiglia. Bastò l'idea di immischiarsi nelle beghe dell'aristocrazia senatoriale per procurare a Cicerone un paio di attacchi di gastrite come non ne aveva da tempo. Terenzia gli ripeteva fino allo sfinimento che, se avesse voluto diventare edile, avrebbe dovuto coltivare amicizie potenti a Roma e smettere di interessarsi degli affari di danarosi plebei di provincia. Cicerone sapeva che sua moglie aveva ragione, ma sapeva anche che se a Roma eri amico di qualcuno eri nemico di qualcun altro, in una catena di involontarie relazioni di un segno o di quello opposto. Allora le raccontava che avrebbe messo a frutto la fitta rete di contatti nei municipi e nelle colonie lontane da Roma, perché alla fine, nonostante tutto, agli occhi delle piú potenti *gens* sarebbe apparso comunque per ciò che era: un equestre di provincia. Terenzia sbuffava e dava sfogo alla sua frustrazione acquistando beni e terreni in giro per i territori della Repubblica, cercando se non altro di mettere fieno nella cascina di famiglia.

Ed era per quelle ragioni che Cicerone, adesso, impegnato in una strenua lotta con la sua toga senatoriale di lana che il caldo del pomeriggio aveva trasformato in un sudario, si stava maledicendo per aver risposto all'appello del collega. Impaziente, aveva atteso che si esaurissero i convenevoli di rito, piuttosto sbrigativi invero, e che il suo ospite esponesse i termini della «grave questione». Il padrone di casa vagava per il *tablinum* della sua elegante dimora appollaiata sul Germalo.

Quinto Nevio Capella era un ometto ossuto, con un lungo naso adunco e due piccoli occhi neri guizzanti che gli conferivano un'espressione perennemente allarmata. Sebbene le rughe attorno alla bocca e agli occhi non mentissero in merito ai suoi cinquant'anni, in testa aveva ancora forti capelli neri ben curati. Tirone osservò che padre e figlia condividevano il taglio della bocca e la pelle olivastra, ricordo delle ancestrali origini orientali dei Nevii.

– Come saprai, – attaccò Capella, – la mia incantevole Plauzia è diventata vedova da un paio di settimane.

– Certo, – annuí Cicerone nascosto dietro a un velo di studiata gravità, – e le porgiamo le nostre condoglianze. Il senatore Lucio Valerio Flacco Poplicola era un grande romano, che ha avuto una vita ricca di soddisfazioni. Ha fatto tanto per la Repubblica, era ben voluto dagli dèi e dagli uomini...

– Senza dubbio una brava persona, ma, – tagliò corto Capella indispettendo Cicerone per aver stroncato al primo vagito il suo piccolo, estemporaneo elogio funebre, – la questione riguarda appunto il povero Flacco.

Cicerone alzò l'indice della mano destra. Il segnale convenzionale che Tirone attendeva da un po': «Comincia a scrivere».

Capella si muoveva in cerchio lungo il perimetro del *tablinum*, spostando di quando in quando il tavolo o lo scranno che gli intralciavano il cammino. Obbligava tutti a ruotare la testa come girasoli per non dargli le spalle. – I problemi, – disse, – sono proprio cominciati con la sua morte.

– L'eredità, – Cicerone amava dare sfoggio del suo istinto. Tirone era piuttosto sicuro che fosse un'abitudine straordinariamente fastidiosa.

Capella annuí.

– Ho notato, – specificò Cicerone, – che la giovane Plauzia ha conservato il nome dei suoi avi e che è tornata ad abitare qui, nella casa natale.

Capella sorrise incuriosito. – Da cosa avresti capito che è tornata a vivere tra noi?

Cicerone indicò le morbide *solae* ai piedi della ragazza. – Non sarebbe uscita dalla dimora di Flacco per venire qui con quelle. Ed entrando ho visto i bauli vuoti di un recente trasloco.

Plauzia nascose i piedi sotto la veste, come se fosse stata colta in fallo.

– Deduco, quindi, che il matrimonio tra Flacco e Plauzia fosse *sine manu*, – proseguí l'oratore.

– La maggior parte lo è, oggigiorno, – considerò Capella quasi a giustificarsi.

– Oh, non mi scandalizzo davvero, si usa cosí ora. Anche il mio è un matrimonio *sine manu*. Non si creano vincoli troppo stretti, i divorzi sono piú semplici e...

– Il sangue delle famiglie non si mescola veramente.

– E neppure i beni. Ciò rende la gestione delle eredità piú complicata. I testamenti hanno un ruolo chiave in simili unioni, e spesso vengono contestati.

– Almeno nel nostro caso...

– Ed ecco la «questione», – disse Cicerone. Poi aggiunse, non senza un pizzico di malizia: – Mi hanno riferito della tua assenza al funerale del povero Flacco.

Capella annuí nervoso, sbuffò, agitò il pugno in aria. – I Poplicola, arroganti com'è loro costume, pensano di mettermi soggezione?! Pensano che io pieghi il capo con tanta facilità davanti alla gloria dei loro avi?

Cicerone sollevò le mani, cercando di calmare Capella che aveva alzato la voce e ancor piú i toni. Trovò eccessiva quell'esplosione d'astio e scoprí tutto d'un tratto di non sentirsi ben disposto nei suoi confronti. Si volse verso Plauzia che, seduta con le mani appoggiate sulle gambe, immagine della compostezza, seguiva la discussione preoccupata. Cicerone le sorrise. La ragazza incrociò per un attimo il suo sguardo. Arrossí. L'oratore fu colto da un'improvvisa tenerezza, fino a quando non notò l'espressione adorante di Tirone. Sfiorò il ginocchio dello scrivano, che si scosse dal suo sogno a occhi aperti, tornando a concentrarsi sulla tavoletta che stringeva tra le mani.

– La verità è che non hanno mai accettato che il compianto Flacco, gli dèi lo proteggano, avesse sposato la mia Plauzia, – continuò Capella. – Mai! Hanno osteggiato il matrimonio fin dal principio. Non ci considerano degni del loro nome, capisci? Noi siamo i Nevii, noi siamo *stranieri* –. Capella si fermò alle spalle della figlia. La ragazza abbozzò un sorriso. Le occhiaie che aveva provato a nascondere con il trucco tradivano lunghe notti insonni. Cicerone indicò lo scranno che Capella aveva fatto finire in mezzo alla stanza a furia di spostarlo. – Perché non ti accomodi?

Capella annuí, chiese scusa. Si asciugò la fronte con il tessuto della toga che gli stava tristemente appesa addosso, quasi fosse stata tagliata per un altro uomo, ben piú corpulento. Cicerone pensò che fosse stata fatta su misura e che il senatore doveva essere dimagrito, forse divorato da grandi preoccupazioni.

Tirone cercava di scacciare una vespa che lo tormentava. La uccise colpendola con una tavoletta e Cicerone gli fece cenno di star molto attento a quello che Capella avrebbe riferito di lí a poco. – Ora, – disse, – caro Quinto, vorrei che facessi un bel respiro e mi raccontassi cosa sta togliendo il sonno a tua figlia e l'appetito a te. Partiamo dal matrimonio. Il buon, vecchio Flacco con la ragazza piú bella di Roma fece molto chiocciare la curia.

Capella si pizzicò un sopracciglio, lasciò cadere le spalle, afferrò la toga all'altezza del petto. – Con Flacco parlavamo di affari. Ci incontravamo spesso, anche qui, a casa mia. E... Insomma, ha messo gli occhi sulla mia Plauzia, si è invaghito di lei. Tutto qui, una storia vecchia come il mondo. E non c'è niente di strano, anche altri Valerii, non solo della famiglia di Flacco, visitavano regolarmente casa nostra, prima del matrimonio.

– Le due famiglie erano in buoni rapporti da tempo, quindi?

– Ottimi. Abbiamo piú volte condiviso interessi politici e li abbiamo sempre appoggiati in senato. Il nostro sostegno alle magistrature dei loro rappresentanti è stato anche materiale. Poi, quando due anni fa Flacco è rimasto vedovo ed è venuto a chiedere in sposa mia figlia, tutto è cambiato.

– Quanti anni aveva Flacco? Circa sessanta, se non sbaglio.

– Sessantaquattro, all'epoca. Quarantaquattro anni in piú della mia dolce Plauzia.

– Non deve essere stato facile per lei...

Capella volle sgombrare il campo da dubbi. – Lei fa quello che è meglio per la sua gente. Vero, uccellino mio?

Plauzia annuí. Aveva gli occhi gonfi di lacrime.

Capella proseguí. – Quando Flacco chiese in sposa mia figlia gli dissi che avrei acconsentito al matrimonio soltanto se l'avesse sposata *cum manu*. Data l'età, volevo essere sicuro che Plauzia non fosse semplicemente il sollazzo di un uomo in cerca delle ultime emozioni. Volevo che prendesse il nome dei Valerii e che venisse accolta tra loro.

Cicerone mugugnò cupo.

– Lui mi tranquillizzò, – Capella riprese il racconto. – Flacco sapeva parlare alla gente. Capiva chi aveva di fronte, sempre.

– Era un ottimo oratore, infatti, – considerò Cicerone, che aveva nutrito sincera stima per il defunto.

– Mi mise di fronte una realtà accettabile. Disse che era un uomo anziano senza figli, disse che voleva lasciare un erede con il suo nome in questo mondo. La sua vecchia moglie si era rivelata un campo impossibile da seminare e mia figlia è un prato verde e fecondo, – chiosò Capella.

– Sessantaquattro anni... – ponderò Cicerone. – Non vedo figli. Il campo era fertile ma mancava il seme, forse?

Tirone si schiarí la voce, come faceva ogni qualvolta il padrone esercitava il suo discutibile senso dell'umorismo. Cicerone arrossí. Notò che Plauzia si stropicciava le mani e immaginò lo strazio che la ragazza stava vivendo in quei giorni.

– Era un Valerio, e per di piú del ramo dei Poplicola, – disse Capella con il tono di chi presenta un'ovvietà. – Forse non il piú eminente, ma pur sempre un Poplicola. Tutto quello che hanno ottenuto i Nevii in due secoli è una pretura; una sola, misera pretura. Le ambizioni delle grandi famiglie ci sono precluse. Flacco mi ha proposto di creare un legame con la sua nobile stirpe. Anch'io avevo dei dubbi sulla possibilità che lui potesse concepire un erede, ma ho pensato che alla peggio avrebbe adottato qualcuno. Ho due figli maschi, senatore, e vorrei che potessero ambire a cariche ben piú importanti di una questura in provincia. Essere imparentati con Flacco avrebbe aiutato e non poco.

Cicerone lo interruppe, tagliente. – Non c'è niente di male nella questura. In fondo anch'io sono stato solamente questore, per ora. In provincia, per di piú. Si parte da lí.

– Non intendevo... – Quinto si rese conto di essere stato indelicato.

– Non importa. Andiamo avanti.

– Posi quindi la condizione del matrimonio *cum manu*. Volevo che mia figlia portasse il nome degli avi di Flacco.

– E lui rifiutò.

– Al contrario! Accettò subito, di buon grado. Ma i suoi si opposero. Plauzia era troppo giovane e noi Nevii… Be', qualcuno ci chiama ancora stranieri, appunto. Siamo di origine fenicia, e quindi? Può essere, questa, una colpa?

– Pregiudizi, sciocchezze cui non dovresti dar troppo peso.

– A quanto pare i Poplicola la pensano diversamente, – Capella fece portare una brocca d'acqua. Gli si era stampata sul viso un'espressione amara e senza speranza.

Cicerone si alzò, vagò per il *tablinum*. C'erano tre busti nella stanza, effigi di bravi romani: il prefetto Quinto Nevio Crista, eroe delle guerre in Macedonia e dell'assedio di Capua durante la Seconda guerra punica, Quinto Nevio Matho, pretore in Sardegna, e Gaio Nevio Balbo, prefetto sotto Silla, eroe nella battaglia di Porta Collina. Era certo che avrebbe trovato gli stessi tre busti in tutte le case dei Nevii, perché quei tre erano gli unici, dell'intera famiglia, che meritassero fino ad allora di essere ricordati. – Quindi Flacco cedette alle pressioni, non volle sfidare gli altri Poplicola. Eppure tu gli hai concesso la mano di Plauzia, nonostante lui non potesse soddisfare le tue condizioni, – concluse Cicerone.

Capella si agitò sullo scranno, si pizzicò di nuovo il sopracciglio. Cercava parole e concetti che rendessero piú accettabile quanto stava per dire. – Ne ho imposte altre.

Cicerone trovò persino ridicolo immaginare che Capella potesse «imporre» alcunché a Flacco.

– Gli chiesi: se tu morissi, che fine farà la mia bambina? Per tutta risposta, mi portò in Gallia Cisalpina, nei pressi di Mutina. Mi mostrò migliaia e migliaia di iugeri a vite, frumento e pascolo. Mi disse: «Sono terre che ho comprato nel corso dell'ultimo anno e molte altre ne voglio acquistare. Saranno di Plauzia, se dovessi morire. Se tu mi concederai la sua mano e accetterai di essere il tutore dell'eredità, sono pronto a mettere ogni cosa per iscritto ora. Tutto questo sarà dei Nevii, se manterrai il segreto». Accettai. Lo trovai giusto.

Cicerone fece una smorfia, non si trattenne. – È questo che hai fatto?

Capella si schiarí la voce, era a disagio. – I terreni… Be', i terreni valgono venti milioni e mezzo di sesterzi.

Cicerone sgranò gli occhi. Tirone scrisse venti milioni e mezzo, e poi realizzò quello che aveva appena impresso sulla cera.

L'oratore ripeté per essere sicuro di aver ben compreso. – Venti milioni?!

– E mezzo.

Cicerone si sentí tintinnare l'argento nelle tasche, ma subito dopo immaginò il disprezzo dei Valerii tutti, non solo dei Poplicola, scaldargli la pelle come la fiamma di una torcia. Pro e contro.

– Flacco doveva desiderare davvero tua figlia…

– Era la migliore garanzia possibile, vista l'ostilità dei suoi. Non solo, mi ha offerto una piccola parte della rendita annuale di quei terreni a fronte del mio investimento.

– «Investimento»?

– La dote con cui l'ho lasciata a Flacco. Diciamo che per completare le acquisizioni che aveva in mente, gli serviva altro denaro, che a quel punto cominciava a scarseggiare nelle sue casse. Cosí gli promisi che Plauzia avrebbe varcato la soglia di casa sua con tutti i suoi vestiti, uno schiavo e… cinque milioni di sesterzi.

– In sostanza, correggimi se sbaglio, hai contribuito tu stesso all'eredità di tua figlia.

– Era un modo per garantire il rientro integrale della dote in caso di morte. Con quel testamento Flacco ha messo al sicuro Plauzia.

– E te.

– E la mia famiglia.

– «Se manterrai il segreto».

– Come?

– Hai detto che Flacco ti ha imposto di mantenere il segreto sul testamento.

– Non solo, anche sull'acquisizione delle terre.

– E perché? Che cosa temeva?

– Temeva i suoi, credo.

– Quindi i Poplicola non sapevano niente di questi terreni da venti milioni?

– No. Lo hanno scoperto poco prima del funerale.

Cicerone si picchiettò il labbro, meditabondo. Tornò a sedersi. Qualcosa non tornava, ma non riusciva a capire di preciso cosa.

Chiese di vedere il testamento. Capella frugò in una capsa tra il busto di Matho e quello di Balbo. Porse una pergamena a Cicerone, che la girò a Tirone. – È molto piú bravo di me in questo genere di cose. È affidabile, il mio buon Tirone –. Lo scrivano scorse rapido le righe fitte fitte tracciate sul grande rotolo. Cicerone osservò di sottecchi Plauzia con maggiore attenzione, senza tema di esser scoperto dalla ragazza, visto che lei teneva gli occhi fissi sulle sue *solae*. Fino ad allora non aveva proferito parola.

– Devono essere discorsi ben noiosi per te, – considerò Cicerone sperando di riuscire a sentire la voce della ragazza. Ma tra lui e Plauzia si interpose Capella, che fece da schermo. – È giusto che sappia.

Dopo qualche minuto di silenzio, rotto soltanto da un colpo di tosse di Capella, Tirone riconsegnò il foglio a Cicerone. – È tutto a posto: le terre e le fattorie, una quindicina, sono elencate con dovizia, la volontà di Flacco è chiara, e il documento è stato firmato di fronte a testimoni. Il nobile Flacco precisa anche che la dote, in caso di una sua dipartita, debba essere resa alla consorte e alla sua famiglia. Specifica che verrà compresa nel valore stimato delle terre.

– Specifica anche il giorno e le modalità di acquisto delle terre elencate?

– No. Soltanto i municipi cui appartengono: Parma, Regium e Mutina.

– Chi sono i testimoni?

– Lucrezio Galerio Orsino, Catto Mecio Pisone e Gaio Sempronio Tuberone.

Cicerone arricciò il naso. – E dimmi, Tuberone e Pisone li hai voluti tu in qualità di testimoni?

Capella si schermí. – Oh, no. A dire il vero Tuberone e io non siamo in buoni rapporti. Quando mi incrocia in senato cambia strada, e so che parlando con gli altri ci chiama «i fenici». E Pisone è Pisone… Lo sai, se ne sta per gli affari suoi. Non lega con nessuno che non gli serva a mantenere le terga su una sedia da magistrato. Fu Flacco a invitarli alla firma del testamento. Anche Orsino.

– Orsino e Flacco erano uniti da amicizia di vecchia data e senza dubbio il vecchio Lucrezio è persona degna di grande rispetto. Ma Pisone e Tuberone… Voltagabbana, sobillatori della peggior specie, opportunisti. Sono stati vicini a Mario e Cinna, in tempi non sospetti. Insomma, chi chiamerebbe Tuberone a mettere la firma su un documento tanto importante? Le ultime volontà di un uomo non andrebbero mai affidate alla coscienza di uno come lui. Ammesso che ne abbia una, di coscienza.

– Ti assicuro che li ho visti tutti e quattro insieme e tra loro esisteva la confidenza che esiste tra gli amici. E considerata la segretezza richiesta da Flacco in merito alle terre... Be', si doveva fidare veramente di quei tre, piú che della propria famiglia.

Cicerone riconsegnò a Capella il documento. Gli sembrava in ordine, ma ebbe la sensazione di assistere a una recita ben scritta con attori fuori parte.

Si picchiettò il labbro. – Perdonami, curiosità mia. Insolita compagnia per un testamento comunque all'apparenza regolare.

– È regolare.

– A quanto pare. Eppure i Poplicola hanno intenzione di impugnarlo.

– Quando hanno scoperto dei possedimenti in Cisalpina hanno perso la testa. Il loro astio nei confronti della mia famiglia è diventato odio manifesto, spudorato. Mi hanno invitato a rinunciare alla mia «disdicevole» nomina a tutore. Mi hanno intimato che se non scenderò a miti consigli mi porteranno davanti a un magistrato.

– E quali sono le contestazioni?

– Non lo so. Non me l'hanno detto, ma il tono era apertamente minaccioso –. Capella ebbe un moto di rivalsa, rise. – Il testamento, tuttavia, è inattaccabile e non potranno farci nulla.

– Niente è inattaccabile, ahimè. L'ho imparato sulla mia pelle, non esiste atto o ragionamento che di fronte a un magistrato, e a una giuria ben preparata, non possa sciogliersi come neve al sole. Attaccheranno la tua famiglia, se necessario, metteranno in discussione il vostro rapporto con Flacco.

– Il nome della famiglia è sacro. Mi rifiuto di credere che dei Valerii possano scendere cosí in basso per una questione di denaro.

– Venti milioni non sono denaro, caro Quinto, – commentò Cicerone. – Sono una fortuna.

– E allora lotterò. Argento, oro… Quanto vale il nome? – chiese Capella.

Cicerone fissò il suo ospite negli occhi per un lungo istante. – Venti milioni e mezzo di sesterzi sono una cifra ragionevole per il nome di molte famiglie, – ridacchiò compiaciuto. Capella non lo trovò per nulla divertente.

La ragazza d'improvviso prese a singhiozzare, sussurrò: – È colpa mia! Tutta colpa mia! – Sollevò la stola grigia che indossava dal giorno del funerale di Flacco. Si coprí il capo e il viso, chiese scusa, si alzò e corse via. Tirone si sporse per vederla scomparire nel cubicolo che si affacciava sul lato opposto del peristilio. Quasi inciampò nei bauli accatastati davanti alla sua stanza. Capella si scusò a sua volta e la seguí.

– Che intendeva con «è colpa mia»? – chiese Tirone.

Cicerone gli fece cenno di tacere.

Capella avvilito tornò nel *tablinum*. – Sono desolato, senatore. La ragazza oggi non se la sente di stare con noi a discutere di una vicenda troppo dolorosa per lei. Era molto affezionata al vecchio Flacco, e non può nemmeno vivere il lutto come sarebbe giusto agli occhi degli dèi.

– Capisco. Non ti preoccupare, oggi faremo a meno del suo contributo. Vogliamo proseguire?

Capella tornò a sedersi sullo scranno, annuí grave. – Il testamento è firmato, reca il sigillo del senatore Lucio Valerio Flacco Poplicola ed è controfirmato da altri tre illustri senatori. In tempi non sospetti. Flacco era nel pieno delle sue facoltà e noi felici di ricevere una simile garanzia. Il vecchio sapeva che i suoi non avrebbero approvato, ma la legge è dalla nostra. Sono beni inesauribili, terreni, e io sono il tutore di Plauzia nominato da lei stessa in accordo con il defunto marito. Tutto secondo la legge.

– Dovrai comunque sudarla, quell'eredità. Ed è probabile che dovrai difendere il nome di tua figlia e della tua famiglia. Se il documento non è attaccabile, voi lo siete. Per il semplice fatto di nascere, si può diventare oggetto tanto di lode quanto di infamia.

– Sono pronto a lottare, e i Poplicola lo sanno. Ecco perché si sono infuriati quando non mi sono fatto da parte. Sono gretti al punto da non poter credere che Flacco abbia agito per amore della mia Plauzia.

Cicerone si voltò di sfuggita verso Tirone con un ghigno furbo. – Ora, cosa vuoi che faccia, Quinto? Non hai motivo di coinvolgermi. La tua posizione è sufficientemente solida.

– Non lo so. Io non... Ho solo bisogno di qualcuno che mi aiuti a non finire preda delle astuzie dei Poplicola. E voglio essere sicuro di vincere. Chi meglio di te?

– Chi li rappresenterà? – chiese Cicerone.

– Quinto Ortensio Ortalo.

– Ovvio, sempre lui, – annuí. L'idea che ci fosse Ortensio dall'altra parte lo tranquillizzò. Era persona ragionevole e forse avrebbero potuto trovare un accordo. – Il magistrato giudicante cui i Poplicola si rivolgeranno?

– Non lo so. Non credo abbiano ancora imbastito una contestazione formale.

«Perché forse non vogliono arrivare a quel punto», pensò Cicerone. – D'accordo. Ecco cosa farò. Rifletterò un paio di giorni in merito alla questione. E ti avviso: raccoglierò informazioni. Anche su tua figlia. Non scoprirò nulla di strano, vero?

– Mia figlia è una brava donna romana, cresciuta per essere una brava moglie romana.

– E su di te?

Capella si indignò, fece per rispondere, ma Cicerone non gli concesse di controbattere. – Ti getteranno una montagna di fango addosso, per ottenere l'eredità o almeno parte della fortuna che ti ritrovi per le mani.

– Non voglio che ci vadano di mezzo mia figlia e il nome della mia famiglia.

– Se è l'unico modo per avere ciò che vogliono, non si faranno scrupoli.

Capella sospirò, si alzò e strinse il braccio del senatore. – Grazie. Grazie per tutto quello che farai.

– Non ringraziarmi, non ancora –. Cicerone fece cenno a Tirone di raccogliere gli appunti e la cassetta con gli strumenti del mestiere. Uno schiavo gli andò incontro per accompagnarlo alla porta. Prima di congedarsi si girò verso Capella. – La prossima volta vorrei parlare con tua figlia. Preparala, non sarà una chiacchierata piacevole.

Appena varcarono la soglia della *domus* nel quartiere delle Carinae, tra Oppio ed Esquilino, Cicerone e Tirone vennero accolti da uno schiavo che tolse loro i calzari sostituendoli con *solae*. L'oratore arricciò le dita dei piedi e tirò un sospiro di sollievo. Non vedeva l'ora di indossare qualcosa di piú comodo e leggero. Lo schiavo lo seguí in attesa di aiutarlo nella svestizione dalla toga senatoriale.

– *Dominus* è tornato! – annunciò lo schiavo.

Cicerone attese di udire i piedi nudi della piccola Tullia corrergli incontro. La bimba gli piombò addosso, arruffato animaletto. Voleva essere tirata su. Cicerone la sollevò. Stava diventando pesante, la piccina, al suo quarto anno d'età. Si agitava in braccio al genitore nascondendo mani e volto nelle pieghe della toga. Ridacchiava.

– Tulliola! Piano, piano!

– Ho imparato a contare!

– Che novità. Lo sapevi già fare. Fino a dieci.

– In greco!

– Ah, molto bene, allora. Conta, fammi sentire.

Tullia fece danzare le dita sottili al ritmo della conta. – Εἵς, δύο, τρεῖς, τέσσαρες, πέντε, ἕξ, ἑπτά, ὀκτώ...

Cicerone annuiva, compiaciuto. Cresceva, Tullia, in corpo e intelletto. E lui si commuoveva a ogni successo. Le invidiava quel cuoricino pronto a meravigliarsi per ogni piú piccola scoperta. Per lei non esisteva un giorno uguale all'altro.

Tirone assisteva alla scena in disparte. Cicerone percepí la sua presenza alle spalle, e lasciò la bambina invitandola a raggiungere la mamma per annunciarle il suo rientro a casa. – Che c'è? – chiese allo scrivano.

– Perché Flacco aveva una simile somma? Venti milioni e mezzo. Non era cosí ricco, per quanto ricordo.

– Non lo era, infatti. Non lui. Altri Valerii possono vantare proprietà da fare invidia alla maggior parte dei romani, ma lui no.

– E poi quella ragazza...

– Dobbiamo parlarne proprio adesso?

– Finirà davanti a un magistrato?

– È probabile, se i parenti di Flacco non otterranno ciò che vogliono con le buone.

– Poverina...

– No, no, Tirone, amico mio... Ho visto in che modo la guardavi, non simpatizzare troppo per Plauzia. Mi servi lucido, e inoltre è inutile che fantastichi. Ricorda chi è lei e chi sei tu –. Cicerone mise una mano sulla spalla dello scrivano.

Tirone arrossí, abbassò il capo, borbottò qualcosa in merito alla trascrizione degli appunti e prese la via del *tablinum*. Afferrò una tavoletta strada facendo.

Cicerone sorrise benevolo. Pensò che il fedele amico aveva trentun anni, ed era solo, e che lui era la sua unica famiglia.

– È tornato, mio marito? È tornato, il senatore Marco Tullio Cicerone? – Terenzia lo chiamava dall'atrio.

La trovò seduta all'ombra del peristilio mentre rigirava tra le mani un cuscino decorato. La sua schiava personale attendeva con un rotolo di stoffa colorata sulle gambe. Il collo lungo, lo sguardo fiero, i capelli raccolti in una morbida treccia, fasciata nel suo vestito preferito in lino e di un bel rosa: a Cicerone, Terenzia parve bella come la prima volta che l'aveva vista. In principio era stato un matrimonio di convenienza. Lei era ricca e lui, dopo aver risolto il caso di Sesto Roscio, era l'oratore piú famoso di Roma. Si erano sposati che lui aveva ventott'anni e lei diciotto. Nel tempo avevano imparato a volersi bene. Il loro legame maturava giorno dopo giorno.

Terenzia lo sosteneva ogniqualvolta i dubbi lo rendevano titubante in merito alla carriera politica. Cicerone le dava la sensazione di controllare il mondo insidioso che li circondava. Grazie alla dote di Terenzia, Cicerone era diventato questore a Lilibeo, in Sicilia, e la carica gli aveva garantito l'ingresso in senato.

La donna allungò la mano destra in direzione del marito. Un bracciale in bronzo dorato a forma di serpente le cingeva il polso. Un notevole pezzo di gioielleria etrusca. Cicerone non le aveva chiesto quanto lo avesse pagato. Non le chiedeva mai come gestisse il denaro di casa mentre lui si occupava delle sue cause e del senato. Lei, invece, era molto attenta a ciò che faceva lui.

L'oratore le baciò il dorso della mano.

La donna gli regalò uno dei suoi sorrisi brillanti. – Che ne dici? – gli porse il cuscino.

– È un cuscino.

– Davvero? Non mi dire! Ti piace? La stoffa proviene dall'oriente, è la fibra di una pianta che cresce in Asia. Arriva dai magazzini dei Cinci.

– Mh, bello.

– Quanta soddisfazione mi dài, – la donna lo tirò a sé. Mandò via la schiava con il cuscino. – Ebbene, cos'è quella faccia?

– Sono stato a casa di Quinto Nevio Capella.

– Oh, uno dei fenici piú facoltosi. Come mai?

– Non sono piú fenici da secoli, andiamo, Terenzia... Mi ha invitato a occuparmi di una vicenda: l'eredità che sua figlia Plauzia avrebbe ricevuto. I familiari di Flacco la contesteranno.

– Finalmente una faccenda tra sane e robuste famiglie romane che possa portarci qualcosa. Bene. E?

– Non so. Potrebbe trattarsi di un affare assai semplice o assai complesso.

– Di sicuro qualcosa di piú complicato dei tuoi litigi tra ricchi contadini o dei piagnistei di attori squattrinati che non vengono pagati dall'impresario, – Terenzia gli accarezzò la fronte alzandosi.

– Gallo è un bravo attore, famoso. Meritava di essere difeso al meglio delle mie possibilità.

– E ti aiuterà a diventare edile, – la donna scosse il capo, materna. – Ti farà bene stare tra Nevii e Valerii. Che ne dici? – Terenzia svolse il rotolo di tessuto ai piedi del marito. – Tende.

– Mh, belle...

– Su che base i Poplicola contesteranno il testamento del caro defunto?

Cicerone si strinse nelle spalle. – Non lo so ancora. Il documento sembra regolare, ma Capella è già stato avvisato: non gli permetteranno di mettere le mani sull'eredità.

– È lui il tutore nominato?

– Già.

– Insolito.

– Già.

– Bene, – disse la donna. – Visto che non hai voglia di condividere i dettagli, aiutami a riarrotolare questo –. Gli passò un'estremità del tessuto destinato alle tende. Cicerone eseguí.

– Tu sai chi conta di piú in senato tra Poplicola e Nevii, vero? – Terenzia gli lanciò un'occhiata indagatrice.

– Lo so. Non temere, galleggerò, medierò, non farò arrivare le famiglie davanti al pretore.

– Bravo, galleggia. Sei bravissimo a galleggiare.

– Che abbiamo per cena?

– Proprio non mi vuoi parlare di quello che vi siete detti tu e Capella?

– No. Storia lunga, sono stanco.

– Marco, so che non ti piacciono le beghe delle *gens* senatoriali. Lo so. Ma non ti basterà il denaro della mia famiglia per diventare edile. Per la questura a Lilibeo poteva bastare, ma per diventare edile... Hai bisogno di molto piú argento e ottimi appoggi. Qui a Roma, non in provincia dove vai a pescare quegli sconosciuti dei tuoi clienti. Non metterti contro i Poplicola, ma ottieni ciò che puoi dai Nevii. Trova un accordo che soddisfi tutti. Chi è la tua controparte?

– Ortensio.

– Un amico, no?

– Lui dice di esserlo –. Cicerone rimase un attimo in silenzio mentre la moglie riconsegnava la stoffa alla schiava.

– E se non volessi fare carriera? In fondo sono un ottimo oratore e uno stimato senatore... Che ne diresti? Magari ci trasferiamo nel Sannio, eh? – si lasciò cadere sul divano. La moglie gli si sedette di fianco. Gli baciò una guancia.

– Magari ti lascio. E mi porto via i terreni di mio padre, che ne diresti?

Cicerone rise, Terenzia no. La donna si frugò nella scollatura ed estrasse un piccolo involto, una lettera ripiegata: – La manda tuo fratello.

– Oh! – Cicerone si illuminò. – Che dice?

– Di muoverti. Hai trentaquattro anni e non sei edile. Dice di muoverti!

– Mi date il tormento, voi due.

– Ti vogliamo bene.

Cicerone giocherellò con il bracciale della moglie, pensoso. – Cosa faresti se ti promettessi di lasciarti in eredità venti milioni di sesterzi?

La donna spalancò gli occhi di un bel verde cupo. – Ah, è questa la cifra in ballo?

Cicerone annuí.

– Non credevo fosse tanto ricco, Flacco. Comunque, per rispondere alla tua domanda: direi che sei impazzito. Non ne hai nemmeno uno, di milione.

– Su, rispondi. Per gioco.

La donna ci pensò un po' su. – Be', ti ringrazierei e cercherei di capire come impiegarli al meglio.

– Tu?

– Io. Non lo faccio già con le nostre finanze? A proposito: ho venduto una vite a Cuma.

– Sí, sí… Li gestiresti. Tu non sei una donna comune. Quali altre donne mi avrebbero risposto cosí?

– Non hai idea di quante donne non comuni ci siano in giro, caro. Andiamo a cena?

– Tutto qua?

– Tutto qua. O magari pagherei qualcuno per farti fuori. Un amante, perché no? O potrei prepararti un bel pranzo avvelenato –. La donna rise, Cicerone no. – Marco, trova un accordo e fatti pagare il giusto, – continuò lei. – Venti milioni…

– E mezzo, venti milioni e mezzo, – l'oratore si alzò. – Che c'è da mangiare?

– Capretto con i funghi.

Cicerone immaginò per un attimo Plauzia sorridente che serviva un piatto di funghi trifolati a Flacco. In fondo, non ne era certo, ma aveva avuto la sensazione che anche lei fosse una donna non comune.

Pubblicani

Placentia, anno 681 ab Urbe condita, il giorno prima delle none di giugno (4 giugno, 72 a. C.)

Le nuvole avevano gettato l'ancora sulla pianura padana e la pioggia stava martellando i tetti e i campi di Placentia da giorni. Il Po era alto e la cittadinanza temeva la realizzazione di un paradosso: dopo mesi di siccità, l'acqua era prossima a spazzare via la parte bassa della colonia.

Il cavallo sbuffò e scosse il collo, diede uno strattone. Tito tirò le briglie. – Buono, Musone, buono. Vedrai che non ti troverai male. Glauco è una brava persona e tratta bene le sue bestie, meglio di quanto possa fare io di questi tempi.

Con una mano levò dagli occhi l'acqua che gli annebbiava la vista.

Entrò in città dalla porta sud, che trovò ostruita da una vociante colonna di carri di commercianti lagnosi e contadini impazienti di raggiungere il mercato. Si lamentavano con il capo della guardia, che da parte sua faticava a tenerli a bada. Tito aveva solo un cavallo e lo lasciarono passare. – Che succede? – chiese a un tipo della guarnigione che conosceva.

– Lo vedrai, – rispose sbrigativo quello mentre si teneva l'elmo di cuoio e spintonava un uomo sceso da un carro carico di fieno ormai fradicio. Qualcuno lanciò una pietra e fu subito rincorso da due soldati. Gli animi si stavano scaldando e Tito pensò bene di togliersi dai piedi. Dopo aver percorso il cardo fin quasi al foro, si trovò a costeggiare una colonna di legionari, poco piú di duemila uomini in ordine di marcia. Veterani logori strappati dai campi e ragazzini appena reclutati, che silenziosi attendevano l'ordine di mettersi in movimento. Qualche colpo di tosse, cappucci zuppi abbassati, il picchiettare della pioggia su elmi di bronzo e scudi di legno avvolti in panni: Tito annusò l'odore della paura. Incrociò lo sguardo di un sottufficiale d'opzione appoggiato al bastone di comando. – Dove siete diretti? – gli chiese.

Quello lo squadrò. – Verso Mutina.

– Per inseguire Spartaco o Crisso?

L'uomo rise. – Inseguire? Crisso è andato, ma Spartaco ha preso a calci due legioni. I consoli che le comandavano sono fuggiti a sud con i pochi disgraziati rimasti in vita. Adesso ci proviamo noi, insieme alle truppe del proconsole. Gli auguri dicono che non abbiamo nulla da temere perché Marte è dalla nostra –. Bestemmiò, si raschiò la gola, sputò per terra.

– E allora deve esserci un dio molto potente dalla loro.

– Già –. L'opzione ammiccò, indicò le cicatrici sulle braccia di Tito. – Uno come te ci farebbe comodo. Con chi hai combattuto?

– Sono solo un contadino.

– E io una vestale.

– La guerra non mi riguarda piú.

– Riguarderà tutti, tra poco. Se fossi in te, monterei su quel ronzino e me la darei a gambe. Vai a sud, non a nord. Dopo che ci avranno massacrato, quei bastardi andranno verso le Alpi. La Cisalpina sarà un pollaio pieno di grasse galline e Spartaco ci entrerà come una faina affamata. Si riempiranno la pancia e poi lasceranno i territori della Repubblica. Puoi scommetterci.

Tito annuí. Si specchiò nel fatalismo del militare, vide in lui sé stesso, dieci anni prima. Si salutarono stringendosi gli avambracci. Tito gli risparmiò l'ironia di augurargli buona sorte.

Le beole della strada erano scivolose e dopo un quarto di miglio Tito capí perché la colonna stava paralizzando la città: un gruppetto di legionari coperti da mantelli cercava di sostituire la ruota rotta di un carro delle salmerie che aveva un carico troppo pesante. Un tribuno a cavallo osservava torvo un centurione, un vero tafano che a sua volta tormentava gli uomini impegnati con la ruota ronzandogli attorno; uno di loro invitò il centurione a dare una mano invece di urlare. L'ufficiale lo bastonò fino a metterlo in ginocchio. Due ubriachi sulla porta di una *popina* sorbivano vino caldo e si godevano la scena ridacchiando. Un gruppo di giovani ufficiali smontati da cavallo, riparati dal colonnato dei bagni pubblici, confrontavano gli elmi decorati con pregevoli incisioni resi scintillanti dalla pioggia.

Tito superò il grande foro con i due templi dedicati a Giove. Un sacerdote stava sotto il pronao del tempio di Giove capitolino. Di tanto in tanto si affacciava per scrutare la coltre delle nubi, in vana attesa di un segno premonitore da parte del suo datore di lavoro. Cielo pigro, dèi distratti: molti tuoni, pochi lampi. Di fianco al sacerdote, i quattuorviri e alcuni rappresentanti del senato cittadino in toga. Un picchetto di soldati attendeva nel centro del grande spiazzo, in mezzo a loro spiccava il cimiero rosso del centurione anziano della guarnigione. L'ufficiale lasciava che la pioggia lo infradiciasse, indifferente. Erano tutti lí a rendere omaggio alle gloriose truppe di Roma, ma nessuno sorrideva, nessuno applaudiva: la colonna sembrava un corteo funebre. Tito svoltò in una via laterale, schiacciata tra le mura e i bassi edifici intonacati infiltrati dall'umidità del fiume. Un pubblicano, un esattore del magistrato a caccia di soldi, procedeva a passo svelto verso la sua prossima vittima, rasentando i muri e rimproverando il suo schiavo, che arrancava con uno sgabello pieghevole sotto il braccio e una cassetta piena di tavole e stiletti, perché non riusciva a stargli dietro. La pioggia copriva la voce dell'esattore. Un vecchio seduto sullo scalino davanti a casa commentò: – Nemmeno la pioggia lo ferma! Scarafaggio di merda, perché non vai a guadagnarti da vivere in modo onesto?

Il pubblicano gli regalò un'occhiata indifferente e continuò per la sua strada, come se ormai al mondo nulla potesse scalfirlo.

Una bimbetta correva da qualche parte coprendosi la testa con la mantellina. Si avvertiva il profumo di cibo sul fuoco. Un cane a zonzo abbaiò al cavallo di Tito, e qualcuno chiuse il portone di casa al suo passaggio scambiandolo per un forestiero.

Una volta giunto davanti al magazzino di Glauco Pansa, il mercante di lana, Tito accarezzò la criniera di Musone e gli allungò una carota. – L'ultima, vecchio mio.

Non era certo il migliore della scuderia, Musone, ma Tito sentí lo stesso un nodo alla gola. Ecco cos'era costretto a fare: vendere uno dei cavalli di casa. Un liberto di Pansa lo chiamò sotto i portici. Lui gli consegnò l'animale e l'uomo gli passò un sacchetto con una manciata di monete tintinnanti. Il padrone stava facendo l'inventario del magazzino seguito da uno schiavo, che segnava diligente su una tavola i conteggi, ma nel vedere Tito ordinò al servo di continuare da solo e andò incontro all'ex centurione. – Mi spiace, – disse, – lo so che non è tanto, forse nemmeno abbastanza, ma i tempi sono questi, – indicò il magazzino semivuoto. – La siccità e gli eserciti che marciano lungo la via Emilia si sono portati via le pecore. Poca lana da Parma, Regium e Mutina. E quei bastardi... – accennò al pubblicano che in quel momento passava per la strada. – Il magistrato, se non paghi, ti manda i suoi uomini. Non aspettano altro che un pretesto per portarti via tutto.

– Lo so, lo so.

– Mi spiace. Non voglio mancarti di rispetto e so che lo fai per Torquato.

Tito annuí, si sforzò di sorridere e si voltò per tornare da dove era venuto, a piedi.

Quando giunse alla villa degli Ursii, poco fuori le mura meridionali della città, era tardo pomeriggio e aveva smesso di piovere. Raggi di sole filtravano tra le nuvole creando zone luminose su pianura e colline. Tito consegnò il denaro al contabile di Torquato che, senza troppi giri di parole, gli fece intendere di aver fatto un pessimo affare. – Avrei venduto il mio mulo per almeno venti denarii in piú –. L'uomo era un liberto africano, alto e sottile come un ramo di sambuco, abile con i numeri. Viveva in uno stato di perenne preoccupazione.

– «Grazie, Tito» può bastare.

– Grazie, per esserti fatto fregare, – borbottò il contabile mentre spargeva le monete sulla scrivania.

– Non puoi mungere una vacca morta.

Tito viveva in una piccola villa all'estremità sud della tenuta di Torquato Ursio. Tornò lí, senza cavallo. Venne accolto dallo schiavo che Torquato gli aveva assegnato, un brav'uomo di nome Genzio, un dalmata finito nei guai anni prima per alcuni terreni acquistati e mai pagati. Tito, da ex centurione, sfaccendato, mercenario e giocatore d'azzardo che era sempre stato, era riuscito, grazie proprio a Genzio, a non mandare in rovina i terreni che

Torquato gli aveva affidato in gestione. Erano passati otto anni da che era fuggito da Roma per nascondersi a Placentia, quattro da quando Flavia l'aveva lasciato. In genere non pensava a lei, ma quella sera si sorprese a sentire che avrebbe desiderato vederla venirgli incontro sul sentiero di casa, la sua piccola donna di ferro, con il sorriso furbo e la cicatrice sulla guancia che lui tanto aveva amato. Solo per quella sera. Ma Flavia non c'era, c'era Genzio, che gli chiese del cavallo. Tito disse che l'aveva venduto.

– Vanno cosí male, le cose? – chiese Genzio preoccupato.

– Era un cavallo vecchio, sfinito.

– Lo sapevo! Lo sapevo. Ho visto il contabile piangere, l'altro giorno. E quello piange solo se stiamo per andare in rovina.

– È una persona sensibile, piange per niente –. Tito ammiccò.

– Torquato ci venderà, vero? Noi schiavi, intendo, – Genzio non aveva voglia di scherzare.

Tito sospirò, passò oltre lo schiavo, che lo seguí da vicino insistendo. – Mi venderà? Dopo tredici anni di fedele servizio? Conosco i padroni qua attorno! Publio Castricio frusta i suoi servi. Dicono ci provi gusto.

– Non vi venderà. E quelle su Castricio sono dicerie: non frusta i suoi piú di quanto non si meritino, d'accordo?

– Il padrone mi venderà, lo so...

Tito lo afferrò per le spalle. – Non sei un cavallo, – gli disse affabile. Lo fissò negli occhi per un istante prima di lasciarlo sconsolato nel vialetto.

Da lontano sentí Genzio urlare. – Stasera sei atteso alla villa: tornerà Giunio! Ti ho preparato la tunica pulita!

Tito arrivò nella grande tenuta padronale giusto in tempo. Trovò l'intera famiglia degli Ursii radunata sotto il pergolato che dava sulla corte interna. Torquato Ursio, canuto equestre e *dominus* della tenuta, sedeva accanto a Donvina – la sua seconda moglie, gallica di nobili origini, avvolta in una stola scura, la folta chioma rossa coperta da un velo – e a Silvia, sua nuora, che stringeva tra le braccia il figlio Claudio, di due anni appena. Una piccola rappresentanza della schiavitú si teneva in disparte.

Tito si uní al gruppo in attesa di Giunio Ursio Gabello, figlio maggiore di Torquato, mercante di pelli di ritorno dopo tre mesi passati sulle Alpi a caccia di pellicce pregiate. Il *dominus* salutò con affetto l'ex centurione. – Caro Tito, la mia gratitudine per il tuo gesto.

– Non ti preoccupare, mi arrangerò col mulo, – rispose lui. – Ne ho ricavato un pugno di monete da aggiungere al mucchio che devi al riscossore.

– Quando i tempi cambieranno, ti regalerò due cavalli!

– Oh, no, il mio, Torquato, era solo un gesto di misera riconoscenza per quanto hai fatto per me in tutti questi anni.

– È difficile sapere chi deve ringraziare chi, tra noi due, – disse Torquato.

– Il contabile sostiene che mi sono fatto fregare da Pansa.

– Niente di male, Pansa ha sempre fregato anche me.

Tito incrociò lo sguardo di Donvina, che intrecciò le mani artigliandosi la pelle. L'ex centurione sorrise incerto, la donna si voltò dall'altra parte, ebbe un fremito.

– Il dolore la sta uccidendo, Tito. Nessuno ci può fare niente, men che meno tu, – disse Torquato posandogli una mano sulla spalla.

A braccia aperte, Torquato Ursio andò incontro alla spedizione che stava facendo il suo ingresso nella villa. Cinque uomini a cavallo, logori, stanchi, che vestivano brache galliche, avevano i capelli lunghi e le barbe incolte. Dalle selle pendevano soffici pellicce. L'anziano equestre si fermò a qualche passo dal figlio. Giunio aveva poco piú di trent'anni, era basso, tarchiato, un romano di frontiera che come il suo vecchio aveva percorso in lungo e in largo la Gallia Cisalpina e un paio di volte si era avventurato sulle Alpi. Torquato lo squadrò meditabondo, poi tra le risate dei presenti finse di annusarlo, quindi lo strinse in un lungo abbraccio, infine lo allontanò da sé tenendolo per le spalle. – Capisci ancora la mia lingua?

Risero.

– Padre, – disse Giunio esultante, – sono stati tre mesi duri, ma ne è valsa la pena. Siamo tornati con volpi grigie, che hanno fatto tanta strada, piú di quanta ne abbiamo fatta noi per scovarle. E poi la pelle di un bue muschiato, castori, decine di candidi ermellini invernali e una pelliccia d'orso.

– Meraviglioso bottino, figlio. Meraviglioso. Ben fatto, – lo abbracciò di nuovo Torquato. Poi gli sussurrò: – Saluta tua madre, ora.

Il ragazzo sospirò.

– Coraggio, – il padre gli diede una spintarella.

Giunio si avvicinò a Donvina. Si fermò a qualche passo da lei. Due occhi azzurri lo fissarono, distanti. Le labbra sottili della donna si increspavano in una sorta di sorriso.

Giunio la salutò, poi la cinse piano, come se fosse fatta di vetro. Donvina ricambiò l'abbraccio e gli parlò all'orecchio. Giunio si divincolò. – In carne e ossa, madre. Sono qui, sono io –. Le prese una mano e se la passò sul volto. La donna annuí. Ritrasse la mano.

Giunio ricevette anche l'abbraccio della moglie, mentre il piccolo Claudio gli salí sulle spalle. Tito vide una famiglia. Incrociò lo sguardo felice di Silvia.

– È incinta, – sussurrò Torquato.
– Giunio lo sa?
– Lo saprà tra poco, immagino.
– Stanno bene insieme.
– Sí, credo di sí.
– E pensare che Gabello l'amava cosí tanto…
– Sarebbe contento di sapere che ora suo fratello si prende cura di lei.
– Non credo, – disse Tito poco convinto. I due risero. Poi si avviarono insieme verso il triclinio.
– Vero, geloso com'era, – ricordò Torquato.
– Quando parlava di Silvia era cosí melenso… E noioso. Cercavo di evitare l'argomento in ogni modo per non sorbirmi le sue tirate da ragazzino innamorato.
– Che ci vuoi fare? Anch'io da ragazzo, quando mi innamoravo, diventavo insopportabile. Se ripenso alla mia prima moglie o alla passione che ho provato per Donvina… A te non è mai capitato?
– No –. Tito divagò. – Stasera oca?
– Istrice.
– Ah, istrice, – fece una smorfia.
– Il piatto preferito di Giunio.

Terminati i racconti di viaggio, la cena fu avvelenata dalla politica.

– E se Roma non allenterà la pressione sulle province, si troverà a fronteggiare dieci, cento Lepido o Perperna! Altri demagoghi con un minimo di esperienza militare e i sesterzi per mettere in piedi un esercito ribelle. Quanto tempo è passato dall'insurrezione di Lepido e delle città in Etruria? Due anni! Solo due anni, eppure Roma non capisce che ha tirato troppo la corda. Anzi, ci spreme ancor di piú. Da Ariminum a Placentia, tutta la via Emilia ribolle di malcontento, – disse Giunio accalorandosi sul divano di fianco al padre, mentre quest'ultimo cercava di allungare con acqua un calice del buon vino degli Appennini senza versarne una goccia.

– Sappiamo bene che i *populares* sono ovunque! Persino qui in città molti hanno rialzato la testa dopo la morte di Silla, – continuò Giunio sempre piú infervorato. – Per non parlare di Mutina... Quelli non stanno tranquilli nemmeno quando non c'è motivo di agitarsi.

– Che colpa ha Roma per quest'anno di carestia? – considerò calmo Tito. Spiluccava svogliato l'istrice.

– Che colpa ha Roma? – Giunio strabuzzò gli occhi, fece un po' di scena. Il vino gli aveva sciolto la lingua. – Ci sono legioni di pubblicani scortati dagli uomini dei magistrati che sciamano come un nugolo di mosconi lungo il confine della Cisalpina, svuotando granai e casse! Che colpa ne abbiamo noi, dico io, se il senato la tira lunga con guerre che avremmo dovuto vincere già da un pezzo?

– Abbiamo avversari difficili.

– O comandanti incapaci.

Donvina si limitava a sorbire una zuppa di cipolla, in silenzio, avvolta nel grigiore della sua stola. Silvia ascoltava i discorsi degli uomini, annuendo di tanto in tanto agli sproloqui del marito.

Tito si strinse nelle spalle. – Almeno Sertorio è un problema risolto. È morto quattro settimane fa.

– Ero a Mediolanum quando l'ho saputo. Tradito dai suoi... Che fine ingloriosa.

– È la fine che fanno molti grandi uomini.

– Era un pazzo. Dicono che si fosse creato un suo personale senato a Osca. E dentro quella... quella «cosa», ha fatto sedere iberi e lusitani di fianco ai romani. Che idiozia, per Giove!

– Forse immaginava che un domani avremmo potuto chiamare romani anche loro. In fondo, quanti galli vivono nei nostri municipi?

Tutti guardarono Donvina. La donna aveva gli occhi fissi sulla zuppa. Non stava seguendo la conversazione, sembrava fosse altrove.

– Non è lo stesso, – puntualizzò Giunio. – Dicono anche che avesse messo su una scuola in cui istruire da romani i figli dei capi iberici che avevano aderito alla sua stupida ribellione. Sai che fine ha fatto quella scuola? Bruciata, e i bambini che la frequentavano, massacrati. Da lui in persona.

– Dicerie. Ne ho sentite, su Sertorio. Balle.

– Balle o non balle, nemmeno di Mario sono mai state dette cose tanto terribili, – Giunio gesticolò con in mano una zampa d'istrice. Pezzi di carne volarono per la stanza. Torquato se ne tolse un po' da una spalla. – Abbiamo perso dieci anni cercando di ammazzarlo. Dieci anni a inseguire un fuggiasco che ci ha preso per il culo con qualche coorte e una manciata di barbari ammaestrati! E Pompeo e quel rincoglionito di Metello Pio hanno continuato a chiedere legioni. Mi domando in che modo abbia potuto, un uomo solo, tenere in scacco la Repubblica.

– Ti garantisco che Sertorio è stato uno dei militari piú abili che abbia mai servito la Repubblica. Se avesse avuto a disposizione le stesse truppe di Pompeo, be', non so… – considerò Tito, e fece un cenno a uno schiavo perché gli togliesse da sotto il naso l'istrice. Si annusò le dita, contenne un conato.

– Leggo una sospetta ammirazione per un ribelle mariano, nelle tue parole, – Giunio si sporse, sorridente e allusivo, per guardare in faccia Tito.

– Conosco bene Sertorio come generale, a dire il vero, – commentò Tito sorridendo di rimando. – È per questo che ti dico: balle.

– Già, ogni tanto dimentico che sei stato un centurione, – disse Giunio non senza una punta di acidità. – E che dire della rivolta degli schiavi? Guidati da quel… quello…

– Spartaco.

– Spartaco. Un trace a capo di un branco di animali maltrattati osa mettere in scacco l'Italia! Ha sconfitto un propretore e i consoli. Per gli dèi, che follia è mai questa?! Per non parlare di quel pervertito asiatico di Mitridate che ammorba le nostre esistenze da decenni. E Roma non trova nulla di meglio da fare che affamarci per nutrire i suoi eserciti di inetti, – Giunio mandò giú il contenuto scuro del calice e addentò un panino dolce come se fosse la guancia del suo peggior nemico. – Quando basterebbe scegliere bene i comandanti…

Poi, finalmente, Torquato parlò: – Ecco, vedete l'effetto delle tasse sulle persone? – tutti risero, tranne suo figlio.

Giunio fece per aprir bocca, ma il padre lo zittí con gentilezza mettendogli una mano sull'avambraccio. – Roma è cosí, combatte guerre. E le guerre costano, le guerre vanno avanti nonostante le carestie, perché Marte non si interessa di ciò che fa Cerere. Non sono capricci del senato, quelli che ci obbligano a badare con apprensione alle nostre dispense, è la sopravvivenza della Repubblica che richiede sacrifici.

– Ti hanno spremuto come un chicco d'uva e ancora difendi Roma, – protestò Giunio. – Tito ha venduto Musone! Me l'ha detto Genzio. Non è cosí, Tito?

L'ex centurione liquidò l'argomento con un gesto della mano. – Non era un gran cavallo…

– Finché i pubblicani rivendicheranno tasse che saremo in grado di pagare potremo dirci soddisfatti. Se non stai servendo a tavola stasera o non laverai la stalla domattina, lo devi alle guerre di Roma, ragazzo, – tagliò corto Torquato. Non aveva alzato la voce, non aveva smesso di sbocconcellare una saporita focaccia al rosmarino. Scambiò un cenno d'intesa con Tito.

Donvina si schiarí la voce, parve voler dire qualcosa, ma tacque. Si fece riempire la coppa di vino annacquato per la prima volta in tutta la sera. Bevve e si congedò dopo aver bisbigliato qualcosa al marito, che assentí.

Prima di andar via, la donna fissò Tito. Lui socchiuse appena gli occhi per reggere l'azzurro del suo disprezzo.

A cena finita, Tito passeggiò per la tenuta cercando un'idea che potesse aiutare Torquato a uscire dalla melma in cui si era impantanato. Giunio in fondo aveva ragione. Roma dissanguava le province, e piú le province erano lontane piú venivano prosciugate come se le lamentele dei coloni tartassati non potessero giungere alle orecchie di magistrati e senatori dell'Urbe. Nonostante l'ingenua fede di Torquato nel senato, era sotto gli occhi di tutti il modo in cui la Repubblica stesse tirando la corda con le colonie. E se la corda si fosse spezzata… «Fuggi a sud», le parole dell'ufficiale d'opzione gli rimbalzavano nella testa. Dopo otto anni cominciava a soffiare un vento che non spirava da molto, molto tempo. Tito era immerso in questi pensieri quando ne fu distolto da una figura avvolta in un mantello bianco, con una lanterna ciondolante. Si muoveva senza far rumore e, se lui non avesse saputo che si trattava di Donvina in una delle sue inquietanti escursioni notturne nei campi e nei boschi attorno alla villa, se la sarebbe data a gambe levate credendo di aver incrociato un lemure. La udiva bisbigliare nella notte: se fossero preghiere o formule magiche, non avrebbe saputo dirlo. Torquato Ursio non aveva mai voluto estirpare da sua moglie gli dèi delle selve in cui i suoi avi credevano dall'inizio dei tempi. In quelle divinità selvagge, crudeli e amorevoli, capricciose come tutti gli dèi, Donvina trovava sempre piú rifugio dal proprio patimento.

In fondo, cosa faceva di diverso da quello che faceva lui nelle notti in cui l'insonnia lo spingeva fino alle rive del fiume a piangere i morti che aveva lasciato lungo il cammino? Tito e Donvina, due fantasmi, rimasti invischiati nella morte di persone amate e in una rete di dolorosi ricordi.

L'ex centurione sussultò nel sentire una voce alle sue spalle. – Anch'io non mi ci abituerò mai... – Torquato aveva un'espressione serafica, di onorevole rassegnazione. Aveva capito che la vita era un nemico che non poteva essere sconfitto. Cercava semplicemente di ottenere una dignitosa resa.

– Tu non vai mai con lei a pregare sulla tomba di Gabello?

– Non con lei. Alle volte verso una lacrima sulla sua lapide, ma non con lei. Non hai il monopolio del suo odio, caro Tito. Lei odia anche me perché ho mandato nostro figlio a Roma, e ora non sto morendo di dolore con lei. Mi odia perché l'ho convinta a lasciare la sua tribú gallica per venire a Placentia quando ho perso la mia prima moglie. Mi odia perché Gabello era sangue del suo sangue e Giunio invece è soltanto figlio mio. Mi odia perché qui è sola, e dopo tanti anni ancora non capisce il nostro mondo, – sospirò Torquato, prendendo sottobraccio l'ex centurione. – Non passa giorno che io non benedica gli dèi per aver fatto morire Gabello tra le tue braccia, Tito. Tra le braccia di un amico.

– Lui è morto per causa mia, si è sacrificato per me e io non potrò mai sdebitarmi. La sua vita valeva molto piú della mia, Torquato... Capisco l'odio di Donvina, eccome.

– Sei qua ad aiutarmi in questi tempi bui. Stai facendo quello che avrebbe fatto lui. Siete pari –. Torquato sorrise amaro.

– Non saremo mai pari –. Per un attimo l'ex centurione rivide gli occhi di Gabello spegnersi mentre moriva dissanguato. No, non sarebbero mai stati pari. Tito lottava con sé stesso per tenere lontana dalla mente quella notte maledetta di otto anni prima. In quel ricordo, Gabello e la povera Velia giacevano l'uno di fianco all'altra dilaniati dai sicari di Crisogono. Aveva perso in una notte il migliore degli amici e la prima donna per cui aveva mai provato veramente qualcosa. Li aveva amati entrambi, e non era riuscito a proteggerli. Il senso di colpa era tornato all'improvviso a mordergli l'anima come uno sciacallo affamato. Sentí la gola bruciargli per la sete. Aveva bisogno di vino.

I due passeggiarono, la notte era fresca.

Torquato scuoteva la testa. – Se il magistrato e io non fossimo tanto amici, avrebbe già mandato un manipolo della guarnigione a razziare la proprietà. Non ho pagato il pubblicano. Ho preso tempo.

– Quanto ha chiesto?

– Due terzi del raccolto di grano, oppure centomila sesterzi.

– Un'enormità, persino per un pubblicano.

– Certamente piú della reale richiesta del magistrato. Quel parassita vuole il suo guadagno.

– Ma se non lo paghi saranno gli uomini dei quattuorviri a riscuotere.

– È cosí che funziona.

– Due terzi del raccolto ci manderebbero gambe all'aria –. Tito cacciò una zanzara. – Le pellicce di Giunio varranno sí e no trentamila sesterzi.

– E dopo la siccità i campi sono come morti. Comincerò con il vendere gli schiavi, poi gli animali da soma, infine la tua casa e la terra che le sta attorno.

– Capisco.

– Oh, ma non vuol dire che resterai senza dimora. Ti accoglierò nella villa.

– Quando devi pagare?

– Posso resistere ancora un mese, al massimo due.

Tito annuí furbo. – Forse Giunio ha un pizzico di ragione.

Torquato ridacchiò, un colpo di tosse lo fece tremare da capo a piedi. – Giunio non capisce come va il mondo. Si riempie la bocca di parole che non conosce. Parla di Roma e c'è stato una volta nella vita. Parla di guerre e non ha mai preso in mano un gladio.

– È giusto che bruci un po'. Che arda adesso, avrà tempo per una vita tranquilla quando avrà le nostre rughe. Anche Gabello prendeva fuoco, a volte...

– Gabello era puro ma, al contrario di Giunio, non mi ascoltava. Parlava di *Mos maiorum* e si comportava come un selvaggio. Ah, con quel carico di pelli...

– Derubato la notte stessa in cui è arrivato a Roma. Stava per lasciarci la sua, di pelle.

– E tu l'hai salvato.

– Almeno quella volta, sí. Ci siamo conosciuti cosí.

– La vostra amicizia aveva preso una direzione precisa fin dal primo istante. Vi sareste protetti a vicenda, era il vostro destino –. Torquato reclinò il capo. – Non so, – disse. – Quando lo mandai nell'Urbe, in qualche modo, ho sentito che non sarebbe piú tornato. Ma dovevo farlo, doveva vedere il mondo.

– Prima o poi tutti lo scopriamo, il mondo, e a nostre spese. Eppure Gabello è stato un grand'uomo, nel poco tempo che gli dèi gli hanno concesso.

Vagarono, parlarono e riuscirono per un po' a tenere le tasse e i morti lontani dalla conversazione. Si ritrovarono quasi per caso nell'atrio della villa, di fronte ai lari della famiglia. Tito accarezzò il *sigillum* che rappresentava Claudio Ursio Gabello.

– Cosa dice mio figlio? – chiese Torquato.

– Tace. Io gli parlo, ma lui tace –. Tito emise un cupo brontolio senza aprire gli occhi.

Un attimo eterno

Roma, anno 681 ab Urbe condita, il giorno prima delle none di giugno (4 giugno, 72 a. C.)

Il molto onorevole senatore Lucrezio Galerio Orsino lasciò docile che il suo schiavo personale lo spogliasse. Le mani del servo scoprirono un corpo flaccido aggrappato con ostinazione allo scheletro di un vecchio.

Venne accompagnato alla vasca di bronzo dallo schiavo che lo sorreggeva per un braccio. Immerso nell'acqua bollente trovò sollievo dalla gravità. Chiuse gli occhi. Emise un sospiro, come se tutte le fatiche del mondo gli uscissero dalle narici. Nell'acqua galleggiavano petali di rosa. Anche in primavera inoltrata non aveva mai rinunciato al suo bagno caldo. Mai. Neppure nel mezzo della guerra civile, quando aspettava che gli uomini di Silla da un momento all'altro bussassero alla porta, o il giorno in cui morí sua moglie, o quello in cui gli dissero che il suo unico figlio era caduto sul campo di battaglia nel Sannio durante la guerra sociale: mai. Lo schiavo sistemò una tavola di ciliegio sui bordi della vasca a mo' di scrittoio. L'anziano senatore si issò come meglio riuscí in modo da poter scrivere. Si asciugò le mani e afferrò il brandello di pergamena che lo schiavo gli offriva. Lo schiavo piangeva.

– No, – gli disse il vecchio con tono serafico, – non voglio morire accompagnato dalle tue lacrime, Clitene. Non v'è alcuna ragione per piangere. Morire cosí o in un'altra maniera, che cambia? Sempre morte è. La morte è un attimo. Un passaggio, non ha senso di per sé. Chi bada a una porta aperta nel passare da una stanza all'altra?

Clitene si inginocchiò e si aggrappò al bordo della vasca cercando di contenere i singhiozzi. Orsino gli accarezzò paterno i capelli.

– Che ne sarà di me? – chiese lo schiavo.

Orsino lo ignorò e si concentrò sulla pergamena, lui che di dubbi non ne aveva. Intinse lo stilo nel calamaio e tracciò alcune parole. Scrisse con calma cercando di mettere a fuoco la carta. Terminò. Non rilesse le poche righe vergate con mano tremante. – Ecco qua, – gli porse il foglio, – ti concedo la libertà.

– Che me ne farò della libertà?

– Finalmente la domanda di un uomo saggio, – ribatté Orsino. – Avanti, – disse poi a sé stesso, – è giunta l'ora di porre fine a questo strazio. Ho fretta di rivedere la mia Claudia e il mio caro Sicino. Troppa vita ho passato senza di loro. Avrei dovuto farlo prima –. Si rivolse al buio oltre il limite delle zone di luce disegnate dalle lampade. – In fondo dovrei ringraziarvi, mi state dando la forza di lasciare un mondo decadente, osceno… Ho bisogno di aria, non sopporto piú l'odore dello sterco.

Dal buio non provenne risposta.

Clitene ancora piangente gli porse un corto pugnale.

Il vecchio lo afferrò come uno stilo e si ferí i polsi con una smorfia. Non uscirono che poche gocce di sangue. – Su, basta piangere, cerca di essermi utile un'ultima volta, – sbuffò spazientito e porse il coltello al tremante schiavo.

– Non posso…

– Certo che puoi! – gli artigli di Orsino si aggrapparono alla tunica del giovane macchiandola di sangue.

Clitene inorridito respinse il coltello agitando i riccioli scuri.

– Su! Non tirarla per le lunghe, mi stai facendo fare una pessima figura! – Orsino lo scosse. Clitene afferrò il coltello e ubbidiente, offuscato automa, incise le vene del senatore, seguendo i solchi che lo stesso aveva tracciato sui propri polsi. Il sangue scuro cominciò a sgorgare in pigri fiotti sospinti da un cuore debole. L'acqua si tinse.

– Bene, – disse il senatore, – hai adempiuto al tuo ultimo compito. Sei libero, per davvero. Ma resta qui con me un attimo. Vuoi? – Poi, di nuovo verso il buio: – E voi avete promesso! Clitene se ne andrà da questa casa, libero e soprattutto vivo.

– Non ti avrei mai lasciato qui solo, *domine*, – sussurrò il fedele schiavo.

– Deve esistere qualcosa oltre le tenebre, – Orsino annuí compiaciuto. Ascoltò i battiti del cuore calare. L'acqua divenne fredda nonostante emettesse ancora bave di vapore. Il respiro rallentò, espandere la cassa toracica divenne uno sforzo sovraumano, inutile. La vista si offuscò. Sua moglie e suo figlio gli sorridevano. La pace lo invase mentre si apprestava a esistere soltanto nell'eco eterna del suo ultimo istante di vita.

Clitene tremante si sollevò. Brandiva l'atto della propria liberazione come uno scudo. Guardò nel buio. – L'avevate promesso, – sussurrò.

«Res publica»

Roma, anno 681 ab Urbe condita, ottavo giorno prima delle idi di giugno (6 giugno, 72 a. C.)

– E io dico: richiamiamo Pompeo dall'Hispania e anneghiamo Spartaco e le sue bestie ribelli nel loro stesso sangue! – Gaio Sempronio Tuberone era in piedi nel centro della curia. Ruotava su sé stesso come se stesse danzando. I senatori si agitavano in una bolgia di bianche toghe spezzate dal rosso dei laticlavi. Chi si opponeva alla proposta di Tuberone fronteggiava chi la sosteneva. Le due fazioni si lanciavano in duelli e mischie verbali, urlando insulti ed esprimendo generico disaccordo. Quinto Ortensio Ortalo, pretore, presiedeva la seduta del senato in assenza dei consoli, cercando di riportare la quiete. Faceva del suo meglio, ma tutto quello che riusciva a ottenere era di aggiungere una voce in piú alla regnante confusione. Rinunciò, appoggiò il mento sulla mano, e optò per attendere il naturale corso degli eventi.

Tuberone insisteva e provocava con un ghigno arrogante chi lo fischiava. – Perché? Perché vi agitate, nobili colleghi? Sertorio è morto! Lasciare Pompeo e i suoi veterani laggiú è un inutile spreco di risorse! – Fiero, reggeva gli insulti degli avversari e ammiccava a chi lo spalleggiava.

Cicerone assisteva al dibattito con una buona dose di preoccupazione dai seggi degli ex magistrati. Borbottava tra sé e sé: «Esibizionista...» Seguiva con lo sguardo Tuberone, visto che per il trambusto a volte perdeva, senza rimpianto, frammenti del suo pessimo esercizio di oratoria. Notò un dettaglio del vestiario del collega: portava le calighe. Quel tronfio fanfarone, nel mezzo di una seduta del senato, indossava i calzari dei legionari sotto la toga piú elegante. – Esaltato... – credette di pensarlo, ma lo disse ad alta voce.

– Ha una certa passione per il massacro, il nostro Tuberone, – disse qualcuno. Cicerone si girò e si trovò faccia a faccia con Appio Claudio Nero, anche lui ex questore, che si era sporto in avanti. – Se almeno ne avesse combattuta una, delle guerre di cui tanto si riempie la bocca quando prende la parola in senato...

– Non capisco questa smania per Pompeo. Non la capisco e mi preoccupa. Questa fissazione per gli individui eccezionali, per i campioni... Come se fosse lui a sconfiggere i nemici della Repubblica e non il senato e il popolo romano –. Cicerone scosse la testa investito all'improvviso da una profonda tristezza.

Nero gli mise una mano sulla spalla. – E non è forse cosí, caro amico? Non è Pompeo ad aver sbaragliato i resti dei mariani in Sicilia e Africa? Non è Pompeo ad aver impedito alla rivolta di Marco Lepido di travolgere la capitale? Non è stato forse lui a mettere in un angolo l'imbattibile Sertorio? Non è stato...

– D'accordo, d'accordo... – Cicerone si arrese. – Pompeo è un uomo eccezionale, lo ammetto. È un formidabile stratega e un giovane politico affascinante. Ma non lo sono stati anche Mario e Silla? Abbiamo bisogno di uomini meno eccezionali ma piú fedeli alla Repubblica e meno innamorati di sé stessi.

– È di questo che necessita Roma, del nostro incondizionato amore perché diventi immune alle lusinghe di seducenti opportunisti? – Nero era un uomo di grande eleganza e di modi squisiti. Aveva occhi verdi, un naso dritto e un mento pronunciato. Regalava sorrisi irresistibili. Esponente poco in vista dei Claudii, cresciuto sin da bambino per far parte dell'aristocrazia senatoriale, era stato questore e edile curule, poi la sua carriera era stata frenata da qualche dissapore di troppo con Silla. Ma adesso che Lucio Cornelio Silla, dittatore e aspirante despota, era soltanto un ricordo dalle tinte fosche, un orco evocato da tremebondi senatori come il mostro nelle favole dei bambini, Nero era tornato a essere uno stimato politico. – No, no, caro Cicerone: i romani hanno bisogno di eroi e dèi in carne e ossa da adorare, tradire e uccidere! L'individuo sta diventando piú importante della Repubblica, il mondo si sta capovolgendo.

A Cicerone piaceva il modo in cui Nero diceva cose vere lasciandole fluttuare leggere nell'aria. – I romani amano le fandonie ben raccontate. Tuberone ha pochissimi pregi, e tra questi non v'è l'arte di raccontare bene fandonie, – considerò amaro.

– Già, – convenne Nero, – ma su Pompeo ha ragione: è uno dei pochi che può estirpare Spartaco. Ho combattuto in Hispania, sono stato fatto prigioniero da Sertorio. Mi ha parlato. Non era piú uno di noi, non era nemmeno un essere umano. Era un dio barbaro della guerra e soltanto Pompeo... – il senatore si schiarí la voce, pareva essersi reso conto dell'inappropriato rigurgito emotivo.

Cicerone annuí. Scorse una ferita sanguinante nelle parole del collega. Sorrise, lasciando che Nero si riprendesse dall'improvviso imbarazzo. Sapeva quanto la prigionia e le ferite di guerra ancora lo tormentassero. Riprese a seguire le inutili ciance di Tuberone, che, sullo sfondo, non ne voleva sapere di tornare al suo posto. Ortensio lo guardava in cagnesco, e in cuor suo cominciava a maturare il desiderio di farlo portare via a forza, o peggio.

Un raggio di sole che filtrava da una delle finestre illuminava Tuberone rendendo la sua splendida toga abbagliante nella penombra del senato. – Lucio Gellio Poplicola e Gneo Cornelio Lentulo Clodiano hanno fallito!

Indicava platealmente i seggi vuoti dei due consoli. – Sono stati sconfitti da un'accozzaglia di schiavi sacrificando quattro legioni sull'altare della loro inettitudine. Spartaco è libero, sta puntando a nord, verso la Gallia Cisalpina e noi stiamo qui a perder tempo!

Parte del senato applaudí. Parte del senato fischiò.

– Quanto fervore nel vecchio Tuberone, eh? Gli manca un padrone cui sacrificare qualche familiare? Ha venduto prima suo suocero a Mario e poi suo cognato a Silla: gli resta ancora qualcuno da tradire, in casa? – il giovane Marco Valerio Messalla Corvino, seduto alla destra di Cicerone, cercava qualcuno con cui condividere il proprio disprezzo.

– Disgustoso voltagabbana, – convenne lapidario Cicerone.

– Siete troppo severi con lui, – Nero infilò la testa tra i due. – È soltanto un idiota che cerca qualcuno piú intelligente sulle cui spalle poter salire. Non si può temere, Tuberone, è un parassita privo di volontà propria.

– Guardate Ortensio! – Cicerone indicò il centro della curia.

Tutti e tre osservarono il pretore abbandonare lo scranno per accompagnare Tuberone al posto. Ma quello fece un passo piú in là e continuò imperterrito. – A chi dice che non possiamo affidare un altro *imperium* a Pompeo, il terzo, e non è mai stato nemmeno questore, rispondo cosí: non mi pare che Spartaco e i suoi schiavi forsennati siano particolarmente impressionati dalle cariche rivestite da chi li affronta.

– Non sono schiavi! – urlò Messalla. – Non sono *solo* schiavi! – Lo ripeté fino a che nel senato non scese il silenzio. Il ventottenne si alzò con il permesso di Ortensio e affiancò Tuberone al centro della curia.

– Però, Messalla! – esclamò Nero divertito. – Quanta grinta per essere un Valerio!

Cicerone annuí. – Lo conosco da quando era poco piú che un ragazzino: è sempre stato una testa calda. Abbiamo affrontato il processo a Sesto Roscio insieme, e già allora era difficile contenerne l'esuberanza.

– Che intendi? – urlò qualcuno dal settore degli equestri all'indirizzo di Messalla, una volta superato lo stupore iniziale.

– Ritenere Spartaco un selvaggio a capo di un'orda di fuggiaschi e guerrieri improvvisati è un errore! – rispose Messalla facendo scorrere lo sguardo su tutto il senato.

– E che altro sarebbe? L'Alessandro Magno della Tracia? Anche Sertorio in fondo era il Nuovo Annibale... – Tuberone lo provocò. Si fece una bella risata, molti lo imitarono.

– Forse il caro Tuberone e parecchi di voi non sono informati del fatto che il «selvaggio» ha ricevuto appoggio da diverse città dell'Etruria e da alcune della Cisalpina. A lui si sono uniti cittadini romani, alleati italici e liberti provenienti da ogni dove, ridotti alla fame dalle tasse che abbiamo imposto per mantenere gli eserciti sul fronte iberico e su quello orientale. In troppi ancora rivendicano, non senza qualche ragione, quei diritti che noi gli neghiamo ormai da decenni.

La curia mormorò, in larga parte risentita.

– Marco Lepido non può essere già stato dimenticato, – continuò Messalla, il tono s'era fatto grave. – Lepido, nobili signori, ha portato la guerra alle porte di Roma con gli stessi alleati che adesso recluta Spartaco. Il malcontento sta prendendo forme fino a qualche anno fa impensabili. E molti stanno riscoprendo un'antica passione per le rivendicazioni dei mariani. Persino qui, tra noi!

La curia esplose indignata.

I senatori si divisero, quindi, tra chi si sentiva al di sopra di ogni sospetto e chi si sentiva invece accusato, a torto o a ragione. Sarebbe bastato un breve giro d'orizzonte per scorgere volti ricomparsi a Roma soltanto dopo l'uscita di scena di Silla.

Cicerone e Nero si scambiarono un'occhiata stupita.

– Che ti avevo detto? Il giovane Messalla sa mordere, – considerò divertito Cicerone.

– Ebbene? – Tuberone si mise di fronte a Messalla e si avvicinò fino ad arrestarsi a un passo da lui. – A maggior ragione se, come affermi tu, mezza Italia fosse pronta a unirsi a Spartaco, io dico ancora una volta: richiamiamo Pompeo! Pompeo!

– Pompeo! Pompeo! – il senato tornò a inneggiare a Gneo Pompeo.

– No! – Messalla allargò le braccia sconsolato. – Dobbiamo dimostrare al popolo romano che il senato non dipende da questo o quel comandante. Facciamo vedere alla nostra gente che è il senato a proteggere la Repubblica! Ci servono truppe qui e adesso per sconfiggere i ribelli. I comandanti li troveremo, magari cercando dove non abbiamo mai cercato.

Il senato mormorò.

– Non abbiamo le risorse, Messalla. Dove pensi che potremmo trovare l'oro per creare un esercito dopo che abbiamo faticato a imbastire le quattro legioni che i nostri cari consoli hanno sprecato nelle settimane scorse? Abbiamo spremuto le province e adesso non hanno piú nulla da dare, – Tuberone aveva espresso un dato di fatto.

Molti annuirono, qualcuno applaudí, la maggior parte dei senatori condivise.

Allora Messalla si avvicinò al settore occupato dai magistrati. – Voi, nobili signori, voi avete l'*imperium* e voi dovete trovare le risorse.

I magistrati nicchiarono, scossero le teste ben pettinate, contorsero in smorfie i visi sbarbati di fresco, si agitarono nelle toghe. Diversi senatori, parecchi dei quali osannavano Pompeo fino a un momento prima, ora annuivano.

– Che t'aspetti che facciano? – lo incalzò Tuberone. – Hai un'idea anche vaga di quanto possono costare le legioni che servono? In piú sarebbero in larga parte composte da reclute! Pompeo ha sei legioni di veterani con sé...

– Non ne riporterebbe in Italia piú di un paio, e molto, troppo, devote a lui. Ricordate Silla di ritorno dal Ponto? Lo so io e lo sai tu, Tuberone. E lo sapete voi! Dobbiamo reclutare. Qualcuno deve dimostrare di avere il coraggio di utilizzare il potere di cui è stato investito per il bene della Repubblica e non solo per il proprio tornaconto. Non potrete nascondervi dietro a Pompeo per sempre.

Il senato esplose ancora, ma nel caos generale spiccò una voce. – Crasso, Crasso può!

Dopo qualche istante dominato da un indistinto brusio, segno di senatori raccolti in concitati conciliaboli, qualcuno convenne. – È vero, Marco Licinio Crasso!

– Quello che dovremmo aver imparato dagli errori commessi con Mario e Silla varrebbe anche per Crasso? – Nero ammiccò.

– Soprattutto per lui, – sussurrò preoccupato Cicerone. – Soprattutto per lui.

In tanti si unirono al coro, in particolare gli equestri sparsi nella curia si animarono. Marco Licinio Crasso, uno dei pretori in carica, l'uomo piú ricco di Roma e forse del Mediterraneo, inviso ai patrizi per le sue origini plebee, come soldato sulla carta valeva Pompeo. Sí, Crasso avrebbe potuto creare un esercito e affrontare Spartaco. Aveva dato già buona prova di sé sul campo di battaglia durante la guerra civile, era determinato e, cosa piú importante, aveva il denaro per armare Roma. Eppure era stato deliberatamente dimenticato in un angolo dall'aristocrazia senatoriale.

– Crasso! Crasso! – Nuove voci per un nuovo nome. Dai banchi della curia si levarono fischi e applausi. Marco Licinio Crasso si alzò, protese le braccia a calmare gli schiamazzi dei suoi sostenitori. Si sistemò i capelli sulla fronte, liberò il braccio sinistro dalla toga, salutò qualcuno. Sorrideva compiaciuto, colorando con un tocco di bonomia il volto severo che incorniciava occhi profondi, manifesti di un carattere determinato e implacabile. Chiese a Ortensio di prendere la parola. Il pretore concesse a malincuore il centro della curia al suo collega. Crasso ammiccò. – Nobile Ortensio... la scena è mia, – gli bisbigliò passandogli davanti. L'altro sorrise perplesso. – Chissà quanto ti sarà costato tacere cosí a lungo...

Mentre Tuberone si andava a sedere stringendo mani tra i sostenitori di Pompeo, Messalla, tornato al suo posto tra gli ex magistrati, diede di gomito a Cicerone. – Ho gettato l'esca e ha abboccato il pesce piú grosso. Ma adesso l'umile Crasso ci dirà che non può accettare.

– Non sono convinto che sia tu il pescatore, – bofonchiò Cicerone pensieroso.

– Come?

– Niente... Dicevo: colpo degno del piú abile oratore!

Messalla annuí compiaciuto.

Cicerone lanciò uno sguardo preoccupato a Nero. Riprese a concentrarsi sul dibattito, o almeno su quello che ne restava adesso che Crasso aveva guadagnato la scena. Se Pompeo lo spaventava, Crasso rappresentava la summa di tutte le sue paure. Non lo amava. Il modo di agire di Crasso lo indisponeva, a tratti lo indignava. Era il prototipo di equestre ambizioso e privo di scrupoli. Mandava in sollucchero la propaganda dei patrizi con quel modo quasi brutale di arricchirsi che confermava clamorosamente i pregiudizi sulla classe cui Cicerone stesso apparteneva. Trovava volgare la convinzione di Crasso, ben manifesta, che fosse sufficiente salire su una montagna di sesterzi per raggiungere il vertice della politica romana.

Crasso, nel frattempo, invitava chi lo acclamava a tornare all'ordine. Scese il silenzio. E allora il pretore parlò. – Miei nobili colleghi, vi ringrazio. Essere chiamato a gran voce in difesa della Repubblica è un onore per me, mi riempie di orgoglio. Questo può solo significare che riconoscete i meriti della mia famiglia e i miei. Abbiamo dato tanto alla Repubblica, ed ecco che la Repubblica ci ripaga con la moneta piú pregiata: la stima –. Il senato ribollí di commenti, parecchi dei quali conditi da un certo sarcasmo. Crasso cercò con lo sguardo Tuberone per godersi il suo disappunto, e continuò: – Ma, cari amici giustamente preoccupati per le sorti di Roma, non posso essere io colui che state cercando.

Molti applaudirono, altri esternarono una cocente delusione.

– Ecco qua, che t'avevo detto? – Messalla batté le mani. Diede un colpetto sulla spalla di Cicerone. – Perché, mi chiedo, perché non gioco d'azzardo? Sarei ricco!

– Sei già ricco, – sottolineò Cicerone quasi soprappensiero, senza togliere gli occhi da Crasso.

– Non quanto meriterei. Senza contare che quell'uomo laggiú spinge il concetto di ricchezza ogni giorno un passo piú in là: difficile accontentarsi di quel che si ha da quando c'è Crasso in giro.

– Ma perché non approfitta dell'occasione? Non capisco il senso del suo rifiuto.

– Non è un rifiuto. Lo capirai tra poco. Prenderà tempo in qualche modo. Il senato è ancora lontano dall'amare Crasso all'unanimità. Ma non sono le sue origini plebee il problema, no. È che per ciascun senatore che ammira, o invidia, il denaro di Crasso ce n'è almeno un altro che teme la sua abilità nel metterlo a frutto. Non è il momento giusto. Quando lo sarà, domani, tra un mese o un anno, Crasso balzerà sulla preda e ne stringerà il collo tra le fauci fino a soffocarla, – dalle parole di Messalla traspariva una malsana ammirazione, nella migliore dell'ipotesi una sconfinata ingenuità.

– Drammatico... – commentò ironico, Nero.

– Pericoloso, – chiosò Cicerone.

Al centro della curia, Crasso doveva una spiegazione.

– La situazione è, sí, grave, ma non tragica. Non è necessario che il senato s'incomodi al punto di varare leggi che mi permettano di finanziare e guidare un nuovo esercito. Non scordiamoci che il proconsole della Cisalpina, Gaio Cassio Longino Varo, sta per affrontare il nemico a sud di Mutina. È probabile che basti lui per vendicare Roma e tener alto il nome della Repubblica. Tuttavia, onorevoli padri, dalle informazioni che mi sono pervenute in qualità di pretore, ciò che piú mi preme sottolineare è che Spartaco si sta dirigendo a nord, oltre la pianura padana. Ha bruciato il superfluo e ucciso i prigionieri, una vera zavorra per il suo, diciamo cosí, esercito. Sta facendo quello che farebbe un qualunque schiavo fuggitivo: si sta allontanando piú che può dal padrone!

La curia tirò un sospiro di sollievo, nonostante fosse evidente che Crasso riponesse un'insensata fiducia in Varo e nel suo piccolo esercito, arruolato in fretta e furia setacciando la Cisalpina e raccattando i resti delle truppe di Gellio e Clodiano. Ma il messaggio principale che Crasso intendeva mandare al senato era un altro: Spartaco non era interessato a Roma e ciò bastava. Era in fuga, quindi, e i senatori avevano una gran voglia di credere a quelle parole. In fuga, ma verso dove? Non si sa, lontano dall'Urbe, però, lontano dagli affari che impinguavano le borse di tutti loro. Per la punizione ci sarebbe stato tempo dopo, quando Roma si sarebbe sentita al sicuro. La Repubblica aveva la memoria lunga almeno quanto le sue tentacolari braccia, e prima o poi avrebbe afferrato Spartaco e i suoi scalmanati. Anche ai confini del mondo.

– Propongo, dunque, una votazione perché venga dato mandato a uno dei magistrati preposti di trovare le risorse necessarie per la costituzione di sei legioni e, nei tempi dovuti, organizzare l'inseguimento dei ribelli. È diventata una caccia al cinghiale, nobili colleghi, – disse Crasso virando verso la chiusura del suo intervento.

Il senato applaudí invaso da una meravigliosa sensazione di sollievo.

– Sei legioni? Non abbiamo i soldi per due e tu, Crasso, ne vuoi sei? – Tuberone non si voleva arrendere all'idea di lasciare Pompeo in Hispania.

– Magari Crasso le pagherà di tasca propria, dimostrando ancora una volta il suo amore per la Repubblica! – una voce solitaria dal lato degli equestri spiccò per un istante. Molte teste annuirono. A Cicerone venne il dubbio che quel solitario intervento fosse stato preparato ad hoc dallo stesso Crasso, che sorrise ma sorvolò, per fluttuare su concetti piú ampi. – Il problema non sono le risorse, nobili colleghi, ma contro chi rivolgerle. Voglio ricordare che Sertorio è morto, e quindi potremo presto riprendere possesso delle miniere d'argento iberiche. Da Oriente il proconsole Lucullo, inoltre, ha inviato un grande carico d'oro, bottino della vittoria riportata nell'ultima battaglia contro Mitridate a Cabira. Il carico dovrebbe già essere in viaggio verso Brundisium. Insomma, non abbiamo i fondi adesso, ma li avremo quando serviranno. E non manca molto. Saremo in grado di dare ai consoli dell'anno prossimo un esercito efficiente, vero, addestrato da militari esperti e comandato da ufficiali con qualche campagna alle spalle. Non sottovalutiamo Spartaco, ma nemmeno rendiamolo il prodigio che non è. Con un buon esercito e dei buoni comandanti, per quello schiavo ribelle e i suoi accoliti sarà solo questione di tempo.

– Come fai a sapere del bottino di Lucullo? Nessuno in quest'aula ne era al corrente. E lo affermo senza tema di smentita, – Tuberone espresse indignata sorpresa. – Da quanto tempo, Crasso, ne sei a conoscenza?

– Una staffetta mi ha fatto rapporto all'alba. Non volevo tenervi nascosto nulla. Il dibattito era acceso e ho pensato di attendere il momento opportuno per dare l'annuncio, – disse Crasso allargando le braccia sotto la toga ingombrante. – Ed ecco che sto provvedendo a informarvi in piena seduta regolare.

Messalla batté le mani. – Visto? Crasso il latore di buone notizie. Crasso che rende ogni cosa piú semplice, che ha sempre una soluzione per i problemi della Repubblica, soprattutto per quelli che si crea da sola.

– Già, – rispose Cicerone meditabondo. – Ma che necessità abbiamo di dare la caccia a Spartaco? Lasciamolo andare. La sua orda si disperderà come nebbia spazzata dal maestrale. Questo denaro potrebbe essere usato per comprare grano, dopo due anni di pessimi raccolti, o per risolvere il problema dei pirati cilici, o...

– Su, andiamo, Cicerone, chiunque abbatterà quel bastardo diverrà il magistrato piú amato di Roma. I pirati cilici? Sono nella lista anche loro, stanne certo... Spartaco ha oscurato le grane della Repubblica. E, morto Sertorio, la sua testa ora è il trofeo piú ambito insieme a quella di Mitridate.

– Se per una volta si pensasse al bene di Roma e non al proprio tornaconto...

– I tempi cambiano, oggi la gloria personale vale piú di ogni cosa. Ringraziando gli dèi, qualcuno ancora fa il bene della Repubblica facendo il proprio. Gli dèi perdonano l'imperdonabile, Roma stessa è diventata piú indulgente.

Nero rise, strinse il braccio di Messalla. – Quanti anni hai, ragazzo? Confessa!

Messalla, inorgoglito, decise di intervenire di nuovo nel dibattito. Si alzò e disse: – Propongo che sia Crasso a distribuire le risorse disponibili in base alle esigenze della Repubblica. Sí, cari colleghi, ci occuperemo anche della carestia e delle derrate di grano per Roma, dei pirati cilici, degli approvvigionamenti alle truppe in Hispania e Asia. Metteremo in ordine le priorità... Ma se una sommossa di schiavi rimanesse impunita, che esempio daremmo ai facinorosi di ogni risma che di continuo scavano sotto le fondamenta della Repubblica?

Parecchie teste annuirono, specialmente quelle piú bianche.

Calò per la prima volta un solido silenzio, rotto solo da qualche colpo di tosse. Ortensio annusò l'aria, scrutò i colleghi provati dall'interminabile seduta e dal caldo soffocante. Decise di votare sull'incarico a Crasso. – E sia. Procediamo alla votazione, allora. Ma sia anche ben inteso questo: né il nobile Marco Licinio né Gneo Pompeo né nessun altro può ritenersi investito di un *imperium* prima che sia il senato a conferirlo in via ufficiale.

I senatori applaudirono. Molti si sentirono sollevati dall'idea che presto avrebbero rivisto la luce del sole e respirato una boccata d'aria all'esterno. Il sudore che appiccicava le toghe alla pelle, il prurito, l'odore insopportabile di alcuni colleghi: chiunque sarebbe stato pronto a votare qualunque cosa pur di uscire da lí.

Crasso accolse la decisione raggiante, annidato sotto una coltre di finta umiltà. Cicerone ebbe la sensazione che il pretore, mentre tornava a sedere, cercasse il suo sguardo in mezzo a quello di centinaia di senatori. Un'impressione, nulla piú.

La votazione avvenne per alzata di mano. Alla fine, dopo tre esasperanti conteggi, Crasso ottenne per senatoconsulto l'incarico di reperire i fondi necessari ad armare nuove truppe.

La sala applaudí.

Crasso stringeva braccia e salutava colleghi.

Messalla corse a congratularsi. Nero si dileguò congedandosi con un sibillino: – Chi può conoscere il futuro?

Anche Cicerone sgattaiolò via, sgusciando tra un senatore e l'altro. Schivò ben poco stimolanti dissertazioni sul bene della Repubblica. Una volta all'aperto, la luce del sole gli ferí gli occhi. Si fece schermo con una mano nell'attesa di abituarsi alla nuova luminosità. Si guardò attorno senza scorgere il fidato Tirone, che in genere lo aspettava fuori al termine di ogni seduta. Poi si ricordò che Terenzia aveva cooptato il suo scrivano per futili commissioni e che adesso il povero Tirone quasi certamente si trovava a rimbalzare tra tintori e mobilieri. A nulla erano valse le proteste di Cicerone. In fondo, quanto poteva essere fondamentale una seduta della curia se paragonata a un nuovo divano?

Si fermò un attimo all'esterno, tra le colonne. Inspirò una boccata d'aria, quindi prese a scendere lungo la scalinata cercando di non inciampare nella toga e zigzagando tra gruppetti di senatori ciancianti in attesa che Crasso uscisse.

Vide Tuberone e Catto Mecio Pisone, appartati. Pisone era noto piú per il gusto per il lusso che per le abilità politiche. Anche lui, come tanti, aveva leccato le calighe di Mario prima di baciare le orientaleggianti tuniche di Silla. Cicerone rivide le firme di Tuberone e Pisone, una di fianco all'altra sul testamento di Flacco. I due discutevano animatamente. Tuberone scorse Cicerone, salutò. Cicerone ricambiò il saluto. Anche Pisone abbozzò un saluto, poi portò Tuberone qualche colonna piú in là. Si voltò per vedere se l'oratore li stesse ancora osservando. Chissà se stavano discutendo del testamento milionario di Flacco e delle reticenze di Capella a condividere la sua fortuna con la famiglia del defunto.

Una salva di applausi attirò l'attenzione di Cicerone. Crasso era uscito dal senato. Decine di ammiratori lo avevano accolto adoranti. Il pretore salutava ognuno per nome, si interessava allo stato di salute di figli, mogli e nipoti. Sapeva tutto di tutti, ricordava tutto di tutti, ma, ben piú importante, dava la sensazione che gliene importasse qualcosa.

Cicerone era indignato dalla notorietà di quell'uomo e dal piacere che mostrava di provare nell'essere popolare. Si voltò e si scontrò con un littore. L'uomo lo squadrò severo, Cicerone chinò il capo imbarazzato, lo scansò ma perse l'equilibrio. Quasi certamente sarebbe caduto se Quinto Ortensio Ortalo non l'avesse afferrato per un braccio. I suoi denti bianchi incorniciati nel bel viso abbronzato brillavano al sole. – Crasso fa questo effetto dionisiaco sul senato? I senatori sbandano storditi dal luccichio dei suoi denarii?

– Un attimo di distrazione, nobile Ortensio, anzi pretore.

– Già, hai ragione: pare che anch'io sia pretore, – Ortensio arricciò il naso infastidito. – Con colleghi ingombranti come Crasso a volte è difficile ricordarselo. Se non fosse per i littori che mi seguono ovunque...

– Oh, no, – disse Cicerone liberandosi dalla cortese presa del pretore. Si sistemò la toga. – Questo genere di modestia non si addice al vero padrone dei tribunali di Roma.

I due si avviarono verso il foro. – I miei vecchi trucchi da imbonitore poco possono se paragonati alla colossale rete di informatori di Crasso e alla cascata di monete che può riversare su chiunque in qualunque momento.

– Andiamo, sei a caccia di lusinghe? Sappiamo bene che pochi possono stare al passo di Quinto Ortensio Ortalo in materia di informazioni...

– Sí, lo ammetto: sono geloso delle attenzioni che riceve Crasso, – Ortensio rise. – E poi sappiamo bene quanto poco sia amato il mio collega dalle famiglie che contano davvero in senato. Non vedo Valerii, Metelli, Claudii o Severi tra chi lo acclama come salvatore della patria. O mi sbaglio?

– A parte tuo nipote, il buon Messalla, – rispose Cicerone.

– È sempre stato un originale, una testa calda... E, nel caso specifico, è l'eccezione che conferma la regola.

Si leggevano i segni della professione in ogni suo movimento e parola. Uomo di eleganza sopraffina e di modi squisiti, oratore della vecchia scuola, che alla tecnica abbinava un certo acume e una buona dose di furbizia. I due si stimavano. Un tempo Ortensio avrebbe avuto molto da insegnare a quel ragazzotto di Arpino tutto ideali e ambizione. Ora si potevano guardare negli occhi. A separarli, soltanto qualche anno in piú sulle spalle del pretore. E la questione del testamento di Flacco.

Ortensio si offrí di accompagnarlo per un tratto. Cicerone accettò, nonostante la scorta dei littori lo mettesse a disagio. Camminarono in silenzio per alcuni minuti mentre le guardie del corpo respingevano ammiratori e curiosi. Alla fine Cicerone fece la prima mossa. – Possiamo trovare un accordo?

– Non ti andrebbe di girarci un po' attorno?

– Oh, andiamo, – rispose Cicerone, – sappiamo bene perché stiamo facendo questa passeggiata.

– Non credevo che avrei dovuto affrontare un brutale assalto. Hai perso il gusto per una piacevole conversazione?

– Prima preferirei affrontare la questione di Flacco.

Ortensio si fermò in mezzo alla strada, i littori lo circondarono, intasando la stretta via che stavano percorrendo. Scrutò Cicerone. – Capella ti indispone a tal punto?

– Non lo sopporto, – ammise l'oratore.

– Non pensare che i Poplicola siano meglio. Sono i piú arroganti, tra i Valerii. Ma sono clienti, giusto?

I due ridacchiarono. Cicerone allargò le braccia. – Mi irrita ogni suo gesto. Non ho motivi specifici per averlo cosí in antipatia, eppure…

– E allora capirai bene perché i miei clienti sono tanto mal disposti nei suoi confronti.

Cicerone scosse il capo. – Scherzi a parte: è possibile un accordo?

– Credo di sí. Anche se non sarà facile. Venti milioni non sono uno scherzo.

– E mezzo.

– Cosa?

– Venti milioni e mezzo. No, non sono uno scherzo, e ne sono ben conscio. Però il testamento è regolare, e i Poplicola dovranno parecchio lavorare di fantasia per impugnarlo.

– Mi conosci abbastanza per sapere che non sarei qui a parlare per loro se non avessi visto uno spiraglio per averla vinta.

– Inutile chiederti quale sia lo spiraglio.

Ortensio rise. – Vogliono un accordo, Cicerone. Accontentiamoci di poter mediare ed evitare un confronto pubblico spiacevole, soprattutto per Capella.

– In fondo è il nostro lavoro, no? Fare giustizia e mantenere l'equilibrio.

– O romperlo. Noi abbiamo il potere di spostare i piatti della bilancia. Ricordi otto anni fa?

– Ora sono diverso.

– Non ne dubito. È per questo che nel profondo del mio cuore c'è la speranza di scendere nel foro per confrontarmi con te. Immagini che spettacolo? Tuttavia la povera Plauzia ha ventidue anni, e sono certo che entrambi vorremmo risparmiarle l'umiliazione di finire dietro il banco degli imputati.

– E di cosa potrebbero mai accusarla, i Poplicola?

Ortensio fece spallucce. Glissò, invertí la rotta. – Verrai al funerale di Orsino domani?

– Naturalmente. Povero vecchio... – Cicerone sospirò pensieroso. – Almeno ha scelto lui quando tagliare il filo. Anche se... Insomma, cosí, senza nemmeno un banchetto d'addio, senza lasciar scritto o detto nulla.

– Anche il suo servo s'è suicidato con lui, dicono.

– Scene d'altri tempi per la morte di un uomo d'altri tempi.

Ortensio considerò: – È stato strano vedere la sua firma vicino a quella di Pisone e Tuberone sul testamento di Flacco.

– Vero.

– Li ha voluti Capella come testimoni?

– No, Capella giura di non avere rapporti con quei due.

– Sí, anche le mie fonti mi hanno detto la stessa cosa. Eppure mi dicono che nemmeno Flacco sia mai stato visto fraternizzare con loro. Curioso...

– Capella asserisce invece che, quando li ha visti insieme, gli sono sembrati piuttosto intimi. In fondo venti milioni e mezzo possono costruire ponti sui torrenti piú agitati.

– Può essere –. Ortensio fermò la scorta. La strada si biforcava, e lí pretore e senatore si dovevano salutare. – Sono contento che tu sia tornato a occuparti di qualcosa di importante. La politica romana ha bisogno di te.

– Mi lusinghi. Direi che Roma si caccia nei guai benissimo da sola, senza il mio contributo! – Risero.

– Vieni a trovarmi tra un paio di giorni, parliamo, imbastiamo l'accordo. Ti presenterò un'offerta informale dei Poplicola e tu mi dirai fino a dove si può spingere Capella.

– Bene, pretore, – Cicerone fece un piccolo inchino. Ortensio ricambiò, poi aggiunse: – Ci sarà anche Messalla. Vorrei che lo ascoltassi, ha notizie interessanti che è meglio tu conosca prima di tornare dal tuo cliente con l'offerta dei Poplicola.

– Cosa devo sapere?

Ortensio alzò la mano in cenno di saluto e scomparve circondato dai suoi littori.

Cicerone rimase immobile nel mezzo di un incrocio ai piedi dell'Esquilino. Un brivido gli percorse la schiena nonostante il caldo. Sospirò e prese la via di casa. Non vedeva l'ora di stringere tra le braccia la sua piccola Tullia, l'unico essere umano puro e disinteressato che pensava esistesse al mondo.

Fuori posto

Placentia, anno 681 ab Urbe condita, ottavo e settimo giorno prima delle idi di giugno
(6 e 7 giugno, 72 a. C.)

Al tramonto, Tito si stava attardando in uno degli orti per seguire la raccolta dei piselli, e i tempi andati sbucarono fuori dal nulla. Diede un'occhiata ai baccelli nel cesto che Genzio stava riempiendo e, nel momento in cui alzò la testa per scacciare una mosca, scorse lungo lo stretto sentiero che conduceva dalla via Emilia all'aia della villa un uomo in groppa a un mulo scheletrico avanzare deciso, illuminato dal sole basso all'orizzonte. Non sembrava un pellegrino che aveva smarrito il cammino. Aveva, anzi, l'aria di sapere perfettamente dove si trovasse e dove stesse andando. Tito risalí l'orto fino alla strada, e quando l'uomo giunse trotterellante al suo cospetto fece arrestare il mulo. L'ex centurione e lo straniero si fissarono senza dire niente per un po'. Tito lo osservò bene, lo annusò, soprattutto. Dall'età indefinibile, era un piccoletto alto poco piú di un ragazzino di quindici anni, magro e nervoso, la barba incolta e una folta capigliatura nera piena di ricci annodati. Aveva l'odore rancido di chi dorme con il bestiame. Doveva venire dalle valli. La pelle di capra che indossava e il piccolo disco di rame inciso a sbalzo raffigurante la testa di un toro appeso al collo raccontavano una storia precisa: era senza dubbio uno di quei pochi barbari ancora annidati sulle alture comprese tra Placentia e il mare, avanzi di un'epoca antica in cui le montagne erano sacre. L'ex centurione fissò i piccoli occhi luccicanti: – Ave, pellegrino, ti sei perso?

L'uomo ridacchiò, borbottò tra sé, poi chiese: – Il Molosso dov'è?

Tito fu percorso da un brivido. – Quale molosso? Non possiedo molossi.

Quello non si scompose. – No, niente cani. Tito Annio Tuscolano, il Molosso. Chi mi manda mi ha detto che è qui.

– Chi ti manda si sbaglia, io non so di chi parli. Chi sei? Da dove vieni?

Il tipo indicò gli Appennini alle sue spalle.

– Chi ti manda? – insistette Tito.

– L'uomo ferito a una gamba.

– Ha un nome, quest'uomo?

– Immagino di sí. Almeno, dovrebbe. Tutti lo abbiamo.

– Per gli dèi... E dov'è quest'uomo ferito?

L'uomo indicò di nuovo gli Appennini alle sue spalle.

Tito cominciava a innervosirsi. Nessuno lo chiamava Molosso da otto anni; nessuno al di fuori delle mura di Roma avrebbe dovuto conoscere quel soprannome. Ebbe la sgradevole sensazione di essere tirato per la tunica dalla mano di un morto.

– Oh, andiamo... Che vuoi?

– Cerco te, – rispose quello.

– Non ti conosco.

– Certo che non mi conosci! Perché dovresti? – rise. – Lui ti conosce, l'uomo ferito. Mi dice: «Cerca gli Ursii, troverai un Tito. Ha il mio accento». Mi dice: «Quando ce l'hai di fronte riferiscigli che un vecchio amico ha bisogno del Molosso».

– Ed è un romano.

– Come te, con il tuo accento, appunto. Lui viene da Roma, tu pure.

– E ha bisogno di qualcuno che l'aiuti perché è ferito.

– Non ha bisogno di aiuto, tanto morirà, però ha bisogno di te –. Il piccoletto si grattò la testa. Tito fece un passo indietro temendo i pidocchi. Quello si strappò qualcosa da un capello, probabilmente un parassita gonfio di sangue. Ridacchiò e lo gettò lontano.

Tito tentennò, ma ritrovò subito la rotta del discorso. – Be', mi spiace per il romano ferito. Ma io non sono il Molosso o chi accidenti stai cercando.

– Oltre al romano ferito, anche gli dèi mi parlano: e mi dicono che il Tito che cerco sei tu.

– I miei dèi, invece, mi dicono che ti sbagli.

Il piccoletto sorrise, si girò in direzione degli Appennini che si stagliavano all'orizzonte, sembrò confabulare con un interlocutore invisibile, poi si rivolse di nuovo a Tito. – I miei dèi sono qui da molto piú tempo dei tuoi. I miei dèi non si sbagliano. Forse i tuoi mentono.

– Stai dicendo che sono un bugiardo?

– No, che i tuoi dèi lo sono. Ma avranno le loro buone ragioni.

– Chi sei?

– Se tu dici di non essere chi sei, perché dovrei dirti chi sono io? Io sono io. E tu sei tu. Ammettilo.

– Non posso ammettere di essere chi non sono.

– Avrai le tue ragioni, – fece spallucce quello, e si sedette per terra. – Aspetterò che tu ti convinca di essere chi sei.

Tito rimase un attimo interdetto, ci pensò un po' su, si avvicinò minaccioso verso il montanaro. Lo tirò per un braccio e gli intimò: – Vattene dalla mia terra.

– Dove finisce la tua terra? – chiese l'altro, serafico.

– Che differenza fa?

Il piccoletto non mosse un passo. Tito, esasperato, imprecò, indicò un punto oltre le spalle dell'uomo. – Laggiú, dove comincia la strada che ti ha portato qui. Quello è il confine delle terre degli Ursii.

– Bene, – disse il fetente, – ti aspetterò là.

– Aspetterai invano, – brontolò Tito. – Ora, se non ti spiace...

Il tizio montò in groppa al mulo e se ne andò fischiettando da dove era venuto.

Tito e lo schiavo lo osservarono finché non giunse nel punto indicato dall'ex centurione, a conferma delle proprie intenzioni.

– Genzio, – disse Tito, – continua il tuo lavoro qui insieme agli altri. Tieni d'occhio la strada. Se quel bastardo fa soltanto un passo nella direzione della villa, ti autorizzo a bastonarlo. Quando cala il sole, torna a casa.

– Con piacere! – Lo schiavo ci pensò un po' su, poi chiese: – *Domine*, chi stava cercando?

– Non ne ho la minima idea. È un matto sceso dalle montagne, per quanto ne so.

– Ma conosceva il tuo nome e... Chi è il Molosso?

Tito non gli rispose, aveva preso la via di casa senza voltarsi.

A cena non mandò giú nemmeno un boccone e Genzio si guardò bene dal fare domande, nonostante fosse roso dalla curiosità. La sera non riuscí a prendere sonno. Si rigirò nel letto, sudando in preda a un'ansia sconosciuta. Aveva implorato Morfeo tra le colonne del portico, ma le zanzare non avevano fatto altro che esasperarlo. Si chiedeva come si sarebbe comportato se il mattino dopo avesse trovato il montanaro puzzolente ancora lí, al limitare della tenuta, con quell'espressione arrogante.

La notte era luminosa, nell'aria si inseguivano i richiami degli animali: la luna piena e i bagliori di un temporale a est innervosivano gli esseri che popolavano l'oscurità. Alla fine si rivestí, mise in vita il *pugium* e tornò nel frutteto.

Pensò di raggiungere il piccolo bastardo che gli aveva rovinato la serata, torturarlo per farsi dire tutto quello che sapeva, e poi farlo sparire. In fondo, il mulo del montanaro gli avrebbe fatto comodo dopo aver venduto il vecchio Musone. E con quel vago intento si era avvicinato al bivacco dell'intruso abbastanza da poterlo osservare mentre metteva un paio di scoiattoli sul fuoco per cena. Lo sentí bofonchiare in una lingua morta, lo sentí ridere. Lo vide danzare attorno al fuoco. Rimase lí a osservarlo un paio d'ore per convincersi, alla fine, che era soltanto un poveraccio. Indisponente, arrogante, certo, ma soltanto un povero montanaro da cui non avrebbe cavato alcuna informazione sensata. Se quello fosse andato in città a raccontare di Tito, il Molosso cacciatore di uomini, il riscossore di Crasso, nessuno gli avrebbe dato credito. Sospirò e ritornò verso la villa. Finalmente si addormentò, vestito di tutto punto con il pugnale appoggiato sul petto. Sognò una stanza da letto. Un luogo familiare, il talamo che aveva condiviso con Velia, il fumo di un incendio, sul pavimento sangue. Si girò e vide un gigante con un occhio solo calare la lama curva di una sica sulla sua testa. Urlò, muto, intrappolato in un incubo ricorrente.

Si svegliò di soprassalto indirizzando il pugnale nel vuoto. Era madido di sudore. Si cambiò, indossò una tunica pulita di lana grezza, frugò in una cassapanca. Recuperò le sue logore calighe alle quali aveva sostituito i lacci cosí tante volte che non ce n'erano due uguali. Aveva chiodato le suole da poco. Frugò ancora, fino a quando non trovò un fagotto oblungo. Lo aprí e ne estrasse il suo vecchio gladio. Uscí nell'aia. Il canto del gallo, Genzio assonnato che dava da mangiare alle oche starnazzanti, la luce del sole che filtrava tra i rami della quercia secolare che incombeva sul muro orientale della villa: assistette a un'alba come mille altre. Passò alla mola il gladio, lo infilò nel consunto fodero di cuoio e legno, se lo legò in vita e montò sull'unica cavalcatura che gli rimaneva, un vecchio mulo dagli occhi cisposi. Genzio cercò inutilmente spiegazioni.

– Se Torquato chiede dove sono andato, – disse l'ex centurione, – inventati qualcosa. Digli che sto facendo il giro dei terreni e che starò fuori tutto il giorno.

– A cosa serve il gladio?

– Lupi.

– Cosí a valle?

– Un'altra domanda e lo sguaino –. Tito appoggiò l'indice alla bocca, minaccioso.

Raggiunse la via Emilia. Il montanaro era ancora lí. Aveva già spento il fuoco e piccole ossa di roditore biancheggiavano nella cenere. Quando Tito fu a pochi passi, il tipo si rizzò in piedi, sbadigliò, si stiracchiò, sorrise compiaciuto. – Andiamo, Molosso?

Dopo qualche miglio lasciarono la via Emilia per immettersi nella valle della Trebbia, diretti a sud. Seguirono il corso del torrente, gonfio per le recenti piogge. A metà mattina l'afa toglieva già il fiato.

Trascorse un paio d'ore in assoluto silenzio, mentre il sole di mezzogiorno eccitava le cicale, il sentiero divenne cosí stretto e la riva tanto ripida da obbligare i due uomini a scendere dalle loro cavalcature.

A un incrocio con una mulattiera che si inerpicava ancor piú verso la cresta delle alture che sovrastavano il corso del fiume, il montanaro si fermò di colpo davanti a una piccola stele su cui era stata scolpita rozzamente l'immagine di un guerriero. Tito quasi andò a sbattere contro le terga del mulo del montanaro.

– Saluta il padre di mio padre, – disse.

– Cosa?

– Il padre di mio padre, salutalo, sarebbe un segno di rispetto gradito. Protegge questo crocevia. Voi gli antenati li avete in casa, noi nei boschi, – indicò la stele, per metà coperta da uno spesso strato di muschio secco.

– E come devo salutarlo? – Tito sbuffò.

– Devi dire qualcosa di gentile e rispettoso. E solleva le mani, cosí.

Tito sbuffò di nuovo, alzò le mani al cielo. – Ti saluto...? Come si chiamava tuo nonno? – si voltò e vide l'uomo che rideva. – Perché ridi?

– Perché parli con un sasso. Non ho la minima idea di chi sia. È lí da sempre! Quando passo di qui e lo vedo, mi tocco. Cosí, per scaramanzia.

Tito rimpianse di non averlo fatto sparire la notte prima. – Manca molto?

– No, no, basta che non ci fermiamo a salutare tutte le pietre che incontriamo, – il montanaro continuava a ridere nel folto della foresta.

Dopo una buona mezz'ora di salita qualcosa si mosse al margine del campo visivo di Tito. Un guizzo nel sottobosco. L'ex centurione si allarmò, strinse il gladio e allungò il passo fino a raggiungere il montanaro. – Se mi hai attirato in una trappola, muori per primo. Tienilo a mente!

L'uomo lo guardò stupito, sospirò e chiamò a gran voce qualcuno. Vennero pronunciate parole familiari soltanto agli alberi di quei luoghi. Tito non capí nulla di un dialetto che mischiava il latino e una lingua forse piú antica. Un moccioso minuscolo, vestito di pelle di lupo, sbucò sul sentiero dalla parte opposta da cui era provenuto il fruscio che aveva allarmato Tito. L'ex centurione capí che era un bambino solo perché stava ritto sulle gambe: sporco come il montanaro, la pelle color del fango e i capelli ispidi pieni di rametti e forasacchi. Se si fosse messo carponi, Tito avrebbe potuto scambiarlo per un cucciolo di lupo.

– È mio figlio, stai tranquillo. Perché mai dovrei attirarti in una trappola? Hai paura che ti mangiamo? – rise.

Il bambino si era appiccicato a Tito. Lo seguiva a un paio di piedi di distanza, incuriosito dal suo aspetto. Doveva esser poco abituato a vedere gente di pianura lassú.

Dopo aver superato un'altra stele semicoperta dalla vegetazione, raggiunsero una radura scoscesa. Tito si voltò verso la valle e vide che si trovavano in alto, sulla cresta di una gola stretta, sul cui fondo scorreva la Trebbia. L'aria era piú secca, la temperatura gradevole. Sparse per la radura, le rovine di una decina di capanne. Un antico insediamento di cui era rimasta in piedi solo un'abitazione di fango e pietra, con il tetto conico, ottenuto dall'intreccio sapiente di sterpaglie e rami, dalla cui sommità usciva un filo di fumo.

– Eccoci, – disse il montanaro. – Gli altri sono stati portati via da quelli come te, a forza, tanto tempo fa. Tutti schiavi nelle miniere.

Accanto alla capanna, una casupola di pietra coperta da rami di faggio, che si apriva su un piccolo recinto in cui sonnecchiava ammassata una decina di capre. Di fronte alla casa una donna, avvolta in cenci dal colore indefinito, scuoiava la coscia di un capriolo. Aveva le braccia rosse fino al gomito per il sangue. Vicino a lei, un vecchio macilento stava all'ombra del tetto della casupola, seduto su uno sgabello.

Avanzando verso la catapecchia, Tito sentí nitrire. Aggirò la costruzione e vide tre cavalli legati a un palo. Il montanaro gli fece segno di legare anche il suo mulo lí. Quando si avvicinò, Tito notò che una delle tre cavalcature, un baio, apparteneva all'esercito della Repubblica, la sella e i finimenti non lasciavano dubbi. Si allarmò. Tre cavalli, tre cavalieri, almeno un militare.

– Di chi sono quei cavalli?

– Miei, – disse l'uomo tranquillo, mentre cercava di convincere il mulo a entrare nel recinto delle capre.

– Non dire stronzate. Uno è il cavallo di un legionario romano.

– Lo era. Adesso è mio.

– Mettiamola cosí: come ne sei entrato in possesso?

– Me li ha dati lui.

– Il romano ferito? È un legionario?

– No, non è un legionario e, sí, me li ha dati lui, ma soltanto due. Uno se lo vuole tenere per tornare a Roma. Tornare... – rise. – Me li ha dati per convincermi a venirti a prendere. Il montanaro si avviò verso la capanna. – Allora? Lo vuoi incontrare? Sei venuto fin qua per questo, no?

– Dove sta?

– Dentro, – e fece cenno a Tito di entrare.

– Vai avanti tu, – disse l'ex centurione sospettoso. Estrasse per metà il gladio.

– Che Pen mi sia testimone, non so di chi tu abbia paura, ma deve essere qualcuno di davvero terribile. Entra in casa, lui è lí, – poi chiese qualcosa alla donna, che alzò la testa dalla coscia di capriolo e rispose nello stesso insolito idioma. Fino ad allora non aveva proferito parola. L'uomo annuí. – Dice che è vivo, ma lo sarà ancora per poco. Perciò affrettati.

Tito si guardò attorno, mandò il montanaro avanti. La moglie non degnò di uno sguardo l'ex centurione. Il bambino si era messo ad aiutare la mamma tirando con i denti la pelle del capriolo, il suo interesse per il forestiero era scemato. Quando fu abbastanza vicino, Tito si rese conto che il vecchio era cieco. Gli occhi bianchi fissavano il vuoto. Unico segno di vita la mano nodosa che scacciava pigramente le mosche che gli si posavano sulle gambe gonfie. Accanto allo sgabello, due bisacce da viaggio e un paio di coperte di lana grezza.

– Di chi è quella roba?

– Del romano e di un suo amico, da quanto ho capito. Me le ha date lui.

– Certo…

– Visto? Non hai niente da temere, – il montanaro aveva scostato il battente sgangherato della porta della capanna. Lo invitava con ampi gesti a entrare. Tito sguainò il gladio.

– Per gli dèi… – disse l'uomo dall'interno, allargando le braccia e ruotando su sé stesso. – Contento?

Tito si sporse oltre la soglia e si coprí subito il naso, colpito in pieno volto da un'ondata di umido, dolciastro, malsano odore di morte imminente.

– La sua gamba… – disse il padrone di casa stando appena fuori. – Sono due notti che i miei dormono nelle rovine. La mia donna dice che il tipo ha urlato e delirato fino all'alba.

L'ex centurione cominciò subito a sudare per il caldo. La casupola circolare era letteralmente una tana. Al centro del pavimento in terra battuta, un cerchio di pietre circoscriveva un focolare acceso su cui penzolava dal soffitto una borbottante marmitta di rame annerito legata a una catena. Qualcosa stava bollendo, sapeva di cipolla, aglio e selvaggina. In un angolo erano state accatastate alcune anfore e pile di vasellame in ceramica di varia fattura che il montanaro e i suoi dovevano aver scambiato per generazioni con i mercanti di passaggio nella valle. Alcune sembravano molto antiche, scolorite e crepate. L'odore del cibo e della legna bruciata, tuttavia, non riusciva a coprire il lezzo della gangrena. Una puzza che Tito conosceva fin troppo bene. Scostò strisce di carne secca, pelli di lontra, code di volpe e trecce d'aglio appese al soffitto. Vide dei ciuffi di lavanda, ne strappò un mazzetto e se lo portò al naso. Quando gli occhi si furono abituati alla penombra, notò che oltre il focolare, lungo il perimetro della capanna, erano disposti tre giacigli di paglia. E su uno di questi, il piú grande, languiva una grossa massa scura. Una massa scura viva, visto che gemette nel percepire una presenza. La puzza di morte proveniva da lí. L'uomo sul giaciglio allungò un braccio verso Tito. – Acqua.

L'ex centurione si guardò attorno. Scorse una brocca. Era mezza piena. Vuotò un po' d'acqua in una ciotola e la porse all'uomo disteso. – Che ci fai qui, Fulvio?

L'uomo fu scosso da un brivido. Emise un suono simile a una risata. – Molosso… – Non riusciva a tenere la ciotola in mano. Tito lo aiutò a bere.

Fulvio Abile, braccio violento di Marco Licinio Crasso, esattore, persuasore, molta forza, poco ingegno, giaceva febbricitante, madido, la coscia nera, la pelle crepata, la carne marcia attorno a un'ampia ferita già aggredita dalle larve di mosca. Senza dubbio il colpo di una lama spessa. Tito e Abile avevano lavorato assieme per anni al servizio di Crasso. Non erano amici, si poteva dire che erano stati colleghi. Anche Fulvio Abile era ex militare di truppa, però, al contrario di Tito, non era per nulla abituato a usare il cervello piú dell'indispensabile. Per Crasso, Tito compiva le missioni piú delicate, Fulvio Abile si occupava, invece, di incarichi pericolosi ma semplici. Ora, quello che Tito non riusciva a spiegarsi era cosa ci facesse quell'uomo trecentocinquanta miglia a nord di dove avrebbe dovuto essere. Non era giusto che fosse lí. Nel caso di un cane da catena come Abile c'era da chiedersi perché mai il guinzaglio di Crasso fosse diventato cosí lungo.

– Mi vuoi dire che ci fai qui?

Abile ci mise un po' a trovare le forza per rispondere. La febbre annebbiava la vista, il respiro era frequente e superficiale. – Molosso… Sei veramente tu, non sei un'allucinazione. Non sei morto, – il viso si deformò in una smorfia. – Aveva ragione il capo.

– Non siamo a Roma, siamo in Gallia, e da queste parti Crasso non è il capo di nessuno. Vederti non mi piace. E io non dovrei essere qui a parlarti. Cosa vuoi da me?

– Devi fare una cosa.

– Per te?

– Stronzo… – si contorse Fulvio, si assopí.

– No, no, – Tito lo scosse. – Sveglia! Vuoi altra acqua?

– Sí…

Tito gli versò ancora un po' d'acqua nella ciotola. La inclinò sulle labbra screpolate del moribondo. – Ecco, meglio?

– Meglio, certo, meglio… – sussurrò Fulvio Abile. – Sto per morire.

– Lo vedo. E, dato che lo sappiamo entrambi, mi dici che vuoi da me? Non vorrai schiattare senza dirmelo, vero?

– Mi è venuto a trovare mio padre, stanotte. Mi ha detto che me lo merito, – cominciò a piagnucolare. – Era lí, giuro sugli dèi, era lí dove sei tu adesso.

– Dimmi cosa vuoi, cerca di concentrarti.

– Era lí… Ho sempre fatto solo quello che mi hanno chiesto di fare. No, non me lo merito, padre! – Provò ad appoggiarsi sui gomiti. Gridò per il dolore. Tito si scostò e lo guardò vomitare acqua e bile sul pavimento.

Abile si lasciò cadere spossato sul paglericcio. – Devi aiutarmi, Molosso.

– Nessuno ti può aiutare.

– Non voglio morire qui.

– Non decidiamo noi dove morire.

– Ma io devo tornare a Roma. Lo capisci? Tu non immagini. Tu non immagini… – Afferrò l'ex centurione per la tunica tirandolo a sé. – Devo portare a termine la missione. Devo!

Tito lo respinse senza troppo sforzo, la febbre gli aveva succhiato via tutte le forze.

– Ho cavato un occhio a quel figlio di puttana, gli ho tagliato le dita… E ha parlato.

– A chi hai cavato un occhio? A quello che ti ha ammazzato? Di chi sono i cavalli qui fuori?

– Dovevo farlo. Uno dei nostri… Ma era un traditore. Un occhio, gli ho cavato. Hai mai cavato un occhio a qualcuno? Ho guardato nella sua orbita vuota. E dentro c'era la fine del mondo.

– Di che stai parlando?

– La fine… Molosso. Devo tornare a Roma. Ti prego, portami a Roma.

– Non arriveresti a un miglio da qui, Abile.

– Sei sempre stato un bastardo, – cominciò a farfugliare frasi incomprensibili. Parlava con suo padre.

Poi chiuse le palpebre. Si era stancato anche di suo padre.

Tito lo scosse. – Non ti addormentare! Chi altri sa dove abito? Crasso? Chi altri?

– Lasciami stare.

L'ex centurione premette sulla ferita. Abile urlò, sgranò gli occhi. – Non voglio morire qui! – Crollò. Tito non riuscí piú a svegliarlo. Lo perquisí. Nemmeno una moneta, una lama, niente. Abile aveva sempre portato un bracciale d'argento. Sempre. I montanari l'avevano già ripulito. Trovò soltanto, infilato tra tallone e calzare, un minuscolo pezzo di pergamena con sopra scritto: «Ursii. Placentia». La schiena di Tito fu percorsa da un brivido. Gettò il foglietto nel fuoco. Notò che Abile aveva la testa appoggiata su due bisacce da sella. – Non è roba tua, questa, Abile. La tua bisaccia ce l'ha il montanaro –. Le frugò. Una conteneva oggetti personali, roba da viaggio: una pagnotta ammuffita, un unguento di qualche tipo, frutta secca, una *laguncula* con un po' d'acqua e un amuleto fallico. L'altra conteneva corrispondenza. Avvicinò una lettera alla luce e lesse qualche riga. Un legionario in preda alla nostalgia che scriveva a casa dall'Hispania. La risistemò nella bisaccia insieme alle altre. – Che hai fatto, Abile? Hai ammazzato una staffetta dal fronte? Che cazzo hai fatto?

Abile respirava appena. Vicino alle bisacce Tito trovò due otri in pelle di capra, macchiati di sangue e pieni di un liquido scuro, vino. Ne bevve una sorsata: la sputò. Diede uno strattone al ferito, lo punzecchiò, gli mise una mano sul petto: per Abile non c'era piú niente da fare. Non c'era mai stato niente da fare.

L'ex centurione si passò una mano sulle guance e mosso a pietà estrasse il coltello per porre fine alle sofferenze dell'altro. Quando Abile sentí la lama entrargli sotto lo sterno ebbe un sussulto, aprí gli occhi per l'ultima volta. Dopo qualche istante era morto. Tito gli chiuse le palpebre. – Addio, coglione.

Su una spalla mise i due otri, sull'altra sistemò le bisacce, impugnò il gladio e uscí. Dovette riabituarsi alla luce del pomeriggio, riempí i polmoni di aria fresca.

Il montanaro gli si fece incontro. – Allora?

– È morto.

– Non porti via il tuo amico?

– È morto, ti ho detto.

– Lo conoscevi?

– Sí, – rispose Tito, – era un bastardo. Quasi peggio di te –. Si avviò verso i cavalli. – Uno di quei tre è mio.

Quello dell'esercito. Prova a impedirmi di prenderlo, – Tito mise la mano sul pomolo del gladio. – Ti faccio un favore, fidati. Se ti trovassero questa roba in casa... Fai sparire il corpo. E per un po' nascondi i cavalli. Potrebbe venire qualcuno a cercare i cavalieri.

– Fai pure, due mi possono bastare. Uno, magari, ce lo mangiamo, – disse l'uomo facendosi da parte.

Tito frugò anche le bisacce ai piedi del vecchio senza mai perdere di vista il montanaro e il resto della famiglia. Non contenevano niente di interessante: una coperta, la *laguncula* di Abile, un coltello, una corda, formaggio ammuffito e una manciata di frutta secca.

– Non mi aiuti a seppellire il romano?

– Arrangiati.

– Ma era un tuo amico.

– Non era mio amico. Due cavalli e un bracciale d'argento sono abbastanza per pagare una degna sepoltura.

Tito rientrò nella villa degli Ursii che era già buio. Passò buona parte della notte davanti a un braciere sotto il portico della sua piccola villa. Lesse le lettere contenute nella bisaccia in cerca di indizi: anonimi legionari, di truppa, che frignavano per il caldo in Hispania o perché il cibo faceva schifo, che chiedevano notizie di parenti, figli e mogli. Gente sola, lontana da casa da anni. Nessun riferimento a comandanti, campi o località. Sapevano bene che sarebbero state lette da qualcuno prima di essere spedite.

Voleva capire perché Crasso aveva mandato Abile a nord ad ammazzare una staffetta con la posta dei legionari al fronte. Il vino degli otri era orribile, ma lo bevve tutto comunque. Non trovò nulla di interessante: stronzate melense. A mano a mano che le leggeva, buttava le lettere nel fuoco. C'era passato in prima persona, solo che lui non aveva nessuno a cui spedirle. In genere, immaginava di scrivere a sua madre morta e poi distruggeva quello che aveva scritto, affogando il dolore nel vino.

Sognò Velia. Era bellissima.

L'alba lo sorprese ubriaco appoggiato a una colonna del portico. Bofonchiò qualcosa e pisciò in mezzo all'aia. Ridacchio all'idea di quello che avrebbe detto Flavia. Portò le pelli di capra con sé nella stalla perché aveva pensato di farci qualcosa, ma non sapeva ancora cosa. Cominciò con lo sventrarle per metterle in acqua.

Crasso sapeva dove trovarlo. Chi glielo avesse detto, però, era un mistero. Aveva fatto di tutto per passare per morto. Specialmente Crasso doveva ritenerlo morto, eppure cosí non era stato. E se Abile aveva quel biglietto poteva significare soltanto una cosa.

«Crasso deve avergli consigliato di appoggiarsi a me se le cose fossero andate male e fosse stato da queste parti».

Rimirò le pelli di capra per un po': un lavoro grezzo, da terminare ancora con gli zoccoli. Le distese in terra, le sciacquò dal vino, le appese, e all'improvviso gli fu chiaro.

– Figlio di puttana. Abile lo sapeva, doveva averlo capito. Eravamo insieme sotto le armi e anche noi usavamo le pelli di capra.

Sulla parte interna di una delle due pelli campeggiava bene evidente un comando inciso a fuoco: «Distruggete tutto». Un largo sorriso gli si stampò in faccia e pensò che forse i problemi di Torquato avevano trovato una soluzione imprevista.

«Cum manu»

Roma, anno 681 ab Urbe condita, sesto giorno prima delle idi di giugno
(8 giugno, 72 a. C.)

– Non capisco perché debba esserci anche Messalla, – Cicerone borbottava davanti alla porta di Ortensio.

– Forse è un mediatore, – azzardò Tirone.

– È già Ortensio, il mediatore, come io lo sono per Capella.

– Non hai un mandato ufficiale.

– Dettagli, – l'oratore era nervoso, infastidito dalle storture che puntualmente caratterizzavano le questioni tra famiglie patrizie. Si maledisse per essersi lasciato condizionare da Terenzia e suo fratello. – Ti servono amici potenti a Roma, ti servono amici potenti a Roma... – fece il verso alla moglie.

La porta si aprí e comparve il servo personale di Ortensio, un ometto pelato che seguiva il pretore ovunque. – Senatore, – si fece da parte per far entrare Cicerone e il suo scrivano, – il pretore Quinto Ortensio Ortalo ti attende nel suo studio.

Cicerone non poté fare a meno di notare l'uso dei titoli con cui lo schiavo aveva rimarcato le gerarchie. – È già arrivato il nobile Messalla?

– Il senatore Corvino è già a colloquio con il pretore da qualche tempo.

– Siamo in ritardo?

– Non di molto, – l'ometto li precedette.

Quando Cicerone fece il suo ingresso nello studio di Ortensio trovò Messalla in piedi appoggiato alla statua di Calliope e il pretore seduto dietro alla scrivania.

Il clima sembrava rilassato. Messalla stava bevendo una coppa di acqua e aceto. Ortensio non si alzò. Amava far pesare la sua carica.

Cicerone cercò uno sgabello o uno scranno su cui accomodarsi, ma realizzò che l'unico posto a sedere era quello su cui Ortensio posava l'onorevole fondoschiena. Tirone, dal canto suo, restò sulla soglia, rendendosi conto che, una volta congedato l'ometto, lui sarebbe stato l'unico schiavo presente nella stanza.

– Bene, – disse Ortensio, – visto che ci siamo tutti, perché non passiamo subito alla questione che tanto ci interessa?

– Vero, – commentò Messalla, – si va dritto al sodo, con il vecchio Cicerone.

– Il fatto che tu sia giovane non fa di me un vecchio, – a Cicerone, Messalla piaceva. Avevano rischiato insieme la pelle attaccando Crisogono nel foro nel caso di Sesto Roscio e questo li aveva in qualche modo resi amici. Risero.

– Con il dovuto rispetto, mi chiedo, – aggiunse Cicerone, – cosa ci faccia tu qui oggi. I Poplicola non mi ritengono degno di parlare con un rappresentante della loro nobilissima schiatta?

Messalla ammiccò furbo. – I Poplicola non sanno nemmeno che sono qui. E in fondo sono o non sono anch'io un *nobile* Valerio?

– Ah, la cosa si fa ancor piú interessante del previsto… Allora lascio la parola al nostro ospite: ti prego, Ortensio, illuminami.

– Al perché il caro Messalla sia stato invitato oggi arriveremo tra un attimo. Prima l'antipasto, poi il piatto forte, – disse un Ortensio affabile. Profumava di lavanda, come sempre.

– Sono tutto orecchi.

– Il punto di partenza della nostra riunione è questo: i Poplicola chiedono che Capella rinunci al ruolo di tutore di Plauzia e della sua eredità. Chiedono altresí che la figlia di Capella, la vedova, accetti la mano di Lucio Valerio Poplicola, nipote di Flacco. In cambio restituiranno la dote di cinque milioni e garantiscono una, diciamo cosí, buona uscita di ulteriori due milioni, per una totale di sette milioni: piú o meno un terzo dell'eredità complessiva.

Cicerone si picchiettò sul labbro. – Matrimonio *sine manu*?

– *Sine manu*.

Cicerone si voltò verso Tirone, lo scrivano inarcò un sopracciglio. L'oratore allora alzò la posta. – *Cum manu* e un milione in piú, oltre a un vitalizio da corrispondere come rendita delle terre in Gallia pari alla metà di quello che Capella ha ricevuto fino alla tragica dipartita di Flacco.

Messalla rise, si avvicinò a Ortensio mettendosi alle sue spalle. – Si sapeva che non sarebbe stato facile, no?

Ortensio annuí, giocherellava con un rametto di rosmarino. – Per la rendita non credo ci siano problemi. Forse il milione in piú potrebbe diventare mezzo, e comunque ci si può ragionare. Ma il *cum manu*...

– Oh, Capella sarà molto insistente su questo.

– Capella è furbo, piange, parla di stirpe e di famiglia, ma è piú attaccato a quei terreni della gramigna. È vero quanto si dice di lui: è un fenicio. Lui si sente forte sventolando il testamento. Peccato che quel pezzo di pelle di capra sia piú facile da impugnare di quanto lui creda.

– È regolare. Se necessario convocheremo i testimoni. A eccezione del povero Orsino, mi pare che Pisone e Tuberone godano di ottima salute.

Ortensio sorrise, suonò una campanellina di bronzo.
– Quei due valgono poco. Lo sappiamo bene. Anzi, potrebbe essere persino controproducente per te condurli davanti al magistrato.

– Sono senatori romani, sono testimoni. A me basta.

– Ai Poplicola no. Addirittura, se Capella dovesse insistere, potrebbero a malincuore mettere in discussione l'integrità di Plauzia e di suo padre. Soprattutto della ragazza.

– Per gli dèi, e perché mei dovrebbero tirare in ballo lei? La vedova?

– La accuserebbero di aver plagiato il vecchio, assieme al padre. E considerando quanto scarsi fossero i rapporti tra Flacco, Tuberone e Pisone potrebbero accusare anche i due «stimati senatori» di essere in combutta con Capella. Nessuno nella curia si stupirebbe di vedere il loro nome in quello che, a tutti gli effetti, verrebbe presentato come un abuso. Non sarebbe la prima volta. Purtroppo il povero Orsino, l'unico testimone credibile e senza macchia, ha deciso di lasciarci anzitempo.

– Capella dice che Flacco si comportava da amico con gli altri tre firmatari del testamento. È una porcheria, quella che vogliono fare i Poplicola!

– Sono d'accordo, ma potrebbero ritenerla necessaria per mettere le mani sulle terre. Colpirebbero duramente Plauzia: è l'anello piú debole della catena, e il matrimonio con Flacco getta molti sospetti sulla sua condotta.

– La ragazza ha fatto ciò che il padre le ha ordinato.

– Già, – sussurrò Messalla, – che gli dèi non vogliano...

– Può essere. Eppure, da che Flacco l'ha sposata, il suo stile di vita è mutato in maniera radicale.

– Andiamo, Flacco ha sempre vissuto seguendo i severi principî dei Valerii.

– Finché Plauzia non è entrata in casa sua. La *domus* di Flacco da allora si è riempita al limite della capienza di marmi e statue, fontane, bronzi e drappi… Merce che il caro defunto ha fatto provenire da Grecia e Asia, spendendo e spandendo denaro che forse nemmeno aveva.

– E se anche fosse? Pensi che la giovane Plauzia avesse tanto potere su Flacco da fargli cambiare stile di vita?

– Se lo chiedono anche i Poplicola. È impazzito o la ragazza l'ha spremuto per bene? Flacco era uno dei padri coscritti piú conservatori. Si comportava come un senatore di due secoli fa. Al funerale della moglie promise disperato che mai avrebbe posato gli occhi su un'altra donna, e dopo nemmeno un paio di settimane è andato da Capella a chiedere la mano di sua figlia. Non trovi che sia insolito?

– Ha fatto tutto da solo, mi pare.

– Questa è la tua linea di difesa?

– Magari, semplicemente, ha deciso di godersi gli ultimi anni della sua vita. Può essere deplorevole per un senatore, per un Poplicola, ma non è un reato e non sarebbe il primo a perdere la testa per una donna piú giovane e a fare follie per lei.

– Potrei capovolgere gli estremi della questione in un batter d'occhi: piú di quarant'anni di differenza tra Flacco e la ragazza. Lei voleva godersi la vita, e l'ha circuito. E aggiungerei che lo scopo di Plauzia con quei terreni in Gallia fosse condurlo tra le grinfie del padre, e perché no, di Tuberone e Pisone. Che senso ha spendere una cifra astronomica in un territorio per cui Flacco non ha mai coltivato alcun interesse?

– Non hai prove, non puoi averne. È un castello di illazioni, nulla piú. E poi Flacco aveva già acquisito i terreni prima di sposare Plauzia, – dichiarò Cicerone trionfante.

– Scommetto che se indagassimo scopriremmo che Pisone o Tuberone hanno piú di una proprietà di Gallia Cisalpina –. Ortensio fece una pausa, si passò il rametto di rosmarino sotto il naso. – È cosí bella, la giovane Plauzia. Una delle piú belle donne di Roma, a detta di molti. Non aveva altra scelta a parte il vecchio Flacco?

– Capella voleva stringere un legame con i Valerii. E ha usato sua figlia. Tutto qua. Insensibile, volgare, forse... Ma non illecito. Al padre interessava la schiatta di Flacco.

– Vero. Un domani anche noi ci troveremo a trattare sul futuro delle nostre figlie... Ma Capella ha avuto la sua opportunità, – disse Ortensio. – Se ci teneva tanto, al nome dei Valerii, avrebbe potuto accettare l'offerta fatta dai Poplicola il giorno dopo la morte di Flacco. La stessa che ti sto facendo io adesso, ma con la restituzione della dote e il matrimonio *cum manu*. L'ha rifiutata.

– Non lo sapevo, – Cicerone scambiò un'occhiata preoccupata con Tirone.

– Un senatore di poco conto, assenteista e smaccatamente disinteressato alle questioni trattate nella curia... Se avesse voluto aiutare i suoi figli a guadagnare una magistratura di un certo peso, avrebbe messo un piede in casa dei Valerii il giorno dopo la morte di Flacco. Plauzia avrebbe avuto un marito giovane e con ottime prospettive come Lucio Valerio Poplicola. Non vuole rinunciare alle terre: tutto qui.

– La sua idea è quella di trasformare in sostegno elettorale le rendite di quei terreni.

– Data la situazione, credo che dovrà accontentarsi. Ha perso la sua occasione. Deve accettarlo, ha osato troppo.

– Vuole solo il bene della sua famiglia.

– È lodevole il tuo sforzo nel descrivere il tuo assistito meglio di quanto non sia. Ed ecco perché c'è il buon Messalla qui con noi, oggi. Vuoi raccontare ciò che sai?

Messalla si schiarí la voce. Bevve un sorso di aceto, appariva a disagio. – Cicerone, Capella è un disgustoso mercante. Nient'altro. Se ne frega dei suoi figli, che teme piú dei suoi nemici, a eccezione di Plauzia.

– Illazioni.

– Verità. Se è vero l'amore per la *gens* e la famiglia che tanto sbandiera, perché non ha accettato la mia proposta di matrimonio due anni fa? Qualche mese prima che Flacco si facesse sotto, sono andato da Capella a chiedere la mano di sua figlia. Plauzia mi aveva avvisato di come il padre e Flacco si stavano accordando.

– Oh, – Cicerone sentí un crampo allo stomaco. Un fulmine a ciel sereno. – Davvero? Capella non mi ha detto nulla.

– E si guarda bene dal farlo! La mia offerta era limpida, onesta. Plauzia e io ci volevamo bene: posso dire che ci siamo amati e nemmeno troppo in segreto. La conosco da che era una ragazzina, e ho sempre frequentato la casa di Capella per vederla, senza sotterfugi, alla luce del sole, come si conviene. Avevo offerto appoggio ai fratelli di Plauzia e la mia proposta di matrimonio era *cum manu*. Avrebbe avuto il mio nome, la ragazza. I nostri figli avrebbero ereditato i miei averi, e sai che sono ricco. Ma Capella rifiutò, Plauzia non mi volle piú nemmeno incontrare e sposò Flacco. E quando sono venuto a sapere dai Poplicola dell'entità dell'eredità del vecchio e del fatto che il tutore di Plauzia, in barba a ogni buon gusto, fosse proprio Capella, ho capito –. Messalla appariva affranto.

– E questo cosa ci dice, Cicerone? – Ortensio aveva uno sguardo felino che Cicerone gli aveva visto spesso nel foro. – Che Capella aveva fatto un calcolo molto preciso. Se aggiungiamo il dettaglio alle stranezze del testamento, be'… A chi crederà il magistrato? Forse né a me né a te, ma sarà abbastanza per mettere in dubbio la legittimità del documento. E scommetto comunque su una cosa: la fetta piú grossa della torta non finirà a Capella. Perché c'è un'altra questione.

– Sentiamo, – Cicerone avvertí una seconda fitta allo stomaco.

– I venti milioni e mezzo, Flacco dove li ha trovati?

– Non ne ho la minima idea. Anch'io non pensavo fosse tanto ricco. All'atto pratico, tuttavia, dove abbia reperito quella montagna d'argento nemmeno ci interessa.

– Anche i Poplicola non vorrebbero indagare troppo, per non scoprire irregolarità che possano mettere in discussione il legittimo acquisto dei terreni. Nessuno sa da dove vengano quei sesterzi e perché Flacco si sia interessato a un territorio che a detta di chiunque nemmeno conosceva. Ma potrebbe interessare al magistrato. O a chi altri volesse vederci chiaro. A quel punto sono certo che a entrambi i contendenti verrebbe legittimata una parte, ma non so di cosa. Forse persino di colpa. Sei sicuro che Capella voglia che vengano messi in piazza i retroscena delle acquisizioni su al Nord?

Cicerone si toccò la bocca dello stomaco. Il campanellino di Ortensio aveva richiamato uno schiavo che comparve sulla soglia con una tazza di latte di capra. Il pretore indicò Cicerone e lo schiavo gli porse il latte. Cicerone prese la tazza, Ortensio sorrise. – So che le brutte notizie si accaniscono sul tuo stomaco. A me procurano terribili mal di testa, te l'ho mai detto?

– Mh, – Cicerone bevve, fece una smorfia, – facciamo l'accordo, allora. Il rischio è che ci perdano tutti.

– Esatto.

– *Cum manu*, – insistette Cicerone.

– No, impossibile.

– Non puoi tentare?

Ortensio scosse il capo. – Quelle sono le Termopili, per i Poplicola. Per di là non si passa. Però posso cercare di rendere la faccenda piú accettabile per Capella aumentando il conguaglio, oltre al rientro integrale della dote. I Poplicola non vogliono piú avere niente a che fare con Plauzia. I Messalla non so, – fece l'occhiolino al ragazzo. Il giovane senatore sorrise imbarazzato e alzò le mani. – Zio, ho una moglie, una bellissima e giovane moglie…

– Si cambiano mogli come calzari. A volte nemmeno tanto logori, di questi tempi, – Ortensio rise.

– Non conviene a nessuno arrivare davanti al magistrato, – concluse Cicerone.

– Ma quelli che ci perderebbero di piú sarebbero proprio Plauzia e suo padre. Gli resterebbe poco dell'eredità, forse niente, e il loro nome verrebbe senza dubbio infangato da accuse studiate, deboli magari, ma molto ben concepite. Non spingeranno il magistrato a prendere una posizione, ma sicuramente Capella e i suoi figli non ne usciranno bene e le ambizioni del fenicio evaporeranno come acqua su un sasso rovente –. Ortensio nel sorridere mostrò i suoi meravigliosi denti bianchi. – Ancora un po' di latte, Cicerone?

«Dada»

Roma, anno 681 ab Urbe condita, dal quinto giorno prima delle idi di giugno al dodicesimo giorno prima delle calende di quintile
(Dal 9 al 20 giugno, 72 a. C.)

Torquato non gli chiese niente, si accontentò di quello che l'ex centurione gli disse: stava andando a Roma per salvare la fattoria. Giunio insistette invece per accompagnarlo, e Tito lo respinse con gentile fermezza. Raccomandò al ragazzo di tenere gli occhi aperti e di diffidare di qualunque estraneo si fosse presentato durante la sua assenza. Gli disse di badare al vecchio, a Silvia, e al resto della famiglia. Giunio lo tempestò di domande per le quali, in realtà, Tito non aveva risposte.

Partí all'alba in groppa al cavallo della staffetta. Torquato gli diede il pugnale celtico di Gabello. – Quando sei arrivato qui me l'hai restituito, dicendo che eri certo che mio figlio avrebbe voluto cosí. Io penso, al contrario, che lui avrebbe voluto lo tenessi tu.

Tito lo ringraziò, contenne la commozione e salutò. Il buon Genzio piangeva disperato, prevendendo un futuro tetro e senza speranza nei campi di Castricio. L'ex centurione, con un sorriso triste, promise che sarebbe tornato. Ai presenti sembrò un addio.

All'incrocio con la via Emilia trovò ad attenderlo Donvina, avvolta in un mantello grigio. Tito trattenne il respiro, nascose il pugnale di Gabello. La donna si scoprí la testa: sul viso aveva tracciato arcani segni. Aveva raccolto la fluente chioma rossa in lunghe trecce. Era evidente che volesse sembrare la gallica che era. Gli puntò contro l'indice, disegnò un cerchio nell'aria, farfugliò formule magiche, che l'ex centurione interpretò come maledizioni. Donvina sputò per terra e Tito sentí i peli rizzarsi sulle braccia. Istintivamente strinse l'amuleto a forma di cazzo che portava appeso al collo. Evitò di incrociare lo sguardo della donna. Sfilò dinanzi alla madre di Gabello in silenzio, ignorandola, mentre lei non lo perse mai di vista, non abbassò mai gli occhi, forse nemmeno batté le palpebre.

Quando se la lasciò alle spalle Tito tirò un sospiro di sollievo, ma dopo pochi passi Donvina urlò con tutto il fiato che aveva in gola. – Si chiamava Dumnorix! Si chiamava Dumnorix! – Tito conosceva bene il nome gallico di Claudio Ursio Gabello. Il ragazzo ne andava orgoglioso.

L'ex centurione si voltò e la vide in ginocchio: strappava ciuffi d'erba e li sparpagliava nell'aria davanti a sé, poi serrò i pugni verso di lui. – Si chiamava Dumnorix! Che tu possa non tornare, come ha fatto lui!

In quegli otto anni Tito non si era mai allontanato da Placentia, se non di poche miglia. Il viaggio fu lungo ed estenuante. Sapeva che se qualcuno avesse cercato la staffetta uccisa da Abile e fosse riuscito a risalire al montanaro, sarebbe facilmente arrivato a lui e, quindi, a Torquato e alla sua famiglia. Perciò, prima di partire, aveva atteso un paio di giorni, dormendo abbracciato al gladio sotto il pergolato. Ma nessuno aveva bussato alla sua porta e lui aveva deciso di avviarsi pur mantenendo alta la guardia. Scelse di non seguire le vie consolari. Si perse piú volte sugli Appennini, distribuí una manciata di denarii per pagare guide che gli permettessero di andare di cima in cima senza restarci secco. Si fermò in un paio di soste. In una di queste fece curare il cavallo, che aveva una spina conficcata nella guancia. Gli costò qualche asse di troppo. Dormí all'addiaccio, lontano dalle strade e dai centri abitati. Alla fine, quando fu sicuro di non essere seguito, puntò sull'Urbe seguendo la via Clodia. Strada facendo studiò un piano, o almeno stilò un elenco di cose da fare arrivato in città e, non appena fu alle porte di Roma, le fece tutte. Erano trascorsi undici giorni da che aveva salutato Placentia.

A tre miglia dall'Urbe si procurò il denaro necessario per trattenersi qualche tempo ed eventualmente per fuggire senza lasciare traccia. Negli anni in cui ancora lo chiamavano Molosso, conosceva la *statio* di un tipo che acquistava e vendeva cavalli senza fare domande. La *statio* era ancora lí, il tipo pure. L'uomo comprò il baio. Capí che era di un militare, eppure fece finta di niente. Riconobbe anche Tito, ma finse di non sapere chi fosse. Pagò il giusto prezzo: l'avrebbe pagato la metà perché era rubato, lo pagò a prezzo intero perché era il Molosso a venderglielo.

Tito raggiunse la città sfruttando un passaggio su un carro che trasportava cipolle. Si portò le bisacce in spalla. Il suo piano, adesso, prevedeva di trovare l'unico amico che gli fosse rimasto. Non aveva idea di che fine avesse fatto Lucio Titinio detto Astragalo, ex commilitone e vecchio compagno di avventure nei postriboli e nelle *popinae* di mezzo mondo. Ne avevano vissute delle belle assieme. Per quel che ne sapeva, il vecchio Astragalo poteva anche essere morto. Si erano scambiati due lettere cinque anni prima, poi piú nulla. Astragalo era l'unico, oltre a Flavia, a sapere dove trovarlo.

Aveva bisogno di un appoggio a Roma e di qualcuno che, in caso le cose si fossero messe male, lo potesse aiutare a darsela a gambe. Astragalo era l'uomo giusto. Tito si muoveva per le strade della città evitando i luoghi che era solito frequentare prima della sua fuga. Era guardingo. In otto anni la capitale era cambiata. Parecchi di quelli che lo conoscevano erano ormai defunti, soprattutto molti di quelli che lo volevano morto: Crisogono era morto, Silla era morto, la maggior parte dei cornelii che proteggevano il dittatore era morta o fuggita, alcuni ora mentivano sul proprio nome per paura di essere identificati. In fondo, pensò Tito, non ho piú niente da temere. Eppure, seguendo il principio di massima precauzione che gli aveva salvato le terga decine di volte, sentiva di dover mantenere un basso profilo. Non voleva che la città si accorgesse di lui, desiderava solo portare a termine la missione che si era dato e tornare a Placentia.

I pellegrini erano, se possibile, aumentati. Roma gli sembrò enorme, piena di stranieri vocianti, un formicaio caldo, umido, cupo. Conosceva il carattere dell'Urbe, almeno quanto ogni suo vicolo, ne distingueva persino gli odori, ma adesso sentiva che non era piú casa sua. La capitale mutava e cresceva con la stessa velocità di un cucciolo di lupo e aveva la memoria molto piú corta di chi l'abitava. L'ex centurione si rese conto che, dopo tutto quel tempo, ad aspettarlo erano rimasti soltanto i brutti ricordi e i fantasmi di una vita maledetta. Un senso di oppressione gli schiacciò il petto. Attraversò la Suburra senza incrociare lo sguardo di nessuno.

Aveva fame, entrò in un termopolio a mangiare un boccone. Si appoggiò al banco, in una mano una tazza di pessimo vino e nell'altra una focaccia fumante. C'era calca, era l'ora del pranzo. Un tipo lo urtò, un vero bestione che gli fece quasi cadere il vino. Tito non protestò, abbassò subito il capo. Quel bisonte zoppo e dall'espressione ottusa era un volto noto: aveva qualche dente in meno e la zoppia era peggiorata, ma era senza ombra di dubbio Fringilla, il vecchio braccio destro di Mezzo Asse, un famoso lenone che aveva gestito i migliori bordelli della città per anni. Era stato ucciso per essersi impicciato negli affari di Crisogono. Mezzo Asse era stato anche il primo marito di Flavia.

Il bestione chiese scusa, poi lo squadrò per un attimo, strizzò gli occhi.

– Mi ricordi un tizio... – disse con la sua inconfondibile vocina.

– Ti sbagli –. Tito affondò il naso nella coppa. Sentí Fringilla incombere alle spalle, il suo sguardo scaldargli la schiena. Ma alla fine il bestione si convinse. – Sí, forse... – e proseguí claudicante per la sua strada, girandosi un paio di volte incerto. Tito tirò un sospiro di sollievo: aveva incontrato spesso quel coglione durante la sua vita da giocatore d'azzardo e puttaniere, eppure lui non l'aveva riconosciuto. Si rinfrescò in una fontana davanti al termopolio. L'immagine che vide riflessa gli spiegò perché Fringilla non era riuscito a dare subito un nome alla sua faccia: Tito si trovò di fronte un uomo di quasi quarantacinque anni, magro, con la barba e i capelli piú lunghi di quanto avrebbero dovuto essere per un buon romano. E allora capí di essere diventato nient'altro che uno degli innumerevoli pellegrini senza nome circolanti per le vie di Roma, uno straniero. Rientrò, ordinò un'altra coppa di vino. Rincuorato, prese a muoversi spavaldo per la città. Provò una vaga malinconia quando scoprí che i vecchi bordelli di Mezzo Asse non c'erano piú. Ce n'erano di nuovi, sí, molti di piú, ma non erano altro che dozzinali covi per gente squattrinata. Rimase affranto nello scoprire che la *popina* di Aviculus, dove si radunavano i suoi vecchi compagni d'arme sillani, era stata divorata dal cantiere di un'*insula*. Astragalo viveva lí, una volta. Soltanto in quel vico, ai piedi dell'Esquilino, Tito contò sei cantieri. La provincia languiva, strozzata dal secondo anno di carestia, dalle tasse, dalle guerre e dalle insurrezioni, mentre Roma si espandeva inesorabile, un cancro famelico al centro della penisola italica. Si guardò attorno sconsolato. Con la *popina* erano scomparsi anche i veterani che la frequentavano a ogni ora del giorno.

Scese verso il Tevere e camminò lungo il fiume diretto alla Porticus Aemilia. Era primo pomeriggio, il frinire delle cicale riempiva l'aria.

Lí cercò forse l'unica persona che poteva sapere dove si fosse cacciato Astragalo, sempre ammesso che fosse ancora vivo. Chiese agli scaricatori se conoscevano un certo Due Dita che anni addietro lavorava lí, un ex legionario violento, beone e con solo due dita nella mano sinistra. Ma quelli erano giovani, troppo, per sapere chi fosse Due Dita e Tito stava per rinunciare, quando, dopo che si furono allontanati tutti, un tipo secco e nervoso gli si fece sotto. – Lo so io dov'è, so io dov'è chi cerchi. O almeno, quel che ne rimane… – e tese la mano con il palmo rivolto verso l'alto.

Tito la rese piú pesante con cinque assi. Il tipo ne volle dieci. Chiusero a sette. Lo scaricatore lo accompagnò al foro Boario e lí gli indicò un mucchio di stracci con dentro un uomo. La pelle era cosí scura per la sporcizia da sembrare quella di un numida. Chiedeva l'elemosina in un angolo della piazza.

– Per gli dèi, Due Dita, cosa cazzo…

L'uomo allungò il collo. – Conosco questa voce!

– Sicuro che la conosci, sono Tito Annio!

– Molosso, che Priapo ti fotta! Lo sapevo che non eri morto. Aviculus pensava fossi schiattato. Ci abbiamo scommesso cinque denarii. Ho vinto.

– Che fine ha fatto Aviculus?

– Un edile… Lo voleva far sloggiare per costruire una nuova, maledetta *insula*. Lui ha detto di no e cosí la *popi-*

na una notte ha preso fuoco. Aviculus e la vecchia Avicula stavano dormendo: morti bruciati, entrambi, – rise. Non aveva piú nemmeno un dente.

– E Astragalo? Anche lui…

– Astragalo non viveva piú da Aviculus da un paio di anni, – Due Dita si raspò la testa piena di croste. – Lui è vivo. Sta meglio di me e di te, a giudicare dal tuo aspetto.

– Dove lo posso trovare?

– Fa l'aiutante di un medico, un tale Pito… Non so… Pitoqualcosa, un greco che si è arricchito strizzando i foruncoli sul culo delle matrone del Palatino. Lavora da lui e mi dicono anche che vive da lui.

– Ma senti… E dove sta questo Pitoqualcosa?

– Sull'Oppio. Sí, penso sia da quelle parti… Credo… – Due Dita si grattò le palle. Puzzava come una carcassa lasciata marcire al sole. Scosse il capo, su cui vegetavano coraggiosi ciuffi di capelli, puntò lo sguardo dal basso all'alto. – Non vuoi raccontare al vecchio Due Dita che hai fatto in questi anni? Dove sei stato, centurione? Sai che hai veramente un aspetto di merda?

Tito tornò verso l'Esquilino e salí sull'Oppio, dove avevano messo radici pini marittimi, lecci e ville di romani influenti. C'era profumo di resina nell'aria. Passò davanti al cantiere di un edificio con un imponente colonnato. Un vecchio con un grande cappello di paglia e una sporta piena di pane gli disse che era il tempio di Iside che Quinto Metello Pio stava edificando a proprie spese. Tito non sapeva che razza di divinità fosse Iside, e nemmeno perché meritasse un tempio a Roma. Il vecchietto disse che era una dea per ricchi. Tito gli chiese dove si trovava lo studio di Pitoqualcosa, il medico. Quello gli disse di cercare una casa di mattoni rossi appoggiata a un rigoglioso leccio, a mezzo miglio da lí, verso i fori. – Là. Pitodoro, il medico, pratica là.

Tito trovò la casa, e un tipo in una sgargiante tunica ocra con bordi decorati in attesa, seduto sugli scalini dell'ingresso. I gomiti appoggiati alle ginocchia, si teneva uno straccio bagnato sulla guancia. Aveva un ascesso. Si lamentava ogni tanto. Quando Tito fece per entrare, il tipo nemmeno alzò gli occhi, concentrato com'era sul dolore. Bofonchiò: – Il medico è impegnato e ci sono prima io.

L'ex centurione lo scorse rapidamente, poi si predispose a trascorrere qualche tempo alla mercé dell'afa. Si sedette sugli scalini a qualche passo dall'uomo con il mal di denti. Sudava. La torrida ombra del leccio non toglieva nulla alla ferocia di quel primo pomeriggio. Si assopí, ubriacato dalle cicale. Fu svegliato da un urlo proveniente dall'interno. Si guardò attorno e del tipo elegante con l'ascesso non v'era piú traccia. Un uomo gridava toccando note femminee, sbraitava frasi incomprensibili. Tito si tirò su, si stiracchiò e attese finché il tipo con l'ascesso non comparve sulla soglia. Era sudato fradicio, i capelli appiccicati sul viso e grandi aloni scuri macchiavano la sua bella tunica. In bocca aveva uno straccio intriso di rosso. Gli si fermò di fronte, sfilò il panno. Sputò sangue, imprecò.

– Non ho mai sentito un uomo strillare cosí, – considerò Tito con un tono irridente. – Fatto male?

– Affatto, – rispose quello frugandosi in bocca, – urlavo per il conto. Mille sesterzi per una tortura simile… – Imprecò di nuovo e se ne andò per la sua strada.

Una vocina disse: – Avanti il prossimo!

L'ex centurione si voltò e vide un bambino di sette, otto anni ai piedi degli scalini d'ingresso. – Sei tu il prossimo? – chiese serio. Aveva una scodella di capelli castani in testa. Assomigliava a un funghetto dallo sguardo indisponente.

– Immagino di sí, – rispose Tito.

– Cosa ti fa male?

– La vita ingiusta che mi tocca vivere.

Il bambino piegò la testa da un lato, come per studiare meglio chi aveva di fronte. Dopo qualche attimo, con un'espressione corrucciata, prese per mano l'ex centurione e lo portò dentro.

– Aspetta qui, – disse il bambino, e corse via.

Tito si accomodò nel piccolo atrio della casa. Un pittore stava dipingendo una parete. L'uomo nemmeno si voltò, preso com'era dal lavoro. Era intento a preparare il fondo per una delle scene relative alla professione di Pitodoro che tappezzavano la stanza. Un po' come se ai pazienti del medico venisse annunciato ciò che li attendeva. In fondo, si trattava della sala d'aspetto dello studio: era giusto che i clienti di Pitodoro si preparassero a quel po' di sofferenza terapeutica, inevitabile effetto collaterale di molte delle pratiche del medico. Piccole statue su grandi piedistalli erano disposte in tre angoli della stanza. Un Chirone impennato in bronzo, un Apollo *khitaroidos* con cetra placcata in oro, e un Esculapio in marmo con bastone e serpente. Bei pezzi, raffinati, costosi, splendidi colori.

Dopo poco comparve Pitodoro, piú di cinquant'anni ben portati. Aveva i capelli ancora neri, raccolti in lunghi riccioli impomatati e tenuti al loro posto da un cerchietto d'argento, alla greca. La tunica era macchiata di sangue. – Non credo di aver ben capito il tuo problema, – disse il medico girando attorno a Tito. – Il piccolo Lucrezio deve aver inteso male.

– Non sono qui per farmi curare.

Il greco si allontanò di qualche passo e incrociò le braccia. – Se è ancora per il dito del questore... Come ho avuto modo di dire a chi è venuto prima di te, non ho intenzione di risarcire un bel niente. Se non gliel'avessi amputato sarebbe morto! Potete anche radere al suolo lo studio, ma il succo della faccenda non cambia: dito marcio, questore morto. Dito tagliato, questore vivo. E ora, se non ti spiace...

– Che dito?!

– Allora sarà per il vecchio Apuleio. Ascolta, aveva piú di settant'anni. Ho fatto quello che potevo. Le ho provate tutte, di' ai suoi che se ne facessero una ragione: i vecchi muoiono. E, anzi, ricorda loro che mi dovrebbero ancora un migliaio di sesterzi...

– Non so chi sia Apuleio...

– Sei qui per il parto della giovane Plinia? Non sono una levatrice! Ti sembro una levatrice?

– Pitodoro, questo avanzo di legionario ha un solo problema: la testa, ma quella non si può cambiare, vero? – Astragalo si stava asciugando le mani ancora rosse di sangue con uno straccio intriso d'aceto.

Il medico alzò un sopracciglio. – Lo conosci?

Tito allargò le braccia. – Per gli dèi, pensavo che ti avrei trovato ubriaco sul ciglio della strada a chiedere l'elemosina.

– Hai incontrato Due Dita?

– Già.

– Sí, lo conosci, – constatò Pitodoro.

– Abbiamo combattuto insieme, abbiamo servito sotto Mario e sotto Silla. È stato il mio centurione e dopo il congedo siamo stati amici, condividendo qualche disavventura.

– E qualche fortuna, – Tito ammiccò. – Che ne hai fatto del rubino?

Astragalo si avvicinò a Tito e gli diede una manata sulla spalla. Glissò. – Siamo ancora amici, vero, centurione? – Gli lasciò l'impronta rosa delle dita insanguinate sulla tunica.

– Lo siamo.

– Quindi nessuno picchierà nessuno? Nessuno cacherà in mezzo allo studio o cercherà di dargli fuoco? – chiese Pitodoro.

Tito sorrise smaccato. – Per oggi non corri pericoli. Mi chiamo Tito Annio Tuscolano, sono di passaggio a Roma e ho deciso di fare un saluto a questo vecchio ubriacone.

Il ragazzino con i capelli a scodella fece capolino da dietro Astragalo. – Lui è quello a cui hai salvato la vita tante volte, *dada*?

– Tu mi hai salvato la vita? – Tito rise.

– In un paio di circostanze, – disse Astragalo arrossendo.

– *Dada?!* – Tito realizzò.

– È una storia lunga, – rispose Astragalo.

– Deve esserlo per forza.

– Per gli dèi, centurione, lo sai che hai veramente un brutto aspetto? Che ci fai qui? Pensavo fossi morto sbranato dai lupi o sodomizzato da una donna gallica con i baffi rossi. E la barba? Non dà fastidio al tuo uomo quando ti bacia?

– E quella pancia?

– C'è ancora un arnese che funziona, sotto questa pancia.

Tito e Astragalo si abbracciarono. Due commilitoni, due amici che ne avevano viste insieme sul campo di battaglia e nei budelli piú tetri della Suburra. Due sopravvissuti.

Pitodoro chiuse i battenti che il sole ancora era alto. Tito fu invitato a fermarsi per cena. Astragalo se la cavava bene in cucina, e riuscí a mettere in tavola un'anatra arrosto niente male. Il medico era avido di storie di guerra e i due non gliele fecero mancare. La notte invogliò i tre uomini sdraiati nel triclinio a prendersela comoda mentre Lucrezio si era addormentato al tramonto ed era stato portato a letto da Astragalo. Il veterano tornò il compagno delle migliori occasioni, portando due brocche piene di vino.

Tito raccontò qualche storia di frontiera. Bevvero, molto, soprattutto Pitodoro.

– Sai come ho conosciuto il tuo amico, qui? – disse il medico gesticolando con la coppa piena. Sparse parte del liquido sul divano e su Astragalo che era al suo fianco.

– No, ti prego... – il veterano supplicò. – Ancora con questa storia. La racconti a chiunque.

– Be', io non sono «chiunque». La ascolto volentieri, – disse Tito sornione. Il vino gli aveva dato l'espressione beata di un gatto steso al sole.

– Centurione, – Astragalo era sconsolato, – perché non raccontiamo a Pitodoro di quella volta ad Atene in cui eri ubriaco e sei finito tra le gambe di una puttana che l'aveva piú lungo del tuo?

– No, no, no, – Pitodoro si alzò barcollante al centro della stanza, quasi inciampò nel basso tavolo posto al centro del triclinio. Astragalo afferrò al volo una brocca che stava per cadere. Pitodoro creò un po' di aspettativa. – Questa merita, Tito!

– Sentiamola, dunque: so già che mi piacerà.

– Allora, – continuò il greco imperterrito, – una mattina ho questo ascesso da incidere sul culo imponente di Flescennia Minucia, la moglie di Trebonio, il tintore, hai presente? Tra l'altro lui è l'amante di Arione, l'attore, hai presente? Quello che è stato amante del senatore...

– Ohi! Tito è via da Roma da otto anni! – Astragalo interruppe le divagazioni di Pitodoro. – Se proprio vuoi raccontare la tua storia, cerca di farla almeno breve, beone di un greco!

Tito rise. – Lascialo libero di esprimersi, per gli dèi. È un medico e quindi è un po' un artista, il nostro amico, no?

Pitodoro sollevò la coppa. – Un brindisi all'arte! Senza di noi greci, voi pecorai stareste ancora costruendo templi di fango.

– Invece se non fosse per noi romani, voi greci, – tentò di puntualizzare Astragalo, – se non fosse per noi... Ecco, voi greci senza di noi...

– Un brindisi all'arte! – Tito alzò la coppa a sua volta. Astragalo si uní al brindisi avviluppato in un pensiero irrisolto.

Pitodoro ruttò. – Insomma, la cicciona si stava lamentando. Io avrei voluto incidere, ma ero da solo. Il mio assistente era uscito la notte prima e non era tornato. Ti assicuro, amico mio, che quella donna è grande e maestosa come un elefante dei giardini di Mitridate. Avrebbe potuto schiacciarmi con il suo peso. Insomma, un mestiere rischioso, mi segui?

– Non mi sto perdendo una parola, – disse Tito fissando Astragalo, che ancora stava cercando di capire cosa i greci non avrebbero saputo fare senza i romani.

– E mentre mi chiedo dove accidenti sia finito il mio cazzo di assistente e come fare a drenare la ciste sul culo di Flescennia senza morire, bussano alla porta dello studio. E chi era? – Pitodoro indicò Astragalo.

– Un cinghiale puzzolente, – precisò Tito.

– Di cinghiale era il seme che ha ingravidato tua madre, – brontolò Astragalo.

– Bravo! Era proprio Astragalo. Quindi, questo panzone dalle gambe corte con una faccia da bettola e le braccia da contadino si presenta proprio mentre sto tentando di tenere fermo il pachiderma. E mi dice: «Hai bisogno di una mano?» E io gli dico: «Certo! Anche se non so chi tu sia...» Cosí, mi trovo con Flescennia a pancia sotto, la veste sollevata, Trebonio che gira da un lato all'altro della moglie per non farla rotolare giú dal tavolo, e questo sconosciuto che si offre di aiutarmi.

– Al momento giusto, nel posto giusto, – commentò Tito strizzando l'occhio ad Astragalo.

– Ah, ma non si trattava di una coincidenza! – svelò Pitodoro.

– Davvero? – lo incalzò Tito.

– Eh no, come vedrai, – Pitodoro bevve. – Abbiamo inciso Flescennia, salvato il suo culo e incassato da Trebonio. A quel punto metto un sesterzio in mano a questo avanzo di legione.

– Una buona mancia! – commentò fischiando Tito.

– Lui rifiuta la moneta. Allora gli chiedo che vuole. «Un lavoro e un posto dove dormire», mi risponde. Gli dico che ho già un assistente. E lui: «Il tuo assistente si è licenziato». Mi racconta che qualcuno lo aveva picchiato a sangue e che gli aveva rubato il cerchietto d'oro con cui si stringeva i capelli. Ci tiene a precisare che lui non c'entra niente, che può succedere che nella Suburra si facciano brutti incontri e che qualcuno ti pesti per derubarti, se hai l'aria di un coglione di diciassette anni, magro come un chiodo, che è appena arrivato in città. E gli domando come fa a conoscere l'età del mio assistente e il suo aspetto. E lui sai cosa mi ha risposto?

– «Ho occhio per i metalli preziosi e per i coglioni», – intervenne Astragalo.

Tito, ammirato, applaudí.

– A quel punto gli chiedo perché dovrei prendere a servizio quello che ha malmenato il mio assistente. Gli faccio notare che il ragazzo era un medico qualificato. E lui mi mette una mano sulla spalla e mi fa: «Ho visto piú ossa e budella di quanto tu possa mai sognare di vederne in vita tua». Poi mi sussurra nell'orecchio: «È stata

Giunone a suggerirmelo. Un'illuminazione. Vuoi far arrabbiare Giunone?»

I tre risero. Pitodoro riprese: – Non capivo se fosse pazzo o un semplice picchiatore a corto di quattrini. Magari voleva estorcermi qualcosa... Insomma, ho fatto un po' il difficile. Ma lo hai visto, no? Lo hai visto?

– Siamo cresciuti assieme, in pratica.

– Eppure questo orso spelacchiato me l'hanno mandato davvero gli dèi! Sai che, prima dell'arrivo di Astragalo, incassavo la metà del dovuto? Adesso che c'è lui nessuno rimanda i pagamenti. Quasi nessuno... E comunque come segaossa non è male.

– Ah, – Tito applaudí, – è una bella storia.

– Già, – commentò Astragalo sarcastico.

Pitodoro passò dal latino al greco, segno che aveva esagerato nel rendere omaggio a Dioniso. Per quel poco che Astragalo e Tito capirono, stava annunciando la sua piú grande impresa: un trattato sulla natura del corpo umano. Farfugliò qualcosa su Ippocrate, secondo lui troppo presto dimenticato, e sul fatto che un eccesso di bile gialla lo stava per far vomitare. Specificò che non era colpa del vino, ma del caldo nella capitale, che col suo clima insopportabile spingeva la cistifellea a strafare. Di tutto il ragionamento Astragalo colse il punto fondamentale: procurò un secchio a Pitodoro. Quando il medico si fu svuotato lo accompagnò a letto.

– È un brav'uomo, – disse l'ex legionario riaccomodandosi di fronte a Tito. – Ma il vino non fa per lui.

– Meglio cosí, nel suo mestiere deve avere la mano ferma.

– Io amputo meglio se ho bevuto prima, – Astragalo riempí le coppe. Rimasero un po' in silenzio.

– E il bambino, *dada*? Chi è la povera donna che ti ha permesso di arare il suo orto?

Astragalo sorrise. – Lucrezio non ha una madre, centurione. E nemmeno un padre. Ha solo me. Quando sono arrivato era un bambino con le gambe secche come fili d'erba, – al veterano vennero gli occhi lucidi. Tito pensò che avesse bevuto troppo. – È il figlio di una schiava di Pitodoro. L'aveva comprata perché il suo vecchio padrone se ne voleva liberare, visto che era incinta.

– E scommetto che è stata la moglie del padrone a fargliela vendere.

– Già. Non tutte le matrone tollerano la tendenza dei mariti a spargere il seme senza criterio.

– Cosí Pitodoro l'ha presa con sé.

– Ma la ragazza è morta di parto. Pitodoro ha affidato il piccolo alle balie, e quando è stato svezzato se l'è ripreso in casa. Ma non è il tipo di uomo che sa fare il padre, – Astragalo svuotò la coppa. Si tirò su dal divano e fece scrocchiare la schiena, scomparve nella dispensa e ritornò poco dopo con una piccola anfora. Riempí la brocca.

– Per gli dèi, – Tito vuotò la coppa, – tu sí, invece?

– Finché ci sarò io, la vita sarà benevola con lui. Gli sono affezionato. È un bravo ragazzino, molto sveglio, di buon ceppo. Cerco di spiegargli quello che so dell'esistenza.

– Ti chiama *dada*.

– Tu e io non abbiamo avuto padri, Tito. Ed ecco cosa siamo adesso.

– E tu? Che hai da spiegare a un bambino?

– Per quel che ne so, ho quarantacinque, quarantasei primavere alle spalle, o forse di piú. Ho visto il mondo. Ovunque ci sia stata una guerra, ci sono stato anch'io. Con te, per altro. Quindi nella peggiore delle condizioni –. Gli scese un velo di tristezza sugli occhi. – Conosco il dolore e la morte in ogni sua sfumatura. Ho passato buona parte della mia esistenza a bere. Ho un sacco di cose da spiegargli o, almeno, che posso dirgli di *non* fare. Al momento opportuno comprerò la libertà di Lucrezio e lo adotterò.

Tito strizzò gli occhi per osservare meglio l'uomo che gli stava di fronte. Era senza dubbio Astragalo. – È evidente che tu non reggi piú il vino.

– È un bravo bimbo, – continuò Astragalo, – e penso che si meriti qualcosa di piú di una vita da schiavo.

– Questa poi... Lucio Titinio detto Astragalo che adotta un ragazzino!

– Voglio che qualcuno porti il mio nome anche quando avrò bevuto le acque del Lete. Mi pare naturale, no?

– Se il tuo nome valesse qualcosa, sí.

– È un nome romano.

I due restarono in silenzio per un po', bevvero altro vino. Ascoltarono i grilli. Un grido, distante, nella notte.

– C'è chi sta peggio di noi, a quanto pare, – Astragalo scoppiò a ridere.

Anche Tito scoppiò a ridere.

– Otto anni... – Astragalo scosse il capo. – Come ti è sembrata la città? Diversa?

– Tu che dici?

– Non so piú in che modo chiamare il luogo in cui vivo. È cosí... caotico. Ed è sempre piú pericoloso, inquietante, pieno di gente che viene da lontano e porta i suoi dèi nella borsa neanche fossero coperte buone per dormire all'aperto. I posti che conoscevamo non esistono piú. Nessuno ricorda il tuo nome o il mio, nella Suburra. Sei stato da Aviculus? Non c'è piú.

– Lo so.

– È stato ucciso. L'incendio l'hanno appiccato gli uomini del magistrato che sta costruendo le *insulae* nella via. Lui e la moglie non volevano andarsene... Pensa che quelli che hanno dato fuoco alla sua *popina* sono gli stessi che hanno spento l'incendio. Ironico, non trovi? No, decisamente non è la città di otto anni fa.

Tito sospirò. – Ho visto un serpente cambiar pelle una volta. Un serpente può cambiare pelle dal mattino alla sera, ma non perde i denti.

– E quante volte ci ha morso, questa merdosa città?

Tito annuí. Versò il vino.

– Che ci fai qui, centurione? Non sei venuto certo a salutare un vecchio amico.

– Ti faccio vedere –. Tito andò a prendere le bisacce che aveva lasciato nell'*atrium*. Frugò in una delle due e ne estrasse la pelle di capra su cui era stato impresso «Distruggete tutto» a fuoco.

– Oh, – Astragalo se la passò tra le mani. – Come ai vecchi tempi: un messaggio nascosto nelle pelli di capra –. Annusò la pelle. – Vino, pessimo vino.

– Esatto. A proposito: riempi un'altra brocca, ha una storia interessante, quella pelle –. Tito scosse la caraffa vuota.

Quando l'ex centurione ebbe finito di raccontare del montanaro, di Abile e della staffetta, Astragalo commentò: – La tua vecchia vita, centurione. Alla fine ti ha scovato anche lassú, in mezzo ai campi e al letame.

– Non è detto che sia una sfortuna.

– Secondo te di che si tratta?

– Non ne ho la minima idea. Roba grossa, però, se un cane da catena come Abile era cosí lontano da Roma.

– E immagino che tu mi stia per spiegare perché sei venuto qui.

– Come ho detto: roba grossa, e quindi vado da Crasso.

Astragalo scoppiò a ridere.

– Non ci trovo niente di divertente.

– Tito, il *pretore* Marco Licinio Crasso non ha piú orecchie per gente come te.

– Il messaggio ha un valore per lui. Lo deve avere. Per quel che ne so, sono l'unico che può compiere la missione che aveva affidato a quel coglione di Abile. Qualunque fosse. Cosí…

– Lo vuoi ricattare. Ricattare il pretore Marco Licinio Crasso. E in che modo credi che ti accoglierà, se ti accoglierà?

– Non lo voglio ricattare. Mi sembra un semplice scambio. Penso che mi accoglierà da vecchio amico. Ho lavorato per lui due anni e sotto di lui ho servito per almeno un altro anno durante la guerra civile. So cose che nemmeno sua moglie sa. Gli ho tolto le castagne dal fuoco piú di una volta, mi pare.

– E con i denarii che ti dovrebbe dare che ci faresti?

– Sistemerei i conti della famiglia di Gabello. Non va bene, in Cisalpina.

– Lo so, – Astragalo si prese la testa tra le mani. Sbadigliò. – Quindi non ti fermerai per molto.

– No, il tempo di consegnare il messaggio a Crasso e ottenere una ricompensa soddisfacente. Poi tornerò al Nord.

I due bevvero ancora a lungo, fino a quando le gambe cominciarono a non essere piú salde e le parole presero ad attorcigliarsi attorno a concetti semplici.

– Gabello a quest'ora starebbe già russando come un mantice, – commentò Astragalo.

– Te lo ricordi? Bastava un goccio di vino per stenderlo, – Tito rise.

– Era un bravo ragazzo.

– Che stronzata! Lo odiavi.

– Lo odiavo, con affetto, – Astragalo sospirò. Si toccò il naso per essere certo di averlo ancora, il vino gli stava portando via la faccia. – Se solo Due Dita e io fossimo arrivati un attimo prima, Gabello e Velia…

– Velia… A lei cerco di non pensare.

– Era bella, forse la donna piú bella che abbia mai visto cosí da vicino… – commentò Astragalo.

– Sí, lo era. Tanto bella quanto sola.

– Aveva te.

– E i suoi clienti. Bell'affare, ha fatto.

– Era un'etera intrigante e nei guai ci è finita da sola. Faceva il mestiere da troppo tempo e se frequenti gente come Crisogono, prima o poi…

– Non ne voglio parlare, Astragalo. Basta. Era giunta la loro ora. Ho smesso di sentirmi in colpa da anni –. Tito mentí per eludere le chiacchiere dell'amico. – Abbiamo retto la morte di decine di commilitoni, reggiamo pure la loro.

– Non è la stessa cosa.

– Deve esserlo, – Tito bevve un'ultima coppa, d'un fiato. Vino puro, nemmeno una lacrima ad allungarlo.

– Adesso nella casa di Velia ci vive una famiglia di patrizi.

– Suo padre sarà contento. La lupa, come la chiamava lui, che infangava il nome della famiglia è morta, e lui avrà fatto un bel gruzzolo vendendo la casa.

– Immagino di sí –. Astragalo si tirò su dal divano, trovò l'equilibrio, batté le mani sulle cosce, stupito di riuscire a stare in piedi. – Bene, domattina… – ruttò. – Domattina, dicevo, dovremo sistemare una frattura. Un tale con un sacco di argento che si è rotto una gamba cadendo da cavallo. Magari proprio sbilanciato da tutto l'argento che ha. Meglio che vada a dormire…

– Per quanto mi riguarda andrò da Crasso, – rispose Tito.

– Mh, non sarà una rimpatriata tra vecchi amici, – commentò Astragalo, – credimi.

Tito si strinse nelle spalle. Ripose la pelle di capra nelle bisacce. – Dove mi sistemo?

– C'è una stanza che usiamo per i pazienti che devono restare sotto osservazione. È vuota. Ci sono un paio di letti, puliti.

– Bene. Buonanotte, vecchio mio.

– Vecchio mio... – Astragalo sorrise. – Ah, quasi dimenticavo: Flavia è a Roma.

– È qui, a Roma? – Tito si illuminò per un istante.

– E dove pensavi che fosse?

– Quando se ne è andata non mi ha detto dove era diretta. Semplicemente se n'è andata. Sta bene?

– Benone, direi!

– Si è risposata?

– Avete mai divorziato?

– No.

– Ecco. Vuoi sapere come campa?

– Certo... Anzi, no, – Tito si incupí. – Lascia stare, non mi interessa. O meglio... La incontri spesso?

– Ogni tanto, sí. Vuoi che ti porti da lei o che la faccia venire qui?

– No, non voglio.

– Ma perché mai ti ha lasciato, vorrei sapere. Sei cosí amabile e gentile...

– Non te l'ha detto perché è fuggita da Placentia?

– No. È cosí amabile anche lei. Eravate perfetti.

– Quanto ti sbagli... – l'ex centurione sentí di nuovo quella sgradevole sensazione di oppressione al petto.

Le notti sull'Oppio

Roma, anno 681 ab Urbe condita, dodicesimo giorno prima delle calende di quintile
(20 giugno, 72 a. C.)

Appio Claudio Nero era tornato dal fronte iberico e per prima cosa aveva cambiato casa. Aveva speso una fortuna per costruire una *domus* sul colle Oppio, lontana da tutto, soprattutto da quelli che portavano il suo cognome, lontana dal senato, lontana dal perenne brusio dell'Urbe. I patrizi pagavano con l'argento e il lignaggio il diritto a sonni tranquilli e la casa di Nero, nascosta tra pini marittimi, cespugli di alloro, lecci e querce, passava intere notti immersa nel silenzio.

Lí, il senatore viveva in un mondo a parte che si era costruito con metodo. Non riceveva clienti, non invitava amici, parenti o colleghi tranne che in occasione dei suoi famosi banchetti dai menu insoliti, bizzarri.

Da quando era tornato dalla guerra, correva voce che Nero non fosse piú lo stesso. Nonostante i modi eleganti dell'ottimo conversatore e del raffinato politico fossero rimasti immutati, nei suoi occhi i piú attenti avevano colto qualcosa, una tristezza profonda e i segni di un dolore disperato. Nessuno gli aveva fatto domande sulla prigionia, nessuno gli aveva chiesto di raccontare la storia delle cicatrici che la toga lasciava intravedere sulle braccia e sul collo. E dove mancavano notizie certe, i senatori lavoravano di fantasia per riempire i vuoti, esercizio tra i preferiti dai romani. Dissero che era stato torturato per giorni, dissero che aveva rifiutato di essere scambiato con i prigionieri sertoriani in mano a Pompeo, dissero che gli avevano fatto mangiare scorpioni e topi, che lo avevano sepolto fino al collo nel terreno arso dal sole alle porte di Osca, dissetandolo per giorni con piscio di cavallo. Ne dissero, di cose. Ma Appio Claudio Nero meritava il silenzio in cui si era trincerato. Aveva combattuto per la Repubblica e, pur sconfitto, non aveva venduto sé stesso o i suoi per salvare quella pelle che ora portava i segni di fedeltà e coerenza.

Nero ha lasciato di punto in bianco la villa di famiglia sul Palatino per costruire una *domus* sull'Oppio? Avrà avuto le sue ragioni. Vive recluso con la concubina celtibera che l'ha seguito dall'Hispania? Avrà avuto le sue ragioni. Nero era un eroe che aveva dato lustro al nome dei Claudii e tanto bastava. Magari dopo la sua morte, nelle case dei romani, sarebbe comparso il suo busto.

Chissà, tuttavia, cosa avrebbero pensato i suoi nobili colleghi se lo avessero sentito urlare nel cuore della notte. Forse avrebbero detto che Nero al calare delle tenebre veniva assalito dagli incubi, tormentato dai demoni della prigionia. Ma lí, in un angolo remoto della città, la vita del senatore e l'enigma delle sue grida notturne non riguardavano altri che lui, la sua donna barbara e i grilli, che con il loro frinire riempivano l'aria profumata del colle. E comunque nessuno dei colleghi aveva abbastanza fantasia per immaginare ciò che stava accadendo nella piú appartata delle stanze di quella casa già lontana da tutto. Chissà che avrebbero pensato di lui supino, con le braccia legate alla testiera del letto, mentre subiva l'assalto di una ragazza con la metà dei suoi anni determinata a distruggere la sua virilità sodomizzandolo con un fallo di cuoio. Era vestita con una tunichetta di seta, sotto la quale i piccoli seni appuntiti ballonzolavano al ritmo della pena che faceva vivere al senatore. Rossa in viso, si mordeva le labbra per lo sforzo. Un'altra giovane, dalle forme tondeggianti e i capelli ondulati sciolti sulle spalle, ridacchiava tenendo le gambe di Nero ben divaricate. Per l'occasione, il senatore aveva battezzato le due ragazze con i nomi di Taide e Neera, leggendarie etere ateniesi.

– Piú energia con quell'*olisbos*, piccola, – Erennia la concubina celtibera, si godeva la scena stesa su un divano. Sorseggiava vino allungato con acqua. Riempiva la coppa da sola con i gesti oziosi di chi sta trascorrendo una piacevole serata. Era l'unica della casa che poteva seguire Nero nella stanza blu. Il resto della servitú non era ammesso, nemmeno per fare le pulizie.

La ragazza che penetrava Nero si arrestò per un attimo ansimante. – Sono stanca, – piagnucolò. – *Domina*, ti prego... Mi scappa!

Erennia si illuminò. – Bene, allora. Fai quello che la natura ti chiama a fare. Neera, spostati. Taide, dissetalo.

La ragazza si slacciò in fretta e furia il fallo ridicolmente grande che teneva legato in vita e, accosciata, urinò sul viso paonazzo di Nero che in cerca d'aria ricevette la *summa* di tutte le umiliazioni annaspando. Taide emise un lungo sospiro di sollievo, mentre Neera rideva a crepapelle.

– Basta, basta cosí, – Erennia batté le mani. – Rivestitevi.

Le due ragazze obbedirono. Bisbigliavano gettando occhiate imbarazzate verso il senatore ridotto a un mugolante omuncolo, ansimante, sanguinante e fradicio di urina. Neera fece per slegare l'uomo, ma Erennia la invitò a lasciare la stanza. – Penso io al senatore. Andate nel triclinio, là vi aspetta Mammina. Samellia ha preparato un vassoio per voi: mangiate e bevete, ve lo siete meritato.

Le ragazze si congedarono. Erennia le fermò sulla soglia della stanza. – *Puellae*, care, non ci si accomiata cosí da un senatore.

Le due ragazze si guardarono stupite e divertite. Tornarono sui loro passi e di fronte al senatore fecero un piccolo inchino che, a quel punto, appariva come una paradossale riverenza. Nero sputò saliva e urina, tossí. L'espressione dolente dell'uomo umiliato si tramutò in quella altezzosa di un senatore romano. Legato al letto, nudo, le congedò con un cenno del capo e un sorriso benevolo.

Erennia accompagnò le ragazze alla porta.

Poi si voltò verso Nero. L'uomo le aveva piantato addosso due occhi feroci. – Slegami.

Erennia eseguí.

– Ti sei divertita, vero? Ingrata troia celtibera...

Nero si toccò i polsi, sputò ancora. Afferrò la donna per un braccio e la tirò a sé. Strappò la sottile veste di seta trasparente scoprendole il corpo minuto e nervoso. Nessun romano l'avrebbe trovata bella, con quel viso triangolare e spigoloso in cui brillavano piccoli occhi verdi e irrequieti. Erennia assomigliava alla «puttana ibera» che i concittadini di Nero vedevano in lei. I romani la osservavano con sospetto. Si diceva che fosse stata lei a liberare Nero dalla prigionia. Si diceva che, senza di lei, Nero sarebbe morto nella gabbia in cui Sertorio lo stava facendo marcire. Se ne dicevano, di cose. Ma a Erennia non importavano. Indefinitamente sospesa tra il ruolo di schiava e concubina, era lí perché doveva esserci, che i romani lo accettassero o no. Erennia non oppose resistenza.

Nero le strinse le guance, arrivando a sfiorare il naso della donna con il suo. Ruggí, le diede uno schiaffo tale da farla cadere all'indietro sul grande letto sfatto. Erennia si passò il dorso della mano sulle labbra. Non c'era sangue, sorrise trionfante.– Torna a essere Appio Claudio Nero, senatore. Torna il romano che è stato magistrato e capo di uomini in guerra, esponente di una famiglia potente e sprezzante. Pensa cosa direbbero di te i tuoi antenati che hanno dato lustro a Roma. Guardati! – Appio si specchiò. Si impettí, fiero, e afferrò la donna per le spalle. Le premette la testa sul membro e lei, con passione, gli restituí il potere. Appio Claudio Nero non smise di fissare lo specchio in cui poteva ammirarsi senatore, magistrato, capo di uomini. E una puttana ibera gli succhiava il cazzo.

Il corpo di Nero si inarcò quando venne travolto da un orgasmo doloroso. Rimase per qualche istante a ciondolare con le dita affondate nella chioma di Erennia. Poi si staccò da lei, si schiarí la voce. – Rivestiti, renditi presentabile. Sbrigati, voglio ringraziare personalmente Mammina per lo splendido servizio.

Accarezzò la schiena della donna mentre si rivestiva. La baciò sulla nuca con infinita dolcezza.

Mammina non dava tregua alle ragazze. Taide e Neera in realtà si chiamavano Fabia e Catula e, smessi i nomi d'occasione affibbiatigli dalla fantasia di Nero, erano tornate a essere le due ragazzine della Suburra che erano. Si erano gettate come falchi sul vassoio carico di frutta fresca e pesce marinato che la schiava di casa, Samellia, aveva preparato per loro. Per Mammina era difficile persino avvicinarsi.

– Fatevi vedere, su! – cercava di scrutare segni di violenza su braccia e collo, sulla pelle che le vesti non riuscivano a coprire.

– Non ci hanno fatto niente, Mammina, – Fabia, a bocca piena con un fico in una mano e un grappolo d'uva nell'altra, cercava di divincolarsi dalle attenzioni della lenona.

– E tu? – Mammina afferrò per un braccio Catula.

La ragazza fece di no con la testa. Scosse i riccioli divertita. – Semmai chi ha qualche segno è lui… – scoppiò a ridere spargendo briciole di focaccia ovunque.

Anche Fabia rise, e quasi si strozzò. Mammina la colpí sulla schiena aiutandola a riprendere fiato. – Cosa vi ho raccomandato? – La lenona gettò un'occhiata in tralice a Samellia, che sulla soglia sembrava far finta di niente.

Catula, tra le lacrime, addentò la focaccia e cantilenò: – «Non dite niente a nessuno di quello che succede nella stanza blu».

– Esatto! Lo sapete che torme di stronzette suburrane squattrinate stanno facendo la fila per lavorare con me. Ho scelto voi, ma posso trovare qualcuno con la lingua piú corta della vostra, se voglio. Per voi ci sono tanti clienti nei postriboli ai piedi dell'Esquilino che non hanno nulla da nascondere, perché nulla valgono. Fringilla vi accoglierebbe a braccia aperte.

– D'accordo! Anche se la mia lingua lunga spesso viene apprezzata e ben pagata, – disse Fabia ammiccando a Catula, che riprese a ridacchiare.

Mammina le allungò uno schiaffo. La ragazza ci rimase male e mise il broncio.

La donna le puntò il dito contro. – Vuoi che qualcuno ti faccia questo? – le si avvicinò a un palmo dal naso in modo che potesse vedere bene la cicatrice che le segnava la guancia destra da labbro a occhio. Poi si rivolse alla sua giovane assistente, Galla, che se ne stava in disparte, in un angolo buio del triclinio. – Vedi, piccola? Mai, mai abbassare la guardia, mai fidarsi. Sono donne libere, Catula e Fabia, ma non capiscono che quando vivi da lupa, be', la tua libertà viene comprata da ogni cliente. Ricordalo, Galla: mai, mai abbassare la guardia.

Galla aveva la pelle del colore della neve, grandi occhi nocciola, capelli lisci e neri. Sembrava una bambina dallo sguardo ingenuo e affamato. Era stata proposta a Mammina come prostituta dal fratello maggiore, noto giocatore d'azzardo sfortunato. La lenona ne aveva fatto la sua aiutante e Galla era diventata la sua figlioccia. Aveva una memoria prodigiosa e amava canticchiare motivetti allegri per rasserenare Mammina nelle giornate peggiori. Soprattutto sapeva mantenere un segreto.

Galla annuí, poi con un cenno della testa coperta dalla stola indicò un punto oltre le spalle della lenona e fece un piccolo inchino.

– Sii indulgente con le tue ragazze, cara Flavia, – Erennia e Nero erano comparsi sulla soglia del triclinio, silenziosi come fantasmi. – Loro sanno quanto costerebbe una parola di troppo. Lo sanno bene –. Erennia fissò Catula e Fabia, che chinarono il capo. Porse un tintinnante sacchetto di cuoio a Mammina, che lo afferrò e fece un inchino. – Grazie, nobile Appio Claudio Nero –. Passò le monete a Galla. Nero ammiccò alla ragazzina, le si avvicinò e le abbassò la stola per vederla meglio. Galla arrossí. Mammina si mise tra lei e il senatore. Galla sussurrò: – Ti ha chiamato Flavia...

Erennia fece un passo avanti e allungò una mano verso il viso di Mammina, che si scostò. – Flavia Polita cara, – disse, – se non fosse per questo abominevole sfregio ti chiederei, di quando in quando, di unirti a noi nella stanza blu. Non trovi sia incantevole, senatore?

Nero annuí convinto. – Amo le cicatrici. Le mie, per esempio, sono le medaglie del sopravvissuto. C'è sempre una storia interessante dietro a una cicatrice come la tua. Ce la racconterai, un giorno, – e bisbigliò qualcosa all'orecchio di Erennia, che rise. – Ci accontenteremmo comunque della dolce Galla.

– Lei è la mia segretaria, nobile Nero.

– Capisco, ma scommetto che esiste una cifra ragguardevole per cui me la concederesti. Anche Galla ne sarebbe felice, vero?

A Galla brillarono gli occhi. Mammina la fece uscire dalla stanza e la ragazza si congedò inchinandosi. Nero la seguí con sguardo famelico.

– Che appetiti robusti ha il mio nobile signore... – Erennia rise ancora, comprendendo il disagio di Flavia. – Non conti le monete, Flavia cara? – chiese.

– Non le ha mai contate, – considerò Nero. – Noi ci fidiamo di lei e lei si fida di noi. Anche i plebei sanno come ci si comporta nella casa di un senatore.

Mammina fece un altro inchino. – Chiedo soltanto una cortesia, se posso.

Erennia e Nero si scambiarono uno sguardo divertito. – Prego, – disse il senatore.

– Vorrei essere chiamata Mammina. Specialmente davanti a loro, – e indicò le ragazze.

– Oh, Flavia Polita non è forse il tuo nome?

– Lo era. Ora preferisco essere «Mammina».

– Pittoresco... – considerò Erennia appoggiandosi alla spalla del padrone di casa.

Nero ci pensò un po' su. – Già, ma no. Qui sarai sempre Flavia Polita. Non mi fido di chi si vergogna del proprio nome.

Flavia prese atto della decisione del senatore e precisò: – Non è vergogna: i soprannomi, nella Suburra, dicono tutto di una persona. E io sono Mammina piú di quanto sia mai stata Flavia.

Nero si accarezzò il mento. – Davvero pittoresco...

– Ora, nobili signori, se non vi spiace, mi congederei, – Flavia prese la via dell'uscita.

– Ma certo, è lunga la strada fino a... Dove abiti? – chiese Erennia.

Mammina non rispose, fece una riverenza e portò Fabia e Catula fuori dalla stanza. Erennia e Nero le accompagnarono alla porta. Fu Nero stesso ad aprirla. Lasciò passare le ragazze e Mammina, ma trattenne la veste di Galla. La ragazzina si fermò sulla soglia.

– Lei sa fare di conto... – bisbigliò Catula abbastanza forte perché tutti la sentissero. Fabia si coprí la bocca per nascondere un risolino insolente.

– Avanti, Flavia... Mammina: tutto ha un prezzo, specialmente da dove venite voi, – disse Nero senza lasciar andare la ragazza.

– Mi spiace, senatore: per quanto tu abbia ragione in linea di principio, persino nella Suburra esistono frutti proibiti, – disse Mammina tendendo una mano a Galla, che l'agguantò lesta. La lenona la tirò a sé vincendo una plateale resistenza del senatore.

L'uomo fulminò Flavia con lo sguardo. – «Proibito» è un concetto che un senatore lega a ben altro: deve esserci un motivo vero per dire di no a un padre coscritto che si interessa a una puttanella della Suburra.

– Che modi, caro... – Erennia si intromise. – Stai diventando molesto. Perché non permettiamo alle nostre amiche di godersi il meritato riposo?

Nero fece l'occhiolino a Galla. – Sí, certo. Sto solo scherzando un po'...

Flavia si congedò, ma volle l'ultima parola: si avvicinò al senatore e bisbigliò: – Galla non ha ancora avuto il primo sangue, nobile Nero. E ciò la rende intoccabile, persino per un senatore.

Erennia sorrise a Flavia, complice. Il senatore strinse a sé la concubina e la baciò senza distogliere lo sguardo da Mammina. – La legge è legge. Addirittura i suburrani la conoscono.

Fuori, ad attendere le donne, c'erano i due energumeni che mantenevano sicuri gli affari di Mammina. Lei li chiamava Castore e Polluce. Non erano fratelli, ma la stazza, lo sguardo ottuso e la tendenza a vivere senza porsi domande li rendevano identici.

Fabia e Catula vennero accompagnate nelle rispettive dimore. La prima tornò nel suo fetido appartamento in un'*insula* sgangherata, Catula dal marito, un ubriacone privo di un braccio che sbarcava il lunario facendo lavori di fatica che doveva procurarsi di giorno in giorno. Avevano entrambe l'indole della lupa, ma entrambe, in fondo, erano anime disperate. Flavia le accudiva.

Galla e Mammina, scortate dai due bestioni che facevano strada con le torce, camminarono per un po' in silenzio nei vicoli della Suburra, finché la ragazza non chiese: – Perché hai mentito a Nero? Ho quindici anni. Molte delle mie amiche sono andate in sposa. E io ho già conosciuto il desiderio degli uomini.

– Tu hai una mente acuta, ragazza. Non hai bisogno di vendere il corpo, con quella testa, – rispose Flavia.

– Ma mia madre e mio fratello… I regali di un senatore aiuterebbero la mia famiglia.

– Non ti basta quello che ti do?

– Oh, no. Non intendevo questo. Tu sei buona con me. Però l'argento di Nero… Hai visto che regali ha fatto a Catula e Fabia? Catula ha una fibbia d'oro!

– Loro non hanno scelta, tesoro mio. Per te ho in mente altro.

– Ma mia madre…

– Non è giusto che tu paghi gli errori di tuo fratello e la debolezza di tua madre, Galla. E qui finisce il discorso. Imparerai a fare ciò faccio io, cosí come imparai io alla tua età. Trovai un uomo che capí che non ero un pezzo di carne da mercato e che mi salvò dai lupanari. Un uomo che mi voleva bene.

– Chi? Il Mezzo Asse che ti ha fatto quello? – Galla indicò la cicatrice sul viso di Flavia.

– Questo ti fa capire quanto tu sia giovane. L'amore, tesoro mio, assume forme terribili a volte, ma rimane pur sempre amore.

La ragazzina si strinse nelle spalle. Castore e Polluce respinsero un ubriaco mentre la notte inghiottiva le due donne consegnandole alle ombre della Suburra. Nero e la sua casa sembravano distanti decine di miglia.

La volontà del debole

Roma, anno 681 ab Urbe condita, dodicesimo e undicesimo giorno prima delle calende di quintile
(20 e 21 giugno, 72 a. C.)

– Non so che fare, – Cicerone era seduto sul divano di fronte al letto nel suo cubicolo. Teneva in braccio la piccola Tullia. Si era addormentata. – Sono passate quasi due settimane da quando ho ricevuto l'offerta dei Poplicola e non mi sono ancora deciso a presentarla a Capella.

Terenzia gli baciò la testa là dove i capelli cominciavano a diradarsi. – Questa è una novità.

– Non è vero, mi è capitato spesso di trovarmi di fronte a casi complessi, rischiosi, e non sapere che fare. È un momento, in genere.

– Oh, no, intendevo che è la prima volta che ti sento ammettere di non sapere che pesci pigliare.

Cicerone sorrise, sollevò Tullia, la adagiò nel suo letto come d'abitudine. La piccola emise un lamento, si girò su un fianco. Stando sulla soglia della stanza, Terenzia osservò la scena. Provò un moto di tenerezza. Il marito la raggiunse. – Non scherzavo: non so davvero da dove cominciare.

– Dall'offerta che ti ha fatto Ortensio. È l'unica via.

– È questo il problema: non ho alternative da proporre a Capella. Cosí non è una trattativa, è un'imposizione.

– L'argento, Marco. Se è vero quanto racconta Messalla, a Capella non interessa altro. Farà leva sulla faccenda del *cum manu* per ottenere piú sesterzi.

– È chiaro che non gli interessi altro. Ma l'avere una sola possibilità…

– Probabilmente non è cosí. Si potrà trattare sul milione in piú che hai chiesto.

– Vuole tutto, Terenzia. C'è qualcosa, in questa storia... Forse Ortensio ha ragione: Capella, Pisone e Tuberone erano d'accordo per ottenere piú argento possibile da Flacco e hanno usato la ragazza. Non capisco che ci entrasse il povero Orsino.

– I venti milioni e mezzo...

– Orsino aveva valori e dignità, apparteneva a un'epoca differente, – Cicerone si picchiettò il labbro. – Certo, i venti milioni e mezzo sono un grande mistero che non ho la minima voglia di svelare. No, no, sento che Capella non accetterà.

– E cosa implicherebbe?

– Che Ortensio e io ci troveremo davanti a un magistrato e che su Capella e sua figlia pioveranno fandonie come lapilli incandescenti. Verrà scoperchiato un vaso di Pandora che con ogni probabilità brucerà la già traballante carriera politica di Pisone e Tuberone. Alla fine non vincerà nessuno e mi inimicherò una delle famiglie piú influenti dei Valerii.

– Marco, ti avevo detto di prendere casi importanti a Roma, ma...

Cicerone guardò negli occhi sua moglie. – Galleggerò, non è quello che so fare meglio? Mi verrà in mente qualcosa.

– Potresti rinunciare.

– Sarebbe il male minore. Farò comunque un tentativo.

Terenzia gli indicò Tullia. – La venderesti mai in cambio di venti milioni di sesterzi?

Cicerone titubò per un attimo, si sentí sporco. – Forse Capella lo fa davvero per i figli.

La moglie gli accarezzò una guancia. – Scegli quello che è meglio e comportati con Plauzia come se fosse Tullia.

– A parte Messalla, in questa storia nessuno pensa a lei per ciò che è: una povera ragazza buttata sul tavolo da gioco ai dadi.

– Girano certe storie sulla *povera ragazza*, – disse Terenzia.

– Che tipo di storie?

– Si dice che abbia avuto o abbia tuttora un amante.

– Dicerie. Lei giovane, lui vecchio...

– Può essere. Ma lo escluderesti a priori?

– Certo che no. Oramai, però, del suo presunto amante importa ben poco.

Capella si grattò la punta del naso. Con le labbra arricciate in un'espressione di palese disgusto, la sua faccia sembrava ancora piú piccola di quanto in effetti non fosse. Plauzia teneva il viso tra le mani in un presagio di tempesta.

– Ci ho ragionato molto, per giorni. E, Capella, mi sembra una buona offerta –. Cicerone si accomodò su un divano dell'elegante triclinio estivo della casa del suo ospite dopo aver terminato l'esposizione della proposta dei Poplicola.

Capella rise. – Con che coraggio! Si credono al di sopra delle leggi, i Poplicola. No. La mia risposta è no. Non ho intenzione di mollare un singolo iugero, nemmeno una pianta o un sasso. Sono le ultime volontà di un grand'uomo: che le rispettino!

– Nobile Capella, la tua intransigenza potrebbe avere tremende conseguenze per te e soprattutto per Plauzia.

Tirone provò pietà per la giovane, che sembrava sempre piú un giocattolo nelle mani del padre, ma si guardò bene dall'alzare gli occhi dalle sue tavolette. Cicerone, con studiata lentezza, si avvicinò alla ragazza, le mise una mano sulla spalla. – Fallo per lei. Troviamo un accordo e avrai ben piú di quello che ti spetta.

– Non mi basta un matrimonio *sine manu* per rinunciare a una simile cifra. I miei figli potrebbero costruirci una carriera politica, la mia famiglia potrebbe attirare clienti influenti, finalmente…

– Ammesso che il tuo attuale tesoro riesca a passare intatto attraverso l'udienza con il magistrato, chi credi che sarebbe interessato a legarsi a te dopo che Ortensio avrà dato fiato alle illazioni dei Poplicola?

– Sono illazioni. Lo dici tu stesso, mere illazioni.

– Molto suggestive, a dire il vero. Ma il punto qui non è ciò che è vero e ciò che non lo è. Il punto è che non ci sono vie di uscita. Sai quante domande scomode potrebbe fare un magistrato? Per esempio: da dove arriva l'argento con cui Flacco ha comprato i terreni? Te lo sei mai chiesto?

– No, e nemmeno mi interessa.

– Tuberone e Pisone, cosa c'entrano con questa faccenda? Sai cosa si dice di loro, sai che verrebbero subito convocati dal magistrato: sei sicuro di voler essere assimilato a quei due?

– Se servirà per far valere i miei diritti…

Cicerone sbuffò. – Mi devi concedere qualcosa, Capella. Non posso tornare da Ortensio a mani vuote.

Capella ebbe uno scatto d'ira, picchiò il pugno sulla scrivania facendo sussultare Tirone, che tirò una riga attraverso la cera della tavoletta, e Plauzia, che sussurrò: – Padre…

Capella posò gli occhi sulla figlia per la prima volta da quando si erano riuniti nella stanza. – Piccola mia, – disse ringhiando, – non capisci che si sta perpetrando un abuso bell'e buono? Ci forzano ad accettare le imposizioni dei Poplicola oppure verremo diffamati. Dobbiamo abbassare il capo e lasciare quanto ci spetta malgrado un sacrosanto testamento? Non ti ho dato in sposa a un vecchio per poi concederti a un Lucio Valerio qualsiasi e restare a mani vuote.

Cicerone non resistette. – E allora se tieni cosí tanto al nome dei mariti di tua figlia, perché non hai permesso a Plauzia di sposare Messalla quando si è proposto?

Capella avvampò. – Lo sapevo che sarebbe saltata fuori questa storia! È stato Messalla a dirtelo, vero? Siete amici, tu e quel viscido, o sbaglio?

– Siamo amici, e Valerio Messalla è tutt'altro che un viscido. È uno stimato senatore e conosce il senso della parola «lealtà». È ambizioso e ricco: perché non gli hai concesso la mano di tua figlia? – Cicerone cercò lo sguardo carico di lacrime di Plauzia. Le parlò con dolcezza. – Vi eravate scelti ed era un partito ineccepibile...

La ragazza fissò il padre temendo la sua reazione. Non rispose.

– Che importanza ha? Mia figlia è ben consapevole del fatto che io so cosa è meglio per lei e per la famiglia. Messalla non andava bene, Flacco sí.

– Per venti milioni e mezzo di ragioni.

– E se anche fosse?

– Ecco quanto vale il vostro nome, dunque.

L'uomo picchiò di nuovo il pugno scheletrico sul tavolo. Si alzò come una furia, sparí per pochi istanti e tornò con il testamento. Lo sventolò a un palmo dal naso di Cicerone. – C'è questo! E non conta il perché delle mie scelte. È cosí e basta, rispettino le volontà del loro esimio congiunto.

– Vedi, caro amico, – disse Cicerone senza indietreggiare di un passo, – io stesso sono convinto che ci sia qualcosa di poco chiaro dietro quel pezzo di pergamena. Mi piace pensare che tu sia in buona fede... Forse sei stato usato, forse persino Flacco e Orsino sono stati abbindolati, ma di motivi per mettere in discussione le volontà del loro «esimio congiunto», i Poplicola, ne hanno pure troppi.

– Per gli dèi, da che parte stai, tu?

– È l'equilibrio, ciò che conta adesso. Il buon senso. Non c'è per me una parte verso cui pendere. Da questa situazione se ne può uscire trovando un ragionevole compromesso, vantaggioso per tutti, e basta.

– Certificando cosí che la volontà dei Poplicola vale di piú di quella dei Nevii.

– Siamo realisti, ti prego. Fallo per lei! – Cicerone indicò Plauzia. La ragazza stava ancora piangendo sommessamente. Disse: – *Dada*... – l'espressione implorante. Capella non la degnò di attenzione, accecato da una rabbia impotente.

– Non sottoporla al crudele giudizio dei romani, – continuò Cicerone. – Non ne otterrai nulla.

– Ma forse, cosí facendo, nemmeno i Poplicola otterranno qualcosa, – Capella ridacchiò.

Cicerone lanciò un'occhiata preoccupata a Tirone. Il servo aveva smesso di scrivere appunti da un po', vista la piega emotiva e inconcludente che aveva preso la discussione.

– Questo non ha senso. E dato il tuo atteggiamento... dato il tuo totale rifiuto della realtà, ti comunico che non ho intenzione di perorare la tua causa né di mediare ulteriormente.

– Il coraggioso Cicerone, l'uomo che sfidò Crisogono nel foro... – Capella applaudí, strafottente.

– Quello fu coraggio. Qui non è richiesto coraggio, qui ci vuole soltanto buonsenso. E non ne vedo l'ombra, – poi l'oratore si rivolse alla ragazza. – Mi spiace, nobile Plauzia, oggi avrei voluto parlare a fondo con te, ma data la situazione...

La ragazza sgranò gli occhi. – *Dada*, cosa significa? – si stropicciava le mani nervosa.

– Significa che dovremo cercare qualcun altro che abbia abbastanza attributi per guardare negli occhi quell'efebo danzante di Ortensio e dirgli che i Poplicola raccontano solo stronzate...

Cicerone scosse il capo. – In questi anni spesi nel foro ho imparato a capire se i dadi dell'avversario sono migliori dei miei. Dovresti farlo anche tu. Hai pessimi dadi, caro Capella, pessimi.

– Grazie per la lezione, – Capella si alzò e invitò Cicerone a uscire.

– *Dada*... – anche Plauzia si alzò dal suo piccolo sgabello.

– Ce la caveremo, bambina. Pure senza di lui, la legge è dalla nostra.

– *Dada*...

– Addio, Cicerone. Ci vedremo in senato.

– Se ti capiterà di entrarci... – Cicerone ammiccò a Tirone, poi gli bisbigliò: – Non ho resistito –. E uscí dalla stanza. Udí Capella imprecare.

– Povera ragazza... La abbandoniamo cosí? – chiese lo scrivano cercando di tenere il passo del padrone.

– Non siamo stati noi ad abbandonarla, è stato suo padre, – commentò lui.

Tirone aprí la porta e fece strada. – *Domine*, perché mi sembri sollevato?

– Perché lo sono.

Avevano già preso la via di casa, quando Cicerone si sentí tirare la toga. Plauzia lo aveva rincorso in strada. – Ti prego, nobile Marco Tullio, ti imploro...

– Non è stata una mia scelta. Lo sai.

– Ma io devo parlarti.

– A che proposito?

– Di Flacco, dell'eredità...

– Mi spiace, nobile Plauzia: dovrai raccontare tutto all'incauto che deciderà di assecondare le farneticazioni di tuo padre –. Cicerone fece un piccolo inchino e si voltò. Invitò Tirone ad accelerare il passo. Lo scrivano gettò un'ultima occhiata alla ragazza, che rimase per un attimo in mezzo alla strada inebetita. Continuò a guardarla fino a che non rientrò mesta in casa. A Tirone si spezzò il cuore.

Tutta una questione di rispetto

Roma, anno 681 ab Urbe condita, undicesimo giorno prima delle calende di quintile
(21 giugno, 72 a. C.)

Quando Tito riaprí gli occhi, il sole era alto. Si trovò davanti la faccia di Lucrezio. Il bambino lo osservava mentre con l'indice si sincerava che la narice destra fosse libera da ingombri. Tito grugní infastidito. Il bambino disse: – Hai avuto incubi per tutta la notte.

– Hai il sonno leggero?

– No, me l'ha detto *dada*.

– E tu credi a ogni parola che ti dicono?

– Sí. Perché hai gli incubi?

– Perché il passato, a volte, è un lupo spelacchiato che ti morde le caviglie.

– Io non ho mai incubi.

– Beato te... Guarda, – Tito frugò nella bisaccia. Estrasse un vecchio coltello con il malfermo manico in corno di cervo, poco piú di un temperino che usava per appuntire legnetti o sbucciare la frutta. Lo porse al piccolo. – Ti piace?

Quello se lo rigirò fra le mani. Fece di sí con la testa, gli piaceva.

– È tuo.

Lucrezio si illuminò e corse via chiamando Astragalo a gran voce.

Tito sistemò le bisacce sotto il letto. Avvolse la pelle di capra con il messaggio e la legò alla rete, composta da grezze funi di canapa. Rimise a posto la *culcita* imbottita di fieno su cui aveva dormito.

Nello studio del medico incontrò un assonnato Astragalo, che stava riordinando i ferri del mestiere mentre spiegava a Lucrezio cosa avrebbero fatto di lí a poco. Tito sbadigliò forte, senza contegno.

– Dormito bene, *domine*? Continui a non avere i sensi di colpa che non hai piú da anni?

– Stronzo...

– Grazie per aver regalato un coltello a Lucrezio.

– Di niente.

– Adesso avrò un motivo in piú per preoccuparmi.

– Mio nonno mi ha regalato un giavellotto a sei anni. Qualcosa da mettere sotto i denti?

– Tuo nonno bastonava te e tua madre, forse sperava che te lo ficcassi in un occhio, il giavellotto. Troverai latte di capra e formaggio in cucina. Ora, se non ti spiace, levati dai piedi. Sta per arrivare il paziente con la gamba rotta.

Pitodoro comparve sulla soglia dello studio. Aveva la faccia pesta, si grattò il mento ispido. – Ho bevuto troppo per colpa vostra.

– Hai fatto tutto da solo, sei tu il *medicus*, no? Sei abbastanza lucido per lavorare? – Astragalo stava disponendo bende e legacci su un tavolo.

Il greco fece schioccare la lingua, aveva un saporaccio in bocca. – Una frattura come quella che stiamo per mettere a posto? Sono tremila sesterzi, caro mio. La miglior cura per una sbronza.

– Quando uno ha una missione... – Astragalo non alzò la testa dalle sue incombenze.

– E tu che farai oggi, centurione? Posso chiamarti cosí? – chiese Pitodoro accorgendosi della presenza di Tito nella stanza.

– Era il mio grado, perché no? Credo che anch'io andrò a guadagnare qualche moneta. Anzi, sono in ritardo. Quindi, con il tuo permesso...

Pitodoro si passò una mano sulla faccia, poi fece un cenno muovendola pigramente, come una foglia al vento. Avrebbe potuto significare qualunque cosa.

Astragalo raggiunse Tito sull'uscio. – Davvero vuoi ricattare Crasso?

– Insisti con questa storia? Non lo ricatto, ti dico. Mi faccio ricompensare per aver portato a termine la missione che quel coglione di Abile ha mandato a puttane.

– È un ricatto. E Crasso adesso è pretore.

– Ho capito! Sarà pretore, ma resta pur sempre lui –. Ci pensò un po' su, poi chiese: – Se qualcosa dovesse andare storto, posso contare su di te per lasciare la città?

Astragalo sospirò. – Mi piaceva sentire la tua mancanza.

– In otto anni mi hai scritto una volta sola: «Contento di saperti vivo». Questo, hai scritto.

– Un po' stringato forse, ma ci ho messo il cuore.

Tito scosse il capo, prima di uscire si affacciò sull'esterno con fare guardingo. – Sarà caldo anche oggi.

Astragalo lo mandò a quel paese e rientrò nello studio borbottando. Ordinò a Lucrezio di portare una brocca piena d'acqua a Pitodoro.

– Non ne ho bisogno, – bofonchiò il medico.

– Eccome, se ne hai bisogno! – disse Astragalo. – Perché non scendi in fondo alla via e non ti dài una sciacquata nella fontana?

Pitodoro si grattò la testa. – Mh, che lavoro hai detto che fa il tuo amico?

– Oh, lui per professione si tuffa in vasche piene di merda.

Davanti alla villa di Marco Licinio Crasso si stava formando la consueta coda di clienti smaniosi di offrire i propri servizi al pretore, in cambio della sua benevolenza. Arrivarono alla spicciolata anche gli uomini della scorta.

Come ogni mattina, appena il sole invase la via, il portone d'ingresso si aprí.

Sulla soglia comparve Clizio, il capo della servitú di casa. Un uomo sulla trentina tutto nervi, vestito con una tunica leggera, troppo elegante persino per un liberto.

Salutò uno a uno i clienti. Il piú anziano dei guardaspalle di Crasso gli chiese: – Programmi della giornata?

Clizio stava stilando su una tavoletta l'elenco dei presenti in modo da stabilire un ordine di ricevimento. Rispose senza alzare lo sguardo dagli appunti. – Il solito.

– Si scenderà nel foro?

– Il solito.

– Nessuna seduta del senato?

– No. In quel caso ci sarebbero i littori qui fuori, non credi?

– Lui dov'è?

– Nel solito posto.

– Nell'*hortus*?

– Nel solito posto. Vi ho fatto portare la colazione.

Due grandi vassoi carichi di formaggio e frutta sfilarono davanti a Clizio e vennero adagiati su un paio di tavolini da campo, a qualche piede dall'ingresso. Gli uomini della scorta si servirono.

Clizio fece un piccolo inchino in direzione dei clienti e rientrò. Nella grande *domus* regnava il silenzio. Uomini e donne della servitú erano in posizione, pronti a svolgere le mansioni cui erano stati destinati: lo scrivano si trovava nel *tablinum* con una pila di tavolette e rotoli assieme al contabile; due schiave erano munite di ramazza, secchio e stracci per le pulizie di casa; il precettore di Publio, il secondogenito tredicenne di Crasso, aspettava il giovane sotto le colonne dell'atrio ripassando la lezione del giorno, le sue labbra si muovevano senza emettere un suono. Una ragazzina, la serva personale della moglie del pretore, attendeva in un angolo vicino al *cubiculum* della *domina*. Tutti in muta attesa, immobili come statue. L'unico apparente segno di vita era rappresentato da Clizio, che zampettava di qua e di là, in preda alla sua tipica ansia da prestazione.

Il capo degli schiavi entrò nell'*hortus* e raggiunse il padrone, che se ne stava seduto su uno sgabello sotto un pruno, la schiena leggermente sbilanciata all'indietro, il braccio sinistro appoggiato sul ventre a sorreggere il destro, gli occhi chiusi, mentre tra indice e pollice della mano destra faceva scorrere una foglia di alloro. Clizio si fermò a qualche passo da lui, pronto ad accogliere gli ordini.

Crasso era rivolto a est. Aspettava che il sole spuntasse oltre le cime dei pini marittimi che circondavano la casa, sorgendo su di lui e sui suoi intenti. Adorava quel momento della giornata, e la sospensione alla quale obbligava l'intera famiglia a imitarlo in un piccolo esercizio di disciplina.

Fermo, come se posasse per uno scultore, stava lasciando fluire liberi i pensieri dopo una nottata eccezionalmente quieta. Il banchetto della sera precedente gli aveva conciliato il sonno, evento quasi sconosciuto per lui, che al calare delle tenebre prendeva a vagare per casa, anima in pena mantenuta verticale dall'insonnia.

La cena era stata piacevole al di là di ogni previsione e, per una volta, essendo i suoi invitati clienti equestri lontani dalle beghe del senato, era stato un momento di banale svago. Nessuna trattativa, nessun ammiccamento, nessuna allusione o implicito: solo chiacchiere, parole senza peso. A un certo punto i convitati avevano parlato della bellezza e del suo prezzo. Crasso li aveva ascoltati discutere. Aveva assistito senza sentirsi obbligato a dover menare il discorso in un luogo preciso. Aveva lasciato che sua moglie, Tertia, guadagnasse il centro della scena e la dominasse con la sua usuale eleganza e leggiadria. Adorava ammirarla mentre praticava un'arte a lui sconosciuta: il piacere del futile. Gli provocava un vago godimento, forse alimentava persino una sottile eccitazione.

Fu cosí che il banchetto lo aveva distratto, e la sua mente era stata portata altrove per il tempo sufficiente a permettergli di dormire. Un capriccio di Somnus, la cui grammatica gli rimaneva oscura, lo aveva ripòrtato sulla costa iberica, davanti a un braciere in una giornata ventosa. Il suono del mare che si infrangeva sugli scogli copriva le risate di una festa in una grotta. Il sapore del pesce, il profumo della macchia mediterranea. Al risveglio provò una piacevole malinconia, non priva di conseguenze.

Adesso che i raggi gli penetravano le palpebre immergendo la sua memoria in un caldo lago dorato, riaffiorò dalla madia dei ricordi il viso largo e radioso di Vibio Paciano, un brav'uomo, un ibero-romano che lo aveva nascosto durante le persecuzioni dei mariani, ormai una ventina d'anni addietro. Crasso all'epoca era soltanto un giovane fuggito da Roma dopo che quei bastardi fanatici dei seguaci di Mario e Cinna avevano spinto suo padre al suicidio e avevano ucciso suo fratello. Lasciare la città vivo era stato difficile, scegliere dove andare a rintanarsi, semplice. Il padre di Crasso era stato governatore della provincia iberica e il ragazzo lo aveva accompagnato in quell'anno di mandato. Conosceva il territorio e si era fatto molti amici. Tra questi, il nobile Vibio, ricco, socievole, ospitale e colto. Una brava persona. Quando si erano incontrati la prima volta gli aveva chiesto: «Nobile Marco Licinio, si dice che la tua famiglia sia la piú ricca di Roma».

«È una delle piú ricche, in effetti», aveva precisato Crasso.

«Una delle piú ricche, d'accordo, – aveva continuato Vibio ricalibrando i termini del discorso. – Mi chiedevo, e se risultassi troppo indiscreto potrai anche non rispondere, ecco... Cosa significa essere ricchi a Roma?»

Crasso aveva riso.

«Lo sapevo: sono stato inopportuno», Vibio era avvampato.

«No, no, è solo una domanda posta in modo curioso. Dalle nostre parti non si chiede a qualcuno qual è lo stato delle sue finanze. Lo si chiede al suo contabile, all'amante, al creditore, ma non al diretto interessato. Comunque, per rispondere, essere ricchi a Roma significa essere ricchi ovunque. Bada: non ho detto che "è *come* essere ricchi ovunque". Attento alle parole».

«Esatto! È questo che intendevo. Scommetto che nessuno qui intorno possa neppure sfiorare la vostra ricchezza».

«Penso proprio di no, – Crasso aveva riso di nuovo. – Facciamo cosí: dimmi secondo te quanto valgono i Licinii. Se indovini ti regalerò un talento d'oro per ogni tuo figlio, legittimo e illegittimo».

«Ne ho tanti, nobile Crasso...» Vibio ghignò.

«Non temere. Su, coraggio, pensa a una cifra: quanto valgono i Licinii, Vibio?»

L'uomo ci aveva riflettuto per un attimo, si era grattato il mento, poi aveva fatto la sua puntata. «Trecento milioni di sesterzi!»

Crasso stava bevendo vino da una coppa e si era limitato ad alzare un sopracciglio.

«Per gli dèi... – Vibio era strabiliato. – Quattrocento?»

Crasso alzò di nuovo il sopracciglio.

«Cinquecento? Non è possibile! Cinquecento?»

«Forse di piú. Ma una cifra realistica potrebbe essere questa».

Vibio era rimasto a bocca aperta.

«Vedi? Non hai abbastanza immaginazione per indovinare quanto è ricco mio padre».

«In effetti è straordinario».

«E, ti garantisco, ne hai ancor meno per figurarti quello che farò io».

Crasso e il padre erano tornati spesso nella tenuta di Vibio nel corso di quei mesi a godere della sua squisita ospitalità. Il padre aveva facilitato gli affari di Vibio firmando referenze e raccomandandolo presso i piú potenti intermediari dell'Urbe. L'olio d'oliva di Vibio era divenuto famoso, il padre di Crasso aveva incassato una discreta somma per la cortesia.

Anni dopo, Crasso il fuggitivo, Crasso la preda, sbarcò sulla costa iberica nei pressi della villa di Vibio. Certo che il suo ospite avrebbe compreso l'esigenza di una buona dose di riservatezza, dati i frangenti, non lo andò a trovare di persona. Per farsi perdonare, gli inviò un'ambasciata con un compenso per il disturbo e una sorta di affitto per la grotta in cui si era andato a rintanare con i suoi: un'anfora piena di denarii d'argento. Vibio rimandò indietro l'anfora senza averne toccato una moneta, oltre a un paio di carri con vino, cibo e persino mobilio. Il carico era accompagnato da una lettera di poche righe in cui Vibio esprimeva il suo cordoglio per la morte del padre e del fratello e la gioia nel saperlo ancora vivo e in buona salute: «Non prenderla a male, nobile Crasso, – recitava la lettera, – non rifiuto il tuo argento, è che non ho abbastanza immaginazione per dare un prezzo alla nostra amicizia».

Da quel giorno, ogni mattina, gli schiavi di Vibio avevano lasciato davanti all'antro tutto quanto il padrone ritenesse utile a mantenere ben pasciuto e di buon umore un gruppo di ricchi romani annidati in una grotta. Cibo, vino, donne… L'ibero si prese cura con tale dedizione di Crasso da trasformare quell'esilio in un ricordo persino piacevole: lui, pochi amici e tanto tempo a disposizione, per intrecciare indisturbato la trama del ritorno a Roma. Tutto quel rimuginare lo spinse tra le braccia dell'unico uomo in grado di contenere la furia dei mariani, Silla. Il Dictator gli promise giustizia e Crasso varcò la soglia della guerra civile con la forza della sua ricchezza, alimentato dal fuoco della vendetta. Puní i mariani nella battaglia di Porta Collina, dando il colpo di grazia alle truppe dei ribelli. Che sapore aveva avuto, quella vittoria, che glorioso momento! Il climax del suo odio fatto strage. Fu l'unica e ultima volta che seguí un impulso, una necessità morale, e non le regole ferree del profitto.

Ciò fu possibile grazie all'amicizia di un ibero. Una smorfia gli increspò le labbra: Vibio in effetti non avrebbe avuto abbastanza fantasia per concepire quali vette di ricchezza Crasso avrebbe toccato dopo una ventina d'anni. Ne era finito, di oro, nelle sue tasche, da allora. Adesso era parecchio piú ricco di suo padre ed era potente. Presto avrebbe raggiunto quello che pensava sarebbe stato l'apice della sua carriera. Molto presto, se fosse riuscito a realizzare i suoi piani.

Inspirò a fondo l'aria del mattino. Le narici furono accarezzate dal profumo dei fiori. Si godette l'attimo fino a che non si alzò di scatto e fece scrocchiare la schiena. Gli mancava solo uno scalino da salire con piede sicuro per ottenere il consolato, e per farlo aveva bisogno di mettere a segno un colpo clamoroso. Aveva fretta: sentiva sul collo il delicato fiato di Ortensio e quello caldo come lo scirocco di Pompeo. Non voleva essere eletto, voleva essere invocato, acclamato, desiderava ardentemente oscurare i suoi avversari. Voleva riprovare la sensazione che aveva provato camminando tra i nemici morti dopo la sconfitta dei mariani. In cuor suo ringraziò l'inettitudine dei consoli, l'inevitabile sacrificio delle truppe di disperati che si stavano raggruppando a sud di Mutina, e soprattutto la follia di Spartaco. Al senato non aveva raccontato la verità. O meglio, aveva taciuto quanto era venuto a sapere grazie alla sua rete di spie: malgrado i dispacci provenienti dal campo di battaglia (il cui contenuto aveva fedelmente riferito ai colleghi senatori) dicessero il contrario, Spartaco non stava puntando a nord, anzi, voleva ripiegare a sud. Le sue spie erano concordi in tal senso. Il perché non era noto. Crasso sperava solo che il trace sognasse di mettere a ferro e fuoco Roma con la sua orda di *liberatori*. Spartaco aveva un istinto formidabile, forse era persino intelligente, ma era pur sempre un animale che seguiva le vie illogiche della passione. E lui voleva essere colui che avrebbe portato la testa del gladiatore ribelle nel tempio di Bellona: le motivazioni che spingevano il trace a tornare nella capitale non lo interessavano. Crasso aveva una convinzione alla base di una strategia semplice: Spartaco era la chiave per arrivare in cima alla Repubblica. Il primo passo verso la gloria era stato compiuto due giorni prima conseguendo l'incarico di creare le legioni sufficienti a sedare la rivolta. Sogghignò all'idea che qualcuno in senato avesse anche solo sognato di affidare quelle truppe a qualcun altro. Batté le mani. – Bene, è giunto il momento di affrontare la giornata, – disse ad alta voce.

Fece segno con due dita a Clizio. Un gesto leggero, quasi impercettibile. Il capo degli schiavi si avvicinò. – *Domine*?

– Possiamo cominciare.

– Senz'altro, *domine*.

– Riceverò pochi clienti, stamattina.

– Come avevi stabilito, *domine*. Ne ammetteremo soltanto sei, le questioni urgenti. Gli altri li manderò via. Lo scrivano è già pronto per le lettere che vorrai dettargli e il contabile è riuscito a ottenere una valutazione dei terreni ad Anzio.

– Li congederai con gentilezza.

– Naturalmente.

– Ottimo.

– La scorta è già qua fuori che ti aspetta per accompagnarti al foro. Sono stati rifocillati.

– Procediamo, allora. Fai entrare il primo cliente. Lo riceverò nel *tablinum*.

Clizio annuí. Solerte sistemò una piega della toga del magistrato. Poi, non appena il padrone entrò nell'atrio, ordinò al giardiniere di cominciare i lavori di manutenzione dell'*hortus*. La casa si animò all'improvviso e Clizio prese congedo per andare ad accogliere i clienti. Crasso fece il suo ingresso regalando larghi sorrisi alla servitú. Si intrattenne per un attimo con il precettore di Publio, un greco che aveva selezionato lui di persona. Lo schiavo, un sessantenne canuto e gracile, fece un piccolo inchino. – *Despotas*, pretore.

Crasso gli mise una mano sulla spalla. – Dimmi, stimato Speusippo, cosa inculcherai in quella testa dura di mio figlio, oggi?

L'uomo si concesse l'accenno di un sorriso. – Il ragazzo è brillante, mio signore. Distratto, forse, ma brillante.

– È una testa dura.

Speusippo non osò contraddire il padrone.

– Ebbene? – insistette Crasso spulciando uno dei rotoli che il precettore teneva sulla piccola cattedra. Rappresentava una mappa del mondo conosciuto.

– Geografia, mio signore. I testi di Erodoto e le mappe dei migliori cartografi di Tolomeo.

– Ottimo.

– Partiremo dalle terre della Repubblica per poi spingerci nei territori che furono delle *pòleis*, le conquiste di Alessandro...

– Non perdere troppo tempo sui territori che già sono dominio della Repubblica, – disse Crasso. – Corri e portalo prima che puoi qui, – puntò il dito sull'Asia. – Perché è qui che Roma volge il suo sguardo. Oggi insegnagli il futuro, Speusippo.

– Come desideri, – il precettore fece un altro piccolo inchino. – Oh, ecco il nobile Publio.

Al fianco di Crasso era comparso un guizzante ragazzino di tredici anni, con un accenno di peluria sul viso, gli occhi vispi e una pila di tavolette sotto braccio. Salutò il padre. Crasso lo squadrò, gli sistemò i capelli. – Hai una macchia sulla tunica. Vai a cambiarti.

– Ma arriverò in ritardo alla lezione... – si lagnò il ragazzino sbirciando l'espressione severa del precettore greco.

– Oh, capisco, – Crasso ridacchiò. – D'altronde non puoi nemmeno girare per casa con una tunica macchiata. Siamo di fronte a un bel dilemma.

– È soltanto una piccola macchia di olio.

– Mi stai contestando? Cosa pensi che noteranno i tuoi clienti quando si troveranno davanti a Publio Licinio Crasso? Il tuo viso? Le mani? Terranno lo sguardo basso, per lo piú concentrato sui tuoi vestiti. E vedranno una macchia d'olio. È questo che vedranno.

Publio si avvicinò al padre e gli sussurrò all'orecchio. – È che se farò attendere Speusippo, quello mi darà due vergate sulle nocche –. Il giovane mostrò il dorso della mano destra, segnato dai ritardi e dalla pessima pronuncia in greco.

– È il prezzo per un ritardo? – sussurrò di rimando Crasso.

– Sí.

– Equo, direi. Facciamo cosí: ti risparmio le due che ti avrei dato io per la macchia sulla tunica –. Publio si avviò al suo cubicolo brontolando.

Crasso si voltò in direzione Speusippo. – Quando tornerà dagli quattro vergate. Digli che io l'ho perdonato per la macchia sulla tunica, ma tu no.

Alle spalle di Speusippo sbucò Clizio.

– Che c'è? – domandò il pretore. – Fai entrare il primo cliente.

– Ecco, *domine*, ce n'è uno non in lista che…

– Mandalo via, dunque.

– Ehm, *domine*… Tito Annio Tuscolano è qui fuori e chiede udienza. Si è detto sicuro, invero con una certa arroganza, che lo avresti accolto. Mi ha detto… – abbassò il tono concitato all'orecchio del pretore, prima di allontanarsi di qualche passo a capo chino.

Crasso dichiarò: – La giornata si presenta già molto interessante, piú di quanto immaginassi, – si portò l'indice alla bocca, le labbra arricciate. Prese la verga dalla cattedra di Speusippo. La flesse. – Tasso?

– Tasso, *domine*, – confermò il greco.

– Bene, – disse Crasso soddisfatto a Clizio, – chiamami il capo della scorta.

Il capo della scorta arrivò svelto.

Il pretore gli porse la verga. – C'è un uomo qui fuori. Si chiama Tito Annio Tuscolano: per lui dieci vergate ben date. Come se punissi uno dei tuoi che ha mancato a una consegna. Non farlo in strada. Invitalo a entrare con gentilezza e poi vergalo.

L'uomo non commentò, non mostrò stupore o incertezza. – Bene.

– Quanta fretta! – disse Crasso. – Dove credi di andare?

– *Domine*, a vergare uno che si chiama Tito Annio Tuscolano, come mi hai appena comandato di fare.

– Da solo?

– Be'...

– No, segui il mio consiglio: fatti assistere da un paio dei tuoi. Quando hai finito, portamelo nel *tablinum*. Non prima però che tutti i clienti se ne siano andati. Massima discrezione.

L'uomo chinò ancora il capo e riprese la via dell'ingresso.

Crasso appariva divertito. – Ottimo. Ora, Clizio, fai entrare il primo cliente.

– Gneo Decumio, padrone. Vuole offrirti i suoi servigi di architetto.

Crasso sospirò. – Ancora. Non gli farei costruire nemmeno un pollaio...

Clizio allargò le braccia.

– Va bene. Vedremo se potrà aiutarmi a buttar giú qualche *insula* traballante. Visto il modo in cui costruisce, potrebbe essere il migliore dei demolitori. Ah, Clizio, fai portare una brocca di buon vino nel *tablinum*. E che sia puro, niente acqua.

Nel frattempo ricomparve trafelato Publio, che orgogliosamente indossava una tunica pulita.

Crasso lo controllò da cima a fondo. – Sei stato fortunato: oggi c'è qualcuno che piú di te merita qualche vergata. Non approfittare della tua buona sorte, però! – gli diede un buffetto e si avviò a sbrigare le prime faccende della giornata.

Congedato l'ultimo dei clienti, Crasso chiese al suo scrivano di prendere alcuni appunti in merito agli incontri della mattina, prima che gli impegni concordati sparissero senza lasciar traccia, seppelliti dalle incombenze quotidiane di un pretore. Udí il capo della scorta schiarirsi la voce e si illuminò. – Gradisci del vino, Molosso?

Quando si girò rimase interdetto. L'uomo che gli stava di fronte, circondato da tre energumeni che incombevano su di lui con aria minacciosa, non sembrava affatto il suo ex riscossore di fiducia e «cacciatore di uomini» dei tempi incerti dopo la guerra civile. – Per Giove, il Nord ti ha masticato e ti ha risputato come una pietanza indigesta. E quella barba...

– Sono tornato ieri, non ho trovato un *tonsor* disponibile, – borbottò Tito, cupo.

– Al *tonsor* provvederemo in un secondo momento.

Il capo della scorta aveva un occhio pesto e uno dei suoi si toccava la mandibola facendo smorfie eloquenti. Crasso rise. – E pensare che volevi sistemare la faccenda da solo... – poi si rivolse di nuovo a Tito. – Sei magro come un puledro senza madre e conciato peggio di uno di quei pellegrini che chiedono l'elemosina nei vicoli della Suburra, eppure sai ancora usare i pugni, eh, Molosso? Adesso potete lasciarci soli. Non ci vediamo da anni...

Gli uomini protestarono, ma Crasso insistette. – Ce l'ha con voi, non con me, vero, amico mio?

Tito annuí.

I tre uscirono. Il capo della scorta e Tito si scambiarono un ultimo sguardo carico di promesse.

Tito si toccò la schiena, si stirò. – Perché?

– Suvvia, non dare troppo peso a un paio di carezze. Considerale un gesto benevolo, un amichevole buffetto dopo che mi hai fatto provare una dolorosa nostalgia, – Crasso tentò di leggere negli occhi dell'ex militare quel filo di umiliazione che gli avrebbe provocato un minuscolo ma sensibile piacere. Niente. Tito aveva la solita espressione che aveva sempre mantenuto al suo cospetto: piatta come il deserto d'Arabia. Passò qualche lungo istante di silenzio. Forzò un colpo di tosse, quindi riattaccò: – Per gli dèi, sai quanto a lungo ti ho creduto morto quando sei sparito otto anni fa?! E poi vengo a sapere che fai l'eremita nella Cisalpina. Immagina la sorpresa e il disappunto. Mi sono detto: Tito è vivo e non ha pensato di farmelo sapere? Ti pare rispettoso? Le vergate sono un piccolo rimprovero per aver ferito i miei sentimenti.

– Chi ti ha detto dove stavo?

– Centurione, non ti cerca piú nessuno a Roma. Nessuno si ricorda di te, tranne i buoni amici, come me. E sono molto pochi, fidati.

– Chi.

– Oh, intuito, puro intuito. Cercavo l'argento che Crisogono aveva nascosto usando i suoi tanti pseudonimi e cosí, interrogando un tale Mus, un cornelio che conosceva bene gli affari di quel bastardo, ho scoperto che eri sopravvissuto al tuo folle tentativo di vendetta. Allora ho pensato: dove potrebbe essersi cacciato, il Molosso? Senza un asse in tasca, senza amici fuori dalla Suburra… Ho tentato la sorte, immaginando che potessi essere andato al Nord. Come si chiamava il tuo amico gallico?

– Gabello, ed era un cittadino romano.

– Be', non ne aveva l'aspetto. Comunque, non mi ricordavo il nome, ma sapevo che veniva da Placentia. Ora, accade che un tale Castricio sia un amico e quattuorviro, guarda caso a Placentia. Cosí ho chiesto qualche informazione. Nient'altro: ho inviato un paio di lettere ed ecco che salta fuori che sei a marcire sulle rive del Po, fai il contadino e non solo: sei pure sposato! Non dirmi anche che hai dei figli! Tua moglie si chiama Flavia Polita, giusto?

– Non ho figli e mia moglie non è importante adesso. Con tutto il rispetto, nobile Crasso, non sono qui per una rimpatriata.

– Pretore.

– Pretore, – Tito si versò del vino, – non vuoi sapere perché ho bussato alla tua porta dopo otto anni?

– Mi viene da pensare che se sei nel mio *tablinum* è per chiedermi un favore. Chi è qui di solito mi chiede favori, piagnucola per evitare una punizione o per cercare uno sconto. E tu hai già avuto la tua punizione, non abbiamo sospesi. Clizio mi ha detto che sai qualcosa di Abile.

– E questa è l'informazione che posso darti gratis.

– Oh, ne hai anche una a pagamento?

– Fulvio Abile è morto.

Crasso si rabbuiò, smise l'espressione gioviale che aveva portato con tanta grazia fino a quel momento.

– In che modo?

– Ucciso da una staffetta cui ha rubato la posta. Penso che la cosa abbia un senso, per te.

– E la staffetta?

– Andata. L'ha ammazzata Abile stesso.

– C'era un altro, con Abile, uno dei suoi ragazzi. Che fine ha fatto?

Tito si strinse nelle spalle. – Quando l'ho trovato era solo.

Crasso si alzò, fece un giro per la stanza. Afferrò un piccolo Apollo di bronzo e con quello prese a grattarsi il mento.

– Dove l'hai «trovato»?

– Non importa; anche se è stato lui a cercarmi, a dire il vero.

– Glielo avevo detto io: se avesse avuto bisogno di aiuto in Cisalpina... Quindi era vivo quando l'hai visto?

– Sí, ma non ti preoccupare: delirava. Non mi ha detto niente se non che doveva tornare da te a ogni costo, e qualcosa in merito a un generico pericolo che starebbe correndo la Repubblica.

– Non aveva niente con sé?

– Ovvio che aveva qualcosa con sé. Per esempio, la posta di una trentina di poveri stronzi piagnucolanti inchiodati sul fronte iberico. Prima che tu me lo chieda: ho letto tutte le lettere e non ho avuto modo di capire a quale legione appartenessero.

– La censura, certo. E?

– Le ho distrutte.

– Per gli dèi, no!

– Pretore, non era lí quello che cercavi. Ed ecco l'informazione che ti costerà un po'.

Crasso scosse la testa. – Oh no, caro Molosso, qui si parla di sicurezza della Repubblica. Sono un magistrato, non ho intenzione di pagare qualcosa che mi dovresti dire per pura lealtà verso Roma.

– E allora portami in senato, sarò lieto di riferire.

Sul viso di Crasso comparvero i segni di un profondo disappunto. Tito lo conosceva bene: le gote rosse, la mandibola contratta... Poi, imprevedibilmente, scoppiò a ridere. Aveva quasi le lacrime agli occhi. Applaudí, fece un piccolo inchino. – Bravo, ben giocata!

Tito rimase impassibile. – Centomila sesterzi.

Crasso rise ancora piú forte. – Sfrontato. Spiegami perché, invece di centomila sesterzi, non dovrei concedere il piacere al capo della mia scorta di vendicarsi per quell'occhio nero fino a quando non sputerai il rospo. Gratis.

– Perché non è nel tuo stile, centomila per te non sono che spiccioli e siamo amici.

– Ah, adesso siamo tornati amici... Non ti illudere: se sono cosí ricco è perché per strapparmi dalle mani un asse o un talento d'oro ci vuole la stessa energia, Tito.

– Centomila.

– Per usare parole tue: non è nel tuo stile, questo tipo di ricattucci.

– Stai tirando sul prezzo di un'informazione, parole tue, vitale per la Repubblica?

Crasso appoggiò con cura la statuetta di Apollo sul mobile dal quale l'aveva presa. Rimuginò per qualche istante. – Ottantamila.

– Novanta.

– D'accordo, d'accordo. Dimmi quello che voglio sapere.

Tito raccontò della pelle di capra. Crasso ascoltò con attenzione, infine chiese: – Distruggete tutto, e nient'altro?

– Nient'altro. Due parole tracciate a fuoco su una pelle di capra gonfia di pessimo vino, come facevamo noi della legione un tempo, sotto Mario. Era il nostro modo di comunicare lontano da occhi indiscreti.

Il pretore si massaggiò il collo. Chiamò Clizio con una campanellina di ottone. Il servo arrivò solerte dopo pochi attimi.

Crasso indicò Tito. – Paga quest'uomo. Chiedi al contabile di preparare due bisacce da cavallo con argento per un valore di novantamila sesterzi.

Tito ringraziò, fece un piccolo inchino e si voltò per seguire Clizio. Sentiva le tempie che gli pulsavano per la tensione. Era stato piú facile di quello che immaginava. O forse no.

– Be'? – domandò Crasso. – Non ci vediamo da otto anni e tutto ciò che vuoi è farti pagare come la piú squallida delle puttane. Bevi un altro sorso di vino.

– Pretore…

– Appunto, sono pretore e ti ordino di mostrare un po' di buone maniere, *amico mio*.

Tito accettò la coppa che Crasso gli porgeva. Bevve in silenzio.

– Ancora un goccio?

Tito declinò. – Ora, se non ti spiace, con il tuo permesso…

– Non hai ancora il mio permesso. Non sei curioso di sapere in cosa sei incappato mentre eri lassú a coltivare cicoria e pulire sterco di maiale?

– No, grazie. Ho la sensazione che sia meglio non sapere, affari tuoi. Anzi, *della Repubblica*.

Crasso rise di nuovo. – Unghie sporche, pelle abbronzata... E ora pure avveduto e diffidente come un contadino –. Il pretore versò altro vino nella coppa di Tito.

L'ex centurione bevve controvoglia. La sbronza della sera prima lo stava prendendo a pugni nello stomaco.

– Te lo dissi anni fa: non esiste altro mestiere al mondo, per te, che non sia quello della violenza. Puoi anche farmi vedere quanto sei bravo a mungere una capra, ma io vedrò sempre e solo un soldato che munge una capra.

– Pretore, il viaggio per tornare a Placentia è lungo...

– Questo è un problema tuo, Tito. Io voglio invece raccontarti una storia e tu l'ascolterai. Hai mai sentito nominare un certo Lucio Valerio Flacco Poplicola?

Adesso Tito sapeva che da quell'incontro non sarebbe uscito nulla di buono. A parte i novantamila, forse.

Il senatore che si gettò dal ponte

Roma, anno 681 ab Urbe condita, undicesimo giorno prima delle calende di quintile
(21 giugno, 72 a. C.)

L'unico che aveva osato avvicinarglisi era stato il suo schiavo personale. Quando il nobile Catto Mecio Pisone aveva iniziato a sragionare era con lui nella bottega di un rilegatore e stava scegliendo tra due versioni del *Prometeo incatenato* di Eschilo. E lí nell'angusta, polverosa *taberna*, piena di rotoli e volumi, aveva cominciato a farfugliare parole incomprensibili. Si fissava le mani, si pizzicava la pelle delle braccia e del viso, digrignava i denti. Sembrava confabulare con qualcuno, pur essendo nell'angolo piú solitario del negozio. Poi in maniera sempre piú chiara, in un crescendo di ansia, aveva preso a dissertare sui concetti di colpa e punizione. Un sussurro che era aumentato di volume fino a diventare un profluvio di assurdità urlate a squarciagola. Aveva afferrato alcuni volumi e li aveva addentati strappandone brandelli. Il libraio e il servo, sbalorditi, avevano provato a calmarlo, senza successo. Lui dal canto suo continuava a cercare i loro occhi per cacciarci il suo sguardo da folle. A un certo punto aveva agguantato lo schiavo per la tunica e sbavando lo aveva tirato a sé. – Lo vedi? – Le pupille roteavano impazzite, iniettate di sangue. Erano talmente dilatate da far scomparire il colore dell'iride. – Lo vedi, ragazzo?

– Cosa, *domine*? Cosa?

– Marco Lepido! Le orbite vuote piene di vermi, mi addita! Lui conosce le mie colpe. Lui sa! Conosce la mia vita. La vedi, la lista?

– Cosa...

– La lista, stupido bastardo! La vedi? È cosí lunga da avvolgere tutto, tutti noi. Sulla lista ci sono i fatti della mia vita. È un elenco infinito di colpe! Padre! Non volevo dare fuoco al fienile, padre... Vorrei tanto il tuo perdono, padre... – Catto aveva piagnucolato e nascosto il viso tra le mani.

Quando il servo a piccoli passi aveva cercato di nuovo di avvicinarsi per calmarlo, lui lo aveva respinto con insospettabile forza, mandandolo gambe all'aria e, dopo aver rovesciato una capsa, era fuggito in strada urlando che gli avvoltoi, non le aquile, avrebbero divorato il suo fegato. Lo schiavo lo aveva inseguito tra la folla senza osare afferrarlo.

Ma adesso, adesso che Pisone si trovava pericolosamente in piedi sul parapetto del ponte Sublicio, lo schiavo sapeva che non gli restava altro da fare se non impedire che il padrone si gettasse di sotto, per volontà, mera perdita dell'equilibrio o per aver inciampato nell'ingombrante toga.

Pisone era sudato, molto piú di quanto un caldo primo pomeriggio di giugno potesse giustificare. Eppure era scosso da brividi ed era pallido come un cencio. Sotto di lui, una piccola folla si era radunata incuriosita.

– Siete tutti colpevoli! – urlava, gesticolando e additando i presenti. – Tutti! Non pagherò solo io. Avete lasciato che la Repubblica marcisse! Che siate maledetti!

– Padrone... – lo schiavo cercava senza successo di riportarlo alla calma. – Ti prego, scendi. È pericoloso!

– Dicci, dicci, – lo canzonò un equestre scortato da moglie con ombrello parasole e due schiavi, – di che saremmo colpevoli, noi?

– Di aver lasciato entrare i maiali nel senato. Di aver cacato sulle tavole della legge, di aver insultato gli dèi regalando Roma a un branco di sciacalli schiumanti! E tu, grasso porco, sei uno di loro! Vedo la tua coda, le tue zampe. E vedo il fuoco e lo spiedo che ti attendono!

– Oh, – rispose l'uomo. – Da come sei vestito, direi che il piú grasso dei porci, qui, sei tu!

Molti dei presenti risero.

– Hai ragione, – ammise il senatore neanche avesse realizzato una tremenda verità, – hai ragione! Io! Io mi sono coperto di colpe innominabili! – Cominciò a piangere a dirotto. – Colpe cui voi, poveri… poveri inetti, nemmeno potreste dare un nome. Voi in fondo non potete niente. Voi non sapete niente! Voi non vedete quello che vedo io! Le furie che oscurano il sole. Voi non vedete questo cielo verde, malsano, da cui pioveranno bile e merda.

– Ma senti questo pazzo! Parla per te! – disse un patrizio da una portantina che i lettighieri avevano adagiato a pochi passi dal senatore. – Siamo anche poveri inetti da niente, adesso! – Altre risate.

– Nobili signori, vi prego… – il servo era esasperato. Temeva che gli sfottò del pubblico di quella assurda tragedia improvvisata potessero far precipitare, letteralmente, la situazione.

– Non sai chi sono io? – chiese il senatore scosso da una risata agghiacciante. – Non lo sai? Certo che non lo sai! Nessuno di voi ci conosce! Noi ci chiudiamo nella curia a ordire i nostri stupidi, bambineschi complotti. Noi siamo là. Assistiamo ai riti con le vesti candide per coprire la nostra pelle corrosa dalla lebbra. Carcasse nascoste sotto la neve. La vedete la mia pelle? No? – urlò. Si graffiò il viso a sangue.

Una donna strillò e nascose il volto, lasciando cadere la sporta piena di more che rotolarono a terra.

– E chi saresti, di grazia?

– Io sono... Io sono... Ma che importanza ha? Sono uno che avrebbe potuto salvare tutti. Uno che ha tradito la fiducia di un mostro. Un essere mostruoso, feroce, che con il sangue e il fuoco avrebbe lucidato il marmo delle basiliche e dei templi! L'unico che avrebbe potuto portare giustizia in questo postribolo che voi chiamate città. Perché Roma deve essere distrutta, per rinascere! – Poi indicò un punto di fronte a sé, oltre la folla, lungo il fiume. – Le vedete?

Tutti guardarono. Non c'era nulla se non il Tevere e un cielo azzurro senza una nuvola.

– Cosa dovremmo vedere? – chiese l'equestre.

– Non c'è niente laggiú, – sussurrò lo schiavo, che ormai, carponi, lo aveva raggiunto,

– Ci sono le arpie! Arrivano. Per me. Solo per me... Arrivano fetide, nere, orrende. Sono qui per me, mi prenderanno...

– Addirittura le arpie? – qualcuno nel pubblico scatenò un'altra ondata di ilarità che investí la piccola folla assiepata ai piedi di Catto. – Ma quanto hai bevuto?

– Sono qui per me, – sussurrò il senatore. Lo schiavo sfiorava con le dita ed estrema cautela l'orlo della veste del suo padrone. – Per me, Catto Mecio Pisone, traditore e assassino della Repubblica.

– Chi? – chiese il patrizio dalla lettiga.

– *Domine*!

Il senatore si gettò nel fiume. Allo schiavo non restò in mano che un lembo della sua toga. Pisone piombò sul massiccio delle fondamenta del ponte per rimbalzare disarticolato in acqua. Sui blocchi di marmo rimaneva una macchia scura.

La gente si sporse oltre il bordo. Il corpo di Catto tornò a galla dopo poco per scomparire a tratti catturato dai gorghi del fiume, straccio candido sfuggito alle mani incerte di una lavandaia.

– Chi era? Non ho colto il nome, – chiese l'equestre allo schiavo.

– Era il mio padrone. Catto Mecio Pisone, senatore della Repubblica.

Il ventre dell'oratore

Roma, anno 681 ab Urbe condita, decimo giorno prima delle calende di quintile
(22 giugno, 72 a. C.)

Tirone scrisse poche righe su una tavoletta. Tachigrafia, scrittura rapida, come la chiamava lui; scarabocchi, come li avrebbe definiti chiunque altro a prima vista. Aveva accompagnato il suo padrone al foro. E lí, a pochi passi dalla curia, Cicerone aveva appena fissato un appuntamento importante con un cliente proveniente dal Piceno. Un brav'uomo, alle prese con una successione complessa e con moltissimo argento nelle tasche, sufficiente a rendere stuzzicante anche la piú infima diatriba tra fratelli. L'oratore promise di interessarsi al caso e il colono, un provinciale paffuto dai ricci rossastri, si profuse in inchini e ringraziamenti. Cicerone lo congedò benevolo dopo una professione d'intenti elargita con troppo entusiasmo per essere sincera. Tirone, mentre sistemava la cassetta con i ferri del mestiere, si schiarí la voce e gli indicò un punto nel foro. L'oratore aguzzò la vista e riconobbe Ortensio, con scorta e codazzo, che attraversava lo spiazzo davanti ai rostri. Attorno al pretore si formò un capannello di toghe fruscianti. La morte di Pisone era la notizia del giorno. Cicerone aveva sempre pensato del morto che fosse un babbeo dai gusti raffinati, privo di nerbo e velenoso al pari di un aspide. Pisone aveva sostenuto Cinna con somme cospicue, che poi aveva recuperato con gli interessi. Durante le proscrizioni, in accordo con Crisogono, aveva fregato decine di innocenti inserendoli nelle liste dei «nemici dello Stato». Pisone era uno che investiva in disastri tipo la guerra civile o la carestia al Nord, era il granchio che usciva dalla bocca dell'affogato, il verme che si annida nel torsolo della mela, e Cicerone non aveva voglia di unirsi all'elogio funebre di coloro che nel proprio intimo, e con tutte le ragioni, lo avevano detestato. In piú, c'era la questione del testamento di Flacco, colto da Ecate nel *frigidarium* di un bagno, e ora che Orsino e Pisone, firmatari del documento, erano morti suicidi Cicerone sentiva che quella serie di sciagurate coincidenze stava dipingendo un affresco tanto suggestivo quanto misterioso e angosciante. «Pisone forse è morto addentando l'ultima carcassa», pensò. Ridacchiò tra sé e sé.

Tirone rimase interdetto da quell'improvvisa manifestazione di ilarità.

Cicerone si giustificò. – Penso che il caso di Capella e dell'eredità di Flacco sia un piatto di funghi avvelenato, – rise di nuovo, – che ha ucciso tre dei firmatari.

– Per quel che si sa sono morti per cause naturali o suicidi, – precisò Tirone.

– Che sfortuna, vero?

– Già. E poi ci sono i venti milioni e mezzo...

– Una somma colossale, che avvicinata ai nomi di Pisone e Tuberone mette i brividi. Mi chiedo cosa ci entrassero il buon Flacco e l'irreprensibile Orsino con quei due poco di buono. Oh, caro amico, che gli dèi, ammesso che si interessino a noi miseri mortali, proteggano il povero imbecille che prenderà le parti di Capella! – Cicerone si sentí sollevato. Tirone alzò lo sguardo verso il sole facendosi schermo con la mano. – *Domine*, deve essere mezzogiorno. I Bagni silvani stanno per aprire. Suggerisco di avviarci, per evitare di incontrare lí la gente che vuoi evitare qui...

– Hai ragione, amico mio. Fai strada, – rispose Cicerone sollevando l'orlo della toga per procedere piú spedito sulle beole del foro.

Incrociò un senatore di cui ricordava vagamente il nome, un Sergio Galerio Qualcosa, un tizio secco e nervoso, che gli si parò davanti gesticolante. – Caro collega, caro Marco Tullio! Hai saputo della disgrazia?

Cicerone sospirò, allargò le braccia sconsolato. – Non ho abbastanza superlativi per descrivere la perdita del povero Pisone. Mancherà come l'acqua al mare.

– Cosa?

– Dicevo, ci fa versare lacrime amare… – rispose Cicerone dando una pacca sulla spalla del collega. – Ci vediamo in senato, caro Sergio.

L'uomo lo fissò perplesso per un attimo, poi sorrise, come richiesto dalla circostanza, prima di unirsi al capannello di curiosi che pressava Ortensio per avere piú dettagli sulla morte di Pisone.

– Si chiama Aurelio, *domine*, – commentò Tirone.

– Chi?

– Aurelio Galerio Sansa, il senatore che hai appena salutato.

– Oh! – Cicerone ridacchiò. Ansimava per il caldo e l'insopportabile umidità. Aria immobile.

I *balnea* erano un miraggio all'orizzonte, distorto dalle centinaia di romani che affollavano le strade all'ora di pranzo. Le *tabernae* e i *thermopolii* erano presi d'assalto. L'oratore di tanto in tanto posava gli occhi sui concittadini: tuniche sporche, calzari da poco, pelle scurita dal sole, mani sozze che portavano focacce e poveri companatici alla bocca. Facce diverse, stranieri confabulanti in idiomi spuri, parole latine mischiate a fonemi incomprensibili: Cicerone e Tirone erano a zonzo per il centro del mondo.

Lo schiavo precedeva il padrone di qualche passo, con la solita pila di tavolette sottobraccio e a tracolla la cassetta con stiletti, inchiostro e pergamene. Si voltò verso Cicerone per essere sicuro di non averlo lasciato troppo indietro. Lo vide arrancare intralciato dalla toga. La stempiatura imperlata di sudore, trentaquattro anni portati male. Provò per l'amico qualcosa di simile a compassione e tornò indietro con la sollecitudine del buon servitore.

– Uomini liberi, di ogni colore e provenienza, – Cicerone si fermò per sistemare la toga e asciugare la fronte. Indicò due mercanti asiatici che discutevano nella loro lingua. Invidiò le loro tuniche sgargianti, leggere come le ali di una farfalla. – Un tempo gli unici stranieri che potevi incontrare a Roma erano gli schiavi.

– Tutti vogliono venire nell'Urbe, una normale conseguenza della gloria, – Tirone accomodò le tavolette sotto il braccio.

– Neanche fosse Alessandria o Atene. Vengono qui al cospetto di pecorai e contadini arricchiti, non degli eredi di filosofi dalla mente illuminata. Questo sono i romani, facinorosi pecorai e contadini, e non dovremmo mai dimenticarlo, mai: gente dalle radici robuste, ed è il motivo per cui Roma durerà piú di Alessandria e di Atene. A patto che... – Cicerone osservò ancora i due mercanti mentre gesticolavano animatamente. Intuí che si erano persi e non erano d'accordo su quale direzione prendere. Scosse il capo sospirando, poi si rimise in marcia verso i bagni. Tirone fece qualche passo di corsa per tornare a precederlo. – A patto che? – il servo era rimasto sospeso in punta di piedi sulla frase del padrone.

– A patto che i romani accettino di porsi una domanda senza darne per scontata la risposta: chi è romano e chi non lo è?

– È già accaduto e molti sono morti per questo.

– E ti pare che nonostante le guerre e i massacri la domanda abbia avuto una risposta chiara e univoca? Marco Lepido e persino Spartaco hanno avuto l'appoggio di gente delle colonie, di italici lasciati al margine della Repubblica... Ora, immagini cosa accadrà quando a pretendere la cittadinanza saranno iberi, galli, arabi o africani che nemmeno sanno dove sia Roma? E quando i barbari di oggi siederanno in senato domani? Chi è romano, dunque? È tempo che qualcuno cominci a chiederselo sul serio senza dare per scontato che il sangue faccia la differenza.

Si fermarono sotto l'insegna dei Bagni silvani. Cicerone fece un cenno con il mento a Tirone, spingendo il servo a precederlo all'interno, in avanscoperta.

Lo scrivano ne uscí dopo pochi attimi. – Nessuno. O almeno nessuno che conosciamo.

– Bene, – l'oratore si sfregò le mani ed entrò impettito avvolto nella sua toga migliore. Il *balneator*, un uomo elegante, ossuto e dalla faccia lunga e austera, lo accolse con un inchino. – Nobile Marco Tullio. È un piacere rivederti.

– Piacere mio, buon Asteropeo.

– Sono trascorse settimane dall'ultima tua visita, temevo avessi scelto la concorrenza, – sorrise mellifluo.

– Troppi impegni. Il foro e il senato, succhiano la linfa di un uomo come il carrubo le poche gocce d'umidità presenti nella terra arsa dal sole.

Il *balneator* si profuse in un secondo inchino. – La consueta arguzia, senatore.

– Cerchiamo di sdrammatizzare, caro Asteropeo, suvvia, non prendiamo tutto troppo sul serio, specialmente il senato! – Cicerone sollevò l'indice e Tirone estrasse dalla sacca che portava in vita due assi, uno per il padrone e uno per sé, e li porse al *balneator*. Nell'operazione quasi perse la presa sulle tavolette. Asteropeo, con gesto elegante, infilò i due assi in una piccola sacca di pelle, quindi fece strada ai due clienti verso l'*apodyterium*. – Prego, il buon Cerso avrà cura dei vostri averi –. Chiamò a sé un illirico dai capelli a spazzola, il fisico robusto e lo sguardo ottuso. Fino al loro ingresso era rimasto seduto di fronte alla capsa con gli effetti personali degli ospiti. Cicerone si chiese se prima del loro arrivo non avesse fatto altro che fissare inebetito il mobile contenente la roba dei clienti sotto la sua responsabilità.

Il barbaro assistette alla svestizione senza dire una parola e, quando i due uomini furono nudi, allungò loro panni di lino per coprirsi, qualche straccio per asciugarsi e porse a Tirone una cesta con oli e strigili dalla lama ricurva con cui avrebbe deterso la schiena del *dominus*.

– Sole, massaggi, depilazione? – chiese il capsario dando fondo al suo vocabolario.

Cicerone gli sfilò davanti senza rispondere prendendo la via delle vasche, mentre Tirone gli fece la cortesia di informarlo: – Solo il bagno. Se vuoi renderti utile, facci avere un po' di frutta fresca –. Quindi afferrò la sacca e raggiunse il padrone che già si era immerso. In faccia gli si leggeva un palese sollievo. L'acqua era fresca e profumata.

Cicerone si bagnò la stempiatura e squadrò Tirone in piedi in attesa di essere invitato a entrare. – Che aspetti? Meriti anche tu un po' di ristoro.

Tirone scivolò dentro. Si appoggiò al bordo. Con lo strigile grattò via sudore e polvere dalle braccia. Si accinse a fare lo stesso su Cicerone, ma questi lo pregò di godersi il bagno, e dopo lunghi attimi di silenzio, rotti solo da un gargarismo, chiamò uno schiavo del *balneum* perché lo lavasse. Si alzò in piedi con il livello dell'acqua che gli lambiva lo stomaco, e un ragazzino dai capelli biondi e la pelle coperta di lentiggini si mise diligente a scorrere la lama dello strigile sulla sua schiena pallida. Con la testa piegata in avanti e la braccia conserte, Cicerone rimuginava ad alta voce, in modo che Tirone potesse seguire il filo dei suoi pensieri. – Altri impegni per il pomeriggio?

– No, *domine*.

– Nessun appuntamento?

– No, *domine*.

– Credevo che avrei ricevuto la visita di quel tipo…

– Nessun appuntamento.

– Ma sí, quel mercante siciliano di Lilibeo di passaggio in città… Come si chiama…

– Volagino Areolario?

– Lui, gran brava persona! Mi amano ancora laggiú.

– Hai lasciato un buon ricordo, senza dubbio… Ma no, non verrà oggi.

– E quando verrà?

– Forse domani.

– Forse… E quindi il pomeriggio è libero.

– È cosí.

– E allora sistemeremo la biblioteca e tu mi aiuterai.

– Certo, *domine*.

– Un po' piú a destra, per favore, – Cicerone mosse una spalla per indicare al biondino il punto esatto su cui passare lo strigile.

Scese di nuovo il silenzio. Lo schiavo depose la lama e prese a strofinare un panno di lino sulla pelle di Cicerone. L'aria era colma del profumo intenso degli oli usati nei massaggi. Nella grande vasca c'erano solo altri due clienti intenti a lavarsi.

Cicerone si sciacquò la faccia. Si fece dare un panno da Tirone. Lasciò che si imbibisse dell'acqua aromatica e affondò il viso nel tessuto. Si liberò rumorosamente le narici, una alla volta: «Roma mi opprime», pensò. Riaprí gli occhi e vide qualcuno, in piedi sulla sponda opposta della piscina. Qualcuno che un istante prima non c'era. Un tipo robusto, dalla tunica dozzinale, la pelle abbronzata e la mandibola di un molosso, privo di espressione: sembrava fissarlo. Cicerone distolse lo sguardo e il tipo fece altrettanto.

– Tirone, – sussurrò l'oratore, – chi è quella faccia da Mamertino laggiú?

– Dove, *domine*? – lo schiavo si sporse oltre le spalle del padrone.

– *Sssh!* Non farti notare! Il tipo davanti all'affresco della nereide: spunta per metà dalla colonna, lo vedi?

Tirone gettò un'occhiata di sfuggita. – Non so, *domine*. Non mi dice niente. Sembra un pellegrino, o un militare, forse.

– Mi fissa.

– Non mi pare, *domine*.

– Mmh, – Cicerone diede le spalle all'uomo. – Eppure ha un'aria familiare... Aiutami a uscire dall'acqua.

Schiavo e padrone si sistemarono su due divani al bordo della vasca. – Non ho voglia di tornare a casa, – esordí Cicerone mentre si godeva la calda carezza del sole dell'una del pomeriggio. – Possibile che non abbia un appuntamento, un incontro, un qualunque impegno?

– No, *domine*.

– Siamo condannati allora a mettere in ordine la biblioteca. Attività onorevole, no?

– Assolutamente, anche se lo si fa per la quinta volta in tre settimane. Senza dubbio onorevole.

– È sarcasmo, quello che sento?

– Fino alla settima volta, no.

I due risero.

Un giovane patrizio nudo dal fisico statuario si stirava i muscoli appoggiato a una colonna. La pelle resa lucida dall'olio d'oliva. Cicerone girò appena la testa per sbirciare distratto la schiena del ragazzo. Uno schiavo portò un vassoio con more e fragole di bosco adagiate su fresche foglie di vite e lo depose su di un pregevole tavolino sorretto da bronzee zampe di leone. Cicerone afferrò una fragola e invitò lo schiavo a servirsi. Tirone raccolse una manciata di more.

– Sulla tua scrivania c'è un mucchio di corrispondenza che attende ancora risposta... – considerò lo scrivano, cercando di trovare qualcosa da fare al padrone annoiato.

– Lettere dalla provincia, – sospirò lui.

– Per la maggior parte.

– Ha ragione, Terenzia, sai? – sospirò di nuovo. – E anche mio fratello ha ragione. E se chiedessi un parere a te, anche tu avresti ragione. Avete tutti ragione: se voglio fare qualche balzo in avanti nel mio *cursus honorum*, le cause dei provincialotti che sto seguendo non mi porteranno lontano.

Cicerone addentò la fragola. Sentí una fitta trafiggergli il ventre.

– Che c'è, *domine*? – Tirone si sporse preoccupato verso Cicerone.

– La mia pancia... Ho le budella in tumulto, vecchio mio –. Il viso ancora piú pallido del solito non lasciava presagire nulla di buono.

– Ti faccio portare un infuso?

Un'altra fitta, un brontolio sospetto, e un'improvvisa impellenza piombò su di lui come un falco su una lepre. – No, no, devo... Insomma, hai capito.

Tirone lo aiutò ad alzarsi. – Ti accompagno?

– Per gli dèi, no! Mi arrangio da solo.

Lo schiavo osservò l'oratore correre verso la *forica* tenendosi l'addome. La latrina si trovava in un angolo discreto dei bagni. Davanti all'ingresso, seduto su uno sgabello, c'era un ragazzino con una cesta sulle gambe. Cicerone rallentò il passo quando il ragazzino sollevò gli occhi su di lui. Recuperò il contegno che un senatore deve avere anche in preda a una colica. Il bambino gli porse una morbida spugnetta attaccata all'estremità di un bastoncino e lo invitò a entrare. Cicerone gli accarezzò la testa benevolo e si infilò nella *forica*, una delle piú belle di Roma, con splendidi marmi. Un vago profumo di mughetto aleggiava nell'aria, coprendo appena il ricordo di una sessione conclusasi da poco. Cicerone tirò un sospiro di sollievo nel rendersi conto di essere solo. Scelse la seduta piú laterale, invisibile dalla soglia della latrina, e lasciò che il suo intestino trovasse finalmente un po' di pace.

Gli si stampò un'espressione estatica sul volto imperlato di sudore, arcobaleno dopo la tempesta. Appoggiò i gomiti sulle ginocchia e lasciò cadere la testa ciondoloni, mentre l'acqua che scorreva sotto di lui portava via il suo malessere. Quando rialzò il capo vide che c'era qualcuno sulla porta. Lo fissava la faccia da Mamertino che aveva già notato accanto alla vasca. Cicerone resse a stento lo sguardo dello sconosciuto per lunghi attimi, interdetto, a metà tra la tentazione di chiamare a gran voce Tirone o pulirsi, tirarsi su, e andarsene come se nulla fosse.

Alla fine, restando seduto, si schiarí la voce. – Ci conosciamo? – chiese a disagio.

L'uomo fece un cenno con il mento e scomparve appena prima che il pretore Marco Licinio Crasso, avvolto in una toga frusciante, entrasse nella *forica* dei Bagni silvani, imponente, come se stesse facendo il suo consueto, spettacolare ingresso in senato. Una visione che

Cicerone, intento a domare i suoi intestini, faticò ad accettare per vera.

– Caro, caro Marco Tullio! – Crasso sorrideva gioviale e si sedette a un braccio da Cicerone sul bordo di marmo della latrina.

– Pretore?

– Sí, grazie, conosco la mia carica.

Cicerone ripresosi dallo stupore stava per alzarsi in osservanza alle buone maniere, ma Crasso lo anticipò, indulgente. – Comodo, comodo, comprendo il momento. Siamo tutti umani, non temere: persino io devo sottostare alla natura di tanto in tanto. Solo che, e sono sicuro che tu mi capisca, al contrario di molti nostri concittadini, non amo chiacchierare nel mentre. Le solite budella irritabili, vero, vecchio mio?

Cicerone arrossí, grosse gocce di sudore ricomparvero sulla fronte come la rugiada su un campo di trifoglio all'alba. – Mi scuso...

– No, no, sono io che mi devo scusare per questa improvvisata... Ciononostante avevo bisogno di parlarti a quattr'occhi. E quale luogo migliore?

– Bene, possiamo sederci fuori nel *tepidarium*...

– Oh, no, non scomodarti, va bene qui.

– Una conversazione riservata... Anche se sono sicuro che i pochi clienti del *balneum* avranno notato la tua presenza.

– Penseranno che anch'io apprezzo la famosa *forica* dei Bagni silvani. Guarda che marmi... – il pretore sfiorò la superficie liscia della seduta. Annusò l'aria. – Mughetto e marmi etruschi da tremila sesterzi al quintale: adesso capisco perché tu e i tuoi colleghi venite qua. Mi perdo qualcosa, vero? Ma d'altronde ho un bagno privato nella mia villa sul Palatino. E una palestra...

Cicerone perplesso incrociò le braccia all'altezza del ventre.

Crasso rise. – Già, sto divagando. Come ti dicevo, ho bisogno di esporti una faccenda.

– A me?

– A te! Sei o non sei il migliore avvocato del foro? A parte il vecchio Quinto Ortensio Ortalo, naturalmente. Ma lui... Insomma, non è questione di cui posso trattare con il collega pretore.

– E quindi...

– Arrivo al tema della nostra chiacchierata, che sarà in fin dei conti breve. Mi dicono che ti stai occupando del testamento di Lucio Valerio Flacco Poplicola.

– Permettimi di aggiornarti: non piú.

– Oh, che notizia!

– Non fa per me, pretore.

– Tutti quei sesterzi fanno paura, eh? – commentò Crasso. – C'è in ballo una cifra enorme. Venti milioni, se non sbaglio.

– E mezzo. Perché non mi stupisce che tu conosca i dettagli?

– Be', il tuo cliente, o meglio, il tuo ex cliente, non è capace di tenere la bocca chiusa. Ogni volta che incontra qualcuno con un buon cognome comincia a frignare come una bambina capricciosa, infamando i Poplicola. Sono ben pochi quelli che gli dànno credito, ma lui parla, e molto.

– Troppo, ed è uno dei motivi che mi spingono a rendermi il piú possibile estraneo alla vicenda. Non torna nulla nella storia.

– In particolare, ciò che non ti torna, permettimi di leggerti nel pensiero, è: da dove salta fuori tutto quell'argento? Senza contare che chi ha avuto a che fare con il testamento sembra esser destinato a morte certa.

– Due dei tanti difetti del caso, ma non dovrei discutere con te di una vicenda aperta che potrebbe finire alla tua attenzione.

– Non è piú un tuo cliente, no? E quindi… Comunque il caso è già alla mia attenzione da tempo. Sono stati i Poplicola a chiedermi un parere pochi giorni dopo la morte di Flacco, e io mi sono mostrato piú che disponibile.

– Mi stai dicendo che hai un accordo con loro?

– Cosí mi offendi. Ti sto dicendo che, qualora mi venga sottoposto, prenderò in esame il caso.

– Non era mia intenzione…

– Non ne dubito, – disse Crasso strizzando l'occhio. – In ogni caso, i Poplicola attenderanno la risposta di Capella alla loro offerta.

– Che sarà negativa.

– Come immaginavo, – Crasso si leccò le labbra. – Quel piccolo, avido, bastardo di Capella. Il fenicio non ha la misura di quanto poco valga.

– Ebbene? – Cicerone sentí una fitta attraversargli l'addome. Altre nubi si stavano addensando all'orizzonte, e dopo i tuoni sarebbe arrivata la pioggia, ne era sicuro. Strinse i denti e sperò che Crasso se ne andasse prima della tempesta.

– Quanta fretta… Tanta da sembrare scortesia nei confronti di un magistrato nello svolgimento delle sue funzioni.

– A me sembra uno scambio di pettegolezzi su un fatto che presto sarà sulla bocca di tutti.

– E se ti dicessi che le famose terre comprate in Cisalpina non esistono?

Cicerone rimase interdetto.

– Voglio dire, – proseguí il pretore, – che non esistono proprietà di Flacco a nord del Rubicone. Men che meno a Mutina, Regium e Parma.

– Cosa significa?

– Lo chiedo a te. Secondo te che significa?

– Non ne ho la minima idea. Flacco deve aver pur comprato qualcosa con quell'argento, e Capella è stato condotto fin là. Ha visto fattorie e frutteti e greggi…

Crasso appoggiò una mano sul ginocchio di Cicerone, lo guardò negli occhi. – Puoi fare di meglio. Di Tuberone e del dimenticabile Pisone, che mi dici?

– Quello che dicono tutti.

– E non ti ha insospettito vederne le firme sul testamento?

– Specialmente vederle vicine a quelle di Flacco e Orsino.

– Esatto. E adesso Flacco, Orsino e Pisone sono morti. Non c'è nulla al suo posto, in questo affresco. Nulla.

Cicerone si passò una mano sul viso, tornò sul tema delle proprietà. – Che cosa vuol dire che non ci sono terre a nome di Flacco al Nord?

– Quando i Poplicola mi hanno riferito il contenuto del testamento ho immediatamente mandato qualcuno a ficcare il naso nei registri di Mutina, nel cui territorio si concentrava la maggior parte dei terreni in questione. E, sorpresa: i terreni acquistati da Flacco compaiono nella tavola delle centurie a suo nome, ma in realtà non gli appartengono. Interrogati i fattori, nessuno ne sapeva niente. La tavola è stata falsificata, forse da un magistrato prezzolato. Indagherò in seguito su chi ha fatto incidere le finte tavole e, nel caso, farò in modo che venga punito, ma ciò che conta è che i famosi terreni di Flacco non sono mai esistiti. Le rivolte, la carestia, le guerre… Di questi tempi, persino la burocrazia dei nostri alacri funzionari conosce distrazioni. E qualcuno se ne è approfittato.

– Per gli dèi, Capella è convinto di avere tra le mani una fortuna…

– Anche i Poplicola. Nessuno di loro sapeva, né sa, nulla della vendita. Stanno sbavando per qualcosa che non c'è.

– Sono stati ingannati? Flacco, Orsino, Tuberone e Pisone hanno ingannato Capella?

– Magari la truffa è stata ordita da Tuberone e Pisone, e Flacco e Orsino sono vittime tanto quanto Capella. Non riesco a immaginare Flacco e Orsino che si inventano una storia del genere per fregare quel babbeo di Capella ed estorcergli la cospicua dote della figlia –. Crasso si sedette vicino a Cicerone. – A meno che non sia il vile argento lo scopo della truffa.

– Non capisco dove vuoi arrivare.

– Quando Flacco è morto aveva appena i denarii per pagare le spese di manutenzione della casa sul Palatino. Orsino non aveva altro che la sua *domus* e i terreni nel Sannio che gli garantivano la minima rendita necessaria a tenersi il posto in senato. Pisone si lagnava di quanto la sfortuna si fosse abbattuta sui suoi affari e Tuberone piange miseria. Ma so per certo che i loro averi non hanno subito variazioni consistenti negli ultimi mesi. La domanda è: i soldi di Capella che fine hanno fatto? E soprattutto: oltre ai cinque milioni della dote della graziosa Plauzia, sono mai esistiti davvero i rimanenti quindici e mezzo che compaiono sul testamento?

– Se mai fosse esistita, una simile montagna d'argento non può essere sparita nel nulla! Ora, non so cosa ti preoccupi della faccenda ma, se la curiosità ti rode a tal punto, non ti resta che chiedere a Tuberone.

– Non è semplice curiosità, Cicerone, e, in merito ai pericoli che possono annidarsi in un simile mistero, tra poco ti saranno chiari. Nello specifico, invece, per quanto riguarda il denaro, mi sarebbe piaciuto chiedere a Orsino o a Pisone, ma ormai possono esserci ben poco utili... Tuberone è di una pasta differente. È difficile da torchiare e non si fa intimidire.

– È l'unico rimasto.

– Questo lo rende ancora piú prezioso. Sarebbe interessante, per esempio, domandargli che ne pensa della morte degli altri.

– Hai sospetti su di lui?

– È l'unico rimasto.

– E se fossero morti tutti per mere coincidenze? Flacco era anziano, Orsino non si è mai ripreso dalla morte del figlio e della moglie. Pisone non so... Ma era talmente corrotto che forse un improvviso senso di colpa... – nemmeno Cicerone credeva a quanto aveva appena detto.

– Con le coincidenze si trastullano le menti pigre e chi non ha informazioni. Ma per fortuna... – Crasso richiamò l'attenzione del tizio con la faccia da Mamertino che nel frattempo era ricomparso sulla soglia della latrina. Gli fece un cenno con il mento indicando Cicerone, e quello porse l'involto che teneva sotto il braccio all'oratore ancora seduto con il culo incollato al gelido marmo.

– Io ti conosco? – disse Cicerone all'uomo.

– Direi proprio di sí, – commentò il tipo.

Crasso indicò al suo uomo l'uscita.

Quello annuí. – Ci vediamo, – disse, e uscí dalla *forica*.

– Chi è? So di averlo visto ma non ricordo dove, – commentò Cicerone esplorando nelle distese della sua memoria.

– Tito Annio Tuscolano, ex centurione delle mie truppe. Otto anni fa era piú robusto e giovane.

– Per gli dèi, il tuo testimone contro Crisogono!

– Lui.

– Ma perché spunta sempre fuori qualcuno legato alla maledetta faccenda di Sesto Roscio?

– Hai salvato la Repubblica, amico mio. Le buone azioni ti perseguitano per tutta la vita, non lo sai?

– Mh, – Cicerone osservò per un attimo perplesso l'involto cilindrico appoggiato sulle sue gambe. Sembrava pelle di capra. – Siamo amici, Crasso?

Il pretore lo osservava da sotto le folte sopracciglia. – Coraggio, svolgi la pelle.

Cicerone srotolò il cilindro e lo allontanò da sé tenendolo aperto con le braccia ben tese. Sulla faccia conciata della pelle di capra l'oratore lesse una scritta incisa probabilmente con un ferro rovente: «Distruggete tutto». Alzò uno sguardo carico di interrogativi su Crasso. – Cosa significa?

– Non ne ho la minima idea.

– Cosa sto osservando, pretore?

– Un messaggio. Segreto.

– Segreto per chi?

Il tono di Crasso si fece confidenziale. – Tre mesi fa, uno dei tribuni di collegamento con le truppe in Hispania mi ha chiesto udienza. Un bravo ragazzo, un nipote di mia moglie. Ora, questo bravo soldato viene da me, in qualità di pretore, non di zio, e mi racconta che ha notato alcune anomalie nel flusso della posta dal fronte iberico. Ritardi frequenti, sistematici.

– Può succedere, no? Ci vogliono dieci giorni per avere notizie da laggiú. Un viaggio a cavallo e in nave per centinaia di leghe... Basta una bufera. Della morte di Sertorio abbiamo saputo dopo quindici giorni.

– Certo, ma, nel caso specifico, il nipote di mia moglie ha notato che quattro staffette, ogni tanto, accumulano qualche giorno di ritardo, circa uno o due. Sempre quelle quattro staffette, e quasi sempre la stessa entità del ritardo. Nessuno ci ha fatto troppo caso, visto che trasportano la posta privata di truppa e ufficiali. Tuttavia la cosa lo ha incuriosito e ha deciso di chiamare a rapporto due dei ritardatari. Entrambi hanno dato risposte sensate e riportato inconvenienti credibili, probabili ma non verificabili. Cosí ha cominciato a tenere d'occhio i messaggeri e ha scoperto che compiono deviazioni regolari. Sembrano giungere via mare come gli altri, ma è stato facile per lui verificare che non sbarcano a Ostia. Quando accumulano ritardi, arrivano via terra, cercando di nascondere le proprie tracce. Ha scoperto, inoltre, che dopo aver consegnato la posta ufficiale, fanno, diciamo cosí, un giretto a Roma. Ma il tribuno non li ha mai seguiti in città.

– E tu hai voluto andare piú a fondo, immagino.

– Esatto. Cosí, circa due mesi fa, ho messo uno dei miei uomini alle calcagna di una di queste staffette e abbiamo scoperto che ha fatto scalo a Genua via nave, come previsto dal tragitto, ma al posto di rimanere a bordo e proseguire verso Ostia ha preso terra, è montata a cavallo, e si è infilata in valli poco battute degli Appennini, per sbucare nella Pianura padana, nel territorio di Placentia. Qui ha cambiato cavallo e ha seguito la via Aemilia fino a Mutina.

– Mutina.

– Già. Una prima, molto sospetta, sosta. Da lí, poi, sempre percorrendo strade poco battute, è scesa fino a Roma, cambiando il cavallo ancora ad Aretium. Prima di arrivare in città ha compiuto un paio di deviazioni per far credere di giungere da Ostia. Una volta a Roma, ha consegnato la posta, quindi, invece di tornare subito in Hispania, si è fermata brevemente nella capitale. La staffetta, però, al posto di infilarsi in un bordello da quattro soldi come sarebbe logico aspettarsi, ha preferito fare visita a una lussuosa casa sul Palatino.

Cicerone sentí un crampo, indicò la pelle di capra. – A recapitare questo genere di comunicazioni. A chi?

– A Lucio Valerio Flacco Poplicola. Due giorni prima che a Roma si sapesse della morte di Sertorio. Curiosa coincidenza, non credi?

Cicerone lasciò cadere la pelle davanti ai suoi piedi come se scottasse. – Senza dubbio non si tratta di posta normale. Ed ecco perché ti sei affrettato a indagare sulle terre di Flacco.

– Esatto. Quella che vedi è la faccia interna di una sacca di pelle di capra che conteneva vino. Un metodo che il buon Tito mi dice essere stato dei soldati di Mario per comunicare in segreto durante la guerra.

– Ingegnoso.

– Non abbastanza, evidentemente.

– Penso che ciascuna staffetta abbia consegnato, per un periodo tanto lungo quanto impossibile da determinare al momento, una di queste pelli ogni mese.

– Sempre a Flacco?

– Non posso saperlo perché, purtroppo, il mio uomo ha commesso un errore… L'ho spedito a occuparsi di un'altra staffetta. Ma si è fatto scoprire e ha ucciso la persona che stava portando la pelle che è ai tuoi piedi.

– Quando è successo?

– Un paio di settimane dopo che Flacco ci ha lasciato in circostanze apparentemente naturali. Al mittente non doveva essere ancora giunta la notizia della morte del vecchio. Ciò significa che la staffetta morta è stata mandata al di fuori della normale periodicità con cui i messaggi venivano in genere spediti. Qualcuno in Hispania deve essersi spaventato per qualche ragione.

– «Distruggete tutto»… – Cicerone appoggiò pensieroso il mento sulle dita intrecciate.

– Infatti, non «distruggi». Questo mi fa pensare che chiunque stesse comunicando con Flacco pensava di parlare a un gruppo, non solo a lui. E se c'è un gruppo che riceve messaggi segreti…

– … potrebbe esserci un complotto.

– Esatto.

– Hai mandato qualcun altro a seguire le staffette superstiti prima che si accorgano della mancanza del compagno?

– Credo sia troppo presto, e comunque credo che sarebbe uno spreco di tempo e risorse: per allora avranno notato la mancanza del compagno e saranno venuti a conoscenza della morte di Flacco. È molto probabile che il sistema di comunicazione cambierà. Inoltre, «Distruggete tutto» ha tutta l'aria di essere un ultimo ordine prima di porre fine a qualunque cosa Flacco e i suoi misteriosi accoliti stessero facendo.

– Pensi che qualcuno a Mutina abbia pensato di ritentare l'impresa di Marco Lepido?

– Be', a Mutina si annida il dissenso piú duro verso le politiche del senato. Abbiamo dissanguato le province, lo sappiamo, e lungo la via Aemilia sta crescendo un malcontento che presto potrebbe essere incontenibile. Mariani nostalgici e *populares* estremisti, coloni irrequieti, socii italici frustrati: ce n'è, di legna da mettere ad ardere sulla pira delle sommosse... Lepido è stato sconfitto sul campo, ma le battaglie non smorzano l'odio. Il rancore e il desiderio di vendetta possono covare all'infinito nei cuori degli sconfitti, lo sappiamo bene. Ma non credo che le menti dietro a questo intrigo siano a Mutina.

– Cioè?

– I messaggeri coinvolti sono legionari effettivi. Soldati della Repubblica che combattono in Hispania.

Cicerone strizzò gli occhi come a cacciare una pessima sensazione. – Pensi che sia qualcuno dei nostri impegnato in Hispania contro le truppe mariane a tramare ai danni della Repubblica?

– Lo temo. Lo proverebbe il fatto che la posta che trasportavano sembrava vera, le lettere dei legionari apparivano genuine, a detta di Tito che le ha lette.

– Ma chi starebbe congiurando in Hispania? E a che livello? Legati? Ufficiali inferiori pronti a disertare a capo di coorti di veterani?

Crasso guadagnò il centro della stanza e allargò le braccia. – Non lo so. Potrebbe trattarsi di una congiura degli ufficiali, certo. Ma temo che possano essere invischiati alcuni comandanti. Qualcuno in Hispania sta parlando con qualcun altro a Mutina e a Roma. Flacco non era un senatore di secondo piano. E temo che anche il povero Orsino e quei due scarti di Pisone e Tuberone siano stati coinvolti.

Cicerone fissò Crasso negli occhi. – Temi o speri?

Crasso rise, fece un po' di scena. – Potrei mai sperare che uno dei nostri generali complotti contro la Repubblica?

– Se fosse uno dei tuoi principali avversari nella scalata al consolato, perché no?

– So a chi stai pensando e ciò mi dice che hai una pessima idea di me! Sono in ottimi rapporti con Pompeo… – Crasso rise di nuovo. – Gli dèi non vogliano che le legioni di Pompeo si ribellino alla Repubblica. Chi potrebbe fermarle?

– Tu?

Crasso si schermí. – Io? Potrei mai diventare il campione del senato, io?

– Non vorresti esserlo?

– Limitiamoci a pensare che ci sia qualcosa su cui indagare. Complotto? Forse. Gestito a Mutina? Possibile. Qualcuno a Roma sta parlando con qualcun altro in Hispania alle spalle del senato? Quasi certo. Ma d'altronde lo abbiamo sempre fatto tutti, noi al fronte. Stando a miglia e miglia dalla capitale si corre il rischio di perdere il posto con la vista migliore sulla Repubblica. Il senato ha la tendenza a spedire lontano chi dimostra troppo carisma. Già lo fece con Mario e con Silla.

– E si è visto il risultato.

– Rimane un punto: chi doveva distruggere cosa? E se c'è, o c'è stato, un complotto ai danni della Repubblica, credo ci entrino, ammesso che esistano, anche i venti milioni e mezzo di sesterzi scomparsi nel nulla. Cosa ci si può fare con quella somma?

– Si può corrompere, si può... Per gli dèi, – Cicerone si passò una mano sulla faccia stirando le guance.

– Esatto, si può costruire un esercito, magari non enorme, un paio di legioni, che però sommate a un altro paio di legioni di veterani provenienti dal fronte iberico...

– Interroga Tuberone. È l'unico consiglio che ho da darti, – l'oratore tagliò corto. Voleva smarcarsi dalla proposta che, non aveva dubbi, di lí a poco Crasso gli avrebbe fatto.

– In determinati casi, meglio non illuminare la dispensa se si vogliono sterminare i topi. Quella somma, i messaggi dall'Hispania... Non possono essere Flacco, Onorio, Pisone e Tuberone, i soli congiurati. Se qualcuno in Hispania intende allungare gli artigli su Roma... Be', quel qualcuno è abbastanza intelligente per sapere che una rivolta richiede ben piú di quattro senatori male assortiti. E io, i topi, li voglio tutti, Cicerone.

– E se anche Tuberone dovesse d'un tratto lasciare questa Terra come gli altri tre?

– Lui è al sicuro, per ora. Posso garantirtelo. È fuori città, a caccia nella riserva di Ortensio, vicino a Tusculum. Il mio collega è vanitoso, irritante e arrogante, ma non è stupido. Ritengo che abbia invitato Tuberone proprio per tenerlo d'occhio, non certo per la sua sgradevole compagnia. Secondo me Ortensio ha subodorato il complotto quanto me... Malgrado ciò, non sa quello che so io in merito a Flacco e ai terreni, o almeno non credo. Ho un vantaggio su di lui, e non gli cederò la scena –. Crasso fece una pausa, sorrise. – Ma lasciamo che faccia il lavoro per noi, poi Tuberone verrà torchiato quando verranno interrogati gli altri sospetti che individueremo.

– «Lasciamo», «individueremo»... «Noi»?

– Conosci il caso di Flacco, adesso sei al corrente dei messaggi dall'Hispania e dei terreni mai esistiti in Cisalpina: Cicerone, sarai tu che mi aiuterai a svelare il mistero.

– Tu vuoi sapere quello che mi ha detto Capella.

Crasso alzò le mani. – Oh, non fare quella faccia! Non è nemmeno piú un tuo cliente.

– Quando si è confidato con me lo era.

– Lo so bene, e tu sai anche che potrei obbligarti a parlare in nome della sicurezza della Repubblica.

– E quindi?

– Quindi, per il bene di Roma, mi limiterò a invitarti a riprendere in considerazione la difesa di Capella tanto frettolosamente abbandonata.

– Oh, no.

– Sono un pretore, Cicerone, e i pretori quando vogliono essere gentili «invitano» le persone a fare qualcosa. E mai vorrei essere meno che cortese nei tuoi confronti...

– Capella non c'entra niente.

– Lo so, al piú ha giocato il ruolo dell'utile, danaroso idiota. Non è lui che mi interessa, infatti. Credo di immaginare quello che il lagnoso fenicio ti ha vomitato nelle orecchie

– La ragazza! – Cicerone intuí il disegno di Crasso, incominciava a orientarsi sul sentiero tracciato dal pretore.

– In fondo non è stata sposata con Flacco negli ultimi due anni? Se qualcuno può aver notato, o sapere, qualcosa è proprio lei.

– Convocala, allora. Capella e i Poplicola non si metteranno d'accordo e il caso finirà alla tua attenzione. Potrai interrogare chi vuoi, quanto vuoi.

– Non ci sarà alcun processo pubblico. I topi, Cicerone: i topi scappano, se si fa troppo clamore. Senza contare che, forse, qualcuno i topi me li sta togliendo da sotto il naso, considerando la straordinaria sfortuna che si sta abbattendo su chi ha firmato il testamento di Flacco. Ho fretta.

L'oratore si grattò il mento, si passò una mano sulla fronte imperlata di sudore. Sentí l'intestino attorcigliarsi di nuovo come un serpente.

– Preferirei mantenere la cosa ufficiosa, – continuò Crasso. – E tu, in fondo, puoi fare tutte le domande che vuoi alla ragazza, lontano da orecchie indiscrete. Poi verrai da me e condividerai quello che riterrai utile a mantenere la sicurezza della Repubblica. Mi spiace, ma è piú che mai vitale mandare nella dispensa infestata dai topi un predatore famelico che si muova al buio, e tu sei il mio gatto. Ora bisogna capire quanto tu sia famelico.

– Ho una visione: tu dittatore che verghi lunghe liste di proscrizione, – Cicerone si strinse la base del naso.

– Farò quello che è necessario. E tu?

Cicerone ripensò al caso di Sesto Roscio. – Già una volta sono stato usato come un utensile e gettato in pasto ai lupi.

– Non sono Cecilia Metella, io. Non opero per volere degli dèi e non mi aspetto che la gente si sacrifichi per me gratis per un bene superiore, – Crasso sorrise, piegò la testa di lato come se volesse studiare meglio il viso di Cicerone, che invece teneva lo sguardo fisso sul pavimento. – Non appena avremo scoperchiato il complotto iberico, ci sarà un processo. Un grande processo. Ammesso che sarò io il pretore a presiederlo, ci vorrà pur sempre un accusatore...

Cicerone ricordò il foro gremito quando aveva puntato il dito contro Crisogono e il sistema sillano otto anni prima. Ricordò la gloria riempirgli le vene, scaldargli lo stomaco, il suo nome ripetuto dai romani. La fama.

– E poi, – proseguí Crasso, – per diventare edile avrai bisogno di argento. Parecchio piú di quello che la tua adorabile moglie e la sua famiglia sono pronti a mettere sul tavolo. Avrai bisogno del sostegno di una torma di clienti che non hai… Cicerone, amico mio, hai oziato abbastanza. È tempo di tornare in guerra.

– E tu cosa ci guadagnerai?

– Molto, molto di piú.

Cicerone mormorò: – Per la Repubblica…

– Per la Repubblica e per te stesso.

– E se il complotto non esistesse?

– Avresti comunque il mio appoggio per la candidatura a edile. Non puoi perdere.

– Posso rifletterci su?

– No.

– Vuoi che prenda una decisione cosí su due piedi?

– Esatto. Uscirò di qui con un sí o con un no. E se sarà no, ti diffido dal condividere la nostra chiacchierata con chiunque.

Cicerone sentí un altro crampo.

– Un sí o un no. E io me ne andrò lasciandoti finire ciò che stai facendo –. Crasso ammiccò, poi divenne serio, la mandibola squadrata contratta. Occhi freddi e inespressivi da serpente si piantarono con l'arroganza del potente in quelli di Cicerone, scrutandogli l'anima.

Mammina

Roma, anno 681 ab Urbe condita, decimo giorno prima delle calende di quintile
(22 giugno, 72 a. C.)

Il profumo della focaccia entrò dalla finestra e invase l'appartamento al primo piano dell'*insula* Marciana, un mostro di otto piani alle pendici dell'Aventino che si spingeva a toccare i cinquanta piedi, sfidando le leggi della statica e del buon senso, una delle tante trappole per poveri di Crasso in cui, a prezzi iniqui, si accalcavano pellegrini e laboriosi plebei della zona.

Le narici di Flavia furono violate con prepotenza dal lavoro del fornaio. Si svegliò con l'acquolina in bocca.

Soddisfare i piaceri dei patrizi le aveva garantito, per una cifra ragionevole, una dignitosa sistemazione all'unico piano decente dell'*insula*. Un cubicolo, un *tablinum* e una specie di triclinio che un edile nel giro di Crasso le aveva concesso a metà del prezzo, in cambio delle prestazioni regolari di un paio di danzatori lascivi e del suo silenzio: vantaggi di un mestiere rischioso.

Rimase con le gambe penzolanti dal letto per lunghi minuti, con il lato integro del viso illuminato dalla lama di luce che filtrava dagli scuri. Tirò su con il naso, fece scrocchiare le spalle. I suoni provenienti dal vicolo sottostante le dicevano che aveva dormito troppo. Si sciacquò la faccia, le ascelle e il pube in una bacinella di peltro che aveva avuto premura di riempire d'acqua fresca la notte precedente nella fontana sotto casa. Annusò una delle due vesti che possedeva e decise che poteva andare, la indossò dopo essersi profumata con qualche goccia di un olio che le aveva regalato un senatore con la passione per le forme piene di Catula.

Mise a bruciare una presa di prezioso incenso davanti ai lari raffiguranti sua madre, suo padre, suo fratello e la sorellina, pessimo lavoro in legno di un artigiano della Suburra. Ma a Flavia ricordavano la sua famiglia, e tanto bastava. Non sapeva che fine avessero fatto i suoi dopo che avevano abbandonato Roma per scappare dai sillani dieci anni prima e, in fondo, non sapeva nemmeno se fossero vivi o morti: aveva fatto intagliare i loro simulacri per avere la sensazione di aver meritato una famiglia, come ogni buon romano. A lei piaceva pensare che fossero al sicuro da qualche parte grazie al suo sacrificio, ma, quasi per scaramanzia, li pregava come morti. Sperò che le sue preghiere ai defunti si perdessero nell'aria inascoltate. Suo padre, mariano della prima ora, l'aveva venduta a un lenone, tale Marco Garrulo, detto Mezzo Asse, in cambio di una via di fuga dalla città. Aveva dovuto scegliere: Flavia, splendida adolescente, aveva piú mercato dei fratelli. Quando la notte andava a dormire riviveva lo strazio di quel momento, e la disperazione della madre le invadeva le orecchie a tal punto da spingerla ad affondare la faccia nel cuscino fin quasi a soffocarsi. Ogni giorno pregava che quel terribile baratto avesse avuto un senso. A volte li sognava da qualche parte in riva al mare, altre li immaginava riuniti sotto un pergolato in Etruria, altre ancora vedeva le loro lapidi e si svegliava piangendo. Sperava che ovunque fossero, ogni tanto, pensassero a lei.

Tito, che non aveva mai avuto una vera famiglia, non capiva perché Flavia non riuscisse a seppellire il passato, e lei trovava ironico che a muoverle quella critica fosse un uomo tormentato dai fantasmi di amici morti. Non si erano mai capiti, e alla fine lo spazio tra loro si era allungato fino a divenire incolmabile. Aveva amato il suo coraggioso ex centurione, la sua risolutezza, il suo saper stare al mondo. Ma era stata una tragedia a metterli assieme, una brutta storia che aveva reso una vita già precaria invivibile per entrambi. Flavia aveva presto realizzato che si erano stretti l'una all'altro come legionari di un manipolo, con il solo scopo di affrontare il lato piú oscuro e spietato dell'esistenza. Insieme erano sopravvissuti alla violenza di Crisogono e Silla, ma non avevano retto la pace e la tranquillità di un'esistenza normale. Non erano mai stati una famiglia, nonostante un matrimonio grottesco tra due esseri disperatamente soli. Era stata lei ad avere il coraggio di ammetterlo e a ritornare nel luogo in cui si sentiva piú suo agio, a fare l'unico mestiere che qualcuno aveva mai avuto premura di insegnarle. Tito sarebbe stato fiero di lei: lui era l'unica parte del passato che Flavia aveva seppellito senza troppe cerimonie.

Alzò il materasso e prese la sacca con le monete incassate la sera prima. Smise i panni di Flavia Polita per diventare Mammina, cominciava un'altra lunga giornata piena di incombenze.

Uscí sul ballatoio e si trovò davanti il muso di Castore.
– Oggi vengo io. Polluce ha un impegno con un macellaio ricattato dall'amante della moglie. Trenta assi per spaccare la faccia a un babbeo, ha fatto giornata.

Mammina annuí. Nell'androne dell'edificio le venne incontro un bambino. Le abbracciò le gambe. – Mammina! Hai qualcosa per me oggi?

Flavia gli accarezzò la testa rasata. – Dipende.

Il bambino corse via, scomparve nel cuore dell'*insula*.

Castore sbuffò impaziente. Mammina lo squadrò. – Che hai? Dove devi andare?

Il bestione incrociò le braccia. Il bambino riapparve con una cesta piena di panni fradici. – Ho riportato a casa il bucato!

Mammina gli diede un asse. – Bravo piccolo, ecco la ricompensa per chi fa il proprio dovere. Adesso, con questo asse, vatti a comprare una focaccia al miele.

Il bambino fece un saltello, prese la moneta e scappò via accompagnato da una raccomandazione destinata a cadere nel vuoto. – Metà è per tua sorella!

Scesero dall'Aventino, passarono davanti al tempio della Luna, che recava ancora, sulla sommità del timpano, i segni del fulmine che l'aveva colpito una decina di anni addietro; attraversarono il foro già gremito e si infilarono nell'Argileto, prima di tuffarsi nella Suburra, l'odoroso buco del culo di Roma di cui Mammina conosceva ogni angolo, e la gente laggiú conosceva lei. E la rispettava.

Aveva reso onorevole il suo ruolo di mezzana. Guadagnava tanto, ma tutti sapevano che condivideva equamente i proventi con le sue ragazze, che non le sfruttava piú del dovuto. In un certo senso, per la morale dai confini sfumati dei suburrani, faceva del bene, in particolar modo perché elargiva generosi prestiti a interessi contenuti, qualcosa di molto vicino alla beneficienza.

Castore bussò a una piccola baracca con il tetto pericolante in fondo a un vicolo cieco, una fetida e oscura traversa dell'Argileto. Dopo poco, la porta in legno ruotò su cardini malfermi e dalla penombra emerse il volto candido di Galla.

– Andiamo? – Mammina fece tintinnare la sacca con le monete.

Galla si illuminò. – Giorno di paga! – e scomparve all'interno. Mammina e Castore la sentirono discutere con qualcuno.

Il guardaspalle scosse il testone, sospirò. – Il fratello deve essere in casa. Perché non lasci che gli renda chiaro che non deve...

– Non ci intromettiamo negli affari di famiglia, – tagliò corto lei. La cicatrice le prudeva, resistette alla tentazione di grattarsela.

Il battibecco tra Galla e suo fratello divenne un intreccio di rabbiosi bisbigli che culminò in un lungo silenzio. La ragazza uscí in strada poco dopo, Mammina e Castore fecero finta di niente.

– Mio fratello...

– ... tiene a te e alla mamma –. Il ragazzo, poco piú che ventenne, primo di tre, e unico maschio superstite, spuntò alle spalle della sorella. – Mammina, sai che ti rispetto, ma a Catula e Fabia stai facendo riempire le tasche e loro non valgono la metà di Galla. Non merita di lavorare come le altre?

– Non è tuo il culo, ragazzo, – rispose tranquilla Mammina.

– Abbiamo bisogno di denaro. Nostra madre non sta bene, non può piú vivere in questa catapecchia ammuffita.

– Sono d'accordo, ma Galla è pagata piú che dignitosamente e non venderà il suo corpo. Ha qualcosa che vale molto di piú.

– E allora dimostracelo! – il ragazzo era un torello nervoso: non condivideva nulla con la sorella, né la bellezza né il cervello. Mammina era certa che avessero padri diversi, doveva essere per forza cosí. Manlio, detto Mano Marcia, amava giocare ai dadi nei bordelli, e tutti sapevano che era perseguitato dalla sfortuna almeno quanto dalla sua stessa stupidità. Scavava tombe e le poche monete che guadagnava gli rimanevano in tasca il tempo di lanciare quattro dadi. La famiglia campava grazie a Galla e al buon cuore di Mammina.

– Ve lo dimostro ogni giorno, – disse Mammina. – Non vi ho prestato trenta sesterzi senza interessi la settimana scorsa?

– Non sono abbastanza.

– Vediamo se ti basta quello che ho da darti io! – Castore si fece minaccioso.

– Perché non mi fai vedere? – Mano Marcia gli piantò gli occhi in faccia. Mammina e Galla si frapposero tra i due.

– Piantatela! Se volete darvele, avrete tutto il pomeriggio. Adesso non ho tempo per queste stronzate, – Mammina fece chiarezza. I due si guardavano in cagnesco pur senza accorciare lo spazio che li divideva. – Galla, andiamo. È tardi.

Manlio insistette: – Falla lavorare, Mammina, falla lavorare. Dici che vuoi il meglio per le tue ragazze, no? Quello di Galla è mettere a frutto la sua bellezza.

– Sentimi bene, – Mammina gli puntò il dito sul petto. – Galla già lavora e fa quello che io decido di farle fare, e qui finisce la discussione.

– Per gli dèi…

– Pensa a trovarti un lavoro. A tua sorella penso io.

– Ce l'ho, un lavoro.

– Scavare buchi per terra? Spostare lapidi? A quanto? Qualche asse per morto? Andiamo… Tu preferisci spendere le monete che guadagna tua sorella. Scommetto che i trenta sesterzi che ho dato a Galla sono già nelle mani di qualche baro che ti piglia per il culo senza che nemmeno te ne accorgi, eh, Mano Marcia?

Manlio s'incupí. – Ho smesso con i dadi.

Mammina trattenne una risata. – Castore, dov'era questo imbecille due sere fa?

– Era all'*Antro di Dioniso*. Ha scosso il *fritillus* fino a perdere tutto, come sempre. Un venditore di perle l'ha ripulito per bene. E lui, ubriaco, ha fatto il matto, cosí gli uomini di Fringilla l'hanno sbattuto fuori a calci, – Castore irridente fissava Mano Marcia negli occhi.

– Balle.

– Ero là, coglione.

– Se non c'è altro... – Mammina si voltò per andarsene, ma il ragazzo la afferrò per un braccio. Castore gli diede un man rovescio tanto forte da mandarlo lungo a terra. Galla si gettò sul fratello. Mammina fece segno al suo guardaspalle che era abbastanza, disse alla ragazza che era tutto a posto. Si chinò e agguantò per il collo della tunica Manlio. – Calpurnio, il tintore, cerca gente robusta. E tu lo sei. Presentati domani da lui e digli che ti mando io. Castore verrà a controllare: se non ti troverà immerso fino al ginocchio in una tinozza di tinta, ti verrà a cercare, ti troverà e non ci sarò io a dirgli quando smettere. Dimmi che lo farai.

Il ragazzo annuí tastandosi la mandibola.

– E non assillerai piú tua sorella né tanto meno me. Galla mi aiuta a tenere i conti e mi serve cosí. Non allargherà le gambe per un patrizio dalla dubbia virilità e dai gusti eccentrici in cambio di qualche moneta in piú. Chiaro? Dimmi che hai capito.

Il ragazzo annuí di nuovo. Si liberò con uno strattone. Galla volle sincerarsi che Manlio stesse bene, ma Mammina la fermò. – Non ha niente. È tardi, andiamo.

La giovane si voltò verso il fratello mentre si allontanavano. – Prepara una zuppa di fave per la mamma. Che sia ben calda!

Manlio fece il dito medio a Castore.

– Non c'era bisogno di fargli male, – commentò Galla tenendo il passo svelto di Mammina.

– È stato solo un buffetto, – minimizzò lei. – Tuo fratello è una testa dura e non sa stare al suo posto. È pronto a venderti, pur di stare col culo al tavolo da gioco. È un pezzo di merda, ragazza mia. Non ti far abbindolare dai suoi piagnistei.

– È soltanto sfortunato.

– La Fortuna posa gli occhi sugli uomini che la meritano, bambina.

Galla annuí pensosa. – Però ha ragione… Abbiamo bisogno di piú argento. Dobbiamo andarcene da quel buco.

– Mi stai chiedendo un aumento?

– Ecco… No, per quello che faccio mi paghi persino troppo.

– Mi stai chiedendo un prestito?

– No, non potrei restituirtelo.

– Nel tempo. Sei sveglia, sai che non ti vesserei mai. Mi ripagherai con il lavoro e la tua piacevole compagnia, – le sorrise materna. Per Mammina, Galla era un'importante risorsa. Aveva una memoria formidabile per i dettagli, registrava con meticolosità i servizi richiesti dai clienti, i loro gusti, teneva l'agenda degli impegni, dei crediti e dei debiti, correva di qua e di là per far sí che alle ragazze non mancasse nulla. Per Flavia, invece, era una ragazza dolce, la figlia mai avuta, e in qualche modo un'amica fedele.

– Non è questo. È che se mi concedessi di… Insomma, hai visto come mi guardava Nero l'altra sera? Immagina quanto potremmo chiedergli per soddisfare la sua curiosità.

– Non sai di cosa stai parlando. Quando ce lo potremo permettere, troverò una sistemazione per te e tua madre, e anche per quello scemo di tuo fratello.

Galla mise il broncio, ma non osò piú riprendere l'argomento. Almeno per qualche ora.

Salirono su una propaggine del Quirinale, imboccarono una stretta via, tra una casa e l'altra erano state tirate corde su cui erano appesi poveri ma dignitosi stracci ad asciugare. La strada formicolava di torme di bambini lerci e donne con sporte e ceste cariche di ortaggi, legna, e panni sporchi. Piccoli capannelli di uomini cianciavano di beghe di quartiere, morti e affari da pochi soldi. Un paio di *popinae* concentravano folle di perditempo. Qualcuno salutò la lenona, qualcun altro fece apprezzamenti su Galla, subito messo in riga dalla minacciosa imponenza di Castore. Come tutte le mattine, Mammina fermò il gruppetto davanti al *Cervo*, una *taberna* dall'aspetto tetro che si affacciava su una piazzetta al cui centro spiccava una fontana dedicata a Cerere. La donna entrò senza dire nulla.

– Vorrei tanto sapere cosa combina lí dentro. Ogni giorno, – considerò Castore mentre studiava i fianchi di una lavandaia di passaggio.

– Non lo so. Me lo domandi sempre... Perché una volta non entri e ti togli il dubbio? – chiese Galla con un visetto furbo.

– È un buco che puzza di mariani, facce brutte, veterani rientrati a Roma dopo la morte di Silla. Che ci va a fare in una fogna del genere? – Castore incrociò lo sguardo di uno degli avventori che appoggiato allo stipite sorseggiava una tazza di vino. Il bestione sputò per terra e fissò il tipo finché non abbassò gli occhi.

– Sono affari di Mammina, meglio non immischiarsi, – commentò laconica Galla.

Dopo qualche minuto, Mammina ricomparve sulla soglia della *taberna*, salutò qualcuno all'interno e si riuní a Castore e Galla con l'aria cupa di chi ha ricevuto una brutta notizia.

I tre proseguirono fino ai piedi del Cispio senza dire una parola e lí deviarono verso la porta del Viminale.

Si trovarono davanti a una casetta di un piano. Castore bussò, l'intera facciata sembrò tremare. Ammiccò a Galla, la ragazzina emise un risolino. Venne ad aprire un bambino di cinque, sei anni. Aveva i capelli cortissimi e due grandi occhi che grondavano innocenza. Lasciò entrare Mammina e Galla nell'unica stanza del piano terra, Castore restò fuori appoggiato al muro. Catula era seduta su uno sgabello e mungeva una capra. L'aria era pesante, il cotto del pavimento semicoperto da fili di paglia. La ragazza alzò gli occhi stanchi sulla lenona e la sua assistente. – Finalmente, temevo ti fossi dimenticata di me.

– Non è poi tanto tardi, – rispose Mammina guardandosi attorno. – Lui non c'è?

– È al foro Olitorio a scaricare cicoria.

– Bene, sta lavorando.

– Non beve da qualche giorno. Anche perché non abbiamo piú nemmeno un asse... – Catula spinse via la capra scheletrica, sistemò il secchio mezzo pieno su un tavolo traballante.

– Quanto, per lei? – chiese Mammina a Galla.

– Venti sesterzi, dopo aver detratto l'anticipo di quattro sesterzi della settimana scorsa.

Mammina frugò nella sacca ed estrasse una manciata di assi. – Nero è stato generoso.

Catula si illuminò. – Che Giunone ti benedica, Mammina!

– Te li sei guadagnati.

La ragazza si sedette sullo sgabello con il bambino attaccato alla veste, fece tintinnare le monete nella mano. – Potrò finalmente permettermi un'acconciatura degna. C'è questa nuova *ornatrix* egizia che...

– Potrai dare un po' di carne di maiale a tuo figlio. È sottile come un chiodo.

– Certo, certo... – Catula arrossí. – Quando avrai ancora bisogno di me?

– Presto. Ma ricorda: non appena tuo marito avrà finito di pagare i suoi debiti, tu smetterai. Almeno per quanto mi riguarda.

Catula annuí. – Certo, certo… Mio marito non fa domande, ma prima o poi… Crede che lavori come *ornatrix*.

– La notte… Tuo marito ha capito, ma la fame è piú forte di tutto.

– Vorrei tanto comprarmi una stola nuova.

– Non ti serve una stola nuova.

Uscirono dalla casa. Castore stava chiacchierando con una vecchia nota per essere stata una levatrice e una prostituta occasionale. Quando Galla gli passò di fronte, salutò la donna e fece una corsetta per tornare a precedere la sua datrice di lavoro che aveva fretta.

– La fame è piú forte di tutto… – Galla aveva il tono di chi vuole provocare.

– Catula non possiede nulla, a parte il seno prosperoso e quello che ha tra le gambe. Tu hai molto di piú. Non infangherai il tuo nome, e presto o tardi troverai un brav'uomo che ti sposerà e ti darà una vita dignitosa.

– Con quale dote?

– Con quella che ti sto mettendo insieme io ogni volta che trattengo qualcosa sulla tua parte.

– Lo sapesse mio fratello…

– Non sono affari suoi. Quanto ha incassato Catula nell'ultimo mese?

Galla fece mente locale, si concentrò. – Cinquanta sesterzi.

– Bene. Quanto dobbiamo a Fabia?

– Venti sesterzi piú sei, ventisei in tutto. Per un incasso di settanta sesterzi, questo mese, una piccola fortuna.

Si arrampicarono sulle falde del Viminale ed entrarono in un'*insula*. Mammina e Galla salirono le scale fino al quinto piano. Incrociarono un pellegrino dalla pelle ambrata con un buffo copricapo tondo. Profumava di sandalo. Le salutò cordiale, disse qualcosa in una lingua sconosciuta. Fabia abitava da sola in un appartamento minuscolo dal cigolante pavimento in legno. La ragazza aveva arredato il luogo conferendogli un aspetto dignitoso anche se i bordi del panno che copriva il suo paglìericcio erano stati mangiucchiati dai ratti e la parete in mattoni era stata profondamente infiltrata dall'acqua piovana. Galla si muoveva con cautela, temendo che la casa potesse crollare da un momento all'altro. Si teneva lontana dall'unica, angusta finestra perché soffriva di vertigini.

– Siete in ritardo, – disse Fabia priva di tono, una banale constatazione. Era seduta davanti a un piccolo specchio di bronzo e si stava truccando.

– L'importante è che siamo qui, no? – Mammina infilò la mano nella sacca che portava in vita e le porse i ventisei sesterzi che le doveva. Fabia nascose subito le monete in un buco nel muro. Continuò a truccarsi. – Quante volte mi farai lavorare questo mese?

– Tre? – Mammina chiese conferma a Galla.

– Cinque, considerando che Fabia è stata espressamente richiesta dal senatore Pedo e ancora da Nero, che però non vuole piú Catula.

– Meglio, – considerò Fabia, – non sopporto quella cicciona.

– Sopporti chi ti dico io di sopportare, – commentò Mammina. – O ciò che vogliono i clienti.

La ragazza si girò verso la lenona, aveva un solo occhio truccato. – E i senatori che mi richiedono, vero? Non chiedono di Catula, ma di me…

– E con questo?

– Mmh, niente... Cosí, pensavo: alla fine potrebbero avermi anche senza che fossi tu a offrirmi. Stanotte rimuginavo sulla possibilità di lavorare in proprio.

– Lo stai già facendo, a quanto vedo, – Mammina annusò l'aria e sentí profumo di sandalo. – Te la fai con i pellegrini?

– Sono affari miei, no?

– No, sono affari miei. Quello che hai tra le gambe è mio. Se uno di questi barbari profumati ti sfregiasse o ti picchiasse? Ematomi e cicatrici non piacciono alla maggior parte della nostra clientela. Se ti trovo addosso anche soltanto un segno, un piccolo graffio, giuro che ti mollo. Vuoi finire a lavorare all'*Antro di Dioniso*? Da Fringilla puoi avere tutti i pellegrini che vuoi.

Fabia sollevò le mani in segno di resa. – D'accordo, d'accordo. È che le lezioni di flauto e danza costano. L'affitto costa!

– Te li stai già pagando con quanto ti metto in tasca io. La verità è che sei avida e le puttane avide non fanno una bella fine.

Fabia non disse nulla.

Mammina si spazientí, prese una manciata di monete dalla sacca e la mise sul mobiletto vicino allo specchio. L'immagine di Fabia tremò. Mammina incrociò le braccia. – Non ti dovrei niente, ma visto che sei sempre stata corretta... Questo è il mio regalo d'addio.

– Non intendevo...

– No?

– Ecco...

– Allora ti considero ancora a mia disposizione?

– Sí.

– Bene, studia flauto e danza e impara a leggere. Usa coscientemente i tuoi guadagni e diventa l'etera che pensi di essere ma che ancora non sei. Ricordati che una donna da sola, là fuori, non vale niente se non è niente. Da Fringilla le puttane sono schiave e vengono pagate sei assi a cliente. Non dimenticarlo.

Fabia annuí.

Mammina la fissò per un lungo istante, riprese la sacca con le monete e uscí dall'appartamento. Galla salutò imbarazzata e seguí la donna fuori.

Mentre passavano davanti al tempio di Giano, Mammina disse: – Fabia è una puttana, Galla. Esistono donne che non lo fanno per necessità ma per scelta. Lei vuole essere quella cosa. Non ha abbastanza fantasia per immaginarsi una vita diversa.

Una ragazza li superò correndo. Portava ghirlande di fiori attorno alle braccia.

– Sai cosa si festeggia domani, Galla?

– La festa di Fors Fortuna.

– Esatto. Quella ragazza passerà una notte sulle rive del Tevere con il suo amato. Non ci saranno puttane inghirlandate, stanotte, a godersi lo spettacolo delle barche e delle fiaccole. Tienilo a mente, sempre: una lupa non vale niente. E io voglio che tu valga qualcosa. Ti fidi di me?

Galla fece di sí con la testa.

Mammina si fermò di colpo in mezzo alla via. Diede a Castore due assi. – Vatti a bere qualcosa, accompagno io Galla a casa.

– Ma hai ancora un bel po' di monete in quella sacca...

– Non ti preoccupare, nessuno mi toccherà.

Castore rimase interdetto per un attimo, cercò di concentrarsi per dire qualcosa di sensato, ma tutto quello che fece fu prendere la paga della giornata e seguire il richiamo del vino. Quando Mammina e Galla rimasero sole, la lenona disse: – Come ti chiama tua madre quando nessuno ascolta?

La ragazza tentennò. – È un segreto...

– Mia madre mi chiamava Amor. Sussurrava quel nome mentre mi acconciava. Amor... Sulle sue labbra era una parola dolcissima che si scioglieva nelle mie orecchie. Qual è il tuo nome segreto?

Galla si guardò attorno, abbassò gli occhi. – Flora, – disse a fil di voce, con l'espressione di chi fa uno sforzo tremendo.

– Flora... – Flavia sorrise. – Flora, bellissimo.

– Perché l'hai voluto sapere?

– Fino a che tua madre sarà viva, avrai due madri. Quando morirà, io sarò tua madre. Penserò io a te, Amor, – e le accarezzò i capelli.

Galla si commosse, si gettò al collo di Flavia piangendo. Sul viso della piccola donna di ferro una lacrima, seguendo le pieghe dello sfregio, scese fino al mento. Un'improvvisa luce fece breccia nelle tenebre della sua solitudine.

Il solitario

Da qualche parte nei pressi di Tusculum, anno 681 ab Urbe condita, nono giorno prima delle calende di quintile
(23 giugno, 72 a. C.)

– È qui. Deve essere qui... – Gaio Sempronio Tuberone sussurrava, le orecchie tese a cogliere ogni minimo movimento nel profondo di un canale. Le cicale cominciavano a cantare a mattina inoltrata e l'odore della resina dei larici riempiva l'aria. La riserva di caccia di Quinto Ortensio Ortalo a poche miglia da Roma era famosa per i suoi cinghiali e Gaio era un ex militare, un senatore, un patrizio con una smodata passione per la caccia, un uomo di quasi cinquant'anni che lottava contro il tempo sottoponendo il proprio corpo a un addestramento costante in vista di un'ultima battaglia.

– Non vedo niente, ma lo sento muovere, – bisbigliò il suo compagno di caccia piú prossimo, un tribuno della plebe dal volto paonazzo e le gambe robuste come colonne. L'uomo strizzò gli occhi irritati dal sudore.

– Non mi sbaglio, è lí sotto. Le impronte sono fresche, i rami spezzati... Ha lasciato un sentiero largo come la via Emilia! – Gaio sogghignò.

– Ci stiamo allontanando dal resto del gruppo, padre, – disse Rufo Sempronio Tuberone, il filiforme secondogenito dodicenne di Gaio, guardandosi attorno. – E ormai è tardi, il sole è alto.

– Stai qui, insieme a lui, – Gaio mostrò i denti bianchi in un ghigno diabolico e indicò il tribuno ansimante. – Cosí questo bastardo di un solitario sarà nostro e lo sbatteremo sulla tavola di Ortensio. Pensa che faccia farà quel flaccido vanesio. Gli verrà un colpo. Deve essere tuo, Rufo. Tutta questa pantomima è stata messa in piedi per te.

Il pallido Rufo sorrise poco convinto.

– Ora vado a chiamare il resto del gruppo, – disse Gaio, allontanandosi.

– Ma padre...

– Hai paura?

Rufo si sporse di nuovo verso il basso. Il ragazzo arrossí, fece di no con la testa e si appoggiò alla lancia da caccia, molto piú alta di lui.

– Infatti, ne ero sicuro.

– Dove vai? – chiese il tribuno della plebe.

– Stai lí e non ti muovere. Stai con mio figlio.

L'uomo allargò le braccia e disse qualcosa, ma il patrizio era già lontano.

Tuberone corse. La macchia mediterranea gli ferí le gambe. Seguí i latrati dei cani: il grosso del gruppo era sulle tracce di una femmina con un nutrito seguito di paffuti cinghialetti. Giunse sul posto quando la preda era ormai stata accerchiata. La femmina difendeva i propri cuccioli ostinata. Caricava cercando di rompere l'assedio di uomini e cani, che la incalzavano da ogni parte. Tuberone nel trambusto individuò Ortensio che, a distanza, si stava godendo la scena. – Oh, Gaio Sempronio! Dov'è tuo figlio? Questa è la sua preda. Perfetta, non trovi?

– Ne ho trovata una migliore: un solitario che al garrese mi arriva allo stomaco, una bestia magnifica! – Tuberone quasi urlò per sovrastare il latrare dei cani.

– Ma che dici? Questa femmina sembra nata per essere preda del giovane Rufo. La terremo a bada e lui potrà comodamente infilzarla, da vero uomo quale diventerà dopo aver ucciso il suo primo cinghiale, – Ortensio ammiccò malizioso.

– Che stai insinuando?

– Non insinuo niente, affermo che il tuo ragazzo è un po' troppo sottile e delicato per un verro! Forza, portalo qui. Non vedo l'ora di avere quei cinghialetti sulla mia tavola.

– Rufo ha il mio sangue, e ammazzerà quel fottuto solitario!

– Se non sarà il solitario a uccidere lui. Portalo qui, coraggio. È quasi mezzogiorno, c'è un caldo infernale e per pranzo abbiamo delle ottime orate provenienti dai miei allevamenti. Tanta frutta e fiumi di vino. Andiamo!

Tuberone contrasse la mandibola e strinse i pugni. – Ti farò vedere di che siamo capaci io e mio figlio –. Voltò le spalle a Ortensio per tornare sui propri passi.

– Ricordati che dopo dobbiamo fare due chiacchiere a proposito di quella faccenda! – urlò il pretore.

Ma il latrato dei cani rimbombava nel cervello di Tuberone, che non prestò attenzione a Ortensio. Borbottava fra sé e sé, sbagliò strada un paio di volte. – Intrigante greculo! Non sa tenere in mano un coltello e fa il pretore! Appesta la Repubblica assieme ai parassiti che gli leccano le terga. Pretore… Certo… Pensasse alla sua di prole. Quella rompicoglioni di sua figlia… Lei sí che sembra un uomo! – rise. Eppure, dovette ammettere che Ortensio non si sbagliava a proposito del suo secondogenito. – È tutto sua madre, ma lo raddrizzo io! Per gli dèi, so come fare. Nello stesso modo in cui ha fatto il mio vecchio con me, maledizione!

Quasi si spaventò quando all'improvviso si trovò davanti il tribuno dalle gambe robuste che aveva lasciato con Rufo. – Che ci fai qui?

– Be', senatore, mi sono scocciato di aspettarti! Ho un caldo indicibile e voglio tornare alla villa, – rispose ansimando il corpulento magistrato. – Dove sono gli altri?

– Segui i latrati dei cani, – rispose Tuberone e gli indicò un punto imprecisato nella selva.

– Mmh, se mi perdessi venitemi a cercare, per favore.

– Sicuro, come no. Dov'è mio figlio?

– È rimasto là, vicino a quel crepaccio. Ho provato a convincerlo a venire con me, ma temeva troppo la tua punizione.

– E ha ragione. Avete visto il cinghiale con i vostri occhi?

– No, – rispose quello, e fece per incamminarsi, ma si fermò un attimo. Trattenne il senatore per un braccio. – Se posso... Insomma, stai troppo addosso a quel povero ragazzo, Tuberone.

– Non puoi. Senti, non mi ricordo nemmeno come ti chiami e vuoi insegnarmi in che modo gestire mio figlio?

Il tribuno sbuffò e riprese il cammino.

Tuberone arrivò sul bordo del canale, ma di Rufo non trovò traccia.

Lo chiamò a gran voce. Nessuna risposta. Si affacciò di sotto per vedere se per caso non fosse caduto, ma no, la vegetazione era troppo fitta, non si vedeva niente. I latrati in lontananza. Forse Rufo aveva deciso di ascoltare il consiglio del tribuno ed era tornato col gruppo seguendo un sentiero diverso...

D'un tratto Tuberone percepí un movimento alle proprie spalle. Qualcosa di grosso che si muoveva nel fitto del bosco, verso di lui. Appena si voltò, vide solo un lampo di luce, sentí i denti incidere la lingua e sprofondò nell'oscurità.

Quando riaprí gli occhi si trovò a terra su un pungente letto di aghi secchi di pino marittimo, steso su un fianco. Mise a fuoco la figura indistinta che aveva di fronte: era il suo ragazzo. Sembrava seduto ai piedi di un pino, forse era legato all'albero, almeno a giudicare dalla posizione delle braccia. Non capí che il giovane era morto finché non realizzò che l'informe massa rossastra raccolta tra le sue gambe erano le budella.

Ebbe un conato… Cominciò a piangere sommessamente per l'orrenda morte del figlio. Povero Rufo, povero ragazzo. In un attimo vennero cancellate le speranze che riponeva nel suo erede, efebico certo, molle e riflessivo, ma anche brillante e grande studioso. Addio, Rufo magistrato, Rufo filosofo, oratore… Non poteva essere stato il cinghiale. I cinghiali non legano le persone e non dispensano nemmeno botte in testa. La nuca gli faceva male da impazzire. Udí qualcuno calpestare il croccante manto di aghi. Si contorse come un verme per ottenere una visuale dell'assassino. Quando vide chi lo stava sovrastando, sputò sangue, ridacchiò. Se chi gli stava di fronte non avesse appena ucciso il suo secondogenito, forse avrebbe persino riso a crepapelle: se non fosse stato per suo figlio morto, sarebbe stato un meraviglioso scherzo.

Al servizio di Cicerone

Roma, anno 681 ab Urbe condita, ottavo giorno prima delle calende di quintile
(24 giugno, 72 a. C.)

Rassettare, sincerarsi che lo studio fosse in ordine, che i ferri fossero puliti, sciacquare e stendere le bende e gli stracci sporchi di sangue messi a mollo in acqua e aceto la sera prima, prepararne di puliti, svegliare Lucrezio, svegliare Pitodoro: Astragalo aveva compiuto la sua routine del mattino senza pensare, in una successione automatica di azioni quotidiane, l'inizio di un giorno qualsiasi, proprio come quando era nella legione.

Si affacciò sulla strada e si trovò davanti un mal di denti, una diarrea acuta e un gomito tumefatto e dolorante. Prese nota di nomi e fastidi.

Svegliò Pitodoro per la seconda volta.

– Che modi... – il *medicus* si lamentò, si accoccolò dall'altra parte.

Astragalo lo scosse ancora. – Mal di denti, diarrea, gomito tumefatto.

– Diarrea da quanto? – Pitodoro rimase steso sul fianco sinistro, rivolto verso il muro, nel disordine sudato del letto. Scacciò una mosca.

– Tre giorni.

– Infuso di camomilla, una montagna di aglio e altrettanta cipolla, in zuppa. Il gomito appartiene a un anziano?

– A una vecchia.

– Quanto vecchia?

– Piú di te.

– Vetusta, allora. Impacchi con il cavolo e applicare un foglio di rame sul punto dolente per otto ore. Ne ho uno da qualche parte: daglielo, in prestito. Il dente?

– Da togliere.

Pitodoro emise un suono simile a quello di una pelle di capra che si affloscia. – Digli di tornare domani.

– No. Ha la guancia gonfia, troppo dolore.

Pitodoro si tirò su. Il mondo gli appariva come una sottile striscia tra le palpebre pesanti. Si schiaffeggiò. – Facciamo il dente. Manda via gli altri con le mie raccomandazioni, sessanta assi l'uno.

– Sei uno sciacallo.

– Disse la cornacchia, – sbadigliò. – Avvisa il dente che per meno di mille sesterzi non gli apro nemmeno la bocca. Il tuo amico? Ancora nel *valetudinarium*?

– Immagino di sí. Ieri è rientrato tardi.

– È simpatico, ma ricordagli che casa mia non è una locanda o, almeno, che se vuole che lo diventi deve pagare. Lucrezio?

– Ha già fatto colazione e mi ha aiutato a sistemare il tuo studio. Adesso è di là, da qualche parte a giocare.

– Digli di prendere le vecchie lenzuola nella dispensa e di tagliarle in strisce: ci servono nuove bende.

– D'accordo. Ora, la colazione è pronta e il sole è alto, vuoi degnarci di sorgere e illuminare le nostre esistenze?

Pitodoro sbuffò, disse qualcosa in greco. Il legionario comprese soltanto «tua madre».

Astragalo trovò Lucrezio in quello che un tempo era stato il giardino delle erbe medicinali del medico. Adesso era un mucchio di erbacce piene di zanzare e altri insetti fastidiosi. Il bambino stava falciando steli di gramigna usando il coltellino che gli aveva regalato Tito. Imbracciava il coperchio di legno di un secchio a mo' di scudo e commentava ogni fendente come se stesse combattendo contro fantomatici nemici. – Muori, Spartaco! Muori, Crisso! – nel voltarsi quasi infilzò Astragalo in una gamba.

Il veterano gli afferrò il braccio bloccando il colpo a mezz'aria. – Arrivi tardi, piccolo: a Crisso hanno già fatto la pelle. Perché al posto di affettarmi, non vai a preparare nuove bende? E stai attento con quell'aggeggio, altrimenti te lo tolgo.

– Tito mi ha insegnato a usare il gladio con lo scudo.

Astragalo sfilò lo scudo dal braccio di Lucrezio. – Prima le bende. Al gladio e allo scudo penseremo piú tardi, magari tra una decina d'anni, eh?

Il bambino corse via.

Astragalo, con passo deciso, puntò il *valetudinarium*. Incrociò sulla soglia dello stanzone l'uomo con la frattura che lui e Pitodoro avevano sistemato un paio di giorni prima. Zoppicando e strisciando lungo il muro, cercava di raggiungere l'uscita.

Astragalo lo squadrò stupito. – Che ci fai in piedi, nobile Afranio?

– Me ne vado!

– E dove vorresti andare in quelle condizioni?! – Astragalo lo aiutò a sorreggersi sulla gamba sana, l'altra era compressa in una scricchiolante gabbia di legno. – Non puoi ancora alzarti. Per il momento devi stare a riposo tenendo il piede in alto.

– Non passo un'altra notte con quel... barbaro! – l'uomo indicò il *valetudinarium* alle sue spalle.

– Che ha fatto?

– Chiedilo a lui.

Il paziente si fece accompagnare all'uscita, minacciò di non completare il pagamento, minacciò di mandare i suoi schiavi a chiarire quanto fosse offeso. Astragalo si scusò, promettendo uno sconto e che Pitodoro avrebbe prestato piú attenzione nello scegliere chi ospitare. Disse a Lucrezio di lasciar perdere le bende e di andare a chiamare i servi di Afranio, avvisandoli che il padrone rientrava a casa prima del previsto.

Tornò nel *valetudinarium* e trovò Tito seduto sul letto alle prese con un dopo sbornia.

– Che hai fatto ad Afranio per farlo scappare cosí?

– Chi è Afranio?

– Il tipo che stava due brandine piú in là della tua. A parte te, c'era soltanto lui, ricordi? E Afranio sarebbe dovuto rimanere nostro ospite piú a lungo di te.

– Ah, quello... Il tipo lamentoso... Gli ho solo detto che se non avesse smesso di lamentarsi, gli avrei dato un vero motivo per lagnarsi. Per gli dèi, aveva soltanto una gamba rotta...

– Devi capire, centurione, che questo è il *valetudinarium* di un medico che cura gente con la grana, gente raffinata che vive sui colli piú alti. Non è la tenda di un chirurgo da campo, che Giove ti fotta!

Tito fece spallucce. Tormentato dal mal di testa, nascose il volto tra le mani.

– Se non paga il dovuto, pagherai tu per lui, – disse Astragalo, puntandogli contro il dito. – Sei sparito per quanto? Tre giorni? Pensavo che Crasso ti avesse accoppato o ti avesse fatto imprigionare per aver cercato di ricattare un pretore. Guarda qua, hai persino tagliato la barba!

Tito emise solo uno dei suoi piú cupi mugugni.

– Dove hai dormito?

– In giro... Erano anni che non entravo in una *popina* degna del nome.

– Ah, ti sei sbronzato perché sei diventato ricco? – Astragalo indicò con il mento una sacca di lino che sbucava tra i piedi dell'amico. – Per gli dèi, centurione, sei riuscito a farti pagare da Crasso!

Tito con il tallone spinse il sacco contenente il denaro sotto il letto. – Non è argento mio, e sappi che ho contato bene: quando me ne andrò di qui, non mancherà nemmeno un asse.

– Per chi mi hai preso? – Astragalo finse di mettere il broncio. Si sedette sul letto di fianco a Tito, che si spostò un po' piú in là. – Chi avrebbe mai detto che saresti riuscito a ricattare il pretore?

– Non l'ho ricattato.

– Certo. E con questa montagna di monete che hai estorto che farai? Saranno almeno cinquantamila sesterzi... – il veterano azzardò.

– Sono quello che sono, e tanto restano.

– Ah, sono persino piú di cinquantamila...

Tito lo fissò con gli occhi iniettati di sangue. – Ho festeggiato con un paio di veterani... Non mi ricordo nemmeno dove. Che ne dici di un po' della zuppa magica che mi facevi una volta? Ci vorrebbe una bella scodella di quella sbobba.

– Ci vuole anche un bel coraggio a girare con tutto quell'argento per Roma, di questi tempi.

– So ancora badare a me stesso. Il cavolfiore?

– Non è stagione, per il cavolfiore. Ma ho altri rimedi...

– E allora rimediamo, mi sembra di avere un vespaio in testa.

– Tempo al tempo. Quando hai detto che te ne vai?

– Mmh... Tra una settimana, credo.

– Ah, pensavo te ne saresti andato prima. Avevi detto: sistemo una faccenda con Crasso e...

– ... e poi sistemo un'altra faccenda per Crasso.

Astragalo gli diede un pugno sul bicipite, Tito quasi perse l'equilibrio. – Ti sei fatto fregare, non è cosí?

– Un lavoro da poco, – mentí l'ex centurione. – Che vuoi che sia? Lo sai: niente per niente con Crasso… E comunque mi ha promesso che se lo aiuto a sbrigare un paio di faccende spinose farà in modo che i riscossori non disturbino piú i sonni del buon Torquato.

– Bene, hai fatto un affare, allora. Ma, visto che questa non è una locanda, non giudicarmi male se ti chiedo un denario al giorno per stare qui, altrimenti posso indicarti un paio di bettole in cui ti troverai bene, a patto che ti vada di condividere il rancio con i ratti ben pasciuti del Tevere.

– Un denario? Non vedo puttane e arrosto di cervo… Facciamo cinque assi, e mi sento generoso.

– Otto.

– Sei.

– Andata. In cucina troverai latte e formaggio di capra, se Pitodoro te ne ha lasciato un po'… Che razza di lavoro devi svolgere per Crasso?

– Di quella razza che non ti riguarda.

– Che modi…

– Se mi fai pagare quattro assi al giorno, potrei diventare persino cortese.

– Per otto potrei persino cambiarti le lenzuola. Ah, un'ultima cosa: Lucrezio ha otto anni, non è una recluta da addestrare.

– Come vuoi tu, *dada*.

L'ex centurione procedeva per le vie immerso nei suoi pensieri, tenendo lo sguardo basso, lo alzava solo per ritrovare l'orientamento. Era diretto nel quartiere delle Carinae, dall'altro lato dell'Oppio, oltre la Suburra. Salí il pendio meridionale dell'Esquilino alla ricerca di una casa che Crasso gli aveva descritto con dovizia di particolari. Era tardi, affrettò il passo. Le Carinae: posto da ricchi, case lussuose, aria profumata di resina e d'erba bagnata, matrone e patrizi a zonzo. Giunto dinanzi al tempio dedicato a Tellus, quasi senza volerlo posò gli occhi sulla città che si stendeva ai suoi piedi, da lí all'Aventino. Roma si presentava come un tappeto di edifici, rossi e bianchi, templi e *insulae*, inframmezzato qua e là da macchie di verde brillante. Pensò che negli anni della sua infanzia, e in quei pochi momenti che aveva trascorso in città tra una guerra e l'altra, la sua vita si era depositata sul fondo, ben lontano da quei panorami incantevoli. Sospirò, lo stomaco si contrasse come in un improvviso afflato amoroso verso l'Urbe, che adesso gli mostrava senza vergogna le sue invitanti forme da matrona.

Sbagliò strada un paio di volte, ma alla fine la trovò: una *domus* elegante, dalle pareti intonacate di fresco, al termine di un vicolo tranquillo in mezzo ad altre *domus* eleganti e intonacate di fresco. Non fece mistero della sua presenza. Si sistemò all'ombra, vicino a una fontanella proprio di fronte alla casa. Non gli rimaneva che attendere, mentre sentiva salire il fastidio per il caldo di metà mattina. Pensò agli ultimi giorni passati a fare quello che avrebbe dovuto fare il defunto Fulvio Abile, accompagnando Crasso nei suoi impegni. Si era lasciato coinvolgere in qualcosa di grosso e pericoloso. Si convinse di essere stato ingolosito dalle promesse del pretore, ma in verità era finito nella rete delle vecchie abitudini, trascinato verso il passato da un sotterraneo desiderio d'azione, che gli otto anni a Placentia travestito da contadino avevano sopito, e che in soli quattro giorni a Roma era riemerso. Era tornato il Molosso di Crasso, ma si ripromise di restarlo soltanto per il tempo necessario a risolvere i guai di Torquato una volta per tutte. Immerse la faccia nella fontana, imprecò gorgogliando nell'acqua fresca.

Cicerone era rimasto a letto fino a tardi. Nulla di strano, era sua abitudine tirarla per le lunghe al mattino. Si svegliava da bravo romano alle prime luci dell'alba, ma poi se ne restava a letto a leggere, e pensare. Quella mattina, però, finse di dormire. Quando sentí Terenzia alzarsi non mosse un muscolo, russò in maniera piuttosto credibile. La moglie gli accarezzò una spalla, ma lui continuò a fare il morto. Terenzia sbuffò, brontolò qualcosa e uscí dalla stanza per prepararsi a una giornata ricca di appuntamenti. Cicerone tirò un sospiro di sollievo. Erano due giorni che tentava in ogni modo di tenersi alla larga dalla moglie e di sviare le sue domande. Aveva obbligato Tirone a fare le ore piccole in sua compagnia, a perder tempo scrivendo lettere ai suoi amici lontani. Lettere infinite, senza un vero scopo. E ora attendeva con ansia che Terenzia uscisse di casa. La udí parlare con Tullia, dirle di lasciar stare il papà perché era molto stanco e stava ancora dormendo. La bimba aveva protestato, poi era stata sequestrata dal suo maestro greco ed era tornato il silenzio.

– *Domine*, – Tirone si era affacciato sul cubicolo. Bisbigliava, – la nobile Terenzia se n'è andata.

Cicerone si issò sui gomiti. – Perfetto. Allora fammi portare una bacinella con un po' d'acqua fresca, una manciata di frutta secca e una coppa di latte. E la toga, la piú bella tra quelle senza laticlavio.

– È in lana, *domine*... Sarà un'altra giornata molto calda.

– Non importa, – Cicerone liquidò Tirone. Si sedette sul letto. Si guardò la pancia che sotto la spinta di un'incipiente pinguedine si avventurava sinistramente in avanti. Si schiarí la voce come se dovesse dire qualcosa a sé stesso. Pensò che il pasticcio in cui l'aveva coinvolto Crasso gli sarebbe costato un'agenda fitta di incontri e qualche rischio da correre. Vero, la questione di quella montagna di argento sparita non poteva portare a niente di buono, ma ciò che lo preoccupava piú di ogni altra cosa era che avrebbe dovuto spiegare a Terenzia le origini di tutto quel frenetico, improvviso impegno nei giorni a venire, con il risultato di mentire a sua moglie in virtú della promessa di segretezza fatta a Crasso: Cicerone non poteva immaginare nulla di piú pericoloso di Terenzia ferita nell'orgoglio perché tenuta all'oscuro dei suoi affari. Avrebbe preferito dover nascondere un'amante. Fece una smorfia, stirò le spalle.

Tirone mise un vassoio con la colazione sul letto e stese la toga, sempre sul letto. Cicerone si appoggiò al cuscino cilindrico, rivestito di una pregiata stoffa orientale di cui nemmeno conosceva il nome. Consumò il pasto in silenzio, ripensando all'incontro che avrebbe avuto di lí a un'ora.

– Ripassiamo il copione di questa farsa... – disse, mentre sminuzzava con gli incisivi una nocciola.

Lo schiavo prese uno sgabello e si sistemò vicino a lui. Gli passò una tavoletta. L'oratore la scorse rapido. – Ufficialmente è stato Messalla a organizzare l'appuntamento.

– Esatto.

– A quanto pare, Messalla è molto affezionato a Plauzia ed è un grande ammiratore di Crasso, forse persino troppo. Il pretore ha fatto bene i suoi conti, e in questo sa essere un matematico come mai ce ne sono stati, nemmeno a Siracusa. È stato proprio lui a macchinare tutto: magari Messalla saprà convincere la ragazza a parlare quando le nostre domande andranno a toccare i punti piú delicati della questione. E inoltre, la sua presenza ci permette di incontrarla nella casa di Flacco con la scusa che la vedova ha dimenticato lí alcuni effetti personali cui tiene particolarmente.

– Non avremmo potuto riceverla qui?

– Se Terenzia... No, immagini? E avremo modo di entrare nella casa del povero Flacco, a caccia di indizi.

– E come dovremmo trovarli, questi indizi?

Cicerone si strinse nelle spalle.

Tirone scosse il capo. – Anche il nobile Marco Valerio Messalla Corvino è quindi a conoscenza dei dettagli della faccenda? E per dettagli intendo i messaggi dall'Hispania.

– No, quello che sa è che i Poplicola hanno contattato Crasso per avere giustizia in merito al testamento e che vogliono mettere in mezzo la ragazza. Quello che Crasso gli ha detto è che non vuole che la cosa prenda una brutta piega.

Tirone annuí. – Quindi, da un lato dovrai far credere a Messalla di essere interessato a difendere l'onore della ragazza, dall'altro dovrai raccogliere gli indizi che dimostrano l'esistenza di un complotto ordito da Flacco, Orsino, Tuberone e Pisone.

– Ammesso che questo complotto sia esistito, mi preme capire chi mandava i misteriosi messaggi iberici, e se possibile trovarne altri, scoprire chi li firmava... – Cicerone sbadigliò. – Mi ci vedi come attore?

– Sei un oratore eccellente e quindi sei un ottimo attore, a tutti gli effetti, – disse Tirone complice.

Cicerone si rabbuiò per un istante. – Ti confesso che l'idea di lavorare spalla a spalla con Crasso non mi rende felice.

– Alla fine stai soltanto facendo il bene di Roma. Se Flacco stava complottando contro la Repubblica...

– E chi ci dice che Flacco non stesse semplicemente complottando contro Crasso? Hai mai pensato che potrebbe essere Crasso, la minaccia per la Repubblica, e Flacco e i suoi amici un gruppo di onesti e volenterosi romani che vogliono contenere le sue ambizioni? Magari il pretore mi sta usando per i suoi esclusivi interessi...

Tirone si schiarí la voce invitando il padrone a vestirsi.

Cicerone batté le mani scacciando i brutti pensieri. – Già... Bene, il morale delle truppe è alto, gli obiettivi chiari. Andiamo in guerra, Tirone, amico mio –. Bevve d'un sorso il latte di capra, facendo una smorfia come se avesse deglutito vino puro.

Quando Tirone aprí la porta di casa, notò subito l'uomo seduto sul bordo della fontana dall'altro lato della strada. Il tipo gli fece un cenno di saluto con il mento. Lo scrivano richiuse la porta e ostruí il passaggio a Cicerone che lo seguiva. L'oratore, intento a studiarsi i calzari, quasi si scontrò contro il suo schiavo.

– Ebbene? Cos'è quella faccia?

– Padrone, l'uomo di Crasso, l'ex centurione, è qui fuori.

Cicerone si accigliò. – Che ci fa qui?

– Non lo so.

– E allora bisognerà chiederglielo, che ne dici?

Tirone aprí di nuovo la porta.

Tito andò loro incontro. – Nobile Marco Tullio Cicerone, ave, – disse con tono di voce profondo. Quell'uomo aveva un che di minaccioso.

– Ave... Perdonami, ma non riesco a ricordare il tuo nome, – rispose Cicerone cercando di reggere lo sguardo duro dell'ex militare.

– Tito Annio Tuscolano.

– A che dobbiamo il piacere della tua visita? Messaggi dal buon Marco Licinio?

– Sono io, il messaggio. Crasso dice che verrò con te a casa di Flacco.

– Ah, sí? – Cicerone mascherò il fastidio con un tono divertito. – E a fare che, se posso chiedere?

– Ad aiutare.

– Ho già il mio aiutante, come puoi vedere.

Tito ignorò Tirone. – Ad aiutare, in maniera concreta. Perquisirò la casa mentre tu intratterrai la ragazza e Messalla.

Cicerone rimase a bocca aperta, Tirone intervenne: – Non credo che il mio padrone desideri diventare il tuo cavallo di Troia.

Tito lo fissò, quasi si fosse accorto solo allora della sua presenza. – Curioso schiavo parlante, ce l'ho col tuo padrone, – poi tornò a rivolgersi all'oratore: – Crasso ti suggerisce di portarmi con te, caldamente.

– Non uso l'inganno. Chiederemo a Messalla di perquisire la casa per ragioni di forza maggiore.

– Messalla non te lo concederà mai. Tu permetteresti a degli sconosciuti di perquisire la casa di un tuo cugino defunto? Racconteresti ogni dettaglio della faccenda a un Valerio?

– No, ovvio. Ma non uso questo genere di sotterfugi, è fuori discussione, è sleale! E comunque non sono uno sconosciuto.

– Però gli mentiresti.

– Ometterei dei particolari...

– Andiamo... Certo che è sleale, eccome se lo è, sotto molti punti di vista! Eppure... Flacco e la sua combriccola sono stati forse leali verso la Repubblica?

– Crasso ha già decretato la loro colpevolezza?

– Non è evidente?

– Non tutti i serpenti sono velenosi pur somigliando all'aspide.

– È giusto e vero quello che dici, ma non posso proprio lasciarti andare da solo.

– E perché mai?

– Crasso mi ha detto che avresti reagito cosí. E mi ha detto cosa fare.

– Ossia?

– Vuoi sapere cosa mi ha detto?

– È chiaro, – Cicerone incrociò le braccia.

– Testuale?

– Prego.

– Mi ha detto, parole sue: «Fottitene».

– Fot…

– Fottitene. Con tutto il rispetto, credo che non ti ritenga capace di una soddisfacente perquisizione.

– E ha ragione! Io non mi intrufolo come un ladro nella casa di un nobile romano defunto.

– Infatti lo farò io per te.

– Immagini cosa penserebbe Messalla se scoprisse…

– Non lo scoprirà.

– Crasso non può impormi…

– Sí che può.

– Non sopporto i militari, sappilo, centurione: troppo avvezzi a eseguire ordini come se fossero necessità ineluttabili, e le certezze degli strateghi sono costate la vita a uomini e popoli.

– Abbiamo le stesse certezze degli oratori quando scendono nel foro pensando di essere dalla parte giusta.

– Noi crediamo nell'imprevedibilità degli eventi.

– E noi in quella degli dèi. Ora, ecco cosa faremo…

Scomparsi

Roma, anno 681 ab Urbe condita, ottavo giorno prima delle calende di quintile
(24 giugno, 72 a. C.)

– Ho sentito che stai cercando qualcuno, – l'uomo alzò il braccio per attirare l'attenzione dell'oste del *Cervo*. Voleva altro vino.

Era magro come una carestia, le guance butterate e mal rasate, due vecchi stracci bagnati che sembravano pendere dagli zigomi. Flavia domandò: – E ti hanno detto anche chi sto cercando?

– Ho sentito che ti interessano Macrinio Polito e la sua famiglia, – l'uomo si grattò il dorso della mano destra infestato dalle verruche.

Flavia frugò nella sacca ed estrasse sei assi. Li mise sul tavolo.

L'uomo rise. – E che me ne dovrei fare?

– Potresti berteli tutti mentre mi spieghi perché non sto perdendo tempo ad ascoltarti.

L'uomo ordinò una brocca di falerno. Fece portare due tazze di legno, le riempí, ne spinse una verso Flavia, ma la donna declinò l'offerta. L'uomo bevve le due coppe e le riempí ancora. – Fingerò di bere con te, se non ti spiace.

– Come ti pare. Dimmi, quindi: cosa sai di Macrinio Polito e della sua famiglia?

– So quello che si può sapere, ma tutto ha un costo.

– Lo immaginavo.

– Molti sono spariti nel nulla dopo la guerra civile e ancor di piú sono quelli che li cercano. Sei stata fortunata a incrociare la mia strada.

– Davvero? Per ora il fortunato sembri essere tu. Buono, il vino?

– Ottimo.

– Ecco, visto che non vorrei trascorrere tutta la giornata a pagarti da bere...

– Hai fretta, donna?

– Mi annoio facilmente.

– Allora perché non cominci a promettermi qualcosa di allettante? Se è una questione di soldi, potremmo sistemarci in altro modo... – L'uomo allungò la mano su quella di Flavia, lei la ritrasse fulminea. – Prova a toccarmi di nuovo e ti taglio quello schifo di braccio.

L'oste del *Cervo* si sporse dal bancone. – Ci sono problemi, Mammina?

– No, nessuno. Stiamo scambiando due chiacchiere.

L'uomo fece una smorfia. – Considerata la cicatrice, dovresti essere molto piú gentile con chi si offre di regalarti un po' di svago.

– E saresti tu la persona che dovrebbe farmi divertire? Su, torniamo al motivo per cui sto qui a respirare la tua stessa aria: Macrinio Polito.

L'uomo finí la brocca, si passò la lingua sulle labbra screpolate. Puzzava di cipolla e tra i capelli crespi, di uno spento castano, spiccava il giallo del fieno su cui aveva dormito di recente. – Ancora vino, – disse. Flavia mise un'altra manciata di assi sul tavolo.

– Se quello che hai da dirmi avrà un senso, ti darò due denarii d'argento.

– E li hai qui con te?

– Sí.

– Mammina, ti chiamano... Dicono che tu sia una *lena*.

– È cosí.

– Ti conoscono tutti, da queste parti.

– È cosí. Vogliamo arrivare al punto?

– Davvero non ti piace fare conversazione, – l'uomo ammiccò.

– Macrinio Polito.

L'uomo si soffiò il naso sulla tunica. Fissò torvo Mammina per un attimo. Poi disse: – Una decina di anni fa, ero un barcaiolo. Trasportavo merci sul Tevere. Caricavo di tutto, compreso chi voleva lasciare Roma senza essere notato. Un tipo della Suburra, uno che faceva il tuo mestiere, mi pagava a peso d'oro i proscritti in fuga dalla città. Lo chiamavano Mezzo Asse, sí, proprio cosí: Mezzo Asse. Lo conosci? Siete colleghi, in fondo…

– Ne ho sentito parlare. È morto da anni.

– Ah, peccato… Pagava bene, e adesso che sono tornato in città avevo pensato di andare da lui a chiedere un lavoro.

Flavia ebbe la sensazione di essere per la prima volta sulla strada giusta. Il nome di Mezzo Asse era saltato fuori a proposito. – Sei arrivato tardi. Quindi, tu hai portato Macrinio Polito fuori da Roma?

– Sí, con lui c'erano una donna, un ragazzo e una bambina. La donna ha pianto per l'intera durata del viaggio. Macrinio mi disse che era disperata perché avevano dovuto vendere la figlia maggiore proprio a Mezzo Asse. E pensai che nei bordelli di quel lenone sarebbe diventata una puttana tra le piú ambite, se solo avesse avuto i fianchi della madre –. L'uomo ammiccò. – Chissà se me la sono scopata quando bazzicavo il *Covo del satiro*… – l'uomo rise, e fu colto da un accesso di tosse.

– Non divagare –. Flavia era certa che quel tizio stesse parlando dei suoi genitori, il cuore prese a galoppare.

– La donna piangeva e Macrinio malediceva gli dèi. Avevo paura che portasse la sventura sulla mia barca.

– Dove li hai lasciati? – cercò di contenere l'eccitazione, intrecciò le dita sotto il tavolo.

– A Ostia, ovviamente.
– E da lí dove sono andati?
– Li ho scaricati e poi sono spariti, come tutti gli altri.
– E di questa informazione che me ne dovrei fare?
L'uomo vuotò la coppa che aveva davanti, si passò una mano sul mento ispido imperlato di gocce di vino. Si strinse nelle spalle. – Fanne ciò che vuoi. Eppure qualcosa mi dice che nessuno ti ha raccontato quello che ti sto raccontando io. In fondo, a chi cazzo è mai potuto fregare qualcosa di Macrinio Polito e della sua famiglia?
– Come fai a ricordarti cosí bene di loro? Avrai trasportato decine e decine di proscritti. Ti hanno detto che sto cercando i Politi e ti stai inventando una storia per bere a sbafo.
– Pensa quello che vuoi.
Flavia diede le due monete d'argento all'uomo. Lui si guardò attorno, le coprí circospetto con la mano e le fece scivolare fino a farsele cadere in grembo.
– Se questo è tutto… – Flavia si alzò, ma l'uomo la trattenne per il braccio.
Lei estrasse un piccolo coltello appuntito. – Ti avevo detto di non toccarmi.
Lui rise. – Secondo me, è nel tuo interesse sederti e starmi a sentire.
– Hai altro da dirmi?
– Per ora ti ho detto ciò per cui hai pagato con due monete. Se ne aggiungessi altre cinque…
Flavia scosse il capo. – Essere avidi, da queste parti, è molto pericoloso, sai?
L'uomo scostò i capelli e mostrò una brutta cicatrice al posto dell'orecchio sinistro. – Lo so.
Flavia si risedette, incrociò le braccia. – Sentiamo se ti meriti altre cinque monete.

– L'orecchio che manca l'ho perso per colpa di Macrinio. È stato il mio ultimo trasporto di proscritti. Alla Porticus aemilia, al rientro, ho trovato ad aspettarmi un gruppo di cornelii incazzati. Non tanto per la fuga di Macrinio, che nessuno, forse, stava cercando in quel momento, quanto perché ero stato venduto ai sillani da uno scaricatore di porto, un tale Due Dita, che gli dèi lo maledicano.

– Vatti a fidare degli scaricatori. È una storia triste, sebbene per ora non valga nemmeno un asse.

– Aspetta. Non ti piace proprio chiacchierare, per gli dèi! Sei una fica scostante e altezzosa senza un valido motivo per esserlo.

– Falla breve, ho da fare.

– Mi hanno torturato e io gli ho dato tutti i nomi di chi avevo portato fuori città, compreso quello di Mezzo Asse, ma mi hanno detto che lui era «intoccabile», o quasi... Cazzo, ho pensato, deve essere proprio un bel figlio di puttana, quel nanerottolo.

– Sapeva stare al mondo, al contrario tuo. Vai avanti.

– Mi hanno tagliato un orecchio e spezzato una gamba –. L'uomo mostrò un grosso bozzo a mezza tibia, segno di una frattura mal curata. – Non mi hanno accoppato soltanto perché gli ho promesso che li avrei avvisati ogni volta che mi sarebbe capitato di far scappare qualcuno. Loro ci hanno creduto, babbei... Tanto sapevo che presto o tardi mi avrebbero ammazzato, cosí sono fuggito anch'io.

– Che c'entra Macrinio con tutto questo?

– Arrivo al punto, – l'uomo ordinò la terza brocca e Flavia la pagò. Il vino gli stava sciogliendo la lingua. – Sono scappato al Nord. Lontano. Sapevo che nessuno mi avrebbe inseguito, ma fino a che non ho attraversato il Rubicone non mi sono sentito tranquillo... Sai cosa significa dormire sempre con un occhio aperto? Mentire sul proprio nome? Non passare mai piú di tre, quattro giorni nello stesso posto?

– Sí, lo so.

– Ne ero certo, – l'uomo indicò la cicatrice sulla guancia di Flavia. Ridacchiò. – Si riconoscono subito, quelli come noi...

– Come siamo, noi?

– Siamo ratti impauriti, *Mammina*.

– Stronzate, tu lo sei. Macrinio: coraggio, dimmi qualcosa.

– Ho fatto lavori qua e là per i fattori lungo la via Emilia. Lavori da liberto, fatica da schiavo. Fino a quando non ho deciso di scendere al Sud. Il clima della Pianura padana mi stava uccidendo... Sono capitato a Fesule. E mi sono fermato. Ho pensato: una colonia fondata da una decina d'anni appena, tanto da costruire, opportunità... Ma l'aria era pesante. Era un covo di veterani sillani. Comandavano loro, il resto dei coloni faceva la fame. E lí è arrivato Lepido a fomentare gli animi di noi straccioni! Parlava come Mario, aveva le palle di Mario, ma non era Mario, – bevve. Ruttò prima di riprendere: – Mi sono unito a lui e ai suoi uomini. Prometteva grano, e io ero un diseredato come tutti quelli che lo amavano. Raccontava palle su palle, lo sapevo... Eppure mi sono arruolato nelle sue truppe perché non mi restava altro da fare. Per via della gamba mi hanno sbattuto nelle salmerie. Sono rimasto con Lepido fino a Cosa e lí Pompeo ci ha presi a calci in culo. Sono riuscito a fuggire insieme a pochi altri dal campo di battaglia. E tra loro ho incontrato Macrinio. Era ferito a un braccio, niente di troppo grave, ma era disperato perché gli era morto il figlio sul campo. Famiglia sfortunata...

Flavia ebbe un sussulto, contenne il dolore che l'attraversò come una lama incandescente. L'uomo se ne accorse.

– Perché li cerchi, Mammina? Non certo per riscuotere un credito, vero? – sorrise mellifluo, le labbra si ritirarono mostrando una sfilza di denti irregolari e marci.

– Che cazzo te ne frega?

– Fammi fare qualche conto… – l'uomo si massaggiò il mento. – Sono passati dieci, undici anni da quando ho caricato quei disperati sulla mia barca… E se per caso fossi tu, la ragazzina che Macrinio aveva venduto a Mezzo Asse?

Flavia sbirciò gli altri avventori, nessuno stava ascoltando. Si voltò verso la porta. Il sole era sceso da un po', fuori ad aspettarla avrebbero dovuto esserci Castore, Polluce e Galla. Si erano dati appuntamento davanti al *Cervo*.

– Non sono lei, – tagliò corto. Frugò nella sacca ed estrasse cinque monete d'argento. L'uomo si illuminò, le fece sparire come le altre. Flavia si alzò.

– Già te ne vai? Davvero non vuoi bere qualcosa con me? Alla fine dovresti essermi grata! Ti ho detto un sacco di cose su tuo padre.

– Non è mio padre, e non insistere su questa strada, fidati. È meglio per te se dimentichi la nostra conversazione. Non mi conosci e non mi hai mai visto. E io facilmente, e per il tuo bene, mi dimenticherò di te.

– Ma non ho finito. Macrinio mi ha detto che sarebbe tornato da sua moglie. E mi ha detto pure dove. Non vuoi saperlo?

– Certo che lo voglio sapere, – Flavia sospirò.

– E allora dammi tutto quello che hai nella borsa, figlia di Macrinio Polito.

– Dimmi dove.

– E voglio anche che me lo prendi in bocca, – l'uomo si succhiò lascivo un pollice. – Dài, che alla fine non ti costerà poi tanto. Chissà quanti cazzi avrai succhiato, lavorando per Mezzo Asse.

– Meno di quelli che hai succhiato tu, di sicuro, – Flavia fece per andar via.

– Te ne vai? Non vuoi sapere dove trovare i tuoi?

– E tu vuoi che te lo succhi qui, in mezzo ai tavoli?

Uscí in strada seguita dall'uomo. Si guardò attorno, ma di Castore, Polluce e Galla nemmeno l'ombra. Non avevano mai ritardato a un appuntamento. Aveva detto loro: al *Cervo* a sole calato. Ma dei suoi uomini e della sua ragazza non v'era traccia. La strada era deserta. L'uomo la agguantò per un braccio. Lei se lo scrollò di dosso. – Non ci provare, qui mi conoscono tutti e tu sei un cazzo di nessuno.

Ma il tizio la colpí in faccia. – Non mi pare sia il caso di fare tanto la difficile, adesso, no? – Le premette il palmo sulla bocca e la trascinò in un vicolo secondario. Una volta lontano dalla via principale, la colpí ancora con il dorso della mano, stordendola e ferendole un labbro. La mise in ginocchio e le puntò un coltello al collo. Lo tirò fuori e glielo sventolò davanti. – Se urli, ti scanno. Se mordi, ti scanno. I tuoi amici del quartiere faranno lo stesso con me, ma soltanto dopo che ti avrò tagliato la gola. Ora fingi che ti piaccia, sfregiata –. La afferrò per i capelli.

– Cosa le dovrebbe piacere?

L'uomo si girò e fu investito in pieno viso da qualcosa di enorme. Volò indietro contro il muro. Picchiò la nuca per il contraccolpo. Tese il coltello alla cieca, ma fu centrato da un secondo destro, identico al precedente. Sentí il naso fare *crac*.

Un dente gli finí in gola e quasi lo fece strozzare: – Basta, basta...

– Basta? Ho appena cominciato, pezzo di merda, – Polluce appariva come un'incombente sagoma scura nella penombra del vicolo. L'uomo si protesse la testa con le braccia, allora Polluce mirò allo stomaco. L'uomo vomitò vino. Polluce fece un passo indietro. – Quanto fai schifo… Tutto a posto, Mammina?

Castore stava aiutando Flavia ad alzarsi. Lei si liberò con uno strattone dalle attenzioni del suo guardaspalle. – Per gli dèi, no che non sono a posto! Dove cazzo eravate finiti?

– Dopo ti spieghiamo, ma prima sistemiamo questo sacco di merda. Chi è? – Polluce sguainò il coltello.

– Un cazzo di nessuno.

– Bene, caro cazzo di nessuno, sei morto.

– No!

– Lasciacelo ammazzare, Mammina, – quella di Castore era un'implorazione.

– Aspettate, tutti e due! – poi Mammina si rivolse all'uomo: – Ascoltami bene, lurido figlio di cagna: stasera hai pestato la merda di vacca piú grande della tua vita, ma mi sento cosí fottutamente magnanima da permetterti di vivere, se dirai le cose giuste.

– Si può sapere chi cazzo sei? – il viso dell'uomo era ridotto a poltiglia.

– Sono Mammina, te l'ho detto. E questi modi non sono adatti a uno nella tua posizione. Ora, Macrinio e sua moglie: dove sono?

– All'inferno, troia.

Flavia sospirò e fece cenno a Castore e Polluce. – Non uccidetelo, però. Mi sciacquo la faccia nella fontana e torno. Hai capito, stronzo? Ti lascio a loro per un po'. Vedrai che poi mi dirai quello che voglio sapere.

Flavia immerse il viso nell'acqua fresca della fontana. Dal vicolo proveniva il rumore del pestaggio. Un ubriaco uscito dal *Cervo* decise di dare un'occhiata, ma Flavia si fece riconoscere e l'uomo se ne andò barcollando.

Polluce si sporse dal vicolo. – Penso che abbia detto che vuole parlarti. Non sono sicuro di aver inteso bene, però. Credo… – ridacchiò compiaciuto.

Mammina si asciugò il viso sulla veste, la sera era calda e silenziosa. Si accosciò di fronte all'uomo. – Allora?

L'uomo farfugliò qualcosa.

Mammina gli si avvicinò. – Ripeti.

L'uomo farfugliò di nuovo nell'orecchio della donna.

Mammina sorrise. – Ottimo. Era ciò che volevo da te. Pensa: se sapessi tenere il cazzo al suo posto, a quest'ora avresti ancora una faccia e un bel po' di argento in piú. Inoltre, purtroppo, dovrò controllare se quanto mi hai detto è vero. E non posso permetterti di lasciare Roma.

L'uomo piagnucolò. – Noo, ancora... Almeno fate l'altra gamba, vi prego...

Castore e Polluce sghignazzarono.

Mammina uscí dal vicolo, dolorante e piena di gioia. Sentí lo schiocco di un osso che si spezzava accompagnato da un urlo disumano.

I due energumeni riapparvero ridacchiando sulla strada principale. – Non andrà lontano, – disse Castore.

– Bene, – Mammina tornò seria. Disse ai suoi uomini di avvicinarsi e diede uno schiaffo a entrambi. – Brutti idioti! E se mi avesse ammazzato? Che cazzo è successo? Dov'è Galla?

– Ecco... Dov'è Galla: è questo il problema, – rispose Castore massaggiandosi la guancia.

Plauzia e la fiala

Roma, anno 681 ab Urbe condita, ottavo giorno prima delle calende di quintile
(24 giugno, 72 a. C.)

Giunsero di fronte alla casa che era stata di Flacco. Il defunto senatore aveva passato la sua vita da uomo adulto in una villa sul Palatino, adeguata dimora per un rappresentante dei Valerii. Tirone percosse il pesante batacchio in ottone. Dopo pochi istanti il portone si aprí cigolando e i due si trovarono di fronte Messalla, che li fece entrare senza troppi convenevoli. Prima di richiudere la porta, il giovane si affacciò sulla strada circospetto per sincerarsi che nessuno li stesse osservando.

Aveva l'aria imbarazzata. – Mi scuso per non accogliervi con le dovute maniere, ma questo incontro deve rimanere segreto, – fece strada a Cicerone e allo scrivano. – Ho ottenuto dal nipote di Flacco, Lucio Valerio, il permesso di accompagnare la nobile Plauzia a recuperare parte dei pregiati profumi che nella fretta la mia nobile amica ha lasciato nel suo cubicolo.

– Mi sembra un'ottima scusa.

– L'unica possibile. La casa è vuota dal giorno dopo la morte di Flacco, ci siamo soltanto noi quattro. Ho mandato via con un pretesto anche i due schiavi lasciati dalla famiglia per proteggere la villa dagli sciacalli. Naturalmente ci troviamo in un luogo purificato dopo il tremendo lutto che l'ha colpito. Da una settimana i Poplicola hanno fatto togliere i rami di tasso dall'ingresso.

– Naturalmente. Per Giove, – Cicerone indicò tutto attorno, – sembra il magazzino di un mercante, – ruotò su sé stesso per ammirare il pavimento del *vestibulum* impreziosito da marmi neri e rosa organizzati in complesse fantasie geometriche. Il portico dell'atrio era retto da quattro possenti colonne di porfido con capitello corinzio in pietra bianca. Il centro della scena era occupato dalla statua di un uomo con la barba acconciata in elaborati riccioli, un elmo ellenico in bronzo e una lancia dorata, che fronteggiava un'opera di pregevole fattura raffigurante una donna dalle morbide forme, avvolta in una veste che lasciava scoperto il seno sinistro. Cicerone si fissò sulle dita affusolate della scultura femminile.

– Ho ricordi di una casa sobria, austera, direi. Adesso sembra il palazzo di Mitridate ... – commentò stranito.

– State ammirando Publio Valerio Publicola, eroe romano, e Venere, divinità cui la famiglia del mio nobile marito crede di dovere molte delle sue secolari fortune. Opere sublimi commissionate da Flacco, che gli dèi lo proteggano piú di quanto hanno fatto in vita, – Plauzia era comparsa alle loro spalle. Furono investiti da una ventata di giovanile freschezza, che Cicerone ebbe la sensazione di sentire sulla pelle. La vedova avanzò verso gli ospiti in un'elegante veste colorata di un gradevole rosa. La ragazza non aveva piú l'aspetto di una moglie in lutto. Non pareva nemmeno la stessa, fragile e dimessa creatura per cui Cicerone aveva provato compassione appena qualche giorno prima.

Cicerone e Tirone si scambiarono uno sguardo perplesso.

– Cara Plauzia, è un piacere vederti cosí... cosí...

– Raggiante, – sussurrò Tirone.

L'oratore si schiarí la voce e lanciò un'occhiata ammonitrice allo scrivano. – Raggiante, – ripeté.

– Ho tenuto il lutto sin troppo a lungo. Senza voler mancare di rispetto nei confronti del mio defunto marito, si intende. E poi oggi avevo appuntamento con il principe dei principi del foro, – rispose la donna, affabile.

Cicerone ridacchiò fingendo imbarazzo.

Il principe dei principi del foro e Tirone vennero fatti accomodare nell'esedra che si affacciava su un'elaborata fontana dominata da un tritone svettante su due adoranti ninfe. Messalla indicò a Cicerone un divano e Plauzia si stese di fronte all'arpinate su un lettino dai piedi di bronzo decorati con motivi floreali. Cicerone invitò Tirone a sedersi su un piccolo sgabello imbottito.

Il profumo di gelsomino di Plauzia riempiva lo spazio tra loro. Era talmente intenso da risultare quasi fastidioso per le sensibili narici dell'oratore. Messalla fece gli onori di casa versando acqua in grandi coppe d'argento.

Bevvero. L'afa era insopportabile, e Cicerone era visibilmente accaldato nella sua toga di lana. Plauzia gli porse una pezza di lino. Profumava di bergamotto. Cicerone ringraziò, si asciugò la fronte. – Che temperatura infernale… – sorrise a disagio. Si sistemò meglio sul divano in modo da liberare le gambe dalla toga. – Lascia che ti esprima il mio profondo cordoglio per il povero Flacco. Il tuo nobile padre, durante il nostro primo incontro, non mi ha permesso di sottolineare quanta stima provassi per un uomo di grande levatura come il tuo defunto marito. Quando l'ho saputo mi trovavo ad Arpino. Sono tornato a Roma dopo il funerale ed è un mio grande rammarico non aver presenziato alle esequie di un nobile romano degno di rispetto e onore.

– In molti si trovavano fuori città in quei giorni, – rispose accomodante Plauzia, giocando con un orecchino d'oro.

Cicerone distolse a fatica gli occhi dal lungo collo della ragazza.

– È stato sepolto dentro le mura. Come è permesso ai Valerii da sempre, – continuò Plauzia. – E, come si addice a un Valerio, Flacco ha trovato riposo in un piccolo, sobrio mausoleo.

– Non mi resta che unirmi al tuo dolore –. Lo sguardo di Cicerone indugiò sulla veste della donna.

Plauzia se ne accorse e prese tra le dita un lembo del tessuto che l'avvolgeva. – Oh, il mio dolore è profondo, Cicerone. Non vedo però perché debba lasciarmi trascinare dalla tristezza nella tomba con l'amato Flacco.

Messalla si schiarí la voce e tentò di portare il discorso lontano dall'aspetto di Plauzia. – Caro Marco Tullio, non puoi immaginare la gioia nel ricevere dal nobile Crasso il compito di tutelare l'interesse di Plauzia, amica adorata. Se persino il pretore ha colto l'ingiustizia di puntare il dito contro una giovane la cui unica colpa è quella di aver sposato un uomo molto piú anziano di lei per il bene della sua famiglia, significa che è palese quanto i Poplicola, i miei cugini, stanno esagerando. E quando Crasso ci ha detto che il grande Cicerone è tornato sui suoi passi per assistere Plauzia guidandola fuori dai rovi di questa situazione scabrosa, ho capito che nulla di male potrà accadere, – concluse rivolgendo un amorevole sorriso alla ragazza, che si allungò per sfiorargli la mano. Messalla la ritrasse con garbo.

Cicerone colse l'impaccio del collega senatore e non lasciò tempo a quel gesto inappropriato di diventare oggetto di commento o giustificazione. – Sono in qualche modo stupito anch'io di essere tornato sui miei passi. Ma sia chiaro: non sto proteggendo gli interessi di Capella. Plauzia, invece, merita la nostra comprensione, – e fissò sfrontato la ragazza, – fino a prova contraria. E quel che accadrà, quel che ci diremo, resterà tra noi e il pretore Crasso, a meno che la faccenda, per qualche malaugurato motivo, non finisca davanti a una giuria –. Tutti annuirono.

– Marco Tullio Cicerone... – intervenne Plauzia come se si fosse resa conto di qualcosa di imponderabile. – Il buon Messalla mi ha detto che ci saremmo incontrati, e in quel momento ho capito che gli dèi, finalmente, avevano ascoltato le mie preghiere. Il grande Cicerone. Messalla ha ragione: nessuno nel foro può uguagliarti.

L'oratore tirò la toga infastidito, si schermí. – Grande, suvvia... Potrei citarti almeno altri due o tre oratori che...

– Otto anni or sono, mio padre aveva portato me e miei fratelli al foro ad assistere a un processo per parricidio, – proseguí la ragazza. – «Vedrete cosa succede a chi va contro gli dèi», ci aveva detto.

Cicerone sospirò. Ancora il caso di Sesto Roscio.

– C'erano parecchi bambini quel giorno, – ricordò Plauzia. – Devono avere tanto da farsi perdonare, i padri romani, per sentirsi in dovere di mettere in guardia i propri figli dalle conseguenze del parricidio, – rise garrula.

Cicerone restituí un sorriso di circostanza. – Acqua passata. Venendo a noi...

– Va bene. Il tempo fugge, giusto?

– Giusto, mettiamoci al lavoro. Ora, io sono qui per te, ma è naturale che questa nostra prima, e forse non ultima, conversazione verterà non solo sul tuo matrimonio bensí anche sui giorni precedenti la morte di Flacco e qualunque fatto possa in qualche modo scagionarti dalle accuse che i Poplicola potrebbero portare nei tuoi confronti. Dobbiamo tranquillizzare Crasso sulla solidità della tua posizione, dandogli la possibilità, se mai fosse chiamato a giudicare la validità del testamento del tuo defunto marito, di limitare la questione a tuo padre e ai parenti di Flacco.

Messalla e Plauzia assentirono convinti. Cicerone si stupí di quanto fosse stato abile a mentire. Forse Tirone aveva ragione: era diventato un bravo attore.

– Sono cosí grata al pretore... Anche se mi chiedo perché si stia prendendo pena per me, – Plauzia lasciò cadere un dubbio subito raccolto e risolto dal solerte Messalla.

– Semplicemente, Marco Licinio Crasso sa ancora ascoltare le richieste di un amico. L'ho pregato, se non supplicato, di non dare per scontate le insinuazioni dei miei stimati ma spietati cugini, – disse.

– Quindi tu e Crasso siete grandi amici, adesso? – chiese Cicerone ammiccando.

– Ammiro quell'uomo, te l'ho detto.

– Certo. Come molti, – sentí per un attimo forte il desiderio di raccontare ogni cosa e mandare in frantumi l'ingenua visione che Messalla aveva di Crasso, ma tagliò corto. – Ora, cara, veniamo a noi, – l'oratore fece un cenno a Tirone, che si preparò a prendere appunti con una tavoletta appoggiata sulle ginocchia e lo stiletto che sfiorava la cera, pronto a tracciare le parole, quelle dette e quelle non dette: era un maestro delle sfumature, Tirone.

– I Poplicola sono ostinati, come chiunque si veda soffiare sotto il naso una montagna d'argento sulla quale ha delle pretese. Ma non sono stupidi, per niente. Sono raffinati manipolatori, gelosi della propria apparente integrità al pari di qualunque altra famiglia patrizia di antica stirpe, e non credo che ti avrebbero mosso accuse senza produrre almeno uno straccio di prova.

– Sono malelingue e sanno solo raccontare fandonie. Infangano il mio buon nome perché sono figlia di mio padre... – la sostanza di Plauzia mutò di colpo, il viso divenne marmoreo, le labbra carnose si arricciarono pronte a sputare veleno. Ogni traccia di cordialità era svanita in un attimo. Si sistemò una ciocca di capelli che le era scesa sulla fronte. – E sono molto stupita da quanti stanno dando credito alle loro ignobili dicerie, – aggiunse.

Cicerone si spinse sui gomiti mettendosi a sedere sul divano. Il caldo gli aveva appiccicato il tessuto della toga al lato sinistro del corpo. Scosse le spalle, la lana pizzicava.

– Vero è che le parole hanno valore diverso a seconda della bocca che le pronuncia... E nel caso specifico non possiamo accontentarci di un detto o della cattiva impressione che ricaviamo, anche a ragione, magari, dai nostri avversari. A noi, cara ragazza, devono interessare i fatti, – si aggiustò una manica della toga. – D'accordo. Vogliamo incominciare con l'elencare queste dicerie?

– Non mi dire che non sono giunte anche alle tue orecchie!

– A esser sincero, fino a tre settimane fa, prima che il nobile Capella chiedesse il mio consiglio, non avevo...

– Ah, non prendermi in giro! Voi tutti vi intrattenete con i guai altrui, i miei compresi!

– Naturalmente qualcosa ho raccolto negli ultimi giorni pescando nel torbido sottobosco dei pettegolezzi in nome del mio interesse professionale.

– Magari qualcuno ti ha detto che ho «dissanguato il vecchio»?

– Ecco, non in questi termini, ma... Sí, qualcuno dice che il caro Flacco abbia cambiato stile di vita dopo il matrimonio. E, da quello che vedo, forse un fondo di verità c'è. Conoscevo bene Flacco, non posso dire fosse un mio amico, ma ci legava reciproca stima, e sono stato qui, qualche anno fa, nella dimora di un uomo che seguiva il *Mos maiorum* con un certo rigore. Oggi, be'... Oggi mi trovo in un luogo che Silla avrebbe potuto considerare di suo gradimento.

– Oh, questa è la bugia che sento piú spesso. Vai dritto al punto, non c'è che dire! – la donna sorrise amara.

– Non è una situazione che ci permetta di menare il can per l'aia, cara ragazza. E io non riesco a far combaciare lo sfarzo che ci circonda con i buoni romani che sono i Poplicola.

– Sono d'accordo.

Eppure...

– Eppure il mio povero Flacco negli ultimi due anni aveva scoperto una grande passione per il lusso.

– Direi, a ogni buon conto, che sul punto le malelingue hanno trovato un terreno fertile su cui far attecchire le loro illazioni. Non credi?

– Pensi che sia stata io a spingere Flacco a comprare tanta bellezza? Fino a qualche tempo fa non avrei nemmeno saputo dare un nome a quello che mi circonda.

– E allora? Vuoi farmi credere che ti dispiaccia?

– No, è chiaro. Amo le cose belle. Ma la realtà è ben diversa da come viene presentata. Qualche mese dopo il nostro matrimonio, Flacco ha cominciato ad attorniarsi di marmi e tessuti pregiati e a me, posso giurare, non ha chiesto un parere in merito.

– Però porti orecchini con pendagli d'oro e una veste che poche matrone a Roma potrebbero permettersi.

Plauzia rise. – Sono pur sempre una Nevia. Non avremo il sangue puro dei Valerii, ma davvero non ci manca l'argento. Da Flacco ho ricevuto soltanto quattro vesti. Le ho trovate sul mio letto il giorno delle nozze: una di lino blu, una di lino bianco per le ricorrenze, una veste di lana grigia per il lutto e questa, di un tessuto orientale che non avevo mai visto prima, cosí leggero da essere quasi inconsistente. Viene dai magazzini dei Cinci. Per quanto riguarda gli orecchini... Sono gli unici gioielli che possiedo, a parte una collana di perle regalatami da mia madre. Lui mi disse: «Questi sono i tuoi vestiti. E non ne avrai altri». Ed era uomo di parola, Flacco.

– Senza dubbio. Tu non c'entri nulla con tutto questo, quindi? La tua ambizione e i tuoi desideri non sono in alcun modo rappresentati da questa casa?

– Io stessa, Cicerone, ho pensato di essere un bene di lusso da sfoggiare, una fibbia d'oro sulla sua toga, un'opera in marmo. No, non ho mai chiesto niente. Non ho mai desiderato niente. Quando mio padre mi ha data in sposa a Flacco ero felice per il beneficio che avrei portato alla famiglia e perché, sí, essere moglie di un senatore romano è il sogno di ogni donna nella nostra, maledetta città. Persino se il senatore è un vecchio. Morto lui non avrei potuto sposare certo un mercante d'olio o un vasaio, no? Non si torna indietro –. La ragazza scoppiò in lacrime. Come se una diga avesse ceduto all'improvviso. – Credimi, l'odio dei Poplicola non trova alcuna giustificazione se non nella gelosia e nel disprezzo per la famiglia alla quale appartengo.

Cicerone pensò di aver assistito finalmente a una reazione genuina, per la prima volta da quando era entrato in quella casa. – D'accordo, d'accordo, – tentò di mostrare un barlume di empatia nei confronti di Plauzia, invitando Tirone a versarle una coppa d'acqua fresca. La osservò: cercava di recuperare il contegno perso, senza smarrire nemmeno per un attimo un'oncia della sua bellezza.

La ragazza si soffiò il naso.

– Ciononostante, Flacco avrà pur dovuto giustificare un mutamento tanto radicale di costumi ai suoi familiari.

– Non capisci… Proprio non capisci, allora?

– Cosa dovrei capire?

– Mascherava i suoi vizi inventando una moglie giovane e capricciosa. Sono un pupazzo, uno di quei meccanismi che i greci sfoggiano ai banchetti. Quando un collega senatore gli chiedeva se si fosse ammattito a comprare quella terra sulla costa di Ostia a qualche miglio a nord di Laurentum, lui rispondeva: «Sai, mia moglie vorrebbe una villa al mare…» Oppure, il giorno in cui ha commissionato le statue all'ingresso: «Sai, mia moglie è devota a Venere… Ma io le ho imposto almeno il mio degno antenato!» E via dicendo. Una villa al mare… Chi immagina una villa al mare sul litorale di Ostia?

– Stento a credere alle mie orecchie, – Cicerone alzò le mani, invitò Plauzia a calmarsi. – Lasciamo da parte le accuse dei Poplicola per un attimo. Partiamo dall'inizio: il tuo matrimonio con Flacco. Se riusciremo a escludere qualunque movente, ben poco ci dovremo preoccupare delle insinuazioni.

– Non c'è niente di misterioso. Ti ha già raccontato tutto mio padre, mi pare.

– Ho la sensazione che la tua versione potrebbe essere diversa.

– Su, digli la verità, – Messalla la incoraggiò. – Racconta ciò che sai, e che mi hai svelato poco fa, prima che il nostro caro Cicerone ci raggiungesse. Tuo padre non è qui, e noi manterremo il segreto.

– Finché potremo, – specificò Cicerone. – Cosa non so, Plauzia?

– Avanti, digli tutto, – la incalzò ancora Messalla.

La ragazza arrossí. – Flacco aveva chiesto a mio padre… Insomma, tre mesi prima che ci sposassimo, aveva chiesto alla mia famiglia un prestito.

– Di quanto?

– Dieci milioni e mezzo di sesterzi.

Cicerone sgranò gli occhi. – Dieci milioni e mezzo… Flacco aveva mai chiesto argento a tuo padre?

– Ogni tanto. Sempre restituito. Era un nobile senatore, degno rappresentante di una ancor piú nobile famiglia, e quando non riusciva a ricambiare i troppi clienti faceva affidamento sui denarii di mio padre. Noi Nevii, capita, ci sporchiamo le mani nel commercio. In fondo, non ci chiamano fenici?

– Ecco quali affari Capella stava trattando con Flacco. Ma, nel caso specifico, Flacco ha domandato una fortuna e questo non era mai accaduto, vero?

– Cosí è. Lui e mio padre non riuscivano a mettersi d'accordo sui termini della restituzione. Ho assistito a un'accesa discussione tra i due. Mio padre proponeva che il prestito rientrasse dopo sei mesi, Flacco dopo due anni. Ma capisco mio padre, avrebbe venduto tutte le sue tenute per ottenere quel denaro. Non sarebbe stato semplice per la mia famiglia privarsi di tanto argento. Alla fine, infatti, hanno dovuto contribuire anche i miei due fratelli per arrivare alla somma richiesta da Flacco.

– E quindi si sono accordati: cinque milioni sotto forma di dote, e in cambio un matrimonio che avrebbe unito le due famiglie, oltre alla promessa dei terreni in Cisalpina in eredità. È cosí?

– No, la mia dote ammonta a dieci milioni e mezzo, la stessa somma che Flacco avrebbe voluto avere in prestito da mio padre. Però, per non destare scalpore, il suo vero ammontare è stato mantenuto segreto.

– Per non destare scalpore…

La ragazza confermò a capo chino.

Cicerone e Messalla si guardarono. Il giovane senatore dei Valerii abbassò gli occhi imbarazzato. – Quando ci siamo incontrati nella villa di Ortensio non ne sapevo niente, lo giuro. E dubito anche che Ortensio ne sia a conoscenza.

– Perché proprio quella cifra? A cosa servivano i dieci milioni e mezzo a Flacco? Lo sai?

La ragazza fece di no con la testa. – Nemmeno ai miei fratelli era permesso assistere agli incontri tra mio padre e Flacco. Ciò che so è quanto sono riuscita a origliare, e che ti ho appena detto.

Per un po' l'unico suono udibile fu la cannuccia di Tirone che incideva frenetica la cera della tavoletta.

Il Valerio si schiarí la voce. Lui e la ragazza si scambiarono un'occhiata piena di rammarico.

– È vero che tuo padre aveva rifiutato una proposta di Messalla poco tempo prima del tuo matrimonio?

Plauzia cercò l'approvazione dell'amico prima di rispondere. Il giovane senatore annuí. – Gliel'ho detto io.

– Sí, Messalla e io... Sia chiaro: io fui felice di accettare la mano di Flacco, Cicerone! Non sono stata soltanto una merce di scambio!

– Non c'è niente di male, piccola mia. I matrimoni che gli interessi delle nostre famiglie ci obbligano a contrarre non sempre ci conducono alla felicità.

– Io ero veramente felice! – sbottò la ragazza. – Ho potuto aiutare i miei fratelli, mio padre... La mia famiglia ha bisogno dei Poplicola! Aveva bisogno...

– Ti ha mai detto perché rifiutò la proposta di Messalla?

– No.

– È possibile che stesse già trattando con Flacco?

– È sicuro.

Cicerone emise un lungo mugugno carico di sottintesi. Passò oltre. – E com'era la tua vita con il povero Flacco?

– Pacifica, monotona, noiosa. Come avrebbe dovuto essere. Lasciava che mi occupassi solo della mia persona. E, prima che ti senta in dovere di fare la domanda piú imbarazzante: no, non condividevamo lo stesso letto. Nessun talamo, *cubicula* separati –. Indicò due lati opposti del peristilio. – Mai, dico mai, ha bussato alla mia porta.

– Io non... Ah... – Cicerone avvampò, sbirciò un esterrefatto di Tirone. Messalla incrociò le braccia al petto tossí. L'oratore fece intendere allo scrivano di non distrarsi.

– Aveva piú di sessant'anni, sembrava che il fuoco nei suoi lombi non potesse essere piú acceso, nemmeno da me, – Plauzia ridacchiò nervosa.

– E quindi, tu ti limitavi a godere degli agi che Flacco poteva garantirti, senza alcun dovere cui assolvere.

La ragazza si strinse nelle spalle.

Tirone si schiarí la voce, alzò una mano. Cicerone gli si avvicinò e gli permise di parlargli all'orecchio. L'oratore, con una punta di imbarazzo, annunciò una pausa. – Il mio scrivano si dovrebbe allontanare. La natura...

Messalla e Plauzia annuirono all'unisono. Messalla mostrò a Tirone il percorso per raggiungere la latrina dall'altra parte della casa. Tirone ringraziò e a passo svelto lasciò l'esedra. Cicerone ne approfittò per ascoltare Messalla e Plauzia confabulare a bassa voce. Il giovane senatore si stava sincerando che la ragazza non fosse affaticata, che tornare su argomenti sgradevoli non la stesse troppo angosciando.

Tirone sapeva benissimo dove fosse la latrina. Conosceva ogni angolo di quella casa. Aveva ricostruito la pianta della *domus* insieme a Cicerone e Tito prima dell'appuntamento, la mattina stessa. Si mosse circospetto, sudava, e non per il caldo.

Non andò nella latrina adiacente alla cucina. Si fermò, invece, all'altezza del *vestibulum*, sfilando a testa bassa sotto l'insostenibile sguardo ligneo dei *sigilla* che rappresentavano gli antenati di Flacco. Si scusò con loro per quanto stava per fare. Dopo una piccola esitazione, giunto nell'*atrium*, aprí la porta.

Si trovò davanti Tito. – Mi meraviglio di te, schiavo parlante.

– Noi non facciamo certe cose, – sussurrò Tirone passando la mano sulla fronte imperlata.

– Infatti le faccio io per voi.

– Ma noi... io... sono complice.

– E gli dèi ti puniranno, – Tito ammiccò. L'ex centurione si guardò attorno ed entrò nell'*atrium*, spostando Tirone che se ne restava impalato sulla soglia.

– Noi non facciamo certe cose... – ribadí lo scrivano sconsolato.

– Bravi, continuate cosí. Dove sono lo studio e i *cubicula* di Flacco e della ragazza?

Tirone gli indicò la strada.

– Bene, – disse Tito, – abbiamo entrambi un compito da svolgere, mi pare, no? Ora, io vado dove devo andare e tu fai lo stesso. Datemi mezza clessidra, almeno. Crasso ama i lavori accurati.

Tirone attese un attimo che il cuore rallentasse, inspirò a fondo, poi tornò nell'esedra quasi correndo. Quando entrò nella stanza, Cicerone lo squadrò. – Ce ne hai messo, di tempo!

– Mi scuso con i nostri nobili ospiti e con te, *domine*, – Tirone riprese il suo posto, con la tavoletta sulle gambe, in attesa.

– Tutto bene? – chiese Cicerone.

– Tutto bene. La casa è grande, meravigliosa. Si potrebbe dover girare per una buona mezza clessidra prima di trovare quello che si cerca, – ribadí fissando il padrone negli occhi.

Cicerone annuí. – Bene, allora possiamo riprendere. Desolato per l'interruzione. Nonostante abbia piú volte raccomandato al mio scrivano di fare i suoi bisogni prima di un incontro...

Tirone ricambiò l'occhiataccia, poi rientrò nella parte e abbozzò un sorriso di circostanza.

– Dunque, – cambiò discorso Cicerone, – la tua vita con Flacco... Negli ultimi, diciamo, sei mesi, hai notato qualcosa di strano nel comportamento di tuo marito?

– Non credo di capire la domanda.

– Non so... Aveva incontri con gente insolita, riceveva visite inusuali, si assentava a lungo senza dirti dove andava...

– No, che io sappia. Era il solito vecchio burbero. Non parlavamo granché. Quando non doveva partecipare a sedute in senato o a cerimonie sacre e commemorazioni, scendeva nel foro la mattina e tornava nel tardo pomeriggio. Vedeva sempre le stesse persone. Una noia mortale… – Plauzia tacque, poi sorrise solleticata da un ricordo. – A parte i banchetti a casa di Appio Claudio Nero, unico momento di svago che amava concedersi e che, grazie agli dèi, aveva il piacere di condividere con me.

– Flacco e Nero erano amici?

– Intimi, a quanto pare.

– I banchetti a casa di Nero, – Messalla si illuminò. – Ne ho sentito parlare! Si narrano storie incredibili a proposito di quegli eventi.

– Sí, ho colto qualche pettegolezzo in merito, – commentò laconico Cicerone.

– Si dice che si mangi la carne di strani animali provenienti da ogni parte del mondo conosciuto! – continuò il giovane oratore. – Il povero Orsino mi ha raccontato che una volta Nero ha fatto servire ai suoi ospiti le gigantesche uova di un uccello alto piú di un uomo. Le aveva fatte arrivare dall'Africa!

– Molto interessante… – Cicerone sbuffò, poi si rese conto di aver udito un particolare degno di nota nelle divagazioni del collega. – Hai detto Lucrezio Galerio Orsino?

– Certo, Orsino… Ah! – Anche Messalla realizzò quanto fosse rilevante collocare Orsino tra gli ospiti abituali. – Il vecchio Orsino era sempre presente ai banchetti di Nero, – aggiunse Plauzia. – Faceva parte del gruppo di nobili patrizi che ogni volta si attardava assieme al padrone di casa. I primi ospiti ad arrivare, gli ultimi ad andare.

Cicerone drizzò le orecchie. – Chi si attardava oltre a Orsino e Flacco in compagnia di Nero?

Plauzia snocciolò un elenco breve e preciso. – I nobili Gaio Sempronio Tuberone e Catto Mecio Pisone non mancavano mai. Quando il resto degli invitati era già tornato nelle rispettive dimore, dopo il banchetto, Nero invitava Flacco e gli altri in una stanza. La chiamava la «stanza blu". E rimanevano lí a confabulare dei loro affari fino a notte fonda. A me non rimaneva che spettegolare con le mogli di Tuberone e Pisone per ore. Donne spassose...

– Ore. E naturalmente non sai di cosa parlassero per ore? – chiese Messalla.

– Sicuro che lo so! – rispose Plauzia. – Si chiudevano là dentro con il mercante asiano!

– Il mercante... – Cicerone fece segno a Tirone di non perdere una parola.

– Sí! Ognuna di queste chincaglierie, i divani su cui siamo stesi ora, le tende, i meravigliosi tessuti, le statue... Persino la fontana! Tutto quanto è stato comprato da Flacco attraverso il mercante. Se visitassi le case di Nero, Orsino, Pisone e Tuberone troveresti lo stesso genere di oggetti pregiati. Qualsiasi capriccio avessero, il mercante era pronto a esaudirlo! Era solito incontrare i suoi migliori clienti a casa di Nero. È lui, se non sbaglio, che l'ha presentato agli altri.

– Ha un nome questo... mercante?

Plauzia perse un po' di entusiasmo. – Sí, un nome astruso. Forse Sadia... Sadiatte o Tenikes... Non saprei...

– È importante...

La ragazza strizzò gli occhi in una smorfia che tradiva lo sforzo che stava compiendo per scavare nella memoria. Dopo qualche istante scosse il capo. – Niente, mi spiace.

Cicerone sbuffò, voleva quel nome, ma non potendolo avere allargò il raggio della sua caccia, andando a frugare nelle zone che piú interessavano Crasso. – Parlami dell'ultimo giorno di Flacco.

– Un giorno come un altro. Me lo ricordo bene. Mio marito scese nel foro di primo mattino con uno schiavo. Tornò la sera e ricevette il mercante qui. Era la prima volta che quell'uomo faceva visita a Flacco in casa nostra. Mio marito restò con lui nel *tablinum* per poco… Poi è venuto da me. Si è seduto sul mio letto. Non lo aveva mai fatto. Sembrava triste. Mi diede una carezza e la buonanotte.

– Ti avevo chiesto di raccontarmi tutto quello che di insolito è accaduto in questi mesi…

– Dovrebbe essere normale che un marito dia la buonanotte alla sua consorte, anche se Flacco non lo faceva mai.

– Intendevo l'insolita visita del mercante.

– E che c'è di insolito in un mercante che si reca da un cliente abituale? D'accordo, non l'aveva mai fatto, ma non può essere considerato tanto strano da essere insolito… Poi mi sono svegliata a notte fonda e, come ho già raccontato ai parenti di Flacco, ho trovato mio marito che vagava per la casa. Sembrava ubriaco, camminava in maniera bizzarra e farfugliava. Era pallido come uno spettro e, anche se la notte era fresca, era talmente sudato che la tunica era fradicia, ma gelida. Digrignava i denti, mi faceva paura. Non mi riconobbe, delirava. Si è gettato nella fontana del tritone dicendo che la gola stava andando in fiamme. Sembrava arso da una sete inestinguibile.

– E tu che hai fatto?

– Mi sono spaventata e sono scappata nel mio cubicolo. Il mattino successivo, lo schiavo mi ha detto che Flacco era uscito di casa all'alba, che era fuori di sé e che lo aveva minacciato di morte se l'avesse seguito. Il resto lo sapete: è andato a morire in un *balneum* di terz'ordine. Che modo stupido, di morire intendo… – la ragazza cominciò a singhiozzare senza preavviso. Piangeva disperata. – Mi ha lasciata sola cosí, all'improvviso. E adesso che ne sarà di me? Mio padre a chi mi darà in sposa? I Poplicola vanno in giro a raccontare cose orribili sul mio conto. Mio marito morto in quella maniera, come colpito da una maledizione! Penseranno che sia stata maledetta dagli dèi...

Tirone sollevò lo sguardo dalla ragazza giusto in tempo per vedere Messalla accorrere in suo aiuto, stringerle la mano e sussurrarle parole di conforto. Cicerone, invece, sembrava estraneo alla scena. Aveva preso a camminare in tondo, si picchiettava il labbro inferiore, assorto, finché non chiese: – Cara, gentile Plauzia, capisco il tuo dolore e immagino che tu sia stanca... Ma ho ancora una domanda per te: Flacco ha mai ricevuto corrispondenza dalle province?

La ragazza lo fissò stranita. Grosse lacrime le rigavano le guance e gli occhi erano rossi di disperazione. – Non saprei. Riceveva un sacco di corrispondenza...

– Che so, messaggi dalla Grecia, dall'Asia, dalla... Hispania.

Nemmeno Messalla capiva la domanda. – Dove stai andando a parare, Cicerone? In generale, devo dire, non ho capito nemmeno come le informazioni che hai raccolto oggi possano aiutarti a difendere l'onore della mia nobile amica...

Cicerone ignorò il collega. – Sí, messaggi, lettere... Che so, staffette provenienti dal fronte del Ponto o magari da quello iberico.

Plauzia fece di no con la testa e riprese a singhiozzare nascondendo il volto. L'oratore capí che per quel giorno non avrebbe ottenuto altro. – Bene, questa era l'ultima domanda, per oggi. Ti contatterò prossimamente, cara Plauzia. Stabiliremo un luogo adatto.

La ragazza annuí.

– Verrò anch'io, – intervenne Messalla.

– Sei molto gentile, nobile Messalla, e sarà un piacere incontrarti di nuovo: una donna sola merita di essere accompagnata al suo interrogatorio da una persona fidata.

– Interrogatorio? – Messalla appariva disorientato.

Cicerone abbozzò un inchino, poi si rivolse a Tirone, che nel frattempo aveva raccolto le sue cose. – Direi che la mezza clessidra è passata.

Messalla li raggiunse che già erano sulla porta. – Dove stai andando a parare, amico mio? Non credo di capire cosa sta accadendo.

– Il tuo intuito non ti inganna, e avrai delle spiegazioni, presto. Per ora, e per il bene di Plauzia, però, ti prego di non parlare con nessuno del nostro incontro. Specialmente con Ortensio. E voglio che tu dica... O meglio, ti chiedo per cortesia di dire anche a Plauzia di mantenere il segreto, – fece per andarsene, ma tornò sui suoi passi. – Un'ultima cosa: chi è l'amante di Plauzia?

– Amante? Quale amante?

– Si dice che abbia un amante.

– E chi lo dice?

– Lo sai o non lo sai?

– Non lo so, Cicerone, non lo so. E siccome intuisco dove vuoi arrivare, te lo dico adesso e per sempre: non sono io.

Cicerone camminava a passo svelto, borbottava tra sé e sé. Tirone lo seguiva a debita distanza. Lo sentí dire frasi come: «Non torna niente» oppure: «Che fine hanno fatto i soldi», e piú volte la parola «complotto». Fino a quando imboccarono un vicolo e qualcuno lo prese per la tunica. Tirone si girò e vide Tito. – Dove correte? Che è successo al tuo padrone? Sembra infuriato.

– No, no, sta pensando. E tu? Hai trovato quello che cercavi?

Il centurione odorava di rosa. – Sí e no.

Cicerone li raggiunse, fece una smorfia. – Ebbene? Profumi come una prostituta. Che hai combinato?

– La casa, – disse Tito, – ha tanto da raccontare. Forse è piú sincera di chi la abitava.

– Qualche traccia dei messaggi dall'Hispania? Lettere, appunti… Pelli di capra?

– No.

– Lo sospettavo! Quale congiurato conserverebbe i messaggi che riceve dagli altri congiurati?

– Ma ho trovato questa, – l'ex centurione porse a Cicerone una piccola scatola in bronzo e oro.

– Cos'è?

L'oratore se la rigirò tra le dita. Un oggetto di pregevole fattura decorato con un riquadro d'avorio in cui erano scolpiti Ipno e Tanato incombenti su una fanciulla dormiente. – Ti sei messo a rubare in casa di un defunto?

– Ho fatto l'altra cosa per cui Crasso mi ha ordinato di affiancarti.

– A parte spiarmi?

– Controllarti, semmai, e fare ciò che tu non oseresti fare.

– Di certo non ruberei mai, – sbottò Cicerone passando la scatola a Tirone.

– Se l'avessi aperta … – Tito aveva stampato in faccia un sorrisetto arrogante.

Lo scrivano aprí il piccolo scrigno. – *Domine*, forse dovresti… – e fece per infilare un dito all'interno, ma Tito gliela tolse di mano.

– No, no, schiavo parlante, – disse, – se fossi in te non toccherei quello che c'è dentro, – e mostrò a Cicerone la scatola aperta rivolgendola al sole. – Vedi?

Cicerone titubante studiò il contenuto dello scrigno: una piccola fiala in vetro verde e, al suo interno, un denso liquido scuro. – E cosa sarebbe?

– L'ho trovata per caso ben nascosta nel cassetto segreto del tavolo dei trucchi e dei profumi della nostra povera vedova.

– Per caso...

– Ho urtato un'ampolla con del profumo, mi è caduta sui piedi e chinandomi ho notato i segni di un cassettino segreto nello spessore del tavolo. L'ho aperto ed ecco qua.

– Ebbene? Altro profumo.

– Perché nascondere un profumo?

Cicerone si picchiettò il labbro. – Perché è pregiato? Magari è uno di quegli assurdi filtri d'amore...

– Sí, che fa indurire i membri flaccidi dei vecchi o fa cacare gli stitici, ma possiamo forse escludere che ciò che è nella scatola possa uccidere qualcuno?

Cicerone osservò bene la fiala. – Pensi che sia veleno?

Tito si strinse nelle spalle.

– Sei a mia disposizione, giusto?

– Cosí dice Crasso.

– Bene, allora scopri di che si tratta e vieni da me. Poi insieme riferiremo a Crasso, ma solo dopo aver parlato di nuovo con la ragazza. D'accordo?

– Cominciamo a ragionare.

– Tito Annio, se mi metti in imbarazzo, se...

– Le buone maniere, nobile Marco Tullio, non vanno d'accordo con la fretta di Crasso. Ma non temere, sarò discreto. Io spremerò la fiala e tu spremerai la ragazza.

– Ah, un'ultima cosa: cerca di badare al linguaggio, quando parli con me –. Cicerone gli voltò le spalle senza salutare.

«Defixiones»

Roma, anno 681 ab Urbe condita, settimo giorno prima delle calende di quintile
(25 giugno, 72 a. C.)

Quinto Ortensio Ortalo era circondato dai familiari di Tuberone. Lo ringraziavano, commossi, per lo splendido elogio funebre. Il pretore, in via eccezionale, si era prestato a giocare il ruolo del collega affranto. In fondo si sentiva in qualche modo responsabile per quanto accaduto al senatore e al suo secondogenito, visto che erano morti nella sua riserva di caccia in Etruria.

Ortensio aveva abbellito la vita del defunto con qualche bugia, grazie al complice assenso dei presenti: una manciata di padri coscritti, un paio di magistrati, pochi clienti e la famiglia. Il funerale era stato organizzato in fretta dato il caldo e le condizioni del cadavere e non c'era la folla che accompagnava la morte dei personaggi pubblici piú amati. Per tutto il tempo Ortensio aveva tenuto al suo fianco il figlio maggiore di Tuberone, un quattordicenne straordinariamente robusto per la sua età, con lo sguardo bovino e gli incisivi troppo grandi che gli sporgevano dalle labbra. Il ragazzo non aveva versato una lacrima. A dire il vero, salvo le lamentazioni delle *preficae*, pagate per piangere, e della moglie, ben poche erano state le lacrime cadute sul piazzale davanti ai rostri. La maggior parte dei convenuti aveva optato per un luttuoso contegno di facciata, in rispetto alla carica di senatore della Repubblica. Il pretore, da buon epicureo, aveva terminato l'orazione ricordando che si è tutti mortali, e di far tesoro perciò della vita, come Tuberone aveva fatto della propria, vivendola con rara intensità. «Anche troppo», aveva pensato Ortensio mentre scendeva dal palco allestito per l'occasione. I presenti gli si erano stretti attorno, grati per essere stati sollevati dall'imbarazzo di dover lavorare di fantasia nello sforzo di immaginarsi un Gaio Sempronio Tuberone degno di essere compianto.

Ortensio si schermí, Ortensio fece professione di umiltà, Ortensio versò una lacrima, da grande attore: Ortensio non riusciva a non pensare alla scena terribile di quel ragazzino di dodici anni sventrato, accasciato ai piedi di una quercia nella sua riserva di caccia.

Protetto dalla sua scorta osservò il corteo funebre sfilare accompagnato dal suono penetrante delle buccine e dai lamenti dei familiari, che seguivano la lettiga su cui era adagiato il corpo di Tuberone. In pochi oltrepassarono la Porta esquilina, verso il mausoleo di famiglia sull'Appia in cui era stato seppellito il figlio il giorno prima.

«*Vixit*», pensò Ortensio, e attese che la processione venisse inghiottita dalla Suburra prima di salire sul Palatino con i suoi littori al seguito. D'umore plumbeo, non si concesse come al solito ai tanti ammiratori che incrociò lungo il cammino.

Appena fu a casa indossò una comoda tunica e un paio di *solae* in pelle di vitello. Chiese espressamente di essere lasciato solo nel suo studio.

Scrocchiò il collo, si sedette dietro la grande scrivania, distese le gambe, stirò i muscoli, si liberò delle *solae* e godette per un po' della superficie fresca del pavimento in cotto sotto i piedi nudi. A occhi chiusi ritornò sull'elogio. Lo aveva quasi improvvisato. «Non male, – si disse, – dovrei dettarlo nella sua forma definitiva».

Aprí gli occhi e per poco non cadde dallo scranno nel trovarsi davanti un giovane alto, magro, dalla testa rasata e lo sguardo assente.

– Merda! – Ortensio recuperò l'equilibrio e si portò una mano al petto. – Per gli dèi, Lafreno!

– Mio padre vorrebbe parlarti, – disse il ragazzo senza scomporsi.

– Quante volte ti ho detto di non entrare di nascosto in casa mia?

– Non deve vedermi nessuno.

– E allora escogitiamo un modo per comunicare che non mi faccia fermare il cuore!

– Non ne esiste uno piú sicuro.

Ortensio scosse la testa e si versò una coppa d'acqua, che trangugiò fino all'ultima goccia. – Ragazzo, la servitú sa che tu e tuo padre lavorate per me. Sono schiavi fidati.

– I littori no. E sono ancora fuori dalla porta, pretore. Chiacchierano.

– D'accordo, d'accordo… Rimostranze inutili, le mie, giusto?

– Giusto, – il ragazzo porse un frammento di pelle di capra a Ortensio.

– Cos'è? – disse il pretore avvicinando il foglietto a una lampada a olio.

– Luogo e modalità. Mio padre ha delle novità sulla morte del nobile Gaio Sempronio Tuberone e del giovane Rufo Sempronio Tuberone. Ti prega di bruciare il messaggio, una volta che l'hai ben impresso nella memoria.

– Va bene, va bene. Di' a Bibulus che ci sarò. Avete scoperto qualcosa? Avete… – Alzò lo sguardo. Lafreno era già scomparso. Ortensio sospirò e bruciò il messaggio.

Nottetempo il pretore uscí senza scorta, accompagnato soltanto dall'inseparabile ometto pelato che gli faceva da segretario. Non c'era motivo di temere. Bibulus, il padre di Lafreno, aveva di certo organizzato un passaggio protetto attraverso la Suburra. Ortensio non poteva scorgerli, ma non aveva dubbi: gli uomini del suo factotum lo stavano seguendo a distanza, garantendo la sicurezza nell'oscurità. Bibulus lavorava per Ortensio dai tempi della guerra civile. Era lui che aveva permesso al futuro pretore di uscire indenne dagli scontri tra mariani e sillani e dalle proscrizioni di Silla. Bibulus era un individuo senza ombra, un abilissimo cacciatore di persone e di informazioni. Per lui non esisteva segreto che non potesse essere svelato. E forse era per questo che riusciva a conservare intatto il mistero della sua esistenza: nessuno, nemmeno Ortensio, sapeva dove vivesse. Era nato a Roma? Diceva di avere una moglie ma nessuno ne conosceva il nome o sapeva dove si trovasse. Lafreno aveva fratelli? Chi poteva dirlo?

Un giorno, una dozzina di anni prima, si era presentato come un dono degli dèi alla porta di Ortensio, avvisandolo che stava per finire sulle liste di proscrizione per opera di un delatore vicino a Crisogono, il braccio destro di Silla. Si era proposto di difenderlo dalla minaccia. Ortensio aveva accettato e il delatore era scomparso nel nulla.

Da allora Bibulus era diventato la sua arma segreta, il «suo elmo di Ade», come amava definirlo. Si diceva che il principe del foro Quinto Ortensio Ortalo non perdesse mai una causa e che sapesse sempre da che parte stare: ecco, per lo stesso Ortensio sarebbe stato difficile capire quanto in realtà dovesse della propria fama a Bibulus. Da che era diventato magistrato, però, i loro incontri si erano fatti ancor piú segreti per motivi di convenienza.

Ortensio e il suo schiavo, seguendo le indicazioni di Bibulus, raggiunsero una fontana dedicata a Maia. La luna si rifletteva nell'acqua. La piazza era deserta, circondata dalle piccole case a uno o due piani tipiche della Suburra piú profonda. Attesero qualche tempo, fino a quando un uomo con una tunica dozzinale e un'incipiente calvizie fece il suo ingresso sulla scena da una viuzza laterale. Illuminava la strada con una torcia.

– Perché qui? – chiese Ortensio con un filo di impazienza nella voce. – Avresti potuto venire a casa mia stanotte, come sempre.

– Nobile Ortensio... – l'uomo accennò un inchino. Alle sue spalle apparve Lafreno che, silenzioso come una civetta, si sedette sul bordo della fontana. Bibulus era sempre accompagnato da Lafreno, suo figlio. Fin da bambino, il ragazzo era stato addestrato dal padre a seguire le persone senza essere visto, a organizzare trappole, reperire prove e raccogliere informazioni contro gli avversari del loro datore di lavoro. E sapevano gli dèi che altro aveva imparato a fare. Ortensio lo trovava inquietante per via dello sguardo assente, per il fatto che usasse le parole con la stessa parsimonia con cui un pubblicano elargiva elemosine, e soprattutto per quella maledetta abitudine di apparire all'improvviso neanche fosse stato un lemure.

– Per avermi strappato dall'agio della mia casa devi avere motivi piú che validi, – il pretore era indispettito. E preoccupato.

Bibulus indicò col mento l'ometto pelato e Ortensio lo allontanò. Il suono dei suoi passettini mentre scompariva nel buio accompagnò le prime parole dell'uomo di fiducia del pretore.

– Lafreno e io siamo tornati oggi da Tusculum. Abbiamo indagato, passato al setaccio il luogo della morte di Tuberone e di suo figlio, perlustrato la riserva.

– Ti ci ho mandato apposta... Dimmi, ti prego, che Tuberone è stato vittima della malasorte, per favore, – Ortensio strinse gli occhi, in attesa che la realtà dei fatti gli piombasse addosso senza pietà.

– È stato certamente sfortunato... – considerò Bibulus. – Perché essere vittima di assassini cosí abili è anche sfortuna.

– Oh, no, – Ortensio si sedette sul bordo della fontana, scuotendo la testa.

– Già... Abbiamo trovato tracce non lontano dallo spiazzo dove erano adagiati i corpi. Due piste: una era quella della scrofa e dei piccoli che avete ucciso un miglio piú a ovest; l'altra è stata lasciata da qualcuno che ha seguito il gruppo finché Tuberone, suo figlio e il tribuno che era con loro non si sono staccati. E allora ha cominciato a tallonarli.

– I battitori? Alcuni erano giovani e inesperti, magari...

– Le orme dei battitori erano ben distinte. E precedevano quelle dei cacciatori. Quelle che abbiamo rinvenuto appartengono a due uomini che si sono nascosti in un canale sottostante la spianata del massacro. Si sono appostati. Dal racconto del tribuno, Tuberone e suo figlio pensavano di inseguire un grosso solitario che si era infilato proprio in quel canale. Invece erano loro, le prede. Ironico, non credi?

– Uno spasso. Come fai a dire che si trattava di due persone?

– Ci arrivo, – Bibulus entrò nel dettaglio. – Non c'erano tracce fresche di cinghiale. Vero è che ce n'erano ovunque, anche nella radura dove si trovavano i corpi, però non erano recenti. In effetti un grosso maschio deve aver grufolato da quelle parti, ma all'incirca un giorno prima. E questo deve aver ingannato Tuberone.

– Si spacciava per un gran cacciatore...

– A sua discolpa, devo dire, quelle impronte avrebbero potuto ingannare un buon cacciatore di città.

– Vai avanti.

– I due che li seguivano sono rimasti nel canale un bel po'. Devono aver fatto un gran trambusto: hanno spezzato rami e magari avranno imitato il grugnito dell'animale. Almeno, io avrei fatto cosí, avendo a che fare con gente di città... – considerò Bibulus.

– Un agguato.

– Discretamente architettato, – considerò Bibulus. – Ragazzo, mostra quello che hai raccolto.

Lafreno porse al pretore un oggetto che teneva chiuso nel pugno destro. Ortensio se lo passò tra le dita, lo rigirò fino a trovare la giusta prospettiva in cui osservarlo illuminato dalla torcia di Bibulus. – La punta di una zanna di cinghiale?

– È ancora sporca di sangue.

Ortensio inorridito la lasciò cadere. Lafreno la afferrò al volo e la nascose di nuovo nella sacca che portava legata in vita.

– Per gli dèi, Lafreno, ora che l'ho vista potresti anche buttarla via, no?

Il ragazzo annuí silenzioso.

– Tuttavia, – proseguí Bibulus, – l'eventualità che un cinghiale con una zanna simile se la spezzi dilaniando un corpo umano è molto remota.

– Mai visto, – commentò laconico Lafreno, che era tornato a sedere sul bordo della fontana. Trafficava con un coltello e un legnetto.

– Eppure l'avete trovato sul luogo in cui giacevano i corpi.

– Ancora meglio: proviene dritto dalle budella del figlio di Tuberone, – precisò Bibulus.

– Per gli dèi... – Ortensio tuffò le mani nella fontana, strofinandosele con vigore.

– Abbiamo esaminato i cadaveri, una volta che sono stati lasciati nella legnaia della tua villa, – continuò l'uomo come se nulla fosse. – Non avevamo molta luce, ma abbiamo notato alcuni segni insoliti.

– E avete frugato tra le budella del ragazzo.

– Esatto. Il corpo del figlio di Tuberone era il piú interessante. Lo squarcio che apriva l'addome non era come avrebbe dovuto essere. Correva da destra a sinistra. I bordi erano slabbrati, e ce lo aspettavamo, visto che sono stati dilaniati da una zanna di cinghiale, ma...

– Dobbiamo proprio?

– Ma, – proseguí ancora Bibulus nel suo distaccato rapporto, – il fatto che vada da destra a sinistra e non dal basso verso l'alto fa riflettere. Non impossibile, ma insolito, appunto. Sembrerebbe che il ragazzo giacesse a terra su un fianco quando è stato caricato. E poi ci sono i segni.

– Quali segni?

– Legature, – intervenne Lafreno, – sui polsi del ragazzo. Pensiamo sia stato legato con una corda bagnata, sotto alla quale è stato disposto uno straccio in modo che non venisse direttamente a contatto con la pelle. È un sistema che uso anch'io. Lascia impronte piú leggere.

– Usi *anche* tu? E in quale... No, no, non rispondere... – Ortensio scacciò sgradevoli immagini di torture perpetrate a sua insaputa. Si concentrò sul presente. – E nessuno le ha notate, queste impronte?

– Erano evidenti per me, ma il sangue, le abrasioni sugli arti e il fango hanno reso il quadro piuttosto confuso per chiunque altro, – rispose Bibulus. – Inoltre, chi ha legato il ragazzo con le mani dietro la schiena gli ha slogato una spalla.

– E aveva graffi sul dorso che non potevano essere stati provocati dal terreno, – spiegò Lafreno dal suo trespolo. – È stato legato alla quercia ai piedi della quale è stato trovato.

– Mentre Tuberone aveva una coscia squarciata. Una ferita all'apparenza congrua con l'attacco di un cinghiale, – aggiunse Bibulus.

– Ma è stato legato pure lui, – puntualizzò Lafreno, – stessa tecnica. Ho notato anche una ferita sulla nuca. Un bernoccolo e una lacerazione, che con tutto quel sangue sono passati inosservati.

– In definitiva, sono stati uccisi –. Ortensio si sistemò la veste.

– Senza dubbio. Qualcuno ha messo in scena l'attacco di un cinghiale. Forse come arma ha usato una zanna legata a un manico di legno. Gente in gamba, sebbene con il figlio di Tuberone abbiano commesso qualche piccolo errore. Contavano sul fatto che i segni lasciati dalle corde, persino una volta lavati i corpi, avrebbero creato disorientamento, o comunque sospetti che però ci avrebbero messo un po' a maturare.

– E perché non hanno urlato? – chiese Ortensio, che aveva incrociato le braccia al petto, scosso da un brivido improvviso.

– Forse lo hanno fatto, ma erano troppo distanti. Tra voi e loro c'erano un paio di colline piuttosto alte. Il latrare dei cani e l'eccitazione della caccia potrebbero aver coperto le grida.

Ortensio annuí. – Chi? Hai dei sospetti?

Bibulus scosse il capo. – Nessuno dei presenti alla battuta di caccia, nessuno si è staccato dal gruppo tuo e dei tuoi ospiti, a parte Tuberone, suo figlio e il tribuno. Il terreno era troppo secco per seguire le impronte degli assassini e, secondo noi, hanno agito a piedi nudi. Lafreno, tuttavia, ha trovato i resti di un bivacco vicino alla via Latina, a circa tre miglia dalla tua tenuta. Nessun fuoco, ma lí il terreno era umido e ha individuato le tracce di due paia di calzari.

– Un tipo alto e uno piú piccolo, a giudicare dalle dimensioni e dalla profondità delle orme, – Lafreno soffiò sul pezzetto di legno cui stava dando la forma di un bel cavallino.

– E come fate a dire che siano stati gli assassini di Tuberone a lasciare quel bivacco?

– Non si potevano seguire le impronte a terra, – precisò Lafreno, – ma la vegetazione della tua tenuta è fitta e il bosco è circondato da campi di miglio. Rami spezzati, spighe schiacciate: non è stato poi cosí difficile arrivare al bivacco. Hanno dormito lí. Avevano due cavalli. Non sappiamo che direzione abbiano preso. Apparentemente si sono diretti a nord, ma abbiamo verificato: non hanno cambiato le bestie in nessuna delle poste. O se la sono presa comoda, o hanno scelto un'altra via, magari persino un'altra direzione. Una cosa è sicura, però: se non ci avessi mandato a indagare, nessuno avrebbe messo in dubbio l'ovvia evidenza dei fatti. Gli assassini erano certi, a ragione, che non sarebbero stati seguiti.

– Quindi, – considerò preoccupato Ortensio, – sapevano della battuta di caccia.

– È sensato pensare di sí, – disse Bibulus.

– E non erano lí per me?

– No, lo escludo. Difficile scambiare Tuberone per te. Questa è gente che sa il fatto suo.

Ortensio si grattò la punta del naso. Sbuffò. – E con Tuberone è morto l'ultimo dei firmatari del testamento di Flacco.

– Potrebbe essere una coincidenza, – commentò laconico Bibulus.

– Una coincidenza, sí, – Ortensio rise. Poi ringhiò: – Dannazione, non ho fatto in tempo a interrogarlo!

– Non hai commesso errori, – disse Bibulus, – in fondo, chiunque avrebbe potuto pensare che Tuberone fosse al sicuro nella tua tenuta fuori Roma.

– Chiunque tranne te. Mi avevi avvertito...

– Supponendo che Flacco, Pisone e Orsino fossero stati uccisi: in base a quella mera supposizione, ho immaginato che avremmo avuto a che fare con qualcuno di molto pericoloso e scaltro, in grado di colpire ovunque.

– E cosí è stato. Avrei dovuto portarvi con me –. Il pretore si alzò, fece un giro attorno alla fontana. – Va bene, va bene! Abbiamo affrontato sfide peggiori, no?

– Che vuoi che faccia?

– Indaga, Bibulus. Scopri chi ha ucciso Tuberone e gli altri tre, e poi piú su, fino al mandante. Che Mercurio mi sia testimone, li prendo tutti.

– Pretore, hai deciso di proteggere Tuberone perché l'istinto ci ha spinto a considerarlo in pericolo. Avevamo ragione. Ma le supposizioni non vanno trasformate in certezze e le deduzioni sono inaffidabili prostitute. Non diamo per scontato che anche Flacco, Pisone e Orsino siano stati ammazzati: Flacco era anziano e i senatori muoiono per i malanni della vecchiaia come i comuni mortali. Orsino si è suicidato: aveva perso la moglie e il figlio, stava soffrendo enormemente e forse ha pensato che fosse un modo dignitoso per porre fine alle proprie pene. In fondo era un uomo d'altri tempi.

– Senza nemmeno un banchetto d'addio? E c'è anche Pisone. Che mi dici di Pisone, eh?

– La sua famiglia è una collezione di folli. Il padre, negli ultimi anni della sua vita, aveva espresso la volontà di sposare la sua cavalla. I folli, a volte, fanno cose folli, tipo buttarsi da un ponte.

– Quattro senatori morti in poco piú di un mese, e tutti e quattro hanno firmato quel testamento. Andiamo... Da quando credi alle coincidenze?

– Io non credo a niente, – Bibulus affondò il braccio nella fontana. Frugò per un istante fino a che non trovò quello che cercava. Mostrò a Ortensio un cilindro di piombo. – Sai cos'è questo, pretore?

– Certo che lo so: superstizione.

– Una maledizione, *defixio*, – disse Bibulus, scosse il cilindro e qualcosa al suo interno tintinnò. – Qui dentro c'è un foglietto di rame con il nome di qualcuno accompagnato da una maledizione. Un insolvente, un fedifrago, un concorrente in affari...

– Superstizione, appunto, sciocchezze da contadino.

– Negli anni brutti come questi, se gli affari vanno male e la paura attanaglia le budella dei nostri concittadini assediati da guerre e carestie, le fontane e le tombe si riempiono di siffatti cilindri. Le strigi dicono che siano parole sussurrate nelle orecchie dei morti. E in effetti la gente, nella Suburra, comincia a bisbigliare a proposito di una maledizione che avrebbe colpito i senatori. Se crediamo alle coincidenze possiamo credere anche a una maledizione. Se non crediamo alle coincidenze, possiamo comunque credere a una maledizione. Che io creda o non creda all'omicidio di quattro senatori, di tre o due o uno, poco importa: senza prove, nulla è impossibile.

– D'accordo, d'accordo. Facciamo un passo alla volta, con mente aperta... Noi sappiamo bene che di maledetto c'è solo il testamento di Flacco, e soprattutto i venti milioni e mezzo di sesterzi che quel pezzo di pergamena rappresenta.

– Non può essere solo il testamento, la causa della morte dei senatori. C'è qualcosa nell'aria, pretore. E ho un ottimo fiuto.

– E se quel qualcosa nell'aria fosse il nauseabondo profumo di narciso delle vesti dei Poplicola? Se fossero loro ad aver spazzato via i firmatari del testamento per renderlo un pezzo di pergamena indifendibile? Me li vedo che brindano alla faccia di Capella.

– Può essere. Eppure conosciamo bene i Poplicola: abbaiano e mordono, ma non è cosí che agiscono. Tradizionalisti come sono... Questi omicidi, ammesso che siano omicidi, sono offese agli dèi. Perpetrati con astuzia, eseguiti con grande raffinatezza e persino con una punta di compiaciuta brutalità. Se dei Poplicola si tratta, vuole dire che hanno cambiato maniera di risolvere le loro questioni. E, in quel caso, lo scoprirò.

Ortensio afferrò il cilindro, lo tenne tra le mani un istante, meditabondo, infine lo ributtò nella fontana. – Dimostrami che tutti e quattro sono stati uccisi e dammi una traccia su cui indagare.

– Cosí sia, dunque, – Bibulus fece un piccolo inchino.

Ortensio prese la via di casa. Un cavallino di legno galleggiava sulla superficie nera dell'acqua della fontana.

Amor et Hecate

Roma, anno 681 ab Urbe condita, settimo giorno prima delle calende di quintile
(25 giugno, 72 a. C.)

– C'è qualcuno in casa? – Erennia si affacciò sulla cucina. Non c'era un'anima. La *domus* appariva deserta. Nero non le era venuto incontro come si sarebbe aspettata dopo tre giorni d'assenza. Chiamò ancora, ma non rispose nessuno. Ebbe una brutta sensazione. Sentí maturare dentro di sé una certezza, che fino a qualche momento prima era soltanto un acerbo presentimento. Le ombre della sera avevano invaso la villa e i grilli avevano cominciato a frinire. Un pipistrello compiva imprevedibili acrobazie sull'*impluvium* a caccia di zanzare.

– Ohi!

– Erennia... – la voce di Samellia, quasi un bisbiglio, proveniva dalla dispensa.

La donna fece capolino in quel piccolo spazio claustrofobico. Samellia e Marcellina stavano rannicchiate in un angolo.

Marcellina piangeva sommessamente. – Non è giusto. Quello che fa... È un'empietà che attirerà su questa casa l'ira degli dèi.

– Non sono gli dèi che mi spaventano. Dov'è? – chiese Erennia conoscendo la risposta.

– Nella stanza blu, – rispose secca Samellia. – Ha ragione Marcellina: non è giusto, e tu devi impedirgli di farlo. Tu puoi.

– Potrei, forse. Ma non sta a me, e neppure a voi, decidere ciò che è giusto o sbagliato per il *dominus*. Uscite da lí e preparate la cena! E sia chiaro: non ne dovete parlare con nessuno, nemmeno tra di voi.

Samellia si scosse, aiutò la schiava piú giovane ad alzarsi. La ragazza batté un piede a terra, le si era addormentata la gamba. – Ha gridato tutto il pomeriggio... Non le sopportavamo, quelle urla, e ci siamo rintanate qui. Chiedeva aiuto. Poi, da quando il sole ha cominciato a tramontare, piú niente. Silenzio.

– Nero è ancora con lei?

– Sí.

– Chi è?

Marcellina non rispose, si coprí gli occhi e ricominciò a piangere. Samellia ringhiò: – Scoprilo tu stessa.

Erennia imprecò. Quando arrivò davanti alla capsa che nascondeva l'accesso segreto alla stanza blu, attese un attimo. Tese l'orecchio. Colse solo un incomprensibile bisbiglio. Inspirò ed espirò, cercando da qualche parte dentro di sé le forze necessarie a contenere l'ira crescente.

Spostò la capsa ed entrò nella stanza in penombra. Arricciò il naso, colpita in pieno da una folata di sudore e urina. Il caldo di quei giorni aveva reso l'ambiente un'umida e malsana cella. Una sola lampada a olio penzolava dal soffitto e forniva la luce appena sufficiente a distinguere due figure rannicchiate sul letto, una in posizione fetale arrotolata nel lenzuolo e l'altra, quella di Nero, nudo e bisbigliante, che abbracciava il fagotto da dietro.

Erennia si fermò ai piedi del letto. Sulla parete, schizzi di sangue imbrattavano i seni di una Venere adagiata su una conchiglia al centro di un riquadro ocra.

– Chi è, stavolta? – Erennia fece un passo in avanti.

L'uomo strinse il fagotto, avvinghiandolo, come un enorme, ripugnante ragno. Il fagotto mugolò.

– Nero, chi è? – insistette Erennia.

– Mi avevi detto che saresti rimasta via soltanto un giorno. Ne sono passati tre! Stavo per mandarti a cercare. Pensavo che non saresti piú tornata, che mi avessi abbandonato, – rispose lui con tono di rimprovero.

– Ho avuto un contrattempo. Chi è?

– È tutto a posto?

– Chi è?

Nero si alzò e si mosse minaccioso verso Erennia. La pelle sudata brillava alla luce della lampada. Aveva schizzi di sangue sulle guance e sulla fronte. – Che ti importa? Non è nessuno, come le altre.

– Non mentire.

– Sai cosa hai fatto? Mi hai lasciato solo! Qui. E il dolore è tornato. E io ero solo! Solo! Mentre tu eri chissà dove... Perché non mi dici dove vai? Sono il tuo *dominus*! – Nero colpí la concubina con un violento manrovescio. Erennia non indietreggiò. L'odore del sangue aveva fino ad allora coperto quello del vino che Nero adesso le stava alitando in faccia. Piú la rabbia di Nero montava, piú Erennia manifestava calma e autocontrollo. – Dimmi chi è.

– Pagheremo e finirà lí. Come sempre! – disse Nero sorridendo e sollevando le mani dopo un repentino cambio di tono.

Erennia lo scansò e si avventò, nonostante l'inutile tentativo di Nero di afferrarla, sull'essere mugolante nascosto sotto le lenzuola.

La scoprí e la girò in favore della luce della lampada. Erennia sgranò gli occhi: era peggio di quanto pensasse. Molto peggio.

– Pagheremo, – insisteva Nero.

– Non capisci qual è il limite, vero? Non lo capisci piú.

– Il dolore, donna. Il dolore che provo... Le vedi, queste? – le mostrò le cicatrici sulla schiena, frutto delle scudisciate dei celtiberi di Sertorio. – Dolore, capisci? Dolore antico che mi rimbomba nella testa! Mi mangia da dentro come un bruco verde, scintillante. Dolore vero… E non conosco altra maniera per lenirlo, me l'ha insegnato lui.

– Non basterà pagare stavolta, – disse Erennia scostando i capelli impiastricciati di sangue dalla faccia della giovane. – Mi senti? – le chiese. – Capisci quello che dico, Galla?

Galla aveva il viso tumefatto, quasi irriconoscibile. Gli occhi gonfi, le labbra spaccate. Erennia staccò la lampada dalla catena che la legava al soffitto e illuminò la ragazzina, che si lamentò. Quando la mise supina, Galla si lasciò scappare un grido di dolore. Si contorse, si svegliò.

– E perché non dovrebbe bastare, pagare? È una pezzente con la madre malata e il fratello giocatore incallito. E quella… Mammina, – Nero ridacchiò, – è soltanto una suburrana di infima stirpe. È una lenona, per gli dèi: potrei farle tagliare una mano e comunque troveremmo un modo per accordarci.

– Non hai capito un bel niente, – a una prima occhiata, Erennia si rese conto che la ragazza aveva qualche costola rotta, una spalla lussata e molti denti andati (uno lo scorse luccicante sul pavimento), e chissà che altro le aveva fatto. – Perché, Nero… Perché fai questo?

Il senatore, nudo, coperto di sangue, si mise le mani nei capelli, sembrò volerseli strappare. – Le furie che ho nell'anima, le furie che mi strisciano sotto la pelle, dietro gli occhi… Sono loro che mi fanno fare questo, e le avete invocate voi su di me! Voi!

– Ma non è verso ragazzine indifese che avresti dovuto rivolgere la tua ira!

– Soffrono come ho sofferto io. Il loro dolore è puro, genuino, intenso… come è stato il mio. Mi pare quasi di poterlo assaggiare. Ma adesso sono io il carnefice che amministra l'ira degli dèi. Quando sento le ossa e la carne cedere sotto le mie nocche e i miei denti, so che non sono piú io la vittima. E loro sono morbide, ingenue... facili.

– Dannazione! Che Furrina mi sia testimone, stavolta ci hai fottuti!

Nero rise. – Io proprio non ti capisco... – afferrò Galla per le guance, la ragazzina urlò. – Vero che non parli, piccola puttana? Vero che se riempio le tasche di quella merda smidollata di tuo fratello, nessuno saprà niente di quanto è successo in questi due giorni di ospitalità che ti ho concesso? Sbaglio?

Galla mugolò, fece di sí con la testa.

Erennia sospirò. Si sedette sul letto di fianco alla ragazza. Non si curò delle lenzuola impregnate di sangue. Le sistemò un cuscino sotto la testa.

Galla non emetteva altro che mugugni e sussurri appena udibili. – Fa cosí, male... Il petto. Non respiro.

– Non ti preoccupare, – le disse Erennia all'orecchio, – è normale quando si hanno le costole rotte.

– Perché?

– Perché, cosa?

– Mi ha fatto... Non gli ho mancato di rispetto, non ho... – Galla cominciò a piangere piano. Lacrime intrise di sangue fluivano copiose dalle due fessure dai bordi gonfi di quelli che erano stati grandi occhi di cerbiatto.

– Ti ha fatto questo solo perché poteva e voleva farlo. Cara, ora è importante che tu sia sincera: ti ha mandato Mammina qui?

Galla tacque, tornò a rannicchiarsi sul lato della cassa toracica con le costole integre.

Erennia capí. Capí che la ragazzina aveva fatto di testa sua, che Mammina non immaginava che lei fosse lí, che adesso Galla era ben consapevole di essere l'unica causa dei suoi mali.

La coprí con il lenzuolo. Si allontanò e portò con sé Nero. I due bisbigliavano. – Visto? – disse Nero. – Che motivo c'era di fare quella scenata?

– Per gli dèi, *senatore*, come è possibile che tu non ti renda conto? Puoi pure sommergerla d'oro, ma prima o poi canterà, e tu proprio non puoi permettertelo. Noi non possiamo permettercelo. Non è la solita schiava dei tuoi amici, è una cittadina romana! Lo capisci? Le sue parole valgono, in tribunale. E soprattutto è l'assistente di Mammina.

– E quindi? Dovrei forse temere l'ira di quella sfregiata? Sono un senatore, per Giove.

– Devi temere il popolo. Devi temere le troppe attenzioni!

– E chi se ne importa del popolo? Sarò morto prima dell'autunno... – accarezzò Erennia, lasciandole una striscia di sangue sulla guancia. – Ha ucciso anche Tuberone, lo sai? Tuberone... Quel bastardo ci sta ammazzando tutti.

– Non ti ucciderà, lo impediremo, – l'atteggiamento di Erennia divenne d'un tratto materno. Accolse Nero tra le braccia.

– Ha ammazzato Tuberone e io non voglio morire, io non me lo merito, – il senatore era implorante.

– Tu meno di chiunque altro, – rispose Erennia passandogli una mano tra i capelli. – Ma se vuoi vivere, lo sai che non devi attirare l'attenzione. E queste tue... – indicò Galla – ... intemperanze sono terribilmente pericolose.

– Non lasciarmi solo e non accadrà piú. Se ci sei tu, mi accontenterò dei nostri giochi e non ascolterò le furie che mi sussurrano follie nel cuore della notte, – Nero la baciò. Erennia annuí amabile. – Su, – disse, – abbiamo un problema da risolvere.

Nero si inumidí le labbra con la lingua e tornò a sedersi sul letto. Dava le spalle a Galla. – Ragazzina, gli dèi ci potranno odiare. Potranno maledirci, per quello che sta per accadere, ma sappi che mentre accadrà proverò il piacere piú intenso che mai ho provato. Non stai per crepare invano.

Galla emise un sottile lamento, come il guaito di un cucciolo spaventato. Poi sussurrò qualcosa.

– Che dice? – chiese Erennia.

– E chi se ne importa, – sentenziò Nero.

Ma Galla sussurrò di nuovo. Erennia avvicinò l'orecchio alla bocca maciullata della ragazza. – Dimmi, Galla, dillo ancora.

– La vendetta di Amor vi troverà ovunque.

– Amor? Che razza di dio è Amor? Chi è Amor? È un soprannome? Chi è?

Il corpo della ragazzina sussultò.

– Ha le convulsioni? – chiese Nero.

– No, – rispose Erennia stupita, – no, che gli dèi mi fulminino: sta ridendo.

Il Molosso annusa l'aria

Roma, anno 681 ab Urbe condita, sesto giorno prima delle calende di quintile
(26 giugno, 72 a. C.)

Che fare?

Tito se ne stava a letto. Aveva perso tempo. I suoi vecchi contatti in città non esistevano piú: morti o spariti. Non aveva trovato nessuno che sapesse qualcosa di Flacco. Per uno come lui era difficile insinuarsi negli affari delle grandi famiglie. Ogni tanto passava tra le dita la fiala che aveva scovato nel cassettino segreto del tavolo di bellezza di Plauzia. Chiudeva un occhio per osservare controluce con l'altro il liquido nero dai riflessi bluastri contenuto all'interno.

Sperò che Pitodoro sapesse riconoscerlo.

Ma qualcosa gli diceva che avrebbe dovuto faticare un bel po' anche per avere notizie certe su quell'intruglio dall'odore aspro.

Era l'alba. Sentiva Astragalo e Lucrezio parlottare e trafficare nello studio del *medicus*, che ancora, bontà sua, russava sonoramente nel suo cubicolo dal lato opposto della casa.

L'ex centurione si alzò, verificò che la sacca con l'argento destinato a Torquato fosse ancora intatta; Astragalo gli aveva lasciato vicino alla brandina una brocca piena d'acqua. Ne bevve un sorso e si versò il resto sul viso per darsi una svegliata.

Valutò di unire l'utile al necessario e, visto che era tornato il Molosso di Crasso, decise di impiegare le prime ore della mattina per fare ciò che il Molosso di Crasso era solito fare: andare a caccia. E l'avrebbe fatto nei territori che un tempo era abituato a battere. Sarebbe partito dal basso. Al veleno avrebbe pensato dopo.

Uscí senza salutare nessuno. Non aveva voglia di sorbirsi le stronzate di Astragalo di buon mattino.

Raggiunse i Bagni pallacini, nella Suburra.

Trovò uno degli schiavi del *balneator* intento a ramazzare l'entrata.

– A quanto, l'ingresso? – chiese.

L'uomo sollevò su Tito uno sguardo assonnato. – Cosa?

– Due, tre assi?

– Due. Ma è un po' presto, no?

– Sono mattiniero. Mi sono svegliato con una gran voglia di lavarmi e, in generale, sono affari miei. Il *balneator*?

– È dentro. Lui è quello che incassa.

– Bene.

– Tutti mattinieri oggi.

– Come?

– Ci sono già due clienti. E pensare che in genere prima di mezzogiorno non c'è mai nessuno... – riprese a spazzare.

Quando entrò, Tito si trovò davanti una grande vasca rettangolare circondata da un colonnato.

Il sole era poco oltre l'orizzonte, la vasca era illuminata per metà.

Non erano i bagni piú eleganti della città, ma erano economici e questo li rendeva popolari tra i plebei. Mosaici dozzinali, figure storte e grottesche: Tito posò gli occhi sull'immagine di due nani dalla testa gigantesca a cavallo di un pesce dall'espressione idiota; la statua di una ninfa aveva perso un braccio e a un'altra mancava il capo: si chiese cosa ci facesse Flacco lí, la mattina in cui i suoi avi se l'erano visto inaspettatamente arrivare nell'oltretomba.

Cercò il *balneator* e lo scorse dietro un banchetto in un angolo tranquillo, all'ombra. Stava facendo qualche conto.

– Come vanno gli affari? – l'ex centurione lasciò i due assi sul tavolo.

L'uomo smise di fare quello che stava facendo. – Che hanno i romani stamattina? Tutti svegli con una gran voglia di stare a mollo, – indicò con il mento gli unici due clienti presenti che si lavavano in silenzio dall'altra parte della vasca.

– La notte è stata calda.

– Per voi tre deve essere stata bollente... – ridacchiò e fece scivolare i due assi in una sacca che teneva sulle gambe. Si alzò. Un ginocchio scrocchiò. – Dicono che fare bagni faccia bene. Io li faccio ogni giorno, visto che ci lavoro, e posso dire che non è cosí.

Zoppicò fino a una grande capsa. Consegnò a Tito due panni di lino. – Vuoi anche lo strigile? Oli?

Tito scosse la testa.

– Bene, allora metti pure la tua tunica e le tue cose qui nella capsa. Mi spiace, il mio capsario sta spazzando l'ingresso e l'altro schiavo è andato a comprare un po' di frutta fresca al mercato. Quindi non ho nemmeno niente da mangiare. Se ti va ho un po' di vino, una brocca per un asse.

Tito scosse ancora la testa.

– Non pensavamo di avere clienti a quest'ora. Adesso, se non ti spiace, torno a fare il mio lavoro.

L'uomo si congedò, augurandogli un buon bagno, prima di sedersi di nuovo dietro il suo banchetto.

L'ex centurione si spogliò, annodò in vita uno dei due panni di lino ed entrò nella vasca. Si immerse completamente per qualche istante, poi, quando riemerse, prese una boccata d'acqua, fece un gargarismo e sputò. Si passò una mano sul capo rasato, indugiando con le dita sulla cicatrice che lo attraversava dalla fronte fino al culmine del cranio. Sospirò pensando a Gabello. Si maledisse ancora per averlo coinvolto nella caccia a Mezzo Asse. Immaginò che fosse lí, con lui. Di udire la sua voce e di doversi sorbire le sue stronzate sul *Mos maiorum* e tutte le stupidaggini da buon romano con cui amava riempirsi la bocca. Sorrise.

Ricordò il viso di Velia, e in un lampo una catena di pensieri lo portò a rendersi conto che se fosse riuscito a salvarla, nella sua vita non sarebbe mai entrata Flavia. Per un momento si sentí solo, gli mancò la sua piccola donna di ferro. Indugiò sulla vaga idea di cercarla, di incontrarla... In fondo era a Roma e Astragalo sapeva dove.

Agitò il capo, come per liberarsi da pensieri inutili. Si strofinò fino a quando la puzza di quelle giornate afose scomparve del tutto. L'odore della sua stessa pelle gli riempí le narici. Osservò per un attimo gli altri due ospiti del *balneum*. Un uomo sulla cinquantina e un ragazzo che gli lavava la schiena. Strano, a quell'ora. Ebbe la sensazione di non stare osservando un *dominus* e il suo schiavo perché, in qualche modo, i due sembravano somigliarsi. Forse erano padre e figlio? Il ragazzo si girò verso di lui e i loro sguardi si incrociarono. Tito fece un cenno con il mento, il ragazzo smise di sfregare lo strigile sulla schiena dell'altro, che a sua volta puntò gli occhi su Tito. Lo fissarono per qualche istante, privi di espressione. Quindi il ragazzo, come se nulla fosse, riprese a passare lo strigile sulle spalle dell'uomo, e quello dal canto suo tornò a godersi il bagno.

Tito li reputò talmente anonimi da sembrare strani. Ma d'altronde, a quell'ora chi avrebbe mai fatto un bagno, se non gente insolita? Pensò fossero coloni appena arrivati in città dalla provincia.

Uscito dalla vasca decise di fare ciò per cui era venuto, a parte lavarsi. Si asciugò, si vestí e si ripresentò davanti al *balneator*.

L'uomo sbuffò. – Che c'è? Qualche rimostranza? Hai cambiato idea sul vino?

Tito mise un denario d'argento sul tavolo.

Il *balneator* sgranò gli occhi. – Ai Bagni pallacini non serviamo nulla che possa valere un denario!

– Devi essere uno spasso per i tuoi clienti.

Il *balneator* si appoggiò allo schienale e intrecciò le dita sulla nuca, si stiracchiò, sorrise sarcastico. – Cosí dicono –. Indicò con il mento la moneta. – Mai avrei pensato che uno con una tunica e delle caligh e del genere avesse un denario nella sacca.

– Le apparenze... – rispose Tito.

– Che posso fare per te?

– Quello che vale un denario è nella tua testa, *balneator*.

L'uomo ebbe una brutta sensazione, si guardò attorno. Era solo, senza i suoi due schiavi. Osservò meglio Tito e sentí un brivido corrergli lungo la schiena. – Che vuoi?

– Lucio Valerio Flacco Poplicola.

– Ah, – l'uomo sospirò e afferrò il denario. – Chi ti manda?

– La famiglia.

– Ancora? Sono venuti qui praticamente tutti i Poplicola! Mai viste tante toghe in vita mia. Che altro vogliono sapere?

– Racconta pure a me la storia. Dall'inizio alla fine.

– Ormai non vale quanto l'hai pagata... Comunque, ciò che è dato è dato, giusto?

Tito annuí.

– Allora, eccoti la tua storia. È breve e l'ho ripetuta fino alla nausea... – fece mente locale e poi disse ciò che sapeva: – Era una mattina presto, piú o meno come ora, poco piú di un mese fa. Anche in quel caso il *balneum* era semideserto. Mi vedo arrivare questo vecchio bianco come un cencio, barcollante, arrotolato in una toga disordinata e sporca. Bofonchiava tra sé e sé, puzzava di vomito e di sudore. Ho pensato fosse ubriaco, ma vista la toga non me la sono sentita di cacciarlo. Sai com'è, a Roma… Poteva essere chiunque.

– So com'è. Quindi non l'avevi mai visto?

– Ti pare un bagno da senatori, questo? Un bagno in cui un Valerio metterebbe a mollo il culo?

– No, decisamente, no.

– Infatti.

– E poi?

– Dice che ha molta sete. Gli riempio una brocca d'acqua e lui se la scola d'un fiato. Deve fare il bagno perché, e questo m'è rimasto impresso, dice che sta bruciando vivo. Mi volto per chiamare il capsario e appena mi rigiro, vedo il vecchio che si lascia cadere nella vasca con toga e calzari. Mi aveva messo sul tavolo cinquanta sesterzi. Allora vado sul bordo e gli dico che, sono molto spiacente, ma anche se mi ha dato cinquanta sesterzi deve togliersi vestiti e calzature. Le regole sono regole, per gli dèi! E lui mi dice che non importa, che niente importa piú, perché quando giunge il momento non conta piú niente.

– Come se sapesse che stava crepando?

– Lo ha detto piú volte. E sí, visto come è andata, secondo me lo sapeva.

– E quindi cosa ha fatto?

– Ha iniziato a bere l'acqua del bagno. Ho pensato che gli sarebbe scoppiata la pancia. Tant'è che gli faccio: Ecco perché mi hai pagato cinquanta sesterzi! Volevi berti tutta la mia acqua! – l'uomo rise.

– L'ho detto che sei un simpaticone. Dopo?

– Ha vomitato ed è morto.

– Basta?

– Basta. Non appena è svenuto l'ho subito tirato fuori con il mio schiavo, ma era già bell'e andato. Non è affogato, questo posso giurarlo.

– Sicuro?

– Che Giove mi fulmini, se non è cosí.

– Altri testimoni?

– Il capsario e un pellegrino, un orientale di passaggio, credo. Arrivato poco dopo il vecchio. Ha visto la scena e quando il vecchio è svenuto se n'è andato di gran carriera.

Tito mugugnò.

– Vuoi sapere altro?

– Se c'è altro da sapere.

– No.

Tito fece un cenno con il mento e se ne andò.

Il *balneator* lo seguí con lo sguardo fino a che non fu uscito. Poi morse la moneta. Sorrise soddisfatto e la nascose nella tunica.

Dal lato opposto della vasca Bibulus e Lafreno si resero conto di avere un problema.

Cieca fiducia

Roma, anno 681 ab Urbe condita, sesto giorno prima delle calende di quintile
(26 giugno, 72 a. C.)

Messalla gli andò incontro, allegro, a braccia aperte, fasciato in una toga di invidiabile fattura. Cicerone alzò una mano, un cenno di saluto. Un po' a disagio, lasciò che il giovane lo afferrasse per le spalle in un gesto di ostentata confidenza.

Davanti al tempio di Giove Statore, a quell'ora della mattina, si trovavano senatori ed equestri, commercianti e magistrati, flamini e tribuni: era il momento delle trattative, degli accordi, delle chiacchiere e dei pettegolezzi. A quell'ora della mattina, Messalla e Cicerone non avrebbero mai potuto sperare di passare inosservati.

Di fatto, molti si voltarono, alcuni salutarono, altri semplicemente sorrisero.

– Non ti pare di attirare un po' troppo l'attenzione? – chiese Cicerone imbarazzato.

Messalla lo prese sotto braccio. – Se ci si confidano segreti, amico mio, quale luogo migliore del foro? Si dà meno nell'occhio, in piena luce, – Messalla ricambiò il saluto di un suo cliente seguito da una torma di schiavi. – Hai chiesto di vedermi. Spero sia per spiegarmi cosa è successo l'altro giorno. Per un attimo ho avuto la spiacevole sensazione di essere l'inconsapevole complice di un agguato a Plauzia. Ma mi sbaglio, vero?

I due camminavano lenti, seguiti a debita distanza da Tirone e dal pedissequo di Messalla.

– Avrei mai potuto negarmi il piacere di una chiacchierata con te? – Cicerone alzò la voce di proposito, quindi buttò lí qualcosa quando incrociarono un tribuno che lo conosceva bene. Gli sorrise, quello sorrise di rimando. Infine bisbigliò, pur cercando di sembrare nel mezzo di una piacevole conversazione tra colleghi a zonzo per il foro. – Non posso spiegarti tutto, Messalla. Anzi, non posso spiegarti niente, mi spiace. E mi spiace che tu percepisca la mia reticenza come una mancanza di rispetto. Per favore, ti prego, accontentati di sapere che la faccenda del testamento di Flacco, con ogni probabilità, non è solo una disputa tra due famiglie patrizie né tantomeno una questione di eredità.

– Davvero? – Messalla manifestò platealmente un finto stupore, poi si fece serio. – Cicerone, soltanto uno stupido, ormai, lo penserebbe, vista la fine che hanno fatto i firmatari di quel maledetto foglio.

– Credo che molti pensino ancora che si tratti di sfortunate coincidenze, al piú di malocchio…

– Ma mi hai sempre detto che le coincidenze non esistono, e dunque: che sta succedendo? Che state combinando, tu e Crasso?

– Chiedilo a Crasso, non è stato lui a contattarti per organizzare con Plauzia? Mi pare che siate in ottimi rapporti, voi due.

– Non fare il sarcastico, ti prego. Lo chiedo a te, sei un mio amico. Una settimana fa ho incontrato Crasso e mi ha detto: «Sai, caro Messalla, i Poplicola sono venuti da me. Vogliono mettere in mezzo la ragazza per la faccenda del testamento di Flacco se Capella non scende a piú miti consigli». E ha aggiunto: «Ho parlato con Cicerone, è pronto a tornare sui suoi passi per il bene di Plauzia». Mi ha fatto intendere che nessuno voleva che un'innocente venisse schiacciata tra il peso di due famiglie potenti che non si accordano su una mera questione di denaro. Ero cosí felice per Plauzia...

– Una settimana fa... – Cicerone si rese conto che Crasso aveva dato per scontato che avrebbe accettato la sua proposta: almeno uno, due giorni prima dell'imboscata ai bagni, aveva già detto a Messalla che lui avrebbe ripreso in mano il caso di Plauzia. – Avrei dovuto immaginarlo! – digrignò i denti, non riuscí a trattenersi. Incrociò lo sguardo di un mercante di perle che conosceva. L'uomo fece un piccolo inchino, Cicerone lo salutò con una mano.

– Cosa? – chiese Messalla.

– Niente.

Messalla sorvolò. – E cosí dico a Plauzia che sei un amico, che sei davvero il principe del foro, il migliore, l'unico in grado di tenere testa a mio zio davanti a un magistrato. Quando Plauzia, dopo il nostro incontro, mi ha chiesto perché avesse subito un interrogatorio e perché tu non sembrassi poi tanto interessato a lei quanto alle faccende private di Flacco, le ho risposto che, appunto, sei un amico, che sapevi cosa stavi facendo e che agivi per il suo bene. Be', che gli avi mi siano testimoni, non ne sono piú tanto sicuro!

Cicerone scosse il capo con occhi imploranti. – Messalla, ciò che sta accadendo... Immagina solo che, se i nostri sospetti sono fondati, la rivolta di Marco Lepido apparirà come una ragazzata.

– I *nostri* sospetti? Tuoi e di Crasso?

– Sí.

– Allora dico a entrambi: non usatemi per mettere in mezzo Plauzia. Puoi ripeterlo al pretore. Perché è lui che sta scrivendo questa commedia, vero?

– Plauzia... Ecco, sembra che ci si sia messa da sola, in mezzo.

– Che intendi dire? Plauzia ha ventidue anni ma è come una bambina, non sa niente delle beghe dell'aristocrazia senatoriale o di politica. Che vi siete inventati?

Cicerone capí che la conversazione si stava avviluppando attorno alle convinzioni di Messalla e all'intimità che aveva avuto con Plauzia. Decise di andare dritto al punto. – Vedi, mi sono sempre fidato del tuo giudizio. Ma, in questo caso, se anche tu sapessi quello che so io, forse vedresti la ragazza sotto una luce differente e il dubbio inevitabilmente si scaverebbe un confortevole nido nel tuo cuore.

– Allora, forse, è giunto il momento che tu mi dica ciò che sai perché, per come la conosco io, Plauzia è la ragazza che è sempre stata: bellissima, di modi raffinati, cresciuta secondo le rigide regole imposte da Capella. Le tue vaghe insinuazioni non le rendono giustizia.

– Tu credi? – Cicerone esitò, ma comprese la necessità imminente di rivelare quello che non avrebbe mai voluto. – Mentre parlavamo in casa di Flacco, qualcuno ha frugato in giro in cerca di indizi. E ha trovato qualcosa che non avrebbe dovuto trovare, per di piú nella stanza della giovane vedova di un senatore morto a faccia in giú nella piscina di un *balneum* da due soldi.

– Qualcuno ha perquisito la casa di Flacco e noi eravamo nell'esedra ad ascoltare Plauzia? E tu lo sapevi? Ma è oltraggioso! Ti rendi conto di cosa accadrebbe se Plauzia sapesse... Per Giove penserebbe che io... – Messalla si allontanò da Cicerone di un paio di passi. Si stropicciava le mani nervoso. – È inaudito, Cicerone! Hai approfittato della mia fiducia e hai mentito alla ragazza.

– La cosa ha disgustato me quanto te, e se avessi potuto agire secondo mio costume, avrei gestito la situazione in maniera differente.

– Crasso...

Cicerone annuí. – Già, Marco Licinio Crasso è anche questo, mio caro. Adesso lo sai. Ricordartelo bene prima di acclamarlo in senato.

– Puoi almeno dirmi che accidenti è stato trovato nella stanza di Plauzia e da chi? Chi c'era con noi?

– Un uomo di Crasso: ha scovato una fiala in un cassetto segreto del tavolino dei profumi. Una fiala contenuta in uno scrigno decorato sul quale è incisa una scena raffigurante Ipno e Tanato.

Messalla si guardò attorno circospetto, gli si fece sotto. – Pensi che sia...

– Non ne sono ancora certo, ma, sí, è verosimile che si tratti di veleno. Lo saprò a breve.

Messalla si coprí la bocca con una mano. – Per Giove! Credi che Plauzia... abbia avvelenato Flacco?

Cicerone ci pensò un po' su, poi rispose. – Non possiamo escluderlo, nemmeno tu, ma non voglio sbilanciarmi tanto senza avere delle prove in mano. Potrebbe essere un profumo, un sonnifero, una pozione d'amore...

– E se invece fosse veleno: perché l'avrebbe fatto?

– Ammesso che sia stata lei, magari l'ha fatto per fuggire con un amante piú giovane o facoltoso. Oppure per puro odio, o frustrazione... Ma se vogliamo fare ipotesi credibili, credo che sia sensato pensare che Plauzia possa essere stata mossa da altri demoni, ben diversi dall'avidità, dall'ira o dalla lussuria. Demoni in carne e ossa. Qualcuno potrebbe averla usata per i propri scopi, come un oggetto.

– Come tu e Crasso avete usato me.

– Come forse Crasso sta usando noi, Messalla. Mi spiace, davvero. Sto cercando di riparare senza esporti a inutili pericoli, a tempo debito...

– ... a tempo debito, saprò. Certo, come tutta Roma, a quel punto, immagino –. Il bel viso di Messalla appariva sconsolato. Non riusciva neanche piú a fingere allegria.

– Ti devo chiedere di riporre in me una cieca fiducia, amico mio, – insistette Cicerone. – Se fosse vero ciò che credo, qualcuno sta giocando una partita con una posta ben piú alta della vita di Plauzia, di Capella, di me, di te, di Crasso o di Ortensio. Di chiunque.

Messalla si schiarí la voce, tagliò corto. – Si può sapere allora che vuoi da me?

– Quello che voglio è fissare un secondo incontro con la ragazza, il prima possibile. E desidero che tu partecipi, stavolta da complice, non da mero accompagnatore. Non mi interessa piú che Plauzia si senta a suo agio, voglio solo che mi dica la verità. E ho bisogno del tuo aiuto.

Il giovane incrociò le braccia pensieroso. – Mi stai chiedendo molto, Marco Tullio.

– Non c'è alcun male nella verità, e se per caso avesse commesso una sciocchezza, perché è forse troppo ingenua per conoscere il mondo, il *nostro* mondo, meglio che lo scopriamo noi prima di chiunque altro.

Cicerone colse la lotta che stava divampando dentro Messalla, sentimenti contrastanti, cuore e ragione a contendersi il campo. Il ragazzo infine supplicò Cicerone: – Mi prometti che farai di tutto per proteggerla, se le fosse riconosciuto anche solo un piccolo barlume di innocenza? Mi prometti che, se è finita in qualcosa piú grande di lei, la tirerai fuori?

– Prometto che farò il possibile, – rispose Cicerone solenne.

– Il possibile non è abbastanza.

– Di piú non posso.

– È per un senso di giustizia che lo fai? È perché temi per la Repubblica? Come dicevi? Se i vostri sospetti fossero fondati, la rivolta di Marco Lepido…

– Apparirebbe come una ragazzata. Sí, so cosa ho detto.

– Allora non sto tradendo un'amica, sto proteggendo la Repubblica. Devo essere certo che sia cosí.

– Dobbiamo conoscere la verità, Marco Valerio. Non è mai sbagliato voler conoscere la verità, anche se ciò implica mettere a dura prova i nostri sentimenti. Né Plauzia, né tu, né io siamo piú importanti della verità.

Messalla gli indicò il grande spiazzo di fronte ai rostri. – Ti ricordi? Come ci tremavano le gambe, a me e a Scipione... Per non parlare di Quinto! – rise. – Abbiamo avuto il nostro momento di gloria, grazie a te.

Cicerone sorrise. – Avevo il mio bel da fare a tenervi a bada. Quell'iroso di Sesto Roscio sembrava un agnellino, paragonato a voi.

– Che esagerazione! – Messalla si staccò dall'amico per guardarlo in faccia. – Eravamo ragazzi con dei principî, tutto lí. Odiavamo Silla e ancor piú Crisogono. Come dicevi tu, avevamo il fuoco dentro.

– Sono passati già otto anni, – sospirò Cicerone.

Messalla spinse lo sguardo fino al tempio dei Dioscuri. – La folla che c'era ... Inneggiava il tuo nome! Hai liberato Roma da un fardello insostenibile.

– *Abbiamo* liberato Roma...

Messalla si schermí. – Senza di te, Erucio ci avrebbe mangiati vivi e il povero Sesto sarebbe finito nel Tevere con la testa chiusa in un sacco assieme a un ratto, un serpente e chissà che altro... A proposito: non ti ho mai chiesto che fine ha fatto.

– Chi? Sesto Roscio? – Cicerone fece una smorfia. – Qualche anno fa mi spedí una lettera. Era scritta in un latino orribile. Quello che mi fu chiaro è che mi incolpava di non avergli fatto riavere i terreni che Crisogono gli aveva strappato.

– Che ingrato villico! – Messalla rise.

– Non gli ho mai risposto, – l'oratore sorrise, poi subito si scurí in volto. Si picchiettò il labbro, meditabondo.

– Ecco, quando fai quella cosa... – disse il giovane senatore accennando al viso di Cicerone.

– Cosa?

– Quando ti tocchi il labbro in quel modo... È grave, la situazione?

– Non lo so, temo di sí.

– Promettimi che cercherai solo la verità, Cicerone. Come quando puntasti il dito contro Crisogono, giurami che sarai giusto e coraggioso.

Cicerone si fermò, gli afferrò il braccio, lo guardò negli occhi. – Portami la ragazza, Marco Valerio. Se vuoi proteggerla, io sono la sua unica possibilità.

Messalla lasciò cadere le spalle, annuí.

Ripresero a camminare. Cicerone chiese: – Ortensio?

– Mio zio è andato a Bauli a nutrire murene e orate.

– Sai come lo chiamo io? Incantatore di pesci.

– Non sei il solo.

I due risero. Messalla allargò le braccia. – Se non lo conoscessi, penserei che la morte di Tuberone lo ha sconvolto.

– Credi che stia indagando?

– Sai che ha fiuto per i guai e penso che ne starà fuori. Almeno fino a che non avrà un quadro preciso. Qualcosa mi dice che tu e Crasso sapete molto piú di chiunque altro.

– Non ho la minima idea di cosa veramente sappiamo, amico mio. Non ne ho la minima idea.

Profumi e belletti

Roma, anno 681 ab Urbe condita, sesto giorno prima delle calende di quintile
(26 giugno, 72 a. C.)

Tito attraversò l'atrio della casa di Pitodoro a passo svelto. I pazienti in attesa protestarono.

– Non so chi tu sia, – disse il liberto di un patrizio con una benda di lino su un occhio, – ma qui si rispetta la fila e non solo... – L'uomo fece intendere che il suo patrono aveva un nome importante che gli garantiva la giusta priorità tra chi aspettava di essere visitato dal *medicus*.

Tito lo squadrò per un attimo, sorrise, poi bussò alla porta dello studio. Era chiusa e dall'interno giungevano i consueti lamenti.

– Sto parlando con te, straccione, – disse il liberto. Gli altri pazienti che assistevano alla scena lo sostenevano manifestando apertamente la propria disapprovazione.

Una matrona, contenuta a stento da una veste sfarzosa e con una montagna di ricci ben educati in testa, e un vecchio equestre con l'orticaria considerarono quanto poco fossero educati i suburrani.

Tito sorrise di nuovo e di nuovo bussò.

Il liberto gli posò una mano sulla spalla e Tito gli torse il polso fino a farlo inginocchiare. Il patrizio con la benda emise un gridolino indignato, la matrona strillò e venne abbracciata dalla giovane schiava che l'accompagnava, l'equestre con l'orticaria spingeva il suo schiavo titubante a intervenire. In quel momento si aprí la porta.

Il piccolo Lucrezio strillò: – Zio Tito!

L'ex centurione mollò il liberto e scompigliò i capelli del bambino. – Zio?

– *Dada* dice che siete come fratelli.

– Siamo *come* fratelli, ma non lo siamo.

– Ma anche *dada* è come se fosse il mio papà. Ma non lo è.

– Non fa una grinza. Dov'è *dada*?

– Stiamo facendo una cosa a uno schiavo di... di... Non mi ricordo.

– Posso entrare?

Il bambino lo prese per mano e lo fece entrare.

Prima di sparire nello studio, Tito salutò tutti con un inchino.

Astragalo stava sciacquando i ferri del *medicus*. Lucrezio buttò un mucchio di panni di lino imbrattati di sangue in una cesta.

Tito comparve alle spalle dell'ex commilitone. – Che stai facendo?

– Sto cucinando le verze per cena. Secondo te?

– Sembra che abbiate sgozzato un maiale.

– Hai mai visto quanto sanguina il cazzo di un uomo quando gli tagli il prepuzio?

– Cosa...

– Lascia perdere. Che ci fai qui? Pensavo avessi da fare con Crasso anche oggi.

– Infatti. E ho bisogno del tuo aiuto.

– Aiutati con questo, – disse Astragalo stringendosi i genitali. – Ti sto già dando una bella mano permettendoti di dormire qui e tu mi ripaghi combinando guai. Che hai fatto di là, mi spaventi i clienti?

– Non ho fatto niente, si discuteva di buone maniere con buoni romani.

– Quei buoni romani che maltratti con gusto mi pagano da vivere, centurione.

– Andiamo, Astragalo, devo solo farti vedere una cosa.

– Non sono quel genere di donna... – Astragalo ridacchiò.

– Devo chiedere un parere a te e Pitodoro.

– Oh, Tito, che piacere... – Pitodoro era apparso nello studio avvolto in una tunica candida, fresca di bucato. – Cosí va meglio, sembrava che mi fossi tuffato nella vasca di un tintore, – rise. – Lucrezio, piccolo mio, perché non fai entrare il prossimo?

– Aspetta, ho bisogno di sapere cos'è questo, – Tito estrasse la fiala. – Ci vorrà pochissimo.

Pitodoro gettò un'occhiata distratta all'oggetto che Tito teneva stretto tra le dita. – Una fiala? Con, mmh, un liquido scuro dentro?

– Ti chiedo solo...

– Ho la fila fuori, non hai visto? – fece cenno a Lucrezio di andare a chiamare il paziente successivo.

Il bambino aprí la porta e il liberto del patrizio con l'occhio bendato subito infilò la testa all'interno. Tito si affrettò a richiudere la porta respingendo l'uomo. – Abbiamo ancora un attimo da fare. Il *medicus* vi riceverà subito, – sorrise minaccioso.

L'uomo non obiettò.

– Per Atena, centurione, hai intenzione di farmi chiudere? – Pitodoro fece per riaprire la porta, ma Tito sollevò di nuovo la fiala davanti ai suoi occhi.

– Sarà questione di poco, Pitodoro.

Il *medicus* sbuffò, afferrò la fiala e prese a osservarla in controluce. La stappò e con molta cautela l'annusò. – Non so cosa sia, mi spiace, – Pitodoro restituí l'oggetto a Tito.

– Controlla meglio.

Pitodoro richiamò il paziente.

– Quanto ti vale il prossimo caso?

– L'orzaiolo?

– Quello che è.

– Cento sesterzi.

– E sia: cento sesterzi, per un attimo del tuo tempo. Oggi hai un paziente in piú.

Pitodoro cambiò atteggiamento. – È solo un orzaiolo, potrà aspettare.

Tito gli diede la fiala. – Guarda bene.

– Cosa dovrebbe essere?

– Un profumo?

– Nah, un profumo? Vero che voi altri non avete buon gusto, ma quale donna o uomo o attore potrebbe mai mettersi addosso 'sta roba?

– Una pozione di qualche tipo?

– Certo che è una pozione di qualche tipo! È evidente. L'odore mi ricorda qualcosa, una pianta… ma non riesco a capire quale. Non deve essere comune.

– Ne sei sicuro?

Pitodoro si voltò e gli indicò la credenza in cui costudiva medicamenti di ogni sorta. – Ti pare che non sappia quello che dico, legionario?

Astragalo gli strappò di mano la fiala. – Posso? – ne lasciò cadere una minuscola goccia sul tavolaccio operatorio.

I tre si chinarono insieme per mettere a fuoco la sostanza.

Lucrezio, incuriosito dalla scena, cercava in ogni modo di intrufolarsi tra i fianchi dei tre uomini. Astragalo lo teneva lontano con un braccio.

Il veterano avvicinò il naso alla sostanza, starnutí. – È acre.

Pitodoro scosse il capo. – No, no… Centurione, che roba è questa? Dove l'hai trovata?

– Non te lo posso dire, – disse Tito riponendo la fiala nel suo elegante scrigno.

– È un veleno? – chiese il *medicus*.

– È quello che vorrei sapere da te.

Pitodoro si massaggiò il mento. – È ovvio che tu non ci stai chiedendo la composizione di una pozione per farlo indurire ai vecchi –. Versò una coppa di vino per sé e per Tito. Astragalo ringraziò per la considerazione e si serví da solo.

Calò il silenzio per qualche minuto.

Pitodoro ruttò forte. Poi, all'improvviso, sembrò illuminarsi. – Ecco cosa mi ricorda, seppur vagamente… Un liquido che il mio maestro utilizzava per lenire il dolore dei pazienti cui doveva amputare un arto. Era molto raro e prezioso, estratto da una pianta altrettanto rara e preziosa delle mie parti. Lo diluiva in tantissima acqua. Se fosse quello, allo stato puro potrebbe anche diventare un veleno. Ma non aveva questo colore né la consistenza oleosa. L'odore, però…

Tito si fece ancora piú attento. – E il nome della pianta qual è?

– Sono passati trent'anni. E non l'ho mai piú vista usare.

– Se non me lo sai dire tu, chi mai potrebbe?

– La città è piena di matrone che si dilettano con gli intrugli di *ornatrices* che vendono pozioni d'amore. Ce ne sono parecchie che si gingillano con le piante. Astragalo le conosce tutte, visto che è da queste donne che noi compriamo erbe e medicamenti, giusto?

Astragalo stava bevendo un ultimo sorso, fece di no con il dito.

– Andiamo, – lo incalzò Tito, – non sei curioso? Nemmeno un po'?

– Ha ucciso qualcuno, quella roba? – chiese l'ex legionario.

– Non posso dirlo.

– È questo che mi preoccupa.

– Che t'importa? Voglio solo sapere di che si tratta: bussiamo a un po' di porte, scopriamo quello che mi interessa e non ti darò piú il tormento.

– Duecento sesterzi.

– Ho già pagato Pitodoro!

– Hai pagato lui, non me.

– Quanto sei avido.

– Un prezzo di favore. Cento saranno comunque per Pitodoro, che dovrà fare a meno del suo assistente.

– Non ho bisogno di te per quel che ci aspetta nel pomeriggio, – considerò Pitodoro.

Astragalo aveva già spinto Tito fuori dallo studio. Prima di chiudere la porta dietro di sé, fece intendere a Pitodoro di farsi gli affari suoi.

Astragalo cercava di tenere il passo di Tito. – Per gli dèi, sai dove stai andando?

– No, sei tu che conosci la strada, – rispose il centurione.

– Ecco, allora ricordati che sono un povero sciancato.

– Quante storie... – Tito rallentò, adeguandosi all'andatura zoppicante dell'amico.

– Soltanto per oggi, – disse Astragalo. – Se non troviamo quello che cerchi, be'...

– Se non troviamo quello che cerco, non ti pago.

– Il mio tempo vale, caro mio. Al legionario la paga spetta comunque, che si vinca o che si perda. Ecco, siamo arrivati.

I due si fermarono di fronte al negozio di un'*ornatrix*, un buco ricavato nel pianterreno di una casupola schiacciata tra una *popina* e una polleria con una bella fila di oche appese a testa in giú. Sulla porta pendeva un grezzo pannello di legno su cui campeggiava la scritta in minio: «Vassa. *Ornatrix*».

Due rododendri in grossi vasi quasi ostruivano l'ingresso con le loro foglie. Dall'interno proveniva un gradevole profumo di viola. Un bestione dalla faccia tonda come una luna piena se ne stava seduto su uno sgabello appena fuori dalla bottega.

Tito chiese: – Qui?

– E che t'aspettavi? L'antro di una gorgone?

– Be', questo sembra un posto da matrone.

– Lo è! Vuoi pozioni, vuoi profumi...

– Voglio veleni, Astragalo.

– Non vedo differenze. Chi sa fare i profumi sa fare i veleni. Fidati di me. Prego, – il veterano invitò Tito a entrare.

L'uomo alla porta li squadrò. – Che volete?

– Certo non un'anatra bella grassa. Sono Astragalo, non mi riconosci?

L'uomo si diede un colpetto alla tempia. – Ah, già. Sempre a caccia di pozioni per il tuo rametto di sambuco?

Tito s'incuriosí. – Di che sta parlando?

– Di niente, di che dovrebbe parlare?

Il negozio era fresco e, oltre al profumo della viola, furono investiti da quello dell'incenso, del mughetto, della cannella e di altre essenze che non avrebbero saputo identificare. L'ex centurione fu quasi stordito dall'aria di quel bugigattolo, tanto densa di sentori da risultare nauseabonda. Diede un colpo di tosse.

– Anche un vero uomo romano potrebbe cominciare ad apprezzare un profumo diverso da quello del proprio sudore, – sul fondo della stanza, dietro un banchetto semicoperto da ampolle di ogni foggia e colore, stava seduta una donna, anziana, alta, avvolta in un'elegante veste viola stretta da una cinta decorata con vistosi pendagli d'argento. Se non fosse stato per il trucco pesante e il vestiario troppo appariscente, dal portamento e dall'eleganza dei modi avrebbe potuto essere scambiata per una matrona di buon lignaggio.

– A che debbo il piacere della visita di due distinti signori come voi?

– Astragalo avanzò un poco. – Sono Lucio Titinio, gentile Vassa. Ti ricordi di me?

La donna spostò il piccolo specchio di bronzo che spuntava in mezzo alle ampolle per vedere meglio. – Oh, ma certo: ti chiamano Astragalo. Sei l'aiutante del *medicus* greco. Mi ricordo di te, senza dubbio. Come sta il caro Pitodoro?

– Bene, grazie, Vassa.

– Spero che le mie erbe e le mie pozioni contro la tosse gli siano servite.

– Valevano il denaro che le abbiamo pagate. Ecco, oggi siamo qui perché stiamo...

– ... cercando qualcuno che si intenda di veleni, – intervenne Tito.

La donna cambiò espressione. – Cosa? Cos'ha detto il tuo amico, di cui nemmeno conosco il nome?

– No, no, gentile Vassa, lui non intendeva... Non è del mestiere, viene dalla provincia, non sa quel che dice, vero? – Astragalo lanciò un'occhiataccia al compagno.

– Io non creo veleni, colono. Farò finta di non aver sentito, – la donna si diede un contegno, sistemandosi l'acconciatura. La bocca troppo carica di ocra si arricciò formando un piccolo cuore.

Astragalo si fece dare la fiala. Il centurione gli passò la scatoletta che la conteneva e con aria stupita domandò: – Che ho detto di male?

– Taci, – Astragalo aprí lo scrigno, estrasse la fiala e la porse all'*ornatrix*. La donna la afferrò con dita ossute e inanellate. – Vorremmo sapere, gentile Vassa, se sai dirci di cosa si tratta.

– Non vogliamo che crei un veleno per noi. Vorremmo solo sapere se quello che c'è lí dentro lo è, – disse Tito.

Vassa sbuffò. – Esiste un tribunale per chi uccide qualcuno con il veleno, lo sapete? Si può finire a morte, se si cucinano veleni!

– Facciamola breve, – disse Tito. – Fingiamo che nessuno mai abbia pronunciato la parola «veleno».

– Se me lo chiedi cosí gentilmente... Sia chiaro, però: se mai si trattasse di un veleno, se mai finiste nei guai per questo, io negherò di avervi visto.

Tito incrociò le braccia.

La donna brontolò, disse qualcosa in una lingua che non era il latino. Astragalo fece gli scongiuri.

Vassa cominciò a studiare la fiala, la passò davanti alla fiammella di una lampada a olio. Tolse il piccolo tappo di sughero, avvicinò con cautela il naso e subito l'allontanò, disgustata. La richiuse. Si alzò, infilò la testa in una piccola credenza. Frugò. Ogni tanto emetteva un «mmh», ogni tanto diceva «no».

Tito diede di gomito ad Astragalo, il veterano gli disse di pazientare. – Vassa se ne intende.

La donna tese il braccio verso Astragalo. – La scatola. Fammi vedere la scatola.

Studiò lo scrigno, l'accarezzò. – Non so cosa ci sia nella fiala, non ne ho la minima idea. Ma posso accettare in dono questa bellissima scatola.

– Come no... – Tito le strappò di mano l'oggetto.

– Posso pagarla.

– Grazie per il tuo aiuto, – l'ex centurione fece per uscire.

– Ehi, – la donna gli puntò il dito contro. – Che ti credevi? Sono un'*ornatrix*! Acconcio le matrone, preparo unguenti e pozioni d'amore. Sono devota a Venere, io, non a Ecate!

– Grazie per il tuo aiuto, – ripeté Tito e uscí.

– Simpatico, il tuo amico, – Vassa si rivolse ad Astragalo.

– Devi vederlo appena sveglio... – commentò lui.

I due veterani si inoltrarono nella Suburra. Si infilarono in tre negozi uguali a quello di Vassa, in cui incontrarono altre tre *ornatrices* come Vassa. Nessuna di loro fu in grado di identificare il contenuto della fiala. Tutte detestarono Tito.

– Che storia è questa? – chiese l'ex centurione dopo che l'ultima li aveva cacciati in malo modo dalla bottega.

– Che vuoi dire?

– Ti sembro una puttana?

– Che?

– L'unica cosa che otterremo in posti come questo è di profumare come puttane.

– Ascolta, ti sto portando da ogni fabbrica-intrugli di Roma che conosco, centurione. Che altro pretendi da me?

– Queste *ornatrices* si occupano di acconciare vecchie baldracche patrizie, Astragalo, e di fare intrugli profumati. Nessuna di loro riconoscerà mai di avere a che fare con veleni, sempre che ci abbia a che fare. Ci vuole qualcuno con meno peli sulla lingua e che sappia uccidere con erbe, piante e piscio di cavallo senza paura di ammetterlo.

– Ti assicuro che ciascuna di loro nasconde un po' di cicuta da qualche parte. Semplicemente non sanno che cosa sia lo schifo che c'è nella tua cazzo di fiala. Ora, ce n'è ancora una di cui ho sentito parlare, un'egizia. È arrivata da un annetto a Roma. Non la conosco, ma dicono sia una tipa misteriosa, esperta in arti orientali, oscure alle nostre donne... È l'ultima.

– E dove sta?

– Lí, – Astragalo indicò una piccola costruzione in fondo alla via.

– E che aspettavi a portarmici?

I due si fermarono davanti a una bottega con un'insegna di legno: «Claudia di Memfi. *Ornatrix*». Una coppia di matrone, accompagnate dalle rispettive schiave, ciacolava davanti al negozio in attesa del proprio turno: discorsi leggeri, capelli smaniosi di essere acconciati da mani che avevano imparato il mestiere a centinaia di miglia da Roma.

Una delle donne, imponente e dal volto rubicondo, gli occhi sottolineati dal carboncino e i capelli neri, li squadrò da capo a piedi. Pure l'altra, una tipa anch'essa robusta, i capelli color cenere e le labbra rosso carminio, seguendo lo sguardo dell'amica regalò un'occhiata carica di sdegno ai veterani.

– C'è l'*ornatrix*? – chiese Astragalo senza convenevoli.

– È impegnata con una cliente, – gli rispose altezzosa una matrona, – ma non mi pare abbiate abbastanza capelli in testa per avere bisogno di Claudia.

– La mia amica e io siamo qui per comprare profumi, – sottolineò civettuolo Astragalo.

La donna strabuzzò gli occhi, arrossí e cominciò a condividere la propria costernazione con l'altra matrona. Si spostarono di qualche passo.

Tito diede un pugno sulla spalla dell'ex commilitone. – Proviamo a non attirare troppo l'attenzione, d'accordo?

Dalla bottega uscí una cliente dall'aria soddisfatta, profumata, truccata e con un'acconciatura tanto bizzarra da risultare persino difficile da comprendere. Una schiava le ronzava attorno sperticandosi in complimenti. Le due matrone si affrettarono a entrare nel negozio, seguite dalle schiave. Rimasero dentro per un tempo infinito.

Il nervosismo di Tito montò a dismisura. Evitava lo sguardo dei passanti mentre Roma si inoltrava nel pomeriggio e l'ombra delle case inghiottiva la strada. Astragalo se ne stava appoggiato alla porta della bottega allungando gli occhi sulle schiave delle matrone, fino a quando, stanco di attendere senza far nulla, invitò l'ex centurione a bere un goccio di vino in un termopolio in fondo alla via.

I due bevvero e Astragalo comprò una caciotta grande come il palmo della mano.

Uscirono sulla strada.

Tito non aveva voglia di parlare, non aveva voglia di bere e non aveva voglia di mangiare. Aveva fretta, sentiva ardere nella sacca la maledetta fiala.

– È stata una donna, ho ragione? – Astragalo addentò un pezzo di formaggio.

– A fare che? – Tito stava osservando patrizi ed equestri nelle loro migliori toghe, attratti dalla forza degli affari e dai propri simili verso il foro, cuore pulsante di ogni trattativa, pentolone in cui ribollivano chiacchiere e informazioni. Riconobbe senatori confabulanti e mercanti accigliati, a piedi o in lettiga, seguiti da scrivani e schiavi, tutti confluenti in un fiume di pura romanità.

– A usare il veleno.

– Cosa te lo fa pensare?

– Non è un modo da uomini, uccidere con il veleno.

– Ti ho già detto che non posso raccontarti niente. E poi ho detto che *forse* è un veleno. E se fosse una medicina?

– Immagino che se fosse una medicina non starei a rompermi le palle qui con te.

Tito lo ammoní. – È una storia pericolosa, Astragalo. Lascia perdere.

– Voglio riscattare Lucrezio e aprirmi uno studio tutto mio. Pitodoro è una brava persona, ma mi paga una miseria. Fatti aiutare e pagami il giusto. Siamo fratelli, no? Non vuoi condividere con me la tua fortuna?

– Non siamo fratelli, al massimo siamo *come* fratelli. In ogni caso, ho già condiviso la mia fortuna con te otto anni fa, prima di andarmene: che ne è stato del rubino di Mezzo Asse?

Astragalo mandò giú un boccone. Fece cenno all'ex centurione di avvicinarsi. Aprí la sacca di cuoio che aveva in vita. – Eccolo, il tuo fottuto rubino.

– Per gli dèi! Pensavo te lo fossi bevuto.

– Sorpresa! Non sono il pezzo di merda che pensi.

– Perché non usi quello, per riscattare Lucrezio?

– Perché se spendo tutti i miei averi per riscattare lui, poi con cosa lo sfamo? Fammi fare qualcosa.

– Ti sto pagando duecento sesterzi, Astragalo.

– Fottiti, – il veterano vuotò la coppa di vino. Fece per ordinarne un'altra quando Tito gli diede un calcetto. – Ohi, stanno uscendo.

Le due matrone erano fuori dalla bottega dell'*ornatrix*. Astragalo e Tito si intrufolarono svelti dentro.

L'interno era piuttosto buio, l'aria profumava di incenso. Si trovavano in un grande ambiente rettangolare con due lunghi divani dal telaio in cedro e l'imbottitura coperta da eleganti tessuti floreali. Due pareti erano tinte di un cupo blu notte punteggiato da stelle dorate. Lampade a olio in bronzo a forma di divinità zoomorfe alate pendevano dal soffitto. La stanza terminava con una nicchia affrescata con scene fluviali che faceva somigliare il negozio a un tempio della bellezza. Nella nicchia brillava, illuminato da due lampadari con cinque braccia l'uno simili a alberi, un enorme specchio dorato, che incombeva su un tavolino, e un seggio in ebano. Sul tavolino, ampolle e ciotole con pigmenti e oli profumati, forbici e pettini di bronzo, nello stile degli egizi. Delle mensole correvano lungo le pareti e sostenevano una folla di statuette antropomorfe in alabastro, avorio e pietra nera.

Dalla porta che dava sul retrobottega provenne un'imprecazione simile al sibilo di un serpente, seguita da un fiume di parole sconosciute, dal tono inequivocabile. Una voce femminile stava parlando nella camera attigua.

Tito percosse una campanellina che pendeva dal soffitto.

Astragalo afferrò una statuetta in pietra nera. Rappresentava una donna con la testa di gatto o di leonessa, la mise davanti agli occhi di Tito. – Miao.

– Non fare il coglione. Metti giú.

– Ascolta il consiglio del tuo compare. Quella è Bastet, dea della casa e della fertilità, – l'*ornatrix* apparve sulla soglia. Entrò nell'alone di luce creato dalle lampade. Aveva un sottile naso camuso, due profondi occhi neri e labbra carnose che lasciavano intravedere denti straordinariamente bianchi: Claudia era bella. Aveva i capelli mori raccolti in sottili trecce.

Astragalo bisbigliò: – Non male, l'*ornatrix*.

Tito gli tolse di mano la statuetta e la ripose sullo scaffale.

– Vale molto e, a prima vista, voi non potete permettervela. Ne ho altre, meno costose, in legno, – disse Claudia.

– E chi mai comprerebbe questa roba? – chiese Astragalo.

– Tante matrone romane che hanno capito quanto gli dèi del Nilo siano potenti.

– Non siamo qui per le statuette, – tagliò corto Tito.

– Lo immaginavo, – avvolta in una veste candida, con i seni coperti da un pettorale di scintillanti turchesi, la donna si mosse felina verso Tito.

– Peccato per questa, – disse passando un dito sulla cicatrice di Tito, – saresti bello.

L'ex centurione scostò la testa.

– Uh, – disse la donna affabile, – la bellezza è il mio campo, romano. E mi rammarico se ne vedo una rovinata.

– Questo cos'è? – Astragalo stava maneggiando una scatola di legno con intarsi in avorio su cui erano incisi geroglifici. La faccia superiore dell'oggetto era diviso in caselle. Il veterano scosse l'oggetto. Si aprí un cassettino da cui cadde una manciata di pedine coniche e cilindriche in osso.

– Quello, – rispose l'*ornatrix* infastidita, – è un *senet*. Un gioco molto antico –. Spinse via Astragalo e si chinò a raccogliere i pezzi.

Tito fulminò con lo sguardo il compagno, che si finse costernato.

– Nel nostro *Libro dei morti* si dice che ogni uomo quando muore debba giocare una partita a *senet* con il Destino. Se vince, gli viene permesso di raggiungere la Duat, qualcosa di simile, forse, ai vostri Campi Elisi. In caso contrario, lo attende l'oblio. Per fortuna tu adori dèi diversi, perché sei talmente maldestro che... – sistemò il gioco su uno dei divani. – Ora: volete dirmi cosa siete venuti a fare qui, oltre che a infastidire me e le mie clienti?

– Cos'è questo, Claudia? – chiese Tito estraendo la fiala dallo scrigno.

– Ashait, mi chiamo Ashait, – la donna prese tra le lunghe dita affusolate la fiala.

– Ashait. Vorremmo sapere se è un veleno, e di che tipo.

L'*ornatrix* rise. – Le altre cosa vi hanno detto? Dubito che sia io la prima a esaminarlo, oggi.

– Che non sanno cos'è. Che non si intendono di veleni.

Ashait diede un'occhiata distratta alla fiala, la avvicinò al naso senza nemmeno aprirla, quindi la restituí all'ex centurione. – Neanch'io so cosa sia. Mi spiace.

– E questo cos'è? – Astragalo indicò una tavola con pedine di vetro colorato disposte su una scacchiera in marmo posata su un piccolo sgabello dai piedi leonini posto in un angolo del negozio.

– Quello è il gioco della *petteia*. Non lo riconosci? È greco, anche voi avete un gioco simile. E non si tocca! – disse Ashait.

– E come si gioca? Sono bellissimi, questi cosi in vetro.

– Allontanati da lí, per favore. Costa una fortuna, e se cade si rompe. Per favore.

– Smettila di fare confusione. Ficcati le mani da qualche parte e tienile lí ferme, – Tito ringhiò.

– D'accordo, d'accordo... – Astragalo si arrese. – Che noia. Ti aspetto fuori, – e uscí dalla bottega.

Ashait e Tito attesero fino a che il veterano non fosse in strada.

– Ora possiamo parlare senza essere interrotti, – disse l'ex centurione. – Non l'hai nemmeno guardato, quel liquido. Come fai a dire che non sai di cosa si tratta?

– Perché io, al contrario delle altre, non faccio mistero di conoscere i veleni. Dell'Oriente o dell'Occidente, che vengono dalle terre del Sud bruciate dal sole; estratti dalla linfa delle piante, dai succhi dei frutti, dalle radici che crescono sotto terra, dagli animali e dai morti... Ma, per Seth, non so cosa accidenti sia quella roba. Non ho bisogno di assaggiarla per dirtelo. Ora, se non ti spiace... – Ashait prese Tito per un braccio e lo tirò verso l'uscita.

L'ex centurione non si mosse di un piede. – Aspetta! Guarda almeno questo, – le porse lo scrigno che conteneva il liquido.

Ashait lo squadrò per un attimo. – Mmh. Bella scatola. Pregiata, di fattura greca. Forse asiana. Però adesso, per favore...

Tito non si mosse.

La donna batté un piede sul pavimento. – Non lo vuoi proprio capire, eh? – Sibilò qualcosa nella sua lingua e sulla soglia della porta che divideva la bottega dal retro comparve un uomo. Alto, magro, la pelle abbronzata e gli occhi sottolineati dal trucco. Era vestito con un'ampia tunica in candido lino e, dettaglio piú importante di tutti, impugnava due paia di forbici come fossero pugnali, uno per mano. Non aveva un'espressione amichevole.

Ashait sorrise. – Non vorrai che chieda a mio fratello di cacciarti fuori...

– Ah, – disse l'ex centurione riprendendosi la scatola, – bastava dirlo...

Indietreggiò senza voltare le spalle ad Ashait e a suo fratello. La donna all'improvviso prese a strillare in modo che potesse essere udita in strada. – E non farti piú vedere! Io non tratto veleni! Io sono Claudia di Memfi e mi occupo di bellezza, di vita, di gioia!

Tito uscí e l'*ornatrix* lo seguí, puntandogli contro il dito. – Non azzardarti mai piú a chiedere a Claudia di veleni e porcherie simili! Ci sono leggi, qui a Roma!

Astragalo rise. – Ma che fai tu alle donne?

Tito lo prese sotto braccio e lo trascinò via. I passanti si fermavano a osservare la scena: lui e il suo ex commilitone erano diventati d'un tratto interessanti.

Qualche vicolo piú in là rallentarono. Si fermarono davanti a una fontana. Bevvero. Nonostante il sole stesse scendendo verso la linea dell'orizzonte, il caldo non sembrava mollare la presa sulla città.

Tito si sciacquò la faccia. – Basta stronzate, Astragalo. Voglio vedere una strige, una *vera* strige!

– Non ne conosco, – disse l'amico prendendo la via di casa.

Tito lo afferrò e lo fece voltare. – Cazzate! Prima che me ne andassi ce n'era almeno una decina, lungo il fiume.

– Dopo la legge sui veleni emanata da Silla sono sparite. Non ci sono piú, lasciami!

– Non ci credo.

– Per gli dèi, centurione, ti deve pagare veramente tanto, Crasso!

– Voglio solo finire questo fottuto lavoro e tornare da dove sono venuto. Portami da una strige. So che sai dove trovarla.

– Tu sei pazzo! Sai cosa può farti una di quelle megere?

– Non crederai alle cazzate che dicono su di loro?

– Si trasformano in rapaci notturni! Sono figlie di Medea. Non producono solo intrugli, trafficano con i cadaveri, Tito, con i cadaveri!

– Ti proteggo io.

– E chi protegge te? Nessuno si salva dalle maledizioni di una strige! – Astragalo si liberò con uno strattone. – Ti ricordi di quei quattro stronzi che hanno violentato le sacerdotesse di Dioniso ad Atene?

– E allora?

– Ricordi che fine hanno fatto? Una di quelle maledette streghe gli aveva promesso che sarebbero affogati. E loro sono affogati sbarcando a Brundisium! Sono crepati di fronte a decine di marinai e legionari. Nessuno ha potuto salvarli quando sono caduti in mare all'attracco. Chi si è tuffato non è riuscito a vederli nemmeno in poche braccia d'acqua? Sono spariti, inghiottiti dalle onde!

– Gli ha solo augurato di annegare, come io potrei augurare a un qualsiasi pezzo di merda di morire soffocato da un nocciolo di ciliegia. Per gli dèi, Astragalo: una nave è affondata sulla strada del rientro, e il mare si è bevuto un intero manipolo, erano stati maledetti anche loro? La stavano stuprando, che cazzo avrebbe dovuto dirgli? È un caso.

Astragalo imprecò, si grattò la testa. – Tu non sai quello che dici.

– Portami da una strige. Ci parlerò io. Fammi vedere dove sta, non ti chiedo altro. Se maledirà qualcuno, maledirà me. Perché, poi, dovrebbe maledirmi…

– Che Giunone ci protegga, – il legionario imprecò di nuovo. Sputò a terra. – Va bene, dannazione! Va bene: ne conosco una. Vive in una catapecchia sul fiume. Però ne voglio quattrocento, per portarti là.

– Sono già troppi i duecento che ti ho promesso, visto quanto tempo mi hai fatto perdere.

A rapporto

Roma, anno 681 ab Urbe condita, sesto giorno prima delle calende di quintile
(26 giugno, 72 a. C.)

– Pensi che manterrà il riserbo? – chiese Tirone.

– Non lo so, lo spero. Gli ho chiesto di farlo e mi fido di lui, anche se… Vedremo. Diciamo che a me basta che Messalla taccia fino che non avremo incontrato Plauzia per la seconda volta. In fondo si tratta di resistere per qualche giorno e Ortensio è andato a Bauli, – considerò Cicerone.

– E dopo?

– Dopo, non appena avremo le informazioni che servono per capire cosa sta succedendo, il problema sarà di Crasso. E se Ortensio lo dovesse scoprire, non mi preoccupa. Pure lui è un pretore ed è giusto che ne sia al corrente. Non mi piace che Crasso abbia il monopolio delle notizie.

Calò il silenzio. Cicerone camminava a capo chino, la faccia scura, assorto nei suoi pensieri.

Tirone lo seguiva, discreto e silenzioso, come aveva imparato a essere quando il *dominus* era in quello stato d'animo. Era certo che a Cicerone non piacesse affatto trattare cosí Messalla, e sapeva quanto odiasse non essere padrone delle proprie scelte.

Cicerone si sentí chiamare. – Senatore, nobile Marco Tullio.

I due si arrestarono e si voltarono: videro un uomo dall'aspetto minaccioso, un liberto robusto, ben vestito, con la testa grossa e rasata, gli occhi piccoli e due grandi orecchie a punta. Nel complesso pareva un imponente maiale ritto su due piedi. – Senatore, il nobile Crasso si scusa per le modalità inconsuete dell'invito, ma ti chiede, gentilmente, di raggiungerlo per scambiare due parole.

– Non mi sembra davvero il modo appropriato per invitare un senatore della Repubblica a un incontro. Neppure se chi ti manda è un pretore.

– Come dicevo, porgo le scuse del mio *dominus*.

Cicerone finse un'indignazione ben maggiore di quella che provava. Liquidò lo scocciatore con uno sbrigativo: – Bene, sarò lieto di incontrare il pretore. Riferiscigli che andrò a trovarlo nei prossimi giorni, – e fece un cenno con la mano per congedarlo. Il gesto poteva assomigliare anche a quello di qualcuno che scaccia una mosca.

Il liberto mostrò tutti i denti, contro ogni previsione bianchi, in una sorta di ghigno grottesco. – Il pretore mi ha detto che è urgente. Se quindi, *gentilmente*, volessi seguirci…

Né Cicerone né Tirone avevano notato il compare del mellifluo sgherro di Crasso. Se ne stava appoggiato al muro di una casa. Quando i due posarono gli occhi su di lui, quello alzò un palmo in segno di saluto. Lui non sorrideva, per niente.

– È un arresto? – Cicerone ridacchiò nervoso.

L'uomo fece un piccolo inchino e lo invitò di nuovo a seguirlo.

Cicerone e Tirone si scambiarono uno sguardo perplesso.
– Con le buone o le cattive? – sussurrò lo scrivano.

– Non credo che metterebbero mai le mani addosso a un senatore. Dico bene?

Il liberto, che li precedeva, continuò a esibire il suo volto gaio. Accelerò il passo, la *domus* di Crasso era appollaiata sul Palatino e la strada da fare era parecchia.

I due scagnozzi li consegnarono, letteralmente, a Clizio, che li ricevette con tutti gli onori. Cicerone era sudato fradicio, accolse con sollievo una coppa colma d'acqua fresca. Ne fece versare un po' anche per il buon Tirone.

– Il nobile Marco Licinio Crasso ti attende nel suo studio. È cosí felice che tu abbia accettato il suo invito... – il capo degli schiavi del pretore giunse le mani sul petto, come se volesse comunicare i sentimenti del suo padrone con la giusta enfasi.

– Avrei mai potuto rifiutare? – chiese Cicerone.

– Oh, immagino di no, – lo schiavo capo sorrise. Cicerone notò che chiunque incontrasse in quella casa gli sorrideva.

Venne condotto da Crasso. Sulla soglia, Clizio invitò Tirone a raggiungere la servitú di casa nelle cucine: gli schiavi stavano facendo un veloce spuntino prima di tuffarsi nelle incombenze del pomeriggio, lo scrivano avrebbe potuto approfittare del momento per godersi un pasto frugale ma di ottima qualità. – Il cuoco di casa ha molta cura persino quando prepara il cibo per noi, – tenne a sottolineare Clizio.

Tirone si congedò dal *dominus*, che non obiettò, visto che Crasso non ne aveva mai ammesso la presenza ai loro incontri.

Clizio offrí a Cicerone di servirsi da un vassoio carico di frutta.

Cicerone declinò.

Il capo degli schiavi apparve affranto, neanche stesse assistendo al funerale dell'oratore. – Il tuo stomaco, vero? Oh, sono desolato... Bene, ora, se non c'è altro, il nobile Crasso attende oltre questa porta –. Si sfregò i palmi e spinse i pesanti battenti. – *Domine*, il senatore Marco

Tullio Cicerone è qui per te, secondo quanto richiesto, – fece un inchino.

Crasso era seduto alla scrivania. Stava mangiando mirtilli, uno alla volta, mentre leggeva una lunga pergamena. Non sollevò lo sguardo dal documento che teneva fra le dita. Fece cenno a Cicerone di entrare. – Avanti, avanti senatore. E tu, Clizio, lasciaci pure. Ci verseremo da bere da soli, se non ti spiace, Cicerone.

L'oratore annuí, scambiò un sorriso di circostanza con Clizio, che si congedò. – Resterò qui fuori, per ogni evenienza.

– No, no, – disse Crasso. – Grazie, torna alle tue mansioni.

Clizio fece un piccolo inchino e uscí richiudendo con cura la porta.

– Zelante, ma pedante. Stavo pensando di sostituirlo.

– Mi sembra solerte e attento, cortese e ben educato, – considerò Cicerone.

– Troppo solerte e troppo attento. Mi sta sempre tra i piedi.

– E non è forse il suo compito?

– Deve stare vicino ai miei piedi, non in mezzo. L'altra notte ho sognato che fosse nel mio letto al posto di mia moglie. Dormo pochissimo, e quando dormo voglio fare bei sogni –. Crasso posò per la prima volta gli occhi sul suo ospite. Lasciò cadere la pergamena sul tavolo. – Comunque... Eccoci qua. Mi sei mancato. Siediti, – offrí i mirtilli al suo ospite.

Cicerone rifiutò cortese e si accomodò su uno sgabello.

– Quando ci siamo visti al *balneum*?

– Due, tre giorni fa?

– Quattro, Cicerone, quattro.

– Oh, il tempo vola!

– Immagino di sí, sebbene io, al pari di un amante trascurato, abbia contato ogni ora. Mi chiedevo: chissà cosa sta combinando il caro Marco Tullio, chissà quali notizie ha raccolto in questo lunghissimo periodo.

– Mi scuso, pretore, sono stato molto impegnato. Il caso che mi hai sottoposto è complesso. E delicato.

– Ma il tempo per vedere Messalla l'hai trovato. Acqua? – Crasso si alzò. Prese una brocca e riempí la coppa che Cicerone ancora stringeva in mano.

L'oratore ringraziò, bevve. – Mi stai facendo seguire?

– Oh, no. Anche le voci volano. La gente parla e i romani annoiati che bazzicano il foro a metà mattina sono particolarmente inclini a spettegolare, – Crasso tornò a sedersi, incrociò le gambe e intrecciò le dita sul ventre. – Dimmi: che ci facevi a spasso con Messalla?

Cicerone non si finse indignato per quella mancanza di tatto. Decise, invece, di mostrare stupore. – Sei stato tu a coinvolgerlo chiedendogli di accompagnare Plauzia al nostro primo incontro.

– Lo so bene, ma non vorrei che condividessi troppo di quanto sappiamo con il nipote di Ortensio.

– Ortensio è un pretore al servizio della Repubblica, di che hai paura?

– Stai facendo l'ingenuo con me? Davvero? Cicerone, un pretore indaga su un caso, due pretori sullo stesso caso indagano l'uno sull'altro, – Crasso si sporse in avanti. – Cosa sa Messalla?

– Quello che gli ho detto: che tu e io teniamo a proteggere la ragazza da un'eccessiva esposizione e un'ingiusta punizione. Niente di piú, – Cicerone fece una pausa, mise gli occhi sulle carte sparse sulla scrivania del pretore. Erano elenchi di materiale, forniture per un esercito: ogni voce aveva di fianco una cifra.

– Ha però assistito all'incontro con la ragazza, due giorni fa.

– Esatto.

– E per due giorni Messalla ha avuto informazioni che io sto per avere adesso.

– Come ti dicevo, sono stati giorni molto impegnati...

– Tutti stiamo avendo giornate piuttosto movimentate, però, vedi, il tempo per fare due chiacchiere con te io l'ho trovato, – Crasso fremeva per sapere. Malgrado cercasse di apparire gioviale come sempre, le parole non lasciavano dubbi su quanto fosse contrariato. – Non sono abituato a essere trascurato. Stiamo lavorando assieme, no?

– Certo.

– E allora mi sarei aspettato che, terminato il colloquio con Plauzia, saresti corso da me, con l'entusiasmo di chi ha informazioni vitali da condividere.

– Non sono un centurione della tua truppa.

– No, sei un senatore e io sono un pretore.

– Mi stai rimproverando facendo valere il peso della tua carica? Non mi pare che questa sia un'indagine ufficiale.

– Sto solo tracciando i confini in cui far crescere la nostra, diciamo cosí, ufficiosa collaborazione.

– Ma non sono un tuo uomo, sono un senatore, Marco Licinio, e non puoi aspettarti che venga qui a scodinzolare come il tuo Molosso. Sarei venuto da te appena le informazioni in mio possesso fossero state sufficienti a delineare un quadro preciso. Per ora sono lontano dalla verità quanto lo ero il giorno in cui mi hai teso quell'imboscata al *balneum*.

– Vuoi ricordarmi perché hai deciso di aiutarmi?

– Per il bene della Repubblica, pretore.

– E per una carica da edile, senatore, – Crasso puntò l'indice verso Cicerone. Ammiccò.

– Be', soprattutto per il bene della Repubblica.

– Senza dubbio. Ma non dimentichiamo le piacevoli, collaterali conseguenze di una nostra proficua collaborazione, – Crasso smise di sorridere e tornò a sedere. – Ora, siccome il tempo vola, saresti cosí cortese da portarmi almeno al livello di conoscenza di Messalla?

Cicerone bevve, lento. Si attardò a scegliere cosa dire e cosa tacere. L'atteggiamento del suo ospite lo stava seccando. Non era disposto a farsi trattare in quel modo, nemmeno da un pretore. Cosí, oltre alla diffidenza, anche un pizzico di fastidio si aggiunse ai motivi per cui voleva tenere per sé le ipotesi e le intuizioni che si accavallavano nella sua mente come rospi in amore. E gli indizi piú inquietanti: si disse che Nero, il mercante asiano e la fiala non sarebbero entrati in quella conversazione. Non voleva che Crasso si scatenasse in una caccia al congiurato in preda all'ansia di risolvere il caso. Ma qualcosa avrebbe pur dovuto dargli in pasto...

Mandò giú l'ultimo sorso e depose con calma la coppa sulla scrivania, in un angolo libero da documenti e rotoli. Fissò per un attimo il suo interlocutore, poi esordí andando dritto al punto. – La ragazza non sa niente delle lettere dal fronte iberico. Sono sicuro che non menta.

– Su cosa poggia questa tua convinzione?

– Plauzia era poco piú di un'ancella, per Flacco. Non condividevano neppure lo stesso letto. Tutto fa pensare che abbia detto la verità e che non avesse alcun ruolo nella vita del marito che non fosse puramente estetico.

– Ah, Flacco, Flacco... Il mio uomo ha perquisito la casa come avevo richiesto?

– Sí. E devo dire che è stato umiliante, per me, e indegno per un oratore e un senatore con il mio nome.

– Lo capisco e me ne scuso, ma era necessario. Tito ha trovato qualcosa?

– No, – mentí. – Niente di rilevante, che io sappia. Delle lettere nessuna traccia.

– E se Tito dice che non ha trovato nulla, vuol dire che non c'era nulla da trovare, – Crasso emise un cupo brontolio, sintomo di un profondo disappunto. – Dalla conversazione con Plauzia è emerso altro?

– Niente di relativo al nostro ipotetico complotto, ma un dato interessante sí.

– Sentiamo, – Crasso riprese a frugare nella ciotola dei mirtilli.

– La dote ammonta a piú del doppio di quanto dichiarato da Capella: dieci milioni e mezzo. Capella parla troppo, ma racconta bugie. Credo che nemmeno i Poplicola sappiano la verità sulla cifra entrata nelle casse di Flacco quando ha accettato la mano della ragazza Nevia.

– Non ha *accettato* la mano di Plauzia, lui ha chiesto… Oh, – Crasso si aggiustò un anello d'oro con rubino stretto attorno al dito medio della mano sinistra.

– Esatto, questa è l'altra novità: non è partita da Flacco, l'idea del matrimonio. Gli è stato imposto come condizione per ottenere i dieci milioni e mezzo.

Cicerone esultò dentro di sé nel vedere Crasso preso alla sprovvista: «Non sai proprio tutto di tutti, arrogante rapace».

– E ciò cosa significa, secondo te? – Crasso si alzò, si pulí le mani dal succo dei mirtilli sciacquandole in un cratere in cui galleggiavano petali di rosa, voltando le spalle a Cicerone.

– Non lo so ancora, – Cicerone cercò di distrarre Crasso con un'ipotesi alternativa. Non voleva essere torchiato dal pretore sul colloquio con la ragazza. Non voleva che capisse che stava tacendo tanto, troppo. – E se fosse solo una truffa?

– Di chi?

– Di Tuberone, Pisone, Orsino e Flacco. Strappano dieci milioni e mezzo a un disperato senza appoggi politici come Capella, promettendogli che, alla morte di Flacco, sarebbe stato il tutore della figlia, una vedova da venti milioni e mezzo di sesterzi. Come sappiamo, però, le fattorie non sono mai esistite e non è neanche certo che l'argento abbia lasciato Roma.

Crasso ci rifletté su, si massaggiò la mandibola. Saggiò la rasatura.

Cicerone continuò. – La ragazza ha detto che Flacco era in difficoltà economiche, negli ultimi tempi. Chiedeva piccoli prestiti a Capella che, abbagliato dal suo nome, glieli concedeva senza condizioni. Dell'avidità di Pisone sappiamo, dell'avventurismo senza scrupoli di Tuberone, pure.

– E di Orsino, che mi dici del vecchio, povero Orsino?

Cicerone si strinse nelle spalle. – Era vecchio, appunto. Plagiabile.

– Orsino? – Crasso rise. – E come spieghi allora la morte di tutti i tuoi «truffatori», ora che persino quel meschino di Tuberone è stato fatto a pezzi da un... *cinghiale*?

– Sto valutando ogni opportunità. La diffidenza che entrambi nutriamo nei confronti del caso non ci deve portare a escludere per forza che si tratti di sfortunate coincidenze.

Crasso rimuginò. Cicerone pensò che stesse prendendo in considerazione, almeno per un attimo, l'ipotesi della truffa. Poi il pretore scosse il capo, scompigliò le carte sul tavolo. – Mi sto facendo un po' di conti, senatore, su come impiegare la fortuna che il buon Lucullo ha mandato in patria dal Ponto. Riuscirò a tirare in piedi almeno cinque, forse sei legioni con tutto quel denaro.

– Una buona notizia, infine.

– Ottima, direi, – Crasso tornò a sedersi. – E, mentre facevo calcoli e valutavo quali e quante truppe servissero al senato per porre fine alla scampagnata di Spartaco, ho capito che venti milioni e mezzo bastano ad armare dodicimila uomini e a sostenerli per circa un mese o poco piú. Un tempo sufficiente a farsi largo attraverso la penisola e a raggiungere Roma, che so, da Mutina, per metterla a ferro e fuoco. Marco Lepido con molti meno sesterzi e con appena un po' di retorica da arruffapopolo è arrivato a combattere alle porte della capitale.

– Ma qui abbiamo soltanto dieci milioni e mezzo. Non ci sono prove dell'esistenza degli altri dieci.

– Vero. Ma facciamo una semplice divisione: quanto avrebbe fruttato ai quattro truffatori una simile, avventata, facilmente smascherabile operazione? Poco piú di due milioni e mezzo. Erano senatori, Cicerone, e proprio come noi dovevano dimostrare ai censori di godere di rendite per almeno un milione all'anno, se avessero voluto mantenere le terga sugli scranni della curia. Si sarebbero esposti a un rischio cosí grande per soli due milioni e mezzo? No, non credo...

– Dieci milioni e mezzo, tuttavia, sono anche troppo pochi per marciare in armi su Roma.

– Se supponiamo che non esistano gli altri dieci, sí. Nei prossimi giorni troveremo le prove dell'omicidio di Flacco e, con ogni probabilità, anche dei tre testimoni. A quel punto il quadro sarà piú chiaro. I messaggi dall'Hispania sono la chiave: dobbiamo scovarne traccia, e il mio istinto mi dice che da qualche parte...

– A casa di Flacco non è stato rinvenuto nulla, né pelli di capra né lettere.

– Le cercheremo altrove, o scoveremo qualcuno che sappia cosa c'era scritto e chi le mandava. Intanto indagherò sugli affari di Tuberone e Pisone. Scommetto che avevano raccolto altro argento. Magari non i dieci milioni mancanti, perché di idioti dalle tasche piene come Capella in città ce ne sono pochi, ma una congiura della portata che immagino non può aver fatto affidamento solo su quattro finanziatori –. Crasso annuí convinto. – La via da seguire è quella dei messaggi e degli omicidi. Qualcuno in Hispania sta complottando contro la Repubblica, e io voglio scoprire chi è. E con lui voglio smascherare tutti gli spalleggiatori che grufolano qui nell'Urbe. Continua a indagare.

– Ho parlato con Messalla per organizzare un secondo colloquio con Plauzia all'insaputa di Capella. La vedremo nei prossimi giorni, – disse Cicerone. – Non so ancora per quante volte potrò incontrarla prima che il padre se ne accorga.

– Bene, per un attimo ho pensato che stessi sussurrando nelle orecchie di Ortensio.

– Ortensio è a Bauli. La morte di Tuberone l'ha molto turbato, a detta di suo nipote.

– Ortensio turbato... – Crasso sogghignò. – Mio caro, questo cesto pieno di vipere va scoperchiato alla svelta.

– Perché tanta fretta? Lo hai detto tu stesso quando ci siamo incontrati al *balneum*: il complotto, ammettendo che sia esistito, forse è già fallito, – Cicerone si sistemò la toga. Fece una pausa, ben studiata, poi chiese: – Per caso Pompeo ha dato notizie di sé dall'Hispania?

– Non ti facevo tipo da simili, basse insinuazioni, – Crasso si alzò. La riunione era conclusa.

Anche Cicerone si alzò e si avviò alla porta. – Mi domando quanto impiegherà Pompeo a liquidare quella zecca di Perperna per fare poi finalmente ritorno a casa... Deve essere ben poca cosa per lui chiudere il conflitto iberico, ormai. Non sarebbe un peccato se gli affidassero le sei legioni che con grande impegno stai allestendo?

– Buona giornata, Cicerone. Ti sarei grato se tornassi da me subito dopo aver parlato con Plauzia. Portami qualcosa che leghi Flacco al fronte iberico.

– Se esisterà prova in tal senso, la scoverò.

– Ah, un'ultima cosa: che fine ha fatto Tito Annio?

– Non ne ho la minima idea, non lo vedo da quando è sgattaiolato fuori dalla casa di Flacco come un ratto. Ti sei perso il tuo Molosso?

Crasso era già tornato alla scrivania e si era immerso di nuovo nei suoi calcoli. – Se lo vedi, digli che voglio che venga qui. Lui, al contrario di te, è difficile da trovare.

– Immagino stia investigando per tuo conto. A meno che il suo compito principale non fosse spiare me, allora in quel caso...

– Vale, senatore.

Cicerone e Tirone lasciarono la casa di Crasso uscendo da una porta secondaria, accompagnati dai melliflui sorrisi di Clizio.

Per un po' stettero in silenzio scendendo verso il foro. Poi Tirone non resistette alla curiosità. – Che cosa pensa, il nobile pretore, della fiala che abbiamo trovato? E del vero ammontare della dote, che dice?

– Ho ritenuto opportuno di non turbare i sonni di Marco Licinio Crasso piú di quanto non lo siano già. Diciamo che ho taciuto qualcosa. Ha già parecchi pensieri per la testa, il pretore. Troppi. Quando avrò notizie certe, allora, forse...

Strige

Roma, anno 681 ab Urbe condita, sesto giorno prima delle calende di quintile
(26 giugno, 72 a. C.)

Astragalo e Tito uscirono dalle mura della città. Costeggiarono il Tevere seguendo la via che conduceva a Ostia. Le loro ombre si allungavano sulla strada, il sole baciava l'orizzonte. Per tutto il tragitto Astragalo brontolò. Cercò di convincere Tito che stava facendo una sciocchezza.
– È una matta, quella da cui stiamo andando, centurione. Non perdere tempo. Dice di parlare con i morti, dice di predire il futuro… Ci vanno in tanti, ma nessuno ammetterà mai di conoscerla. È tempo perso…

– Ma come? Prima mi parli di streghe che fanno malefici e uccidono le persone solo maledicendole e adesso mi dici che mi stai portando da una matta, una ciarlatana? Cammina.

La via era costellata di cippi funerari e antiche stele divelte. Il paradiso dei profanatori di tombe. Di colpo Astragalo deviò, scese lungo la riva del Tevere, attraversò la boscaglia sobbalzando a ogni foglia smossa dal vento, a ogni canto d'uccello. Un capriolo tagliò il sentiero scalciando e il veterano estrasse il coltello.

– Vuoi darti una calmata? Mi stai facendo saltare i nervi, – Tito gli afferrò il pugno che stringeva il coltello. Astragalo annuí, ma non rinfoderò la lama. Proseguirono fino a un punto in cui il fiume curvava. Il sole era ormai calato e il bosco era immerso nella penombra. Sentivano il rumore dell'acqua, sentivano il profumo della vegetazione fluviale fradicia e l'odore del legno marcio.

– La vedi, quella luce? Quel fuoco? – Astragalo indicò la riva. – C'è una palafitta. Ecco, la strige sta lí. Buona fortuna, io ti aspetto sulla strada. Se non ti vedo tornare prima che faccia completamente buio, me ne vado.

– Dove? Là? – Tito cercava di individuare il punto segnalato da Astragalo, che intanto era già sparito nella vegetazione.

– Laggiú, – gli gridò il compagno.

Tito imprecò e, scendendo in direzione del fiume, si trovò a camminare in un pantano maleodorante. Il fango gli arrivava a metà tibia. Seguí la via che ritenne piú breve per raggiungere la luce tremolante che filtrava tra i rami. Giunse infine alla palafitta. Ossicini di volatile legati assieme e appesi a una betulla emisero un suono agghiacciante. L'ex centurione si rese conto che dagli alberi dietro la palafitta pendevano teschi di volpe, di scoiattolo, ossa di pollo e lische di pesce. Ogni soffio di vento dava vita a un inquietante concerto di carcasse sbatacchiate qua e là.

Al centro di una radura appena fuori la costruzione, borbottava una pignatta agganciata a un traballante treppiede di legno. Il fuoco sotto di essa era quasi spento. Tito si avvicinò cauto, spostò il coperchio e fu investito da un odore pungente, di selvaggina ed erbe, oltre che di aglio.

Udí delle voci in lontananza provenire dal lato opposto del fiume. Si acquattò e aguzzò la vista. Vide cinque o sei fiaccole muoversi impazzite e illuminare l'acqua e le sterpaglie semisommerse. Sentí voci e fischi, gente che si dava indicazioni, il pianto di una donna.

– Hanno visto un cadavere, – la voce alle sue spalle lo fece trasalire, i peli sulle braccia si rizzarono. Portò la mano al pugnale.

A pochi passi da lui si era materializzata nella penombra una figura informe, coperta di stracci.

– È lí dal pomeriggio. Finiscono tutti qui, gli affogati: in questa insenatura del fiume la corrente rallenta, e quelli si incagliano nelle frasche, – la strige affiancò Tito e si mise osservare la scena con lui. – Deve essere una fanciulla, o un ragazzino. Ho visto sbucare il braccio bianco tra le canne. Sembrava salutarmi, – sghignazzò. – Peccato, speravo non lo trovassero. Avevo in programma di attraversare il fiume con la mia barchetta all'alba. Sono sempre utili, i corpi dei morti –. La donna si avvicinò al fuoco. Aveva le carcasse di due ghiri appese alla cintola.

– Chi sei? – chiese Tito.

– Chi sei tu, semmai, che annusi la mia cena, – rispose lei rimestando nella pentola. – Questa è casa mia.

– Dicono che tu sia una strige e io ho bisogno della tua arte.

– Chi lo dice? E di quale delle mie arti hai bisogno? – la donna ridacchiò. – Vuoi conoscere il futuro? Il tuo seme non germoglia nel ventre della tua sposa? Sei malato? Sei colpito dal malocchio? Ho amuleti e talismani di ogni sorta e foggia. Posso creare ogni tipo di pozione, – si raschiò la gola, sputò nelle braci. Il catarro sfrigolò. – Vuoi maledire qualcuno?

– Voglio informazioni.

– Oh, – disse la strige risistemando con cura il coperchio sulla pignatta. – Davvero non sei soltanto interessato alla mia cena, allora. Vuoi informazioni: insolito, molto insolito. Mi avevano avvisato che oggi avrei avuto una visita inaspettata, – bofonchiò qualche parola che Tito non comprese. Si mosse verso la casa.

– Chi ti ha avvisato?

– Chi? – lei si voltò e indicò il cielo illuminato dal rosso del tramonto. Tito guardò in alto. Quando riabbassò gli occhi, la strige era già lontana e si avviava a passo svelto verso la baracca. – Che fai? Non vieni? Andiamo dentro, staremo piú comodi e non saremo tormentati dalle zanzare. Magari da altro, ma non dalle zanzare.

Tito la seguí.

Salirono sulla piattaforma di legno della palafitta. Il legno era quasi marcio e scricchiolava. La strige appese i due ghiri a una trave del portico. L'aria puzzava di acqua stagnante ed era riempita dal sottile ronzio delle zanzare, dal vento tra le frasche, dal gracidare delle rane e, in lontananza, dalle voci che giungevano dalla riva opposta del fiume.

– Ah, ne avranno ancora per un po'. Recuperare gli affogati richiede sempre del tempo. Persino se si è in tanti, – disse la donna mentre si toglieva i calzari infangati. Si lavò i piedi in un catino che teneva vicino alla porta. – Fallo anche tu, – disse. – E lascia fuori il coltello. In casa mia si entra in pace.

– Il coltello lo tengo con me.

– E allora non entri. Coraggio, non ti mangio, – rise.

– Non è un pugnale qualsiasi.

– Lo vedo. Appoggialo lí, vicino ai calzari. Nessuno te lo porterà via.

Tito sbuffò, si sfilò i calzari, si sciacquò i piedi e lasciò il coltello, non prima di essersi guardato attorno circospetto.

La strige scostò il battente cigolante e lo invitò a entrare. Una volta dentro, con grande meraviglia, Tito si trovò in un ambiente che profumava di malva e lavanda, pulito, persino ordinato, sebbene troppo affollato di mobili, come se la padrona di casa avesse cercato di far stare tutta la sua vita in un'unica stanza. Al centro, un grande tavolo rettangolare con due sedie, una per ciascun lato lungo; in un angolo, un piccolo letto con un materasso di paglia e una coperta di lana; un paio di grandi credenze di legno scuro si fronteggiava sulle pareti della stanza, sulle quali correvano grandi mensole, curve sotto il peso di ampolle, scrigni, statuette di divinità di ogni sorta e provenienza. Dal soffitto pendevano ciuffi e mazzi di erbe odorose, ghirlande di aglio, amuleti zoomorfi, carcasse di piccoli roditori e tre lampade a olio di bronzo a forma di cherubini.

La donna si accomodò da un lato del tavolo, che era sgombro a eccezione di una ciotola e una statuetta in bronzo di Ecate rappresentata nella sua triplice forma. Si liberò della stola logora che le copriva la testa e le spalle e svelò una vecchia dall'età indefinibile. Seppur increspata dalle rughe, aveva una pelle candida come la luna. Gli occhi neri e le labbra tinte di rosso contrastavano con i capelli argentati, ben curati, che, al pari di quelli di una sacerdotessa, erano annodati in trecce tenute assieme da nastri blu. Sorrideva mostrando denti straordinariamente bianchi, a eccezione di un incisivo di legno, nero, lavoro costoso frutto della maestria di qualche *medicus* della città, pensò Tito.

Avvolta in una veste consunta e scolorita, era magra senza apparire ossuta. Al collo portava una sfilza di ninnoli, gemme, pietre dure, e soprattutto simboli lunari d'oro e rame. Allungò le mani scheletriche dalle unghie rovinate e adunche che le facevano sembrare artigli. – Be', che c'è? Che t'aspettavi che fossi? Una gorgone, una cagna dell'Ade? Un'arpia? – sibilò. Tito si spostò indietro, d'istinto portò la mano là dove avrebbe dovuto pendere il pugnale di Gabello.

– Scommetto che ti tremano le gambe, legionario! Perché non stringi l'amuleto a forma di fallo che porti al collo? Come se quello che hai tra le gambe non bastasse!

– Non fare sciocchezze. Posso difendermi anche a mani nude! Non credo alle stronzate che voi fattucchiere raccontate per abbindolare i poveracci, ma...

– Ma hai paura. Di chi? Di me? Non ti sembro soltanto una povera vecchia? – rise.

– Veneri Ecate. Non ci si può aspettare niente di buono da chi la venera con tanta spudoratezza.

– Oh, che la dea mi protegga e mi assista, romano! A lei vanno le mie preghiere quando parlo con questo e con l'altro mondo. A lei vanno le mie invocazioni se voglio rompere le catene del tempo e dare una sbirciatina al destino degli uomini. A lei chiedo aiuto quando a un crocevia non so che direzione prendere, – la strige sospirò. – No, non è di Ecate che hai paura. Per spaventarti mi basta essere ciò che sono, una che sa cose che tu non sai, – lo fissò negli occhi. – Strigi, ci chiamano, legionario, – sorrise amara.

– Come sai che sono stato un legionario?

– Come sai che sono una strige? – la vecchia si frugò addosso ed estrasse un sacchetto di lino. Lo scosse, e Tito pensò che dal suo interno provenisse il crepitio di ossicini.

– Ora, dimmi: che vuoi sapere?

Tito mise sul tavolo lo scrigno di Plauzia. Estrasse la fiala e gliela porse. La strige fece segno all'ex centurione di appoggiarla. – Ebbene?

– Voglio sapere se quello che c'è lí dentro è un veleno, – disse Tito incrociando le braccia.

– Ah, ecco, – la donna batté le mani. Si gingillò con una corniola su cui era incisa una luna crescente. – Quelle ciarlatane in città hanno paura persino di pronunciare la parola «veleno». Ti svelo un segreto, – lo invitò ad avvicinarsi, Tito non raccolse l'invito. La strige si guardò attorno come se qualcuno potesse sentirla, bisbigliò: – Sono tutte capaci di creare veleni. Ma sono dilettanti e, infatti, quando la loro migliore cliente vuole uccidere il marito, producono intrugli che al piú fanno vomitare o cacare il malcapitato per giorni; oppure lo ammazzano tra atroci sofferenze, ma impiegano settimane, vengono scoperte e finiscono a morte insieme all'aspirante vedova, – sghignazzò. Prese lo scrigno, lo studiò per un po' rigirandoselo tra le mani. – Bello, – disse. – Bello davvero.

– E il liquido? – la incalzò Tito.

– Calma, legionario, calma. Queste cose richiedono tempo, – la strige afferrò la fiala, la osservò controluce. – Già, – disse. Tolse il minuscolo tappo in sughero. Diede una bella annusata. – Ah, però! Dove hai trovato questa roba? – sembrava piacevolmente sorpresa. Poi, prima che Tito potesse fare o dire alcunché, la donna lasciò cadere una goccia del liquido sulla punta della lingua.

– Sei pazza?

– Stai al tuo posto! – esclamò. – So quello che faccio, – schioccò la lingua. Si illuminò. – Ho detto forse che è un veleno? – Richiuse la fiala e la ripose nello scrigno, che riconsegnò a Tito facendolo scivolare sul tavolo. Sorrideva.

– Quindi? – Tito era impaziente. – Sai di che si tratta?

– Ovvio che lo so. E forse sono l'unica in tutta Roma a sapere che cos'è quel meraviglioso intruglio dolciastro, a parte chi l'ha usato. Perché è stato versato nella coppa di qualcuno, ho ragione?

Tito mise via lo scrigno. – Non sono affari tuoi.

– Certo... – la donna ammiccò.

– Dimmi cos'è.

– Che modi, – la vecchia si passò un dito sulle labbra. – Però, non male davvero... Fa già effetto, – digrignò i denti, fece scorrere la lingua scura sulle labbra. Si toccò le gengive. – Adesso, dimmi: quanto sei disposto a pagare per sapere?

– Quanto vuoi? – Tito fece tintinnare la sacca piena di sesterzi che portava in vita.

La strige rise. – Pensi che mi interessi l'argento? Guardati attorno. No... – tacque per un po', poi disse: – Quanto è importante, per te, sapere?

– Molto.

– Molto, quanto? Quanto un fatto personale, una vita da salvare o forse, sí, ecco, un debito da saldare? – la vecchia gli puntò l'indice contro.

– Che ne sai, tu?! – Tito si rese conto che il profumo della malva gli stava facendo venire il mal di testa, che sentiva un caldo infernale, lí dentro, e che gli sembrava di soffocare. C'era qualcosa, nell'aria?

– Un debito, non è cosí?

– E una missione che ho fretta di portare a termine, quindi, se non ti spiace... – tagliò corto l'ex centurione. Mise sul tavolo una manciata di monete. Un gruzzolo. – Bastano?

– Non hai capito, proprio non hai capito, – la strige scosse il capo sconsolata. – Ti propongo un patto.

– Non faccio patti con te.

– Oh, sí che lo farai. Tu giochi, vero?

– Giocavo.

– Chi ama il gioco ne è schiavo per sempre. Tu giochi.

– No. Ho promesso che non avrei piú giocato.

– Ah, i giuramenti fatti a... a chi non c'è piú, non è cosí? Ci legano per tutta la vita –. Osservò di sottecchi la reazione di Tito.

Tito si alzò, si allontanò dal tavolo. – Tu... tu... Come dannazione sai certe cose?

– Non ti spaventare. Non ti farò del male e tu non ne farai a me. Siedi. Se vuoi sapere che c'è nella fiala, non lasciare che la paura ti neghi l'opportunità di pagare il tuo debito. Avanti, decidi. Non proverai il piacere di un colpo di fortuna perché non sei in una *popina* o in un bordello. Il tuo giuramento non verrà infranto. Decidi.

– Io...

La donna si alzò canticchiando. Frugò in una delle credenze e ne estrasse un sacchetto. Tornò a sedersi e ne svuotò il contenuto sul tavolo facendo rotolare un mucchietto di astragali. – Scegline quattro. Giochiamo al punto piú alto. Un solo lancio.

Anche Tito era tornato a sedersi. Sudava, gli odori nella capanna gli facevano scoppiare la testa. Non toccava degli astragali da una decina d'anni.

– Se vinci tu, accetterò la miseria di cento sesterzi per darti l'informazione che vuoi.

– Se perdo?

– Ti dirò comunque quel che vuoi sapere, ma mi farò pagare un prezzo che uno come te non vorrebbe mai pagare. Tu vuoi sapere e io voglio sapere.

– Cosa vuoi sapere?

La donna sorrise felina. Allungò la mano e si fece consegnare i quattro ossicini scelti da Tito. – Lancio io per prima. Sono la piú vecchia.

Tito annuí. – Per me va bene.

La strige scosse gli astragali nell'incavo delle mani, lanciò e fece un misero sei.

– Oh, – si imbronciò, – tre facce da uno e una da tre... Sei fortunato, tu.

Tito, trionfante, si asciugò la fronte. Avrebbe dovuto imbroccare una faccia da quattro o da sei. Scosse gli ossicini in mano e fu colto da un senso di vertigine. Si vide per un attimo in uno dei bordelli di Mezzo Asse, vide Gabello accanto a sé mentre si ingozzava di frutta e focacce, vide Astragalo pronto a scommettere contro di lui, vide le monete cadere sul tavolo, i dadi rimbalzare sulle pareti del *fritillus*, le urla...

... e la risata della strige seduta davanti a lui. – Che sfortuna, legionario. Il colpo del cane! Hai fatto quattro! Era quasi impossibile fare peggio di me, eppure...

Tito rimase inebetito di fronte al lancio: il primo dopo dieci anni, ed era uscito un fottuto colpo del cane, il punto piú basso possibile, quattro facce da uno. Imprecò.

Le ossute dita adunche raccolsero gli astragali facendoli cadere nel sacchetto. – Un'informazione per un'informazione. Io chiedo e risponderai, tu chiedi e avrai risposte.

– Che vuoi sapere? – l'ex centurione si abbandonò contro lo schienale, sconsolato.

– Il nome di tua madre.

Tito sentí torcersi le budella e il sangue refluire dalle estremità. – No...

– Un patto è un patto, se non lo rispetti, non ti dirò ciò che vuoi sapere. Nessuna maledizione, nessun malocchio. Te ne tornerai da dove sei venuto, con gli stessi dubbi di quando sei arrivato.

– Che c'entra mia madre, adesso?

– Oh, la madre è il terreno su cui noi tutti germogliamo, anche chi come te è senza padre. C'entra sempre, la madre. Dimmi il suo nome.

– Come sai che sono senza padre?

– Come sai che sono una strige? Forza, rispondi.

Tito bisbigliò qualcosa che nemmeno lui era certo di aver udito. Ma la vecchia non ebbe bisogno di farselo ripetere. – È un bellissimo nome, legionario, – inspirò a fondo, stese le braccia sul tavolo e aprí i palmi delle mani. – E tu lo mormori cosí spesso, nel sonno, ho ragione? Ti provoca dolore, quel nome. È una ferita piú profonda di quella che ti deturpa il cranio. Ed è aperta, sanguina.

– Hai chiesto, hai avuto una risposta. Non ricamare, – Tito cercò di scacciare l'immagine di sua madre agonizzante e di suo nonno paterno che la uccideva a bastonate, e si rivide appena sedicenne mentre fuggiva senza aiutarla, sentiva le sue grida. Scosse la testa, si passò una mano sul viso: non voleva che la sua mente indugiasse in quell'angolo della memoria, aveva paura che la vecchia potesse *vederlo*.

– Che hai fatto a tua madre, legionario?

– Sta a te, – Tito si asciugò gli occhi dal sudore.

– D'accordo. È un veleno.

– E tu l'hai assaggiato?

– Per Ecate, non ne basta cosí poco. Ti posso dire che è un veleno che viene da lontano.

– E che razza di veleno è?

– Ah-ah, sta a me fare la domanda, ora. Dimmi, come è morta la persona alla quale hai promesso di non giocare piú ai dadi.

– Per gli dèi...

– Come?

– È stata uccisa. Era la mia donna... – Tito rivide il corpo di Velia, la sua veste bianca insanguinata, il ventre dilaniato. Al suo fianco, il cadavere di Gabello. E lui seduto in mezzo ai due, la testa grondante sangue. Una lacrima gli scese lungo la guancia e si mischiò al sudore.

– Ah, – la strige si scurí in volto, – è morta per colpa tua.

– Che razza di veleno è?

– Oh sí, è per colpa tua che è morta...

– Che stregoneria è mai questa? – Tito stava bruciando sulla sedia. Il caldo, l'ansia di finire al piú presto quella maledetta conversazione e la paura lo stavano portando al limite.

– È fatto con le bacche e le foglie di una pianta che cresce in Oriente e nelle terre dei galli ma che si può trovare anche sui monti dell'Etruria. Alcuni chiamano quelle bacche «ammazza bambini» perché sono dolci, simili a mirtilli grandi come ciliegie. Basta una bacca a uccidere un bambino. In Oriente usano poche gocce del loro succo per rendere piú tollerabile il lavoro dei chirurghi. Fa sentire meno il dolore, o non lo fa ricordare dopo che lo si è provato. Che differenza c'è?

– E tu sapresti miscelarlo?

– Se qualcuno mi fornisse le bacche, sí. Ma sono molto rare, dalle nostre parti, e bisogna essere davvero bravi per ottenere un succo tanto potente. Servono molte bacche. No, questa è opera di qualcuno che non vive qui. Quella meravigliosa scatola mi dice che viene da lontano, dalle terre d'Asia. E probabilmente la quantità che manca nella fiala è sufficiente a far fuori un uomo. Il poveretto sarà morto in poche ore, delirando, bruciando sulla pira ancor prima di essere cadavere, tormentato da una sete inestinguibile, con la mente devastata dalle visioni. Non è cosí? Questo veleno è arte, e vale una fortuna. Perché non me lo vendi? – Sorrise.

– Non è in vendita.

– Regalamelo, allora.

– No.

– Peccato, – disse la strige, poi si sporse in avanti e sussurrò: – Ora dimmi: uccidi sempre chi ti ama? Di chi è il pugnale celtico che hai con te? Sento che non è un bottino di guerra.

– Che io sia dannato... Come... – Tito picchiò il pugno sul tavolo. – Io non uccido chi mi ama! Io non volevo che morissero, – digrignò i denti. – Non li ho uccisi io, Gabello, Velia, mia madre... Ma non li ho protetti. Non li ho...

– Tu *sei* dannato, romano! È Tisifone che parla per te. È dentro di te, l'hai lasciata entrare e vuoi che ti divori, vuoi che ti punisca per le tue colpe! Falla urlare, legionario. Permettile di uscire, sei la sua gabbia! Sta soffocando! Ma non sarà lei, a morire, perché lei non può morire! – La donna si protese verso di lui come un'arpia, gli graffiò la mano destra. Tito quasi cadde dalla sedia, spinse via la statua di Ecate, che cadde a terra.

– Basta! Per gli dèi, basta!

– Sí, basta, – disse infine la vecchia. – Basta, – assaggiò il sangue di Tito. – Adesso so chi sei. Questa è la mia ricompensa, il prezzo che volevo pagassi. Ora un pezzo di te resterà qui con me. Ecco la mia ricchezza, legionario. Non è l'argento, non è l'oro. Sono le vite degli altri.

Tito barcollò, fu colto dalla nausea. Gli sembrò che la ferita sulla testa, il ricordo della notte in cui erano morti Velia e Gabello, bruciasse come se fosse fresca.

– I ricordi, romano, fanno questo. Appena ti ho guardato ho capito. Ho visto un uomo senza futuro che portava sulle spalle il peso insostenibile del passato, sospeso sul nulla del presente, – la donna scosse il capo. Osservava Tito tremare con occhi all'improvviso carichi di compassione. – Prendi questo, – gli disse, e si staccò dal collo uno dei tanti pendagli. Lo lanciò sul tavolo. – Prendilo. La donna che ha usato quel veleno è perfida, è un mostro. Lei è una strige, romano, non io. Lei è Aletto, lei è vendetta, odio puro.

Tito afferrò il pendaglio, faticò a metterlo a fuoco: era un piccolo scorpione ricavato da una gemma di un rosso cupo.

– Ora vattene. Non hai piú uno scopo, qui.

L'ex centurione, in precario equilibrio, uscí senza girarsi, senza dire una parola. Una volta fuori, inspirò l'aria della notte. Sentí i polmoni che si riempivano come se quello fosse stato il suo primo respiro. Frenetico si infilò le caligHe, si rimise il pugnale in vita e prese a correre. Fuggí.

La vecchia si affacciò sotto il portico e gridò affinché Tito la potesse udire mentre correva a perdifiato nel bosco. – Non hai molto da vivere, romano! Lascia qualcosa su questa Terra. Un segno del tuo passaggio. Questo è il regalo che ti faccio, il tuo poco futuro. A presto, legionario! A presto!

Tito raggiunse la strada trafelato. Non sapeva quanto tempo fosse trascorso. Cercò Astragalo nel buio, lo trovò appoggiato a un cippo funerario.

– Stavo per andarmene, – disse il veterano.

Tito lo raggiunse e lo superò senza fiatare.

– È andata bene, vedo, – Astragalo ridacchiava. – Sono solo superstizioni, no?

L'ex centurione si voltò e colpí il compare alla bocca dello stomaco.

– È veleno, – disse, e si lasciò alle spalle l'amico, piegato su sé stesso.

La ragazza del Tevere

Roma, anno 681 ab Urbe condita, notte tra il sesto e il quinto giorno prima delle calende di quintile
(Notte tra il 26 e il 27 giugno, 72 a.C.)

Un tempo la madre di Galla somigliava alla figlia. Aveva avuto una vita serena fino a quando suo marito non era stato accoltellato al mercato Olitorio. Qualcuno l'aveva scambiato per un tizio iscritto nelle liste di proscrizione di Silla e lei era rimasta sola con due figli piccoli. Da allora si era arrangiata e aveva portato a casa quel po' di cibo e assi sufficiente a tenere in piedi un'idea di famiglia.

Nessuno l'aveva piú presa in sposa. Tre bocche da sfamare: non conosceva uomo che se le potesse permettere, e lei si era opposta all'idea di separarsi da Galla e Manlio. Negli anni a venire ebbe di che pentirsene, considerando la vita grama cui aveva condannato tutti e tre in nome dell'amore materno e della dignità.

Adesso non aveva piú importanza quali scelte avesse fatto nella vita, quanto il destino fosse stato crudele con lei, quanto la povertà le fosse pesata in quei lunghi anni. Stava morendo, secca come un osso, persa nei deliri di una febbre che la divorava da mesi. Stava crepando, sola, senza nemmeno il conforto dei figli, spariti nel nulla in una notte di giugno.

– Assomigliava a Galla, un tempo, – disse la vicina di casa, che ogni tanto andava a sincerarsi se fosse ancora viva e a bagnarle le labbra frementi. Le accarezzò la fronte sudata.

– Resta ben poco di lei, – considerò Flavia. Si guardò attorno. Non era mai entrata in casa di Galla ed era davvero il tugurio che appariva da fuori. Nel misero ordine delle uniche due stanze riconosceva la solerzia della ragazza. Una tenda separava il giaciglio della madre da quelli dei due ragazzi. Individuò quello della sua aiutante perché era ben curato, pulito e rifatto. Sul comodino c'era un mazzetto di lavanda. Galla amava raccogliere fiori profumati e farli seccare. Il letto di Mano Marcia appariva invece come il pagliericcio nella cuccia di un cane. Flavia sentí stringersi il cuore nel cogliere tracce di Galla ovunque. Soffocò un sospiro, si tenne il nodo alla gola e represse ogni segno d'ansia. Si concentrò. – Ripetimi ancora dell'ultimo incontro con il ragazzo.

La vicina si frugò. – È passato due notti fa. Ha bussato alla mia porta qualche ora prima dell'alba, ha svegliato il mio bambino piccolo. Ha spaventato tutti e c'è mancato poco che mio marito e il mio figlio piú grande lo conciassero per le feste. Era ubriaco, come al solito. Straparlava, piangeva. Ha detto che doveva partire all'improvviso, che si arruolava per andare a combattere contro Spartaco. Mi ha lasciato queste e mi ha detto di pagarci un bel funerale per la madre –. Mostrò a Flavia una manciata di denarii d'argento, una ventina, forse.

– E dove ha preso le monete? Te l'ha detto?

La donna ritrasse la mano. – Ha detto che aveva vinto ai dadi. Erano di piú, ma una parte l'ha voluta mia marito come risarcimento per il disturbo, diciamo cosí. Io non ero d'accordo, ma è mio marito...

– Ti ha anche detto dove e quando le ha vinte?

– No, Mammina... È un miracolo che abbia capito cosa diceva. Poi mio marito l'ha cacciato.

Flavia cercò in giro per la casa. Trovò una credenza con gli oggetti personali di Galla. Non c'era granché: una delle sue due vesti, la piú misera, un paio di nastrini colorati per legare i capelli, uno spillone d'osso, un vasetto con fondi di vino e more tritate per tingersi le labbra, un paio di *solae* consunte, qualche rametto di rosmarino e, ancora, lavanda e un'ampolla con un piccolo tappo di sughero. Il liquido torbido all'interno profumava di rosa e mughetto. Galla non aveva mai avuto quel profumo, che aveva l'aria di essere costoso. Molto costoso.

– Hai notato qualche faccia nuova aggirarsi da queste parti? Che so, un amico di Galla che non avevi mai visto prima... – Flavia afferrò rapida l'ampolla e la nascose nella sacca.

La vicina ci pensò un po' su e concluse che no, non aveva notato nessuno.

– Quando hai visto Galla l'ultima volta? – chiese Flavia.

– Te lo ripeto, ho tre figli e un marito, non ho tempo per farmi gli affari altrui. Però...

– Però...

– Tre giorni fa, verso sera, è uscita con suo fratello.

– Naturalmente non sai dove stessero andando.

– No. Ma la ragazza era vestita a festa e rideva, come mai l'avevo sentita ridere. E la conosco da che è bambina.

– Ti è parsa strana, quindi?

– Mi è parsa euforica. Stavo per chiederle dove stesse andando, ma mio marito mi ha chiamato in casa. Mio marito si fa gli affari suoi, noi tutti in famiglia ci facciamo gli affari nostri.

– Mammina, una parola, – Castore era apparso sulla porta.

La vicina di casa, alla vista del guardaspalle, tolse il disturbo. – Sembra che mio marito mi stia chiamando. Torno dopo a vedere come sta –. Accarezzò la fronte della madre di Galla e scivolò fuori come un'ombra.

Castore si guardava i calzari, stringeva i pugni. – Credo che sia meglio tu venga con me.

– Dove? Ho da fare qui, adesso. E tu dovresti essere fuori a cercare Galla.

– Mammina, devi venire con me... – Castore alzò la testa, aveva gli occhi rossi.

– No, – disse Flavia, – no...

Castore la prese per mano, con insospettabile delicatezza. – Vieni, Mammina, vieni, – disse. La madre di Galla rimase sola. Respirava appena, ma se qualcuno fosse stato presente avrebbe potuto giurare di averla udita sussurrare il nome della figlia.

Ci volle un bel po' per estrarre il corpo della ragazza dalla vegetazione fluviale. La notte era calda, il cielo stellato e l'aria riempita dal gracidare delle rane. Le fiaccole illuminavano scorci del cadavere mostrandone la pelle, foglio bianco su cui sembrava essersi abbattuta l'ira degli dèi tingendolo di rosso, rosa, blu, viola e verde, in un disegno di dolore e sofferenza.

Attorno a ciò che rimaneva di una giovane vita si era creato un piccolo capannello di uomini, quasi tutti pescatori. Muti, osservavano quel che il fiume aveva restituito. Non era il primo corpo che raccoglievano dal Tevere, nelle cui acque trovavano di che vivere. Una donna piangeva appoggiata a un salice, consolata da un ragazzino.

Castore e Polluce crearono lo spazio necessario ad accogliere il dolore di Flavia. Nessuno pose domande. La donna afferrò una torcia da uno dei pescatori e fece scorrere la luce sul cadavere, abbandonato, fradicio, con le membra in disordine.

Le fiamme si specchiarono negli occhi spenti appena visibili sotto le palpebre tumefatte. Flavia si accucciò, allungò una mano fino a sfiorare il braccio della ragazza. La ritrasse nel sentire il gelo della morte sotto i polpastrelli.

Al cospetto di quell'oggetto di carne fredda che era stata la sua Galla, pensò di urlare, e forse lo fece. Pensò di morire, e forse lo fece. Si afflosciò, crollò su sé stessa, riducendosi a un mucchietto di stracci.

Difficile per lei stimare il tempo che aveva trascorso di fianco al cadavere della sua amata bambina. Avvertí una mano toccarle la spalla, si scosse e riconobbe accanto a sé, in ginocchio, la donna che piangeva sotto il salice. La donna l'abbracciò. – Quando il destino ti porta via una figlia, è come se il tuo ventre venisse riempito di braci ardenti. E l'unica cosa che vuoi è morire con lei, perché è cosí ingiusto…

Flavia si sentí soffocare e si divincolò. Stava per rispondere che quella non era sua figlia, che Galla era… – Era l'unica che avevo, – disse. La donna riprese a piangere, pregava.

Il ragazzino che era con lei si avvicinò a Flavia. – L'ho trovata io. L'ha portata il fiume oggi, ieri non c'era e nemmeno stamattina. Deve essere arrivata nel pomeriggio, sí, – si morse le labbra, si grattò la testa. – Ma il fiume non fa questo.

– Questo, cosa? – chiese Flavia passandosi una mano sotto il naso gocciolante.

Il ragazzino si chinò vicino al cadavere e indicò gli ematomi, la faccia tumefatta. – Non è morta da molto. Si gonfiano e puzzano e sono pieni di aria se sono morti da tanto. Non dovrebbe avere quei segni…

Flavia annuí. – Lo penso anch'io. Ora vattene a casa e porta via tua madre, mi dà sui nervi il modo in cui si dispera come se fosse figlia sua.

Quando rialzò lo sguardo si rese conto di essere rimasta sola con Castore e Polluce. I due si erano tenuti rispettosamente in disparte.

Flavia si tirò su, si sistemò la veste, si asciugò gli occhi. Tornò Mammina e Mammina diede ordini: – Trovate un carro e una coperta.

Castore disse: – Sí, ci pensiamo noi.

Polluce domandò: – La portiamo a casa sua, dalla madre?

– No, – rispose Flavia. – La portiamo dal *medicus*. Ora andate, resto io con lei.

– Da sola? Sei sicura? – chiese Castore.

– Dal *medicus*, Mammina? – chiese Polluce.

– Niente domande, andate, – Flavia si sedette sotto il salice a fissare il corpo di Galla illuminato dalle torce. Sentí bruciare il ventre come aveva detto la donna, ma sentí pure che la disperazione, in un istante, era diventata rabbia. E questo la rincuorò.

I due guardaspalle risalirono la riva.

– Ma perché dobbiamo portarla dal *medicus*? – Castore non capiva.

Polluce si strinse nelle spalle. – Il dolore l'ha fatta impazzire. Succede, alle donne. Mammina è pur sempre una donna, no?

– Pensavo che sarebbe stato carino fare il funerale a Galla e sua madre assieme.

– Ma sua madre non è ancora morta.

– L'ho vista, le manca poco.

Camminarono per un po' in silenzio lungo la strada ascoltando i suoni della notte fino a che Castore non disse: – Mi mancherà, la ragazzina.

– Anche a me, – gli fece eco Polluce. Tirò su con il naso.

– Stai piangendo?

– Chi? Io? Non dire cazzate, – Polluce fu felice che fosse una notte senza luna.

Lucrezio aveva faticato ad addormentarsi.

Era tardi e *dada* non era ancora tornato. Mai successo prima.

Aveva giocato per un po' con i suoi due piccoli gladiatori di legno, alla luce fioca della lampada a olio che dondolava dal soffitto del cubicolo in cui dormiva insieme ad Astragalo; aveva canticchiato per combattere la tristezza e coprire il russare potente di Pitodoro nella stanza accanto.

Poi preso dall'ansia e dalla paura della notte, era scivolato nel letto di Astragalo immaginando che lui fosse lí. Si era assopito con i due gladiatori di legno sul cuscino.

Dormí e sognò di essere in campagna, in mezzo a campi di grano, inseguendo un cagnolino. Era un bel sogno. Peccato per i tuoni in lontananza. Insistenti. «Andate via, tuoni… Via…» Quando realizzò che qualcuno stava bussando con forza all'ingresso dello studio spalancò gli occhi, afferrò il suo gladiatore preferito e corse ad aprire convinto che fosse *dada* con lo zio Tito.

Si allarmò nel trovarsi di fronte un gigante che lo osservava dall'alto. Fece per richiudere, ma al gigante bastò una mano per bloccare la porta. Lucrezio indietreggiò terrorizzato e cadde a terra, seduto. Estrasse il coltellino che gli aveva regalato Tito e lo puntò tremante verso il colosso che lo sovrastava. Quello si fece una grande risata.

– Cosí lo spaventi, idiota, – Mammina diede una gomitata a Polluce ed entrò. – Lucrezio, piccolo, ti ricordi di me? L'amica di *dada*, – si inginocchiò e tese una mano verso il bambino. Lucrezio tentennò un attimo, si sfregò gli occhi per capire se stesse ancora sognando. – Sei la signora con la faccia per metà bella –. Abbassò il coltellino.

Flavia sorrise. – Almeno per metà sono bella, c'è chi non lo è per niente, no? Coraggio, su, – lo aiutò ad alzarsi. – Ti sei fatto male?

Lucrezio scosse la testa. – C'è *dada* con voi? – chiese sporgendosi oltre Flavia.

– Non è qui con te?

– No.

– E dove è andato?

– È andato con lo zio dalle *ornatrices*.

Flavia era sorpresa. – Da quando hai uno zio?

– Dalla settimana scorsa.

– C'è almeno Pitodoro, o ti hanno lasciato qui da solo?

Il bambino non rispose, distratto da Castore e Polluce che stavano trasportando nello studio del *medicus* qualcosa di lungo e floscio nascosto in pesanti coperte. Il fagotto gocciolava sul pavimento, una scia d'acqua correva sul cotto dalla porta al tavolaccio su cui Pitodoro era solito operare.

Flavia sentí il *medicus* russare. – Non ti preoccupare, – disse a Lucrezio, – ho capito che Pitodoro è in casa. Ora, piccolino, che ne dici di tornare nel tuo cubicolo? – gli porse il gladiatore di legno dopo averlo raccolto dal pavimento. Lucrezio tentennò. – Vado a svegliare il *medicus*? Quella persona sta male?

Flavia sospirò, le si velarono gli occhi di lacrime. – Le è successa una cosa brutta, ma adesso non sta piú male.

– E allora perché sei venuta?

Castore e Polluce stavano posizionando Galla sul tavolo. Flavia fece voltare il bambino verso di sé. – Vedi, piccolo, spesso chi non c'è piú ha molto piú da dire di chi c'è ancora. Ricordatelo. Ora, va', su.

Il bambino cercò di sbirciare ancora nello studio, ma Flavia glielo impedí. – Mi mostri la tua stanza? – Mammina fece un cenno a Castore e Polluce mentre accompagnava Lucrezio a letto. I due andarono a svegliare Pitodoro.

Flavia sistemò la coperta al piccolo. – Adesso dormi.

– Quando torna *dada* mi svegli?

Flavia annuí. – Sei un bravo bambino, Lucrezio.

Sentí Pitodoro protestare, inveire in greco contro Castore e Polluce. Flavia immaginò che stesse avendo un pessimo risveglio.

Quando fece il suo ingresso nello studio, Flavia trovò il *medicus* che puntava il dito sul petto di Castore. – È in-am-mis-si-bi-le! Cosa sta diventando, questa città, se un buon romano viene strappato dal giusto sonno, nel cuore della notte, da due scimmioni come voi? Dov'è Mammina? Voglio parlare con lei!

– Sono qua.

– Oh, eccoti! Mi vuoi spiegare? Perché deve esserci un'ottima spiegazione per questa… questa… profanazione!

– Mi scuso per l'intrusione e la tarda ora, Pitodoro.

– Che volete? – domandò il *medicus*. Indicò l'involto. – Se lí c'è un morto, sappiate che non ho il potere di curare chi è affetto da morte.

Castore gli versò una coppa di vino.

Polluce gliela porse. – Cerchiamo di non essere troppo rudi, d'accordo? Mammina è pur sempre una signora. Ascolta cos'ha da dirti.

– Dov'è Astragalo? – Pitodoro ormai era sveglio abbastanza per rendersi conto che mancava il suo assistente. – E Lucrezio?

– Calma. Astragalo non so dove sia, Lucrezio è a letto con i suoi gladiatori. Stai tranquillo, siamo tuoi clienti, *medicus*. Quanto, e da quando, ti pago per curare le mie ragazze? Ci conosciamo da almeno tre anni. Non abbiamo mai avuto problemi, non ne avremo neppure stanotte, – disse Flavia.

– Nessuno ha cattive intenzioni, qui, – precisò Castore.

Pitodoro si fece versare altro vino, la sbronza presa prima di andare a letto stava reclamando attenzione. – Insomma, – disse, – che vuoi da me?

– Lí, – Mammina indicò il tavolaccio illuminato dalla tremolante luce di due bracieri, – c'è Galla.

Pitodoro rimase con la coppa a mezz'aria. – Galla… La tua piccola Galla? – si avvicinò e scoprí la testa della ragazza. La ricoprí subito.

– Per gli dèi… – disse. Si appoggiò alla credenza delle erbe. – Chi l'ha conciata cosí?

– Castore, Polluce: andate fuori a prendere una boccata d'aria, – ordinò Mammina.

– Possiamo? – Castore accennò alla brocca piena di vino. Il *medicus* annuí senza dire niente.

Mammina e Pitodoro rimasero soli. Il *medicus* posò il palmo sulla testa della ragazza avvolta nel panno fradicio. – Come è successo?

– Non lo so. Le avevo detto che ieri sera avremmo lavorato, ma non si è presentata all'appuntamento… È stata vista per l'ultima volta tre giorni fa da una vicina. Era con il fratello. E oggi un ragazzino l'ha trovata nel fiume a un paio di miglia dalle mura, – Mammina lottava con sé stessa per impedire al dolore di travolgerla davanti all'uomo.

– Mmh, – Pitodoro si versò altro vino. Glielo offrí, lei rifiutò. Il *medicus* bevve. – Che vuoi da me?

– Voglio che tu mi dica cosa vedi.

– Mi stai chiedendo di profanare un cadavere?

– Ti sto chiedendo di guardarla: raccontami come è morta.

Il *medicus* alzò con delicatezza la coperta e diede una faticosa sbirciata, i denti serrati, l'espressione torva: ne aveva visti a dozzine, di cadaveri, ma ricordare i sorrisi di Galla e la sua gioiosa freschezza quando accompagnava Mammina nel suo studio lo feriva terribilmente. Riabbassò la coperta. – Non lo vedi da te? Qualcuno l'ha ammazzata e i tuoi uomini dovrebbero essere là fuori a cercarlo per fargli provare forme di dolore che nemmeno io posso immaginare.

– E cosí sarà, ma prima voglio che la mia Galla mi parli un'ultima volta.

– I morti vanno lasciati in pace. Vanno compianti, ricordati, sepolti. Io curo i vivi, se cerchi qualcuno che parli con gli spiriti, non lo troverai qui.

– Non ti sto chiedendo di incidere le sue carni e scrutare il suo interno. Non voglio che tu commetta un simile abominio. Ti chiedo solo di osservarla, e farle dire come è morta e quanto ha sofferto. Ecco, soprattutto, voglio sapere quanto ha sofferto.

– Perché? Perché vuoi farti questo? Abbi pietà di te stessa. Galla ha smesso di patire.

– Fai quello che ti chiedo, per favore.

Pitodoro sospirò. – Come vuoi. Sarà molto dura per te, – si sistemò il cerchietto d'argento che teneva fermi i ricci ribelli ancora rigogliosi. – E anche per me. Va bene, cominciamo, – mormorò in greco.

Il *medicus* le disse di riempire un catino d'aceto e immergervi una spugna. Si fece aiutare a lavare via dal corpo il fango e i resti della vegetazione in cui era rimasto intrappolato. A Flavia tremavano le mani. All'altezza della clavicola, la donna cedette. Pitodoro le tolse la spugna. – Non ti preoccupare, ci penso io. Ci penso io…

Flavia osservò il *medicus* muoversi attorno al tavolo in silenzio. Udiva soltanto il proprio cuore battere troppo vicino alla testa e il rumore della spugna che scivolava lieve sulla pelle di Galla.

Pitodoro spremette le spugne nel catino dove rilasciarono quello che avevano raccolto: sangue e fango. Si asciugò le mani e chiese a Mammina di passargli una lampada a olio.

La fiamma illuminò il volto tumefatto, poi la luce si spostò sui piccoli seni, fece brillare la carne rossa esposta da quelli che sembravano morsi, il blu scuro e il verde degli ematomi su collo e spalle, sulle braccia, svelò le unghie spezzate al termine delle dita rotte: l'immonda esposizione di uno scempio.

Pitodoro tastò il viso di Galla e cominciò a dire ciò che vedeva e sentiva. – Chi l'ha conciata cosí le ha rotto il naso e uno zigomo, il destro. Per come sono ridotti, il bastardo deve aver infierito sul viso con veemenza.

Flavia strinse i pugni, indurí la mandibola. – Va' avanti.

– La clavicola destra è rotta e la spalla è completamente lussata. La mano arriva quasi al ginocchio... Gli ematomi non sono freschi, Mammina. Risalgono forse a ieri. Ma alcuni sembrano piú vecchi di altri, forse di qualche ora. Polsi e caviglie recano i segni di corde. Per gli dèi... perché tanto odio?

– Continua.

– È stata torturata. Per ore, ha sofferto le pene dell'inferno. L'hanno presa a morsi, malmenata... Aiutami.

Mammina si scosse. – Che devo fare?

– Giriamola.

La voltarono e, da non si sa dove, sgusciò fuori un gambero di fiume.

Flavia si allontanò inorridita, ebbe un conato.

– Succede, non ti preoccupare, – commentò laconico Pitodoro. – Versati un po' d'acqua fresca.

La donna si asciugò la bocca usando un lembo della propria veste. – Quando l'hanno gettata nel fiume... era ancora viva?

Pitodoro osservava il dorso di Galla. Non rispose.
– Era viva, Pitodoro?
– Non lo so... Aspetta.
Mammina mandò giú una coppa d'acqua tutta d'un fiato.
– *Eureka*, – disse Pitodoro. – No, era morta. Qualcuno alla fine ha avuto pietà di lei, – il *medicus* scostò i capelli sulla nuca di Galla. – C'è un buco qui, alla base del cranio, largo come il mio indice. Profondo, molto profondo. Mmh. Un modo inusuale di uccidere. Non è stata una lama a porre fine al massacro, è stato qualcosa di conico, appuntito, senza dubbio di ferro... – Si guardò attorno. Passò in rassegna i suoi strumenti, ne mostrò uno lungo e sottile. – Ecco, come questo trapano, ma piú largo. Se è stato fatto velocemente, con forza e mano esperta, le ha garantito una morte rapida. Ma per gli dèi, quello che ha sofferto prima...
Pitodoro coprí il cadavere.
Prese la brocca d'acqua e la vuotò.
Mammina fremeva, sentiva Galla urlare, chiedere pietà, sentiva le ossa rompersi sotto i colpi di un'ira cieca.
– Per Atena, che ha fatto per meritarsi tutto questo?
– Era bella, giovane, ingenua... Aveva un sorriso che poteva far sorgere il sole in un giorno di pioggia, Pitodoro, non è una colpa sufficiente?
– C'è odio in quello scempio. Qualcosa di personale. E anche una certa... sciatteria. Gettata nel Tevere come un vestito vecchio, un'anfora rotta... Chi l'ha uccisa non si è preso neppure il disturbo di nasconderla. Forse faceva affidamento sui mulinelli del fiume, ma non ha tenuto conto della siccità. Non piove da settimane e il fiume è basso.
Mammina disse amara: – O forse non gli importava. L'assassino magari non conosceva nemmeno il suo nome. Là fuori si annidano bestie, demoni usciti dal Tartaro.
– Quindi non hai idea di chi sia stato?

– No, ma so chi l'ha consegnata al mostro che l'ha ridotta cosí. E, per gli dèi, prima di ammazzarlo mi farò dire un nome. E non appena avrò quel nome…

Castore e Polluce stavano fuori dalla *domus* di Pitodoro. Si passavano la brocca con il vino. In silenzio. Attendevano che Mammina li richiamasse dopo che avesse finito qualunque cosa stesse facendo là dentro.

E quando si trovarono di fronte Astragalo e un tipo grosso, che non avevano mai visto, non avevano per nulla voglia di scherzare.

– Che ci fate voi due scemi qui, a quest'ora? – chiese Astragalo.

– Chi sono? – sussurrò Tito nell'orecchio del compagno.

– Vecchie conoscenze, non temere. Il gatto vi ha mangiato la lingua?

– Non è serata, Astragalo, – disse Polluce.

– Uh, che facce! Mammina vi ha sculacciato? Siete stati cattivi? Sul serio: che ci fate qui? Chi sta male? Catula ha fatto indigestione di cazzi?

– Non è serata per le tue stronzate, – ribadí Castore.

– C'è Galla, dentro, – disse Polluce.

– O almeno quel che ne rimane, – precisò Castore.

– Cosa significa «quel che ne rimane»? Spostatevi, – Astragalo fece per entrare, ma Polluce gli appoggiò il palmo sul petto.

Tito non disse nulla, semplicemente colpí con un calcio l'incavo del ginocchio del bestione facendogli perdere l'equilibrio, gli tirò un pugno al fegato e lo fece crollare a terra.

– Calma, calma! – Astragalo si mise fra lui e Castore, subito pronto a soccorrere il compare.

– Chi cazzo è questo stronzo? – chiese Polluce rialzandosi da terra dolorante.

– È un amico. Mio e di Mammina.
– Chi è Mammina? – chiese Tito.
– Taci ed entra, lo capirai tra poco.

Astragalo si fiondò nello studio del *medicus* come una furia. – Che accidenti sta succedendo? – vide Mammina china su un corpo inerme avvolto in panni fradici. E Pitodoro che le teneva una mano sulla schiena, consolandola.
– Per gli dèi, no... È la piccola Galla, quella?
Mammina si girò con gli occhi gonfi di lacrime, annuí.
Tito comparve alle spalle del commilitone. I bracieri delle lampade erano appena sufficienti a illuminare il tavolo e il cadavere. Mise a fuoco cercando il viso della donna vicino a Pitodoro. Sentí qualcosa allo stomaco, una sensazione che non provava da tanto tempo.
Astragalo disse: – Flavia, c'è...
E Flavia sollevò lo sguardo. Non trovò parole, la testa le sembrò scoppiare almeno quanto il petto. La vista di Tito Annio Tuscolano fu sufficiente a cacciare Mammina in un angolo e a lasciare Flavia libera di gettarsi tra le braccia dell'ex centurione e, finalmente, piangere a dirotto.

Amore, minacce e ricatti

Roma, anno 681 ab Urbe condita, quinto giorno prima delle calende di quintile
(27 giugno, 72 a. C.)

Con lo sguardo fisso su uno spicchio di cielo, luminoso trapezio azzurro tra le fronde, i timpani martellati incessantemente dal canto delle cicale e le narici piene degli afrori del sottobosco, Plauzia lottava contro il piacere. Si opponeva con energia al pulsante calore che dal ventre saliva alla testa come una marea. Quanto le sarebbe piaciuto lasciarsi andare, quanto le sarebbe piaciuto chiudere gli occhi e godere senza ritegno. Ma non era lí per quello. Respinse Erennia con forza, che però tornò alla carica facendosi strada tra le pieghe della veste di Plauzia. La ragazza la respinse di nuovo. – Siamo in un luogo sacro, che gli dèi ci perdonino!

– Ebbene? Non è forse un abominio, quello che stiamo facendo, a prescindere dal luogo? Anche solo come ti guardo sarebbe considerato illecito, – Erennia rise. – E in fondo questo è il bosco consacrato a Furrina: è femmina, ci capirà meglio di chiunque altro.

– Non bestemmiare! – Plauzia si sistemò la veste e si allontanò di qualche passo dalla sua amante.

La concubina di Nero rimase stupita da quella reazione. – Che ti piglia?

La ragazza le piantò i grandi occhi nocciola in faccia. – Non sono qui per questo, oggi.

Erennia sollevò un sopracciglio. – Ah, no? E allora perché hai voluto vedermi?

– Quando si farà avanti Nero?
– È presto, piccola mia.
– Ho rispettato tutti gli accordi. Vi ho fatto avere dieci milioni di sesterzi, ho trascorso due anni di fianco a un vecchio: no, non credo che sia presto. Almeno, non per me.
– Devi pazientare ancora un pochino, ma vedrai che a breve Nero ti chiederà in sposa e staremo insieme, come ti ho promesso, – Erennia tentò di abbracciare Plauzia, ma quella indietreggiò.
– Flacco è stato avvelenato, vero?
Erennia si scurí in volto, non rispose.
Plauzia continuò: – Un pretore sta indagando sul mio conto ed è stata trovata una fiala di veleno nel mio cubicolo nella *domus* di Flacco.
– Oh, – la celtibera incrociò le braccia, – e chi sarebbe il pretore che indaga?
– La domanda giusta sarebbe: come c'è finita una fiala di veleno in mezzo ai miei profumi? Ma vedo che la cosa non ti stupisce.
– La fiala?
– Sí.
– Piccola mia... Che dici? Pensi che sia stata io a nascondere il veleno nella tua stanza?
– No? Non sei stata tu?
Erennia prese la ragazza per un braccio, la tirò a sé implorante, ma Plauzia si divincolò. – Volete mettermi in mezzo? Mi avevi assicurato che sarebbe sembrata la morte di un vecchio, la fine normale della vita di un anziano senatore. E adesso salta fuori una fiala di veleno! Nel mio cubicolo! E presto...
– Presto? Cosa accadrà, presto?
La ragazza scoppiò a piangere. – Mi avevano detto che era per il mio bene, per proteggermi dai Poplicola... Ma

mi hanno fatto un sacco di domande su Flacco. E hanno trovato quella dannata fiala!

– Chi? Chi ha trovato la fiala e ti ha fatto un sacco di domande? – Erennia afferrò Plauzia per le spalle cercando di guardarla negli occhi.

– Crasso… Crasso sta indagando sulla morte di Flacco e usa Marco Tullio Cicerone come tramite. Messalla mi aveva promesso che Cicerone mi avrebbe tutelata, e invece quello mi ha interrogata, come se dovessi sapere qualcosa sulla sua morte.

Erennia la lasciò andare, si mise a camminare avanti e indietro mentre Plauzia continuava a piagnucolare.

Le sorrise materna, la prese per mano e la fece sedere sul tronco di una betulla caduta. – Su, non piangere. Dimmi: cosa hai raccontato a Cicerone?

– Niente… O meglio, niente di importante. Credo. Ho solo fatto presente che la dote era piú grande di quanto si dice in giro. Mi ha chiesto se avessi notato qualcosa di insolito nella vita di mio marito. Gli ho detto di no, che tutto era normale e che…

– E che…

– La sera prima di morire, Flacco ha incontrato un mercante. Un mercante che conosceva bene, dal quale acquistava opere d'arte asiana di grande pregio. Ma ho finto di non ricordare che si chiamasse Talele.

Erennia annuí. – Gli hai detto altro? Che è cilicio, per esempio? Gli hai dato qualche informazione che possa aiutare Cicerone a identificarlo?

– No. Ma mi stava facendo delle domande strane, mi sono agitata e ho dovuto dargli qualcosa in pasto… Prima che tu me lo chieda, però, sappi che non gli ho detto che eri là, insieme a Talele, nello studio di Flacco, la sera prima della sua morte. Ti ho protetta.

– Brava bambina, – Erennia le accarezzò i capelli. – Hai raccontato delle riunioni da Nero?

– Ho detto soltanto che mio marito e gli altri frequentavano la casa di Nero. Che incontravano il mercante e parlavano di merci pregiate. E che avrei potuto raccontargli? Non so cosa accidenti facessero nella stanza blu per ore!

Erennia chiuse gli occhi, per un po' tacque, tenendo Plauzia con il fiato sospeso, poi la rincuorò. – Brava, sei stata brava.

Plauzia riprese a piangere a dirotto. – Ho avuto paura... Sembrava che Cicerone conoscesse la verità. Insomma, ho temuto che ne sapesse piú di me! Perché mi trattate tutti cosí? Non so niente dei vostri affari! Ho sempre obbedito e non ho mai fatto domande. E ora scopro che qualcuno ha nascosto nella mia stanza il veleno con cui è stato ucciso mio marito! Dunque mi sono chiesta: sono forse una vittima sacrificale?

– Non dire idiozie!

– E allora chi ha messo lí quella fiala?

– Non ne ho la minima idea! Forse Talele, non ho sue notizie da giorni.

– E perché l'avrebbe fatto, se tu e Nero non glielo avete chiesto?

– Sta agendo di testa sua ultimamente, – Erennia tagliò corto. – Che altro hai raccontato?

– Niente.

– Che altro volevano sapere?

– Cicerone mi ha domandato se Flacco riceveva posta da lontano. Per esempio dal fronte del Ponto o da quello iberico.

Erennia sembrò stupita, e preoccupata. Imprecò nella sua lingua madre. Strinse il pugno sotto gli occhi di Plauzia spaventandola. Si mosse in cerchio davanti alla ragazza parlando tra sé e scalciando rametti e foglie secche.

La sfuriata durò poco, una grandinata d'agosto, poi si placò. La celtibera tornò a sedersi di fianco a Plauzia, le accarezzò i capelli. – Davvero, piccola mia, pensi che avrei mai potuto nascondere il veleno tra i tuoi profumi? Pensi che avrei mai potuto fare qualcosa del genere?

– Io ti amo... – Plauzia si asciugò il naso in una piega della veste.

Erennia le prese il viso tra le mani, la baciò con trasporto. – E non hai motivo per smettere di farlo, mia piccola perla –. La baciò di nuovo. Plauzia mugugnò. – Sei arrabbiata con me?

– No.

– Non sei stata tu... Vero?

– Te lo ripeto: no.

– Nero mi sposerà?

– Certo. E noi potremo stare insieme per sempre, – Erennia le scostò una ciocca ribelle dalla fronte sudata.

– Ma prima ci sarà un processo...

– Quale processo?

– Finirò nel foro e verrò giudicata, e il mio nome... La mia vita...

La ragazza si alzò in preda a un panico improvviso, si stropicciava le mani e si guardava attorno come se un leone dovesse saltar fuori dalla selva da un momento all'altro. – Non permetterai che finisca a processo, vero?

– Non finirai a processo.

– Come fai a dirlo?

– Non ci sarà nessun processo perché te lo dico io, e basta.

– Non trattarmi come una bambina! Domani verrò interrogata in merito a quel veleno, – la ragazza si allontanò di qualche passo e con aria grave aggiunse: – Sappi che se per salvarmi la pelle dovrò raccontare di come vi ho aiutato a mungere dieci milioni e mezzo dalle casse della mia famiglia, lo farò!

– Davvero, Plauzia? – sul viso di Erennia era apparso un ghigno minaccioso.

La ragazza finse risolutezza. Le tremava la voce. – Se necessario, parlerò.

– Non ce ne sarà bisogno, bambina mia.

La giovane Nevia si asciugò le lacrime. – Certo, perché ora tu mi porti da Nero e mi fai uscire indenne dalla melma in cui sto affondando. Qualcuno dovrà andare da Crasso a dire no, non è stata Plauzia Nevia Capella Minore. Qualcuno gli andrà a raccontare che il veleno non è il mio. Dategli un'altra testa, non mi interessa, basta che mi facciate uscire dal guaio in cui mi sono cacciata per te. E poi Nero si presenterà da mio padre e farà la sua maledetta proposta.

Erennia la fissò seria, cupa, per un lungo istante, quindi sorrise. – Mi ami ancora, piccola perla?

– Io ti amo, Erennia, – rispose la ragazza, – ma sono troppo giovane per morire per amore.

– Vuoi parlare con Nero, quindi?

– Sí, adesso.

– Va bene, cosí sia: andiamo da Nero.

Una rara folata di vento smosse le foglie piú alte dei pioppi. Una cornacchia gracchiante sorvolò Erennia mentre usciva dal bosco a passo svelto, circospetta, lasciandosi alle spalle un abominio che nemmeno Furrina avrebbe potuto tollerare.

È soltanto un graffio

Roma, anno 681 ab Urbe condita, quinto giorno prima delle calende di quintile
(27 giugno, 72 a. C.)

Il sole filtrava da una delle finestre semiaperte dell'appartamento e illuminava la parte superiore del corpo di Flavia, ancora avvolto nella veste imbrattata di fango del Tevere. Stesa su un fianco, dava le spalle a Tito, che aveva vegliato su di lei con il capo ciondolante e le braccia incrociate sul petto, seduto su uno sgabello a pochi passi.

L'ex centurione, contravvenendo alle piú basilari regole del pubblico pudore, aveva fatto bere alla moglie un paio di coppe di vino a cui aveva aggiunto un pizzico di giusquiamo datogli da Pitodoro. Flavia era infine riuscita a addormentarsi nel suo letto, seppur tra lacrime e singhiozzi.

La donna fu scossa da un tremito, si lamentò. Disse qualcosa di incomprensibile. Aveva trascorso cosí l'intera notte. Tito pensò che cercasse di sfuggire alla guardia del vino e del giusquiamo, come se si rifiutasse di provare anche solo per un istante quella pace innaturale.

La notte prima, uscendo dallo studio di Pitodoro, Tito aveva suggerito a Flavia di non mostrarsi stravolta e vulnerabile a Castore e Polluce; lei allora gli aveva chiesto di dire ai suoi uomini di portare il corpo di Galla alla madre, ammesso che fosse ancora viva e le parche non le avessero concesso la grazia di non vedere la figlia conciata in quel modo. Poi aveva chiesto a Tito di accompagnarla a casa.

Attese che il respiro di Flavia tornasse normale, quindi si versò un goccio d'acqua da una brocca. Era calda e aveva un cattivo odore, ma la bevve lo stesso. Allontanò con un calcetto un ratto che si era attardato nella stanza dopo una notte di scorrerie e gli stava zampettando sui piedi nudi. Si osservò la mano destra, il cui dorso era segnato dal graffio della strige: non aveva sognato, era stato davvero nell'antro della megera. Quella puttana aveva aperto uno squarcio attraverso il quale giungevano i lamenti di Velia, di Gabello e di sua madre e gli riempivano le orecchie fino a fargli scoppiare la testa. E adesso Flavia, che ricompariva tormentata da una tragedia la cui misura lui ancora non riusciva a stabilire. Non poteva essere un caso. Il graffio prudeva, si grattò freneticamente, imprecò.

– Se ne andranno? – chiese Flavia. Era sveglia. Non si voltò.

– Chi? – chiese Tito.

– Gli incubi. Ho sognato Galla tutta la notte. Mi urlava contro, chiedeva aiuto. E l'unica cosa che riuscivo a fare era dirle: non preoccuparti, ci sono io.

– Mmh, – Tito si sedette sul letto. Allungò una mano verso le spalle di sua moglie, ma non arrivò neppure a sfiorarle. Ritrasse le dita, come se avesse paura di scottarsi.

– Sogni ancora Gabello e Velia? E tua madre? – chiese Flavia.

– A volte mi dànno tregua senza una ragione, ma tornano. Tornano sempre, prima o poi. Grazie al vino, ogni tanto riesco a dormire, ma no, Flavia, gli incubi non ti lasceranno mai.

– Non sei capace di mentire, tu, eh?

– Vuoi che ti consoli raccontandoti fandonie? Galla è dentro di te, adesso. E lí starà, per sempre, o almeno fino a quando la vecchiaia e la malattia non ti faranno perdere il senno –. Le risate della strige gli rimbombavano ancora nelle orecchie.

– Mi chiede di vendicarla.

– Ti sei scelta una vita pericolosa. Era una puttana, no? Anche lei conosceva i rischi, ha poco senso vendicarsi di qualcosa che può capitare.

– Non era una puttana, era una ragazzina e mi aiutava a gestire gli affari, – Flavia si girò di scatto. La luce del sole faceva brillare i suoi occhi neri. – Ricordatelo.

Tito tornò a sedersi sullo sgabello. – Deve pur aver commesso qualche errore per finire a quel modo, – considerò laconico.

– Gabello e tua madre quale errore avevano commesso, allora? E Velia?

Tito versò un po' d'acqua sul dorso della mano, cercando di far cessare il prurito. – Se lei non ha fatto niente, devi averlo fatto tu.

– Perché sto a parlare con te di cose che non ti riguardano e comunque non capiresti? – mormorò amara Flavia.

– Hai ragione, – rispose Tito. Si rimise le caligharighe, le legò ai piedi. Si alzò. – Dannazione, perché fai quello che fai? Non hai trovato nulla di meglio qui a Roma?

– È l'unico mestiere che conosco. Mezzo Asse era un bravo maestro e i conti glieli tenevo io. Lui mi ha insegnato a stare al mondo, Tito.

– Ma tu non sei Mezzo Asse. È un lavoro di merda. Si rischia la pelle, come hai visto tu stessa.

– Ti ho detto che quella è un'altra storia.

– Oh, no, Flavia: se muoiono i tuoi uomini e le tue donne, è colpa tua. Tuo il comando, tue le colpe.

– Ti presenti dopo quattro anni per spiegarmi gli oneri del comando? Grazie, centurione, so come gestire la mia gente anche senza di te.

Tito annuí. – Buona fortuna, allora –. Fece per uscire, ma Flavia lo raggiunse e lo trattenne. – Che ci fai qui?

– Torquato... – rispose lui.

– Aspetta, – Flavia lo invitò a sedersi di nuovo. Frugò in una credenza sgangherata e tirò fuori un pane tondo, raffermo. Ne tagliò due fette. Annusò in una brocca, poi ne versò il contenuto in una tazza di legno. – Come stanno lassú?

– Non bene –. Tito accettò il pane e la tazza di latte di capra che la moglie gli porgeva. – La carestia dell'anno scorso e le tasse li stanno massacrando. Le pelli e i raccolti non bastano.

– E tu sei qui per?

– Sto lavorando per Crasso. Un solo lavoro. Se lo porto a termine, il pretore farà in modo che i magistrati di Placentia non diano mai piú il tormento agli Ursii.

– Crasso... Perché la cosa non mi stupisce?

– Ti assicuro che avrei preferito tagliarmi un braccio piuttosto che tornare a scodinzolare da lui, – Tito addentò il pane. Fece una smorfia, si frugò in bocca.

– Mi spiace, – disse Flavia, – ho solo questo.

– Fa niente.

– E il buon Genzio?

– Sta bene, piagnucola sempre perché ha paura di essere venduto insieme a bestie e campi per saldare i debiti della famiglia.

– Donvina?

– Ormai è un fantasma. Mi odia. Credo che abbia ragione. Giunio invece aspetta un altro figlio.

– Gabello ne sarebbe contento, amava i bambini. Che gli dèi lo benedicano. Da quanto sei in città?

– Da una settimana.

– E stai da Pitodoro?

– Sí, per lo piú.

– Astragalo sa dove vivo e come vivo, impossibile che non te l'abbia detto.

– Ci ha provato. Ma gli ho fatto capire chiaramente che non volevo saperlo.

Flavia sorrise. – Non ti posso biasimare, in fondo anch'io ho imposto ad Astragalo di non scriverti che ero a Roma. Siamo pari.

Tito sorrise di rimando. – Gli dèi non hanno voluto che le nostre vite si intrecciassero piú di quanto hanno fatto.

– Gli dèi... Ci ha uniti la disperazione. E tu ricompari nella mia vita proprio quando la disperazione mi travolge. Curioso, no?

– Mmh. Forse porto solo sfortuna. E tu perché sei tornata qui?

– Cercavo i miei. Al contrario di te, ho bisogno di una famiglia e, visto che una mia l'avevo, ho tentato di ritrovarla.

– Ti hanno venduta, Flavia...

– Ne abbiamo parlato altre volte. È stato un dramma anche per loro. Da che Silla, grazie agli dèi, è morto soffrendo, molte vecchie facce di mariani ed ex proscritti sono ricomparse a Roma. E io so dove scovarli. Un giorno, lo so, lo sento...

– A quanto pare, però, finora non hai avuto fortuna.

Flavia e Tito terminarono la colazione in silenzio. L'ex centurione vuotò la tazza di latte. Si alzò. – E adesso? Che farai? In merito a Galla, intendo.

– La seppellirò vicino a sua madre, come è giusto che sia, farò sacrifici, pagherò chi piangerà per lei al posto mio. E mi vendicherò, che vuoi che faccia?

– Significava molto per te, quella ragazza, vero?

– Sí.

– Hai visto il suo corpo? Devi difenderti, non devi attaccare, ora.

– Non sai ciò che dici e io so ciò che faccio.

Tito scrollò le spalle. – Come vuoi. Allora io vado, ho da fare.

– Certo, anche io. Ho un funerale da organizzare, – Flavia seguí con lo sguardo il marito. – Grazie, per stanotte.

Tito si arrestò sulla porta. – Hai mai ammazzato qualcuno?

– No. Mezzo Asse non uccideva. E io non uccido e non permetto ai miei uomini di farlo, ma in questo caso…

– Mezzo Asse non avrebbe ucciso nemmeno se qualcuno ti avesse conciato come Galla, Flavia, ed eri quanto di piú caro avesse al mondo. Mezzo Asse sapeva che uccidere non porta niente di buono, neppure se è per vendetta. Ci sono altri modi…

– Questa poi… Non sei tu quello che ha rischiato la pelle per vendicare Gabello e Velia?

– È diverso, io sono… – Tito fece una pausa, ci pensò un po' su. – D'accordo, va bene. Se vuoi te lo trovo io, il figlio di puttana che ha ammazzato la tua amica. Lo sai come vivevo e sai cosa so fare.

Un uomo che si propone di uccidere qualcuno per dimostrare il suo affetto, questo era l'ex centurione. Flavia scosse il capo. – Sono affari miei. Ci penso io.

Tito mugugnò e uscí senza voltarsi.

Il diritto di una moglie

Roma, anno 681 ab Urbe condita, quinto giorno prima delle calende di quintile
(27 giugno, 72 a. C.)

Terenzia entrò nella biblioteca di casa senza preavviso. Sarebbe piú corretto dire che fece irruzione nella biblioteca cogliendo Cicerone e Tirone di sorpresa.

Tirone balbettò: – *Domina*... – gli cadde la tavoletta che aveva in mano, nonostante il goffo tentativo di trattenerla.

Cicerone aveva l'espressione di chi vede arrivare un pubblicano dopo che gli è bruciato il raccolto e scappata l'unica vacca: – Moglie!

– Che state facendo, voi due? – Terenzia sfoggiava un'espressione da faina. La cosa preoccupò terribilmente l'oratore.

– Niente, niente di speciale. Stiamo scrivendo una lettera a Pomponio, – si affrettò a rispondere Tirone.

– Stai dando il tormento al povero Pomponio, Marco. Gli hai scritto appena una settimana fa. E due volte il mese scorso... Pure ieri stavi scrivendo a Pomponio, sembra che tu non faccia altro, – disse la matrona allungando il collo sulle tavolette ammassate sulla scrivania.

Cicerone si frappose fulmineo fra lei e gli appunti sul caso di Flacco.

– È la stessa lettera di ieri. Ora, cara, se non ti spiace... Sai con quanta facilità perda la concentrazione. E piú tardi dobbiamo...

– ... riordinare le *capsae*, – Tirone rese piú robusto il diversivo del *dominus*.

– Esatto. Abbiamo cosí tanto lavoro... – Cicerone sorrise e accompagnò Terenzia alla porta. Ma lei si divincolò. – Le avete riordinate la settimana scorsa, o sbaglio?

– Le *capsae* con le opere dei grandi drammaturghi sono ancora in disordine, – aggiunse lo scrivano.

– Ma certo, – Terenzia riguadagnò il centro della stanza. – Ti spiacerebbe lasciarci soli, buon Tirone?

Il servo attese che Cicerone gli facesse cenno di uscire. Una volta ricevuto il consenso del padrone, si inchinò e sfilò davanti a Terenzia. La donna lo congedò sussurrando: – Non ce l'ho con te, non sei tu a essere nei guai.

– Perché, io lo sarei, invece? – Cicerone incrociò le braccia.

– Mi eviti da giorni. E per una moglie non è dignitoso essere tenuta all'oscuro dei piani del marito. Devo leggerla come una mancanza di fiducia?

Cicerone cadde dalle nuvole. – Ma che dici... Non ho nulla da nasconderti! Sono solo molto impegnato.

– Non provarci nemmeno, Marco Tullio Cicerone. Non con me. Mi vuoi dire che stai combinando o devo presumere di essere stata declassata a concubina? E non ho interrogato il povero Tirone solo per non costringerlo a mentire.

Cicerone fissò la moglie in silenzio.

– Allora? – la donna insistette. Prese una delle tavolette abbandonate da Tirone sul tavolo. – Se sapessi leggere gli incomprensibili segni del tuo scrivano, scommetto che non troverei le solite noiose dissertazioni filosofiche con cui sei abituato ad ammorbare quel disgraziato di Pomponio.

– Pomponio Attico apprezza la dialettica, al contrario di te.

– Ho il sospetto, tuttavia, che la filosofia ci entri ben poco con i tuoi modi furtivi degli ultimi tempi. Ho anzi la sensazione che tu mi abbia mentito spudoratamente in merito alla storia del testamento.

– No, questo no, – disse Cicerone rassegnato a dover vuotare il sacco. Sapeva che quel momento sarebbe arrivato, pur avendo nutrito la vana speranza di riuscire a rinviarlo fino alla risoluzione del caso. Ma conosceva Terenzia e ammirava, di piú, adorava il suo straordinario intuito. – Ho rifiutato il caso. È vero.

– Eppure ci stai ancora lavorando, non è cosí?

– Terenzia, adorata moglie...

– Non attacca, Marco. Dimmi soltanto come stanno i fatti: non appartengo alla categoria delle matrone che si stracciano le vesti se non vengono messe a parte degli affari e dei segreti dei mariti, ma appartengo a quella delle mogli che rendono la vita impossibile al marito se vengono ignorate. Chissà tuo fratello e tuo padre cosa ne penserebbero, se sapessero che ti infili nei guai senza neanche chiedermi consiglio.

– Penserebbero che sono il *pater familias* e non devo rendere conto a nessuno di ciò che faccio, – Cicerone, in un impeto di puro orgoglio virile romano, mise le mani sui fianchi. Terenzia lo fulminò con lo sguardo e allora lui tornò subito a miti consigli. – Ma sono pure il marito che ti stima e ti adora, lo ammetto. Quindi: sto seguendo il caso del testamento di Flacco, – Cicerone sospirò. – Sebbene l'abbia rifiutato ufficialmente. Ho detto di no a Capella, ma ho detto di sí a qualcun altro.

– E chi sarebbe questo «qualcun altro»?

– Non posso, davvero non posso, – Cicerone intrecciò le dita implorante. – Ho dato la mia parola.

Terenzia mugugnò, ci pensò un po' su, infine disse: – D'accordo, non ti obbligherò a tradire la parola data, questo no. Ma adesso mi spieghi in che cosa ti sei cacciato e io farò le mie deduzioni.

Cicerone si pizzicò il labbro inferiore. Fece spazio sullo scranno su cui era solito sedersi a riflettere spostando una pila di rotoli. Invitò la moglie ad accomodarsi. Poi andò a sistemarsi sullo sgabello di fronte alla scrivania. – Per farti comprendere la situazione nella sua gravità, – continuò, – dovrò descriverti le scene e le parti di ciascun attore –. Sospirò e cominciò a raccontare. Si concesse il lusso di omettere la storia delle lettere e l'entrata in scena di Crasso.

E Terenzia ascoltò, in silenzio.

Quando l'oratore terminò, Terenzia annuí. – Un bel guaio.

– Per chi? – chiese Cicerone mentre si versava una coppa d'acqua.

– Per tutti, te compreso.

– Non so... Ho il presentimento che l'intera faccenda sia soltanto il riflesso di un mostro enorme e tentacolare, una creatura famelica che potrebbe divorare chiunque, ovunque. È morto anche Tuberone...

– Ucciso da un cinghiale, Marco.

– Davvero credi a una sfortunata coincidenza?

– A una coincidenza no, ma a un malaugurio, forse...

– Né tu né io siamo superstiziosi. Rispettiamo le usanze e gli dèi, come ogni buon romano, ma la questione del testamento di Flacco è senza dubbio terrena ed è un dato di fatto che i firmatari di quell'atto sono morti.

– Rimane Plauzia.

– Oh, Plauzia. Una bella gatta da pelare.

– Bellissima, dicono.

– Vero. Non riesco a capire cosa si nasconda dietro alla sua meravigliosa, fresca, avvenenza.

Terenzia insinuò maliziosa. – Il vecchio oratore si è invaghito della giovane vedova?

Cicerone rise. – Oh, no. Il povero Tirone, semmai. Ah, la faccia che fa quando la incontra: una sorta di estatica adorazione! Anche Messalla... Quella ragazza sa ammaliare.

– Il cuore del bel Messalla che palpita per quella ragazzina? Non credo...

– Dovresti vedere con i tuoi occhi. Credo, in tutta sincerità, che sia stato o sia il suo amante.

Terenzia trovò la cosa intrigante. – Davvero? Se si sapesse...

– Ma non si sa e non si saprà.

– Pensa: il probo Marco Valerio Messalla Corvino ha un'amante... Chi l'avrebbe mai detto?

– Infatti nessuno lo dice.

– Ho capito, ho capito: le tue supposizioni non usciranno da questa stanza, – poi, con aria severa Terenzia aggiunse: – Non tenermi piú all'oscuro, Marco. Mai piú. Hai cosí poca fiducia in me? Credi che potrei mai raccontare ai quattro venti i tuoi affari? Svelare i tuoi segreti? Siamo sposati da anni e ti ho mai dato prova di essere frivola o leggera quando si tratta del tuo lavoro?

Cicerone sospirò, fece di no con la testa. Si alzò e l'abbracciò. – Non è sfiducia, moglie mia, è la paura che mi ha suggerito di non condividere con te una simile storia sinora. La gente che ha avuto a che fare con quel testamento muore.

– E il fatto come mai potrebbe riguardarmi?

– Non lo so, ma non voglio in alcun modo che sia la mia famiglia a pagare, se dovessi espormi troppo nello svolgere la matassa di questa pericolosa faccenda.

Terenzia gli sistemò i capelli che, pochi e spettinati, celavano la calvizie incipiente. – Un tempo avevi qualche capello in piú e quando venivi a trovarmi a casa di mio padre avevi lo sguardo che dici avere Tirone davanti a Plauzia.

Cicerone le accarezzò la guancia fino a indugiare con la punta delle dita sul mento sottile. Le baciò il dorso della mano destra. – Esiste ancora quel giovane uomo innamorato. È annidato sotto la pelle di questo senatore di mezza età, distratto da una vita piú complicata di quella che forse vorrebbe.

– Quanto scegliamo la vita che viviamo, Marco? Non tutto è nelle nostre mani, anzi… ben poco.

– Già. E forse la pensava cosí pure Plauzia quando suo padre l'ha letteralmente venduta a Flacco.

– Anche tu mi hai avuta dopo una lunga trattativa con mio padre. È normale. A differenza di Plauzia, io sono stata fortunata.

Cicerone sorrise, fece un piccolo inchino. Poi tornò sui suoi passi. – È che temo che Plauzia abbia fatto una stupidaggine. Temo che, pur di sfuggire al suo destino, da inconsapevole strumento sia diventata accondiscendente complice.

Terenzia si fece attenta. – Che intendi dire?

– Abbiamo forse trovato le tracce di un veleno in una piccola fiala nascosta in un cassetto segreto del tavolino porta profumi della ragazza.

– Avete frugato tra le cose di Plauzia?

– Contieni il tuo sdegno, donna! – Cicerone alzò le braccia. – Non io…

– Infatti sono stato io, – Tito si palesò sulla soglia dello studio. Tirone alle sue spalle cercava di farsi spazio per entrare, ma l'ex centurione gli sbarrava la strada. – Mi spiace, *domine*! Mi spiace. Ha bussato, è entrato e ha voluto venire da te, subito. L'avevo avvisato che eri impegnato…

– Mi devi perdonare, senatore, ma reco importanti notizie, – disse Tito. Si presentò a Terenzia. – Devi essere la stimata moglie del senatore, sono Tito Annio Tuscolano.

– Piacere, – disse Terenzia divertita. – A cosa dobbiamo la tua visita… buon uomo?

– Devo conferire con il nobile Marco Tullio in merito a una questione spinosa.

– È un mio collaboratore, – disse Cicerone fulminando con lo sguardo l'ex centurione.

– Non sono un tuo collaboratore, con tutto il rispetto, – precisò Tito.

– Anche a me non lo sembri, – commentò Terenzia considerando l'aspetto poco raccomandabile. – Perché non mi hai mai parlato di lui, Cicerone?

– Lavoriamo insieme da poco, vero? – il senatore cercò un'intesa con Tito fissandolo dritto negli occhi.

– Qualunque cosa stiamo facendo, la facciamo da poco, – l'assecondò l'altro.

– Capisco... – Terenzia non sembrava aver intenzione di lasciare la scena. – E hai trovato un... veleno?

– Preferirei parlarne in privato con il senatore.

– Oh, non temere, mio marito e io condividiamo tutto, vero, caro? Non ci sono segreti.

– Nel caso specifico credo che sarebbe meglio che tuo marito tenesse qualcosa per sé.

– Ecco, Terenzia cara, sarebbe meglio che tu adesso ci lasciassi soli... – Cicerone cinse le spalle della moglie e la accompagnò alla porta.

– Sarà contento il pretore di sapere che condividete tutto, – commentò sarcastico Tito.

– Non proprio tutto... – Cicerone disperato cercava una via d'uscita.

– Pretore? Quale pretore? – Terenzia sospettò che il marito le avesse rifilato una versione della storia diversa da quella che gli altri in quella stanza conoscevano.

– Crasso. Non le hai detto di Crasso? – Tito ci stava prendendo gusto.

– Cosa c'entra Crasso? – Terenzia era sulla soglia ma non ne voleva sapere di andarsene, mentre Cicerone la stava spingendo fuori con delicatezza.

– Tirone vuoi accompagnare la *domina* di là, per cortesia?

– *Domina*... – Tirone prese con grazia sottobraccio la padrona.

– Allora non condividete proprio tutto, – Tito, divertito, continuò a fomentare Terenzia.

La donna prima di uscire dalla stanza lasciò dietro di sé il profumo di una minaccia nascosta. – Mi hai raccontato ogni cosa, vero?

Cicerone sorrise a disagio, chiuse la porta e si rivolse a Tito. – Era proprio necessario?

– Cosa? – l'ex centurione si strinse nelle spalle. – Semmai lo chiedo a te: era necessario dire tutto a tua moglie?

– Non le ho detto tutto, appunto! Ho taciuto dei messaggi dall'Hispania, per esempio. Ho taciuto di Crasso e dell'argento sparito nel nulla! Dannazione... Non hai una donna tu?!

– L'ho avuta, – rispose Tito. Si guardò attorno, indicò la brocca.

– È acqua.

Tito sbuffò. – Ma adesso non ce l'ho piú, credo, e posso gestire i miei affari come voglio.

– Ecco, allora ricordati che io invece ce l'ho ancora e devo renderle conto.

– Dovresti essere tu a comandare.

– Certo che comando! – Cicerone si sentí punto nel vivo. – Ma non siamo in una fattoria nella Cisalpina o tra suburrani, centurione, dove le mogli vengono trattate come capre!

Tito emise un profondo mugugno. Scese il silenzio.

– D'accordo, d'accordo... – chiuse la questione Cicerone. Si sistemò sullo scranno e indicò a Tito lo sgabello. – Siediti, per favore. Mi scuso. Non intendevo...

– Nessuna offesa. Vogliamo venire ai nostri affari?

– Coraggio, – Cicerone lo invitò a fare rapporto.

– È veleno, – l'ex centurione passò la fiala al senatore.

– Sicuro?

– Nessun dubbio. Me l'ha confermato una strige che di queste schifezze è esperta. È il succo di alcune bacche nere che lei chiama «ammazza bambini».

– Bel nome, rassicurante.

– Non deve esserlo, infatti. Il succo di quelle bacche, opportunamente preparato e nella quantità giusta, uccide.

– Quindi mi stai dicendo che Flacco è stato avvelenato.

– Non lo dico, lo penso. Ho fatto un salto al *balneum* dove è morto. Il *balneator* ha visto crepare il senatore e quanto mi ha riferito corrisponde a ciò che la strige mi ha detto del veleno. I segni sono gli stessi: follia, allucinazioni, sete inestinguibile, calore insopportabile, pallore e morte...

Cicerone fece una smorfia, si picchiettò il labbro, e dopo un lungo silenzio disse: – E quindi ogni cosa farebbe pensare che sia stata Plauzia ad avvelenare il marito.

– Cosí parrebbe. Il veleno era nascosto nel suo cubicolo.

– Tutto si ridurrebbe cosí a un piano forse ordito da Capella per soffiare l'eredità ai Poplicola.

– Sarebbe la prima volta che una moglie avvelena il marito?

– No. Ma non è tanto semplice. Questo, – alzò la fiala all'altezza degli occhi, – è solo un piccolo tassello in un mosaico piú complesso. Come spieghi la morte degli altri tre? Plauzia non può aver ucciso anche Orsino, Pisone e Tuberone.

– E chi dice che siano stati uccisi da qualcuno?

– Ti pare possibile che muoiano per pura sfortuna e per buona fortuna di Capella?

– Tu non hai visto ciò che ho visto io, senatore... Quelle strigi possono fare di tutto. Plauzia potrebbe averne pagata una per maledire il testamento. Magari la stessa da cui sono stato io! E dove non arriva il veleno, arriva il malocchio.

Cicerone si trattenne piú che poté, ma poi scoppiò a ridere. – Andiamo, non crederai a queste scemenze! Sono stupidaggini cui neppure un bambino ormai darebbe credito.

– Non invochiamo forse gli dèi prima di una battaglia? Gli aruspici non interrogano il cielo e le viscere degli animali prima di assediare una città, non ci ingraziamo gli dèi delle città che prendiamo con le armi?

– È un'altra storia, centurione.

– Dici che è superstizione, quella che spinge i flamini a fare sacrifici agli dèi cui Roma si rivolge? È questo che stai dicendo?

– Quando ci sono venti milioni e mezzo di sesterzi in ballo, prima di pensare al malocchio lanciato da una fattucchiera, mi piace escludere che non siano state mani ben piú terrene a insozzarsi di sangue!

– E come spieghi che Tuberone, protetto da Ortensio e i suoi uomini, sia stato colto dalla morte in quel modo?

– Non me lo spiego! Ma sono ancora ben lontano dall'imputare l'accaduto al malocchio.

Tito lo squadrò con lo sguardo di chi commisera un povero ignorante.

Ma Cicerone era già altrove. Lui legava fatti, uno dietro l'altro, cercando di dare un senso a quel che sapeva. – C'è qualcosa che non torna.

– E che mai potrebbe non tornare? Capella vuole l'argento, Capella ottiene l'argento.

– Capella possiede metà di quell'argento. Ha pagato una dote di dieci milioni e mezzo.

– Non cinque?

– No. Plauzia ha detto che sono dieci e mezzo.

Tito fischiò. – E perché mai avrebbe mentito sull'entità della dote?

– La ragazza dice per non suscitare scalpore, e perché per mettere insieme la dote si è svenato. Praticamente è sul lastrico.

– Dieci e mezzo per venti e mezzo: è comunque stato un bel guadagno.

– Tu giochi ai dadi?

– Giocavo, – Tito nascose la mano con il graffio della strige.

– Ecco, allora punteresti cosí alto per vincere meno del doppio?

– Che ne so, io? Di certo mi sarebbe piaciuto fare un buon punto contro Capella.

– Capella non è stupido, centurione. Avido, magari, ma non stupido. Penso che, al contrario di quanto anch'io immaginavo prima di parlare con Plauzia, abbia davvero investito tutto quel denaro solo per legarsi ai Poplicola. È cosí frustrato dallo scarso successo della sua famiglia... Non so se Plauzia abbia avvelenato Flacco, ma se l'ha fatto non è stato per assecondare una mira del padre. Anzi, forse Capella è stato raggirato.

– Tu l'hai interrogata.

– Già, e penso che ci siano troppe cose che non quadrano. Intanto: come possiamo legare i messaggi dal fronte iberico all'avvelenamento di Flacco?

– Magari i due fatti non sono collegati. Perché darlo per scontato?

– Volessero gli dèi non lo fossero! Ma il mio istinto mi dice che non è cosí. Crasso ha ragione: c'è molto dietro a quel testamento, – Cicerone fissò a lungo Tito, tanto che questi si sentí a disagio. – Ho qualcosa che non va? – chiese.

– No, niente, è che sembra che tu non abbia dormito.

– Infatti.

– Se dobbiamo lavorare assieme, gradirei che arrivassi in buone condizioni ai nostri incontri. Hai la faccia di un ubriacone che è stato in un postribolo di terz'ordine fino all'alba.

– Ho avuto una notte movimentata, ma ti assicuro che non mi sono divertito, – Tito si accomodò sullo sgabello occupato in precedenza da Tirone. – Che ne dici, adesso, di lasciare da parte per un attimo il mio aspetto e parlare di quello che Crasso vorrebbe sapere? Prima si risolve la faccenda, prima le nostre strade si separeranno e se sembro un ubriacone o un gladiatore non sarà piú motivo di conversazione.

– D'accordo, torniamo al veleno. La, diciamo cosí, strige, dall'alto della sua conoscenza, ti ha detto se il veleno è difficile da reperire o da preparare?

– Mi ha detto che è raro e che è di straordinaria fattura. Ha detto inoltre che viene dall'Oriente. Ma, vista la scatola, questo avremmo potuto intuirlo senza il suo aiuto.

– Ecco. Ti pare verosimile che una ragazzina cresciuta in casa dei Nevii possa procurarsi una simile, ignobile arma?

– Se avesse trovato la strige giusta…

– E tu quante fattucchiere hai dovuto visitare prima di trovare quella giusta?

– Tante. A dire il vero, credo di aver scovato l'unica che sul serio sapesse cosa c'era in quella fiala.

– E ti è sembrata una donna con cui Plauzia avrebbe potuto avere a che fare?

– No, direi di no.

– Come fai a dirlo?

– Non saprei, il suo interesse per il veleno era genuino. Sí, era stupita, e come le altre mi ha chiesto in dono la scatola che lo contiene.

– Sarebbe facile immaginare piuttosto che il veleno gliel'abbia procurato qualcun altro, quindi.

– Sí, in effetti l'ho pensato anch'io.

– Vedi, la ragazza mi ha detto che Flacco, Orsino, Pisone e Tuberone facevano tutti affari con un mercante asiano.

– E che c'è di strano?

– Niente, se non fosse che il tipo di merce trattata dall'asiano e il tipo di persone che erano, in special modo Orsino e Flacco, non vanno d'accordo. Erano conservatori, Tito. In pubblico hanno spesso disprezzato le mode provenienti dalla Grecia e dall'Asia.

– Se ne dicono, di cose... Una volta ho visto un censore pagare Mezzo Asse per un ragazzetto. E poi ci sono comunque Pisone e Tuberone...

– Quei due rappresentano un ulteriore mistero. Opportunisti, cinici, moralmente e politicamente ondivaghi, non erano certo il tipo di uomini di cui Flacco e Orsino amavano circondarsi. Ma per ora li lascerei da parte.

– Tanto sono morti.

– Tre persone che potrebbero sapere come sono andate le cose, però, sono ancora vive: Plauzia, il misterioso mercante, e Appio Claudio Nero: anche lui è ancora vivo.

– Chi?

– Un altro senatore, un tipo particolare. Un veterano tornato dall'Hispania pieno di ferite ed encomi. È stato fatto prigioniero da Sertorio anni fa. Lo ha tenuto in catene, segregato e torturato per giorni o addirittura per mesi, dicono, come il peggiore dei disertori. Ciononostante, Nero, pur conoscendo i movimenti delle truppe di Quinto Metello Pio, non ha aperto bocca.

– Un vero eroe. E come ha fatto a tornare vivo?

– Non si sa bene. Pare che dopo tre anni di prigionia si sia presentato al campo di Pompeo macilento, denutrito, delirante, accompagnato dalla figlia di un capo celtibero. Le voci vogliono che sia stata lei a farlo fuggire. È tornato a Roma e la barbara è venuta con lui e vive ancora nella sua casa come concubina.

– Mmh, e che c'entra tanto romano con quei quattro?

– Plauzia ha detto che Flacco e gli altri partecipavano ai banchetti che Nero dà per sfoggiare i suoi gusti esotici. Dopo cena, sostiene la ragazza, si appartavano con il padrone di casa e il mercante asiano.

– Nero è stato in Hispania… E tu pensi che sia il punto di contatto tra la vicenda del testamento e i messaggi dal fronte iberico?

– Calma, calma… Adesso stai correndo.

– Non mi pare di aver detto qualcosa di illogico.

– Non è illogico, ma è campato per aria. E come ogni ipotesi andrebbe verificata.

– E allora parliamo con questo Nero.

– No, no. Centurione, non tutte le battaglie si risolvono con un assalto frontale, – Cicerone si picchiettò il labbro. – Ho un'altra idea. La ragazza dice che, la notte prima della morte di suo marito, il vecchio Flacco ha incontrato il misterioso mercante asiano, e non credo si tratti di una coincidenza. No, penso, anzi, che c'entri qualcosa. Sento che c'entra qualcosa. Se riuscissimo a interrogare il mercante, potremmo capire se vale la pena di scatenare un vespaio andando a bussare alla porta di Nero. Dobbiamo essere sicuri di ciò che facciamo: è un Claudio, è molto stimato, ed è una persona amata da tutti, me compreso.

Tito convenne. – Sí, credo anch'io che lui sia il nostro uomo. La ragazza ha detto come si chiama questo pellegrino d'Asia?

– No. Dice di non ricordarlo, ma, a questo punto, potrebbe anche aver mentito.

– Senza nemmeno un nome sarà difficile scovare un pellegrino a Roma, di questi tempi.

– Vero. Ma quanti mercanti asiatici avranno avuto come clienti Flacco, Orsino, Pisone e Tuberone?

– Mmh, vuoi che mi metta subito in caccia?

– Il prima possibile, basta che me lo porti integro e in grado di parlare. Nei prossimi giorni vorrei ascoltare anche la ragazza per la seconda volta. Mi farebbe piacere ci fossi.

– D'accordo, – l'ex centurione si alzò, – manda un servo sull'Oppio, da Pitodoro, il *medicus*, a lasciar detto quando e dove avverrà l'incontro. Se non sarò là, qualcuno me lo farà sapere.

– *Hoc est.* Però, sia chiara una cosa: Plauzia è una Nevia, non un prigioniero di guerra o un suburrano che deve argento a Crasso. La interrogherò io. Tu ascolterai e poi ne parleremo dopo, in separata sede.

Tito sorrise. – Per chi mi hai preso? – e fece per uscire, ma Cicerone lo fermò sulla soglia. – Ascolta: non è detto che ci impiegheremo poco ad arrivare alla verità.

– E allora?

– Ecco, vorrei che non parlassi con Crasso fino a che non saremo giunti a un punto.

– Non me lo puoi chiedere. Anzi, sono in un ritardo fottuto. Penso che il pretore mi manderà a cercare: avrei dovuto fargli rapporto almeno un paio di giorni fa.

– Infatti ti sta cercando.

– Ah, ti ha convocato?

– Mi ha teso un agguato, direi.

– Tipico. E allora, appena fuori da qui correrò da lui. Non ama i ritardi, e ne so qualcosa...

– Per favore, solo tre, quattro giorni ancora?

– Fuori discussione, – Tito si incamminò verso l'uscita. Cicerone lo seguí e l'afferrò per un braccio. – È importante che Crasso per ora non sappia niente di Nero e del veleno.

L'ex centurione diede un'occhiata alla mano di Cicerone che gli stringeva l'avambraccio. Gli fece mollare la presa con delicata fermezza. – Senatore, quello è il mio capo. E a lui io faccio rapporto.

– Non ti ha detto forse di seguirmi e di «assistermi»?

– E di fare rapporto, quindi...

– Aspetta! – Cicerone gli si parò davanti. Inspirò a fondo, poi disse: – Aspetta... Non mi fido di Crasso, d'accordo?

– E fai bene. Ora, se non ti spiace...

– Non credo che voglia fare alcunché di buono con quello che scopriremo. Credo che se sapesse di Nero e il veleno si comporterebbe in maniera avventata.

– Possibile, – Tito cercò di guadagnare l'uscita, ma Cicerone si frappose.

– Senatore, stai approfittando della tua posizione.

– Ti sto solo chiedendo di attendere ancora un paio di giorni.

– Non posso.

– Non vuoi. Senti: sei stato un legionario per quanti anni? Venti?

– E questo mi rende propenso a fare rapporto al mio superiore, infatti.

– E quando rischiavi la vita in battaglia, lo facevi per Crasso, Silla o Mario? O per Roma?

– Lo facevo per i miei uomini.

– E, secondo te, Crasso e Silla per chi stavano combattendo?

– Non mi interessava.

– Non ci credo.

– Come ti pare, nobile Cicerone.

– Fingi che tutti i romani siano i tuoi uomini, adesso. Non ti sto chiedendo di ledere gli interessi di chi ti paga, ma di fare in modo che quello che vuole Crasso coincida il piú possibile con il bene della Repubblica.

– Certo, certo. E magari con i tuoi interessi, vero? Ho sentito quando Crasso ti offriva il suo sostegno per diventare edile.

– Se mai diventerò edile, non sarà minando la solidità del senato e di Roma. Aiutami a scoprire se c'è un complotto e a impedire che Crasso ne approfitti per portare a termine la sua scalata senza dare nulla in cambio ai romani.

Tito fece una finta e riuscí a superare Cicerone, finalmente fu in strada. – Buona giornata.

Mosse qualche passo, poi si voltò verso il senatore, che se ne stava sconsolato sulla porta della sua *domus*. Pensò alle parole della strige, al poco tempo che gli rimaneva da vivere. – Per gli dèi, sei forse l'unico rimasto nella curia a cui interessa Roma… Chi ti credi di essere?

– Un servo della Repubblica.

– E, per gli dèi, sei convinto di quello che dici… – Tito gli puntò contro l'indice. – Tre giorni, dopodiché sarà solo fortuna se gli uomini di Crasso non mi avranno preso. Cincischierò. Mi terrò impegnato dando la caccia al fantomatico mercante, ma non posso garantirti tutto il tempo che mi chiedi.

– Sono certo che ce la farai –. Cicerone annuí affabile. – Non sei male come dicono, Molosso.

– Vale.

– Ah, centurione?

– Che c'è ancora, senatore?

– Non presentarti in queste condizioni all'interrogatorio di Plauzia Nevia Capella.

Cicerone rientrò in casa e si trovò di fronte Tirone. – Tutto bene, *domine*?

– Sí. Ti spiegherò. Abbiamo notizie di Messalla?

– No.

– Non permettiamogli di titubare. Ti prego allora di andare subito da lui a dirgli che purtroppo il tempo stringe e che entro tre giorni vorremmo incontrare la nobile Plauzia. Incalziamolo, mettiamogli fretta.

– Bene, – disse Tirone.

– Mia moglie?

– È furibonda.

– Lo immaginavo. Ma non potevo raccontarle tutto...

– Ti consiglio di non appellarti alla ragion di Stato, – Tirone abbozzò un sorriso.

– Ho già pensato a come farmi perdonare.

– Le dirai tutto?

– Certo che no. Le fornirò una nuova versione un poco piú ricca dei fatti e poi domani, di buon mattino, la porterò a fare un giro da Numerio, il mercante di perle.

– Vado a prepararti l'infuso d'alloro.

Il silenzio delle pietre

Roma, anno 681 ab Urbe condita, quinto giorno prima delle calende di quintile
(27 giugno, 72 a. C.)

Tito si appostò dietro una quercia. Si affacciò con cautela e notò che, davanti alla *domus* di Pitodoro, due facce da arena che aveva già visto a casa di Crasso cercavano di confondersi tra i pazienti. Erano due degli uomini che l'avevano vergato. Due coglioni.

Sí, il pretore s'era stufato e lo stava cercando.

Rimuginò un po' sul da farsi, fino a quando non gli passò accanto il vecchio che gli aveva spiegato dove trovare Pitodoro il giorno del suo arrivo a Roma. Aveva ancora la sporta sulle spalle, ancora carica di pane.

Tito lo salutò e il vecchietto si fermò, sfilò la sporta, alzò il cappello di paglia e lo osservò per un po'. – Ah, ecco chi sei! Stai ancora cercando lo studio di Pitodoro? Be', stai andando bene, ci sei quasi. È là, – ridacchiò sdentato e gli indicò la *domus* del medico.

– Me la prendo comoda, che ci vuoi fare?

L'uomo annuí, si calò il cappello sulla fronte e fece per andarsene, ma Tito gli propose un affare. – Senti, ti va di guadagnare quattro assi senza fare nulla?

– Per quattro assi qualcosa la dovrò pur fare.

– Quasi nulla. Vai nello studio di Pitodoro e chiedi di parlare con il suo assistente. Si chiama Astragalo.

– E poi?

– Gli dici che il suo amico, che sarei io, lo aspetta qui. Gli spieghi dove trovarmi e te ne vieni via.

Per quattro assi.

– Anche cinque, se fai alla svelta.

Il vecchietto sghignazzò. – Non faccio niente alla svelta alla mia età.

– Tu fingi di portargli il pane e se qualcuno di quelli che stanno davanti allo studio ti dovesse chiedere chi sei e dove vai, gli dici il tuo nome e che stai portando una forma di pane al *medicus*.

– Affare fatto.

– Bravo.

Tito osservò il vecchio raggiungere lo studio. I due uomini di Crasso lo fermarono e gli parlarono. Il vecchio se la cavò bene ed entrò. Dopo poco uscí.

Tornò da Tito.

– E allora? – chiese il centurione.

– Ha detto che arriva e che sei un coglione.

– Perché?

Il vecchio allungò la mano ossuta. – Pensa, cinque assi per sentirti dare del coglione.

– Sei stato lento, facciamo quattro.

– Non sai come sono quando sono lento.

Tito gli mise cinque dischetti di bronzo in mano e l'uomo, dopo aver ringraziato, disse: – Berrò alla tua salute. Se hai qualcun altro che ti vuole insultare, sarò lieto di passarti parola.

Tito si mise ad aspettare sotto la quercia. Lo stomaco brontolò. Si rese conto che non faceva un pasto decente da quasi un giorno. Cosí, per ingannare la fame, ragionò su come trovare il mercante. Pensò di setacciare i fori, torchiare gli schiavi di Pisone e Tuberone, considerò persino di tornare dalla strige e pagarla per una delle sue visioni: «Una perdita di tempo, pericoloso, una follia». Mugugnò. Quindi prese la scatola con il veleno. La posò a terra, si appoggiò al tronco e la fissò come se cercasse di farla parlare. Dovette ammettere che si trattava di un oggetto di indiscutibile bellezza, ricordò come gli occhi di Vassa e Ashait si erano illuminati mentre la tenevano tra le mani. Non era un oggetto comune, e se non era un oggetto comune non doveva avere una storia comune. – Meglio di niente, – commentò.

Si sporse oltre il tronco della quercia: i due uomini di Crasso erano ancora là. Vide uscire Astragalo con un secchio di legno. I due lo fermarono e, dai suoi gesti, capí che l'amico li aveva mandati a farsi fottere.

Astragalo camminò verso di lui e lo superò senza voltarsi.

Tito seguí l'ex commilitone fino a una fontana ai piedi dell'Oppio.

– Ho detto che andavo a prendere l'acqua, – disse Astragalo riempiendo il secchio. – Non ho molto tempo.

– Cosa volevano quei due?

– Secondo te?

– D'accordo. Senti, devi darmi un paio di informazioni.

– Che vuoi sapere?

– Chi potrebbe vendere un pezzo come questo a Roma, – Tito gli allungò lo scrigno.

– E che ne so? Non ti basta sapere che contiene veleno? Adesso vuoi anche sapere chi l'ha venduto?

– Sto dando la caccia a un tipo. E la scatola potrebbe essere una buona pista da battere.

– E il lavoro per Crasso? Già finito? Perché quei due ti cercano e sembra che te lo aspettassi.

– Devo trovarlo per Crasso, questo tipo, o almeno credo... Comunque sono affari miei, quello che sto combinando.

– Quanto poco ti sopporto quando fai cosí, – Astragalo tolse il secchio pieno d'acqua e lo abbandonò a terra. – Per gli dèi, pesa come un macigno.

– Ti stai lamentando per un secchio d'acqua. Davvero? Coraggio, ché quei due non saranno cime, ma tra poco cominceranno a insospettirsi.

– Fottiti. Dovresti provare ad avere una gamba come la mia. Ti ricordi come me la sono procurata, sí? – Astragalo si asciugò il sudore dalla fronte.

– Non conosci mercanti che trattino merci di lusso provenienti dalla Grecia, dall'Egitto o dalla terra dei parti?

– Certo, come no? Ora mi vedi conciato cosí perché mi fingo sguattero di un medico greco. In realtà, se stasera vorrai venire al banchetto nella mia *domus* sul Germalo, sarò lieto di mostrarti i miei ultimi acquisti. Per esempio ho comprato la statua di un Priapo con un cazzo che pare un serpente, avvolto tutt'attorno alla gamba destra. Raffinata opera di uno scultore di una lontana terra asiatica in cui coltivano fiche sugli alberi. Ti aspetto, cosí ti presento il senatore Mentulo e il tribuno della plebe Merdonio.

Tito sbuffò. – Bastava un no.

– A domanda stupida...

– Ascolta, questo è un oggetto raro. Non è possibile che tu non sappia dove rimediare qualcosa di tanto pregiato. Almeno per sentito dire.

– Posso portarti dal tizio da cui andava Mezzo Asse a comprare i rubini. Magari lui...

– E come si chiama? Dove sta?

– Ti ci porto io, se mi paghi.

– No. Devi restare fuori da questa storia, Astragalo. È pericoloso. Dammi il nome, ti pagherò per il nome.

– E che te ne farai del nome? Ti potrebbe dare una dritta, ma poi il tuo uomo lo dovrai pur scovare. E Roma in otto anni è cambiata, te ne sei accorto?

– Me la caverò.

– Ci metterai un sacco. E se gli uomini di Crasso sono là come due innamorati a farti la posta, dubito che tu abbia tutto questo tempo.

– Non ti porto con me. Il tipo che sto cercando forse è un assassino. Uno che ha accoppato quattro senatori ed è sparito come un fantasma.

– Ah, stai indagando sui senatori morti, dunque.

Tito non rispose.

Il veterano scosse il capo. – Certo... Per andare a farsi maledire dalle strigi, Astragalo va bene. Per le cose serie, dove si può guadagnare un bel po' d'argento, Astragalo non va piú bene.

– Ho già perso Gabello per le stronzate di Crasso.

Astragalo si piantò in mezzo alla via. – E allora? Non ci vediamo da otto fottutissimi anni. Se uno dei due fosse morto nel mentre neppure l'avremmo saputo!

– Non potevo farmi vivo, lo sai bene! Non voglio avere anche te sulla coscienza.

Astragalo posò il secchio e diede una spinta al suo centurione. – Non ti passa per la testa che Gabello avesse scelto di stare al tuo fianco nonostante la tua innegabile abilità nel cacciarti nella merda piú nera?

Tito tacque e Astragalo lo spinse di nuovo.

– Quello che avresti dovuto fare sarebbe stato parlargli, come ho fatto io, al posto di tormentarlo con le tue cazzate come fosse una recluta, – disse ancora il veterano.

– Tu gli hai parlato?! Ma se lo conoscevi appena! E vi odiavate, – Tito indietreggiò. Non riusciva a reggere lo sguardo del compagno.

– Oh, sí. Io. Lui non mi sopportava, è vero. Ma in fondo mi stava simpatico e abbiamo parlato, Gabello e io, da uomo a uomo. Non da centurione a legionario. Quel ragazzo ti adorava come un semidio: piú nera era la merda in cui ti cacciavi, piú lui desiderava starti vicino. Per Claudio Ursio Gabello, povero coglione, morire salvandoti il culo è stata una buona morte!

Tito subí un altro spintone senza reagire.

Ma Astragalo ormai aveva aperto le cateratte del mai detto. – Senti, non siamo piú in legione. Non sei piú un cazzo di centurione con il bastone e le penne in testa. Sei soltanto un coglione come me e come qualunque altro coglione con un cognome inutile. E se io ti chiedo di entrare in uno dei tuoi affari, visto che sono l'unico amico che ti rimane al mondo, e non hai nemmeno il coraggio di dirlo, e visto che ti ho parato il culo in tante occasioni quante sono le stelle in cielo, e che, gli dèi mi siano testimoni, mi sono fottuto questa gamba per te... Be', mi ci fai entrare! Ho bisogno di quell'argento, e tu sai perché. In città ormai sei uno straniero. Lascia che ti aiuti e pagami, – Astragalo prese fiato. Sudava ed era rosso in volto.

Tito fissò negli occhi il suo ex commilitone, poi scoppiò a ridere. – Per le tette di Giunone... Per un attimo ho pensato dicessi sul serio!

Astragalo si limitò a fissarlo.

Tito imprecò, diede un calcio al secchio rovesciandolo. – Per gli dèi, Astragalo...

– Sí o no, – il veterano protese il braccio destro verso l'amico.

Tito glielo afferrò e lo strinse. – Sí, che gli dèi mi fottano per la stronzata che sto facendo, d'accordo!

Anche Astragalo gli strinse il braccio. – Adesso si ragiona! Nel sacco sotto il letto hai novantamila sesterzi. Quant'è la mia parte?

– Come sai che sono novantamila? Ti avevo detto di non toccare la mia roba.

– Ho proprio detto novantamila? Ho indovinato? Che fortuna sfacciata, eh? Bene: allora direi che diecimila possa essere la cifra giusta per seguirti fino alla fine di questa storia, da adesso a quando te ne andrai. In fondo se Crasso farà in modo che Torquato venga esentato dalle tasse, quei novantamila te li metti in tasca tu, o sbaglio? Perciò...

– Sbagli, ma ti sei fatto bene i conti.

– Chiedo il giusto. Il rubino che mi hai dato dopo il fattaccio di Mezzo Asse vale piú o meno diecimila. Hai detto che questa è una storia ancora piú pericolosa... Possiamo dire che ti sto facendo un prezzo di favore.

Tito gli sventolò il pugno davanti al muso. – Ti giuro che se non fossimo amici...

– Non potremmo non esserlo. Adesso, centurione, molto rispettosamente ti chiedo di andare a riempire il secchio che mi hai rovesciato e poi io tornerò da Pitodoro. La gamba mi sta facendo dannare, oggi.

Tito brontolò, prese il secchio e andò a riempirlo. Quando tornò stette zitto per un istante poi disse: – Astragalo.

– Sí?

– Niente.

– Certo, niente, – Astragalo se ne andò scuotendo il capo. – Li semino io quei due coglioni davanti allo studio, non ti preoccupare.

Tito passò la mattinata e il primo pomeriggio schivando gli uomini di Crasso. Saltò da una *taberna* all'altra, si rintanò in un *balneum*, bevve e mangiò. Si tenne alla larga, insomma. Fece la posta alla casa di Flavia. Ci fu un gran viavai al primo piano dell'*insula* in cui abitava. Uno dei due guardaspalle era rimasto al piano terra, all'ingresso, e sembrava selezionare chi poteva salire da Mammina e chi no.

Tito intuí che Flavia aveva promesso una ricompensa a chiunque avesse fornito notizie utili su Galla.

Diede un'occhiata al sole, augurò buona fortuna alla moglie e decise di attivarsi. Raggiunse il luogo dell'appuntamento con Astragalo e con suo grande stupore lo trovò già là ad aspettarlo.

– Come hai fregato gli uomini di Crasso? – chiese Tito sospettoso.

– A modo mio. Gli ho detto che uscivo a raccogliere erbe medicinali. Che ne sanno loro di cosa fa l'assistente di un *medicus*? – Astragalo si raschiò la gola, sputò per terra.

– E Pitodoro?

– Avrà la sua parte, e tanto gli basta, – rispose il veterano. – È tardi, sei pronto per una battuta di caccia come ai bei tempi?

– Quante volte siamo stati a caccia di qualcuno insieme, tu e io? – chiese Tito.

– Almeno una volta.

– Esatto, una volta, una sola.

– Erano comunque bei tempi. Andiamo?

Astragalo lo portò nella bottega di Munazio Barbato, un piccolo mercante di perle, uno dei primi a essere spuntato in città. Munazio lavorava chino sul bancone, nel suo bugigattolo in un angolo del *macellum* sull'Esquilino. Era un vecchietto rattrappito, dalla faccia che pareva miracolosamente tenuta assieme dalla pelle. Aveva sottili capelli bianchi e due piccoli occhi azzurri iniettati di sangue. Stava cercando di scalzare una gemma di diaspro intarsiato dalla montatura di un anello in oro alla luce di una lampada a olio.

C'erano scaffali ovunque, un vago sentore di urina regnava nell'aria. – E questo è il raffinato conoscitore di oggetti d'arte? – bofonchiò Tito.

– Tu diresti mai che sono stato un valente legionario? – chiese Astragalo.

Munazio alzò lento la testa dal suo lavoro. – Come posso esser utile a questa coppia di romani tutti d'un pezzo?

I due si voltarono verso di lui realizzando di colpo dov'erano. – Munazio, ti ricordi di Marco Garrulo?

Il mercante di perle ci pensò su per un attimo. Finalmente staccò la gemma. Faticò a tenerla tra le dita adunche, torte come viticci dall'artrosi. Prese in bocca il diasporo per renderlo lucido. – Bella pietra, solida. Non ammicca alle matrone con riflessi di vetro colorato. È una roccia.

– Meravigliosa. Ti ricordi di Marco Garrulo, detto Mezzo Asse, o no?

– Ci sto pensando, – lanciò la pietra in un piccolo canestro di canna imbottito. – Sí, mi ricordo di lui. Ma mi sfugge il vostro nome, cari amici, credo vi siate dimenticati di presentarvi.

– Non è cosí importante.

– Oh, questo è memorabile: un romano che dice a un altro romano che il nome non è importante.

– Mi chiamano Astragalo, va bene?

– Non è un granché, ma almeno so come rivolgermi a te. E lui?

– Lui non parla. Non hai bisogno di rivolgerti a lui.

Munazio fissò perplesso Tito per un po', poi spostò di nuovo la sua attenzione su Astragalo. – Ebbene, Astragalo, cosa vuoi sapere su Mezzo Asse? È morto.

– Non mi dire… Ricordo, però, che lui mi ha sempre detto: da Munazio c'è tutto quello che vuoi. Se una cosa ha valore, Munazio sa dove e come trovarla. Si sbagliava?

– No. Esagerava un pochino, forse –. Il mercante frugò in un sacchetto ed estrasse un altro anello, con ametista stavolta. Prese a forzare la gemma fuori dal suo nido.

Astragalo invitò Tito a mostrare al vecchio lo scrigno. – Vorremmo sapere se sai chi potrebbe aver venduto a Roma un oggetto simile.

– Oh, – Munazio sgranò gli occhi. – Questa è ciò che io definirei un'opera raffinata. E non uso il termine spesso.

– Da dove viene?

– Da un luogo in cui il bello ha un valore piú alto di quello che ha qua. Quando passo le dita su una simile meraviglia capisco che abbiamo ancora tanto da imparare. Ammirate, notate i dettagli, la raffinatezza dell'intarsio. Ipno e Tanato, ma nel caso specifico dovrei dire Hypnos e Thanatos. Guardate Tanato, i dettagli del panneggio... – sorrise, quasi commosso. Scosse il contenitore ma non sentí nulla, non un tintinnio, non un crepitio. Fece per aprirlo, e Tito lo fermò. L'ex centurione lo richiuse, con delicatezza.

– D'accordo, – disse il mercante. – Viene dall'Asia. Per la ricchezza dei dettagli... l'uso dell'avorio, dell'oro e il legno... – si fece restituire la scatola, la annusò. – Questo è cedro, signori miei. Non è roba che tratto io. È troppo per me e molto per parecchi qua attorno.

– E allora non saranno tanti i mercanti che vendono oggetti del genere.

– Pochissimi. Questa roba arriva via mare a Ostia, e viene venduta direttamente lí insieme a meccanismi, ceramica pregiata e altri mirabili prodotti dell'ingegno asiatico, – r imuginò Munazio. – Somnus e Mors... Contiene un veleno, non è vero?

– Se fosse?

– Se anche il veleno fosse orientale, raro o pregiato quanto lo scrigno... Non avrei dubbi sulla provenienza.

– E a questo punto nemmeno noi. Chi tratta merci pontiche?

– Nessuno che se ne vanti, almeno qui in città. E, cari signori, non è da me che avrete nomi. Adoro lavorare con le pietre, vedete? Le pietre tacciono, non hanno odore, non si muovono, sono semplicemente belle: è per questo che durano millenni. Ora, se volete scusarmi… – Il vecchio abbassò la testa e tornò a concentrarsi sull'ametista che non ne voleva sapere di lasciare il suo accogliente nido dorato.

– Ah, il caro Munazio è fidato. Tace, si fa i cazzi suoi. Mi piace, – commentò Astragalo fuori dal negozio.

– Non ci ha aiutato molto, però.

– Be', adesso sappiamo che chi ha portato a Roma quello scrigno è probabilmente uno del Ponto. Direi che è stato d'aiuto, eccome!

Tito annuí pensoso. – Il problema è che ogni fottuto barbaro d'Oriente a spasso per Roma può essere un uomo di Mitridate.

– Ma io so che c'è un tizio da queste parti, un cornelio che un tempo chiamavano Mus, che potrebbe metterci sulla strada giusta.

– Il nome mi dice qualcosa.

– Era uno che aveva la lingua infilata tra le chiappe di Crisogono. Gestiva una piccola banda di impomatati sicari, picchiatori, ricattatori. Crisogono lo usava per le faccende piú sporche. In qualche modo è riuscito a sopravvivere al suo capo ed è rimasto a Roma mentre la maggior parte di quei greculi del cazzo fuggiva nel Sannio assieme a Silla.

– E come ci può aiutare questo brav'uomo?

– Adesso possiede e gestisce un paio di *insulae* e qualche bordello giú nella Suburra. Si dà da fare. Accoglie quasi esclusivamente asiatici. Si dice che coltivi ottimi rapporti con le spie di mezzo mondo: in cambio di segretezza e buoni consigli su come muoversi a Roma, si fa pagare un occhio della testa. Chi meglio di un ratto cornelio può suggerire a un ratto asiano la via per entrare a Roma?

– Come lo troviamo?

– Non sarà semplice. È molto impegnato e si sposta di continuo per gestire i suoi affari. Ma se il nostro uomo è uno che ha avuto bisogno di un appoggio qui in città, Mus è la persona giusta a cui chiedere. Certo, qualche dettaglio in piú, a questo punto, aiuterebbe.

– È una lunga storia.

– E allora falla breve. Siamo soci, Tito.

– Astragalo…

– Soci.

– D'accordo, – disse Tito, lasciò cadere le spalle. Sapeva che non poteva sconfiggere Astragalo. – Intanto portami da questo impegnato uomo d'affari.

– Ci potrebbe volere un giorno o magari due per scovarlo.

– Ho fretta.

– Questo non cambia il tempo che ci vorrà. Lo troveremo quando lo troveremo. Adesso è tardi, devo tornare da Pitodoro prima che i due cani da caccia di Crasso si insospettiscano. Sai dove dormire?

– In giro, non ti preoccupare. E le piante medicinali?

– Strapperò qualche erbaccia lungo un fosso. Per loro non farà differenza. Dormirai da Flavia?

– No, non credo. Ma che te ne frega di dove dormirò? Sei mia madre?

Astragalo sospirò. – Non prendere freddo. Vale, centurione.

– Fottiti.

Nero

Roma, anno 681 ab Urbe condita, quarto giorno prima delle calende di quintile
(28 giugno, 72 a. C.)

Nero osservava il proprio riflesso nel grande specchio di bronzo che aveva fatto portare sotto il peristilio. Voleva ammirare la nuova toga in lana pregiata appena consegnata da uno dei migliori *vestiarii* della città.

Il tessuto l'avvolgeva a meraviglia, ed era impreziosito da una banda dorata, un lusso discutibile per un senatore. – Se mi vedessero i censori... – sorrise.

– Non li inviteremo al prossimo banchetto, – considerò laconica Erennia. Se ne stava mollemente sdraiata su un divano e, appoggiata su un gomito, sorseggiava una coppa di birra.

Nero fece una smorfia. – Come fai a bere quella roba? A quest'ora del mattino, poi...

– Fa caldo, è dissetante.

– Bevanda da barbari.

– Appunto, mi ricorda casa. L'hai bevuta per quasi tre anni, Nero.

– Appunto, mi ricorda la prigionia. Era l'unica alternativa al piscio di cavallo: quando sento l'odore della birra, penso subito al piscio di cavallo, – il senatore inarcò la schiena, stirando i muscoli. Schioccò le dita e Samellia corse nel cubicolo del padrone. Nero alzò il braccio sinistro per valutare come cadesse il tessuto. – Non male, vero?

– Ti sta alla perfezione.

– Mmh, – Nero guardò la sua concubina riflessa sullo specchio. – Che hai? La questione della ragazza di Mammina è risolta, no?

– Elegantemente, – Erennia bevve. – Perché? Che ho?

– Non so, sei strana.

– Mi stavo chiedendo: chi è l'«Amor» di cui parlava Galla? Chi può chiamarsi cosí?

– E che ti importa? Sarà stato l'amante, il ragazzo per cui batteva il suo piccolo cuore di cerbiatta... Forse uno scaricatore di porto o il garzone di un macellaio. Pensa a quelle mani callose mentre strizzano le morbide carni della ragazza...

– Sai essere disgustoso, Appio, – Erennia lo guardò in tralice.

– Temi la vendetta di Amor? – Nero rise trovando paradossale l'eventualità.

– Non dire assurdità. Anche se un giovane uomo innamorato non è il genere di complicazione di cui abbiamo bisogno adesso, ne convieni?

– Perché non ti godi quel liquame che stai bevendo e torni normale, almeno per un attimo?

– Ti pare che stiamo vivendo giornate normali, Nero? – la donna svuotò la coppa. Fece cenno a Marcellina di riempirla di nuovo.

– Certo che no, tuttavia da ieri sembra che tu abbia perso la parola.

Erennia fece spallucce.

– Dove sei stata?

– Quando? – chiese Erennia mentre mescolava con l'indice la birra nella coppa.

– Ieri. Sono tornato dal foro e non eri a casa. Samellia e Marcellina non hanno saputo dirmi dove fossi. Appena sei rientrata, hai fatto un bagno e sei andata a letto prima che il sole tramontasse senza dire una parola.

– Ho preso un po' d'aria, caro. Avevo bisogno di uscire. Viviamo chiusi qui dentro da giorni, come se fossimo sotto assedio.

– Lo siamo, Erennia. Sei andata là fuori senza scorta, e sai che è pericoloso.

– La scorta era con te. E comunque il cilicio non è me che vuole morta. Chi sono io? Soltanto la tua concubina celtibera, no?

Nero si voltò di nuovo verso lo specchio. – Sí, sei decisamente di cattivo umore, – il senatore allungò la mano destra perché Samellia infilasse nel medio, nell'anulare e nel mignolo i tre anelli che era andata a prendere. La ragazza, nonostante l'insistenza, non riuscí a far entrare il dito medio nell'anello con il sigillo del senatore. La schiava si scusò. – Forse il caldo... – disse, indietreggiando di qualche passo in evidente imbarazzo.

Erennia posò la coppa, si alzò facendo frusciare la veste di lino azzurra. La sua pelle scura, cotta dal sole, creava un abbagliante contrasto con il tessuto che l'avvolgeva. – Ci penso io, – disse. Si fece consegnare l'anello dalla ragazza e si avvicinò al senatore che aveva ancora le dita sospese a mezz'aria. Mise in bocca il medio di Nero. Il senatore si girò a osservarla mentre faceva scorrere le labbra lungo il dito. Poi Erennia prese l'anello e lo infilò senza sforzo. – Visto? Basta un po' di dolcezza.

Inanellata la mano, congedò le schiave.

Nero sorrise. – Non volevo essere inquisitorio, prima. È che non mi piace che te ne vada in giro da sola.

Erennia gli sistemò la toga sulla spalla. – Se non sbaglio, soltanto qualche giorno fa hai permesso che andassi a Ostia nella villa di Flacco, da sola.

– Era necessario.

– È stato un viaggio a vuoto.

– Ma era necessario, tu stessa l'hai ammesso. Fare una passeggiata ai mercati non lo è. Perché sei stata ai mercati, vero?

– Fino a che non ti deciderai a far arrivare regolari scorte di birra...

Nero le afferrò i capelli e la baciò con passione. La donna dapprima ricambiò, poi si divincolò. – Non mi piace quando mi fai le domande che faresti a una moglie.

– Tu sei mia moglie.

– Ah, sí? Non ricordo cerimonie. Devo avere una pessima memoria per essermi scordata il mio matrimonio. Invece continuo a pensare di essere venuta qui con uno scopo ben preciso, molto diverso dall'essere tua moglie. Non te lo sei dimenticato, vero?

– Non me lo sono dimenticato, no.

– Bravo, caro, non dimenticarlo. E adesso che quello scopo è venuto a cadere, lascia che mi goda la vita a Roma, almeno finché posso, senza pagare il prezzo della tua apprensione.

Nero annuí. – Tengo a te, Erennia, piú che a chiunque altro.

Erennia sorrise materna, gli accarezzò i capelli con mano leggera, per non scombinarli. – È tardi. Al foro si chiederanno che fine hai fatto.

– Qui, tra queste mura, con te, riesco a fingere che non ci sia un mostro là fuori che mi vuole uccidere.

– Se avesse voluto ucciderti l'avrebbe già fatto, non credi?

– Forse sta soltanto aspettando il momento buono. E quando verrà, una notte mi sveglierò e sarà ai piedi del letto. Mi sussurrerà cose che mi convinceranno a bere qualche tipo di veleno e anch'io mi butterò da un ponte come Pisone o mi lascerò morire nella vasca di uno squallido *balneum* per suburrani come Flacco. Oppure mi spingerà a tagliarmi le vene come Orsino, – Nero si perse per un attimo nei suoi pensieri. – Quale alternativa inaccettabile avrà mai offerto loro per spingerli al suicidio? Ah, forse è lo scempio che ha fatto di Tuberone, la risposta...

– Sei al sicuro qui. Hai una scorta giorno e notte e non sei mai solo, nemmeno per un istante: in queste condizioni neppure il mercante potrà avvicinarsi abbastanza per nuocerti. È un mercenario, non un pazzo suicida. Se fossi in lui, e se avessi mai avuto il progetto di darti la morte, avrei già rinunciato. Il cilicio lavora per l'argento, non resterà là fuori per sempre, – disse Erennia rassicurante.

Nero non trovò sollievo nelle parole della concubina. – La domanda che piú mi tormenta, tuttavia, è: chi lo comanda? Chi lo paga?

– L'importante è che tu sia al sicuro. La bufera finirà come qualunque altra tempesta e scopriremo chi ha architettato questo insulso massacro.

– Se solo sapessi dov'è...

– Va' al foro, parla di politica, di affari. Mostrati come il Nero che tutti ammirano e conoscono, organizza un banchetto, convoca il tuo cuoco e spingilo a inventare le piú incredibili portate... Non vivere schiavo della paura, non sei piú sepolto in una buca nella piana di Osca, senatore.

Il viso di Nero si illuminò attraversato da un sorriso di infinita dolcezza. – Tu mi hai aiutato a sopravvivere a me stesso, Erennia.

La donna si staccò dal senatore. Gli sistemò la toga, i capelli e gli legò i calzari ai piedi. – Ora vai. Ci sono un sacco di romani che ti attendono giú al foro. Evitiamo che la tua assenza susciti curiosità indesiderate nei colleghi e nei clienti che ti stanno aspettando.

Nero annuí. Passò nella biblioteca per poi uscire di casa con un paio di rotoli sottobraccio. Si arrestò sulla soglia per un attimo, si sporse sulla via per guardare da un lato e dall'altro. Appena fu in strada, i quattro liberti che aveva assoldato per garantire la sua sicurezza lo circondarono, dopodiché la piccola compagnia si avviò verso il foro.

Erennia rimase finalmente sola. Svuotò la brocca della birra riempiendo un'ultima coppa. Non riusciva a togliersi dalla testa gli occhi sbarrati di Plauzia, fissi nello stupore della morte, e si sentí in colpa quando si scoprí a desiderare che fosse Nero a marcire tra le foglie del sottobosco. La coppa d'argento compí una brillante parabola nell'aria del mattino per finire nell'*impluvium*.

Appio Claudio Nero fece fermare la scorta davanti a un mercante di gioielli. Disse ai suoi uomini di attendere fuori.

Quando entrò nel negozio, una stanzetta sotto gli archi del *macellum*, fu accolto dal mercante che si profuse in inchini. Il bancone e gli scaffali erano pieni di nicchie in cui brillavano gioielli di ogni foggia e pietre grezze, perle e oggetti d'oro e argento che avrebbero fatto la gioia di qualunque matrona del Palatino.

– Numerio Coruncanio, caro, è proprio vero quello che si dice: Dioniso ti ha donato il tocco d'oro, – disse Nero. Mise le mani sui fianchi e ruotò su sé stesso estasiato.

– Mi lusinghi, nobile Appio Claudio Nero. Il tuo gusto è un dono di Venere, invece: toga abbagliante, nella sua bellezza –. Il gioielliere, un corpulento trentenne dalle mani minuscole avvolto in una toga di un bel turchese, fece un altro inchino. – Con cosa posso solleticare il tuo divino senso del bello oggi?

Nero gironzolò per il negozio. – Non saprei... Ti confesso che non sono entrato qui con un'idea precisa. Vorrei tuttavia fare un dono speciale a una donna dai gusti quasi impossibili da soddisfare. Una donna che non ama il bello, almeno non come lo intendiamo noi. Una donna che sa essere piú uomo di me e di te, se si arrabbia.

Numerio rise. – Hai deciso di fare un regalo alla cara Erennia?

Nero annuí. – In fondo non c'è nessuna legge che vieti di fare regali alle nostre concubine, no?

– Grazie agli dèi, i censori non sono ancora arrivati a tanto. Di sicuro non approverebbero, ma a noi quanto può importare?

Nero sorrise complice. – Attento, Numerio, sono pur sempre un senatore... – si sfregò le mani. – E allora, coraggio, mettimi alla prova.

Il mercante, con insospettabile leggiadria, prese a svolazzare da uno scaffale all'altro come un'ape in un campo di fiori, lasciando dietro di sé una gradevole scia di profumo di cannella e mirto. Quando tra le braccia ritenne di stringere quanto cercava ed era riuscito a raccogliere, tornò al bancone su cui aveva steso un panno di lino tinto di blu. Vi depose il meglio che aveva da offrire.

– Queste meraviglie sono sbarcate a Brundisium da poco, – disse Numerio. – Fanno parte di un certo bottino e il buon cuore di un tribuno compiacente le ha salvate dalla fusione –. Porse a Nero un diadema di straordinaria fattura. – Ammira questi tredici incantevoli zaffiri, che mani umane, ma di certo guidate da un dio, hanno intrappolato in queste trenta maglie d'oro finissimo. Nota l'eleganza degli occhielli...

Nero rigirò tra le dita il diadema. – Davvero notevole. Che fortuna conoscere qualcuno che ha avuto il privilegio di mettere gli occhi sul bottino di Lucullo.

– Tutto nella piú assoluta legalità e rispetto delle priorità, senatore. Tutto è stato pagato per il suo peso in oro.

– E le gemme?

Numerio porse a Nero un anello composto da un canestro circolare in oro con al centro uno smeraldo sfaccettato. – Personalmente ritengo che gli smeraldi siano le uniche gemme di cui l'occhio non è mai pago. Questo in particolare è uno smeraldo egizio di straordinaria purezza e limpidezza. Guarda l'anello a forma di serpente e come le spire dell'animale avvolgono la gemma. Freddo verde, freddo animale, freddo metallo, ma insieme sanno come scaldare il cuore di una donna, – Numerio emise un risolino.

Nero infilò l'anello sul mignolo per studiarlo meglio.

– Ed ecco, infine, quello che forse immagino piú adatto, se posso dire, all'esotica persona della tua Erennia. Permetti? – Numerio invitò il nobile cliente ad allungare il palmo. – Orecchini provenienti da terre ancora piú lontane, oltre i domini dei parti, oltre il mare persiano, terre bagnate da acque senza nome. Immagini quanta fortuna ho avuto nel ricevere simili capolavori?

Nero osservò gli orecchini. Ciascuno era composto da un triangolo d'oro da cui pendevano tre grandi perle e contenente una goccia d'avorio intarsiato con l'immagine di un elefante rampante, rappresentato nei minimi dettagli.

Il senatore si illuminò. – Hai ragione, caro Numerio. Queste meraviglie sono nate per rendere ancor piú affascinante il volto della mia Erennia.

– Sia lode a Mercurio per l'affare che stiamo per concludere. Il prezzo è… Che succede?

Di fronte al negozio qualcuno stava discutendo con la scorta di Nero.

– Come sarebbe «non si può entrare»? – Cicerone era semplicemente scandalizzato. – Non mi interessa se è un senatore, quello dentro, sono un senatore anch'io! Ma anche fossi solo un cittadino...

– Stai calmo, Marco, – Terenzia tentava di ragionare con la scorta. Con un gran sorriso e i modi eleganti che non l'abbandonavano mai, si sforzava di risolvere la questione senza che Cicerone cominciasse ad arringare tutto il *macellum*. – Capisco che state facendo il vostro lavoro, cari. Però se non ci fate entrare, come potete immaginare, le conseguenze per voi non saranno gradevoli. È evidente che non conosciate mio marito, e questo può solo significare che siete a Roma da poco. Non ve ne faccio una colpa, sia inteso, ma mio marito è...

– ... Marco Tullio Cicerone, idioti, – Nero uscí dal negozio a braccia aperte. Fece spostare i quattro liberti. – Fate spazio, su. Mi scuso per loro, amico mio, nobile Terenzia. È vero, non sono a Roma da molto e sono colpevole di non aver fatto un'adeguata selezione, – fissò i suoi uomini per un interminabile istante.

– Appio Claudio Nero, che piacere vederti, – Terenzia alla vista di Nero si ravvivò. – Ne è passato di tempo.

– Troppo, ma vedo che Cicerone ha la fortuna di essere sposato a una donna che non dà segno di accorgersene.

– Ecco un uomo che sa come si parla. A Roma ci sono oratori di professione meno eleganti, – commentò Terenzia. Lanciò un'occhiata in tralice al marito.

Cicerone fece finta di niente. Incontrare Nero lo mise a disagio. Sapeva che prima o poi sarebbe successo, ma... – Da quando ti circondi con una scorta tanto nutrita?

– Oh, da quando si dice che i senatori romani siano tormentati da una maledizione, – rise.

– Non saranno certo quattro liberti a proteggerti dal malocchio! – Cicerone forzò una risata, cercando di sembrare gioviale.

– A parte gli scherzi, la sicurezza non è mai troppa. Come sai non posseggo schiavi maschi, cosí ho pensato di assumere questi bravi, giovani ma inesperti ragazzi di provincia. Prego, – Nero fece spazio e lasciò entrare la coppia. – Io ho finito, – disse, – il buon Numerio è venuto incontro alle mie esigenze in un lampo, grazie al suo intuito sopraffino.

Numerio chinò il capo, si schermí, accolse Cicerone e Terenzia profondendosi in complimenti per il bracciale a forma di serpente che la donna portava con tanta eleganza attorcigliato attorno al braccio destro.

– Mettimeli via, – disse Nero restituendo a Numerio gli orecchini che ancora teneva in mano, – verrò a prenderli domani.

– Per il prezzo, nobile Nero? – chiese il commerciante.

– Il prezzo non sarà un problema, ora ti lascio ai tuoi due ospiti.

Gli orecchini passarono sotto gli occhi di Terenzia che ne ammirò la fattura.

– Belli, vero? – chiese Nero.

– Divini, direi, – rispose Terenzia. – Chi è la fortunata che riceverà simili meraviglie?

– Segreto, – Nero ammiccò. Poi si avvicinò a Cicerone. – Posso suggerirti, collega, lo straordinario diadema con zaffiri che vedi lí sul tavolo?

– Devo ammettere che hai un gusto eccezionale, – disse Cicerone prendendo tra le mani il gioiello. – Anzi, dovrei proprio chiedere a te qualche consiglio in merito a certe statue che vorrei acquistare per il mio *impluvium*. In ossequio al mio amore per i maestri ellenici, vorrei proprio due statue di fattura greca. Eleganti, raffinate... Forse tu puoi consigliarmi qualcuno a cui rivolgermi.

– Non sapevo avessimo intenzione di comprare un dittico, – intervenne Terenzia.

– Certo che dobbiamo, – tagliò corto Cicerone. – Che mi dici, caro Appio?

– Io? – Nero si schermí. – Non è il mio campo, il commercio di statue. Temo che tu mi confonda con il maestro di stile per eccellenza. È il buon Ortensio, l'esperto, è lui il piscinaro, non io, – rise di nuovo.

– Be', ma il gusto di Ortensio... Chiederò a lui, non insisto. Anche se avrei preferito un tuo suggerimento.

– Lusingato, – Nero fece una pausa. – Ho deciso di dare un banchetto. È da qualche tempo che non ne organizzo. Sai, la morte dei nostri stimati colleghi... Ma direi che la vita va avanti e la mia voglia di stupire il palato di romani meritevoli come voi è rimasta intatta. E mi piacerebbe vedere quel diadema sul capo della tua splendida signora.

– Sarebbe un enorme piacere, – Cicerone tossí nervoso.

– Sono felice che tu sia entusiasta nell'accettare il mio invito, ma non c'è bisogno di arrossire! Ti comunicherò la data appena sarà certa. Direi tra un paio di giorni –. Nero sorrise, fece un cenno con la mano e lasciò il negozio.

– Davvero, sei arrossito, – commentò Terenzia divertita.

– Ho soltanto caldo, – rispose Cicerone. Pensò di avere piú di un motivo per voler fare due chiacchiere in privato con Nero, e magari dare un'occhiata alla stanza blu in cui si incontrava con Flacco e gli altri.

– Allora, – Terenzia gli tirò la toga, – vuoi farti perdonare con questo bel diadema di zaffiri? Non basterà, ti avviso, ma sí: al banchetto di Nero farà la sua bella figura.

Terenzia uscí dal mercante di preziosi con un sorriso stampato in viso. – Grazie, era da un po' che non mi facevi un regalo tanto bello.

– Mi spiace di averti trascurato –. Cicerone le sfiorò la mano.

– Dovrebbe spiacerti soprattutto di non avermi detto la verità sul caso della giovane Nevia, – disse Terenzia cercando gli occhi del marito. Sorrise. Fece intendere a Cicerone che la tempesta era passata. – Ma considerato quanto ti stai impegnando per tornare nelle mie grazie, sono quasi contenta che tu sia stato reticente sul caso della giovane Nevia.

Cicerone sospirò. – Terenzia... Sai che non amo lavorare con gente come Crasso.

– Crasso può essere molto utile. Basta saperlo usare nella misura in cui usa chi gli sta attorno. Stai portando avanti un rapporto con lui di consapevole reciprocità. Andiamo... Non sei piú il colto ma sprovveduto arpinate appena arrivato a Roma.

– No di certo. È la mancanza di etica di quelli come Crasso che però mi disgusta.

– E tu, allora, sii te stesso.

Cicerone annuí. In quel momento avrebbe voluto dirle davvero tutto, ma si limitò ad accarezzarle una spalla.

Terenzia gli diede un buffetto sulla guancia. – Ora dimmi: da quando ti sei deciso a comprare il dittico per l'*impluvium*?

Asfissia

Roma, anno 681 ab Urbe condita, quarto giorno prima delle calende di quintile
(28 giugno, 72 a. C.)

– Dove l'avete trovato? – chiese Mammina a Polluce, che la precedeva.

– Era da Fringilla. Aveva pagato cinquanta sesterzi per un buco all'*Antro di Dioniso*. Aveva cibo, vino e puttane. Però Fringilla non sapeva niente di Galla, e Mano Marcia gli ha raccontato che si stava nascondendo da uno che gliele aveva promesse per un lancio fortunato ai dadi.

– Non si è chiesto, Fringilla, dove avesse preso tutto quell'argento?

– Gli ha detto di aver vinto. Anche Fringilla avrà pensato che una volta capita a chiunque di vincere, persino a Mano Marcia.

– No, a quella merda non capita mai.

– È qua, – Polluce condusse Mammina nel magazzino della tintoria dove aveva piazzato Mano Marcia a lavorare pochi giorni prima della scomparsa di Galla.

L'odore acido delle tinture e della pelle appena conciata fece arricciare il naso a Mammina. Dovette attendere che la vista si adattasse alla penombra. Si avventurarono in mezzo a pile di pelli e balle di tessuto ancora da tingere. Dalla tintoria adiacente al magazzino si udiva lo sciabordio delle vasche piene di acqua e tinta in cui gli schiavi pigiavano le stoffe. Cantavano e bestemmiavano, si insultavano e ridevano, condannati a un lavoro infame. Polluce fece strada fino a che non giunse in una grande stanza semibuia, in cui filtrava un barlume di luce da un buco nel tetto. Al centro dell'alone disegnato da quel coraggioso raggio di sole c'era un uomo, seduto a terra. Aveva i polsi legati dietro la schiena e la testa china. I capelli fradici pendevano come una cortina di serpenti morti. A fargli la guardia, due bestioni: Castore e Calpurnio, il proprietario del laboratorio.

– Grazie Calpurnio, – disse Mammina, – ti sono riconoscente. Ora, però, ti chiedo di lasciarci.

– È stato un piacere. Se poi aveste bisogno di una mano per far sparire questa merda... – l'uomo sputò su Mano Marcia. Quello nemmeno reagí. Canticchiava una canzoncina per bambini, una specie di ninna nanna. Puzzava di vino e piscio.

Castore portò uno sgabello a Mammina. Lei si sistemò di fronte al fratello di Galla.

– Manlio.

Il ragazzo alzò la testa con uno sforzo enorme. Aveva gli occhi tumefatti, gli zigomi gonfi e le labbra spaccate. Un filo di bava rosa colava dalla bocca fino al pavimento: Castore e Polluce non c'erano andati piano. – Mammina... – Mano Marcia cominciò a piangere.

– Non piangere, – disse lei, cercando di mantenere il controllo. – Ascoltami bene, ne va della tua vita: dimmi a chi hai dato tua sorella.

– Mi aveva detto che l'avrebbe trattata con amore. Una notte da gran signora, aveva detto...

– Sai dov'è tua sorella adesso?

– Non è tornata a casa. Mi hanno detto che è morta, ma non ci credo... Lui la tratta bene. Mia sorella è scappata, ecco. Lui l'ha pagata, e lei è scappata con i denarii.

– E allora perché ti nascondevi?

– Perché sapevo che avreste dato la colpa a me.

– È morta, tua sorella, Manlio. Ed è colpa tua, – disse Mammina. Si stringeva le nocche per non cedere alla tentazione di ucciderlo subito. – È stata torturata, ammazzata e buttata nel Tevere come uno straccio vecchio.

– Non è vero! – Mano Marcia si dimenò. Castore gli diede un calcio nelle reni. Il ragazzo si contorse come un verme. Polluce lo tirò su, trascinandolo di nuovo di fronte a Mammina. – Lei sta bene, ha un vestito nuovo. Lui le ha regalato un profumo alla rosa che viene dall'Asia... Mia sorella è viva. E mi ha lasciato qui, nei guai.

Mammina lo afferrò per i capelli. – Tu sei soltanto uno scarto, Manlio. E hai ucciso tua sorella, l'unica persona che per qualche assurdo motivo teneva a te, vendendola a qualcuno che l'ha fatta pezzi per puro divertimento. Dimmi a chi l'hai data, avanti. Dimmelo e vivrai.

– Sono cosí sfortunato, – Manlio piagnucolò, – per una volta che combino un buon affare... Ecco cosa succede! Fatemi bere. Voglio del vino! Mi fanno male i polsi... Non è vero, non può essere vero... – il ragazzo provò a tirarsi su e Polluce lo colpí di nuovo.

– Se sai che è viva e che si sta prendendo gioco di te, perché ti sei nascosto? Sai cosa hai fatto, Manlio. Lo sai bene.

– Perché... Perché... – il ragazzo si pisciò addosso. Mammina si scansò mentre la pozza si allargava. La cicatrice prese a prudere in maniera insopportabile. Si sfregò energicamente il viso. – Dammi il nome, poi berrai e verrai slegato.

Manlio ridacchiò. – Brava sorellina, che scherzo mi hai tirato...

– Non è uno scherzo, idiota. Nulla è uno scherzo. Il nome.

– Appio Claudio Nero. Appio Claudio Nero mi ha dato centocinquanta sesterzi! E ne ha dati altrettanti a quella puttana di Galla. Tu quanto ti saresti fatta pagare, eh? Quanto avresti chiesto per lei? Avresti potuto vendergliela tu e non sarebbe successo niente, no? Invece è morta. È anche colpa tua! Colpa tua! – Mano Marcia sputò sui piedi di Mammina.

– Nero... – la donna indietreggiò incerta sulle gambe. Polluce e Castore si scambiarono un'occhiata carica di terrore.

Mammina chiamò a sé Castore. – Slegatelo, dategli da bere e poi... Non voglio piú sentirne parlare.

– Che intendi?

– Non intendo niente... Fatene ciò che piú vi aggrada, – prese il coltello che Castore portava in vita.

– Ehi! Mi serve!

– Usa quello di Polluce.

Si lasciò alle spalle Manlio e si voltò soltanto per vedere Polluce che gli spaccava una brocca di terracotta in testa.

Mentre si allontanava, Castore le urlò dietro. – Non fare cazzate, Mammina! Quello è un senatore, un Claudio, un intoccabile!

Uscí all'aperto boccheggiante. Le girava la testa, le mancava l'aria. Aveva voglia di vomitare e nella mente le si sovrapponevano immagini e voci. Era cosí confusa. – Non è colpa mia...

Se ne andò dalla tintoria quasi correndo. Un odio senza confine le aveva invaso le vene, sentiva il sangue ribollire sotto la pelle, gli occhi bruciavano. Le sembrava di prendere fuoco.

Si rese conto di non sapere dove fosse. Le facce perplesse delle matrone e dei nobili a passeggio le fecero comprendere in un attimo di essere fuori dal suo territorio. Era finita nelle Carinae. Era sudata, il caldo le toglieva il respiro. Cercò una fontana, si sciacquò la faccia. Quindi si sedette sul bordo, all'ombra, e pianse, in preda a una profonda disperazione.

Nero, era stato lui...

Qualcosa che aveva letto negli sguardi che il patrizio aveva lanciato a Galla l'aveva inquietata. Erano quelli di un predatore che aveva individuato la preda. Avrebbe dovuto avvisare la ragazza, allertarla. E invece adesso... Sí, forse era anche colpa sua.

Si strinse la veste all'altezza dello stomaco, sentí il petto schiacciarsi sotto il peso di un dolore mai provato prima. Le lacrime erano persino piú calde del sudore. Le sentiva scendere, ma lí nessuno l'avrebbe riconosciuta e non fece nulla per trattenersi. Si diede un pugno sulla coscia. Imprecò.

Infine inspirò a fondo, cercò di calmarsi. Bisbigliò una preghiera a Giunone, ma trovò sollievo solo quando, affamata di lucidità, cominciò a focalizzarsi su come vendicare Galla.

Immaginò di uccidere Nero in tanti e tali modi che presto ne perse il conto.

Niente di quello che le passò per la testa, però, le parve credibile. Nero era un senatore romano, un patrizio. Come avrebbe potuto avvicinarsi al punto da accoltellarlo? Come avrebbe fatto a piantargli tutto il suo odio nel cuore? E poi, ogni volta che nella sua fantasia Nero moriva, moriva pure lei, ammazzata dalla scorta, linciata o giustiziata dopo un rapido processo. Non c'era verso di non trasformare la vendetta in suicidio.

Chissà cosa avrebbe detto Tito, chissà se le avrebbe potuto dare un buon consiglio, lui che era abituato a togliere la vita. La sua vendetta era una via senza ritorno, ma la prospettiva di morire, pur di punire Nero e far calare su di lui l'ira delle Erinni, a ogni respiro le appariva sempre piú accettabile.

Di una sola cosa era certa: avrebbe assassinato Nero, e tanto bastava. Perché, sí: era anche colpa sua.

Il morso della murena

Roma, anno 681 ab Urbe condita, quarto giorno prima delle calende di quintile
(28 giugno, 72 a. C.)

– Prendi quella, – Ortensio indicò allo schiavo una triglia dai riflessi dorati sul fondo della vasca. Dopo vari tentativi l'uomo, un filiforme africano dalla pelle scura e i capelli d'argento, riuscí a intrappolare il pesce nel grosso retino. L'animale si dibatteva furibondo per essere stato strappato dal suo elemento.

– Bene, – disse Ortensio soddisfatto. – Grazie, puoi andare.

Lo schiavo abbandonò il pesce boccheggiante sul bordo della vasca. Ortensio lo sollevò per la coda e lo rimirò alla luce del sole. Sorrise soddisfatto. – Cara, avrai l'onore piú grande.

Salí qualche scalino, costeggiò la vasca delle lamprede e quella dei cefali. Avvolto in una tunica leggera di pregiata seta, si arrestò per un attimo in cima alla scala per godersi lo spettacolo della baia di Bauli illuminata dal sole del tardo pomeriggio. Alle sue spalle, la villa marittima che aveva fatto costruire, in barba ai moralisti dell'Urbe, dominava arrogante il panorama: brillante d'intonaco bianco, azzurro, giallo e rosso svettava senza temere che le *domus* vicine potessero offuscare in alcun modo la sua bellezza. Era cosí fiero, Ortensio, di quei pergolati e di quelle tettoie immersi nel verde, aggrappati alla riva tufacea. Aveva dato forma al suo concetto di bello, un'idea fatta marmo e mattoni, un'emanazione della sua mente nel mondo tangibile. A Roma i conservatori, cinti dal biancore anonimo delle loro toghe di lana grezza, lo chiamavano «piscinaro». Lo disprezzavano, nel buio delle loro asfissianti abitazioni palatine, scure e spoglie, orgogliosi di essere tristi avanzi di un mondo morto e sepolto. La villa di Bauli era Ortensio che indicava ai romani la via per la felicità, senza vergona né timore reverenziale verso la severa giuria di chi viveva sperando che il *Mos maiorum* potesse mettere un freno alle turbe della Repubblica. Roma non era la vecchia, tetra e nostalgica che immaginavano, Roma era un'adolescente curiosa e disinibita, con tutta la vita davanti. E lui e Roma si capivano a vicenda.

Posò gli occhi sul pesce che disperato ancora cercava acqua da respirare.

– Su, su, tieni duro, piccola mia. Ancora qualche passo e la tua sofferenza acquisirà un senso, come sarebbe bene l'avesse la sofferenza di chiunque. Ritieniti fortunata!

Risalí una piccola scalinata laterale fino a raggiungere una piscina circolare decorata da eleganti tritoni di marmo. Poco sotto, il mare, agitato da un libeccio insolitamente teso, schiaffeggiava rabbioso gli scogli.

Ortensio si affacciò sulla piscina dal fondo scuro, mosaicato in azzurro e verde. Si chinò sul bordo e, tenendola per la coda, immerse la triglia per due terzi della sua lunghezza. Il pesce prese vigore quando le branchie trovarono acqua di mare da pompare.

– Piccola amica mia, è l'ora della cena.

– Abboccano?

Una voce alle spalle lo fece sobbalzare; si voltò di scatto proprio nell'attimo in cui la sua murena preferita, un meraviglioso esemplare verde scuro dai riflessi violacei, con un guizzo gli strappò di mano la triglia, trascinandola sul fondo.

– Accidenti, Lafreno! – Ortensio sbuffò. Si tirò su, si guardò attorno fino a individuare un telo di lino appoggiato su un sedile in marmo. Lo usò per pulire le mani dalle scaglie della triglia. Si annusò le dita, fece una smorfia. – Quando la mia amica si nutre è il momento piú bello della giornata per me, e tu me l'hai rovinato!

Il ragazzo si rabbuiò.

Ortensio attese invano le sue scuse, poi disse sconsolato: – Non potevate aspettare che tornassi a Roma?

– No, – disse Bibulus spuntando da dietro una colonna, – non potevamo. Mi spiace per l'intrusione, nobile Ortensio, ma quello che abbiamo da dirti è della massima urgenza. Inoltre non volevo costringerti a lasciare il tuo rifugio.

– Quale rifugio? A Roma fa un caldo infernale e ho solo deciso di trascorrere qualche giorno qui. I lavori in senato languiscono, tutti aspettiamo che Crasso cominci a mettere a frutto il bottino di Lucullo e...

– Ah, pensavo temessi di fare la fine di Tuberone e gli altri.

– Non temo niente, io.

– Dovresti, credimi...

– Che intendi dire?

Bibulus si guardò i piedi. – Be', ecco...

Ortensio annuí grave, si passò una mano sul volto. – Seguitemi in casa, ho appena fatto portare in tavola un paio di orate piú che ragguardevoli. Le cattive notizie si digeriscono meglio se sono a contorno di un buon pasto.

– Meglio di no, grazie, – Bibulus fece un piccolo inchino.

– Sono da solo, mia moglie e mia figlia sono a Roma. Quello scapestrato di mio figlio non so nemmeno bene dove sia, quindi...

– No, meglio di no, grazie, – ribadí Bibulus.

– Ma le orate si fredderanno… – Ortensio trovava esasperanti il rigore e la diffidenza del suo uomo.

Bibulus tacque.

Lafreno si era chinato sulla vasca della murena, disegnava con le dita oziosi cerchi nell'acqua.

– Puoi dire a tuo figlio di smetterla, se non vuole perdere la mano? – disse Ortensio infastidito.

Bibulus schioccò le dita: il ragazzo si allontanò dal bordo ed estrasse un coltellino. Si sedette in un angolo, seminascosto da un cespuglio di ginestre, e cominciò a tagliarsi l'orlo della tunica canticchiando.

– Che sta facendo? – chiese Ortensio.

Bibulus lo ignorò. – Vuoi sapere cosa abbiamo scoperto?

Ortensio si arrese. – Certo che lo voglio –. Il pretore si sistemò sul sedile di marmo. Gettò un'altra occhiata perplessa su Lafreno impegnato a fare a brandelli le estremità della tunica, poi invitò il suo uomo a parlare.

Bibulus chiuse gli occhi, restò in silenzio per un attimo, attaccò: – Inizierei dal caso di Pisone, quello piú semplice. La sua morte è stata una tragedia in un unico atto cui ha assistito un folto pubblico. È stato facile ricostruire i suoi ultimi istanti di vita, – Bibulus schioccò di nuovo le dita. Lafreno diede il suo contributo: – Trovati alcuni dei presenti sul ponte quando Pisone si è buttato. I testimoni raccontano delle sue farneticazioni. Arpie, cielo verde, disastro incombente sulla città, senatori corrotti e popolo imbelle… Discorsi senza senso. Era pallido, sudato. Gesticolava, si muoveva a scatti. Lo schiavo non è riuscito a trattenerlo, e lui forse è caduto, forse si è buttato. Su questo non c'è accordo.

– Almeno mentre parli con me, potresti guardarmi in faccia, Lafreno? – chiese Ortensio indispettito.

Il ragazzo, senza smettere di lacerare il tessuto, seguendo una linea retta con il coltello, la mano ferma come quella di un morto, alzò gli occhi inespressivi sul pretore. – Interrogato il rilegatore. Dice che quando è entrato nella bottega Pisone tremava, sudava e contraeva la bocca in spasmi che lo facevano sembrare, testuale, «una maschera greca». Cercava una copia di una tragedia di Eschilo.

– *Prometeo incatenato*, – specificò Bibulus.

– Il libraio dice che glielo ha dato, – continuò Lafreno. – Dice che il senatore ha spaventato tutti perché all'improvviso ha rivoltato una capsa senza motivo apparente. Ha dato in escandescenze ed è fuggito urlando. Ha citato Marco Lepido –. Il ragazzo terminò l'esposizione e tornò a concentrarsi sulla striscia di tessuto che aveva staccato dalla tunica. La lasciò cadere sino ai piedi, ne studiò la misura. Parve soddisfatto.

Ortensio allargò le braccia. – Che c'entra Marco Lepido, adesso?

– Non lo sappiamo. Ma visto che Pisone vedeva arpie piombargli addosso dal cielo, potrebbe anche non significare niente. Ho scovato lo schiavo che lo accompagnava quella mattina, – proseguí Bibulus. – Non è stato difficile. L'ho avvicinato al mercato Olitorio, era da solo.

– Con che scusa? – chiese Ortensio.

– Indagine del pretore Crasso.

Ortensio era compiaciuto. – Ben fatto.

– Non sai quanto…

– Come?

– Niente, ci arriviamo dopo. Dicevo: il povero schiavo era affranto per non aver salvato il padrone da una fine orribile, e disperato perché nessuno crede alla sua versione dei fatti.

– Ossia?

– Dice che è stato avvelenato.

Ortensio arricciò il naso come se avesse percepito un cattivo odore improvviso. – Le coincidenze non esistono.

Avevo ragione! – Posò di nuovo gli occhi su Lafreno, che adesso stava avvolgendo il braccio destro nella striscia ricavata dalla tunica. – Che sta facendo, per gli dèi? Tuo figlio è sempre piú strano.

Bibulus continuò il suo rapporto. – Lo schiavo mi ha detto che il *dominus* era molto nervoso negli ultimi tempi. Da settimane, dal funerale di Flacco.

Ortensio cominciava a incuriosirsi. – Vai avanti.

– Dice che poco dopo la morte di Flacco, Tuberone lo era andato a trovare e che li ha sentiti litigare a proposito di qualcosa da spostare da una villa a Ostia.

– Non sapevo che Pisone avesse una villa a Ostia...

– Infatti non era sua, la villa. Ma non era nemmeno di Tuberone; per ora non sappiamo di chi fosse. Pare che Tuberone volesse spostare «qualcosa» che, se fosse rimasto lí e fosse stato scoperto, li avrebbe condannati a morte. Pisone invece insisteva per non fare nulla. Lo schiavo non ha idea di cosa stessero parlando. Ha intercettato anche il nome di Capella e di Orsino, ma poi i due hanno litigato a tal punto che Tuberone se n'è andato dalla casa di Pisone minacciandolo di morte.

– Direi che possiamo escludere Tuberone dalla lista dei sospetti, data la fine che ha fatto. Nessuna ipotesi sul pomo della discordia?

– No. Lo schiavo però si è ricordato di aver colto stralci di una conversazione avvenuta a casa di Appio Claudio Nero, qualche giorno prima della morte di Flacco. La cosa interessante è che erano tutti presenti, quella sera da Nero: Orsino, Flacco, Tuberone e Pisone.

Ortensio si alzò, strappò un rametto di ginepro da un cespuglio. Lo usò per grattarsi il mento rasato di fresco. – E?

– Lo schiavo dice che non era insolito che si trovassero lí. Dice che, almeno una volta al mese, Pisone e gli altri venivano invitati ai banchetti di Nero.

– Ogni buongustaio di Roma vorrebbe parteciparvi. Si narrano leggende sulle pietanze esotiche servite sulla sua tavola. Si dice che inviti a cucinare un Apicio, di cui non ha mai condiviso il vero nome con nessuno e che nessuno ha mai visto in faccia, in grado di rendere appetitosa la pietra!

– Mi sono informato, – commentò Bibulus, – pare sia un cuoco di Pergamo.

– Mi hanno descritto piatti che...

– A detta dello schiavo, Pisone e gli altri erano soliti attardarsi con il padrone di casa dopo il ricevimento. Crede che si fermassero a trattare di affari, visto che tra gli ospiti fissi di Nero c'era sempre un certo mercante asiano che è stato spesso anche a casa di Pisone.

– Nero è un eccentrico. Potrebbe essere nel suo stile. Ama circondarsi di pellegrini, ama il lusso e gli oggetti unici, specialmente se provenienti dall'Asia e dalla Grecia. Ha buon gusto, poco ma sicuro. Non dubito che abbia conoscenze nel mondo dei mercanti di oggetti di valore.

– A conferma di quanto sostiene lo schiavo, c'è pure la questione degli acquisti insoliti di Flacco, quelli che i Poplicola dicono essere frutto dei capricci della moglie, – aggiunse Bibulus.

– Vero. E adesso sappiamo da dove arrivano le chincaglierie che tanto li hanno scandalizzati. Lo schiavo non ha mai visto Plauzia partecipare a quelle feste?

– L'ha nominata, sí. C'erano anche le mogli di Pisone e Tuberone. Per quanto ne so, è normale nei banchetti di Nero. Lo schiavo ha citato inoltre Decimo Iuventio Pedo e Publio Cornelio Scipione come ospiti frequenti. Nero invita nel suo triclinio conservatori ed equestri, patrizi e plebei, basta che siano notabili e buoni conversatori.

– Definire Tuberone un «buon conversatore» mi sembra azzardato. E pensare che non sono mai stato invitato... – aggiunse sovrappensiero Ortensio con un pizzico di stizza. – E Nero cosa faceva con quei quattro?

Bibulus scosse il capo desolato. – Lo schiavo di Pisone non è stato in grado di raccontarmi nulla di quanto accadesse durante quelle riunioni. Rimaneva a bere birra con gli schiavi personali degli invitati all'ingresso, – fece una pausa. Sembrò riordinare le idee. – È interessante però quello che si è ricordato di aver ascoltato fuori. Dice che, la sera dell'ultimo evento cui ha partecipato il suo padrone, gli animi degli invitati all'uscita dalla *domus* di Nero erano piuttosto accesi. Flacco era infuriato. Lo schiavo lo ha sentito dire: «Adesso è finita, davvero!» Orsino ha dato in escandescenze, al punto che ha quasi avuto un mancamento mentre insultava Tuberone e Pisone dandogli dei pazzi irresponsabili. Pare che abbia definito Tuberone «un avido senza onore e senza amore per Roma», mentre lui dal canto suo rinfacciava a Orsino di essere «un vecchio senza palle», testuale. Pisone avrebbe anche detto a Flacco: «Ecco perché ci meritiamo solo la morte».

– Ma cosa... – Ortensio fu percorso da un brivido. In quell'istante realizzò quanto lontano lo stava portando la questione del testamento di Flacco. Il cuore ebbe un sussulto, fu colto da un senso di vertigine. – Non credo che stessero discutendo di opere d'arte asiane.

– Ne dubito.

– Cosa pensi, Bibulus?

– Non penso niente, pretore.

– Pensi che Nero possa essere informato di quanto stavano architettando quei quattro?

– Non posso saperlo, pretore. Non voglio elucubrare su una faccenda che al momento è come la nebbia in una giornata senza vento. I quattro potrebbero aver colto l'occasione dei banchetti per discutere di faccende di cui il loro ospite è completamente all'oscuro.

– Forse... – Ortensio fece scrocchiare il collo.

– Sebbene quello che sto per dirti in merito alla morte di Pisone getti qualche ombra anche su Nero, – proseguí Bibulus. – Il mercante asiano ha fatto visita a Pisone la mattina in cui è morto. Lo schiavo dice che non era insolito, di per sé, ma quella volta non ha consegnato niente. Si sono chiusi nello studio di Pisone e hanno avuto un breve diverbio. Quando il mercante se n'è andato, Pisone è apparso turbato. È andato a salutare la moglie e la figlia, ha scritto una lettera per il maschio, che è sul fronte nel Ponto con le truppe di Lucullo, e ha chiamato lo schiavo perché lo accompagnasse dal libraio. Strada facendo ha vomitato, ma nonostante l'insistenza dello schiavo non è voluto tornare a casa. Quando sono arrivati nel negozio del rilegatore, Pisone era stravolto, nel corpo e nella mente. Da qui, è storia nota.

– Pensi che il mercante l'abbia avvelenato?

– Il saluto alla famiglia, la lettera al figlio mi fanno pensare a un commiato. Credo che Pisone fosse ben consapevole di essere stato avvelenato. Forse, addirittura, si è avvelenato da solo sotto qualche tipo di ricatto. Magari hanno minacciato i suoi congiunti, o lo hanno minacciato di portare alla luce qualcosa che avrebbe distrutto il suo nome... Chissà.

– Hai idea di cosa avesse scritto al figlio?

– No.

– Sospetti sul possibile veleno utilizzato?

– Ammettendo che sia stato avvelenato, no, non sono un esperto. Ma posso cercare di capirlo.

– Ha un nome, questo mercante?

– No, lo schiavo non lo ricorda. Sa che viene dall'Asia, ma non da dove di preciso. Non ha nemmeno saputo dirmi dove alloggia quando è qui a Roma. Lo vedeva regolarmente ai banchetti di Nero, e compariva ogni tanto per consegnare a Pisone gli oggetti di valore che era uso commerciare. Ma anche in questo senso, pare che tratti di tutto: tessuti, statue, oro e gioielli...

– Mmh. Un mercante cosí introdotto nella *nobilitas* romana e non si riesce a scoprirne neppure il nome? – Ortensio aveva perso di vista Lafreno. Lo mise a fuoco mentre se ne stava accosciato sul bordo della piscina della murena. Fissava l'acqua scura illuminato dal sole arancione che si stava tuffando nel mare, oltre l'orizzonte. – Ragazzo, attento, ti dico: le murene sono animali imprevedibili e non mollano la presa se ti azzannano!

Lafreno annuí. Allungò il braccio fasciato davanti a sé.

– Ma che accidenti sta facendo, si può sapere?

Bibulus gettò una rapida occhiata oltre la spalla di Ortensio, poi chiese: – Vuoi sapere di Orsino?

– Ma non ti sembra che tuo figlio sia... Oh, d'accordo, certo. Parlami di Orsino.

– La morte di Orsino appare in tutto e per tutto come un suicidio. E forse lo è stato davvero. Oppure no... Lafreno!

Il ragazzo s'interruppe, qualunque cosa stesse facendo, e andò a porgere al padre un frammento di pergamena mezzo bruciacchiato.

– Stai lontano dalla vasca, – gli intimò Ortensio.

Il ragazzo fece di sí con la testa e tornò ad accosciarsi in riva alla piscina.

– Ecco, – disse Bibulus, – questo lo ha recuperato Lafreno in casa di Orsino.

Ortensio afferrò tra indice e pollice la pergamena. – Per gli dèi, è entrato in casa di un senatore morto?

– Nessuno l'ha visto. Entrato e uscito. La casa è vuota.

– Mmh, – il pretore strinse gli occhi cercando di distinguere i pochi, piccoli caratteri impressi sulla pergamena. – Cosa sto osservando?

– Abbiamo dedotto che si tratti di una memoria di Orsino in cui ordinava la liberazione del suo servo personale. Vedi? Si distingue «*liber*» e, una riga sotto, «*patron*». Immaginiamo siano i pezzi di una *manumissio* testamentaria e che il senatore abbia liberato lo schiavo prima di morire.

– Ma lo schiavo si è suicidato con lui.

– Esatto. Ora, non è improbabile che lo schiavo, molto affezionato al vecchio Orsino, si sia tolto la vita con il padrone e che lo abbia fatto a prescindere dalla volontà del *dominus* … Tuttavia è strano che abbia bruciato la lettera. Il frammento rinvenuto da Lafreno era scivolato sotto la vasca. Resti di cenere sospetti erano presenti in un braciere della stanza.

– Mmh, come si è suicidato lo schiavo?

– Dicono si sia sgozzato.

– Drammatico.

– E inusuale. È difficile ammazzarsi in quel modo, – considerò Bibulus. – La volontà di morte deve essere estrema e la mano ferma.

– Credi che qualcuno l'abbia ucciso?

– Credo che qualcuno abbia spinto Orsino al suicidio. E che poi abbia eliminato l'unico testimone. Ma questa è una mia supposizione.

– Altro?

– Sí. Facendo qualche domanda qua e là su Orsino, è saltato fuori che anche il vecchio aveva preso l'abitudine di acquistare tessuti pregiati, orientali. Proprio come Pisone e Flacco acquistavano gioielli e statue.

– Orsino…

– Già, strano, vero? Credo che pure lui facesse acquisti dal «mercante», ma non sono riuscito a trovare testimoni che l'abbiano visto trattare con l'asiano cosí come faceva Pisone.

– Però i tessuti pregiati non sono certo materia cui Orsino era uso interessarsi. Mai visto indossare nulla che non fosse una toga in lana o lino. Ha sempre disprezzato il lusso.

– Infatti. Ma Lafreno, che è stato nella sua casa, ha notato drappi, tappeti e un rotolo di quella che forse è seta, nascosto nel cubicolo dello schiavo personale di Orsino. E lui non aveva una giovane moglie cui imputare acquisti estrosi e insoliti.

– Flacco. Dimmi di Flacco.

Bibulus si schiarí la voce.– Ecco, pretore, per quanto riguarda Flacco abbiamo un problema. Ho lasciato per ultima quella che immagino sarà la notizia peggiore, per te.

Ortensio sospirò, ormai pronto a tutto.

– Sono stati giorni intensi, – riprese Bibulus. – A dire il vero, la mia indagine è cominciata proprio dalla morte di Lucio Valerio Flacco Poplicola. Avevo deciso di farmi raccontare dal *balneator* dei Bagni pallacini gli ultimi istanti di vita del senatore. Ma ho desistito.

– Perché?

– Perché qualcun altro ha torchiato il *balneator*. È entrato poco dopo il nostro arrivo, ma mentre noi attendevamo il momento buono si è intromesso. Un tipo duro, pochi convenevoli, minaccioso nell'aspetto e nei modi. Ci ho messo un po' a capire che era una faccia nota: un uomo di Crasso, Tito Annio Tuscolano, detto il Molosso. Sparito da Roma anni fa dopo aver pestato i piedi a Crisogono, riapparso nei Bagni pallacini nel corso della mia indagine. Dicevano fosse morto... È un ex centurione che ha militato sotto il tuo collega pretore nella guerra civile, un cacciatore di uomini, picchiatore e riscossore. Chi lo conosceva lo rispettava e lo temeva. Ha sempre lavorato per Crasso, era uno dei suoi fidatissimi, il piú efficace insieme a Fulvio Abile, che però è scomparso da settimane, stando a quel che si dice in giro. A differenza di Abile, il Molosso ha anche un cervello.

Ortensio sentí il cuore sussultare, gli si riempí la bocca del sapore metallico dell'ansia. Gettò lontano il rametto di ginepro, scuoteva il capo, si mordeva nervoso il labbro inferiore. – Uno di Crasso, sei sicuro?

– Assolutamente sí. Stava interrogando il *balneator*. Voleva sapere come fosse morto Flacco, le circostanze, i dettagli, i testimoni.

– Per gli dèi. E cosa c'entra Crasso, adesso?

Bibulus si strinse nelle spalle. – È un pretore. Indaga.

– E su cosa? Sapevo che i Poplicola lo avevano contattato, ma il caso di Flacco non dovrebbe essere di suo reale interesse.

– Magari sta facendo un favore ai Poplicola. In fondo il Molosso ha detto al *balneator* che lo mandavano loro... Non credo, però. Comunque gli ho messo alle costole un paio di bravi e discreti segugi. Non si accorgerà di niente. E quando Lafreno e io saremo tornati a Roma verremo subito ragguardati sui suoi movimenti.

– Oh, no. Crasso, no... – Ortensio alzò gli occhi al cielo. – Gli dèi non vogliano che sappia piú di quanto so io –. Era chiaro che Crasso stesse seguendo una traccia. Ma di cosa? A quel punto, Ortensio fu colto da vera, pura, inconfondibile paura. – Dannazione, dannazione, dannazione! Dobbiamo trovare questo maledetto mercante. Prima che lo faccia qualcun altro, soprattutto Crasso. Se non l'ha già preso... Che figlio di... No, no, no, Bibulus: devi mettermi al livello di conoscenza di Crasso. Devo capire cosa sta combinando. Scoviamo il mercante.

– I miei uomini stanno battendo tutte le piste possibili, ma il fatto che nessuno ne abbia mai nemmeno sentito parlare, che nessuno ricordi il suo nome, a mio avviso, significa che abbiamo a che fare con uno abituato a nascondersi e a muoversi inosservato alla luce del sole.

– Non tollero non sapere. Può essere letale, non sapere. Sta accadendo qualcosa di grosso: un luccio grande come Crasso non esce in caccia se la preda non è almeno del suo stesso peso. Non è il testamento, il problema, non può esserlo! – Sorrise amaro. – Venti milioni e mezzo di sesterzi? Se non fosse il micragnoso avvoltoio che è, Crasso potrebbe spenderli in un giorno senza batter ciglio.

Bibulus annuí. – C'è anche la questione di Nero, pretore. Per quello che ne sappiamo è stato lui a presentare il mercante ai quattro, ed è sempre lui che li ospitava nella sua casa. Il litigio cui ha assistito lo schiavo di Pisone era cominciato in casa ed è impossibile che Nero non ne sia stato almeno testimone.

– Appio Claudio Nero è un eroe di guerra. Ha sofferto pene indicibili pur di non tradire Roma, è stimato, ha la stoffa del futuro console. L'unica colpa che al momento mi sento di imputargli è quella di non avermi mai invitato ai suoi banchetti. Ma di qui a pensarlo coinvolto nei loschi affari di quei quattro... Potrei chiedergli come si chiama il misterioso mercante, questo sí.

– No, pretore. Posso darti un consiglio?

– Sei qui per questo, Bibulus...

– Cerchiamo di tenere Nero all'oscuro della nostra indagine, per ora. Non possiamo essere sicuri che non c'entri.

– Pensi che possa essere in pericolo?

– Il mio istinto mi dice che sarebbe meglio tenerlo d'occhio.

– Pedinare e spiare un senatore romano?

– Con discrezione. Userei i miei uomini migliori.

– È troppo rischioso. Sono un pretore, per gli dèi! Se venissi scoperto... Di cosa hai paura? Dimmelo.

– C'è stato o c'è un complotto in atto e temo ai danni della Repubblica. Il mio istinto va contro la ragione e mi dice che Pisone nei suoi deliri potrebbe aver citato Marco Lepido per un motivo... Tutto quello che ho visto, l'aria che annuso: solo i complotti possono creare strani compagni di letto come Tuberone, Pisone, Flacco e Orsino.

Ortensio scrollò stizzoso la tunica su cui luccicava una scaglia della triglia finita nella pancia della sua adorata murena. – D'accordo, io non chiederò a Nero il nome del mercante e tu, per ora, lo ignorerai. Ma scova questo pellegrino. Subito.

Un improvviso sciabordio fece voltare i due uomini verso la piscina. La murena di Ortensio si contorceva attorno al braccio di Lafreno. L'animale cercava disperatamente di disincastrare i denti uncinati infissi nello straccio ricavato dalla tunica. – Ha abboccato, – disse il ragazzo. Sorrideva, felice come un bambino che ha appena pescato la sua prima trota.

Ragazza, dove sei?

Roma, anno 681 ab Urbe condita, il giorno prima delle calende di quintile (30 giugno, 72 a. C.)

Cicerone passeggiava nervoso all'ombra del peristilio.

Terenzia lo seguiva con lo sguardo. – Come mai è cosí irrequieto?

Tirone bisbigliò: – Aspetta Plauzia Nevia Capella e il buon Messalla.

– Oh, ecco perché ha fatto portare i divani nell'esedra, – considerò Terenzia, giocherellando con gli zaffiri del suo nuovo diadema. – Verranno fatte domande scomode.

– Molto scomode, temo –. Tirone osservò l'ombra proiettata dalla statua di ninfa al centro dell'*impluvium*. – Soltanto che sono in ritardo. E pure di un bel po'.

– Questo è strano. Messalla è noto per la sua puntualità.

– Infatti, – Tirone si congedò dalla *domina*. Rapido controllò per l'ennesima volta che ogni cosa fosse al suo posto: il divano su cui si sarebbero seduti Messalla e Cicerone, quello che avrebbe incastonato la meravigliosa Plauzia, il tavolino per sé, con cannucce e tavolette, e lo sgabello per l'inquietante Molosso di Crasso; su un vassoio aveva fatto portare frutta e una brocca d'acqua e aceto, insieme a cinque coppe di bronzo. Era tutto a posto. Perfetto. Scacciò un moscone dalla frutta. Controllò la tunica, immacolata, fresca di bucato, poi raggiunse il padrone. Lo accostò cercando di tenerne il passo. – *Domine*, vuoi che mandi qualcuno…

– Dove? – domandò Cicerone stizzito. – Da Messalla? Magari per chiedere a sua moglie se sa che è in compagnia di Plauzia? O magari da Capella ad avvisare che Plauzia è in ritardo al suo interrogatorio?

– E allora non ci resta che aspettare.

– Sono preoccupato, Tirone. Non vorrei aver messo il mio amico Messalla in pericolo.

– Era consapevole dei rischi.

– Non ne sono cosí sicuro.

– L'attesa è finita, caro, – disse Terenzia raggiante. Teneva sotto braccio Messalla. Il giovane senatore aveva stampata in viso un'espressione di circostanza.

– Messalla! – Cicerone gli si fece incontro. Allargò le braccia. – Dov'è la nobile Plauzia?

– Già, dov'è Plauzia? – chiese Terenzia con un tono allusivo.

Messalla era sudato. Sembrava aver corso. – Possiamo parlare da soli, un istante? Con tutto il rispetto, nobile Terenzia, ho bisogno di conferire con tuo marito. Urgentemente.

Terenzia chinò appena il capo. – E allora, in buon ordine, mi ritiro e vi lascio alle vostre questioni. Tornerò a occuparmi di Tullia e dei conti di casa, cose da donne.

I due uomini attesero che Terenzia fosse fuori dalla portata delle loro chiacchiere. – Che succede, dunque? – Cicerone non nascose la propria preoccupazione. – Dov'è la ragazza?

– La ragazza non si trova. Capella è disperato. Quello che sono riuscito a sapere è che Plauzia è scomparsa da tre giorni.

Cicerone si passò una mano sul volto.

Tirone gli porse una coppa d'acqua fresca.

– Che significa che non si trova?

Il giovane mandò giú deglutendo rumorosamente.

– Che non si trova, da nessuna parte. Cosí dice Capella. Ed è colpa mia.

– Non hai nessuna colpa, Messalla. Non hai fatto nulla di male nel farcela incontrare. Però, dannazione, senza ragazza... Non ci resta granché.

– È colpa mia, Cicerone, – insistette Messalla. – Dopo che ci siamo visti nel foro, sono andato subito da lei e le ho raccontato tutto, o meglio, il poco che mi hai detto: la fiala, l'indagine di Crasso, i vostri sospetti...

– Per gli dèi, Marco Valerio... Perché? – Cicerone si picchiettò la fronte con il pugno. Chiese a Tirone di versargli un po' d'acqua. – Allora è fuggita.

– No! Lei mi ha assicurato che ci avrebbe chiarito ogni cosa. Mi ha detto che se nella fiala c'è un veleno, non è stata lei a farlo bere a Flacco. E mi ha anche confessato che sospetta di sapere chi potrebbe essere stato. Ha promesso che ci avrebbe rivelato segreti che ci avrebbero lasciati a bocca aperta...

– Di che stai parlando?

– Non lo so, Cicerone. Non ha voluto aggiungere altro, solo che sapeva come salvarsi da sola, da qualsiasi accusa le fosse stata imputata.

– Non pensi che possa averti mentito, e che sia fuggita?

Messalla si sedette su uno dei divani, teneva la testa tra le mani. – No, no: era cosí certa della sua innocenza! Qualcuno l'ha presa. Ed è colpa mia, se avessi taciuto come mi avevi chiesto...

– Ma non l'hai fatto! Perché, mi chiedo, perché?

– Perché è una mia amica. Mi sentivo sporco, mi sentivo di tradirla. Con che coraggio avrei potuto guardarla negli occhi? Dannazione, ce l'avrai, un'anima, anche tu, no? Se tu fossi stato me e io fossi stato Plauzia, come ti saresti comportato?

– Mi sarei fidato del mio amico che mi diceva che avrebbe fatto il possibile per proteggermi.

Messalla si infiammò. – Di colui che ha fatto perquisire la casa di Flacco approfittandosi della mia ingenuità?

Cicerone gli puntò il dito contro. – Potrebbe venire il dubbio che sia stato tu a farla fuggire! Messalla, dannazione! Come spiego a Crasso quanto è successo?

– Non mi importa che dirai a Crasso. L'importante è trovare Plauzia, adesso.

– Se è ancora viva ...

– Deve esserlo...

– Abbiamo a che fare con qualcuno che forse ha ucciso, o fatto uccidere, quattro senatori. Pensi che si farebbero tanti scrupoli ad assassinare una ragazza come Plauzia?

– È una Nevia.

– Come Flacco era un Valerio. Plauzia avrebbe dovuto essere protetta e tu l'hai mandata nelle fauci dei lupi.

– Volevo sincerarmi... Volevo che fosse pronta, volevo aiutarla a spiegare la sua posizione. Volevo soltanto proteggerla.

– Da me?

– Da sé stessa, – Messalla si infilò le dita tra i folti riccioli neri. – Aiutami a trovarla, ti prego. Non mi perdonerei mai, se... Le avevo detto di stare tranquilla, le avevo detto di stare al sicuro...

– Io? E che posso fare?

– Parla con Capella.

– A che scopo?

– Capire come è scomparsa, se c'è una traccia da seguire. O magari se è lui che la sta proteggendo e ha organizzato una farsa per...

Cicerone comprese la disperazione dell'amico, si sedette al suo fianco, gli mise una mano sulla spalla. – Fai bene a disperarti. Sarebbe bastato portarla qui, l'avremmo interrogata, e lei avrebbe comunque potuto difendersi. Perché non ti sei fidato di me? Perché?

– Crasso...

– Crasso farà il suo gioco, ma anch'io sto facendo il mio. E non sono lui, – Cicerone sospirò, si picchiettò il labbro. – Va bene, andrò da Capella. Cercherò di capire quello che sa sulla scomparsa della figlia. E poi, in fondo, a questo punto è da proteggere anche lui, se mai arriveremo a un processo e non ci ammazzeranno tutti i testimoni e gli imputati prima –. Quindi si rivolse a Tirone. – Notizie di Tito Annio?

Lo scrivano scosse il capo. – No, *domine*. L'ho fatto convocare, ma non si è visto né sentito. Ha ritirato il messaggio un suo amico che lavora nello studio del *medicus* presso il quale ci ha detto di contattarlo. Per quel che ne so, dovrebbe essere stato informato.

– Bene, allora andremo da Capella da soli. Sperando che non sia sparito pure il Molosso.

Mus

Roma, anno 681 ab Urbe condita, il giorno prima delle calende di quintile (30 giugno, 72 a. C.)

Per due giorni Tito era passato da una topaia all'altra, dormendo all'aperto in un boschetto lungo il fiume pur di tenersi lontano da occhi indiscreti. Aveva un aspetto ancor peggiore del solito, il corpo pieno di pomfi per i morsi delle zanzare e gli occhi rossi per due notti trascorse praticamente in bianco. Era d'accordo con Astragalo che lo avrebbe aggiornato sulla situazione ogni mattina. Il suo vecchio commilitone gli aveva portato qualcosa da mangiare. Tito azzannò un tozzo di pane. – Sei sicuro che Mus sia lí?

– Come che mi chiamo Astragalo, – il veterano gli offrí una piccola brocca con un po' di latte di capra. – Sai, ci ho riflettuto parecchio: sei in un bel guaio, davvero. Sul serio lavori spalla a spalla con il famoso Cicerone?

– Non siamo piú soci, Astragalo? Hai paura adesso? Se siamo soci, stai giocando anche tu la mia stessa partita.

– Per diecimila sesterzi posso mettere la testa nella bocca di un leone affamato mentre lo prendono a calci nelle palle.

– Bravo, perché quelli seduti a questo tavolo non ci pensano due volte ad ammazzare un senatore. Quindi immagina quanto poco valiamo noi.

– Non è che in legione valessimo tanto piú di cosí...

– Dobbiamo tenere gli occhi aperti: stiamo dando la caccia a una spia, che forse è anche un sicario, molto abile –. Tito si sentiva meglio all'idea che Astragalo fosse al suo fianco, anche se non gli era chiaro il perché. Guardò il cielo. – Sarà almeno l'ora ottava. Per gli dèi, l'appuntamento...

– Ah, già –. Era stato Astragalo a portargli il messaggio dell'arpinate il giorno prima. – Direi che ormai è tardi.

Tito emise un cupo brontolio. – Ma sí, – concluse, parlando tra sé e sé, – potrà cavarsela da solo, il senatore. Direi che è piú importante trovare il mercante, ora.

– E allora andiamo, – disse Astragalo.

Camminarono lungo i muri come due ratti, a passo svelto e con lo sguardo basso. Lo alzarono soltanto quando si trovarono nella Suburra, di fronte a un bordello di terz'ordine.

– Eccolo, – disse Astragalo indicando un tipo dall'altra parte della strada che se ne stava sulla porta di un buco noto come il *Fiore della ninfa*, nome poco adatto a un ricettacolo di malattie, comprese quelle fulminanti provocate da accoltellamenti e percosse.

Sull'architrave dell'ingresso faceva bella mostra di sé l'affresco di una donna prosperosa intenta a cavalcare un nerboruto ricciolone dall'aria compiaciuta. Qualche passo piú in là, due uomini con corti bastoni infilati nella cinta stavano giocando a morra. Scommettevano un asse a punto.

Quando si trovò davanti Tito e Astragalo, il tipo sulla porta a stento distolse gli occhi dalla partita. – Al *Fiore della ninfa*, quello che cercate, al prezzo che volete, – recitò a memoria.

– E quanto sarebbe? – domandò Astragalo.

– Dipende da cosa volete: andiamo dai due assi ai quattro. Volete godere delle abili labbra di Lavinia? Quattro assi. Volete immergervi nelle morbide grazie di Sefrenia? tre assi... E via cosí.

– Ma io vorrei pagare al massimo un asse. È il prezzo che voglio pagare.

L'uomo alzò lo sguardo annoiato sul veterano. Aveva un viso spigoloso, piccoli occhi neri, e soffriva di un tic che gli arricciava il lungo naso adunco accentuando la somiglianza con un topo. Sospirò. – Sai quanta gente spiritosa mando a farsi fottere in una giornata? Se volete avvalervi dei servigi delle nostre splendide ragazze, bene, altrimenti...

– Saranno sul serio splendide? – insinuò Astragalo affacciandosi sull'interno del lupanare.

Mus si mise in mezzo. – Vuoi provarle tutte, cosí poi decidi?

– Vorremmo fare due chiacchiere con te, – disse Tito tagliando corto.

– Davvero? – l'uomo chiamò i liberti. I due sbuffarono e sospesero la partita di morra.

– Non abbiamo cattive intenzioni, – precisò Astragalo.

– Ne sono certo, – disse l'uomo. – È che cosí mi sento piú tranquillo.

– Stiamo cercando un tipo, – disse Tito. – Uno che si spaccia come mercante. Un asiano che tratta con gente ricca e dai nomi altisonanti.

L'uomo scambiò un'occhiata stupita con i compari. – Amici miei, – disse, – andate dritti al sodo, voi due. Non è che uno arriva qui, mi chiede informazioni su mercanti d'Asia, cosí, senza nemmeno un perché o un per come, e io... E poi: perché mai dovrei conoscere un pellegrino del genere? – I tre risero.

– Perché ci hanno detto che tu nascondi le spie di mezzo mondo che vengono a Roma in viaggio di piacere. Ci hanno raccontato una bugia?

Mus si guardò attorno preoccupato, i suoi due uomini misero mano ai bastoni.

– Non so chi siete ma, per gli dèi, se state cercando guai siete sulla strada che vi porta dritto ai vermi.

– Hai ragione: mi scuso per i modi *et cetera*... Ma abbiamo fretta, perciò... – Tito mise mano all'impugnatura del coltello.

Astragalo fece segno all'uomo dalla faccia da topo di avvicinarsi. Quello, cauto, gli si accostò. Astragalo sussurrò: – Lui è il Molosso di Crasso. E io sono il suo socio, Astragalo. Hai mai sentito parlare di noi?

Il naso di Mus prese a contrarsi impazzito.

Uno dei due uomini con il bastone chiese: – Cosa ha detto, capo?

Astragalo ammiccò. – Già, cosa ho detto, Mus?

– Anch'io vorrei saperlo, – intervenne Tito curioso.

– Ha detto, – rispose Mus quasi balbettando, – che questo avanzo di legione qui è il Molosso di Crasso.

Tito alzò gli occhi al cielo.

– E chi sarebbe? – fece uno dei due guardaspalle.

– Vedi come suda? – Astragalo indicò Mus. – Ecco, non è per il caldo.

L'uomo si allarmò, indietreggiò.

– Perché non l'avete detto subito? – domandò Mus portando una mano dietro la schiena.

– Abbiamo scommesso tutto sulla tua ospitalità. Si può? – chiese Tito indicando l'interno.

– Prego, siate miei ospiti.

Entrarono nel lupanare, che alla fine altro non era che un corridoio di qualche piede su cui si aprivano sei piccole celle. Astragalo ficcò il muso in ciascuna di esse e rovinò la prestazione di due ragazze intente a guadagnarsi un tozzo di pane. I clienti protestarono, gli uomini di Mus protestarono, ma Mus disse di lasciarlo fare. Era spaventato.

Astragalo si scusò con tutti, si fece dare una manciata di assi da Mus e li restituí ai due clienti. – Fingiamo che fossero prestazioni da quattro assi, eh? Con infinite scuse dal gestore. Abbiamo bisogno di un po' di riservatezza.

Quando anche le ragazze furono in strada, Tito riprese il filo del discorso, spingendo Mus contro il muro. – Asiano, forse pontico, finge di essere un mercante, bazzica senatori: dimmi.

Astragalo estrasse il *pugium* puntandolo contro i guardaspalle. – Buoni, facciamo due chiacchiere e potrete tornare ai vostri affari.

– Sia chiaro al pretore che io non nascondo spie! – Mus reagí. Tito lo spinse indietro. – Ho semplicemente un po' di case che affitto ai pellegrini. Molti sono asiani, se poi sono pure spie... Chi può saperlo?

– Certo, tu sei Mus, quello che si è salvato la pelle vendendo a Crasso informazioni sulle tante, illecite proprietà di Crisogono, giusto? Sí, sí, senza dubbio incontrerai un magistrato propenso a bersi qualsiasi stronzata ti inventi.

– Perché mai dovrei parlare con un magistrato? – Mus deglutí.

– Il pezzo di merda che cerco ha ucciso gente di un certo livello. Avremo bisogno di testimoni. Vuoi finire nella lista dei convocati?

– No... – Mus alzò le mani. – No, non posso testimoniare. Non posso.

– Sei un uomo libero, perché non potresti?

– Per gli dèi, Molosso... – Mus bestemmiò in greco. Cominciò a farfugliare.

– Nella mia lingua, Mus. Il mio greco è arrugginito.

– Se vi vendo uno dei miei ospiti, chi mai vorrà piú avere a che fare con me?

– Nessuno. E sarebbe un bene, visto che le tue case sono piene di ratti mitridatici.

Il topo arricciava il naso emettendo un suono simile a una fastidiosa trombetta, muoveva i piccoli occhi neri a destra e sinistra. – Molosso, mi stai chiedendo molto. Ci rischio la pelle a dare questo tipo di informazioni.

– O magari ci fai una bella figura con un pretore. Forza, guarda qua, – Tito gli mostrò lo scrigno. – Chi dei tuoi ospiti vende roba tanto pregiata?

Mus si illuminò. – Forse... Non so come si chiama. Hai detto che fa affari con gente ricca.

– E con nomi altisonanti.

Mus scambiò uno sguardo con i suoi uomini. – Potrebbe essere quello che chiamano il cilicio –. I due allungarono gli occhi sulla scatola. Annuirono.

– Il cilicio... Non mi sei d'aiuto, cosí. Quanti cilici si nascondono a Roma?

– Ma nessuno di quelli che conosco tratta merce raffinata e di livello superiore come quel pezzo d'artigianato asiano che hai in mano. Il cilicio sí. È arrivato a Roma un paio di anni fa. E gli ho dato una casa, poi è sparito. Molti di loro spariscono...

– Come è fatto?

– Come un cilicio, per gli dèi... Alto, smilzo, vestito all'orientale, profumato come un cazzo di cilicio!

– E dove lo trovo?

– È sparito, ti ho detto!

– Allora supponiamo, – disse Tito facendosi sotto, – che adesso ti ficcassi su per il culo il coltello che stai cercando di sfilare dalla cinta dietro la schiena, e aprissi la pancia ai due coglioni con il bastone. Supponiamo, per assurdo, che di voi tre fregasse qualcosa a qualcuno, dove potrei andare a nascondermi?

– Se quello non si vuole far trovare, non lo trovi. Non siamo in una merdosa colonia, Molosso. Questa è Roma!

– Fa' un ultimo sforzo di memoria, Mus. Ti ha detto da dove arrivava e che ci faceva nell'Urbe?

Mus rise. – Andiamo... Ha pagato una fortuna, abbastanza per non rispondere a domande. E comunque io non faccio domande.

– Però ti piace parlare. Chissà quanti cornelii sarebbero curiosi di sapere chi li ha fottuti cantandosela con Crasso...

– Calma, calma... – Mus si diede una manata in fronte. – Ma certo, posso dirti dove stava, però. E con chi stava!

– Adesso ragioniamo. Dimmi.

– Farò di meglio: ti ci porto. Ma dopo mi lasci perdere, ti dimentichi di avermi mai incontrato, d'accordo?

– Come no. Dove andiamo?

– L'avevo piazzato con due ballerini originari della Lidia. Stanno in un buco alle falde del Viminale. Vendono le terga a senatori dalla bocca larga e mandano un sacco di lettere a casa, a *mamma*. Pure loro sono spie, se ti interessa.

– Vedi che ti viene voglia di chiacchierare? È piú forte di te, fare l'infame. Comunque dei due ballerini mi interessa solo quello che hanno da dire sul cilicio. Forza, fai strada.

– Voi restate qui. Tranquilli, ve lo rimandiamo intero, – disse ai due guardaspalle Astragalo, indietreggiando verso l'uscita. – Ah, ho dato un occhio alle ragazze: non dovreste chiedere quattro assi, è un latrocinio.

Mus li condusse a un'*insula* fatiscente ai piedi del Viminale.

– Stanno lí, – disse indicando una fila di finestrelle al terzo piano.

– E ti pagano per star lí? – chiese Astragalo.

– Anche bene.

– Sono soltanto due? – chiese Tito.

– Dovrebbero.

– Saranno in casa a quest'ora?

– Che ne so? Non mi avvisano di ogni spostamento. Niente domande: casa, pagano l'affitto, fine.

– Non farei tanto l'arrogante, – disse Astragalo. – Pretore, interrogatorio, Mus a morte.

Mus sospirò. – Bene, vi ho portato fin qui. Quindi adesso…

– Quindi adesso ci porti su.

– Vi prego…

Astragalo afferrò Mus per la tunica. – Quando arriviamo su, bussi e gli dici che vuoi un anticipo sull'affitto. Se parli in greco, fallo lentamente e usa parole semplici, cosí noi capiamo.

Mus scrollò il capo, rinunciò a protestare.

Tito apriva la fila, Mus saliva le scale nel mezzo e Astragalo lo spingeva da dietro.

Giunti davanti alla porta, Tito si mise da una parte. Sguainò il coltello, e lo stesso fece Astragalo. Il veterano diede una spintarella al cornelio.

Mus bussò, parlò in greco: – Gente, – disse, – sono Mus, aprite!

Tito lo spostò di lato e appoggiò l'orecchio sul legno. Sentí qualcuno muoversi sull'impiantito cigolante all'interno. Nessuna risposta.

«Ancora», l'ex centurione mosse le labbra senza emettere un suono. Il cuore batteva forte. Astragalo sorrise.

– Amici, – Mus bussò una seconda volta, – sono venuto per un anticipo sull'affitto. Poca roba. Ma questo mese…

Tito appoggiò di nuovo l'orecchio. Silenzio. Fissò Astragalo. «Entro».

Astragalo annuí e spostò di peso il greco in modo da poter coprire le spalle al suo compagno. Guardò Mus, mise un dito sul naso e gli fece cenno di scendere al piano di sotto. «Stai lí».

Tito saggiò la porta, era chiusa. Le diede un calcio, quella non cedette ma si aprí uno spiraglio. L'ex centurione sbirciò dentro, vide a terra il corpo di un uomo a faccia in giú in una pozza di sangue. – Che Giove mi fotta! – diede un secondo calcio e la porta si spalancò.

La mano sinistra avanti e la destra con il coltello all'altezza del fianco, avanzò cauto di un passo. Astragalo lo seguiva tenendogli la cinta. Tito poteva sentire il respiro del compagno. I cadaveri erano due. Quello sul pavimento e un altro legato a un palo di sostegno, che aveva una ferita in pieno petto. Colava sangue sul pavimento. Il morto era scivolato verso il basso quando gli avevano ceduto le gambe.

– Merda, – sibilò Astragalo.

Tito gli fece cenno di stare zitto. L'appartamento era piccolo, un unico ambiente diviso in due da un telo appeso al soffitto. Dall'ingresso riuscivano a vedere un tavolo, i due cadaveri e un pagliericcio, qualche anfora appoggiata al muro sotto le finestre e una brocca a pezzi in terra. Uno sgabello era rotolato in mezzo alla stanza.

Tito sapeva che c'era qualcuno. L'aveva sentito muoversi.

Entrò nella stanza, fece intendere ad Astragalo di coprire la porta.

Fulmineo scostò il telo, pronto a combattere, ma niente, anche l'altra metà dell'appartamento era vuota: un pagliericcio, un paio di anfore e una piccola credenza marcia. C'era un piatto in cotto per terra con i resti di un pasto e un tozzo di pane morsicato. Percepí nell'aria una tremenda puzza d'aglio mista a un profumo dolciastro.

– Ma dove cazzo…

– Quindi? – chiese Astragalo sporgendosi in avanti.

Tito si abbassò con cautela per controllare sotto i paglericci. Nessuno.

– Sono sicuro di aver sentito qualcuno, – si guardò attorno. Si affacciò alla finestra.

– No, è troppo alto, – commentò Astragalo. – Non può essere saltato da lí.

– Se questi sono i due ballerini, hanno fatto la loro ultima piroetta... – disse Astragalo sollevando per i capelli la testa di quello legato al palo. Era un asiano con gli occhi truccati e la pelle olivastra. – Questo le ha anche prese di santa ragione. Toh, ha le dita rotte. Qualcuno voleva sapere qualcosa.

Tito sospirò. Rinfoderò il pugnale di Gabello. Stette per un po' con le mani sui fianchi in mezzo alla stanza. Si appoggiò al davanzale della finestra. – Fruga in giro, – ordinò.

Il veterano si mise a ribaltare paglericci e a sventrare materassi. C'era paglia ovunque. Rovesciò la credenza facendo un gran baccano. – Chiamo Mus cosí ci dice se sono proprio i due ballerini?

Tito gli fece cenno di aspettare. Giungevano voci dalla strada. Tito si affacciò e vide che ai piedi dell'*insula* s'era formato un capannello di persone. Indicavano in alto, nella sua direzione. L'ex centurione si sporse, guardò in basso e non mise subito a fuoco cosa stessero vedendo i suoi occhi: un ragazzo era appeso sotto la finestra e lo fissava con un sorriso beota stampato sulla faccia.

– Cosa?

Il ragazzo infilzò con un corto coltello la mano destra di Tito appoggiata al davanzale. Tito urlò e fece due passi indietro. – È qui!

Astragalo si voltò di scatto e vide il ragazzo che si issava dentro la stanza come un gigantesco ragno. – E tu chi cazzo sei?!

Tito tentò di prendere il pugnale con la sinistra, ma il ragazzo lo spinse contro il palo al centro dell'appartamento. Astragalo cercò di bloccargli la strada, affondò con il pugnale, ma quello lo schivò, gli scivolò lungo il fianco e gli diede una precisa staffilata alla gamba sana. Il veterano urlò, imprecò. Provò ad afferrarlo, ma quella specie di demone era già fuori dalla stanza e stava scendendo le scale.

– Per gli dèi... Che Priapo lo fotta! Ma chi cazzo era? *Cosa* cazzo era? – Astragalo si teneva la gamba. La ferita non era profonda, come se l'aggressore non avesse voluto infierire, ma era dannatamente dolorosa. – La gamba buona, per gli dèi!

– Adesso non piú, – Tito strappò una coperta e si fasciò la mano destra che sanguinava molto. Si affacciò di nuovo alla finestra, giusto in tempo per vedere il bastardo correre veloce come il vento giú per il vicolo.

– Merda! – l'ex centurione ribaltò il tavolo in preda all'ira.

– Non ho mai visto nessuno muoversi cosí... – commentò Astragalo mentre si sincerava delle condizioni del compagno. – Mmh, ti ha fatto un bel buco.

– Lo so, per gli dèi, lo so! Non riesco a tenere in mano il pugnale...

– Con una ferita del genere non riusciresti neppure a reggerti l'uccello per pisciare.

Tito era livido di rabbia. – Ci ha fregato come due reclute del cazzo.

– Ma chi era? Non sembrava asiatico.

– No, – disse Tito, – quel figlio di puttana è piú romano di me e di te.

– Lo conosci?

– L'ho visto al *balneum* dove è morto Flacco. Era insieme a un altro, un tipo insignificante... Merda! – Tito cercò da bere e vide una piccola anfora piena di vino. Diede due lunghe sorsate e la passò al compagno. – Hai trovato qualcosa?

– Niente di niente.

– Chiama Mus.

Astragalo andò a prendere il cornelio sulle scale, lo spinse nell'appartamento. Mus era spaventato. – Chi era quello che è sceso?!

– Non lo so, – rispose Tito – dimmelo tu.

– Mai visto, giuro su mia madre che non so chi sia...

– Ma se non ce l'hai, una madre... – Astragalo lo prese per un braccio e gli fece vedere i cadaveri. – E questi?

– Questi li conosco, sono i due ballerini. Erano... Me li avete ammazzati voi?

Tito fece una smorfia per il dolore. – Manda via questo ratto di fogna, sono cosí incazzato che potrei sfogarmi su di lui.

– Sentito? – Astragalo diede un calcio nel culo a Mus. – Sparisci!

Mus arricciò il naso per un'ultima volta e fuggí a gambe levate.

– Non può essere una coincidenza, prima al *balneum* e poi qui... Qualcuno è sulla nostra stessa pista. Ci precedono, – disse Tito sedendosi su uno dei paglIericci. Cercava di tamponare il sangue.

– E se fosse stato un uomo del cilicio? – chiese Astragalo sedendosi vicino a lui mentre si fasciava la gamba ferita.

– Nah... Non credo. Troppo giovane per essere un sicario, troppo esperto per essere uno di quei disgraziati che raccatti nella Suburra per due assi. E poi ha cercato di far parlare i ballerini. Non li ha soltanto uccisi. Il mio istinto mi dice che non siamo i soli a cercare il mercante.

La dura verità

Roma, anno 681 ab Urbe condita, il giorno prima delle calende di quintile (30 giugno, 72 a. C.)

Non era pronto, non aveva un piano, non sapeva nemmeno di preciso cosa stesse facendo lí, davanti alla villa di Capella. Il destino di Plauzia lo preoccupava almeno quanto la reazione del padre nel vederlo comparire sulla soglia di casa. Ma il Nevio era rimasto l'ultimo essere vivente direttamente legato al maledetto testamento, ed era diventato all'improvviso prezioso, un animale raro, una meraviglia da conservare e proteggere, e ciò bastava a rendere quella gita sul Germalo inevitabile.

Tirone bussò.

Attesero un bel po' prima che la pesante porta in noce borchiato, insolitamente chiusa con tanto di chiavistello a quell'ora del pomeriggio, cigolasse ruotando appena sui cardini. Capella si era barricato dentro.

Uno schiavo si affacciò in strada, fece un piccolo inchino, in un latino stentato chiese con gentilezza di aspettare, e richiuse.

Cicerone e Tirone si guardarono perplessi.

Sentirono parlottare all'interno.

Il battente si aprí di nuovo e stavolta fu Capella stesso ad apparire sulla soglia. Scuro in viso, i folti capelli scarmigliati, in tunica da lavoro, ancora piú tirato di come l'avevano visto in occasione dell'ultimo incontro, il senatore non fece nulla per nascondere il proprio stato d'animo.

– Ave, Marco Tullio, mi spiace, non è il momento. Qualunque cosa tu abbia da dirmi, potrà essere rimandata. Mi scuso, ma sono molto impegnato.

– Vorrei parlare con te di Plauzia.

– Cosa potresti mai dirmi a proposito di mia figlia che io già non sappia? E comunque gli affari della mia famiglia non ti riguardano, non piú.

– So che la stai cercando. Dovresti proprio ascoltare ciò che ho da dire.

Capella lo fissò, incrociò le braccia ossute, fece cenno all'oratore e al suo scrivano di entrare.

Li accolse nel *vestibulum*, non li invitò ad accomodarsi all'interno.

– Le notizie volano veloci, – commentò laconico.

– È per questo che a Roma è impossibile conservare un segreto, – Cicerone abbozzò un sorriso.

– Che hai da dirmi, dunque? Mi scuserai per i modi spicci, ma come puoi ben immaginare il momento non è dei migliori.

– Ho parlato co Plauzia qualche giorno fa.

Capella alzò un sopracciglio. – Perché mai Plauzia avrebbe dovuto incontrarti? Non mi risulta avessimo rimesso la questione nelle tue mani. Trovo disdicevole che tu l'abbia vista da sola, senza la presenza di un uomo della famiglia.

– Plauzia pensava che potessi comunque aiutarla, e non era sola, l'ha accompagnata Messalla.

– Messalla! Con che diritto si fa tutore degli interessi di Plauzia? – disse Capella amaro. – Viscido, infido, arrogante Messalla...

– Messalla l'ha portata da me con i buoni uffici e su consiglio di Marco Licinio Crasso.

Capella sbiancò. – Crasso?

– Il pretore ha voluto garantirle l'opportunità di difendersi dalle accuse dei Poplicola.

– Pensavo che i Poplicola sussurrassero nelle orecchie di Crasso in vista del processo che tanto desiderano. Mi colpisce che il pretore si preoccupi del destino di Plauzia.

– Possiamo? – Cicerone indicò il *tablinum*.

Capella annuí. Chiese allo schiavo di portare da bere. Invitò Cicerone nel suo studio.

Capella lasciò che l'oratore si sedesse sul suo scranno, lui si appoggiò a una capsa, come se sentisse il bisogno istintivo di avere le spalle coperte. – Credo di non capire.

– Sono certo che tu non capisca, – Cicerone si fece versare un po' d'acqua da Tirone.

– Non vedo come tutto questo c'entri con la fuga di mia figlia.

– La fuga?

– Sí. Tre giorni fa è uscita per comprare profumi. Stando a quanto riferisce la schiava che l'accompagnava, a un certo punto, Plauzia è sparita. Si è separata da lei. Le ha dato qualche asse, l'ha mandata a comprarsi una focaccia dicendo che nel frattempo avrebbe fatto visita a un'*ornatrix* famosa per i suoi profumi, una certa Claudia di Memfi. Ama cosí tanto i profumi, la mia piccola... – il viso di Capella si velò di tristezza. – Solo che dall'*ornatrix* non è mai arrivata. Ed è da allora che se ne sono perse le tracce.

– Non può essere stata presa da qualcuno?

– In pieno giorno, in mezzo a tutta quella gente... No, – Capella scosse il capo.

– Lo aveva mai fatto prima?

– Sí! È per questo che credo si sia nascosta da qualche parte e penso anche di sapere chi la nasconde.

– Ah, sentiamo, chi sarebbe?

– Davvero non lo intuisci? Flacco si lamentava con me delle fughe, delle assenze senza spiegazione di Plauzia. Temeva avesse un amante. Ora, non che gliene importasse davvero qualcosa, ma, sai, la reputazione per un Poplicola... E mi fece il nome di Messalla. Flacco era convinto che lei e il Corvino fossero amanti, e adesso che il vecchio è morto mia figlia vuole impormi il suo innamorato e fa i capricci. Ecco, io ritengo che cosí stiano i fatti. La mia bambina tra non molto busserà alla porta e confesserà, spingendomi ad accettare Messalla come suo prossimo consorte.

– Messalla è felicemente sposato, Capella. Quella tra lui e Plauzia è stata una passione giovanile.

– Certo, eppure lui non hai mai smesso di avere particolari attenzioni per lei. Tanto, ormai, a Roma si cambia moglie con la stessa naturalezza con cui si cambiano i calzari. Ma che gli dèi mi siano testimoni: non avverrà mai! Mai!

Cicerone e Tirone si scambiarono uno sguardo preoccupato. Capella lo notò. – Be', non mi credi?

Cicerone bevve, si schiarí la voce. – Mi piacerebbe che fosse cosí. Ma è Messalla che mi ha mandato da te.

Capella sgranò gli occhi. – Cosa vuoi dire?

– Che il giovane Valerio è in apprensione piú che mai. Non so se sia l'amante di tua figlia o i due abbiano solo portato avanti un'inopportuna amicizia in tutti questi anni, ma Messalla, te lo posso garantire, non ha la minima idea di dove sia Plauzia. Avrebbe dovuto portarla da me oggi, ma la ragazza non si è presentata all'appuntamento. Ho sperato, in cuor mio, che la tenessi tu, qui, sotto la tua protezione. Purtroppo cosí non è.

Capella fu scosso da un tremito. – Allora dov'è?

– Temo che nessuno lo sappia, a parte Plauzia e colui che si trova ora con lei...

– Chi?

Cicerone fu colto da un moto di sincera compassione nei confronti del Nevio, travolto da un'ansia improvvisa per la scomparsa della fanciulla. Pensò a Tullia, pensò a cosa avrebbe provato lui nei panni di Capella, con il quale, finalmente, aveva qualcosa a che spartire: erano entrambi padri, ed entrambi amavano le rispettive figlie.

L'oratore si alzò, si avvicinò al collega e gli mise una mano sulla spalla. Un contatto umano che il Nevio apprezzò, annuendo cupo.

– Ho bisogno, – disse Cicerone, – che tu mi dica la verità una volta per tutte.

– In merito a cosa? – La mente di Capella era ovunque tranne che lí. Era evidente che stesse frugando la città e immaginando come e dove cercare la sua Plauzia.

– Ho parlato a lungo con la ragazza, senatore, – disse Cicerone facendo sedere il suo ospite sullo scranno. – Ho scoperto dettagli del matrimonio con Flacco e del vostro affare che non avrei voluto scoprire.

– Io non...

– Perché hai mentito sulla dote?

Capella si asciugò la fronte da cui colavano grosse gocce di sudore che rimanevano appese alle sopracciglia. Bevve dalla brocca. – Avrei dovuto dare troppe spiegazioni.

– Adesso è proprio giunto il momento di darle, invece. Crasso ha puntato gli occhi sul testamento. Come potevi sperare che una cifra del genere passasse inosservata?

– Tornerà raddoppiata, Cicerone: ho fatto una scommessa. In tutta onestà, però, credo che questi siano davvero affari della mia famiglia.

– Senza dubbio lo sono stati. Ma sono diventati pure gli affari di un pretore, molto curioso e soprattutto molto preoccupato. E se Crasso è preoccupato, può diventare pericoloso.

– E di cosa è preoccupato? Del fatto che mi troverò a gestire una fortuna? E che c'entra con la scomparsa di mia figlia?

Cicerone si picchiettò il labbro, cercò la strada giusta. – Capella, credi davvero che la morte dei quattro firmatari del testamento di Flacco sia dovuta a una serie di sfortunate coincidenze?

Il Nevio ebbe un moto di stizza. – E che altro potrebbe essere? Sono tutti morti. E di certo non sono stato io a convincere Orsino a tagliarsi le vene e Pisone a buttarsi da un ponte. Ti sembro il cinghiale che ha ammazzato Tuberone e suo figlio? – proruppe in una risata nervosa.

– Come si è svolta la trattativa con Flacco per la mano di tua figlia?

– Te l'ho già raccontato. Hai una pessima memoria.

– La mia memoria è ottima, come il mio fiuto per gli inganni.

– Mi stai dando del bugiardo?

– Sí, e vorrei capire perché mi hai mentito.

Tirone non comprendeva dove il padrone stesse andando a parare. L'oratore gli fece segno di stare tranquillo.

– Come ti permetti? In casa mia, poi? – il Nevio batté le mani.

– Meglio qui che nella Basilica Emilia, davanti a una giuria... C'è in ballo molto di piú dell'onore, mio nobile collega. Tanto per cominciare la vita di tua figlia, che credo sia in pericolo, che gli dèi non vogliano.

– La nostra conversazione è finita, – Capella era fuori di sé. Si alzò di scatto, prese Cicerone per un braccio.

– Devi ascoltarmi, – l'arpinate non si oppose né si scompose. Accolse l'ira dell'uomo come qualcosa di previsto e inevitabile. – Abbiamo trovato del veleno nel *cubiculum* di tua figlia, a casa di Flacco, – il tono era calmo, piano, e il suo volto rispecchiava una determinazione che Tirone di rado aveva colto in lui.

– Che stai dicendo? – Capella allentò la presa. Cicerone tornò padrone del suo braccio.

– Sto dicendo che credo che la tua Plauzia sia stata messa in mezzo a qualcosa di grande e che lei, per ingenuità o, chissà, per qualche misteriosa passione, si sia lasciata usare.

– Plauzia… – il Nevio si accasciò sullo scranno.

– Come è andata? È stata Plauzia ad attirare Flacco, non è vero?

– Sí. Gliel'ha presentato Messalla e lei ha accettato il suo interesse.

– Aspetta, gliel'ha presentato Messalla?

– Sí. Cosa credevi? Che il buon Marco Valerio Messalla Corvino non fosse capace di fare da mediatore nei legami tra due famiglie? Il tanto innamorato Messalla, il bel Messalla…

– Ha fatto da tramite?

– Non sono stato sufficientemente chiaro: è stato lui a convincere Plauzia ad accettare il vecchio e a illudere me che il matrimonio sarebbe stato *cum manu*… – Capella appoggiò le spalle sullo schienale dello scranno, le braccia abbandonate sui braccioli. La fatica di quei giorni lo stava stremando.

– Quindi non sei stato tu ad aver forzato Plauzia a unirsi a Flacco.

– No, certo che no! Mai l'avrei obbligata a… Per gli dèi, Cicerone, aveva sessantaquattro anni, quell'uomo. Eppure mi è parsa cosí sensata la proposta di Plauzia. Ho ammirato la dedizione di mia figlia alla famiglia, il sacrificio dei suoi anni migliori per garantire ai fratelli il futuro che due Nevii avrebbero sempre meritato. Ma non volevo apparire debole, sono io il *pater familias*, per Giove! Che t'aspettavi? Che andassi in giro a raccontare che le fortune della mia gente vengono decise dalla mia unica figlia femmina? Di vent'anni, per di piú?

– E i dieci milioni e mezzo della dote? Devi esserti ridotto sul lastrico per raccogliere tutto quel denaro.

– Plauzia mi convinse che Flacco aveva un buon affare tra le mani. Mi fece parlare con il vecchio e sostenne le sue ragioni. È venuta con me in Cisalpina. E quei terreni, Cicerone, per gli dèi... Immagino già mio figlio maggiore magistrato a Mutina o a Regium. È stato un affare, in effetti. I Poplicola non potranno togliermi ciò che mi spetta di diritto.

– Chi ti ha mostrato le proprietà che Flacco avrebbe acquisito grazie anche ai sesterzi della dote?

– In realtà è stato Pisone. Lui possedeva già delle terre al Nord. L'ho accompagnato in uno dei suoi viaggi.

– Quindi non è stato un semplice testimone del testamento.

– Oh, no. E pure Orsino, Tuberone e Pisone erano parte dell'affare.

– Si parla di decine di migliaia di iugeri. Non ti sei chiesto come mai venissero venduti tutti assieme?

– Pisone mi disse che la siccità e le tasse stavano massacrando molti coloni, e che per disperazione una decina dei maggiori possidenti della zona a sud del Po, tra Parma e Mutina, erano pronti a vendere a prezzi vantaggiosi. Mi disse che chi fosse arrivato con tanto argento avrebbe potuto comprare mezza Cisalpina. E io li ho visti, quei terreni, ho visto le centurie e le attestazioni. Pascoli e campi fertili come giumente, ancora in larga parte da sfruttare, e greggi e schiavi... Soltanto la parte di Flacco corrispondeva a una ventina di fattorie. Sarebbe diventato un dominio dei Nevii.

– Ti sei chiesto da dove venissero gli altri dieci milioni che Flacco avrebbe investito?

– Sicuro: e l'ho chiesto anche a lui. Si offese pensando che mettessi in dubbio la sua ricchezza, ho rischiato di perdere il suo saluto. Fu Plauzia a tranquillizzarmi dicendomi che stava vendendo terreni nel Sannio e nella Narbonese. Non ho potuto verificare per quanto riguarda le proprietà in Gallia, ma quelle nel Sannio le aveva effettivamente vendute. E solo quelle valevano attorno ai tre milioni di sesterzi.

– Ne mancano pur sempre sette per arrivare a venti e mezzo.

– Mia figlia mi garantí che c'erano tutti. Appartenevano a Flacco.

– Hai mai parlato con qualcuno dei fattori o verificato con i magistrati competenti per i territori in cui erano comprese le proprietà?

– E che bisogno ce n'era? La distribuzione delle centurie era chiara. Ed è incisa su bronzo.

Cicerone pensò che l'uomo fosse sincero. Gli chiese di far portare una brocca di vino. Il nobile Nevio si stupí. – Bevi a quest'ora del pomeriggio? Tu?

– È per te che la voglio. Perché, ecco, vedi... Quelle fattorie non esistono. O meglio, esistono, ma non sono mai appartenute a Flacco. Mai. Neppure per un istante. Nessuno, almeno tra quelli rimasti in vita, sa dove sia finito il tuo argento.

– Cosa... – Capella sbiancò. Puntò gli indici verso Cicerone. – Stai scherzando. Per Giove, che stai dicendo?

– Crasso ha fatto fare delle verifiche su al Nord. Vigneti, pascoli, greggi... sono ancora nelle mani dei legittimi proprietari.

– Forse gli uomini di Crasso non hanno parlato con le persone giuste. Forse non si sono rivolti al magistrato...

– Hanno fatto di piú: hanno interrogato ogni singolo fattore. Sei stato ingannato. Non possiedi niente. Ti hanno raggirato per strapparti dieci milioni e mezzo. E a prendersi gioco di te sono stati quattro senatori e... tua figlia.

Ma, se ti può consolare, nemmeno i Poplicola potranno avere pretese sul nulla.

– Ho visto la tavola delle centurie con i miei occhi...

– Non temere, i magistrati avranno i loro bei problemi a rendere conto della falsificazione delle tavole.

Capella scivolò lungo la sedia. Tirone si affrettò a sostenerlo.

Arrivò il vino. L'oratore ne fece bere una coppa a Capella, lo accompagnò nel triclinio e, con l'aiuto di uno degli schiavi di casa, lo fece stendere su un divano. Accorse anche la moglie, una donnina dalla faccia tonda e gli occhi grandi come quelli di Plauzia. Capella la mandò via in malo modo. La donna non fiatò, si limitò ad annuire e a ritirarsi dalla parte opposta del peristilio, a portata d'orecchio ma abbastanza lontana perché la sua presenza fosse tollerata dal marito.

Il Nevio si riprese. – Non può essere vero. E se pure mi avessero raggirato, adesso sono comunque tutti morti.

– Sono stati uccisi, con ogni probabilità, – considerò Cicerone. – E per essere stati uccisi da qualcuno, quel qualcuno deve essere vivo e vegeto e forse è colui che ha in mano tutto l'argento, compreso il tuo. Vedi, sono quasi sicuro che i venti milioni e mezzo esistano, ma non sono ancora certo di come siano stati impiegati. Personalmente credo che tu abbia finanziato, senza saperlo, una congiura.

– Cosa stai dicendo?

– Sto dicendo che Pisone, Tuberone, Flacco e Orsino erano parte di un complotto, ma ancora non so con quale fine e a favore di chi.

– E io...

Cicerone annuí.

– E il pretore sa...

L'arpinate fece segno di sí. Capella ebbe un altro mancamento.

Cicerone disse a Tirone di procurarsi dell'aceto e il suo ospite rinvení. L'oratore gli diede tempo di rimettersi in sesto dal comprensibile crollo nervoso. – Il pretore sa, però, che tu non sei complice. La tua carriera politica, tuttavia, è con ogni probabilità finita qui. Per la vita, invece, secondo me non hai di che temere, anche se questa tragedia non è ancora giunta all'ultimo atto. Troppi vuoti da colmare e troppi attori non hanno ancora fatto la loro comparsa sulla scena. Arriverò a una soluzione nei prossimi giorni, ma ho bisogno della tua discrezione. Non farti vedere troppo, non parlare a nessuno di quanto ci siamo detti e, se tua figlia dovesse farsi viva, portamela. Subito.

Capella annuí.

– Un'ultima domanda, – Cicerone lo guardò negli occhi.

– Chiedi, – disse l'altro in un sospiro.

– Sei mai stato ai banchetti di Nero, tu?

– No.

– E non hai mai sentito parlare di un mercante asiano che vendeva oggetti di grande valore a Flacco?

L'uomo scosse il capo sconsolato.

– D'accordo, – concluse Cicerone, – per oggi basta. Ma tu resta chiuso qui dentro. Se hai liberti o clienti che possano venire a proteggerti, chiamali. E soprattutto ricorda: se Plauzia si fa viva...

– Gli dèi non vogliano, l'ammazzerei con le mie mani.

Cicerone uscí in strada seguito da Tirone.

– Pover'uomo, – commentò lo scrivano.

– La sua ambizione e la sua cupidigia gli hanno offuscato la vista, – sentenziò Cicerone.

– Plauzia... chi l'avrebbe mai detto?

– Adesso l'unica persona con cui vorrei parlare è Messalla. Torno a casa da solo, tu vai dritto dal giovane Marco

Valerio e riferiscigli che la ragazza non si trova, e che il padre brancola nel buio ed è disperato. Riferiscigli pure che mi piacerebbe incontrarlo nei prossimi giorni.

– E se mi chiede lo scopo dell'abboccamento?

– Sii vago. Digli che ho bisogno di altre informazioni su Plauzia e sul caso in generale. E che vorrei sapere come si stanno muovendo i Poplicola. Non allarmarlo, anche se temo che immagini che il suo coinvolgimento nell'accordo matrimoniale della ragazza ormai mi sia noto. Digli che mi farò vivo a breve. Ho bisogno di tempo per riordinare le idee, parlare con Nero e avere piú prove. Vai.

Tirone annuí e si incamminò verso il Palatino.

Quando Cicerone giunse davanti a casa, il sole era basso all'orizzonte. Seduto sul bordo della fontana vide Tito.

– Ah, almeno tu non sei scomparso, – Cicerone non nascose il suo disappunto.

– Mi scuso, senatore, – disse Tito. Si teneva la mano fasciata. Le bende erano rosse di sangue.

– Fai bene... – Cicerone posò gli occhi sulla mano ferita. – Ma credo che tu abbia una storia.

– Una brutta storia, di quelle che si raccontano ai bambini per spaventarli.

Cicerone si sedette al suo fianco, esausto. Si rinfrescò il viso. – Oggi arrivano soltanto pessime notizie. Coraggio...

– Stavo cercando il mercante, come mi avevi detto. E ho scoperto alcune cose sul suo conto che ti riferirò nel dettaglio. Ma temo che non siamo i soli a cercarlo. Questa mano me l'ha fatta qualcuno che gli sta dando la caccia, e che gli dèi mi siano testimoni: pochi sanno combattere come lui.

– E chi è?

– Non ne ho la minima idea.

Cicerone si passò una mano sulla fronte. – Un altro dono degli dèi. Ne sentivo il bisogno...

– La ragazza? – chiese Tito immergendo la mano fasciata nella fontana.

– Entra in casa con me. Dimmi del mercante e di come hai incontrato il misterioso figlio di Marte che ti ha ferito, e io ti racconterò di come Plauzia sia sparita nel nulla.

Se due pretori indagano sullo stesso caso

Roma, anno 681 ab Urbe condita, calende di quintile
(1° luglio, 72 a. C.)

Crasso era contrariato, e il questore dell'erario lo sapeva.

L'uomo, un Metello tanto giovane quanto efebico, allargava le braccia dispiaciuto, mentre scendeva le scale del tempio di Saturno in compagnia del pretore. – Sono desolato, nobile Marco Licinio, – il questore cercava di non diventare l'oggetto del disappunto di un magistrato superiore nascondendosi dietro circostanze al di fuori del suo controllo. – Riporto semplicemente quello che risulta dal documento di carico della compagnia di pubblicani che ha trasportato l'oro del Ponto a Ostia. Il grosso del bottino tornerà con il proconsole a campagna terminata.

– Qualche cassa d'argento, qualche pezzo d'oro, – Crasso sventolava una pergamena, – che varrà, quanto? Due miseri milioni di sesterzi?

– Questo è, pretore... Anche considerando che i pubblicani potrebbero aver «alleggerito» il carico, che un tribuno addetto al bottino potrebbe aver tenuto qualche lingotto per sé ancor prima di imbarcare l'oro di Cabira... Insomma, tenendo conto della normale emorragia che ogni bottino subisce durante trasporti molto lunghi, stimo che possano essere andati persi cinquanta, centomila sesterzi. Non oltre.

– Le informazioni che avevo io lasciavano immaginare una cifra ben piú ingente, – ruggí Crasso. Consegnò il foglio di carico a Clizio, che lo ripose diligentemente nella sua sacca. Lo schiavo scuoteva il capo mimando l'insoddisfazione del padrone.

– Sono certo che fossero informazioni precise, provenienti da fonti piú che attendibili, pretore, eppure questo è quanto è stato sbarcato a Ostia e che domani arriverà qui –. Il giovane questore si asciugò la fronte con il bordo della toga. Il sole di quel primo giorno di luglio non aveva alcuna pietà per i romani.

– Ragazzo mio, – disse Crasso allontanandosi di un passo per sottrarre le narici al sudore rancido del questore, – questo è un problema. E mi aspetto che l'erario ne terrà conto quando dovrà aprire le casse per consentirmi di svolgere al meglio il compito che mi è stato assegnato dal senato. C'è stato un senatoconsulto, per gli dèi!

– Capisco, pretore... ma fin quando non avremo il resoconto preciso da parte del proconsole che evidenzi come sia stato inventariato e amministrato tutto il bottino di guerra comprese elargizioni, metalli, opere d'arte...

– No, non credo che tu capisca, – Crasso si arrestò alla base della scalinata. – Non mi interessa se Lucullo ha deciso di spedire una piccola parte del bottino per farsi il bagno nell'oro di Mitridate, non mi interessa se non ha venduto nemmeno una delle statue che ha predato perché ci vuole abbellire la sua tenda nel deserto, non mi interessa se il senato sostiene quell'arpia nella sua campagna personale a caccia di argento e opere d'arte: avrò ciò che mi serve, non un asse in meno, e sarà l'erario a metterlo nelle mie mani!

– Non sono io a decidere, pretore. Bisogna anche considerare la parte dei *mercatores* e pubblicani che fanno da intermediari nel trasporto, ci vuole tempo. Io mi limito a gestire e a far sí che le porte del tempio si aprano per accogliere ed elargire secondo il volere del senato.

Crasso sorrise felino. – Ti faccio una domanda: cosa conta di piú per Roma? Le nuove ville che Lucullo si farà costruire nel Sannio o i cinquantamila uomini che mi servono per debellare il flagello servile? Pensaci. Ti consiglio di rientrare nel tempio e cominciare a fare qualche calcolo.

– Cinquantamila uomini armati, – il Metello si stropicciò le mani nervoso, – sono tanti, pretore.

– Davvero? – Crasso lanciò un'occhiata oltre la spalla del giovane. L'interesse in merito a ciò che aveva da dire il questore scemò all'istante quando, dal lato opposto del vico Giugario, scorse Ortensio, avvolto in una delle sue eleganti toghe, spiccare su quello che rimaneva della Basilica Sempronia dopo l'incendio di qualche anno prima. Nel momento in cui gli sguardi dei due pretori si incrociarono, Ortensio alzò il braccio in segno di saluto. Non era lí per caso, e Crasso lo capí subito.

– ... farò quindi il possibile, ma i calcoli sono corretti, mi spiace, – il questore terminò di sciorinare una litania di limitazioni ai sogni di grandezza del pretore.

Crasso vide il collega, con un sorriso da iena, attraversare la strada scortato dal suo piccolo schiavo pelato e liquidò il suo interlocutore con un secco: – Quello che avevo da dire l'ho detto. Nel frattempo cerca di non perdere altro oro. Ci rivedremo presto, ma prima di allora ti farò avere la rendicontazione di quanto mi serve.

– Pretore... Nobile Marco Licinio, la rendicontazione va presentata in senato.

– Vuoi insegnarmi la legge, ragazzo? Vale, questore.

Il giovane Metello fece un piccolo cenno con il capo e risalí la scalinata dopo aver salutato Ortensio, che aveva ascoltato il finale della conversazione con Crasso a qualche passo di distanza.

– Per Giove, Marco Licinio, che hai detto al Metello? Era pallido come un condannato a morte, – Ortensio seguí con gli occhi il magistrato salire gli scalini del tempio a due a due.

– A cosa devo l'indiscutibile piacere, Quinto Ortensio? – Nella postura di Crasso non v'era nulla di amichevole. Fissava il suo collega, la mandibola contratta, lo sguardo torvo appena visibile sotto le folte sopracciglia. – Stanco di incantare i tuoi pesci?

– Giornata storta, Marco Licinio?

– Al contrario, vederti mi riempie sempre di un'incontenibile gioia. Che ci fai qui? Le statue di Lucullo non sono arrivate, dovrai fantasticare ancora un po' su come abbellire le tue piscine.

Ortensio rise. – Ti ho mai detto che adoro il tuo senso dell'umorismo? Chi ti dipinge come un cupo contabile molto ambizioso si sbaglia di grosso.

Crasso annuí. – Bene, adesso che i convenevoli sono finiti, posso sapere che ci fai da queste parti? I conti dell'erario sono tutti in regola.

Ortensio alitò sul rubino del suo anello preferito. Lo lucidò. – Potrei fingere di essere capitato davanti al tempio di Saturno, ma la verità è che volevo conferire con il mio stimato collega che non vedo da tempo.

– Oh, – disse Crasso, – vuoi parlarmi? Qualche problema con i tuoi tribunali pieni di pellegrini che neanche conoscono la nostra lingua?

– Non credo che avrai tanta voglia di punzecchiarmi, una volta scambiate le due chiacchiere che stiamo per fare.

– Sei qui in veste di pretore o di oratore? Sono molto impegnato, Ortensio.

– A racimolare l'oro che manca per realizzare i tuoi piani?

– Devi esser qui di sicuro in veste di oratore, perché

non è da pretore origliare le conversazioni altrui, – Crasso si uní alla scorta per prendere la via di casa.

Ortensio lo seguí. – Se siamo dove siamo è proprio perché ascoltiamo le conversazioni altrui, Crasso. Ma mi chiedo: perché non usi il tuo, di oro? Credo che potresti allestire una decina di legioni senza dover rinunciare a un dito di vino.

– Non voglio affrontare la questione con te.

– E infatti non ne parleremo, – disse Ortensio facendosi serio. – Vorrei sapere, piuttosto, perché, nel corso di una certa indagine che sto portando avanti, uno dei miei uomini ha dovuto difendersi da uno dei tuoi.

Crasso si fermò in mezzo alla strada. – Non credo di capire a cosa ti riferisca.

– Essere attore, Crasso, fa parte delle molteplici abilità che mi contraddistinguono, e capisco se qualcuno recita davanti ai miei occhi. Prima eri contrariato, poi infastidito e adesso sei stupito.

– Dimenticavo che il divo Ortensio sa leggere il pensiero.

– Qual è il nome? – Ortensio si rivolse al suo piccolo schiavo pelato. L'ometto gli sussurrò nell'orecchio. Ortensio puntò l'indice al cielo. – Ah, vero: Tito Annio Tuscolano. Ma quello che preferisco è il suo soprannome, che, per inciso, non lascia dubbi: il Molosso di Crasso –. Ortensio si mise una mano davanti alla bocca per nascondere un risolino irridente. – Cosí lo chiamano, o mi sbaglio? Ecco, il tuo Molosso, senza dubbio per errore, è incappato in uno dei miei, intento a raccogliere informazioni a proposito di un caso molto delicato e di mio grande interesse. Mi domando, tuttavia, cosa ci facesse il cosiddetto Molosso di Crasso nella casa di due ballerini asiani sospettati per la morte di quattro senatori.

Crasso per un attimo lasciò trasparire il suo disorientamento, poi si scosse, tornando padrone di sé. – Me lo chiedo anch'io, dato che non vedo Tito da un po'. Quattro senatori uccisi? A me risulta che quattro senatori siano morti per cause naturali, improvvisa follia o sfortunati incidenti.

– Vedi, dalla morte del povero Tuberone e di suo figlio ho cominciato a indagare sulle curiose, tremende «coincidenze» che ci hanno privato del piacere di incrociare in senato anche Orsino, Flacco e Pisone. E penso che tu stia facendo lo stesso, o sbaglio?

– Sbagli.

– Eppure il Molosso si sta dando un sacco da fare sul caso di Lucio Valerio Flacco Poplicola e del suo testamento.

– Non è un argomento che mi appassiona. Come puoi ben immaginare, armare un esercito dal nulla mi sta portando via tempo ed energie. E, comunque, se certe voci fossero giunte alle mie orecchie, non avrebbero attecchito. Quindi, se non ti spiace...

– Senza dubbio sei molto impegnato, lo capisco. Allora mi prenderò la libertà di accompagnarti a casa approfittando di questa bella giornata di sole.

– Non sentirti in obbligo, – Crasso riprese la via per il Palatino.

– Sarà un piacere, – Ortensio incalzò il collega. – In giro si dice che i Poplicola siano venuti a raccontarti la loro versione dei fatti. Magari solo per avere un buon consiglio, che un bravo e onesto magistrato elargirebbe con discrezione. Intendiamoci: non ci sarebbe proprio niente di male, ma, forse, in questo caso, sarebbe inappropriato.

Crasso sbottò. – Da che pulpito! Tu non li stai aiutando a raggiungere un accordo con Capella? Direi che siamo pari.

– No, non direi. Non sono competente per il caso di Flacco, mentre tu lo sei. Non fraintendermi, però: non ti biasimo. Chi non presterebbe orecchio alle richieste dei Poplicola? – Ortensio stava menando le danze e godeva nel vedere Crasso limitarsi a seguire la musica. – Tuttavia avere i tuoi uomini tra i piedi mentre indago sulle bizzarre morti dei quattro firmatari del testamento di Flacco mi rende perplesso, sospettoso, in definitiva: inquieto.

– Non so cosa stia facendo il Molosso, d'accordo? È un mercenario, uno che va a caccia di persone per professione –. Crasso accelerò, ma Ortensio non mollava. – Un uccellino mi ha detto che sta trafficando con Cicerone. Anzi, poco fa mi hanno riferito che è stato casa del nostro comune amico proprio ieri.

– E se anche fosse? Cicerone ha i suoi interessi da curare e può affidarsi a chi meglio crede.

– Vero, il Cicerone di un tempo non esiste piú. Te lo ricordi? Ambizioso ma tanto, tanto idealista...

– Tutti a inizio carriera sono idealisti.

Ortensio rise. – A eccezione di noi due. Noi abbiamo sempre saputo distinguere tra giusto e necessario, tra convenienza e rischio. Alcuni per arrivare al nostro livello di consapevolezza impiegano piú tempo.

– Ortensio, amico mio, preferirei che questa conversazione giungesse a un punto.

– E sia! Lo stesso uccellino mi ha detto che Cicerone ha preso a frequentare la tua casa e che, questo è il bello, qualche giorno fa ha incontrato Plauzia Nevia Capella Minore, in compagnia del buon Messalla. Quindi ti chiedo di perdonare la mia insistenza: stai indagando sulla morte di Flacco?

Crasso si fermò in mezzo alla strada, la scorta li circondò tenendo lontano i curiosi. Fissò negli occhi Ortensio. – Hai fatto seguire Cicerone?

– Non mi permetterei mai. Ho fatto seguire Tito, e questo non dovrebbe creare alcun dissidio tra noi, visto che non hai sue notizie da un po', giusto?

– Basta con i giochetti, Ortensio.

– Sei tu che stai giocando e vorrei capire a che gioco, – Ortensio fece una delle sue famose pause, studiando di sottecchi il collega. Tornò a giocherellare con gli anelli che gli ornavano le dita e, quando gli parve che Crasso stesse per aprir bocca, lo precedette. – Il fatto è che se i miei sospetti sono fondati, se tu hai scoperto quello che ho scoperto io, entrambi siamo a conoscenza di un probabile complotto ai danni della Repubblica.

Crasso sogghignò. – Ciò significherebbe che entrambi staremmo nascondendo qualcosa che invece andrebbe discusso in senato.

Ortensio annuí. – E il primo dei due che punta il dito contro l'altro vince.

– Mi stai minacciando?

– Al contrario, stiamo avendo un'amabile conversazione in mezzo alla strada. Mi basta che tu condivida con me ciò che sai. Da parte mia, sarò lieto di mettere sul tavolo quanto ho scoperto in questi giorni cosí pieni di sorprese –. Ortensio allungò le mani davanti a sé con i palmi rivolti al cielo come i due piatti di una bilancia.

Crasso digrignò i denti, Ortensio continuò: – Magari potrei renderti noti i movimenti dei tuoi uomini, e scommetto che mi saresti persino grato...

– Cosa sai? – Marco Licinio Crasso si guardò attorno.

– *Do ut des*, amico mio. Prima tu. In fondo, non sono stato io ad averti scoperto chiuso nel pollaio al buio? È che mi piacerebbe molto mangiare qualche gallina insieme a te. Tutto questo segreto... Credo che i tuoi piani non prevedano processi, esili ed esecuzioni. Bene, sappi che anch'io non ho una gran sete di sangue.

Crasso strinse i pugni. – Tra pesci e galline farai indigestione.

– Meglio morire di indigestione che di fame.

– Ma non credere che siamo alleati, amici o chissà cosa. Vediamo quel che entrambi abbiamo da condividere e, se sarà reciprocamente vantaggioso, collaboreremo.

Ortensio rise. – Stai tranquillo, vecchio mio: non prevedo un lungo fidanzamento, sono già sposato.

Crasso scosse il capo, poi disse alla scorta di fare strada. – Domani pomeriggio, a casa mia. Sai dove abito. Vale, pretore.

– Pretore... – Ortensio fece un piccolo inchino irridente.

Crasso non si voltò, per resistere alla tentazione di saltare al collo del suo profumato collega.

– Ah, – aggiunse Ortensio ancora a portata d'orecchio, – se cerchi il Molosso, ti consiglio di tenere d'occhio la casa di una certa Mammina, una lenona della Suburra. Sta sull'Aventino, non avrai difficoltà a scovarla. Vale, pretore!

Un uomo solo

Roma, anno 681 ab Urbe condita, calende di quintile
(1° luglio, 72 a. C.)

– Cosí abbiamo fatto un buco nell'acqua, – Cicerone sconsolato, esausto, franato sul suo scranno si massaggiava le tempie.

– A quanto pare, – confermò Tito. La mano bruciava, avrebbe dovuto cambiare le bende.

– Quel Mus, o come si chiama... Esiste un modo per *spremerlo*, come diresti tu, ancora?

– È sparito. E per un po' sono certo che se ne starà rintanato da qualche parte in una delle sue catapecchie. In tutta onestà, però, credo che sia stato spremuto per quello che poteva dare.

– Fa male? – Cicerone indicò la mano di Tito.

– A stento riesco a stringere il manico di un pugnale.

– Se vuoi conosco un bravo chirurgo sull'Esquilino. Ti faccio accompagnare da Tirone. Con la mia raccomandazione, ti riceverà a qualunque ora.

Tito scosse il capo. – Vorrei del vino.

Cicerone chiese al suo servo di andare a riempire una brocca con il cecubo che teneva in una solitaria anfora in dispensa. – Sei stato ferito tante volte, immagino. Le cicatrici parlano chiaro.

– Già, – Tito tirò la benda.

– Anche in modo grave?

– In un paio di occasioni, – prese la brocca dalle mani di Tirone. Ma prima di attaccarcisi come alla tetta di sua madre, chiese a Cicerone se ne voleva un po'.

Il senatore fece segno di no. – Tutto tuo. Lo bevi puro?

– Come un *flamen* durante il piú sacro dei riti.

Cicerone sorrise, poi gli venne in mente il loro primo incontro. – Se non ricordo male, otto anni fa, a casa di Crasso, avevi una benda attorno alla testa. Era per coprire quella? – indicò la cicatrice sul cranio dell'ex centurione.

Tito vuotò la brocca quasi tutta d'un fiato, ruttò. – Me l'ero fatta due sere prima… O la sera prima, forse –. Passò la brocca vuota a Tirone.

– Ancora? – domandò lo schiavo.

– Ancora.

– E te l'eri procurata proteggendo i tuoi amici dagli uomini di Crisogono, giusto? – Cicerone si appoggiò alla scrivania di fronte a lui.

– Non ho protetto nessuno, sono morti. Uno, quello che mi ha regalato questo pugnale, è crepato proprio per salvarmi il culo –. Tirone gli porse la seconda brocca.

– Non pensavo esistesse qualcuno in grado di mettere il Molosso di Crasso in un angolo.

Tito si asciugò il mento dal vino. Mostrò la mano a Cicerone. – C'è gente ben piú abile di me.

– A me incuti ancora timore, se ti può consolare.

Risero.

Tito finí la seconda brocca di vino puro, il dolore stava diventando tollerabile. – Rimane Nero, – disse.

Cicerone fece scrocchiare il collo, sparpagliò le carte che aveva sulla scrivania, ne estrasse un biglietto e lo porse a Tito.

L'ex centurione lesse le poche righe. – Ti godrai uno dei famosi banchetti di Nero, a quanto pare, – restituí l'invito all'oratore. – Che tempismo.

– Già, sarò suo ospite dopodomani. L'ho incontrato per puro caso al *macellum* un paio di giorni fa e ha colto l'occasione per invitare me e mia moglie a cena. La sorte mi ha offerto una ghiotta opportunità, se mi concedi il gioco di parole.

Tito sorrise. – Hai uno strano senso dell'umorismo, senatore.

– Lo dicono tutti.

– Avevi detto che avresti lasciato fuori Nero il piú a lungo possibile.

– Il piú a lungo possibile è diventato dopodomani, a quanto pare. Hai ragione: è rimasto solo lui. È giunto il momento di guardarlo negli occhi e...

– ... *spremerlo*.

– Esatto. Anche se, non dimentichiamolo, su Nero le nostre sono speculazioni.

– Se è vero quello che ha detto Plauzia, è difficile immaginare che non sia coinvolto in qualche modo, – considerò Tito. – Vedi, io do la caccia alla gente. È una delle due cose che so fare. L'altra è la guerra. Per essere bravi, nel mio mestiere, servono resistenza, fortuna benevola e intuito. E il mio intuito mi dice che Nero c'entra, eccome.

– E io faccio l'oratore, centurione. Ascolto le persone ancor prima di interrogarle. Sono piuttosto bravo in quello che faccio, sai? Ho imparato che l'animo umano, spesso, si muove lungo percorsi tortuosi e tutti meritano un processo prima di una condanna. Posso essere il primo a puntare il dito, ma ci vogliono solide prove o una confessione per poter caricare sulle spalle di un romano il peso delle sue colpe.

– Capisco, – Tito si grattò la barba che stava ricrescendo ispida. – Pensi che Crasso agirebbe diversamente?

– Crasso interpreta le leggi in base agli scopi che si prefigge. Adora muoversi tra le pieghe della politica, adora la sensazione di essere superiore al destino e alla maggior parte degli uomini. Sia chiaro, lo facciamo tutti, e il senato è un covo di vipere pronte a addentare chiunque pur di proteggere i propri interessi e quelli di familiari e amici… Eppure deve sussistere un limite; anche se Crasso, quel limite, non se l'è ancora posto –. Cicerone si muoveva per la stanza reggendosi la toga, come se fosse al centro della curia. – La Repubblica esiste da secoli, ma oggi poggia su gambe esili e incerte come quelle di un puledro appena nato. Roma ciondola, pendendo da questa o quella parte, strattonata per la veste da demagoghi e aspiranti tiranni. Io lotterò sempre perché resti ben dritta nel mezzo. Crasso non è interessato all'equilibrio, almeno non quanto è interessato al potere.

– Crasso non è Mario né Silla. Andiamo… – Tito rise.

– Ma vuole essere colui che controllerà i Silla che verranno. E non solo, pretenderà la nostra gratitudine. I romani amano credere che agisca per il bene comune, perché tutti desiderano godere della sua proverbiale riconoscenza. È molto piú intelligente di Mario e sa controllarsi, al contrario di Silla. È persino un abile oratore e non è violento senza valida ragione, non si abbandona ai vizi. Adora però sfruttare quelli degli altri.

– Sembra che tu stia descrivendo un uomo virtuoso.

– Cosí vuole apparire, ma non un'oncia delle sue virtú è al servizio di Roma.

– Ed ecco il motivo per cui ti sei tenuto alla larga da lui durante questa indagine.

Cicerone fece scorrere una mano sui rotoli ben ordinati in una delle grandi *capsae* del suo studio. – Secondo me non ci troviamo di fronte a un reale pericolo per la Repubblica, almeno non piú: chiari indizi ci dicono che il complotto di Flacco e del suo gruppo è fallito. Stiamo indagando su qualcosa che è stato. Ma ciò non ci deve spingere a essere indulgenti. I traditori vanno stanati e puniti, smascherati e mostrati, perché in futuro nessuno provi a fare qualunque cosa Flacco e i suoi accoliti stessero tentando... Eppure temo che nelle idee del tuo capo non ci sia un processo.

– E che altro potrebbe mai desiderare di ottenere sventando una congiura, se non un processo? – Tito alzò un sopracciglio. Sbirciò nella brocca sperando di scorgere un fondo di vino residuo. Si sentiva troppo sobrio per parlare di politica.

Cicerone gliela prese di mano e chiese a Tirone, che seguiva la conversazione in disparte, di riempirla di nuovo. – Come potrai ben immaginare, una congiura portata avanti qui a Roma dai soli Flacco, Orsino, Pisone, Tuberone, e forse Nero, non avrebbe potuto andare tanto lontano. Non stiamo parlando di sprovveduti, Tito. Non erano giovani, non erano inesperti. Non sappiamo con chi stessero trattando in Hispania, ma di certo non stavano complottando con un tremebondo tribuno per la prima volta al fronte. No... Devono essere implicate decine di persone. Forse i cinque erano gli ambasciatori dei congiurati o persino i sobillatori, i capi, ma non erano soli. Qualcuno deve sapere, qualcuno deve conoscere i nomi di chi ha partecipato al complotto. Sono ragionevolmente certo che quando l'avremo, in quell'elenco troveremo senatori, tribuni della plebe, ricchi equestri... È cosí che funziona, sempre, – il senatore fece una pausa, si picchiettò il labbro inferiore.

Tirone portò la terza brocca a Tito. L'ex centurione mandò giú subito due grandi sorsate del dolce, benefico contenuto. Invitò Cicerone ad andare avanti.

– E non sono sicuro che Crasso con quella lista istituirebbe un tribunale.

– Questo non mi è chiaro... – Tito si stropicciò gli occhi. Aveva dormito poco e male in quei giorni.

– Di un senatore morto o esiliato non te ne fai nulla, di un senatore che vive sotto la minaccia di morire o di essere esiliato con grande ignominia per tutta la sua famiglia...

– Ah, – Tito bevve un altro sorso. – Tu credi che Crasso voglia usare l'elenco per avere il comando delle truppe contro Spartaco? Sta architettando un colossale ricatto?

– Lo sospetto. C'è questo fastidioso ronzio che mi tormenta le orecchie, che non mi fa chiudere occhio la notte. Ma attento: portare la testa di Spartaco a Roma è soltanto una piccola parte del suo piano... Lui vuole il consolato. E forse molto di piú.

– Per il consolato basterebbero le sue clientele e il suo argento.

– E allora ti chiedo: perché si è tanto adoperato per attingere alle casse dell'erario ora che sta allestendo le legioni per dare la caccia a Spartaco? Pompeo, per qualche mese, ha pagato di tasca propria i suoi uomini in Hispania. Crasso non potrebbe a maggior ragione attingere alle proprie ricchezze?

Tito mandò giú una sorsata, invitò Cicerone ad argomentare.

– Il consolato non è una magistratura come le altre, – continuò l'arpinate. – Per ottenerla devono verificarsi due condizioni: la prima è essere ben voluti dai romani. E quello Crasso può averlo senza troppo sforzo, con l'argento e le clientele, dirai tu. Ma mancherebbe comunque qualcosa: il riconoscimento che brama piú di tutto, quello della *nobilitas* senatoriale. E qui cominciano i problemi per il nostro amico, perché i padri coscritti, diremmo usando un eufemismo, non lo amano. Quindi si crea un paradosso: per riuscire a entrare nella *nobilitas*, il caro pretore può seguire una sola via: ottenere il consolato. Come vedi è un gatto che si morde la coda e Crasso sta cercando di tagliargliela, in un modo o nell'altro.

Tito fischiò. Finí la brocca. – Ma ci vogliono le prove di quanto Marco Licinio Crasso sta architettando. Lo hai detto tu: non si può accusare qualcuno di qualcosa senza prove.

– Come nel tuo, anche nel mio mestiere c'è bisogno di intuito unito alla logica. Ti assicuro che non è necessario invocare i buoni uffici di Minerva per capire che per Crasso la lista dei nomi dei congiurati rappresenterebbe una vera miniera d'oro. Se non puoi portarli dalla tua parte…

– Ricattali.

I due risero. Stettero in silenzio per un po', poi Tito s'incupí. – Senatore, mi spiace, non posso piú aspettare. Devo riferire a Crasso quanto abbiamo scoperto. Il pretore, a questo punto, sarà infuriato…

– Sí, lo capisco. – Cicerone divagò. – Ti confesso che non amo i militari, centurione. Non mi è mai piaciuta la guerra, al contrario di molti miei colleghi. Ne colgo la necessità, a volte, ma l'ho sempre considerata uno sperpero di denaro e vite. Credo che qualsiasi controversia possa essere risolta con la dialettica. Però tu sei diverso da quegli sventrabarbari, tagliagole e cani da bottino che ho conosciuto durante il mio servizio nell'esercito.

– Forse sono l'unico legionario con cui ti sei fermato a parlare… Comunque, fidati: anche tu non sembri il solito senatore, – Tito fece per andarsene.

– Forse sono l'unico che hai degnato della tua compagnia, – Cicerone si picchiettò il labbro. – Se solo potessi darmi un paio di giorni… Al banchetto parlerò con Nero, poi sarò io stesso ad andare dal pretore.

– Ci proverò, senatore, ci proverò, ma non posso piú garantirti nulla. Il nostro segreto ha le ore contate. Dopodiché Crasso saprà di Nero, del veleno, di Plauzia, e di tutto quello che abbiamo fatto in questi giorni. E non sarà contento.

Cicerone congedò Tito per poi andare ad affacciarsi sul cubicolo di Terenzia. La sorprese che si stava specchiando con il nuovo diadema in testa. Gli piacque coglierla in quel fugace momento di vanità. Chiese il permesso di entrare e sua moglie lo invitò ad ammirare il gioiello. – Mi sta bene, non trovi?

Cicerone affondò il naso nei capelli di lei. – Chiunque avrà sempre e solo occhi per te, non per qualche zaffiro.

– È comunque un bel regalo, grazie. Se ne è andato il rozzo militare?

– Sospetto che sia meno rozzo di quel che può sembrare, – Cicerone sbadigliò.

– Sei stanco, Marco. Questa storia ti sta sfiancando.

– Non mi risparmio, lo sai.

– Non voglio che ti esponga a rischi piú grandi del dovuto. Anche se è Crasso a spingerti ad andare avanti.

– È una faccenda seria, Terenzia. I rischi sono inevitabili e in fondo, se vuoi davvero che torni a fare politica, è qualcosa a cui ci dovremo abituare. Piú si sale piú aumenta il pericolo.

La donna riconobbe che il marito aveva ragione. Passò le dita sugli zaffiri. – Faranno una bellissima figura con la veste verde al banchetto di Nero.

– Senza dubbio, – Cicerone aveva un'espressione abbacchiata.

– Cos'è quella faccia? No, no. Domani sera non penserai a Capella, a Flacco, a Plauzia… Domani sera ci godremo il cibo e l'ospitalità squisita di Nero e tu ti concederai un po' di svago. È deciso.

– Sarà una serata indimenticabile, – disse Cicerone mentre il suo stomaco prendeva fuoco.

Tito non avrebbe saputo dire come, ma si trovò di fronte alla casa di Flavia, una volta ancora. Si rese conto che il vino di Cicerone lo aveva annebbiato piú di quanto credesse. Pensò che qualunque strada avesse imboccato in quei giorni, qualunque vico, qualunque budello della città l'avrebbe inesorabilmente condotto davanti alla casa di sua moglie. Era quasi ubriaco, quasi determinato, quasi convinto di voler stringere Flavia e di sentire il suo odore riempirgli le narici. Il cecubo aveva attenuato il dolore alla mano, ma non aveva colmato il vuoto che rivedere la sua piccola donna di ferro gli aveva scavato dentro.

Si affacciò sull'ingresso dell'*insula*. Le notti, per i bravi lavoratori dell'Aventino, erano fatte per dormire. Non si sentiva un cane ululare alla luna crescente, non lo sbraitare di beoni intenti a contendersi l'ultimo sorso, non gli schiamazzi di una rissa né le risate dei rampolli patrizi in cerca di emozioni nei bordelli e nei vicoli della Suburra.

Barcollò fino alle scale, dove per poco non inciampò in Castore, che stava dormendo sui primi scalini.

Il bestione aprí un occhio. – Tito?

– Sí, sono io.

– Che ci fai qua?

– Secondo te? È mia moglie, quella che dorme al piano di sopra. Piuttosto che ci fai tu, qui? Non hai una casa?

– Proteggo Mammina.

– E a te chi ti protegge?

– Mi fai morire dal ridere, – Castore si issò con enorme fatica. – Aspetta prima di salire, – si sporse sulla strada e fischiò. Dopo poco, dal ballatoio del primo piano fece capolino la testa tonda di Polluce. – Che vuoi? Cosí mi svegli Mammina, – sussurrò nel buio.

– Tanto si sveglierà lo stesso tra un attimo, – rispose Castore. – Sta salendo Tito Annio, non accoltellarlo.

– D'accordo, – la testa di Polluce sparí.

– Puoi andare su, non ti accoltella, – disse Castore.

– Grazie, ora mi sento piú tranquillo, – Tito gli rifilò un molle buffetto.

– Sei ubriaco?

– No, macché...

L'ex centurione salí le scale reggendosi alle pareti. Dovette impiegare molto nel compiere l'impresa, visto che quando raggiunse Polluce quello gli domandò se s'era perso. Il guardaspalle di Mammina bussò alla porta dell'appartamento. Dopo un tempo che a Tito parve infinito, Flavia aprí la porta. – Che vuoi?

Polluce si grattò una guancia in preda a un inspiegabile imbarazzo. – C'è Tito.

La donna piegò la testa di lato per dare un'occhiata al marito, che si sporse oltre la sagoma del bestione. – Passavo da queste parti...

– Sei ubriaco? – chiese Flavia.

Polluce fece di sí con la testa. Tito fece di no.

Flavia sbadigliò. – Entra, – poi disse a Polluce di scendere al piano di sotto. – Anzi, perché tu e il tuo socio non andate a casa? Non ho nulla da temere, c'è mio marito adesso.

– Scenderò. Ma Castore e io non ce ne andiamo.

– Fate come vi pare...

Flavia richiuse la porta. Tito si era lasciato cadere sul pagliericcio. La donna si mise al centro della stanza, illuminata appena da un paio di lampade a olio che pendevano dal soffitto, le mani sui fianchi. – Non dormi da Pitodoro, tu?

– È meglio di no, Crasso mi cerca.

– Che hai combinato?

– Niente di diverso dal solito.

– E allora hai pensato bene di venire a smaltire la sbronza qui.

– A casa di mia moglie, sí, – Tito sorrise. – Agli occhi degli dèi sei ancora mia moglie, sai?

– Solo gli dèi sanno cosa siamo ai loro occhi. Anzi, forse neppure loro lo sanno, – Flavia bevve un po' d'acqua. La offrí anche al marito, ma l'ex centurione declinò. – Quel letto è troppo piccolo per tutti e due, – considerò lei.

– Tu sei piccola, ci staremo. Non sei cresciuta dall'ultima volta che ti ho visto, – ridacchiò.

– Dopo quattro anni, ti aspetti che ti accolga nel mio letto? Mettiti per terra, e non provare a stenderti sul tavolo perché ha una gamba rotta, non ti reggerebbe. I ratti non ti daranno fastidio, è da un paio di giorni che non ne vedo. Fa troppo caldo persino per loro. Dormirai tranquillo, – Flavia tentò di farlo alzare dal pagliericcio afferrandolo per un braccio.

Fu Tito, invece, a tirarla giú.

– Lasciami, centurione, – la donna provò a sgusciare via. La presa di Tito era salda.

– No, perché dovrei? Sei mia moglie.

– Ancora con questa storia? Non sono tua moglie piú di quanto lo sia Astragalo.

Tito ghignò. – Sono nella merda, Flavia.

– Non mi dire.

– Mi sono cacciato in una faccenda che non capisco. E non mi resta molto da vivere.

Flavia si fece seria. – Che intendi dire?

– Una strige mi ha detto che la mia esistenza sta giungendo al termine. Che il mio destino è segnato. Le parche hanno tra le dita il mio filo e stanno per tagliarlo, cosí ha previsto. Ha assaggiato il mio sangue.

– E che ci facevi da una strige, tu? Non hai mai creduto alla magia, alle stregonerie…

– Non è importante cosa ci facessi, il punto è: mi ha detto di lasciarmi alle spalle qualcosa di buono, – Tito fissava il soffitto. – In tutta sincerità, non credo che rimarrà alcunché di me una volta che avrò stirato le zampe. Almeno fossi riuscito a darti un figlio.

– Gli dèi non hanno voluto. E tu sei stato buono: avresti potuto rinnegarmi, ma non l'hai fatto.

– Quello che voglio dire è... – Tito si interruppe, cercava parole che non era abituato a usare, e non le trovò.

Flavia gli si avvicinò. – Che ti prende?

– Non lo so nemmeno io. Penso... Credo di sentirmi solo.

– Hai sempre avuto te stesso, – Flavia notò la fasciatura. – Che ti sei fatto?

– Ho incontrato uno piú bravo.

– Ah, ecco cos'è che ti tormenta, – la donna gli prese la mano, lui fece una smorfia. – Ti cambio la benda.

Tito le accarezzò la guancia sfregiata. – Ho sempre pensato che ciò che ci ha unito siano state le cicatrici, – la baciò. Dapprima Flavia non si oppose, poi lo respinse. – Il nostro tempo è passato, ormai.

– Non c'è mai stato un «nostro tempo», – Tito la baciò di nuovo. La attirò a sé. Quando Flavia sentí il corpo di suo marito schiacciarla sul paglericcio, fu invasa da un calore che non percepiva da anni, fu come rinascere. E per Tito entrare in lei fu come tornare a casa.

La brezza mattutina accarezzò la pelle di Flavia, che rabbrividí. Aprí gli occhi e ascoltò il respiro di Tito, lento, profondo, rassicurante. Galla aveva smesso di urlare. Sapeva che si trattava di una fugace tregua, ma almeno quella notte era riuscita a dormire. Grazie al suo centurione. Sfiorò col dorso della mano la schiena del marito su cui era incisa la storia di un ragazzo finito in legione a sedici anni, congedato a quasi quaranta. Una vita spesa a uccidere e sopravvivere. – Avresti meritato di piú, – sussurrò.

Si alzò facendo piano per non svegliarlo. Aveva la gola secca, e nella penombra della stanza provò a raggiungere il tavolo, ma sfiorò qualcosa di duro con il piede nudo. Si chinò, e da sotto la tunica di Tito, che era finita sul pavimento, estrasse lo scrigno con la fiala. Avvicinò la scatola all'unica lampada a olio ancora accesa che pendeva dal soffitto.

– Che stai facendo? – Tito la stava osservando steso su un fianco. Si stropicciò gli occhi.

– È bellissimo...

– Cosa?

– Questo scrigno. È scivolato fuori dalla sacca di pelle che porti in vita.

– È molto bello, è vero. Non aprirlo.

– Perché? Che c'è dentro? Un gioiello?

– Un veleno. È per questo che sono andato dalla strige: per farmi dire cosa conteneva.

– Oh. E che tipo di veleno è?

– Del tipo che uccide, – Tito sbadigliò, avrebbe voluto dormire ancora.

– Da dove salta fuori?

– Lascia perdere, vieni qui. Non faccio una dormita decente da giorni, – richiuse gli occhi.

Flavia bevve un goccio d'acqua dalla brocca, depose lo scrigno e tornò a letto, ma tentò di stare il piú possibile sulle sue. Si stese supina. Stettero fianco a fianco in silenzio, ascoltando la notte che batteva in ritirata di fronte ai primi, timidi segnali dell'alba.

Tito si schiaffeggiò una guancia. Uccise una zanzara. Lo fece per istinto con la mano ferita, imprecò. Flavia rise.

– Non c'è niente da ridere, – commentò lui.

– Un po' sí. La tua ferita c'entra col veleno nello scrigno?

– Perché ti interessa tanto cosa sto facendo?

– Ecco il Tito che conosco! Dov'è finito il piagnucolante uomo in cerca del calore di una donna di qualche ora fa?

– Non è mai esistito, – Tito si stirò. Infilò la mano sotto il cuscino e trovò un pugnale. – E questo cos'è?

– Dammelo, – Flavia provò a prendere l'arma, ma Tito la allontanò fuori dalla sua portata.

– Che ci fai con una lama sotto il cuscino?

– Ci taglio il formaggio. Parole tue: faccio un lavoro pericoloso, quindi…

Tito lanciò il coltello, che si piantò nella gamba del tavolo. – Hai scoperto chi ha ucciso Galla.

Flavia tentennò, poi mentí. – No.

– Non sei capace di raccontare balle, lo sai?

La donna non rispose, si voltò dall'altra parte. Voleva evitare che Tito la guardasse in faccia, ma lui la girò a forza. – Non fare idiozie, Flavia. Tu non hai mai ucciso nessuno.

– Non mi impiccio nei tuoi affari e tu non ti impicci nei miei.

– Chi è?

Flavia non rispose.

– Per gli dèi, dimmelo! Ci penso io.

– No! – Flavia si alzò. – Lo devo fare io.

– Flavia…

– Galla era… – la piccola donna di ferro prese a singhiozzare.

Tito la raggiunse e la strinse a sé. – Non farlo, Flavia, – le sussurrò. – Se non vuoi che sia io, incarica Castore e Polluce. Non ti macchiare le mani di sangue. Non farlo.

Flavia lo respinse. Si passò il braccio sotto il naso. Con un certo sforzo estrasse il pugnale dalla gamba del tavolo e lo sistemò di nuovo sotto il cuscino. – Lo ammazzo io, quel porco. Fosse l'ultima cosa che faccio.

– In effetti potrebbe essere l'ultima cosa che farai.

Flavia si affacciò alla finestra, respirò a fondo. Galla aveva ricominciato a urlare. – È l'alba, – disse. – Mi aspetta una giornata pesante. Quindi…

Tito scosse il capo. Si rivestí in silenzio mentre lei alla finestra gli dava le spalle. Stava piangendo.

L'ex centurione le baciò la nuca. – Non fare stupidaggini, – disse.

Flavia annuí e Tito, con una preoccupazione in piú, la lasciò sola.

Scese gli ultimi scalini facendo attenzione a scavalcare Castore e Polluce che russavano come mantici. In fondo si sentí piú tranquillo all'idea che Flavia dormisse con un coltello accanto.

Uscí in strada.

– Finalmente, – disse una voce dietro di lui. Si girò di scatto, e un pugno dritto sul naso gli fece capire che Crasso l'aveva trovato.

Io sono vendetta

Roma, anno 681 ab Urbe condita, sesto giorno prima delle none di quintile
(2 luglio, 72 a. C.)

Nero e il suo seguito si facevano largo tra la plebe che affollava le vie ai piedi dell'Oppio. I quattro liberti celtiberi stavano scortando il senatore ed Erennia, che non abbandonava mai il braccio del patrizio, a fare compere. Con loro c'era Marcellina. Erennia e Nero chiacchieravano amabilmente: lui manteneva un severo contegno senatoriale, lei sorrideva sfrontata a chi la scrutava con curiosità.

– O Dea, se mai hai volto il tuo sguardo su un mortale, ascolta la mia preghiera, e liberami dalla paura, tieni salda la mia mano. La mia vendetta è giusta. Fa' che la lama che stringo tra le dita tolga la vita a chi ha strappato ogni gioia da me. O Dea, ascolta le mie implorazioni. O Dea... – Flavia pregava sottovoce mentre seguiva Nero e il suo codazzo da lontano.

– Ma che cosa sto facendo? – Flavia si era calata la stola sulla testa e lí sotto veniva consumata dall'ansia, dall'odio e dal caldo.

Il gruppo si arrestò davanti alla bottega di un sarto noto per i suoi preziosi vestiti dalle tinte sgargianti. I liberti si disposero attorno al senatore. Erennia e Nero parlottavano ancora.

Flavia stava soltanto aspettando il momento giusto. L'istinto e il fuoco della vendetta l'avevano portata lí, in quella mattina di luglio, a una manciata di piedi dal figlio di puttana che aveva trucidato Galla. La prospettiva di uccidere Nero e perdere la vita massacrata dalla sua scorta o linciata dai passanti le faceva girare la testa e ronzare le orecchie. Il pulsare del cuore era assordante. Si rese conto di ansimare e che la preghiera, fin lí bisbigliata a fior di labbra, aveva assunto la consistenza di una litania ben udibile da chi le stava intorno. Un liberto davanti a un termopolio le piantò gli occhi addosso. Lo vide dare di gomito all'amico con cui stava bevendo un goccio. La indicò. Lei si spostò, provò a mischiarsi con la folla che scorreva lungo l'Argileto. Capí che doveva controllarsi, se voleva passare inosservata. Ma come? Stava per morire, per gli dèi!

Spostò di nuovo l'attenzione sul gruppo di Nero. Il senatore era entrato nel negozio del venditore di tessuti. Erennia non era piú visibile, forse era dentro con lui. I quattro della scorta chiacchieravano e lanciavano sguardi sfrontati alle serve delle matrone. Ridevano, sembravano rilassati. Si maledisse per aver perso di vista la sua vittima. Tito le aveva detto di non fare stupidaggini, ma lei era convinta che vendicare Galla non fosse una stupidaggine, quanto invece una pura necessità, come bere o mangiare, respirare e amare. Era giunta alla conclusione che per vivere doveva morire.

L'idea di Flavia era semplice: appena il gruppo avesse imboccato il Clivo suburrano per salire sull'Oppio, li avrebbe accostati. Chi fa caso a una donna piccola e insignificante? A quel punto si sarebbe gettata su Nero e gli avrebbe affondato il coltello nel collo. Sí, avrebbe fatto cosí.

Era un piano assurdo, ridicolo nella sua ingenuità. Nel profondo della mente in balia della tempesta, persino lei lo aveva capito.

Nero uscí. Uno schiavo del venditore consegnò un ingombrante involto a un liberto del senatore impegnandogli entrambe le mani. «Meglio, – pensò Flavia, – uno di meno. Passerò dal suo lato. Sia lode a Nemesi, che mi ha ascoltato...»

All'improvviso si accorse che non tornavano i conti: Erennia e Marcellina erano sparite. Della concubina e della schiava non c'era traccia, forse si erano attardate nel negozio del sarto. Flavia non pensò che fosse qualcosa di cui preoccuparsi. Nero era lí, davanti a lei, e tanto bastava.

Il gruppo procedeva lento. Flavia fece di tutto per mantenersi a un centinaio di piedi di distanza. La bassa statura la spingeva a muoversi a zig-zag per non perderli di vista nelle vie affollate della Suburra. Poi finalmente giunse il momento. Non riusciva a respirare. Il cuore le galoppava in petto. Lasciò cadere la sporta in cui aveva nascosto il pugnale. Tenne la lama lungo il corpo in modo che la veste potesse nasconderla fino all'ultimo. Il sudore le faceva bruciare gli occhi. Cercò di concentrarsi sul corpo martoriato di Galla, sulle atroci ferite e il dolore inaudito che le era stato inflitto. Nelle orecchie rimbombavano le parole di Pitodoro: «È stata torturata per ore, ha sofferto pene indicibili».

Strinse il pugnale fino a che le nocche non sbiancarono nel tentativo vano di contenere il tremore della mano. La gola si seccò e la bocca fu invasa dal sapore metallico della paura. Accelerò.

Venti piedi. Adesso poteva sentire le parole di Nero. Si stava lamentando, sprezzante, con la scorta per la feccia plebea che affollava la via.

Quindici piedi. Nero sorrise a qualcuno che conosceva e Flavia vide brillare i denti che avevano morso a sangue il seno di Galla. Era sbarbato di fresco, era elegante. Alzò una mano ingioiellata. Flavia entrò nella scia del suo profumo: sapeva di rose come quello nell'ampolla che aveva trovato tra le cose della sua amata Galla.

Il gruppo rimase bloccato nella calca. Nero divenne inquieto, spronava la scorta a farsi largo. – Usate i bastoni, se serve a farci muovere, per gli dèi!

Dieci piedi. Flavia inspirò a fondo, pensò al sorriso di sua madre. Pensò al calore della pelle di Tito, e si ricordò che di lí a poco sarebbe morta. Sperò di incontrare il fratello, riabbracciarlo e dirgli che gli voleva bene. Sperò di udire di nuovo la risata di Galla. Uno della scorta si allontanò da Nero per respingere un curioso. Vide uno spiraglio. «Dea, aiutami...»

Abbassò la stola scoprendo il capo. Il braccio divenne tutt'uno con il pugnale: lei era metallo forgiato dall'odio e dalla disperazione, lei era l'arma, e la sua furia stava per abbattersi su Nero. Lei era Morte.

Un liberto della scorta spinse inconsapevole un curioso, un grassone che puzzava di cipolla, nella direzione di Flavia. La piccola donna di ferro aveva chinato la testa, stava caricando, ma rimbalzò contro l'enorme schiena del grassone, che, procedendo all'indietro in precario equilibrio, le rovinò addosso.

Flavia imprecò. L'uomo si voltò, le sorrise scusandosi, lei lo aggirò. L'obiettivo si era allontanato di una ventina di passi. Flavia si mise quasi a correre. Le guardie del corpo di Nero le davano le spalle.

Sgomitò tra la folla per raggiungere il gruppo, fece cadere la cesta colma di cicoria di una donna.

Otto piedi. Dentro di sé esultò, non l'avevano notata. La determinazione a uccidere aveva sopito la paura di morire. Ormai non aveva percezione di ciò che la circondava, come se fosse intrappolata in un incubo. Trattenne il respiro, svelò il coltello, pronta a lanciarsi su Nero.

In quell'istante sospeso nel tempo, una manata proveniente dalla sua destra le fece perdere la presa sull'arma.

Non si accorse nemmeno di essere stata colpita. Tornò indietro come un automa, gli occhi a terra, cercando tra le gambe della gente.

Vide il pugnale nelle mani di un pellegrino africano che lo aveva raccolto e lo stava studiando perplesso, come se fosse caduto dal cielo. Fece per strapparglielo, ma venne trattenuta per la veste da qualcuno.

– Che cosa stai facendo? Vuoi morire? – Erennia le coprí la testa con la stola e la tirò fuori dal flusso della gente, la spinse contro un muro a lato della strada. Marcellina controllava la scorta. – Non si sono resi conto di niente. Idioti...

Flavia, ansimante, piangeva senza emettere un suono.

Si oppose tentando di divincolarsi dalla donna, che la inchiodava al muro tenendole le mani sulle spalle. Era forte, Erennia.

– Lasciami, cagna! – Flavia le sputò sui piedi.

Erennia la schiaffeggiò. – Che volevi fare, eh? Volevi farti ammazzare? Credevo fossi piú sveglia di cosí, Mammina.

La celtibera si guardò attorno. Un paio di curiosi parevano interessati a quella che sembrava una baruffa tra una matrona e una povera donna. La concubina di Nero trascinò Flavia in un vicolo.

– Ha ucciso Galla! L'ha massacrata! E tu sapevi, non potevi non sapere... – Flavia urlò, scalciando come una puledra, stretta tra le braccia di Erennia. La rabbia e la frustrazione le stavano prosciugando occhi e naso. – Come puoi vivere al fianco di un simile abominio?

Erennia la strinse a sé, fin quasi a soffocarla. Flavia cercò di liberarsi dal suo abbraccio, poi cedette. Si afflosciò. E pianse ancora, pianse, pianse...

– Non potevo fare niente. Non ero lí quando è successo, – Erennia mentí. Scambiò uno sguardo d'intesa con Marcellina.

– Perché? Perché tanto odio riversato sulla mia povera Galla? Che gli aveva fatto?

– Non gli aveva fatto niente, – sospirò Marcellina. – Nemmeno le altre gli avevano fatto niente…

– Le altre? – Flavia scivolò lungo il muro lercio del vicolo, quasi fosse incapace di rimanere in piedi da sola. C'era puzza di piscio di cane.

– È un mostro, Mammina, – disse Erennia sedendosi di fianco a lei, dimostrando di non curarsi della splendida veste che indossava. Le piantò gli occhi verdi in faccia. – Ma adesso tutto questo sta per finire. E io ti aiuterò ad avere la tua vendetta. Insieme uccideremo quel bastardo. Gli impediremo di fare ancora del male.

Reprimenda

Roma, anno 681 ab Urbe condita, sesto giorno prima delle none di quintile
(2 luglio, 72 a. C.)

Crasso, ai piedi del leccio piú alto del giardino, tracciava linee nella ghiaia con un ramo secco. Quadrati e cerchi tenevano impegnati occhi e mani, mentre tentava di sbollire l'irritazione per l'incontro avuto con Ortensio il giorno prima. Dormire poco era la norma per lui, ma quella notte non aveva fatto altro che pensare senza tregua, dal tramonto all'alba, a come potersi togliere dalle terga il collega pretore, che era entrato nei suoi affari su una biga, in trionfo, accompagnato dal suono delle buccine, senza che lui se ne accorgesse. L'idea di dover condividere la preda con Ortensio gli procurava uno stato di incontenibile irrequietezza.

– Pretore, abbiamo trovato Tito Annio, – la voce del capo della sua scorta lo scosse dai torvi pensieri in cui si stava dimenando senza una via di uscita.

– Bene, – disse.

Due uomini gli misero davanti il Molosso.

– Pretore… – Tito aveva un labbro e il naso gonfi. Uno zigomo era ammaccato. La benda che fasciava la mano era tinta di rosso scuro.

Crasso fece cenno ai suoi di lasciarli soli.

– Stavo giusto venendo da te, – disse Tito. Si toccò lo zigomo dolente.

– Sei proprio sicuro? – domandò Crasso. Strinse il ramo di leccio, lo fece scricchiolare flettendolo. Se lo appoggiò sulle ginocchia.

– Mi avevi chiesto di riferire a te, quando avessi avuto qualcosa da riferire.

– Me lo ricordo bene, – il pretore si alzò, prese a girare attorno al suo ex centurione, che teneva lo sguardo fisso davanti a sé. – Vedi, – gli disse, – ieri Quinto Ortensio Ortalo è venuto da me. Di lui non sopporto tante cose: il modo in cui si veste, il profumo dolciastro con cui appesta chiunque nel raggio di due cubiti, il modo di parlare mellifluo e pieno di allusioni, persino i suoi elaborati calzari mi dànno sui nervi… Ma se c'è una cosa che mi ha davvero reso furente, Molosso, è che sia stato lui a dirmi dov'eri e cosa stavi facendo! – spezzò il ramo. Lo gettò lontano.

– Ortensio?

– Ti conosco bene, centurione, – proseguí Crasso, – sei uno che fa di testa sua, prende iniziative ma porta risultati. Non fraintendermi: è una qualità che apprezzo nei miei uomini, ma per gli dèi… dieci giorni! Sono passati dieci maledetti giorni senza che avessi tue notizie!

– Io…

– Quel nauseante piscinaro del mio collega mi ha anche detto (e avresti dovuto vedere quanto ci ha goduto, quando ha capito che non sapevo) che mentre lasciavi me all'oscuro, come un'adolescente sedotta da un legionario di passaggio, ti sei incontrato regolarmente con Cicerone. Sono io il tuo comandante, è a me che devi la tua fedeltà.

– Pretore, mi hai chiesto di assistere Cicerone…

– Non ci provare: ti ho detto di stargli addosso *e* di assisterlo, certo, ma prima di tutto di stargli addosso. Ti ho ordinato di riferirmi i suoi movimenti. E invece…

Tito capí che sarebbe stato meglio che Crasso si fosse sfogato, sperando che la grandinata durasse poco e non lasciasse su di lui piú segni di quelli che già aveva.

– Esigo di sapere cosa state macchinando tu e l'arpinate. Cosa mi avete nascosto? – Crasso gli si piazzò davanti e lo fissò.

Tito resse lo sguardo del capo senza tentennamenti. – Niente.

– Per Giove, osi persino mentirmi?

– Avevamo deciso di attendere fino a quando non avessimo avuto un quadro chiaro della situazione. E adesso l'abbiamo, forse.

– Avevate deciso, forse... Sono io che decido! E, intanto che attendevate il momento buono per venirmi a parlare, Ortensio si è intrufolato nei miei affari, cogliendomi di sorpresa! – raccolse un altro ramo secco. – Chi stavi cercando in quell'*insula* nella Suburra dove ti sei scontrato con l'uomo del piscinaro?

– Era un uomo di Ortensio, quello che mi ha bucato la mano?

– Certo che era un uomo di Ortensio! I suoi segugi devono avervi ronzato attorno per giorni. E tu e Cicerone non ve ne siete accorti. Vuoi farmi credere che gli scagnozzi di Quinto Ortensio Ortalo sono piú abili del Molosso? Che il mio miglior cacciatore è davvero diventato un pastore della Cisalpina, bolso e lento di riflessi?

Tito si guardò la mano.

– Allora? – il pretore lo incalzò.

– Volevo stanare un tale... Un asiano che si spaccia per mercante, forse legato alla morte dei quattro senatori, o almeno a quella di Flacco.

Crasso non credette alle sue orecchie. – Da quanto tempo sapete di questo mercante?

– Da una settimana circa.

Il pretore imprecò pensando a Cicerone in piedi davanti alla sua scrivania mentre ometteva informazioni preziose.

Provò a mantenere la calma, inspirò. – E come siete arrivati a questo tizio?

– Non ci siamo arrivati, non sappiamo nemmeno come si chiami.

– Ortensio forse lo sa, però, visto che hai incrociato uno dei suoi cani da caccia sul tuo cammino.

Tito si strinse nelle spalle.

– E da dove salta fuori questo mercante? Almeno adesso che sei qui di fronte a me, potresti farmi la grazia di dirmelo. Per Diana, mi sembra di interrogare un prigioniero reticente!

– È quello che ha procurato il veleno a chi ha ucciso Flacco.

– Quello che... – Crasso si passò una mano sulla faccia esasperato. Tornò a sedersi sulla sua sedia da campo. Uno stormo di passeri si levò da un cespuglio di rose cinguettando nel primo sole del mattino. Il pretore si mise sotto braccio il ramo di leccio a mo' di bastone di comando. – Ora, Molosso, mi racconterai tutto ciò che tu e Cicerone mi avete tenuto nascosto.

– È una storia lunga.

– Ho la mattinata intera per te. Sentiti onorato.

Tito raccontò del veleno, di Plauzia, di come la ragazza avesse spinto il padre tra le braccia di Flacco e i suoi, di come fosse sparita, di Nero, del mercante e dello scontro con l'uomo di Ortensio.

Crasso lo ascoltò senza interromperlo, dapprima con la postura fiera che lo aveva sempre caratterizzato, ma quando Tito concluse il rapporto dicendo: «E questo è tutto», Crasso aveva i gomiti sulle ginocchia e si reggeva la testa.

Ci fu un lungo silenzio. Gli uomini della scorta li tenevano d'occhio dal peristilio. Lontano, in sottofondo,

Publio veniva bacchettato dal precettore per non aver saputo elencare a memoria i consoli degli ultimi venti anni.

– Appio Claudio Nero, chi l'avrebbe mai detto... L'eroe, il grande Nero che ha sopportato le torture dei mariani senza fiatare. L'uomo che ha resistito anni nelle mani di Sertorio e i suoi animali celtiberi ed è riuscito a fuggire, ancora non si sa bene come. Lui...

– Cicerone non è sicuro al di là di ogni ragionevole dubbio che c'entri qualcosa, – tenne a precisare Tito.

– Cicerone sa essere pusillanime, se la posta in gioco si fa importante.

– Dice che si dovrebbero avere prove piú solide, prima di puntare il dito contro Nero.

Crasso sbottò. – Stupidaggini! A un pretore servono le prove, per Giove, a Marco Licinio Crasso bastano i sospetti!

Tito non commentò.

– Quindi il nostro amico, domani, è invitato a casa di Nero.

– Per uno di quei, dicono, tanto famosi banchetti.

Crasso si batté le mani sulle cosce. – Ottimo! E che intenzioni ha? Pensa di fare qualche domanda a Nero o si limiterà a decantare il cibo?

– L'invito è nato per caso, ma lui ha deciso di sfruttare l'occasione. Mi sembra piuttosto determinato a scoprire qualcosa sulle riunioni che avvenivano in casa del senatore. Nella stanza blu.

– Dovrei condurlo io, quell'interrogatorio.

– Non credo che si tratterà di un interrogatorio come lo intendi tu, pretore. Penso che userà la dialettica. In fin dei conti è stato invitato a cena.

Crasso rise. – Perché con la dialettica si può risolvere tutto, – cantilenò.

– Cosí dice lui.

– Solo sentirti pronunciare la parola «dialettica» è spassoso. Cicerone, Cicerone... Ti ha ammaliato con la sua lingua d'argento, vero? Credi a tutte le stronzate che dice sull'essere un bravo romano, il *Mos maiorum* e come si possono evitare gli scontri mantenendo l'equilibrio?

– A me è parso convincente.

– È per questo che io sono pretore, Cicerone senatore e tu sei tu, – Crasso gli mise una mano sulla spalla. – Amico mio, se vuoi scalare la Repubblica, la continua ricerca dell'equilibrio ti rallenta i riflessi ed è un lusso che non ti puoi concedere. E comunque ricordati che Cicerone ha accettato di indagare sul testamento di Nero anche perché gli ho promesso il mio sostegno nella sua campagna per diventare edile.

Tito non commentò.

Crasso gettò lontano il ramo, appoggiò il mento sulle mani giunte. Rifletté: – Dovrò capire se Ortensio ha parlato con la ragazza dei Nevii.

– Non vedo come avrebbe potuto senza che noi lo venissimo a sapere.

– Bene, questo significa che almeno siamo a conoscenza di informazioni che lui potrebbe non avere.

– È possibile.

Il pretore parve rincuorato. – Nomi, Tito. Ne sono saltati fuori altri, a parte quello di Nero? È impossibile che lui, due vecchi e due parassiti abbiano messo in piedi da soli questa commedia.

– Cicerone pensa la stessa cosa, ma no: Nero è l'unico, oltre i quattro del testamento, che è saltato fuori.

– Mi servono i nomi di tutti quelli che hanno preso parte a questa farsa –. Crasso annuí, era d'accordo con sé stesso. – E me li dirà Nero. I messaggi dal fronte iberico, adesso: hai scovato qualcosa nella casa di Flacco che possa venirmi utile?

– Dei messaggi dall'Hispania non v'è traccia e, secondo Cicerone, neppure Plauzia sembrava esserne a conoscenza.

– La ragazza potrebbe aver mentito?

– Certo, visto che il veleno era nel suo cubicolo. Ma adesso è scomparsa e dubito che ne avremo piú notizia. Almeno da viva. A che ti servono i nomi degli altri coinvolti nel complotto?

– Secondo te?

– Vuoi mandarli a processo.

Crasso lo fissò sorridendo. – Voglio che paghino con la loro libertà.

– Non con la vita?

– Quel che ho in mente per loro non ti riguarda, – Crasso tagliò corto. Aveva un piano. – Allora, considerato che tu e Cicerone siete ormai grandi amici, torna da lui, mettilo al corrente del fatto che sono informato, che sono molto contrariato, e che è vitale che non si comporti da pusillanime: deve costringere Appio a parlare. Non dirgli niente di Ortensio, per ora. Domani sera lo aspetterai fuori dalla *domus* di Nero sull'Oppio. Quando sarà uscito gli andrai incontro e, se ti confermerà i sospetti su Nero, agirai. Con te ci saranno uno o due uomini della mia scorta. Tra poco incontrerò Ortensio, condivideremo informazioni. Troveremo un accordo e Ortensio vorrà partecipare alla cattura di Nero. A malincuore glielo permetterò, perché non potrò fare altrimenti. Quindi sappi che, oltre ai miei uomini, con ogni probabilità ti troverai a lavorare anche con quelli del piscinaro. Insieme entrerete nella villa di Nero e lo terrete d'occhio fino all'alba, poi lo porterete qui. Riferisci a Cicerone che interrogheremo Nero e che voglio che lui assista.

– Preferirei scegliere da me con chi agire.

– Scordatelo, – Crasso gli lanciò un sasso raccolto da terra. Tito non riuscí a prenderlo a causa della mano ferita. – Non sei neanche in grado di afferrare una pietra... Verranno i miei uomini. Quelli di Ortensio saranno una tassa che dovremo pagare.

– Ci sarà anche quello che mi ha bucato la mano?

– Possibile. E, dato che è riuscito a farti sanguinare, direi che dovresti esser ben contento di averlo al tuo fianco.

– Al posto dei tuoi uomini, però, vorrei portare con me Astragalo.

– Per gli dèi, Tito. Un veterano zoppo.

– È piú affidabile Astragalo nelle condizioni attuali di uno dei tuoi sani.

– Che hanno i miei che non va?

– Sono dei coglioni.

Crasso scosse il capo. – A parole gli attributi sono quelli di un tempo, centurione, e questo mi solleva. Ma almeno uno dei miei verrà con te, cosí ho deciso.

Tito si grattò la guancia. – Mi piacerebbe proprio sapere come Quinto Ortensio Ortalo si sia seduto al tavolo da gioco.

– Era in contatto con i Valerii per il testamento di Flacco; Tuberone è morto nella sua tenuta e lui deve avere intuito che non si trattava di un incidente di caccia. Da lí ha poi scoperto, ancora non so come, che anche gli altri sono stati uccisi. Forse su Flacco ha scommesso, ma sono sicuro che abbia le prove per Pisone e Orsino. Deve essere andata cosí, comunque tra poco lo scoprirò.

– Non puoi far cadere tutto sotto la tua giurisdizione tagliando fuori Ortensio?

– Mi stai dicendo che dovrei scrollarmi di dosso l'intrigante figlio di brava donna che controlla tutti i tribunali di

Roma? – Crasso era stizzito. – Lavoreremo insieme, non posso fare altrimenti... Ma a te non cambia nulla, Molosso: consegnami Nero alla seconda alba da oggi e di' a Cicerone di presentarsi. Appio Claudio deve essere portato qui vivo e con tanta voglia di parlare. E, centurione: non ammetterò alcuna mancanza, questa volta, – aggiunse minaccioso mentre lo congedava. – Fa' quello che ti ho detto.

Due donne, un senatore da uccidere

Roma, anno 681 ab Urbe condita, sesto giorno prima delle none di quintile
(2 luglio, 72 a. C.)

Castore e Polluce, come leoni alle porte di Babilonia, facevano la guardia all'appartamento di Mammina. Si passavano una brocca di vino. Dalla strada proveniva il confortante brusio prodotto dalla brava gente dell'Aventino.

– Che si staranno dicendo, lí dentro? – chiese Castore. Tirò su con il naso, sputò giú, dopo essersi affacciato. Mancò di poco una madre con una cesta del bucato e tre bambini vocianti attaccati alla veste che transitava lí sotto.

– E che ne so? – Polluce si stava pulendo le unghie con la punta del coltello.

– Non mi piace Erennia, non mi piace per niente quella puttana barbara –. Castore mandò un bacio a Marcellina che attendeva in disparte. La ragazza fece una smorfia disgustata. – Quando la nobile Erennia avrà finito, ditele che la aspetto in strada –. Con fare altezzoso, voltò le spalle ai due bestioni e scese al piano terra. Castore fece un piccolo inchino. – Se ti annoiassi, sai dove trovarmi.

– Neppure a me piace –. Polluce riprese il discorso del compare nel punto in cui si era interrotto. – Se fossi stato in Mammina, l'avrei ammazzata ancora prima di quel pervertito del suo padrone.

– Magari lei non c'entra niente con la morte della nostra piccola Galla, – per un attimo Castore si concesse il lusso di un dubbio, ma subito virò di nuovo verso il piú vasto mare della diffidenza sospinto al largo da un convinto scetticismo. – No, col cazzo che non sapeva.

– Già, – Polluce scosse il capo sconsolato.

– Per gli dèi, se solo lei dicesse una parola... Farei a pezzi Nero con le mie mani.

– Bravo coglione. È un Claudio: se anche solo lo sfiorassi, ti troveresti nell'Ade senza nemmeno rendertene conto, e finalmente scopriresti chi è tuo padre.

– Hai visto cosa ha fatto a Galla? – un velo di commozione offuscò i minuscoli occhi neri di Castore. Si passò un dito sotto il naso.

– Ah, non ricominciare! – Polluce gli diede un pugno sulla spalla. – Sono giorni che frigni!

– Che ci posso fare? Mi manca.

– Credi che a me non manchi? Sí, alla fine me ne fotterei anch'io: a Nero taglierei la pancia e gli legherei le budella a un cavallo imbizzarrito.

Castore era estasiato dalla bell'idea dell'amico. – Per gli dèi, finiremmo i nostri giorni nel Tulliano ad aspettare di essere giustiziati, ma ne sarebbe valsa la pena, – si leccò le labbra.

– Basta che non ci impicchino... Non vorrei che il mio spirito vagasse avendo il tuo culo davanti alla faccia per tutta l'eternità.

– Già, – Castore urtò la brocca di vino che aveva appoggiato a terra, il liquido rosso si infilò tra un'asse e l'altra del passatoio. – Brutto presagio.

Polluce fece una smorfia. – Chissà cosa si stanno dicendo lí dentro.

Flavia era in piedi, le braccia incrociate, Erennia era seduta sul paglericcio.

Flavia ascoltava, Erennia parlava. – Ecco perché devi fidarti, – diceva. – Credi che io non abbia provato disgusto per gli abomini commessi dal senatore? Non immagini quanto sia stato difficile impedirgli di sfogare quella furia insensata su serve e povere ragazze della Suburra, o magari sulle tue lupe, o sulle schiave di casa. Lui mi minaccia, mi tiene sotto il suo tallone. Sono una concubina celtibera, per gli dèi! Potrebbe trasformarmi in una schiava con lo schiocco delle dita. Potrebbe persino uccidermi, senza che nessuno a Roma chieda giustizia per me. Neanche immagini Nero in preda al delirio: è un cane del Tartaro capace di ogni nefandezza. Che gli dèi mi siano testimoni!

– Difficile per me crederti, Erennia. Al suo fianco sei sempre apparsa ossequiosa, familiare, persino affettuosa e pronta ad assecondare i suoi vizi piú indicibili. So cosa ho visto e so cosa hai fatto fare alle mie ragazze.

– Ero obbligata! Lui mi vuole cosí, e devo essere come lui vuole che io sia. Mi ha portata nell'Urbe per essere la sua sgualdrina, Flavia.

– Non chiamarmi Flavia, per te sono Mammina. Continui a dire che è un mostro, ma l'hai seguito fin qui. Anzi, si dice che tu l'abbia aiutato a fuggire da Sertorio!

– Mi aveva promesso la libertà, mi aveva promesso una vita come mai l'avevo avuta e non sapevo che in lui covassero i demoni che poi mi sono trovata di fronte una volta giunta a Roma. Non era cosí... prima. O, almeno, non lo sembrava –. Erennia si alzò, si avvicinò ai lari di Flavia. – È la tua famiglia, questa?

– Non toccarli!

– Sai, anch'io sono sola. La mia famiglia mi ha dato in ostaggio ai mariani stanziati a Osca e per anni non ho piú avuto loro notizie. Sono stata strappata ai miei cari, alla mia casa, al villaggio in cui sono cresciuta... Mi mancano, mi manca il mio Paese e non desidero altro che fuggire dalla gabbia in cui Nero mi tiene prigioniera e tornare nelle terre dei miei avi.

Flavia finse indifferenza, ma dovette ammettere a sé stessa che quella che aveva appena sentito in un certo senso era anche la sua storia.

– Ci capiamo, tu e io, e so che pure tu lo senti. Ci siamo capite dal primo istante in cui ci siamo guardate negli occhi, – continuò Erennia.

– Questo lo dici tu: io vedo una donna disperata che ha una paura fottuta di finire male se dovessi andare in giro a raccontare quello che tu e il tuo senatore fate alle libere ragazze indifese della Suburra, adescandole con profumi e manciate di sesterzi.

– E chi ti crederebbe? Chi darebbe credito a me se denunciassi Nero? Oggi stavi per farti ammazzare in mezzo alla strada pur di togliere la vita a Nero con le tue stesse mani, una follia. Tu non vuoi che siano altri a punirlo per quello che ti ha fatto. E sai bene che alla fine la farebbe franca. Lui è un Claudio, un eroe di guerra, le famiglie delle sue vittime sono composte da pezzenti, che a stento sanno scrivere il proprio nome, e di cui nessuno si farà portavoce in un tribunale. Sei disperata quanto me, Mammina.

Flavia non smentí né confermò. – Non immagini quanto stia lottando contro la tentazione di chiamare Castore e Polluce e farti uccidere qui, subito, – sorrise minacciosa. – Aspetteremmo la notte prima di gettarti via come la carcassa di un ratto. Ti ricordi che fine ha fatto la mia Galla, vero?

– Devi credermi quando ti dico che ha fatto tutto Nero, io non ero nemmeno a Roma, in quel momento. Al mio ritorno, gli uomini della scorta l'avevano già fatta sparire non so dove. Sono state Marcellina e Samellia a raccontarmi ciò che era successo, – Erennia le si fece sotto, cercò di prenderle le mani nelle sue.

Flavia si ritrasse, in preda a un manifesto disgusto. – Stai lontana da me!

La celtibera alzò le i palmi e fece qualche passo indietro. – Eppure non mi hai ancora fatto uccidere. Il perché è ovvio: sai che io sono ben consapevole che venendo qui, oggi, non potrò uscire viva da quella porta, a meno che prima non ti convinca della mia buona fede. Tu vuoi sentire ciò che ho da dire.

Erennia aveva ragione e Flavia lo sapeva: prima di lasciare che Castore e Polluce facessero misurare alla concubina di Nero l'errore che aveva commesso, voleva sapere di piú, sperando di essere sollevata dalle proprie colpe. – Come ha irretito Galla, il bastardo?

Erennia sospirò. Tentò di apparire contrita, come se il peso del mondo intero la stesse schiacciando. – Mammina perché vuoi farti del male?

– Dimmelo.

Erennia abbassò lo sguardo. – Già la prima volta che l'ha vista insieme a te, avevo capito che le aveva messo gli occhi addosso. Da quel momento sapevo che presto o tardi l'avrebbe avuta, in un modo o nell'altro. Ha agito come suo solito: un predatore nascosto nel folto della foresta che segue la preda senza far troppo rumore. Ha mandato Marcellina da Galla con doni e proposte allettanti. La ragazza adorava il profumo di rose che lui le aveva regalato, ma non credo ne abbia mai versata una goccia sulla pelle per paura che tu la scoprissi; le ha fatto avere una veste raffinata; ogni mese le inviava un pugno di sesterzi sapendo quanto sua madre avesse bisogno di aiuto e sostegno; le ha scritto poesie... Il fratello della ragazza era al corrente della situazione. La pressava perché giacesse con Nero. Vedeva nel desiderio del senatore un'opportunità per mettere in tasca un po' di monete. Eppure la ragazza resisteva, Mammina. Perché non voleva deluderti, non voleva darti un dispiacere e mancare alla parola che ti aveva dato. Come puoi ben immaginare, alla fine, le promesse e le lusinghe di Nero hanno avuto la meglio sulla volontà della povera ragazza. In fondo ci sono caduta anch'io quando mi ha convinto a liberarlo a rischio della vita… Ma adesso che sei qui con me potremo vendicare Galla insieme. E lo faremo domani sera!

Flavia si avviò alla porta. Erennia le tagliò la strada.
– Aspetta, aspetta! Cosa potrebbe mai nascondere la mia proposta? Una trappola? Pensi che ti attirerei in una trappola per cosa, poi? Ucciderti? Eliminare un pericolo per Nero? Andiamo… – la concubina del senatore sorrise sardonica.
– Perdonami, ma se quello che ho visto è il massimo che riesci a fare… Be', sappi che Nero ha nemici molto piú pericolosi di cui curarsi, e i celtiberi della scorta sono tutt'altro che degli sprovveduti. Prigionieri di guerra, guerrieri esperti che lui ha comprato al mercato degli schiavi e liberato. Sono fedeli e spietati. Non ce la faresti da sola e io sono qui per metterti nelle condizioni di avere la tua vendetta. Sono l'unica persona al mondo in grado di spegnere il fuoco che ti sta consumando da dentro. Domani sera, Flavia, uccideremo Nero ed entrambe porremo fine ai nostri incubi.

– Davvero? Ma se Nero è stato un *incubo* per te in questi anni, perché non sei scappata o non gli hai avvelenato il pranzo? Perché non gli hai piantato un coltello nel petto mentre dormiva?

– Io non voglio morire per uccidere quel bastardo, esattamente come non dovresti volerlo tu. Domani è il momento giusto: non ieri, non tra due giorni, domani.

– Guarda caso proprio domani…

Erennia strinse i pugni, trattenne il respiro, sembrò resistere per un attimo alla tentazione di dire qualcosa che non voleva dire, poi cedette. – Domani è il giorno giusto, perché la notte successiva potrò fuggire da Roma e tornare nella mia patria. In un certo posto, lungo la costa, prenderà terra una nave cilicia. Mi porteranno a Carthago Nova e da lí troverò un modo per raggiungere casa mia.

Flavia rise. – Per gli dèi, Erennia... Hai una fantasia brillante, questo lo devo ammettere. C'è una nave pronta proprio domani e tutta per te...

– E per te, se vorrai. Vieni con me! Verrai trattata come una principessa dalla mia gente.

– Quanta generosità...

– La nave attende soltanto la luna piena.

– E come avresti ottenuto questo «passaggio» verso l'Hispania?

– Nero è distratto in questo periodo. Ha qualche guaio che non riesce a gestire e di cui non so nulla, – disse. – Cosí sono riuscita a mandare una lettera alla mia famiglia dopo anni, grazie all'aiuto di un tizio, un mercante cilicio che traffica con Nero. Quando i miei hanno saputo che sono qui, viva, a Roma, hanno deciso di soccorrermi. È da mesi che il mio piano cova sotto la cenere e poi... Ecco che spunti tu, che Lugus sia lodato! Un'alleata che non mi lascerà da sola a compiere il destino di quell'animale rabbioso dal sorriso d'oro. Sei stata mandata dagli dèi, sia lode a loro! – Erennia alzò le mani al cielo. – E domani la luna sarà piena!

Flavia non le credette, anche se quanto diceva aveva un senso. In fondo su una cosa la celtibera aveva ragione: per lei, quella era l'unica possibilità di compiere la propria vendetta sopravvivendo. Se la donna non stava tentando di ingannarla, l'opportunità era irrinunciabile. Tuttavia...

– E quale sarebbe la mia parte nel piano? – chiese Flavia dandole corda.

Erennia si illuminò, scosse i brillanti riccioli neri e gli occhi le luccicarono colmi di lacrime, sembrava felice. – Lo sapevo che avresti capito! Non avrebbe potuto andare diversamente! – la prese per un polso e la invitò a sedersi sul letto con lei. Flavia si accomodò a mezzo braccio di distanza. La pelle della concubina sapeva del profumo di rosa che Flavia aveva sentito addosso a Nero e che lui aveva regalato a Galla. Le dava il voltastomaco, come se fosse l'odore di un cadavere in decomposizione: un prezioso promemoria da tenere a mente, prima di ascoltare il piano escogitato da Erennia.

Dal tordo al pavone

Roma, anno 681 ab Urbe condita, quinto giorno prima delle none di quintile
(3 luglio, 72 a. C.)

Iunio Iuventio Pedo era un senatore troppo incline ai piaceri della carne e un amante del buon vino. Sua moglie, invece, era una nobildonna dai modi aristocratici che avrebbe voluto essere ovunque tranne che al banchetto di Nero. Non approvava una cena tanto costosa in prossimità dei Ludi apollinari in aperto contrasto con i buoni costumi e la legge.

Ma, in fondo, la moglie di Pedo, dopo la morte del povero Orsino, era rimasta forse l'unica assieme ai censori a curarsi di usanze e leggi che la maggior parte dei romani ormai aggirava senza un briciolo di pudore. Pedo l'aveva portata con sé per puro sadismo: amava mettere quella moralista a disagio, cosí come godeva nel sapere che lei era totalmente consapevole del suo sconfinato amore per lupe, giovincelli e spettacoli gladiatori.

Adesso Pedo stava succhiando la piccola coscia di un beccafico bello grasso mentre lei sbocconcellava svogliata il petto di un tordo, cercando di tenere lo sguardo lontano dalla concubina del padrone di casa. Trovava ributtante che una barbara, dalla veste colorata di un volgare e appariscente ocra, gli occhi troppo truccati, i ricci neri lasciati liberi di caderle indomabili sulle spalle, potesse partecipare alle loro conversazioni e bere impunemente birra.

Il fatto poi che Erennia sedesse di fianco a Nero la disgustava al punto di provocarle una leggera nausea nervosa.

Sospirava di sollievo quando posava gli occhi sulla nobile Terenzia, splendida nella sua veste verde tanto pregiata quanto sobria. Certo, con quel diadema di zaffiri aveva forse osato troppo, ma non si era spinta lontano dai confini della decenza. Del resto non ci si poteva aspettare altro da una donna di cosí buon lignaggio, sposata a un uomo integerrimo come Marco Tullio Cicerone. Ah, se suo marito avesse avuto anche soltanto una libbra dell'integrità morale del collega!

Ma Erennia, per gli dèi... La moglie di Pedo era certa che dovesse assomigliare a una delle prostitute con cui il marito era solito intrattenersi.

Pedo gettò sotto il tavolo posto al centro del triclinio la zampetta del beccafico, ripulita a dovere. – Nero, Nero... Non mi hai ancora stupito. Le uova di quaglia in salamoia? Buone. La murena alla brace bagnata con *garum* e salsa di cardi, adagiata su un letto d'alghe fresche? Buona, non c'è che dire... L'uccellaggione ottima come sempre, ma dov'è lo stupore? Stupiscimi, Nero.

– Lo stupore è il mio nel vedere come la tua mandibola non si prenda una pausa da due ore, – Nero si fece riempire una coppa d'argento dal coppiere.

– Quisquiglie, – disse Pedo accarezzandosi il ventre tondo del gaudente che era.

– Non temere, Pedo, hai mai lasciato questa casa senza un po' di meraviglia nel cuore?

– Il senatore è molto esigente, caro, lo sai, – commentò Erennia mentre, composta, stava disarticolando le ali di un beccafico.

– Lo so, lo conosco bene, – il padrone di casa sorrise all'indirizzo dell'ospite.

Pedo alzò la coppa e bevve una lunga sorsata di vino annacquato.

Due schiavetti imberbi ronzavano attorno al tavolo, sostituendo i piatti delle portate.

– E questo è ciò che hai da dire in merito al cibo, Pedo, ma qual è il tuo parere a proposito della diatriba in corso tra me e l'illustre principe del foro al posto d'onore? – Nero sollevò la coppa in direzione di Cicerone, che ricambiò.

– Non saprei... – Pedo si passò una piccola pinna d'argento tra i denti liberando i molari dai cocciuti resti del beccafico. – Confesso che non stavo seguendo.

Cicerone stava cercando di pulirsi le mani impiastricciate dalla salsa di mirtilli che accompagnava i tordi. Immerse le dita nel catino in bronzo posto sul lato corto del divano alla sua destra. Nell'acqua galleggiavano petali di rosa. Terenzia gli passò una mappa, Cicerone sorrise alla moglie, si asciugò, e aggiornò Pedo. – Si discuteva dell'opportunità di affidare a Crasso il comando dell'esercito, che lui stesso dovrà armare con i soldi dell'erario. È giusto, secondo te, nobile Pedo, il piú anziano tra noi qui, stasera, che il pretore guidi il prossimo assalto a Spartaco? A mio avviso, no. Nero, invece, non trova nulla di sconveniente nel dare a Crasso l'opportunità di una vittoria, che quasi certamente gli regalerebbe il consolato entro un paio d'anni.

Pedo si sporse verso i vassoi e frugò nel contorno dei tordi, ne estrasse una manciata di datteri. – Voi date per scontato che Varo, su in Cisalpina, venga sbaragliato.

Nero scoppiò a ridere. – Se a te piace sognare, nessuno ti negherà il diritto di immaginare il proconsole al comando di un'accozzaglia di reclute e anziani che marcia in trionfo lungo la via Sacra. Ma tutti, qui, sappiamo che verrà annientato, calpestato dai selvaggi dello stupefacente Spartaco...

Pedo inarcò le sopracciglia. – Allora io dico: perché no, in quel caso? Marco Licinio riceverebbe un *imperium* piú che giustificato, data la sua carica. In fondo, mi chiedo:

quanto peggio potrebbe fare in veste di console rispetto ai due attuali? – Sorrise arricciando l'imponente naso. – A meno che... A meno che non torni in patria il campione, l'uomo che ha il comando nel destino: Pompeo. Ecco, se Gneo Pompeo Magno regolasse Perperna e i suoi in tempi ragionevoli, allora... Tutto sommato, il senato preferirebbe lui a Crasso.

– Che ti avevo detto? – Nero rise.

– Pompeo, Pompeo... Non ha mai ottenuto una magistratura in vita sua. Il suo *cursus honorum* non è nemmeno cominciato e gli si offrono comandi come se nulla fosse, – Cicerone sbuffò.

– Mio marito non ama il grande Pompeo, – commentò Terenzia. – Una bestia rara, mio marito.

– Non sono l'unico, non ti ingannare. Anche se devo ammettere, tutto sommato, di trovarlo meno pericoloso di Crasso, – precisò Cicerone.

– Il buon Marco Tullio diffida di chi gode troppo nel riempirsi le orecchie con il proprio nome. È piú aristocratico di un Claudio... – chiosò Nero con un sorrisetto furbo.

– Ma d'altronde chi, se non loro? – domandò Pedo provocatorio. – Vuoi proporti tu, Cicerone?

– Vorrei semplicemente che ci fosse ancora qualcuno che amasse Roma piú di sé stesso! – sbottò lui in risposta alla provocazione.

– Ben detto, – commentò la moglie di Pedo.

– Che ne sai, tu, di *res publica*? Finisci di mangiare il tuo tordo, cara, – Pedo le accarezzò il braccio. Lei lo scostò, infastidita.

Terenzia notò che Erennia aveva piantato gli occhi su suo marito. Sembrava scrutarne le reazioni. E si rese conto, in quell'istante, che spesso la concubina di Nero, quella sera, aveva fissato Cicerone, anche quando lui non stava partecipando al dibattito. L'istinto le diceva che dietro lo sguardo indagatore la donna nascondeva qualcosa. Erennia si accorse di Terenzia: sorrise chinando leggermente il capo e si appoggiò al suo amante.

Terenzia colse l'occasione per togliersi alcune delle curiosità che nutriva da tempo sulla misteriosa celtibera giunta a Roma al seguito di Nero come fosse un bottino di guerra. Aveva tanto sentito ciarlare le matrone e i nobili pettegoli colleghi del marito in merito alle sue origini e al perché Nero la tenesse accanto, mostrandola a tutti senza ritegno, come fosse una moglie. – Erennia, perdona la sfacciataggine, ma si mormora che tu sia la figlia di un re.

Erennia eruppe in una risata cristallina. Terenzia rimase interdetta congelando il sorriso che aveva accompagnato la domanda. – Ho detto qualcosa di ridicolo?

Erennia si scusò. – È che ne sono circolate, di storie sul mio conto... Alcune spassose. Tra queste sentir definire «re» mio padre è una delle piú cortesi, posso garantirlo, ma pur sempre ridicola. Avete una certa tendenza a semplificare e a ignorare le sfumature, voi romani –. Bevve un sorso di birra dalla sua coppa d'argento. – Sono soltanto la figlia del capo del villaggio in cui sono cresciuta, – continuò Erennia. – Un centinaio di persone, tra uomini, donne e bambini, che si affidavano a mio padre per le decisioni importanti, dirimere le controversie e intercedere presso gli dèi. Appartengo al popolo che voi chiamate celtiberi. Siamo gente fiera, pronta tanto alla battaglia, quanto alla pace. E questo è ciò che ho da dire in merito alle mie origini. Non pronuncerò qui il nome di mio padre né della mia famiglia.

– Bellicosi e riottosi, – commentò Pedo. – Si dice che anche voi donne combattiate al fianco degli uomini.

– È cosí, alcune di noi si tingono il viso prima di scendere in battaglia e impugnano il metallo esattamente come fanno i loro fratelli e i loro padri.

– Contro i romani.

– Contro qualunque nemico non rispetti la nostra terra e gli dèi che l'hanno benedetta.

Terenzia insistette: – Perché non vuoi dirci come si chiama tuo padre?

– Battaglia persa, nobile Terenzia: neanch'io ne conosco il nome, – intervenne Nero.

– Perché mio padre e i miei fratelli sono morti per mano di romani con il vostro stesso sangue, e non voglio nominarli adesso, mentre godo della vostra nobile compagnia, della vostra benevolenza e del vostro cibo. Non qui, non ora, né mai a Roma –. Il viso sorridente di Erennia creava un contrasto evidente con il tono e il senso delle sue parole.

– Ma poi, – intervenne Nero, – ha incontrato me e ha capito che Roma non è solo morte e distruzione per chi si oppone ai suoi disegni. Anzi ha ben compreso che può essere casa per chi ne coglie la grandezza.

Pedo annuí convinto, la moglie gettò il tordo tra gli scarti ai piedi del divano, cibo per i topi che già stavano saltellando tra i resti della cena. Terenzia si incupí. – Domando scusa, Erennia, non volevo riportare alla memoria tristi ricordi.

– Capiamo il tuo dolore, – intervenne Cicerone. – A tutti, prima o poi, capita di stare dalla parte degli sconfitti.

– A noi raramente, – commentò Pedo con la consueta arroganza.

Cicerone stava per rispondere alla battuta di pessimo gusto del collega e Terenzia stava per chiedere a Erennia come avesse conosciuto Nero, ma quest'ultimo, con un sospetto tempismo, si illuminò. Applaudí. – Finalmente!

Due fanciulli, in tuniche sfarzose con greche dorate, trasportarono su piatti d'argento la portata principale, due grandi uccelli arrosto: avevano teste coronate e occhi sbarrati. L'elegante collo, arcuato ad arte dal cuoco, era ancora adornato dal piumaggio di un meraviglioso blu iridescente, che li rendeva quasi abbaglianti nella loro bellezza. All'estremità opposta pendevano code con brillanti ocelli multicolori, talmente lunghe da occupare buona parte dello spazio tra i divani.

– Che meraviglia! – Terenzia rimase a bocca aperta. Le origini di Erennia non sembravano piú interessanti.

– Seconda soltanto alla tua persona, stasera –. Nero introdusse il piatto: – Non so ripetere il nome con il quale li chiamano nelle lontane terre d'Oriente da cui provengono, ma questi strabilianti pennuti mi hanno conquistato subito. I greci li chiamano «Volti di Era», nella nostra lingua sono «pavoni». E adesso, amici, vi chiedo di fare uno sforzo di immaginazione: la meravigliosa coda dei maschi si può aprire come una ruota e diventa un cielo di stelle cui le femmine di questa bestia non sanno resistere. I due che allieteranno i vostri palati stasera li ho avuti da un trafficante di animali esotici che ne ha donata una dozzina al tempio di Apollo in occasione dei Ludi apollinari. Inutile che vi dica che li ho pagati una fortuna: tale è stata la spesa, che Apollo non ne avrà a male.

Persino la moglie di Pedo era rimasta sbalordita alla vista dei due animali e per un po' sul suo viso si stampò un sorriso bambino.

Cicerone li trovò di un'eleganza divina sebbene fossero ridotti a pietanze.

– Prima di addentare le loro carni, vorrei condividere con voi un aspetto della vita di questo animale –. Nero sapeva davvero presentare i suoi piatti. – Chi me li ha venduti mi ha raccontato una storia commovente che ci dice molto sulla natura dell'amore. Dovete sapere che i maschi di questa creatura, quando svolgono la loro meravigliosa coda, non attirano solo le loro femmine... No, amici, una simile esibizione li rende tanto visibili e impacciati da diventare facili prede per i leopardi e le tigri che vivono in quelle terre. Allora ho pensato: a cosa ci si espone per amore! Quanti uomini sono finiti invischiati nella rete di quel sentimento cosí potente, per poi rovinarsi nei tormenti del cuore?

– E quante donne, – aggiunse Terenzia. – Affascinante e struggente –. La matrona tese una mano a sfiorare una delle lunghe penne ocellate del pavone piú vicino a lei.

– Bellissime, vero?

– Incantevoli.

– Farò dono alle nobili mogli dei miei amici convenute qui stasera di tre penne ciascuna, affinché possano ornare o abbellire le loro persone o le loro dimore. Non immagino tributo migliore a questo eroe pennuto, pronto a dar la vita pur di giacere con la propria amata.

La moglie di Pedo si scosse dall'incanto. – Grazie, Appio Claudio, ma non saprei che farne di simili futilità.

Nero alzò un sopracciglio. – Accettalo come dono in onore di Apollo, cui ci apprestiamo a rendere omaggio nei prossimi giorni.

La donna finse di sorridere. Tacque.

– Moglie, sei portatrice di tedio e imbarazzo, in egual misura, – Pedo non perse l'occasione per pungere la consorte. Poi allungò le dita come artigli e strappò un lembo di carne di pavone. – Storia commovente, Nero. Ma non credere di ammorbidire il mio giudizio sulla pietanza.

– Provate voi stessi. Il cuoco li ha arrostiti, nel petto ha nascosto un ripieno di uvetta, pane e una squisita salsa piccante dagli ingredienti segreti –. Nero invitò i suoi ospiti a servirsi. Ebbe un cenno d'intesa con Samellia, che batté le mani introducendo tre suonatori. Tibia, tamburello e cetra accompagnarono i primi cauti bocconi degli ospiti.

Cicerone afferrò in punta di dita un pezzo di petto, lo intinse in una salsa dal forte sapore di menta e finocchio. Terenzia fece lo stesso. Entrambi emisero un lungo e stupito mugolio di piacere.

– Alla fine anche Cicerone ci regala un sorriso, stasera, – commentò Nero. – Non so in quali pensieri fossi perso, caro senatore, ma ti ho dovuto stupire con un animale proveniente dall'India per distrarti.

Cicerone si serví una coscia. – Sono tempi difficili, – commentò laconico. – Devo concedertelo, però: ciò che sta solleticando il mio palato è riuscito nell'impresa di farmi dimenticare per un attimo le traversie del momento.

Terenzia alzò gli occhi al cielo. – Ecco che ci siamo... Ultimamente, il mio caro marito fatica a divertirsi. Dovrebbe imparare a lasciarsi alle spalle, almeno durante un banchetto, le preoccupazioni che lo tormentano. Non siamo forse qui per questo?

– Ah, e quali sarebbero queste preoccupazioni? – Nero si fece attento.

Pedo imprecò, la salsa aveva aggiunto una macchia alla sua ormai multicolore veste cenatoria. – Già, Cicerone, perché non ci racconti dei tuoi guai? In genere ami chiacchierare. Quando mai l'aria ha sentito tanto la mancanza della tua voce come stasera?

– La tua innata simpatia, Pedo... – Cicerone intinse un tozzo di focaccia nella salsa del pavone. Pedo alzò il calice nella sua direzione.

– Sul serio, – disse Nero, – non vuoi parlarci dei tuoi guai?

– Non si tratta di niente che meriti la vostra attenzione o che possa stupirvi.

– Dall'espressione che hai avuto stampata in faccia da quando hai varcato la soglia di casa mia, penso che potresti persino meravigliarci! – Nero rise. Pedo rise. Tutti risero tranne, prevedibilmente, la moglie di Pedo ed Erennia, che aveva aguzzato le orecchie. Terenzia lo notò e il sorriso le si spense sulle labbra come un'estate finita anzitempo.

– Nessun guaio, cari. Semmai sono preoccupato, – Cicerone decise di scandagliare i fondali su cui a breve avrebbe navigato. – La scomparsa di Plauzia Nevia Capella Minore mi preoccupa… – Lasciò che il nome della ragazza restasse lí, a galleggiare nello spazio compreso tra i divani.

Terenzia cercò di deviare il discorso verso lidi ameni: – Nero, ci presenterai mai il tuo cuoco?

Ma l'esca lanciata da Cicerone aveva trovato pesci voraci ad attenderla.

Pedo parve preso alla sprovvista. – La bella Plauzia è scomparsa?

– Non lo sai? Tutta la città ne parla, anche se sottovoce. Da giorni non si hanno piú sue notizie, – disse Cicerone.

– Per gli dèi, e come mai è successo e perché non ne sapevo nulla?

– Non sai mai niente che non riguardi i tuoi sordidi affari, – bofonchiò sua moglie.

– Perché Capella non ha sbandierato il fatto ai quattro venti, – precisò Nero. – La città, tuttavia, formicola di liberti e amici della famiglia che fanno domande sulla ragazza.

Terenzia sentí crescere in sé un misterioso disagio: aveva la sensazione che affrontare il tema fosse in qualche modo rischioso.

– Pare sia uscita con una schiava per comprare profumi, ma che a un certo punto se ne siano perse le tracce, – Cicerone stava tirando la lenza con cautela, ma determinazione. Pedo si passò una mano tra i capelli. – Un altro fatto tetro che si aggiunge alla morte prematura di quattro stimati romani. Giorni tristi per le grandi famiglie della città.

– E come mai tanta empatia con i Nevii, Cicerone? Avevo sentito che hai rinunciato a difendere gli interessi di Capella nella questione del testamento di Flacco, – Nero fece cenno a Samellia di congedare i musici, la cui arte era diventata solo un fastidioso rumore che interferiva con la conversazione.

Il padrone di casa aveva abboccato.

Adesso Cicerone si stava veramente gustando il pavone. – È una prelibatezza di cui dubito potrò fare a meno in futuro, – si succhiò un dito.

Nero non mollò la presa. – Sono in molti a essere in ansia per la scomparsa della Nevia. Cara ragazza, Plauzia, bellissima e di modi squisiti, ottimo ceppo.

– La conosci bene? – Cicerone chiese a uno schiavo di staccargli l'altra coscia del pavone. La condivise con la moglie. Terenzia notò che Erennia aveva smesso di sorridere, di parlare e la stessa espressione della celtibera tradiva non solo un acuto interesse per la conversazione ma anche, forse, un certo disagio. I suoi occhi puntavano dove puntavano le orecchie, e si muovevano incessantemente da Nero a Cicerone. La matrona prese a fare lo stesso.

Nero minimizzò. – Il buon Messalla me ne ha parlato cosí tanto e cosí spesso in termini entusiastici... Lui la conosce bene, – commentò malizioso.

Pedo ridacchiò complice. – Ah, Messalla, Messalla... Irresistibile, il giovane Messalla. Fin da ragazzino. Te lo ricordi, Cicerone? Una testa calda. Non so quante volte ha rischiato di finire nelle liste di proscrizione... Se non fosse stato per suo zio e per quello sfolgorante cognome che si ritrova...

– Ah, allora di questo parlate in senato quando vi incrociate? Di donne? –Terenzia finse disinteresse.

– Oh, no. Sono chiacchiere da banchetto. Messalla ama la cucina di casa mia quasi quanto le belle donne, – precisò Nero.

Per poco all'arpinate non andò di traverso il boccone: sí, doveva proprio fare due chiacchiere con il suo amico, e alla svelta. – Pensavo che Flacco ti avesse presentato la ragazza. O Capella...

Nero tentennò un istante, un battito di ciglia che non sfuggí a Cicerone. – Non avevo grandi rapporti con Flacco... Un vecchio fanfarone, avrebbe mai approvato il mio stile di vita? Già faticano quelli che portano il mio cognome, figurati un Poplicola dei Valerii! E Capella... Be', lo conosci meglio di me: non è un conversatore. Argento, argento, argento e posti per i suoi familiari in senato: ecco di cosa gli interessa parlare!

– Il fenicio! – Pedo rise.

– Posso capire, – Cicerone stette al gioco. Nero ed Erennia adesso lo fissavano. Si fece versare un po' di vino, addentò la coscia del pavone: si tenne impegnato per nascondere eventuali reazioni che avrebbero potuto smascherare il vero scopo della sua presenza lí, alla cena.

Terenzia cominciò a sentirsi a disagio.

– Che idea, – Nero tentò di rafforzare la sua bugia, – te lo immagini, Pedo? Che serata sarebbe stata con Flacco e Capella!

Pedo alzò gli occhi al cielo.

– A parte gli scherzi, – domandò poi Nero, – che fine ha fatto Plauzia, secondo voi?

– Io cercherei a casa di Messalla! – Pedo ghignò.

Cicerone aveva capito di dover lasciare correre la lenza. – Chi lo sa? Una ragazza che si allontana volontariamente da casa facendo perdere le proprie tracce... Chi mai può sapere cosa passa per la testa di una fanciulla?

– C'entrerà di certo un amore segreto. Come dicevamo poc'anzi? L'amore fa fare cose stupide, – sentenziò Pedo.

Tutti annuirono ma, con grande disappunto di Cicerone, nessuno mise piú legna sul fuoco della conversazione a proposito di Plauzia.

– Che c'è? Che ho detto di male? – chiese Pedo, accorgendosi tutto d'un tratto che nel triclinio era scesa una cappa di plumbeo silenzio.

Terenzia, che non sapeva a che gioco stesse giocando suo marito, aveva trovato le allusioni a Flacco tendenziose e tirare in ballo Plauzia deliberatamente, conoscendo in parte l'esito delle indagini di Cicerone, le era sembrata una provocazione. Sí, si sentiva a disagio. Provò di nuovo a sviare la conversazione: – Te ne accorgerai tu stesso, marito mio, di quali imprevedibili cambi d'umore sono capaci le giovani. Tullia prima o poi avrà dodici anni, e allora capirai quanto il cielo possa virare a tempesta in un battibaleno. Prego gli dèi che la figlia di Capella possa tornare sana e salva a casa.

– Che piatto memorabile, Nero. Il migliore! – Pedo riportò l'attenzione sui pavoni di cui ormai rimaneva ben poco.

– Tutto per l'ospite d'eccezione di stasera, senza offesa Pedo, – Nero non sorrideva, non era piú cordiale, alzò la coppa verso Cicerone. L'arpinate fece altrettanto mentre le parole di Tito gli martellavano in testa: «Ci incontreremo fuori, a banchetto finito e se mi confermerai il coinvolgimento di Nero, noi agiremo». L'ex centurione era tornato da lui poche ore prima della cena recando il dictat di Crasso. Cicerone accolse gli ordini del pretore come qualcosa di inevitabile. «Sapevamo che prima o poi sarebbe successo». Cosí gli aveva detto Tito, come se stesse parlando dell'ineluttabilità della morte. Sentí un nodo alla gola.

Nessuno, a parte Pedo e sua moglie, aveva piú dubbi sul fatto che su quella calda serata di luglio si stavano addensando nubi che presto avrebbero lasciato posto a un violento temporale estivo. Erennia ebbe la sensazione che il suo piano avrebbe potuto complicarsi e sperò che Flavia avesse mantenuto la parola.

Luna piena

Roma, anno 681 ab Urbe condita, quinto giorno prima delle none di quintile
(3 luglio, 72 a. C.)

– Come va la gamba? E la mano? – La voce di Bibulus giungeva dall'angolo scuro in cui si era sistemato in attesa del ritorno di Lafreno dalla perlustrazione.

– Fa male, ma funziona, – rispose Astragalo.

– Me l'ha bucata per bene, tuo figlio, – disse Tito, che ancora non riusciva a stringere le dita. Stava provando con scarso successo ad afferrare il pugnale. Decise che avrebbe usato la mano sinistra.

– Mi spiace, – Bibulus non aveva tono, parlava come se fosse un oracolo. Qualsiasi parola uscisse dalla sua bocca non era nemmeno sfiorata dall'emotività. Quindi anche quel «mi spiace» apparve come un'affermazione allo stesso tempo sincera e priva di empatia.

– Per gli dèi, amico, tuo figlio ha un dono, – commentò Astragalo. – Ma ancora non so se l'ho perdonato.

– Non poteva sapere che intenzioni avevate. Ed è addestrato a tornare dopo aver fatto quello che gli ho chiesto di fare, a qualunque costo –. Bibulus parlava di suo figlio come di un cane da caccia.

– Sapeva che eravamo uomini del pretore, però! – protestò Astragalo piegando la gamba ferita per verificarne le condizioni.

– Voi non siete uomini del pretore. Stasera vi manda qui Marco Licinio Crasso, è vero, ma qualche giorno fa non avevate alcun incarico ufficiale. Inoltre non sapevate chi era Lafreno quando ve lo siete trovato di fronte e non c'era tempo per le spiegazioni –. La discussione poteva dirsi finita, Bibulus, tuttavia, tenne a precisare: – Comunque non vi ha ferito gravemente. Sa limitarsi. Avrebbe potuto uccidervi.

– Avrebbe dovuto provarci... – disse Tito.

– Lui non prova, fa quello che deve.

– E agisce, in effetti, in maniera mirabile –. Nella voce di Astragalo, Tito percepí qualcosa che non gli piacque: ammirazione. Al centurione non andava giú di essere stato fregato da un ragazzino. Soprattutto non gli andava giú di aver incontrato qualcuno piú bravo di lui nel combattimento, piú di quanto non fosse mai stato.

– Si muove come una donnola, è calmo come un morto e colpisce come un serpente. L'hai addestrato tu? – Astragalo era ammirato.

– Sí, – rispose Bibulus.

– Per gli dèi, anche tu sai combattere come lui?

– No, ma so come istruirlo.

Al gruppo erano stati aggiunti altri due uomini: uno scelto da Bibulus e uno da Crasso. Erano due scagnozzi abituati a dire sí, qualunque cosa gli venisse chiesto di fare. L'uomo di Bibulus, che se ne stava nascosto in mezzo ai cespugli non lontano dalla casa di Nero, bisbigliò: – Sta tornando il ragazzo.

– Da dove? – domandò l'uomo di Crasso.

– Da qui.

Lafreno apparve come un fantasma alle spalle del gruppo.

– Per gli dèi, come riesce a muoversi in silenzio in quel modo? – Una piccola fitta dalla gamba fasciata non impedí ad Astragalo di farsi una risata.

– Se vuoi, noi ce ne andiamo e vi lasciamo soli, – bofonchiò Tito.

– Sei solo troppo incazzato per ammettere che questo Lafreno è un fenomeno come mai ne abbiamo incontrati in vent'anni di battaglie. Alla sua età ancora tremavi in prima linea –. Il veterano diede un pugno sulla spalla del suo ex centurione.

– Stronzate, – Tito sbuffò.

La notte era tersa. Il profumo delle resine riscaldate dal sole durante il giorno riempiva l'aria mossa da una leggera brezza. Il cielo stellato era nascosto dietro la cortina luminosa prodotta da una meravigliosa luna piena. Le zanzare ronzavano, i pipistrelli andavano a caccia di zanzare, i barbagianni di pipistrelli, e sei uomini erano pronti a fare irruzione nella casa di uno stimato senatore.

Lafreno accostò il padre e riferí: – La guardia è composta da quattro uomini robusti. Non sono romani. Tre sono sempre davanti all'ingresso della *domus*. Ci sono quattro lettighe con quattro portantini l'una. Immagino siano per gli ospiti.

– Una folla, – considerò Astragalo.

– Il quarto è sul retro? – chiese Bibulus.

– Non fisso.

– Lascia il retro della casa sguarnito?

– Uno a turno dei celtiberi del senatore fa il giro attorno alla casa. Dopo aver perlustrato il perimetro, torna dai compagni e ne parte un altro. Di continuo.

– Dentro?

– Ragazzo, ti sei davvero intrufolato nella casa? E nessuno ti ha visto o sentito? – Astragalo diede di gomito a Tito. L'ex centurione emise un mugugno.

– Dentro non ci sono uomini della guardia, per ora. Può essere che qualcuno venga chiamato una volta che gli ospiti se ne saranno andati. Nel triclinio ci sono sei persone, tre uomini e tre donne. Nel resto della villa ci sono due schiave della casa e tre schiavi portati per la serata dal cuoco, che è in cucina. C'erano anche tre musici, che però stavano lasciando la casa poco fa.

– Bene. Cosa proponi?

– Aspettiamo che gli ospiti vadano via e poi agiamo. Di fronte all'ingresso c'è qualche cespuglio, una buona copertura. Quando tutte e quattro le guardie del corpo saranno davanti alla porta principale, prima che quella di turno faccia il giro della casa, o che qualcuno di loro entri nella villa, posso avvicinarmi abbastanza per prenderne di sorpresa almeno un paio. Bevono e chiacchierano, sembrano piuttosto tranquilli. Se un altro venisse con me, potremmo liquidarli in poco tempo. Deve essere fatto in silenzio?

– No.

– Be', – intervenne Tito, – che ne direste di ascoltare anche il mio parere, visto che rappresento gli interessi di Crasso?

– Certo, prego, – rispose Bibulus.

Nel buio Astragalo sentí Tito grattarsi le guance ispide. – Mmh... – Tito rimuginò. – D'accordo, potrebbe funzionare; ma andrò io con lui.

– La mano, centurione, – disse Bibulus.

Tito sputò a terra. – Basterà la sinistra.

– No. Andrà il mio uomo con Lafreno: sanno già muoversi assieme.

– E noi? – chiese Astragalo.

– Tu andrai con il vostro uomo, – disse Bibulus. – Siate pronti a intervenire quando comincerà il combattimento. Prenderete la scorta di Nero alle spalle.

Astragalo e l'uomo di Crasso annuirono.

– Vado io con Lafreno, – insistette Tito.

– No, – disse Bibulus. – Tu fermerai Cicerone. Il senatore si aspetta di vedere la tua faccia. Sei qui per questo:

per sapere se Nero c'entra qualcosa. A quel punto decideremo se agire o no. Sei d'accordo?

Tito imprecò, ma dovette ammettere che il piano di Bibulus era sensato. – D'accordo –. E lo disse come se le parole pesassero piú del piombo.

– Bene, allora. Faremo cosí, – Bibulus chiuse la conversazione.

Astragalo mise una mano sulla spalla del compagno. – Sai che ha ragione.

– Sí, lo so. Stai attento, tu, perché io sarò lontano e non potrò coprirti il culo, – Tito si scrollò di dosso la mano di Astragalo. – L'uomo di Crasso che è con te è un coglione, sappilo. Fai finta di essere solo. Muovi la testa, stai coperto...

– Calma, calma... Non è la prima volta che partecipo a un combattimento. E se lui è un coglione, vuol dire che mi sembrerà di avere te al mio fianco. Abbiamo detto diecimila, no?

– Piú o meno.

– Diecimila.

– D'accordo.

– Bene –. Poi il tono di voce di Astragalo cambiò, Tito non poteva vedere bene l'espressione del veterano al buio, tra le frasche dell'Oppio, ma lo sentí dire: – Centurione, da te voglio diecimila sesterzi e una promessa: se mi dovesse succedere qualcosa, ti occuperai di Lucrezio. Anzi, ve ne occuperete tu e Flavia. Affare fatto?

– Sei in vena di stronzate.

– Sono serio come una pugnalata nello stomaco.

– Tu pensa a non farti bucare. Poi, se morirai, mi inventerò comunque qualcosa per passare il tempo.

– I diecimila e il rubino, che ho qui con me adesso, li darai a Lucrezio.

– Basta, con questa merda da condannato a morte, porta male!

– Prometti.

– Promesso, Astragalo. Quando eravamo in legione, cosa ti dicevo sempre prima di un assalto?

– Che morire non è poi questo granché, ma che se mi fossi fatto ammazzare avresti bevuto e scopato per tutti e due.

– Esatto. Soltanto che adesso sono vecchio e non potrei mantenere la promessa, quindi non farti ammazzare.

– Andiamo? – Bibulus diede un colpetto sulla spalla di Tito. Poi si rivolse agli altri: – E voi aspettate di sentire il canto dell'allocco.

– Il cosa? – chiese l'uomo di Crasso. Ma nessuno gli rispose.

In quel preciso istante Flavia aveva condotto un carretto carico di grandi giare e trainato da un mulo sul versante opposto del colle Oppio.

Si era appostata ai piedi di un alto pino marittimo. Era lí che Erennia le aveva detto di aspettare.

Il piano della concubina era semplice: quando gli ospiti del banchetto se ne fossero andati, Erennia avrebbe detto a Nero di avere una sorpresa per lui, alludendo a qualche giochetto con una nuova ragazza della Suburra. Con quella scusa, lo avrebbe fatto attendere nella stanza blu, stordito dal cibo e dal vino. Nel frattempo Marcellina sarebbe andata a chiamare Flavia. La schiava l'avrebbe introdotta nella *domus* del senatore dicendo alle guardie del corpo all'ingresso che il *dominus* aveva deciso di svagarsi con una lupa. Il celtibero che da giorni, ormai, dormiva a pochi passi dal senatore sarebbe stato mandato fuori, come accadeva quando Nero decideva di dedicarsi a un vizio dei suoi. E lí, nella stanza blu, assieme a Erennia, Flavia avrebbe avuto la sua vendetta. A quel punto lei, la concubina, Marcellina e Samellia avrebbero scavalcato il muro di cinta posteriore e raggiunto il carretto. Erennia e le schiave si sarebbero nascoste nelle tre giare e Flavia le avrebbe condotte dove la celtibera le avrebbe detto di andare: una nave cilicia il giorno dopo le avrebbe aspettate lungo la costa, approfittando della luna piena per prendere terra.

Semplice.

Se Erennia avesse mantenuto la parola e non l'avesse fregata, sarebbe stato un piano perfetto. Nero sarebbe morto e nessuno avrebbe mai legato Mammina all'assassinio del senatore.

Sí, semplice davvero. Forse troppo.

Il piano era ben congegnato, le avrebbe garantito la sua vendetta e quel mostro avrebbe tirato le cuoia guardandola negli occhi, lí dove aveva massacrato Galla. Valeva la pena di rischiare dando fiducia a Erennia. E qualora fosse stata una trappola… be', questo Flavia l'aveva considerato. Nel caso, c'erano sempre Castore e Polluce.

I due guardaspalle erano appena giunti in vista del muro perimetrale della *domus*, e si erano messi in attesa. Se tutto fosse andato liscio, avrebbero dovuto vedere sbucare Mammina, Erennia e le schiave. Se invece, a luna calata, non avessero ancora avuto notizie di Flavia, ci avrebbero pensato loro a uccidere Nero e la sua concubina.

– Per gli dèi, che fatica –. Polluce sbuffava come un bufalo e sudava tentando di scavarsi un buco abbastanza grande negli arbusti.

– È per Galla, stringi i denti. Stai giú! – Castore gli fece abbassare la testa.

– Stiamo sul serio per ammazzare un senatore?

– No, sta per ammazzarlo Mammina.

– Ma ha detto...

– Ce la farà. Ricorda che lo stiamo facendo per Galla.

– Se quella puttana celtibera tradisce...

– Sí, sí... Se Mammina non torna...

– ... entriamo e ammazziamo chiunque incrocerà i nostri passi.

– Compresa la scorta.

– Prima sgozziamo quello che fa il giro della casa, poi scavalchiamo il muro. Dentro ci saranno al massimo tre di quei barbari che Nero si porta appresso. Li prenderemmo di sorpresa e...

– È alto.

– Cosa?

– Il muro, è alto.

– Dovremo affrontare tre barbari arrabbiati e armati e tu ti preoccupi del muro?

– Ma prima ci sarà il muro da scavalcare, e né tu né io siamo due scoiattoli, amico.

– Ce la faremo, – Polluce si guardò attorno. C'era una montagnetta di cocci in un angolo del muro posteriore, probabilmente il luogo in cui quelli della *domus* smaltivano i rifiuti. – Saliremo da lí. Va bene?

Castore annuí. – Un problema in meno, – osservò tetro. – In ogni caso, se facessero fuori Mammina, firmeremo la nostra condanna a morte uccidendo un senatore romano.

– Che follia, eh?

– Mammina non ci ha obbligato. Ci siamo offerti noi. Se vuoi andartene, sei libero di farlo.

– No, no... – Polluce sospirò, si sistemò ancora tra le sterpaglie.

– Meglio che tu ti goda questa luna, potrebbe essere l'ultima che vedrai –. Lo stomaco di Castore brontolò. – Per gli dèi, avremmo potuto almeno mangiare, prima di crepare.

Una parte del tutto

Roma, anno 681 ab Urbe condita, quinto giorno prima delle none di quintile
(3 luglio, 72 a. C.)

Dopo che Cicerone aveva portato l'attenzione dei convitati sulla scomparsa della figlia di Capella, il clima si era guastato e, senza che Pedo potesse comprendere il perché, la conversazione si era seccata come un torrente sotto il sole d'agosto.

Dei pavoni rimaneva ben poco, non piú di un paio di brocche custodivano ancora qualche goccia di vino e i presenti languivano sui letti del triclinio di Nero.

– Forse è proprio ora di andare –. Pedo si mise a sedere dopo essere rimasto disteso per quasi tutta la serata. Si stiracchiò alleggerendo la schiena del peso di ore passate a mangiare e chiacchierare.

Gli ospiti furono condotti dalle schiave nei *cubicula* per cambiarsi e indossare tuniche e vesti piú robuste, adatte al rientro.

Quando si riunirono nell'atrio, il padrone di casa li ringraziò per aver accettato l'invito, prevedendo un vero e proprio banchetto prima della fine dell'estate. Fu di parola e regalò le penne delle code dei pavoni alle consorti dei suoi ospiti.

La moglie di Pedo le accettò costretta dal marito.

Terenzia le strinse a sé, grata.

Uscirono dalla porta principale. Gli uomini della guardia di Nero si ricomposero. Nascosero le brocche di vino.

I portantini attraversarono la strada per accogliere i loro clienti. Tutti, tranne uno: Cicerone, che si avvicinò alla moglie dicendo: – Tu vai, Terenzia. Ti raggiungerò tra poco. C'è una questione di cui devo discutere con Nero.

– Non puoi rimandare a domani? – Terenzia lo fissò severa. – È notte fonda, che mai avrete da dirvi tu e Nero a quest'ora come due congiurati?

Cicerone sorrise, le prese le mani tra le sue, e la guardò negli occhi. – Dài un bacio a Tullia da parte mia. Tornerò presto.

Terenzia si preoccupò terribilmente. Sussurrò: – Perché hai voluto parlare di Plauzia, prima? Non avevi alcun motivo per forzare il discorso in quel modo.

– Dài un bacio a Tullia, ora vai, – Cicerone aiutò la moglie a salite sulla lettiga.

– Che sta succedendo, Marco?

– Ci vediamo dopo. Ti sta benissimo, il diadema.

– Marco, che c'entra Nero con la tua indagine?

Cicerone non rispose. Disse ai portantini di andare.

Terenzia si sporse dalla vettura. L'arpinate vide il suo volto illuminato dai bracieri accesi fuori dalla villa di Nero. La salutò con la mano.

Anche Pedo e la consorte erano partiti. I due riuscivano a litigare persino stando su due lettighe diverse.

Nero, dalla soglia, salutava gli ospiti assieme a Erennia.

Cicerone diede una manciata di assi ai quattro uomini della propria lettiga, ordinando loro di attenderlo ancora un po', e tornò sui suoi passi. Quando Nero se lo trovò davanti gli domandò: – Hai dimenticato qualcosa, senatore?

– Il cuoco e i suoi schiavi sono già andati? – s'informò Cicerone.

– Da un pezzo. È un po' tardi per un bis, – rispose l'altro sorridendo.

Erennia pareva inquieta. – Sono stanca, caro, – disse a Nero tirandolo per la tunica, – andiamo a letto –. Nelle vene le formicolava l'impazienza di chi deve portare a termine un piano e ha fretta di sgombrare la via dagli impacci.

– Tra un attimo, – rispose Nero. – Permettimi di accomiatarmi come si deve dal mio amico Marco Tullio. Perché non mi precedi?

– Ma io... – la concubina protestò.

Nero la fissò in silenzio.

La donna si congedò e rientrò.

– Che succede, Cicerone? – chiese Nero. – Ti vedo cupo e preoccupato. Lo sei stato tutta la sera. Davvero sei tanto in apprensione per la giovane Nevia?

– Pensavo che anche tu lo fossi.

– Intendiamoci, – chiarí Nero, – mi spiace che una cosí, come dicono tutti, cara ragazza sia scomparsa tenendo in ansia familiari e amici, ma...

– Nero, tu conosci benissimo Plauzia Nevia Capella Minore.

Nero finse divertito stupore. – E perché mai dovrei?

– Cosa vi dicevate per ore tu, Flacco, Orsino, Pisone e Tuberone nella stanza blu? Chi è il mercante che incontravate tutti assieme?

Nero rimase interdetto. Socchiuse gli occhi come se volesse mettere meglio a fuoco Cicerone. Scoppiò a ridere. – La stanza blu? Ma che stai dicendo?

– So bene cosa sto dicendo, Nero –. Cicerone gettò un'occhiata alla scorta. Erano rimasti momentaneamente in tre davanti all'ingresso, mentre il quarto stava facendo l'ennesimo giro del perimetro. Come le guardie del corpo di chiunque, avevano un aspetto poco raccomandabile. Tenevano i lunghi capelli castani legati in codini e cianciavano in un idioma sconosciuto. Si facevano gli affari loro, per ora. – E sono l'unica persona che c'è tra te e un'indagine che potrebbe portarti dritto davanti a un tribunale di tuoi pari.

Nero sorrideva sprezzante, ma Cicerone notò qualche brillante gocciolina di sudore sul labbro superiore ben rasato del Claudio.

– Indagine? Quale indagine?

– Perché non ne parliamo con calma, *amico mio*?

– Sí, – Nero si fece da parte per farlo entrare, – forse è meglio.

Trovarono Erennia nell'atrio. Stava confabulando con Marcellina. Entrambe sembravano preoccupate.

Nero prese sottobraccio la concubina. – Io e Cicerone dobbiamo parlare. E dobbiamo restare soli.

– Che succede?

– Non lo so, – le sussurrò all'orecchio.

– Nero…

– Vai.

– Nero… – Erennia sapeva cosa stava accadendo, ma non obiettò oltre.

Nero la baciò. Cicerone si schiarí la voce impaziente.

Erennia fece un piccolo inchino e si ritirò portandosi dietro Marcellina e Samellia che, intenta a rassettare, nel frattempo era uscita dalla cucina.

Nero attese che le donne fossero andate via. – Ebbene, che storia è questa?

– Credo sia tu quello che ha una storia da raccontare, – rispose Cicerone. – Andiamo a discuterne nella famosa stanza blu?

– Non esiste, questa stanza blu di cui parli… – Nero era diventato freddo come il marmo. – E se esistesse, non sarebbe il luogo adatto per questo genere di conversazioni. Non fa piacere sentirsi dire di essere al centro di un'indagine. Di chi, poi?

– Di Marco Licinio Crasso.

Nero si massaggiò le tempie. Condusse Cicerone nel triclinio e lo fece accomodare. Trovò una brocca piena a metà, si versò del vino. – Perché mai Crasso dovrebbe interessarsi a me?

– Non abbiamo tempo per girare attorno ai fatti, senatore. Crasso mi ha incaricato di riprendere in mano il caso del testamento di Flacco. Cosí ho scoperto che i terreni lasciati in eredità dal vecchio Valerio a sua moglie non esistono e che i Poplicola e Capella stavano per scannarsi per niente. Allora ho parlato con la ragazza dei Nevii che mi ha raccontato di una dote titanica che Capella, abbagliato dalla promesse di quelle fantomatiche fattorie in Gallia Cisalpina, avrebbe accordato a Flacco, ben piú dei cinque milioni di cui tutti sanno: dieci milioni e mezzo, che l'hanno ridotto sul lastrico; non solo, Plauzia mi ha riferito di banchetti in casa tua, durante i quali Flacco, Orsino, Pisone e Tuberone erano usi riunirsi. Mi ha parlato di un mercante d'arte greca e asiana che tu avresti presentato ai quattro e che partecipava alle vostre riunioni; soprattutto, indagando, ho scoperto che l'ultima persona a vedere Flacco vivo, a parte Plauzia e il *balneator*, è stato proprio il mercante, che gli ha fatto visita la sera prima della sua prematura scomparsa. E allora mi sono detto: Nero sa qualcosa di quei venti milioni e mezzo per cui il Nevio si è svenato e sta per essere sbranato dai Poplicola; sa a cosa sarebbe servita una simile montagna d'argento. Che volevano fare con tutti quei denarii, Nero? Tu lo sai.

Nero tacque. Aveva stampata in volto un'espressione sardonica, quasi le parole di Cicerone gli risultassero in qualche modo divertenti.

– Sono qui per darti un'opportunità, – lo incalzò Cicerone. – Sono qui per la stima che ho sempre nutrito nei tuoi confronti: parlami, dimmi cosa stavate combinando. E soprattutto dimmi che non c'entri nulla con queste morti. Perché i suicidi di Pisone e Orsino, la drammatica fine di Tuberone, l'improvvisa morte di Flacco e la scomparsa di Plauzia Nevia non possono essere frutto di sfortunate coincidenze. E cosí, purtroppo, la pensa anche Crasso.

– Ecco perché a cena hai voluto ammorbare tutti con la scomparsa della Nevia ...

– E tu mi hai mentito: hai negato di conoscere bene la ragazza, quando in realtà era una tua ospite regolare.

– Questo è quello che dici tu. Vorrei sentirlo dire da lei, – Nero incrociò le braccia. – Ah, già: la ragazza non si trova...

Cicerone insistette: – Perché mentirmi sul commerciante orientale, allora? Al *macellum* ti ho chiesto se conoscessi qualcuno che trattasse merce greca e asiana e tu non hai fatto parola del mercante.

– Il mercante... È sempre la Nevia ad avertene parlato? Siamo certi che esista? Potremmo domandare a Pisone, Tuberone o Flacco. Perché no, a Orsino... – Nero sfoggiò una faccia dispiaciuta di grande effetto. – Ma loro, purtroppo, non possono esserci d'aiuto.

– Avanti, non è tempo di scherzare. Se... Quando il pretore ti convocherà, dovrai avere le idee chiare su come difenderti!

Nero rise. – Andiamo, quali crimini avrei commesso? Ho invitato qualche volta a cena quattro senatori morti? Conosco una ragazza scomparsa e un fantomatico mercante cilicio?

– Non ho mai detto che fosse cilicio.

– Cosa?

– Il mercante: non ti ho mai detto che fosse cilicio.

Nero scrollò la testa, si alzò. Cicerone lasciò, docile, che il padrone di casa lo accompagnasse verso l'uscita. Mosse qualche passo e, nello spazio percorso tra triclinio e atrio, trovò la forza di fare ciò per cui era venuto: rischiare, osare, mettere a tacere quella voce interiore che gli stava urlando di scappar via di lí. – Crasso ha il mercante, – disse. – Sappiamo che Flacco è stato avvelenato e il veleno che l'ha ucciso è raro, un intruglio di origine orientale. Era tra i profumi di Plauzia e il cilicio ha confessato che è stato lui a darglielo. Crasso lo ha interrogato nel pomeriggio. Non conosco i dettagli, ma questo è quanto mi è stato riferito. Il mercante ha ammesso gli incontri a casa tua, il complotto, e il fatto che tu ne fossi a capo.

Nero diede segno di un palese nervosismo. Si grattò la fronte, tornò nel triclinio e capovolse ogni brocca alla ricerca del poco vino sopravvissuto alla sete di Pedo. – Stai mentendo! E non sei bravo a farlo. Quale sarebbe il nome di quest'asiano? – lo sfidò.

– Non ho partecipato all'interrogatorio, che immagino sia ancora in corso, ma non sto mentendo. So quel che so perché l'uomo di Crasso che mi ha affiancato nell'indagine mi ha detto ciò che è riuscito a carpire. Vorrei tanto fosse solo uno scherzo di pessimo gusto… – Spingersi oltre, dimostrare di sapere tutto, a parte il nome. – Ci ha detto delle truppe che avevate intenzione di finanziare con l'argento della dote. Dei contatti a Mutina. Nella mia relazione al pretore avevo omesso i sospetti sul tuo coinvolgimento, perché non potevo credere che tu potessi far parte di un complotto contro la Repubblica. Proprio tu… Ma il cilicio ha fatto il tuo nome. Ha detto che tu gli hai ordinato di eliminare gli altri quattro e la ragazza. Ha raccontato del veleno a base di bacche nere che ha ucciso Flacco, lo stesso che ha ingerito Pisone e l'ha reso folle. Del finto incidente di caccia. Ogni cosa. E ha detto che sei tu il mandante degli omicidi. Volevi cancellare le tracce dopo che la vostra congiura per qualche ragione è fallita, è cosí? Crasso sa. E lo conosci: la delicatezza e la cautela non sono tra le sue virtú migliori. I suoi uomini arriveranno presto, forse saranno qui a momenti. Parla a me, adesso, e io cercherò di comprendere le tue ragioni!

Nero cominciò a girare per la sala come una belva in gabbia. Bisbigliava. Cicerone pensò di dovergli infliggere un ultimo colpo, mortale. – Sappiamo dei messaggi che regolarmente ricevevate dal fronte iberico.

Il senatore dei Claudii si arrestò di fronte al tavolo al centro della stanza, in mezzo ai divani. Fissava i resti dei pavoni aggrediti dai topi nei due grandi piatti di argento.

Cicerone esultò dentro di sé: lo aveva ferito e ora doveva solo aspettare che si dissanguasse.

All'improvviso Nero esplose: sollevò il tavolo, lo ribaltò. Il clangore dei piatti rovesciati a terra riempí il silenzio della notte. I topi fuggirono in tutte le direzioni. Erennia, e dietro di lei le due schiave, comparvero sulla soglia del triclinio. Nero sembrava impazzito. Cicerone tentò di mantenere la calma, nonostante il suo ospite apparisse trasfigurato: non avrebbe mai immaginato che l'elegante, composto, colto, raffinato Nero potesse avere una reazione cosí fisica e sanguigna. Quando Nero cominciò a scagliare brocche, piccole anfore, coppe e calici contro muri e colonne l'arpinate si sentí in pericolo. Fece segno alle donne di stare lontane. Nero le vide, urlò loro di andarsene. Erennia mandò via le due schiave, ma tentennò sulla porta. Fissava Cicerone con odio.

Nero l'afferrò per le braccia, la spinse. – Vattene! Per gli dèi, vattene!

Erennia imprecò nella sua lingua, ma fece ciò che il suo *dominus* le ordinava.

– Maledetti bastardi! – Nero era rosso in viso, spettinato. Sudava. La veste cenatoria color panna era macchiata del vino delle brocche che aveva distrutto. Pareva sangue rappreso. – Tu pensi che le parole del mercante basteranno a farmi crollare? Sono stato torturato e tenuto prigioniero per mesi, Cicerone! Mesi! Ho quasi perso il senno, e quando sono tornato a Roma ho portato con me la capacità di sopportare qualunque cosa.

– La tua *gens* verrà colpita duramente. Lo sai che Crasso userà la tua testa come trofeo e i nemici dei Claudii si accoderanno. Cadrà una colata di fango che vi seppellirà. Raccontami ciò che sai, e salva almeno il nome che porti.

– Tu non vuoi sapere.

– Decido io quello che voglio sapere. È vitale che tu parli per la Repubblica, ma soprattutto per te, a questo punto. Sono l'unico tra i segugi che ti stanno alle calcagna cui importi qualcosa del tuo destino.

– Oh, no... Dopo che avrai sentito quanto ho da dire, non la penserai piú cosí. E forse ti chiederai se varrà ancora la pena di dannarti tanto per la tua cara, fottuta Repubblica –. Fece una pausa. Poi sollevò un dito contro Cicerone. – Parlerò, ma in cambio voglio salva la mia vita e quella di Erennia. La porterò con me... Voglio passare il resto dei miei giorni lontano dall'Urbe. Voglio una magistratura in Hispania. E che il mio nome non venga mai piú pronunciato in senato.

– Non posso trattare in vece del pretore, Nero. Non so neppure cosa stai per dirmi, e qualunque mia promessa sarebbe vana. Posso assicurarti, però, che mi opererò perché ti siano riservate giustizia ed equità. Ma sia chiaro: se i fatti che ti vedono coinvolto diverranno pubblici e finirai a processo... Be', in quel caso, potrò fare ben poco –. Cicerone intrecciò le dita. – Visto che Crasso, tuttavia, sa mercanteggiare, a te non resta che proporgli un affare irrinunciabile che ti tenga lontano da una giuria. Devi avere coraggio adesso, e parlare senza mentire sulle tue responsabilità. È la tua unica via di salvezza.

Nero scosse il capo, raddrizzò il tavolo che aveva ribaltato. Ci si sedette sopra. Invitò Cicerone ad accomodarsi su uno dei letti. Si coprí gli occhi con i palmi, respirò a fondo. – Tu non sai cosa sia il coraggio, Cicerone. Credi che aver fatto il nome di Crisogono nel foro sia stato un atto di coraggio? La tua era disperazione. Io c'ero e so riconoscere gli uomini disperati. Il coraggio è un'invenzione dei poeti che vogliono esaltare le virtú dei buoni romani. I *buoni romani*... – rise. – Esistono solo avventatezza, follia o disperazione, e i gesti che da queste derivano noi li chiamiamo «coraggio». Ecco, la storia che stai per ascoltare è una storia di follia che ti racconto per disperazione –. Sospirò, lasciò cadere le spalle. A pugni stretti lottò contro la voglia di fuggire, la vergogna e l'umiliazione, ma a vincere fu la necessità, l'imperativo imposto dalla sconfitta. – Sono stato fatto prigioniero durante il disastroso assedio di Langobriga. Mentre circondavamo la città, fummo a nostra volta circondati dalle truppe di Sertorio. Eravamo affamati e assetati. Quinto Metello Pio decise di mandare seimila legionari sotto il comando di Aquino a caccia di vettovaglie. Ero tra loro. Sertorio con la metà dei nostri uomini ci tese un agguato in una gola profonda come il Tartaro. I suoi barbari ci fecero a pezzi. Durante la ritirata mi sono perso con alcuni dei miei ufficiali piú giovani, e un gruppo di cavalleria celtibera ci ha circondati e catturati. Ho cercato di uccidermi per salvare l'onore, ma i celtiberi me l'hanno impedito. Hanno preso centinaia di noi e ci hanno trascinati per giorni legati alle selle dei cavalli –. Nero tolse i bracciali d'oro e mostrò le cicatrici ai polsi. – Me le sono fatte cosí, queste...

– Che c'entra tutto questo con il testamento di Flacco? Non abbiamo tanto tempo, – Cicerone lo incalzò.

– È una storia che vuoi ed è una storia che avrai. Ma devi sentirla fin dall'inizio, perché quello che ti interessa non è che l'esito di eventi che nemmeno immagini...

Cicerone incrociò le braccia, sbuffò. – Vai avanti allora...

Nero chinò il capo in una smaccata riverenza. – Grazie. Allora, una volta arrivati a Osca, ci hanno dissetati, rifocillati, messi in ginocchio in mezzo al campo dei ribelli mariani. Sertorio in persona ci ha passati in rassegna. Ci ha squadrati uno a uno, con il suo occhio. Aveva i capelli lunghi, la barba, e portava con sé una verga con un crine di cavallo con cui scacciava le mosche. Non sembrava un romano, non lo era piú. Almeno non come lo intendiamo qui nell'Urbe... Poi ha ordinato ai lusitani di sgozzare i piú alti in grado. Ma quando la lama, ancora grondante del sangue dei miei compagni, si è posata sul mio collo, Sertorio mi ha risparmiato.

– Perché? Perché non ti ha ucciso?

– Non l'ho mai saputo. Forse in me ha visto qualcosa... Forse perché sono stato l'unico a non implorare pietà.

– Non avevi paura di morire?

– Avevo una paura fottuta! Ma sul momento... Non so... Mi sono limitato a ricambiare il suo sguardo. Lo odiavo, mi disgustava. Conciato come un maledetto barbaro... Forse ha scambiato il mio disgusto per coraggio. Ma ti ho appena detto che il coraggio non esiste, no? – Nero rise. Si versò altro vino. – È stata solo fortuna, credo.

– E poi?

Nero mandò giú una coppa di falerno d'un fiato. – Mi fece seppellire fino al collo nella terra arsa sotto il sole cocente. Le formiche mi entravano nelle narici, nelle orecchie, e le gocce di sudore erano come spilli negli occhi... Respiravo polvere, ma anche solo starnutire era uno strazio. La terra mi schiacciava e ogni sussulto diventava un'esperienza dolorosa e insostenibile. A un ragazzino, che forse aveva otto, nove anni, era stato affidato il compito di tenermi in vita. Di giorno mi bagnava la testa con un po' d'acqua, di notte mi inumidiva le labbra con una spugna intrisa di gelido piscio di cavallo. Non era una punizione, non una vendetta, non un metodo per farmi parlare: mi convinsi di soffrire per puro piacere dei miei carnefici e questo rese la pena ancora piú insopportabile. Piansi, invocai gli dèi affinché mi facessero morire... Mesi dopo, seppi che alcuni legionari mariani del campo di Perperna avevano provato a liberarmi; sono certo che se mi avessero catturato sul campo di battaglia mi avrebbero ucciso subito. Ma non tolleravano di vedere dei barbari abusare di un romano. Non era pietà, era orgoglio. Sarò rimasto interrato per due giorni, tre, quattro, chi può saperlo?

– Sarà stato atroce.

– Di piú... Stare cosí, quasi incapace di respirare... Volevo morire pur di trovare sollievo... Posso dire che l'essere torturato in modo tanto feroce mi ha reso l'uomo che sono. E ti assicuro che c'è molto che non sai di me, Cicerone. La mia mente è stata spezzata ancor prima del corpo, le cui ferite possono essere curate, al contrario di quelle dell'anima. E ho fatto cose, che, ecco... Di cui non vado fiero. Dagli squarci che sono stati aperti nel mio essere sono usciti mostri cui non so dare un nome. Orrende creature, lascive e crudeli, che non riesco a domare. Ma la sofferenza che ho subito e che ho inflitto è stata soltanto un pedaggio che ho dovuto pagare sulla strada della gloria e ciò basta a giustificare ogni mio gesto agli occhi degli dèi! Ho uno scopo. Io esisto per uno scopo.

Cicerone fece del suo meglio per nascondere il disagio e la pietà che provava. Obbligare Nero a rivangare tanto dolore non lo fece sentire troppo diverso dai carnefici che lo avevano sepolto nella piana di Osca. Si appellò al proprio senso del dovere per convincersi della necessità di quell'interrogatorio. – Quale scopo?

– Quanta fretta, Cicerone...

L'arpinate lo invitò allora a proseguire.

– Non ho memoria di quando mi tirarono fuori, la mia mente si era nascosta nei meandri di un incubo confuso, – riprese Nero. – Ciò che ricordo è che mi svegliai nella capanna di un villaggio dopo giorni di quasi totale incoscienza. Non riuscivo piú a mangiare, a muovermi, a bere... La pelle era crepata. Ero stato affidato a una famiglia di celtiberi. Furono i bambini ad accudirmi. Quanti bambini c'erano... Si stringevano attorno al fetido paglericcio su cui ero stato depositato, curiosi. Mi punzecchiavano e mi deridevano. Si occupavano di me come fossi il loro animale da compagnia. Mi imboccavano, mi spalmavano unguenti sulle ferite e mi lavavano. E se rifiutavo il cibo mi tormentavano fino a che non mandavo giú un boccone e un po' d'acqua. A un certo punto, finalmente, cominciai a camminare di nuovo e a riprendere peso. Dovevo essere molte miglia a nord di Osca. Pioveva spesso e dal mare soffiava un vento gelido e salmastro. Ero lontano dalla guerra, da Sertorio e dal suo campo. E ancor piú dalle truppe della Repubblica.

– Nessuno ti interrogò sulle nostre truppe? Eri un legato di Quinto Metello Pio, conoscevi i suoi piani.

– Oh, no. Sertorio aveva in mente qualcosa di molto piú grande, per me. E, tutto sommato, penso che conoscesse le strategie di Quinto Metello meglio di Quinto Metello stesso –. Nero aveva gli occhi liquidi di chi ha bevuto troppo. Scosse il capo. – No, Cicerone, ero destinato a qualcosa di diverso. Anch'io, all'epoca, mi posi le stesse tue domande. Nessuno mi interrogò, nessuno nemmeno mi parlò per settimane, se non per darmi ordini. In principio, vivevo in un angolo della casa e venivo trattato come uno schiavo. Svolgevo mansioni umili. Ho spalato merda di cavallo, con queste mani, ci puoi credere? – Alzò davanti a sé le dita sottili, ingioiellate e ben curate, le mani di un Claudio. – E se mancavo a qualcuno dei compiti che mi erano stati affidati, venivo punito. Non comprendevo una sola parola della loro lingua. Sono stato bastonato spesso –. Ridacchiò. – Nessuno nel villaggio, d'altronde, parlava la nostra lingua o il greco... Per quale motivo avrebbero dovuto? Provai a fuggire, provai persino a uccidermi gettandomi da una scogliera. Ma ogni volta mi riprendevano, mi punivano e mi rimettevano a svolgere lavori da schiavo. Nel tempo imparai qualche frase nel loro idioma e i miei ospiti divennero piú amichevoli, piú familiari. In fondo non ci si affeziona anche a un cane? Perché non provare affetto per un bastardo romano... – Cicerone colse un sospetto compiacimento da parte del suo ospite in quel «bastardo romano».

Nero continuò: – Alla fine, dopo quasi un anno, cacciavo con gli uomini del villaggio, pascolavo le greggi, bevevo la loro orribile birra e mangiavo la stessa carne quasi impossibile da masticare, cotta alla maniera dei celtiberi. Io, il *magister* dei banchetti... Partecipai persino ai loro riti e ai sacrifici che tributavano alle oscure divinità delle foreste e della notte cui indirizzavano preghiere incomprensibili. Ho visto bruciare e strangolare legionari prigionieri. Ma, nonostante tutto, in quei barbari, grezzi, violenti e crudeli, Cicerone, ho colto qualcosa che nel nostro popolo è quasi scomparso, una sorta di forza primigenia. Ogni giorno era come assistere alla fondazione di una civiltà –. A Nero brillavano gli occhi, agitava le braccia lasciandosi trasportare dalle emozioni e dai ricordi. – Che gli dèi mi perdonino, stavo bene tra loro! Forse avrei potuto definirmi persino amico di alcuni! Fu proprio allora che Sertorio mi mandò a prendere. Fui condotto di nuovo a Osca, a quel punto non sapevo nulla della guerra da mesi. Scoprii che i ribelli stavano resistendo, che i tentativi di Quinto Metello Pio di avere ragione delle truppe mariane, e specialmente delle celtibere e lusitane comandate da Sertorio e Irtuleio, erano stati vani. Quando giunsi nel campo dei ribelli, però, mi resi conto che il contingente di Perperna viveva ben separato dai veterani e dai barbari di Sertorio. Tra i due comandanti regnava il disaccordo e la diffidenza. Soltanto gli dèi sanno quanto speravo che Sertorio venisse a parlarmi, a spiegarmi cosa davvero volesse da me. Invece finii di nuovo nella buca. Venni bastonato, umiliato e spinto al limite dell'esistenza ancora una volta. Poi, una notte, senza che ci sperassi piú, lui comparve –. Nero fece una pausa. Prese fiato. Tremava. – Non puoi neppure immaginare, Cicerone: apparve illuminato dalla luna piena e con lui questa meravigliosa cerbiatta albina che lo seguiva ovunque. Quella bestia era tutt'uno con Sertorio... L'aveva ricevuta in dono dai capi lusitani, che intendevano rendergli omaggio. In lui vedevano un liberatore, un visionario, un sacro condottiero mandato dagli dèi per ricacciare i romani in mare e oltre i Pirenei! – Nero fu scosso da una risata nervosa. – Non avevano capito nulla di Sertorio. Ingenui come bambini...

– Non vedo ancora il senso del tuo racconto, – Cicerone pensò a Tito che attendeva un suo segnale per fare irruzione. Pregò gli dèi che l'ex centurione non perdesse la pazienza.

Il padrone di casa afferrò una coppa d'argento e gliela mostrò. – Cos'è questa, Cicerone? Niente. Non è niente. Puoi averne migliaia di casse piene, ma non ha un'anima né uno scopo fino a che non glielo infondiamo noi... Fu il primo insegnamento che ricevetti da Sertorio: nulla è alcunché se non ha un'anima e un grande destino. E per un uomo ciò significa avere un sogno da inseguire, un'idea –. Fece una lunga pausa, poi riprese: – Quella notte lui venne da me, si inginocchiò, mi afferrò per i capelli e mi disse: «Sei morto, sei rinato, sei cresciuto in mezzo a coloro che Roma considera nemici e selvaggi, e ti ho ucciso di nuovo. Ti ho liberato, la tua vita ora è nelle tue mani». Nient'altro.

– Sono le parole di un folle.

– Oh, capisco che intendi. È quello che potrebbe pensare chiunque non l'abbia conosciuto –. Nero puntò l'indice verso Cicerone. – E anch'io lo pensai. Ma Sertorio mi rese chiaro il senso delle sue parole. E, per non essere frainteso, lo fece nel modo piú crudele. Subito, il mattino dopo, un gruppo di celtiberi mi condusse in un villaggio a sud, là dove si stavano decidendo i destini della guerra. Era stato messo e ferro e fuoco dalle truppe della Repubblica. Mi fecero capire che i nostri pensavano ci fossero dei razziatori tra gli abitanti, e cosí il tribuno al comando del manipolo responsabile della devastazione aveva fatto uccidere tutti gli uomini, le donne e i vecchi. Ma non i bambini. Ai bambini erano state tagliate le mani... Molti di loro quando giunsi sul posto erano già morti dissanguati, alcuni erano agonizzanti. Ben pochi ce l'avrebbero fatta. Avevano tagliato le mani anche ai bambini piú piccoli, senatore... Ai neonati! Nessuno di loro avrebbe potuto combattere contro Roma una volta cresciuto.

Cicerone scorse una lacrima mischiarsi al sudore. – È la guerra, – disse. – L'odiosa guerra.

– No. È stupidità, – disse Nero. – Stupidità! E Sertorio l'aveva capito. Un'inutile crudeltà.

– Non è la prima volta che le nostre truppe massacrano e torturano. Cosí come i barbari hanno massacrato e torturato i nostri coloni e i nostri uomini innumerevoli volte. È la guerra, che odio e disprezzo.

– Sertorio aveva capito che Roma non sarebbe diventata grande in quel modo. Quella gente ha sangue fresco, è forte, è creta da plasmare e trasformare. Senatore, loro sono molto piú simili ai nostri avi di quanto ormai lo siamo noi. Quando rientrai a Osca dal luogo del massacro lo trovai ad attendermi, lí, nella piana ai piedi della città sferzata dal vento. Accarezzava il suo animale sacro, e di fronte a lui, in ginocchio, c'era un legionario, una recluta, un ragazzo piagnucolante lontano da casa da troppo tempo. Era lacero, lo avevano percosso e frustato. Baciava i piedi di Sertorio, implorava pietà. Sertorio mi fece avvicinare, mi porse una daga e mi disse: «Lui è uno dei soldati che ha tagliato le mani ai bambini del villaggio». Nient'altro. Sapevo che la mia vita sarebbe dipesa da ciò che avrei fatto. Stringevo il mio destino nella mano destra, – Nero alzò il pugno davanti agli occhi di Cicerone. E lo calò fendendo l'aria, tre, quattro, cinque volte.

– Per gli dèi, – all'arpinate si seccò la bocca, sentí il cuore battere forte scosso dall'orrore che stava per ascoltare. – No...

– Lo colpii. Colpii il ragazzo fin quasi a staccargli la testa, – Nero fu scosso da qualcosa di simile a un'agghiacciante risata. – In quell'istante odiavo me stesso nella misura in cui odiavo Roma. Perché mi resi conto che fino a un anno prima avrei potuto essere io a dare l'ordine di massacrare il villaggio. Non provai null'altro che un profondo senso di giustizia e da quel giorno fui libero. Ecco, allora capii il senso delle parole di Sertorio. Ero rinato ed ero libero. Avrei persino potuto tornare nel campo di Metello Pio, se avessi voluto, nessuno mi avrebbe seguito.

– Ma sei rimasto.

– Nessun luogo mi parve piú importante di Osca. Sertorio mi impose un'unica restrizione: non dovevo avere contatti con i romani nella piana. Mi assegnò un alloggio in città nei pressi della sua casa. Lui raramente scendeva al campo dei mariani e, se voleva conferire con gli ufficiali o Perperna, li convocava nella sua dimora. Quei giorni furono felici, credimi. Assistetti a una seduta del famoso «senato di Sertorio». C'erano romani, patrizi e plebei, vecchi mariani transfughi per lo piú, e a volte venivano invitati a partecipare persino celtiberi e lusitani.

– Una follia, Nero. Non te ne sei reso conto?

– Era imperfetto, un ridicolo simulacro, a prima vista, ma era soltanto un modello che avrebbe dovuto mostrare ai capi barbari il vero cuore pulsante della nostra Repubblica. Ed era la promessa che anche loro, un domani, avrebbero potuto sedere in un senato, prima nella loro città e poi a Roma. Gli stava insegnando a essere migliori di noi –. Bevve. – E la scuola che Sertorio aveva creato per accogliere i figli dei capi barbari che gli avevano giurato fedeltà era un luogo mai esistito prima.

– Si dice fossero ostaggi.

– In effetti lo erano, ma lui non si limitò a trattarli come tali. Lí i giovani lusitani, iberi e celtiberi imparavano la nostra lingua, la grandezza di Roma e quello che Roma avrebbe potuto essere: imparavano a vestirsi come noi, a vivere come noi, a essere come noi eravamo un tempo… – Nero era visibilmente commosso.

– Ma Sertorio ha fatto trucidare tutti gli studenti e ha dato la scuola alle fiamme.

– Sí, è vero, ed era lí ad assistere, anzi, fu il primo ad appiccare il fuoco.

– E il massacro della scuola non ti ha sconvolto quanto le mani tagliate dei piccoli iberi del villaggio?

– Non è la stessa cosa, Cicerone. L'ira di Sertorio si è abbattuta sui padri non sui figli. È stato tradito da tanti tra quelli che gli avevano giurato fedeltà, tormentati dagli uomini di Perperna e corrotti da Quinto Metello. Lui amava quei bambini e li ha uccisi! Puoi immaginare una determinazione piú grande, un piú profondo senso di ineluttabile giustizia? Un simile, immane sacrificio gli ha però spezzato il cuore, e gli ha dato l'ultima spinta che l'ha gettato nel baratro della follia su cui si affacciava da tempo.

– Riconosci dunque che era folle!

– Riconosco che lo sia diventato, – Nero inspirò come se quello che stava per dire lo opprimesse e se ne volesse liberare. Proseguí. – Posso dire di averlo conosciuto bene, Sertorio. Mi portava a fare lunghe passeggiate notturne insieme alla sua cerva. Ci vedevamo a sole calato, lontano da sguardi indiscreti. Non ha mai voluto che la nostra amicizia fosse palese. Eppure era, credo, un'amicizia. Con lui parlavamo della guerra, dei progetti che aveva per Osca, e soprattutto di come avrebbe voluto far rinascere Roma; degli errori di Mario e degli orrori di Silla; della stupidità di Perperna; dell'arroganza degli ottimati e della visione miope dei *populares*: sí, Sertorio aveva idee su come la Repubblica avrebbe dovuto essere. Si poteva pensare che fossero le stesse di Mario. Soltanto in principio, però, perché chi sapeva ascoltare, chi aveva cuore per vedere, attraverso le sue parole poteva ammirare una Roma rifondata, – Nero appoggiò i gomiti sulle ginocchia, lasciò penzolare la testa, quasi gli stesse cadendo dalle spalle, sconsolato. – Essere romani nel suo sogno era un diritto che chiunque avrebbe potuto guadagnarsi a patto di accettare Roma. E aveva ragione. Dopo che mi ha aperto gli occhi mi è sembrato di non aver mai incontrato in vita mia migliori cittadini romani dei barbari che avevano accolto il suo disegno: erano fieri, puri, legati alla terra e alla famiglia, alla guerra e all'onore. Non sono semplicemente popoli da dominare. Diceva che erano puri come fanciulli...

– «Come fanciulli»...

– Esatto. All'inizio è stato difficile da comprendere anche per me. Ma non mi posi troppe domande. Sapevo che dovevo ascoltare e agire in linea con il mio cuore. E il mio cuore apparteneva a lui.

– Per gli dèi... – Cicerone intuí dove la storia di Nero stava andando a parare.

– Cominci a capire? – Nero sorrise felino.

– Era Sertorio, quello con cui vi scambiavate messaggi dall'Hispania...

– Lo avresti seguito anche tu. Non lo vuoi ammettere, ma sai bene che il senato è un verme che mangia Roma da dentro. E sai che gli aspiranti tiranni come Pompeo e Crasso si contendono brandelli di potere come fiere nell'arena, senza riguardo per i cittadini, ormai privi di dignità. Sertorio non voleva distruggere la Repubblica. Oh, no... Avete cercato il nemico nel posto sbagliato. Lui... Noi desideravamo solo ricreare la Roma dei nostri avi, in cui patrizi e plebei lavoravano assieme per il bene del popolo.

– A questo servivano i venti milioni e mezzo di sesterzi? È per questo che avete trafficato con gli agenti di Mitridate? Avete corrotto magistrati e tradito il senato: dubito che i nostri avi avrebbero approvato certi metodi.

– La necessità ci ha imposto di trattare con Mitridate e di corrompere. Sapevamo bene che il re del Ponto è inaffidabile e pericoloso, e Sertorio era disgustato all'idea di avere a che fare con lui. Tuttavia...

– Tuttavia?

– È stato spinto tra le sue braccia dall'insensatezza dei romani! Avevamo uno scopo, Cicerone, ben preciso, e non ci siamo mai venduti. Non abbiamo mai tradito! Mai!

– Come fai a dire che non avete mai tradito? Stavate complottando contro il senato, per gli dèi!

– Il senato e questa città stessa non sono piú Roma, te l'ho detto! Ormai l'Urbe è una piccola parte del tutto. Siete voi, i folli, e non ve ne rendete conto.

Cicerone sbuffò, il tempo passava e lui fremeva. – Il complotto, Nero: cosa stavate architettando?

– Quattro anni fa sono tornato da Osca con una missione. Non sono fuggito, sono stato inviato. Il mio compito era chiaro: reclutare e convincere quanti piú senatori, magistrati e tribuni possibile a unirsi alla causa. Sertorio voleva rientrare a Roma e fare ciò in cui Mario non era riuscito. Ecco cosa aveva in mente quando mi ha risparmiato. Aveva un disegno, che per me è diventato destino. Sapevo che sarebbe stato difficile, ma una volta formato un gruppo forte e motivato... Appoggiandomi a Mutina e alle colonie che Roma ha vessato in questi anni di guerre e carestie, avrei potuto reclutare chiunque mi fosse servito per realizzare il piano. Avrei allestito un esercito piccolo ma ben selezionato, approfittando di Lucullo in Asia e Pompeo in Hispania. Spartaco, poi, ha creato l'occasione ideale impegnando le truppe consolari. Forse, chissà, saremmo riusciti a unirci anche a lui.

– Farneticazioni... Cosí hai convinto Flacco, Orsino, Tuberone e Pisone.

– Esatto. Eravamo noi cinque a tenere i contatti con Sertorio. Siamo stati noi a reclutare gli altri, ed eravamo noi quelli incaricati di raccogliere l'argento necessario ad armare le legioni. Lui sarebbe sbarcato da qualche parte a nord di Roma con un paio di migliaia di veterani, di celtiberi e di lusitani, e avrebbe assunto il comando delle truppe, marciato sulla capitale, preso il senato e…

– … e messo la città a ferro e fuoco, come fecero Mario e Silla.

– Perché non vuoi capire? – Nero scosse il capo sconsolato.

Cicerone glissò e chiese: – Chi sono gli altri?

Nero incrociò le braccia. – Rimarresti stupito. Senatori, tribuni, ricchi equestri, magistrati…

– Sono molti?

– Piú di quanti immagini.

– Esiste una lista?

Nero si picchiettò la tempia. – Certo, ed è qui. Credi che ne avrei stilata una scritta? Conosco ogni singolo nome di chi ci ha sostenuto, ma ve lo dirò solo quando avrò solide garanzie sul mio futuro e su quello di Erennia.

– Che fine ha fatto l'argento di Capella?

– Capella, quel povero babbeo… Avevamo un accordo con la figlia: quando tutto fosse finito, l'avrei sposata. La poverina era convinta che le avrei dato il mio nome… – Rise.

– Perché non sposarla subito, allora? Perché condannarla a due anni di matrimonio con il vecchio Flacco?

– Non dovevo attirare l'attenzione su di me. Questo era stato l'ordine di Sertorio. Io ero il suo emissario. Flacco era sacrificabile, io no. E Flacco era d'accordo. A noi servivano quei milioni perché quanto raccolto tra i congiurati non bastava. Plauzia ha fatto in modo che suo padre abboccasse. Capella, avido com'è, ha ingoiato l'esca: è bastato inventare la storiella dei terreni in Cisalpina. I magistrati lassú non costano tanto: manomettere le tavole delle centurie è stato facile.

– Cosa è andato storto?

– Tutto. Se hai a che fare con vigliacchi che hanno la presunzione di conoscere il mondo stando seduti nella curia o stesi sui divani delle loro ville nel Sannio, nulla può andare per il verso giusto. È stato questo l'errore di Sertorio: credere che ci fosse ancora qualcuno, a Roma, abbastanza integro da sostenere il suo disegno. All'inizio riuscimmo a indirizzare alcuni senatoconsulti. E riuscimmo a tenere lontano Pompeo dalla guerra iberica. Poi a rendergli complicato ricevere nuove truppe. Fino a che qualcuno non ha cominciato a voltarci le spalle. Le voci sulla follia di Sertorio e sui suoi legami con Mitridate e il precipitare della situazione sul campo di battaglia spinsero molti a chiederci di convincere Sertorio a consegnarsi e a tornare nell'Urbe. L'idea che si stava radicando era quella di far processare Sertorio con il solo scopo di riabilitarlo agli occhi dei romani attraverso un procedimento farsa. Lui rispose che avrebbe acconsentito soltanto se fosse tornato da cittadino libero. Come avrebbe mai potuto accettare di subire un processo? Andiamo... – rise amaro. – E mi parli di follie? Dov'era, il folle? A Osca o qui a Roma? E questo accadeva due anni fa. Avevamo raccolto l'argento, ma non avevamo piú il sostegno necessario per metterlo a frutto. Per un po' pensammo di andare avanti lo stesso con il piano originale appoggiandoci solo sulle colonie.

– Ma poi...

– Ma poi anche Orsino e Flacco cominciarono a tentennare. Dopo la storia della scuola, dei massacri di disertori e le notizie che forse lo stesso Perperna, per gelosia e sfiducia, lasciava trapelare dal campo dei ribelli. Notizie che volevano Sertorio ubriaco e farneticante per la maggior parte del tempo.

– Orsino e Flacco... Come hai fatto a portare dalla tua due senatori anziani e conservatori?

– Proprio perché erano anziani e conservatori. Credevano ancora che potesse esistere la Roma di Cincinnato e Camillo, di Giunio Bruto… Eppure, a un certo punto hanno avuto paura. Le voci provenienti dall'Hispania descrivevano un Sertorio simile a Mario, quando alla fine era schiavo del vino. Non si fidavano piú nemmeno di me, che ero il suo messaggero. Pisone e Tuberone si erano resi conto di quanto stesse andando tutto a rotoli e cercarono di appropriarsi dell'argento. Ma persino tra di loro non c'era accordo. Tuberone voleva andare a Mutina fare un suo esercito e marciare attraverso la Cisalpina e l'Etruria, creando una sorta di piccolo regno ribelle. Ha cercato, senza successo, di contattare Spartaco. È per questo che in senato insisteva tanto per richiamare Pompeo per mandarlo contro gli schiavi ribelli: la sua idea era quella di allearsi con il trace e prendere Pompeo in mezzo. Semplicemente ridicolo… Pisone, invece, voleva solo l'argento. Ma fino alla morte di Sertorio non hanno saputo dove fosse il nostro piccolo «tesoro». Quando gli abbiamo detto dove io, Flacco e Orsino l'avevamo nascosto, non hanno fatto in tempo a metterci le mani. Hanno lasciato questa terra prima. Chiunque li ha fatti fuori ha dimostrato un certo tempismo.

– Sei stato tu, Nero. Ammettilo. Alla morte di Sertorio hai deciso di uccidere tutti per cancellare le prove, o magari per vendetta nei confronti di traditori e opportunisti, non è cosí? O è stato quando i Valerii hanno impugnato il testamento di Flacco?

– No! – Nero si alzò. Diede di nuovo in escandescenze. – Non ho ucciso nessuno. È stato il mercante! Io non c'entro!

– No? Ciononostante lui dice di sí, – Cicerone insistette sapendo che dalla solidità di quella menzogna dipendeva la loquacità del senatore.

– Mente! Solo gli dèi sanno quanto avrei voluto punire quei quattro traditori, infami e codardi… Ma cosí non è stato. Talele ha agito per ordine di qualcun altro.

– Talele?

– È il suo nome. Un mercenario cilicio, niente di piú. Uno che oggi lavora per Mitridate, domani per Sertorio, dopodomani chissà. Basta pagarlo. E noi lo pagavamo profumatamente per tenere in piedi la pantomima del finto mercante d'arte.

– Qual era il suo ruolo?

– Consegnare a me i messaggi di Sertorio e mantenerci al sicuro. Noi cinque, intendo. Era lui che organizzava il traffico con Sertorio. E prima che tu me lo chieda: le lettere sono state tutte distrutte.

– Ovviamente. Dev'essere molto abile, questo Talele.

– Lo è.

– Ma chi usava le nostre staffette militari provenienti dal fronte iberico per comunicare con i congiurati?

– Cosa? – Nero sembrava non capire.

– Gli uomini di Crasso hanno intercettato un messaggio dall'Hispania destinato a Flacco qualche giorno dopo la morte di Sertorio. «Distruggete tutto» recitava. Una delle tante missive che un gruppo di staffette mischiava alla posta normale.

– A chi veniva consegnato questo genere di messaggi?

– Per quel che mi risulta, a Flacco. Non lo sapevi?

Nero rimase di sasso.

– Che ho detto? – domandò Cicerone.

– Talele non usava le staffette militari. C'è solo una persona che poteva mandare quel genere di corrispondenza a Flacco dall'Hispania –. Scoppiò a ridere. – Figlio di puttana…

– Chi?

– Flacco, Flacco, infido, vecchio tremebondo... Parlavi con quell'infame alle mie spalle –. Rideva, Nero, come se non avesse mai riso in vita sua. – Ecco da dove arrivavano le notizie sulla follia di Sertorio...

– Chi è l'*infame*? Non erano messaggi di Quinto Sertorio anche quelli?

Nero bevve da una coppa, prese fiato dopo aver riso fin quasi alle lacrime. – Oh, no. Erano i latrati del piú codardo dei cani traditori a seguire quella via. E Lucio Valerio Flacco Poplicola li riceveva sotto il mio naso.

Cicerone era stupito, disorientato. – Di chi stiamo parlando, Nero?

Nero scosse la testa solenne. – Anche questa è un'informazione che avrò il piacere di condividere con il pretore in persona, se le mie condizioni verranno accettate.

Cicerone sbuffò, si alzò. – Te lo chiedo di nuovo: dov'è l'argento?

– Che c'è, Crasso non ha voglia di aprire la borsa e pagarsi le truppe per andare a caccia di Spartaco?

Cicerone incrociò le braccia. – Devi dirmi qualcosa, Nero, se vuoi che interceda per te.

– Ne parlerò col pretore, e solo quando avrò solide garanzie, ti ripeto.

– Non mi hai detto dov'è l'argento, non mi hai detto i nomi nella lista dei congiurati, non mi dici con chi stava parlando Flacco: dannazione, Nero, con cosa torno da Crasso?

– Con una storia che neppure quell'escremento di Talele può raccontare.

– Almeno dimmi chi c'è dietro il mercante, chi l'ha usato per uccidere i senatori?

Nero sorrise. – Non ne ho idea, è un mistero che solo lui può svelare. Di sicuro in un modo o nell'altro lo farete parlare. Ciò che mi consola è che adesso è nelle vostre mani, perché sono certo che avrebbe dovuto ammazzare anche me e nemmeno so il motivo… – Nero appariva di nuovo padrone della situazione. Era consapevole di aver molto da offrire in cambio della propria vita.

Cicerone sospirò. – D'accordo, per adesso può bastare, Nero. Almeno questa storia ha un senso. Domani dovrai dire ogni cosa, però.

– Sarò lieto di trattare con il pretore. Dopodiché farò del mio meglio per soddisfare la vostra curiosità –. Nero lo accompagnò all'uscita.

– Presto verranno da te gli uomini di Crasso.

– Mi farò trovare pronto.

Cicerone si voltò, fece per uscire, ma si fermò sulla soglia. – Sei un mariano… Tu che hai sempre scansato la plebe. Come fai a convivere con te stesso?

– Non disprezzo la plebe. Disprezzo la feccia che si è depositata nei vicoli della Suburra, quella accozzaglia di nullafacenti, i veri figli di questa Roma degenere. Li abbiamo creati noi. Disprezzo la loro capacità di sopportare le ingiustizie, i soprusi… La loro inedia. Sertorio mi ha aperto gli occhi. Non è da qui che nascerà la nuova Repubblica, non da questa cloaca a cielo aperto che è diventata l'Urbe.

– Hai tradito tutti noi, Nero. E Sertorio, se ti ha messo in queste condizioni, non era tuo amico: ti ha usato.

– Stupidaggini. Io so cos'era Sertorio per me e non ho tradito nessuno. Non c'è piú nulla da tradire, qui. Il mio piú grande rammarico è non essere riuscito a compiere la mia missione. Ora è giunto il tempo di salutarci.

Cicerone annuí. Fermo sulla porta, faticava a comprendere cosa Appio Claudio Nero fosse diventato. Si congedò. – Un'ultima cosa. Non cercare di fuggire, non ci riusciresti. E se è vero che il mercante vuole ucciderti, ed è il fenomenale sicario che sostieni, stanotte fatti proteggere dai tuoi uomini. Tienili vicini. Vale.

– Ma… Talele è nelle mani di Crasso, che cos'ho da temere?

Cicerone sorrise. – Vale, Nero.

– Senatore, dov'è il mercante? Dov'è?

L'oratore era già salito sulla lettiga. Nero, circondato dai suoi uomini, lo maledisse.

Gli uomini dei pretori

Roma, anno 681 ab Urbe condita, quinto giorno prima delle none di quintile
(3 luglio, 72 a. C.)

Erennia aveva ascoltato mentre Cicerone faceva confessare a Nero ogni cosa. Aveva sentito Nero professare il suo amore per lei, l'aveva sentito mentre tentava di tutto per salvarli entrambi dalla morte.

Aveva sentito anche crescere il rammarico per quanto avrebbe fatto di lí a poco. Lui l'amava davvero, e forse gli dèi erano stati fin troppo crudeli. Sapeva che il Nero che l'aveva accompagnata a Roma non era lo stesso che era partito dall'Urbe anni prima. Ma cosí era deciso, e nonostante non provasse verso di lui l'odio che provava per qualunque altro romano che non fosse Sertorio, doveva portare a termine il compito cui aveva giurato di assolvere.

– E adesso che facciamo? – Marcellina si rigirava i capelli tra le dita in preda all'ansia.

– Niente, – rispose indifferente Samellia, che stava lavando i piatti d'argento usati durante la cena. – Verranno a prendere Nero e noi non potremo piú ammazzarlo. Ecco cosa succederà. E quel bastardo la farà franca.

Erennia le diede uno schiaffo. Forse nemmeno lei stessa capí bene il perché di quella reazione fulminea, ma di certo non le piacque sentir definire Nero «un bastardo», non dopo ciò che aveva appena udito nel triclinio. Samellia si mise una mano sulla guancia, stupita. – Che ho detto?

– Noi uccideremo Nero. Perché cosí abbiamo deciso –. Erennia le puntò il dito contro. – Gli uomini del pretore verranno a prenderlo presto. Noi dovremo essere brave a cogliere l'occasione che, credetemi, ci verrà offerta.

– Ma come... Siamo solo tre donne...

– Appunto, – disse Erennia, – nessuno farà caso a noi.

Bibulus e Tito aspettavano ai bordi della strada. La luna illuminava l'Oppio a giorno.

– Arriva una lettiga, – disse Bibulus.

– Deve essere la sua, – confermò Tito, ed estrasse il pugnale di Gabello.

– Che bisogno c'è di quello?

– Non si sa mai.

– Ma è Cicerone.

– Non importa. Di notte la gente ha reazioni strane, si spaventa, e i portantini sono quattro, noi siamo due. Se hai un coltello da qualche parte, è il momento di tirarlo fuori.

– Non uso armi, io.

– Fa' come ti pare.

Quando la vettura fu a qualche passo da loro, Tito si mise in mezzo alla strada e Bibulus si tenne a un paio di piedi alle sue spalle. Uno dei portantini, quello con la torcia, disse qualcosa che suonò come un ordine secco rivolto agli altri tre. La lettiga si arrestò e venne delicatamente deposta a terra.

L'uomo con la torcia avanzò verso di loro. – Chi siete, perché sbarrate la strada? – vide luccicare il pugnale di Tito e tentennò, incerto sul da farsi.

– Vorremmo parlare con il senatore Marco Tullio Cicerone, – disse Bibulus a distanza di sicurezza.

– Chi sono? – domandò Cicerone. Uno dei portantini si avvicinò e gli descrisse la scena.

– Siamo amici, – disse Tito. – Sono Tito Annio Tuscolano e lui è Bibulus... Bibulus e poi? – si rivolse al compagno.

– Bibulus e basta.

– Bibulus e basta, – concluse Tito.

– E allora perché la lama? – chiese il lettighiere.

– Per tagliare il formaggio...

– Cosa?

– Centurione, sei tu? – Cicerone si affacciò.

– Sí, senatore, sono io.

– Lasciatelo avvicinare, – disse Cicerone.

Tito fece cenno a Bibulus di aspettare e avanzò.

– Eccomi, senatore. Ci sono quattro uomini pronti ad agire. Basta una tua parola. Nero è coinvolto?

Cicerone si sporse oltre Tito. – Quello chi è? Un uomo di Crasso?

– È «Bibulus e basta», il capo degli uomini di Quinto Ortensio Ortalo.

– Ah, – disse Cicerone, – ho già avuto a che fare con lui, tanto tempo fa... La domanda successiva è ovvia: perché, per gli dèi, sei qui con uomo di Ortensio?

– Domani mattina capirai. Ti basti sapere che Crasso e Ortensio, almeno per quanto riguarda questa faccenda, sono diventati alleati.

Cicerone rimase a bocca aperta.

– Già, – disse Tito, – è forse l'aspetto piú bizzarro. Ora, senatore, da te vorremmo sapere se fare irruzione in casa di Nero ha una giustificazione oppure no.

Cicerone sospirò. – Nero c'è dentro fino al collo. Era a capo di un complotto per riportare Quinto Sertorio a Roma e sovvertire la Repubblica. Sí, potete entrare, è un traditore.

Tito fischiò. – Quinto Sertorio?

– Lui in persona, – Cicerone si stropicciò gli occhi. Era stravolto. – Siete solo in sei? Gli uomini di Nero sono pericolosi.

– Lo siamo pure noi. Basteremo.

– Con quella mano…

– Non ti preoccupare.

– Comunque non credo che lotteranno. Ho detto a Nero che all'alba sareste andati a prenderlo. Non ha intenzione di fuggire né di difendersi. Tratterà con Crasso.

– Siamo abbastanza per ucciderli, non per farli prigionieri. Non è un arresto ufficiale, diciamo, – tagliò corto Tito. – Come da accordi, Crasso ti attende domattina nella sua dimora. Porteremo lí Nero. Ci sarà anche Ortensio. Hanno intenzione di interrogarlo insieme.

– Capisco.

– Bene, adesso vai a casa, senatore. Dormi. Hai fatto tanto, e Crasso ti sarà riconoscente. Buona notte.

– A domani, – Cicerone tirò la tendina della lettiga. – Ah, Tito.

– Sí?

– Sta' attento.

– Sí. Quinto Sertorio… Davvero?

– Proprio cosí.

Tito disse ai lettighieri di andare. Lui e Bibulus tornarono alla *domus* di Nero. Quando furono in vista dell'ingresso illuminato dai bracieri, Bibulus emise il verso di un uccello notturno.

Tito lo osservò stupito. – E quello cosa sarebbe?

– Il canto dell'allocco, il segnale, – disse Bibulus.

Lafreno e l'uomo di Bibulus si misero in posizione, avvicinandosi il piú possibile coperti dalla vegetazione all'ingresso della villa. Astragalo e lo scagnozzo di Crasso si appostarono a un centinaio di piedi alla loro sinistra. Udirono il richiamo di un allocco. Quando i quattro iberi di Nero furono tutti davanti alla porta della casa, Lafreno e il compagno partirono all'assalto, veloci e silenziosi. Li presero alla sprovvista. Eliminarono subito il barbaro piú vicino, e si predisposero per difendersi dalla reazione degli altri. Due estrassero lunghi pugnali celtici, il terzo scagliò verso di loro la brocca da cui stava bevendo fino a un attimo prima e centrò in pieno volto l'uomo di Bibulus. Astragalo e il compare sbucarono alle spalle degli iberi. Il veterano strinse un braccio attorno al collo della sua vittima accoltellandola ripetutamente tra le scapole; l'altro invece non riuscí a cavarsela e si trovò la pancia aperta da lato a lato. Lafreno tolse di mezzo il tipo che aveva lanciato la brocca, pugnalandolo alla gola, poi eliminò anche l'ultimo, quello che aveva colpito l'uomo del pretore, sgozzandolo da dietro. La colluttazione finí in pochi istanti.

– Li abbiamo uccisi tutti, – disse Lafreno.

– Questo lo vedo, ragazzo, – disse Astragalo mentre tentava di capire se ci fosse qualche speranza per l'uomo di Crasso che urlava straziato dal dolore. – Ma per questo poveretto non c'è niente da fare.

– Succede, – disse Lafreno e indicò il compagno che l'aveva seguito nell'assalto. Era riverso a terra a faccia in giú: dopo aver ricevuto la brocca in faccia, nel parapiglia si era preso una coltellata in pieno petto.

L'uomo del pretore smise di gridare. Era morto.

Bibulus e Tito li raggiunsero. Contarono i morti e i vivi. – Ben fatto, – constatò Bibulus.

– Ma sono morti due dei nostri! – protestò Astragalo.

– Succede, – disse Bibulus, – lo avevo messo in conto. Ma pensavo che saresti morto tu. Buon per te.

– Sei un figlio di puttana freddo come una lucertola, lo sai? – ringhiò Astragalo.

Bibulus non rispose. Agganciò suo figlio con lo sguardo. Lafreno lo raggiunse. Bibulus ordinò: – Entra da dietro. Noi bussiamo, poi aiuta Astragalo a far sparire i corpi dalla strada.

Il ragazzo sparí sul retro della casa.

– Perché devo aiutarlo io a spostare questi poveri bastardi? – si lagnò Astragalo.

– Perché ha capito perfettamente quanto sei utile, – commentò ironico Tito.

– Comanda lui? – chiese Astragalo.

– Sa quello che fa, a quanto pare.

– Bene, – disse Bibulus, – adesso bussiamo.

Tito picchiò con il pomolo del pugnale sulla porta.

Dopo un po' udirono Nero dall'altra parte, cercava di avere risposta dai suoi celtiberi: – Che succede? Rispondete! Che succede?

– Senatore, – rispose Bibulus, – la tua scorta non esiste piú.

Nero imprecò, poi disse: – Non sei Talele, tu.

– Chi? – sussurrò Tito.

– No, sono Bibulus, sono qui per conto di Quinto Ortensio Ortalo e con me ci sono anche gli uomini di Marco Licinio Crasso. Abbiamo il compito di tenerti in custodia fino a domattina.

Silenzio.

– Non dovevate arrivare domani? Vi avrebbero lasciato passare.

– Siamo qui adesso.

Dopo un po', Nero domandò: – Ortensio? E che c'entra, Ortensio?

La tavola di Polibio non è un gioco

Roma, anno 681 ab Urbe condita, quinto giorno prima delle none di quintile
(3 luglio, 72 a. C.)

Dopo aver trascinato nell'atrio i cadaveri dei liberti di Nero e dei due uomini dei pretori, il gruppo si preparò a passare quel che restava della nottata nella *domus* del senatore, che per qualche ora sarebbe diventata una prigione. Tito e Bibulus si erano trovati d'accordo nel disporre che Nero, Erennia e le schiave sarebbero rimasti tutti nella stessa stanza. Scelsero come cella la camera da letto padronale: era grande abbastanza, e aveva un unico ingresso e un'unica uscita. A turno, loro avrebbero controllato a vista i prigionieri, a eccezione di Lafreno, che invece avrebbe fatto la ronda all'esterno.

– Perché lui non fa la guardia a Nero come noi? – chiese Astragalo.

– Meglio di no, – rispose laconico Bibulus. – Lui non ci sa fare con le persone.

– Però sa come ucciderle.

– Appunto.

Il primo turno toccò a Tito.

Le schiave erano sedute sul grande letto del senatore. Si erano strette come due cuccioli spauriti. Samellia sussurrava parole di conforto a Marcellina, che non la smetteva di piagnucolare.

Erennia era in piedi, alle spalle di Nero, e gli massaggiava il collo. Il *dominus*, ben ritto su una cassapanca, a braccia conserte e occhi chiusi, sembrava godersi le attenzioni della sua concubina. Non appariva agitato o scosso, né particolarmente a disagio.

Tito lo trovò strano. L'ex centurione aveva preso uno sgabello e si era sistemato davanti alla porta, rivolto verso i prigionieri. Teneva il pugnale sulle gambe. – Se ti servisse qualcosa, nobile Nero, chiedi, e permetterò alla tua schiava piú giovane di andarlo a prendere. Se avessi bisogni da espletare, ti accompagnerò io, e nel frattempo verrà qualcuno a darmi il cambio qua. Questo vale per chiunque nella stanza.

Nero non disse niente, come se non avesse sentito.

Erennia sorrise. – Ti trattano con rispetto, – sussurrò all'orecchio del suo amante.

Tito si guardò attorno, la stanza era spoglia, in netto contrasto con il resto della casa, che era riccamente arredata con statue, tende e mobilio di vago gusto orientale. Bibulus aveva fatto portare uno dei bracieri del triclinio e qualche lampada a olio per avere piú luce.

L'ex centurione era nervoso. Il suo istinto lo spingeva a diffidare di situazioni in apparenza tranquille. Avvertiva il carico della responsabilità, ma soprattutto una certa frustrazione per essere stato tagliato fuori dallo scontro avvenuto con i liberti. Osservò la mano fasciata, piegò le dita. Gli doleva. I piagnucolii di Marcellina lo infastidivano e si mise a fissarla con insistenza. Samellia la fece smettere.

– Sei un militare? – Nero gli rivolse la parola rompendo il silenzio.

Tito trasalí. – Lo sono stato, senatore, – rispose.

– Lo immaginavo. Eri di alto grado, vero? Mi pare evidente da come parli ai tuoi compagni, da come ti muovi...

– Opzione sotto Mario, centurione sotto Silla e Crasso.

– Un veterano della guerra civile. Anche l'altro, lo zoppo, è un veterano?

– Esatto.

– Perché Crasso non ha mandato uomini della sua guardia? Niente loriche, niente elmi. Sembrate tagliagole della Suburra.

– Penso che non volesse suscitare troppo clamore.

– Oppure, – Nero sorrise fino a mostrare i denti bianchissimi, – non vuole che la faccenda appaia come qualcosa di ufficiale. Se non aveste ucciso la mia scorta, penserei quasi di essere ospite del pretore, non suo prigioniero.

– Per i celtiberi là fuori, mi spiace: saremmo stati troppo pochi per tenerli d'occhio.

– Oh, non è una grande perdita. Ne troverò di migliori quando questa messinscena sarà finita –. Baciò la mano destra di Erennia, scambiò uno sguardo d'intesa con lei. – Magari mi farò anche risarcire da Crasso.

– Con tutto il rispetto, – disse Tito, – probabilmente verrai incriminato per tradimento.

– Lo credi davvero? – Nero si lasciò sfuggire un risolino.

– Sí, ma alla fine non sono affari miei.

– Lo sono eccome, legionario. Pensi che quanto dicono io abbia fatto riguardi solo me e i miei defunti amici?

Tito si grattò il mento con la punta del pugnale. – Per quel che ne so, hai confessato a Cicerone di aver complottato con Quinto Sertorio contro la Repubblica.

– Ho cercato di aiutare un grand'uomo a ripulire Roma dai parassiti. Non ho complottato *contro*, ma *a favore* della Repubblica.

– Sai, senatore, cosa apprezzavo di Silla? Che non raccontava balle, soprattutto a sé stesso. Voleva il potere e non ne faceva mistero.

Il padrone di casa scoppiò in una fragorosa risata. – Arrogante! – Applaudí. – Ma sí, non sono argomenti di cui parlare con un soldato, giusto? – Poi spostò con delicatezza le mani di Erennia e si alzò.

Tito strinse il pugnale, Nero sollevò le braccia. – Mi

sgranchisco soltanto –. Stirò la schiena e sbadigliò. – In realtà potresti aiutarmi a svelare un piccolo mistero.

– Prova a chiedere.

– Come c'è entrato Ortensio in questa faccenda?

– È un pretore, nobile Appio Claudio. Ha tutto il diritto di entrarci.

– Certo, ma come?

Tito non rispose.

– Be', immagino che lo scoprirò presto. Mi condurrete dai due pretori, domattina?

– All'alba.

Nero si compiacque. – Bene, sono mattiniero. E poi ho impegni al foro verso mezzogiorno: mi piacerebbe essere già libero per allora.

– Te lo auguro, – tagliò corto Tito. – Ma fino a quel momento, ti prego di non fare nulla di stupido.

Nero rise. – Quanta, quanta insolenza, centurione. Mi ricorderò di te.

– Cosí mi lusinghi, senatore.

Astragalo gironzolava per il triclinio. Spiluccava i resti della cena contendendoli ai ratti.

Bibulus si era seduto su uno dei divani. – Il Molosso... Era da anni che non ne sentivo parlare. Si diceva fosse morto tentando di uccidere Crisogono.

Astragalo si lanciò in bocca un dattero. – Il vecchio Silla l'ha perdonato.

– Deve essere veramente un uomo straordinario, per essersi meritato l'indulgenza del Fortunato.

– Lo è. Non so dirti perché, però.

– Ed è tornato a lavorare in pianta stabile per Crasso?

– No, non credo, – Astragalo raccolse la piuma della coda di un pavone. La sventolò in aria. – Ma che razza di uccello ha mai queste penne?

– Lo chiamano pavone, – disse Bibulus. – Animale amato dai sacerdoti per la sua bellezza. Pare anche sia ottimo arrosto.

– Mmh, – Astragalo frugò tra le ossa del pavone. Staccò un pezzo di carne e lo mise in bocca. Si illuminò. – E lo è! Per gli dèi, una vera prelibatezza.

– Piatto da ricchi.

– E adesso anche da straccioni. Questa missione ha i suoi lati positivi, – Astragalo intinse un pezzo di carne in una salsa. – Ne vuoi un po'?

Bibulus declinò l'offerta.

– Tu hai sentito parlare del Molosso, – considerò Astragalo pulendosi i denti con l'indice. – Ma io non ho mai sentito parlare di te. Eppure tu e tuo figlio... Insomma, non siete esattamente il tipo di uomini che uno immagina di trovare tra gli scagnozzi di un pretore.

– Come immagini debba essere lo «scagnozzo» di un pretore?

– In genere, molto piú simile a Tito, e lui già è un'eccezione perché sa parlare, scrivere, e prima di metterti le mani addosso si sincera che tu sia la persona giusta. Ma voi altri... Sono tutti cosí gli uomini del piscinaro?

– Oh, di gente come te e Tito ce n'è a bizzeffe sul libro paga di Ortensio. Il poveraccio che è morto stanotte, per esempio. Ma il pretore ha bisogno pure di gente come me.

– Intendi dire che noi siamo carne da macello?

– Ho detto questo?

– Non saprei. No, forse no.

– Allora non l'ho detto.

– Posso chiederti una cosa?

– Posso impedirtelo?

Astragalo diede un calcio a un ratto entrato in competizione con lui per una focaccia al miele. – Tuo figlio combatte come mai ho visto fare in vita mia. E credimi, ho una bella esperienza. Sua madre deve essere una pantera! Mi hai detto che l'hai istruito tu. Tu, che nemmeno porti una lama con te in situazioni del genere. Com'è possibile?

– Non ho bisogno di una lama, uso questa, – Bibulus si picchiettò la tempia. – A Lafreno ho insegnato a usare la mente come risorsa: anche per uccidere, oltre che per sopravvivere. Perché si uccide prima con il pensiero e con gli occhi. Il resto lo hanno fatto alcuni tra i migliori maestri d'arme alle cui cure l'ho affidato fin da piccolo. Tutto qui.

– Tutto qui... – Astragalo si grattò la testa. Non riusciva a comprendere chi o cosa avesse davanti. – E comunque è strano, tuo figlio. Non parla, non sembra interessato a niente. Gli dici di ammazzare qualcuno e non batte ciglio. Quando lo abbiamo incontrato nella casa dei due ballerini asiani, pareva addirittura si stesse divertendo.

– Lui fa ciò che deve essere fatto. Se si diverte, meglio.

– E lo decidi tu, ciò che deve essere fatto?

– No, io decido soltanto come.

Astragalo scosse il capo, perplesso.

Bibulus si alzò. – Dammi una mano, perquisiamo la casa.

– Cosa cerchiamo?

– Lettere.

– Di chi?

– Lettere, qualsiasi lettera.

Astragalo raccolse un tordo da terra. Aveva ancora un po' di polpa attaccata. – Ti spiace se intanto mangio?

Bibulus fece spallucce e si avviò verso il *tablinum*.

– Allora io controllo in cucina! – disse Astragalo.

– Non credo ci sia granché, lí.

– Questo lo dici tu.

Il veterano bighellonò per la casa. Frugò la cucina e la dispensa. Trangugiò qualche oliva, scolò una piccola anfora di ottimo vino, assaggiò focacce e resti di salse. Strano a dirsi, non trovò alcuna lettera.

Incrociò Bibulus. – Qualcosa di interessante nel *tablinum*? – chiese.

– Niente.

– Bene. Allora a me è andata meglio. Nessuna lettera, ma almeno un sorso di buon vino, – bevve. Si era portato dietro una brocca. Si gingillò con i soprammobili sparsi qua e là. Raffinate statuette, per lo piú. Provò a infilarsene qualcuna nella sacca che aveva in vita, ma erano tutte troppo grandi. In particolare fu colpito dalla figura di una Vittoria alata. Poi fu attratto da un oggetto su un basso tavolo in bronzo, posto in un angolo dell'esedra: era qualcosa che aveva già visto altrove.

– Tito, Tito, Tito! – Astragalo raggiunse l'amico a passo svelto, per quanto le gambe malandate gli permettessero, eccitato come un bambino che ha vinto la sua prima gara di corsa.

– Che c'è? – l'ex centurione, seduto sullo sgabello davanti alla stanza dei prigionieri, ruotò su sé stesso, infastidito dall'entusiasmo del compagno. – Che vuoi? Non è ancora il tuo turno.

Il veterano teneva qualcosa dietro la schiena.

– Indovina cosa ho trovato?

– E cosa potrà mai essere?

– Guarda! – Astragalo mostrò a Tito una tavola da gioco, uguale a quella che avevano visto nel negozio di Ashait, l'*ornatrix*.

Tito si alzò, diede un'occhiata ai prigionieri, poi spinse il compagno appena fuori dalla stanza. Nero allungò il collo, Tito tirò Astragalo piú in là. – Dov'era?

– Nell'esedra.

– È identica a quella che abbiamo visto dall'egizia.

– Identica. Non solo... – Astragalo gli mostrò una statuetta della dea gatto che Ashait gli aveva detto valere un sacco. – Potrebbe mai essere un caso?

– Forse no, – rispose Tito. – Tieni –. Restituí la tavola da gioco ad Astragalo, ma lui perse la presa e la tavola cadde, ribaltandosi. Le pedine rotolarono ovunque. Sulla faccia inferiore della *petteia* apparve uno schema simile a quello presente sulla faccia superiore, ma piú piccolo, composto da venticinque caselle disposte su cinque colonne e cinque righe. In ogni casella c'era una lettera greca; nella riga superiore e nella colonna piú a sinistra, numeri da uno a cinque. Tito raccolse la tavola, la portò vicino a una lampada. – Oh, questo è interessante.

– Che gioco è?

– Non credo sia un gioco. Chiama Bibulus.

Bibulus osservò bene l'oggetto e concluse che si trattava di una tavola di Polibio.

– Una che? – chiese Astragalo. – E come si gioca?

– Non è un gioco, – sentenziò Bibulus. – È un sistema per comunicare con le navi. A due numeri, corrisponde una lettera. Vedi? Se intersechi la riga numerata con «uno» e la colonna numerata con «cinque», cosa vedi?

– «*Kappa*».

– Esatto.

– Ora se scorri sulla riga «tre» fino alla colonna «tre», cosa vedi?

– «*Delta*».

– Esatto. E via cosí. Combinando righe e colonne si compongono parole e frasi. Se due navi posseggono entrambe una tavola, con la stessa disposizione di lettere e numeri, possono scambiarsi messaggi.

– E come?

Bibulus sbuffò. – Che ne so... Con delle torce, per esempio. Se espongo una torcia a destra per significare la riga uno e tre torce a sinistra per significare la riga tre... Capito? Ho indicato una lettera!

– Chiaro, – disse Tito.

– Certo, chiaro, – fece eco Astragalo, rigirando la tavola tra le mani.

– Quindi non è un gioco, almeno non da questo lato, – considerò l'ex centurione.

– No, questo è uno strumento che qualcuno usava per inviare e ricevere messaggi a distanza, e probabilmente di notte, – confermò Bibulus.

– È un oggetto comune? – domandò Tito.

– Niente affatto, – rispose Bibulus. – Dalle nostre parti in pochi giocano a *petteia* e di solito sono schiavi greci. Questo qui è un oggetto di splendida fattura, raro e costoso. Dubito ne esistano due uguali in tutta Roma.

– Su questo sbagli –. Tito rimuginò. – Potrebbe servire a qualcuno che dalla costa vuole dare indicazioni a una nave, magari di notte?

– Certo.

Tito prese la tavola e la portò nella stanza dei prigionieri. – Senatore, – disse, – devo sapere chi ti ha dato questa.

– Il mercante che tutti cercate, ma che mai troverete, – ridacchiò Nero. – Serviva per i contatti con le navi dei cilici. Il mercante ne aveva lasciata una qui per le emergenze: nel caso gli fosse successo qualcosa, l'avremmo usata per far sbarcare i pirati nel punto giusto della costa e cosí avremmo potuto continuare a ricevere la corrispondenza da Sertorio. Ormai è un oggetto inutile.

– Al contrario! – Tito uscí come una furia dalla stanza. Prese Bibulus per un braccio. – Ho bisogno di tuo figlio.

– Per fare che?

– So dov'è il fottuto mercante. O almeno, dove è stato di recente. Ma vale la pena di fare un tentativo.

– Adesso? – si stupí Astragalo.

– Prima è meglio è, – confermò Bibulus. – E dove sarebbe?

– Ho visto una tavola identica a questa nella bottega di una *ornatrix* egizia ai piedi del Viminale. Se questo oggetto è raro come dici, non può essere un caso. E forse ho pure visto in faccia il mercante.

– Figlio di puttana! – esclamò Astragalo. – Il fratello di Ashait!

– Allora non c'è tempo da perdere. Certo che con quella mano... – disse Bibulus.

– Verrà tuo figlio. Sarà piú che sufficiente.

– Bene, Astragalo e io resteremo a fare la guardia ai prigionieri. Prendetelo vivo, se potete.

Flavia alzò lo sguardo verso la luna e si chiese quanto ancora dovesse aspettare.

Di Marcellina non v'era traccia. Pensò che qualcosa fosse andato storto o che Erennia avesse cambiato il piano. Se le aveva mentito, invece, di lí a poco sarebbero comparsi gli uomini del senatore per ucciderla.

Rimase a rimuginare ancora qualche minuto, dopodiché decise che la cosa piú sensata da fare fosse attendere; quando la luna fosse stata sul punto di tramontare, avrebbe raggiunto Castore e Polluce per avvisarli di lasciar perdere. Era certa che, se non l'avessero vista scavalcare, avrebbero mantenuto la parola e sarebbero entrati per tentare di ammazzare il senatore.

Il mercante

Roma, anno 681 ab Urbe condita, quinto giorno prima delle none di quintile
(3 luglio, 72 a. C.)

Tito e Lafreno arrivarono ai piedi del Viminale. La luna aveva quasi completato il suo arco nel cielo e precipitava velocemente a ovest. A est le braci dell'alba bruciavano oltre l'orizzonte. I due si muovevano senza punti di riferimento, guidati dalla memoria e dall'istinto di Tito, nascondendosi nelle ombre lunghe delle case.

– Eccoci, – Tito si fermò davanti alla bottega. Trovò un mulo legato a una delle due piante sotto l'insegna. Da sotto la porta filtrava una flebile bava di luce.

Lafreno infilò le dita tra il battente e il muro, sussurrò: – È aperto.

Tito scostò il ragazzo e aprí. La porta cigolò piano. – Vado prima io...

Lafreno sgattaiolò dentro come un furetto non appena lo spazio fu sufficiente. Tito imprecò tra sé.

La stanza era immersa nella penombra, rischiarata da una lampada a olio ciondolante dal soffitto e dalla luce che proveniva dal retro. Da lí giungevano anche suoni indistinti. Qualcuno spostava freneticamente oggetti.

Lafreno balzava da un lato all'altro della bottega, attento a non urtare la chincaglieria che l'affollava. Tito vide che aveva sguainato il suo corto *pugium*. Lo imitò, sfilando con la mano sinistra il pugnale di Gabello dal fodero. Le tempie pulsavano, sudava. Sapeva che stavano per affrontare un vero sicario cilicio. Dovette ammettere che la presenza di Lafreno lo tranquillizzava e lo aiutava a restare lucido.

Il ragazzo si arrestò, indicò qualcosa a terra, dietro il tavolo da lavoro dell'*ornatrix*.

Tito lo raggiunse: ci mise un attimo per distinguere nel buio il corpo di Ashait. Era riversa a faccia in giú, le treccine, sparse sul pavimento, formavano una corona e le coprivano il viso, il braccio sinistro sotto il corpo, il destro proteso verso la statua di Iside. Nel fascio di luce del retrobottega, vide rivoli di sangue luccicante che si allungavano come sottili dita nere seguendo le vie di fuga delle beole.

L'ex centurione toccò una spalla di Lafreno, gli diede a intendere che avrebbero fatto irruzione assieme nella stanza illuminata. Il ragazzo annuí convinto, poi entrò senza aspettare un istante. Tito pensò che con Astragalo forse sarebbe morto, ma almeno lo avrebbe fatto coordinandosi con il compagno.

Seguí il ragazzo, pronto a difendersi o aggredire. Si trovarono di fronte il mercante, a quattro, cinque braccia di distanza. Dava loro le spalle, ed era talmente concentrato che non si accorse di avere compagnia. Infilava pesanti lingotti d'argento in una piccola cassa appoggiata su un letto che occupava quasi per intero l'ambiente. Sulle mensole, una muta folla di divinità esotiche. Sparsi in terra, una decina di fogli di papiro. Quando il mercante si chinò a raccoglierli notò i suoi due ospiti. L'ex centurione fu colpito da come contenne lo stupore e, forse, la paura. Sembrava si aspettasse di vederli lí. Con infinita lentezza estrasse un coltello curvo di metallo scuro. Non parlò, lo puntò prima verso Lafreno, poi verso Tito, cambiando mano. Lafreno si piegò sulle ginocchia. Lo fissava inespressivo.

– Immagino tu capisca la mia lingua, – disse Tito.

Il «fratello di Ashait» strizzò appena le palpebre bordate di nero, fece di sí con la testa.

– Bene, – disse l'ex centurione calando il pugnale. Lafreno osservò il movimento del compagno con la coda dell'occhio. Rimase nella stessa posizione, immobile, lo sguardo fisso sul mercante. Tito scandí le parole: – Non c'è bisogno che qualcuno muoia. Basta che tu ti faccia legare i polsi e venga con noi. Scommetto che, se dirai quello che vogliamo sentire, ti verrà concessa la vita, e forse persino di tenere il tuo argento.

L'uomo si raddrizzò, lento. L'espressione del suo viso mutò: da un iniziale scetticismo, si distese in un sorriso. I denti brillarono, in netto contrasto con la carnagione scura. Abbassò l'arma. Fece un passo verso Tito.

– Getta il coltello, – disse l'ex centurione.

L'uomo si guardò la mano destra. L'aprí e lasciò cadere il coltello. Poi avanzò. Tito prese il pugnale con la mano fasciata per afferrare con quella sana il braccio del cilicio. In quell'istante Lafreno colpí al collo e al petto l'uomo, che cadde agonizzante.

– Fottuto pazzo che non sei altro! Si stava arrendendo! – Tito si chinò sul mercante, che si contorceva. Stringeva nella mano sinistra un paio di forbici di bronzo.

– Le teneva nascoste sotto la tunica. Ha mosso il braccio, – disse Lafreno mentre puliva la lama con la veste del moribondo.

– Ma non aveva mosso il braccio!

– Lo aveva mosso, o l'avrebbe mosso. Comunque non si stava arrendendo.

– Per gli dèi, ragazzo, chi sei tu?

– Lafreno, il figlio di Bibulus.

– Questo lo so. Ma, cosa... Lasciamo perdere, – Tito constatò che il cilicio era morto. Spostarono il corpo vicino a quello di Ashait.

– Se ne stava andando, – disse l'ex centurione. – Il mulo là fuori...

Disse poi a Lafreno di perquisire la bottega mentre lui setacciava il retro.

Vuotò la cassa del mercante sul letto. Caddero sette pesanti lingotti d'argento, una tavola di Polibio e un plico di corrispondenza scritta in greco. Tito si rese conto che, in effetti, anche i fogli sul pavimento erano lettere. Le raccolse. Le ficcò in una sacca di tela che l'asiano teneva sotto il letto. Ci infilò i lingotti e la tavola di Polibio. Uscí dalla stanza e gli si parò davanti Lafreno, che gli mostrò la statua di una divinità con la testa di cane, o forse di sciacallo.

– E che sarebbe? – chiese Tito.

– Non lo so. Ma è bello.

– Ragazzo, sei serio? Perché non è il momento di scherzare.

– Posso tenerla?

– Per gli dèi...

– Posso tenerla?

Tito sbuffò esasperato e uscí dalla bottega. Lafreno lo seguí preoccupato. – Non abbiamo fatto ciò che mio padre aveva ordinato. Il mercante è morto.

– Fa lo stesso, – disse Tito, – abbiamo di meglio.

L'amore secondo Erennia

Roma, anno 681 ab Urbe condita, notte tra il quinto e il quarto giorno prima delle none di quintile
(Notte tra il 3 e il 4 luglio, 72 a. C.)

Bibulus e Astragalo sorvegliavano a turno i prigionieri. Nero si era steso sul letto e sonnecchiava. Le due schiave erano per terra, sedute di fianco al giaciglio, strette l'una all'altra. Erennia, invece, si era raggomitolata ai piedi di Nero come un grosso gatto. Sembrava sonnecchiare.

Bibulus aveva il suo bel da fare a tenere sveglio Astragalo. – Non lavoreresti mai con me, – gli disse. – Chi mai berrebbe cosí dovendo fare una guardia?

– Un qualsiasi legionario, amico. Uno qualsiasi –. Il veterano ruttò sonoramente, tanto che Nero si svegliò. – Potremmo evitare, per cortesia? Non siamo in un postribolo.

Astragalo fece un piccolo inchino e si congedò con eleganza. – Devo pisciare.

Andò nel giardino sul retro. Mentre dava sollievo alla vescica, osservando la luna tramontare, sentí qualcuno bisbigliare oltre il muro di cinta. Si pisciò sui piedi, inveí sottovoce. Estrasse il coltello. Poi corse da Bibulus. Gli parlò piano: – C'è qualcuno che sta scavalcando le mura.

– Temo che dovrai occupartene tu. Io resto qui con loro, – gli rispose quello.

– E se fossero piú di uno?

– È possibile, perché i sicari di Tuberone e suo figlio erano due, ed erano molto abili. Ciò significherebbe che, una volta affrontato te, rimarrei solo io. Conto sul fatto che tu riesca a farne fuori almeno uno sfruttando la sorpresa, – disse Bibulus.

Astragalo lo mandò a farsi fottere, gli mise in mano una lama. – Era del tuo uomo morto. Ti servirà. Ah, se io dovessi crepare, di' a Tito di ricordarsi la promessa.

– Se crepi tu, creperò anch'io. Tito e Lafreno dovrebbero essere qui tra poco.

– Ma non hai paura?

Bibulus non rispose. Entrò nella stanza con i prigionieri e chiuse la porta.

Nero era in ginocchio sul letto. A lui si era stretta Erennia. – Che succede?

– Qualcuno sta scavalcando sul retro, – rispose Bibulus tranquillo.

– È Talele! Maledizione, deve essere lui, – Nero era agitato. – Dammi un'arma!

Bibulus aveva ancora in mano il pugnale che gli aveva dato Astragalo. In effetti non sapeva bene che farsene, ma consegnarlo al prigioniero era fuori discussione. – Senatore, ti invito a mantenere la calma e a dare l'esempio a tutti in questa stanza.

Samellia e Marcellina si erano rannicchiate in un angolo.

– Non sai con chi abbiamo a che fare, – disse Nero. – Quel cilicio è una furia inarrestabile ed è qui per me. Ti prego: dammi l'opportunità di difendermi.

Erennia si schiacciò contro la testiera del letto. Scambiò un'occhiata d'intesa con Marcellina.

Astragalo spense quasi tutte le torce che illuminavano il peristilio. Aveva deciso di aspettare lí. L'idea era quella di stenderne almeno uno e provare a fuggire. Pensò che stava per morire e gli vennero i brividi immaginando Tito come padre adottivo di Lucrezio.

Qualcosa cadde e andò in mille pezzi, forse una statua. Un dito di marmo rotolò fino a fermarsi contro il suo calzare. Udí due persone imprecare. E nonostante si trattasse di poco piú di un bisbiglio, percepí in quelle voci qualcosa di familiare.

Due enormi ombre gli sfilarono di fronte col pugnale in mano.

Aspettò che lo oltrepassassero senza notarlo, poi si manifestò alle loro spalle. – Ora, per gli dèi, cosa fate voi due scemi all'alba nella casa di un senatore?

Castore e Polluce si voltarono di scatto. Polluce emise uno strillo e quasi gli sfuggí l'arma. – Chi sei?

– Sono Astragalo, idioti. Astragalo, state calmi!

– Che ci fai qui? – Castore esitò. Non abbassò del tutto la lama. Polluce teneva le mani sulle ginocchia e cercava di riprendersi dallo spavento.

– Lo chiedo io a voi!

– L'ho chiesto prima io.

– Oh, che Giove vi fotta... Sono in missione per conto del pretore Marco Licinio Crasso.

Castore rimase interdetto. – Come no...

– Devo arrestare il senatore Appio Claudio Nero! – Astragalo si diede un tono.

Castore e Polluce si guardarono: scoppiarono a ridere.

Astragalo scosse la testa. – Voi, invece?

– Gli iberi di Nero?

– Morti.

– E li hai ammazzati tu? – Risero di nuovo.

– Non da solo, idiota. Eravamo in sei. E avremmo potuto ammazzare anche voi...

– Sí, certo...

– Dov'è Mammina? – domandò Polluce.

– Non qui. Mi dite cosa cazzo ci fate voi?

Castore invitò Polluce a raccontare. E ad Astragalo, a quel punto, parve di trovarsi in uno di quei sogni bislacchi che faceva quando crollava ubriaco con la testa appoggiata sul tavolo di una *popina*.

Nero insisteva: – Non senti che silenzio? Quel pezzo di creta del tuo amico è già morto. Dammi un'arma, permettimi di morire senza implorare pietà.

– Senatore, siamo chiusi dentro. Tra poco arriveranno mio figlio e il centurione. Ti garantisco che sei al sicuro.

Nero scese dal letto e avanzò verso Bibulus.

– Stai indietro, nobile Appio, – l'uomo di Ortensio strinse il coltello, sperando di non doverlo usare.

– Esigo quel pugnale, sono un senatore della Repubblica, per Giove!

Poi Bibulus mise a fuoco Erennia: stava infilando un braccio dietro la testiera del letto.

– Che stai facendo? – disse Bibulus.

All'improvviso Marcellina scagliò un vaso, che andò a infrangersi contro il muro alla sinistra di Bibulus. Lui si voltò a guardarla.

Nero sentí qualcosa sfiorargli la spalla e Bibulus avvertí un colpo in pieno petto, come il pugno di un bambino dotato di un'incredibile forza, seguito da una fitta lancinante. Abbassò gli occhi e notò il gambo di metallo di un *pilum*, a cui era stata attaccata una piccola impugnatura, conficcato nel proprio torace. Gli aveva forato lo sterno. L'ultima cosa che vide, prima di morire, fu Erennia che avanzava a grandi passi nella sua direzione. Poi fu solo buio e silenzio.

Marcellina e Samellia erano impietrite.

Nero non capiva cosa fosse accaduto. Osservò allibito Erennia mentre lei estraeva l'arma dal petto dell'uomo di Ortensio. – Tu... Cosa hai fatto? Dove hai trovato quella... quella cosa?

– È sempre stata dietro la testiera, amore. Adesso dobbiamo scappare, prima che torni lo storpio, – rispose Erennia aprendo la porta. Si affacciò circospetta sul peristilio. Sentiva Astragalo parlare con qualcuno dall'altra parte della casa.

– Ma… cosa hai fatto? – chiese Nero.

– Ti ho appena liberato, Appio –. Erennia prese Samellia per un braccio e quella a sua volta afferrò Marcellina, che guardava la sua padrona come fosse Diana in persona. La concubina trascinò le schiave fuori. – Forza! Uscite dalla casa.

– Non voglio fuggire, – disse Nero.

– Ci aspetta una nave cilicia alla villa di Flacco sulla costa.

– Hai avuto un piano per tutto questo tempo?

La donna non rispose, si mise alle spalle del senatore, lo spinse verso la porta. – Dobbiamo andare.

Nero si piantò sulla soglia. – Non voglio fuggire, ho detto. Posso ottenere un accordo con i pretori. Torneremo in Hispania senza che nessuno ci dia la caccia, da liberi cittadini.

– Cittadini romani?

– Certo. Finalmente sarai mia moglie, e là nessuno verrà a disturbarci. E avremo con noi l'argento di Flacco…

Erennia lo baciò. – E vivremo insieme, Appio. E avremo dei figli?

– Sí, restiamo, Erennia.

La celtibera sorrise, lo baciò di nuovo. Lui la strinse tra le braccia e lei gli piantò il *pilum* in gola. Estrasse l'arma. Nero indietreggiò gorgogliante. Cadde in ginocchio. La donna gli girò attorno, quindi infilò due dita del *pilum* alla base della nuca del senatore.

Nero Appio Claudio si afflosciò. Lei gli diede un ultimo bacio sulla tempia.

– Grazie per avermi amato. Ma non posso permetterti di ostacolare la mia missione, – prese il coltello di Bibulus. – Perdonami, tesoro mio –. Si chinò su di lui. – Perdonami anche per quello che sto per fare.

Quando Astragalo chiamò Bibulus per avvisarlo del cessato pericolo, non ebbe risposta. Si insospettí. – Venite con me, – disse a Castore e Polluce.

La porta della stanza di Nero era aperta.

Castore e Polluce sputarono sul cadavere di Nero. – Chi l'ha ucciso?

– Chi manca? – rispose Astragalo lanciandosi verso l'ingresso della casa.

Castore e Polluce si guardarono: – Erennia e le schiave?!

Astragalo uscí in strada. Con quelle gambe non poteva di certo rincorrere le donne, qualunque direzione avessero preso. Rientrò.

– Che Giove mi fotta, Astragalo, ma che massacro è mai questo? – Castore stava cercando oggetti di valore addosso ai cadaveri dei celtiberi. – Otto morti.

– Sarebbero stati nove o forse dieci, se non fossi stato io a scoprirvi.

– Adesso che facciamo?

– Niente. Aspettiamo Tito, sarà qui a momenti. Almeno, lo spero. O io stesso dovrò andare a portare una brutta notizia a un pretore.

A Erennia non pesò uccidere Samellia, non le era mai piaciuta, in fondo. Fu molto piú difficile liberarsi di Marcellina. Non riuscí a guardarla in faccia mentre estraeva l'arma dal ventre della ragazza. Le schiave l'avrebbero rallentata nella fuga, e lasciarle in mano a Crasso e Ortensio avrebbe significato esporsi al rischio che fornissero informazioni utili a trovarla prima che lei potesse imbarcarsi.

Scese per il sentiero che secondo i suoi piani sarebbe stato il migliore per fuggire. Sentí qualcuno venirle incontro: passi sulla terra battuta e frasche smosse.

Si acquattò, pronta a colpire.

Quando comparve Mammina, tirò un sospiro di sollievo. Si mostrò: – Che ci fai qui? Non ti avevo detto di aspettare sotto il pino?

– Ci stavate mettendo troppo, – disse Mammina, si guardò attorno. – Perché sei qui tu e non Marcellina?

– Nero è morto. Dobbiamo scappare da Roma al piú presto.

– Cosa?! Mi avevi promesso che me l'avresti fatto uccidere! Era la mia vendetta! – Flavia strinse i pugni in preda all'ira.

– Era la *nostra* vendetta. Non ho potuto fare diversamente. Ho avuto una sola occasione, e l'ho sfruttata.

– Non erano questi i patti!

– Gli uomini dei pretori hanno fatto irruzione dopo il banchetto, – Erennia le passò di fianco e riprese a scendere lungo il sentiero. Flavia la inseguí.

– Che significa? Quali uomini dei pretori?

– Non c'è tempo, adesso, dobbiamo fuggire! Tra poco tutta Roma ci darà la caccia. Muoviti!

Flavia la afferrò per un braccio e la costrinse a voltarsi. Erennia le torse la mano facendola quasi cadere in ginocchio per il dolore. – Muoviti, ho detto –. Poi mollò la presa. Divenne improvvisamente calma. – Mammina, – disse, – se non ci sbrighiamo, finiremo male entrambe. Anche tu, per il semplice fatto di essere con me.

– Non erano questi i patti. Tu avresti dovuto…

– Vuoi capire che la situazione è cambiata? Uccidere un senatore romano è già complicato, immagina se ha messo in piedi un complotto contro la Repubblica ed è prigioniero degli uomini di Crasso e Ortensio.

– Cosa stai dicendo, per gli dèi?

– Non c'è tempo, andiamo. Dov'è il carro?

– Dove deve essere. Come faccio a sapere che Nero è morto?

Erennia sbuffò esasperata. – Sapevo che me lo avresti chiesto.

Gettò qualcosa a Flavia. Era un dito umano, tagliato all'altezza della nocca. Recava un anello.

Flavia inorridita lo lasciò cadere.

– Quello è l'anello con il sigillo di Appio Claudio Nero. Sei soddisfatta?

Flavia guidò Erennia al carro. I primi raggi di sole accarezzavano i tetti della città. L'Urbe stava per svegliarsi e Flavia tentennava mentre Erennia saliva sul cassone e si nascondeva agile come una donnola in una delle giare. – Metti il coperchio e andiamo, forza!

– Perché dovrei darti retta?

– Perché ho ucciso l'uomo che ha massacrato la tua Galla, e mi devi un favore. Cosa credevi? Che quegli idioti che ti porti dietro o il terribile Amor avrebbero potuto far fuori un senatore?

– Amor? – Flavia fu percorsa da un brivido.

– Andiamo, Mammina, per gli dèi, portami fuori da questa maledetta città!

– Come è morto, Nero? – domandò Flavia con gli occhi fissi su un punto nel vuoto.

– Che importa? Comunque avrò tutto il tempo per raccontarti i particolari. Andiamo!

– Dove sono Marcellina e l'altra schiava?

– Andiamo! – urlò Erennia esasperata.

Flavia si scosse, chiuse la giara, e fece del suo meglio per percorrere le vie meno battute fino al Tevere.

Tito e Lafreno arrivarono a luna tramontata, poco dopo la fuga di Erennia.

Entrarono nella villa e l'ex centurione notò subito che non c'era nessuno a guardia della stanza dei prigionieri. Silenzio. Estrasse il coltello. Lafreno appoggiò la sacca contenente il bottino raccolto nella tana del mercante. Affiancò Tito e lo imitò, preparandosi a lottare.

Tito bisbigliò il nome di Astragalo, ma non ricevette risposta. Si affacciarono sulla stanza padronale e videro i corpi di Nero e Bibulus.

– Merda... – Tito si fece da parte e lasciò che Lafreno si chinasse sul padre. Il ragazzo rimase imbambolato per un po', senza dar segno di provare alcuna emozione. Infine scosse il corpo di Bibulus. – Padre?

– Tuo padre è morto, – disse l'ex centurione.

– No. Non è morto, è ferito, – Lafreno uscí dalla stanza come una furia e tornò con la sacca contenente gli effetti del cilicio. – Guarda, – disse, – guarda cosa abbiamo trovato! Mi spiace, ma ho dovuto uccidere il mercante, se no avrebbe ammazzato Tito, – scosse ancora Bibulus. – Sono stato bravo?

Tito si avvicinò a Nero. Studiò il corpo del senatore. Maledisse gli dèi: la missione era fallita.

Lafreno, in ginocchio, si dondolava avanti e indietro sul corpo del padre.

– Ragazzo... – Tito sapeva che non esistevano parole per lenire quel genere di dolore.

Lafreno si alzò all'improvviso e, pugnale in mano, si avviò verso il retro della casa.

– Che c'è? – Tito lo seguí.

Lafreno non rispose, si avvicinò a una grande capsa appoggiata a una parete del peristilio.

Tito adesso sentiva ciò che aveva udito Lafreno: voci. Riconobbe quella di Astragalo.

Il ragazzo spostò la capsa facendola strusciare sul pavimento e si trovò davanti Castore e Polluce, che insieme ad

Astragalo stavano ispezionando la stanza blu. Si preparò ad attaccare, ma Astragalo si mise in mezzo: – Fermo, sono amici! Sono amici, buono…

Lafreno serrò talmente le mascelle che Tito pensò potesse rompersi i denti. Diventò rosso, sembrò esplodere, poi si spense tutto d'un colpo. Rinfoderò il pugnale e tornò vicino al corpo del padre.

– Ma chi è? – chiese Castore.

– È il figlio del tizio morto nella stanza di Nero. E vi è andata bene, perché se non l'avessi fermato vi avrebbe ucciso. Cosa che probabilmente avrebbe fatto anche se fosse stato qui quando avete scavalcato, – rispose Astragalo.

– Che gli dèi mi fottano, Astragalo, che cosa è successo? – Tito diede una spinta al compagno.

– Calma, centurione!

– Non sto calmo! Nero è morto, il mercante è morto. Non abbiamo piú niente…

– Avete trovato il mercante, ed è morto?

– Lafreno l'ha ucciso salvandomi il culo. Ora la domanda è: chi ha ammazzato Nero, visto che il mercante lo abbiamo ucciso noi? Dove sono le donne?

– È stata Erennia, a uccidere il senatore. Ed è fuggita con le schiave.

– Erennia e le schiave?! Ma che stai dicendo? Erennia avrebbe ucciso anche Bibulus? E tu dov'eri?

– Ero sul retro, ma… La fuga di Erennia non è il solo problema.

– Che ci fate voi due qui? – domandò Tito rivolto a Castore e Polluce. – Non andate nemmeno a cacare se non è Mammina a mandarvici.

– Ecco… – disse Astragalo.

– Mammina è in fuga con Erennia, – disse Polluce.

– Ma che… – Tito non capiva cosa stesse accadendo.

– Ed è in pericolo. Ti faccio vedere una cosa, – disse Castore.

– Sí, meglio che tu veda, – disse Polluce. Castore si fece da parte e lasciò che Tito entrasse nella stanza blu.

– Qui è dove Nero si riuniva con gli altri senatori, – disse Tito.

– Qui è dove Nero sfogava le sue voglie proibite. Dove è stata ammazzata Galla, – disse Polluce. – È stato lui a uccidere la ragazza. E Mammina lo sapeva.

– Assieme a Erennia ha progettato la morte di Nero. E adesso stanno fuggendo da qualche parte sulla costa. La puttana celtibera ha detto che c'è una nave cilicia ad aspettarle.

A Tito girò la testa. – Come, dove…

Castore scosse il capo. – Non lo sappiamo. Noi saremmo dovuti intervenire nel caso qualcosa fosse andato storto o Erennia avesse ingannato Mammina.

Polluce sospirò. – E sai che Mammina conosce cosí tanti modi e vie per fuggire dalla città che a quest'ora ha già un vantaggio incolmabile. Mezzo Asse le ha insegnato tutto quello che sapeva…

Tito imprecò. – Mezzo Asse contrabbandava persone e lei, adesso, sta contrabbandando sé stessa.

Le lettere di Quinto Sertorio

Roma, anno 681 ab Urbe condita, quarto giorno prima delle none di quintile
(4 luglio, 72 a. C.)

Tirone era seduto appena fuori il *tablinum* di Crasso. Davanti a lui, Clizio, in piedi, fissava il vuoto con lo sguardo cupo di chi sta vivendo un grave momento. Il piccolo schiavo pelato di Ortensio se ne stava in disparte, immobile come una statua. Poco piú in là, un ragazzo di sedici, diciassette anni, appoggiato a una colonna, canticchiava a bassa voce mentre incideva un animaletto di legno con un coltellino.

– Chi è? – domandò lo scrivano.

– È uno degli uomini di Quinto Ortensio Ortalo, – rispose Clizio.

– Piú che un uomo, un ragazzino, direi.

– Pare sia molto pericoloso.

Tirone fece una smorfia scettico. – Davvero?

– Gli uomini del nobile Marco Licinio ne sono convinti.

– Vi assicuro che non potete nemmeno immaginare di cosa sia capace Lafreno, – commentò lo schiavo pelato con un sorrisetto compiaciuto.

Il segretario di Cicerone squadrò il ragazzo. Aveva un'aria vagamente familiare. Si strinse nelle spalle. – Pare che ci sia un po' di tensione nell'aria –. Le voci provenienti dal *tablinum* si alzavano di tono.

Clizio non rispose. Gli regalò un'occhiata sdegnosa e riprese a fissare il vuoto.

Tirone si appoggiò a una colonna del *vestibulum*, incrociò le braccia, chiuse gli occhi e tornò ad ascoltare la discussione tra Crasso, Ortensio e Cicerone.

– Cosa significa che Nero è morto? – Cicerone non poteva credere alle proprie orecchie.

– I nostri uomini non sono riusciti a garantire... – Ortensio cercava una via per uscire dall'imbarazzo.

Crasso precisò: – I *tuoi* uomini non sono stati in grado di far arrivare Nero vivo all'alba!

– C'era anche un *tuo* uomo con Bibulus! – protestò Ortensio.

– Non era uno dei miei.

– Lo ha scelto uno dei tuoi o sbaglio?

– Stimati pretori, – intervenne Cicerone, – Crasso, Ortensio, vi prego: ci sarà tempo, in seguito, per stabilire le responsabilità! Quello che vorrei sapere ora è: chi ha ucciso Nero? Talele il mercante?

– Talele? È cosí che si chiamava? – chiese Ortensio.

– Chi se ne frega di come chiamava? – il tono di Crasso era carico d'amarezza. – È morto. Lo hanno eliminato Tito Annio e il ragazzino là fuori.

– E dove l'hanno trovato?

– Un'intuizione del Molosso, pare, – disse Ortensio sarcastico. – Un'intuizione che lo ha spinto ad abbandonare il suo posto a guardia di Nero e a portarsi dietro Lafreno.

– Se stai alludendo a una possibile responsabilità dei miei uomini... – Crasso puntò l'indice contro il collega.

– Non sto alludendo, sto...

– Pretori, vi prego... – Cicerone cercava di fare da paciere.

– È stata la donna, la concubina di Nero, – disse Ortensio.

– Una donna... – Crasso stentava ancora a crederci.

– Ha ucciso Nero, Bibulus e le due schiave di casa mentre fuggiva, – continuò Ortensio.

– Per gli dèi, ma come è possibile? – Cicerone era sbigottito.

– Se lasci uno storpio e un uomo che non ha mai usato un pugnale in vita sua a fare la guardia... – Ortensio aveva perso il suo Bibulus e non riusciva a farsene una ragione.

– Era una donna, per gli dèi! – Crasso sbottò. – Chi di noi l'avrebbe mai immaginata capace di un simile gesto? Tito ha scoperto dov'era il mercante e ha colto l'occasione. I tuoi uomini probabilmente erano d'accordo con lui.

Cicerone si picchiettò il labbro pensieroso. Non aveva dormito ed era da poco passata l'alba. Persino Ortensio quella mattina sembrava non aver messo la consueta cura nel prepararsi. Dando un'occhiata ai suoi interlocutori, l'oratore pensò che tutti parevano venire da una notte insonne. Si massaggiò le tempie. – E ora?

– Cosa ti ha detto Nero? – chiese Crasso.

– Quello di Nero è un racconto cui è difficile credere, – rispose Cicerone. – In buona sostanza, Nero è... era, un emissario di Quinto Sertorio. Insieme a Flacco, Orsino, Tuberone e Pisone aveva organizzato un complotto volto a riportare a Roma Sertorio con un paio di legioni raccolte nei territori della Repubblica e in Hispania. Volevano sovvertire l'ordine costituito e... Non so, farneticava di un ritorno ai valori fondanti della Repubblica, – Cicerone si meravigliò di non notare alcuno sconcerto nei due pretori.

– D'accordo, ma ha detto dov'è l'argento? – lo incalzò Crasso. – E ha fatto dei nomi? Devono esserci altri coinvolti.

– Molti altri, immagino, – disse Ortensio. – Ma ora calma, collega, diamo a Cicerone il tempo di raccontare.

– Era Sertorio a mandare i messaggi dall'Hispania usando le staffette? – Crasso era stravolto dalla smania di sapere.

– Sono molte, le persone coinvolte. Nero me l'ha confermato. Ma non mi ha detto dov'è l'argento. E no, nemmeno lui era al corrente dei messaggi inviati attraverso le staffette. Però pensava di sapere chi fosse il mittente. Lo ha definito il «piú codardo dei cani traditori». La corrispondenza di Sertorio arrivava via mare, era il mercante a riceverla, attraverso dei pirati cilici. Tutto qui. In verità non mi ha detto nulla di quanto vi interessa davvero. Avrebbe fatto i nomi e indicato il luogo in cui è nascosto l'argento soltanto a voi.

– Dalla bocca di Nero non è uscito niente di utile, a parte l'aver ammesso di essere un emissario di Sertorio? – domandò Ortensio.

– Niente di importante in questo momento e, dato che è morto, non abbiamo nulla in mano. Ha raccontato di come è stato reclutato e delle folli idee di Sertorio.

Crasso, sconsolato, raccolse una pila di fogli ripiegati in piccoli quadrati. La allungò a Cicerone attraverso la scrivania.

– Cosa sono? – chiese l'arpinate.

– Lettere che Sertorio ha inviato a Roma. Non abbiamo le risposte dei congiurati, ma sono sufficienti a comprendere quanto stesse accadendo alle nostre spalle.

Cicerone aprí i fogli. – Nero aveva detto che erano state tutte distrutte.

– Erano nel covo del mercante insieme a sette lingotti d'argento, che è probabile siano la ricompensa per i servigi prestati. Immaginiamo provengano dal «tesoro» che i congiurati hanno racimolato derubando Capella e chissà chi altri. E a questo punto temo che sarà anche tutto quello che riusciremo a recuperare dei venti milioni e mezzo. Il mercante stava fuggendo. Pensiamo che abbia ricopiato le lettere di Sertorio all'insaputa di Nero e dei suoi complici, per poi venderle al miglior offerente, magari a Mitridate stesso, – spiegò Crasso. – Sono molto piú che compromettenti. Mai fidarsi di un cilicio.

– Per Giove...

– Già, – confermò Ortensio. – Sono in ordine cronologico, dalla piú vecchia alla piú recente. Sono state tutte spedite tra quattro e, forse, uno o due mesi fa.

– Avevamo ragione, – disse Crasso, – il complotto era morto e sepolto. Considerando quando sono avvenuti gli omicidi dei senatori, i Valerii devono aver involontariamente scosso l'alveare impugnando il testamento del loro congiunto.

– E Nero ha deciso di fare pulizia... – commentò Ortensio sorseggiando una coppa d'aceto.

– No, non credo, – disse Cicerone. – Nero mi ha detto di non essere il mandante degli omicidi. Anche secondo lui era il mercante, il sicario, ma asseriva di non sapere chi lo stesse manovrando. E mi è parso sincero.

– Per gli dèi! Quanto è frustrante questa situazione! Sappiamo tutto e non sappiamo niente! – Crasso si appoggiò allo schienale del suo scranno. Incrociò le dita sul ventre.

Ortensio si alzò. Si affacciò sul giardino, stiracchiò la schiena. – Le lettere raccontano una storia molto precisa. Non sappiamo se siamo in possesso dell'intera corrispondenza intercorsa tra i congiurati e Sertorio, ma di sicuro è sufficiente a capire come è andata. Le prime due missive sono indirizzate soltanto ad Appio Claudio Nero, – disse. Tornò al tavolo e passò due fogli a Cicerone, che li scorse avidamente.

– Mmh, – l'arpinate restituí le lettere dopo averle lette. – Confermano quanto raccontato da Nero. Resta un mistero però perché abbia deciso di coinvolgere Tuberone e Pisone, – Cicerone si pentí di non averlo chiesto direttamente a lui. – Come fidarsi di due simili voltagabbana di professione? Appio Claudio li conosceva bene.

– Nei complotti servono anche uomini d'azione, gente senza scrupoli, pronta a fare ciò che va fatto senza troppi fronzoli, – commentò Crasso. – Tuberone non vedeva l'ora di comandare delle truppe sul campo, a costo di tradire. Pisone, invece, voleva solo potere e ricchezza. Entrambi stavano avendo la loro occasione per realizzare quello su cui per una vita intera avevano soltanto fantasticato. In cambio hanno fornito supporto e contatti nel mondo dei corrotti e dei corruttibili. Finché i loro interessi avessero coinciso con quelli di Sertorio, sarebbero stati oltremodo affidabili.

Cicerone si picchiettò il labbro. – Capisco.

– E per un po' le cose sono andate bene –. Ortensio scombinò la pila delle carte che aveva davanti. – Sertorio piú volte si congratula per aver raccolto nuovi accoliti (di cui si guarda bene di mettere il nome per iscritto), per aver tenuto Pompeo lontano dall'Hispania, per aver ammucchiato il tesoro che gli serviva per tornare in Italia in armi. Come Scipione, voleva portare la guerra in casa del nemico.

– O come Annibale… – Crasso scosse il capo. – Il Nuovo Annibale, lo chiamavano gli iberi e i lusitani. Per gli dèi…

– Nelle lettere, il Nuovo Annibale, che in realtà si considerava un eroe della Repubblica, dava precise indicazioni su come avrebbe agito, almeno sul piano militare, – continuò Ortensio. – Tuberone e Pisone avrebbero dovuto reclutare in Etruria e Cisalpina dieci, dodicimila uomini. Armarli da capo a piedi e radunarli nei pressi di Volterra. Quindi Sertorio sarebbe sbarcato a nord di Roma e con qualche migliaio di veterani mariani e barbari a lui fedeli avrebbe marciato dritto sull'Urbe. I cilici e Mitridate avrebbero fornito le navi per il trasporto.

Cicerone si sedette su uno sgabello. Sudava, si versò un po' di aceto annacquato. Sentí una fitta allo stomaco.

– Forse. O forse no, – Ortensio incrociò le braccia. – Sembra che l'idea di Sertorio fosse quella di evitare persino lo scontro con le truppe consolari, sperando fossero impegnate contro Spartaco.

– E poi?

Ortensio sospirò. – Poi, già dopo circa un anno dalla prima lettera in nostro possesso, Sertorio ha cominciato a lagnarsi di come i congiurati non rispondessero piú alle sue richieste, e di come il piano stesse procedendo a rilento. In un paio di missive il tono è persino accusatorio. Specialmente da quando i congiurati falliscono nel tenere lontano Pompeo dall'Hispania. A quel punto la sfiducia si è insinuata tra le fila di chi ruotava attorno a Nero e i suoi quattro accoliti. E questo nonostante la raccolta dell'argento da parte di Nero e i suoi andasse a gonfie vele.

– Un neonato morto nella culla, – chiosò Crasso.

– Ad alimentare la diffidenza dei congiurati ha contribuito anche il fatto che non fosse chiaro cosa avesse in mente Sertorio una volta che fosse riuscito a rientrare a Roma, – continuò Ortensio. – Senza dubbio avrebbe rimescolato le carte, forse si sarebbe fatto investire della carica di dittatore e avrebbe stravolto la Repubblica per come la conosciamo.

I tre tacquero. Cicerone si fece portare una brocca di latte di capra. Dentro di sé sentiva crescere potente la frustrazione per non aver potuto interrogare Nero insieme ai pretori.

– Erano solo farneticazioni. Quanto bisogna essere stolti per seguire un uomo del genere? – Crasso batté la mano sul tavolo.

– In fondo, i suoi erano pensieri che formicolano ancora tra molti cittadini, qui a Roma, persino in senato: avrebbe dato un potere senza precedenti ai tribuni della plebe; avrebbe offerto la cittadinanza a coloni e barbari delle province; avrebbe realizzato una riforma agraria, forse simile a quella immaginata dai Gracchi...

– Nero lo descriveva come un visionario, illuminato dagli dèi –. Cicerone bevve una coppa di latte.

– O un pazzo che vive fuori dal tempo, – commentò Crasso.

– E che avrebbe fatto a chi non si sarebbe lasciato convincere? – Cicerone si asciugò la fronte.

– Che mai avrebbe potuto fare? Scommetto che per *convincere* i romani recalcitranti avrebbe usato le liste di proscrizione, – Crasso rise. – Ecco cosa Sertorio il riformatore, l'amico della plebe, avrebbe fatto. Per quelli come lui, il massacro è un destino ineluttabile.

– Chissà... Sertorio, già all'epoca di Mario e Cinna, non ha mai mostrato l'indole del carnefice. Sappiamo tutti che ha tentato di mettere un freno alla sete di sangue di Cinna e ha persino protetto alcuni senatori dalla furia dei *populares*. In politica usava la violenza con moderazione.

– Sarà... – Crasso frugò tra le lettere. Ne scelse una, la passò a Cicerone. – Eppure, le notizie che giungevano dal fronte iberico descrivevano un uomo ben diverso da quello che dipingi tu. Da quella che forse è la sua ultima missiva non si può certo evincere che la moderazione fosse la sua qualità migliore. Per come sono andate le cose, è evidente che anche chi lo conosceva meglio di noi doveva pensarla come me.

Cicerone svolse il papiro. Si mise comodo, stese la pergamena appiattendo le pieghe e lesse. Era uno scritto fitto di piccoli caratteri vergati con mano incerta.

LUCIO QUINTO SERTORIO,
IMPERATOR E SENATORE DEL SENATO DI OSCA,
SCRIVE A LUCIO VALERIO FLACCO POPLICOLA, LUCREZIO GALERIO ORSINO, CATTO MECIO PISONE E GAIO SEMPRONIO TUBERONE

Il vostro silenzio parla chiaro. Mi avete abbandonato e forse lo avete fatto da molto prima che me ne rendessi conto. L'infame Metello ha messo sulla mia testa una taglia di cento talenti e tanti iugeri da coprire lo spazio che ci divide in questo momento. È evidente che una simile viltà nemmeno vi sfiori, ormai. Avete permesso che il senato concedesse l'amnistia ai ribelli di Lepido e ai romani che mi hanno seguito fin qui. Anche i miei uomini mi lasciano. Il richiamo della patria lontana, dopo anni e anni di guerra, è piú forte del sogno che avremmo potuto realizzare. Sono solo. E so che scrivendovi, in fondo, è come se parlassi da tra me e me. Pusillanimi. Non avete avuto il coraggio di rompere le catene che vi legano a quel senato che ha disatteso alle sue funzioni, seguendo l'interesse particolare di questo o quello, spingendo i romani gli uni contro gli altri. Vi immagino intenti a votare per blandire il popolo con pochi, miseri moggi di grano. Vi immagino mentre giacete nelle vostre splendide dimore, ammaliati dal lusso, sedotti dalla pigrizia. Vi applaudo per la recita che avete messo in scena, facendomi credere con parole accorate di essere pronti al sacrificio estremo pur di realizzare il sogno che io vi ho regalato. Il nostro progetto era dunque soltanto un ozioso trastullo? Rido al pensiero che mi avete proposto di arrendermi per subire un giusto processo a Roma, perché solo attraverso il giudizio dei romani avrei potuto essere riabilitato. Quando gli unici a meritare l'onta di un processo avrebbero dovuto essere coloro che fino a poco tempo fa erano i nostri comuni nemici. Quei viscidi parassiti che rinnegano lo spirito puro della Patria, che sguazzano nella corruzione, che dividono patrizi e plebei, fomentandoli a barricarsi dietro le proprie divergenze e diversità: ecco contro cosa e chi combattevamo. Ma adesso è finita. Chissà che farete di tutto l'argento che mi avevate promesso, chissà cosa farete dopo che io sarò morto.

Perché presto berrò le acque del Lete e voi, scommetto, vi sentirete sollevati per la dipartita del mostro che ha sconvolto le vostre esistenze. Vi vedo puntare il dito contro di me, infangare la mia memoria. Quinto Sertorio voleva vendere Roma a Mitridate, direte, pur sapendo che non ho mai concesso nulla al re del Ponto se non quello che già era suo prima che scoppiasse la guerra. Quinto Sertorio ha ucciso bambini inermi, direte, pur sapendo che quei poveri, bellissimi figli d'Hispania sono morti per le colpe dei loro padri e di chi li ha corrotti. Dovrebbe esservi chiaro, ormai, che le vostre mani grondano del loro sangue innocente quanto le mie. Sertorio avrebbe messo a ferro e fuoco l'Urbe, direte, pur sapendo che sarei stato clemente con chi avrebbe combattuto contro di me, convinto delle proprie idee. Voi sapete che io non sono Mario, Silla o Cinna, anche se non avreste potuto chiedermi di risparmiare i corrotti e i pusillanimi, i voltagabbana e i traditori del popolo romano. Direte questo e molto altro, sapendo in cuor vostro che non avete tradito me, ma la Repubblica. Voi mi conoscete e farete finta di non comprendere piú le mie ragioni, accodandovi a chi infangherà il mio nome.

Eppure nulla importa, perché io sarò morto e vi avrò dimenticato. Mi consola andarmene con la consapevolezza di aver visto il futuro dei romani negli occhi di questi meravigliosi iberi, celtiberi e lusitani, puri come acqua di fonte, pronti a diventare quel che noi siamo stati. Combattono senza paura, sono sfrontati, incoscienti, persino ingenui: sono terreno fertile che attende solo il seme di Roma. Saranno loro, i nuovi cittadini, e voi dovrete accettarlo, sempre che viviate abbastanza a lungo per vedere ciò che ho visto io. Il vostro immobilismo e i vostri silenzi sono la causa di tutto questo. Avremmo protetto i romani da loro stessi, da quel senato che senza di me sarà libero di divorare i propri figli come Urano. Spaventati dall'ignoto, preferite restare lí, a crogiolarvi nel tepore dello stato di fatto, come cullati dal seno materno, trovando giustificazione nelle bugie di chi mi vuole folle e sanguinario. Non tornerò a Roma per farmi processare. Non tornerò mai piú nell'Urbe. Morirò qui, nella mia casa, in mezzo ai migliori romani che ho conosciuto e che chiamate barbari. Ma siete voi, i barbari, e mi avete tradito. Sono stanco. Voglio riabbracciare i miei cari, il povero Irtuleio, e tutti coloro che sono caduti al mio fianco in questi decenni di ferro e sangue. Pensate che possa temere Ecate? Le ho mostrato tante volte chi prendere, posso oggi considerarla un'amica, l'ultima rimasta, forse. Vi disprezzo. Miseri apparite ai miei occhi, traditori di voi stessi, scimmie, simulacri di uomini.

Io vi maledico.

– Si definiva *imperator* e senatore, buffone, – commentò Crasso. – Buffone con manie di grandezza!

– Va di moda di questi tempi, – la frecciata di Ortensio al collega cadde nel nulla. – Il buffone, come lo definisci tu, ha resistito dieci anni con truppe raccogliticce, infliggendo cocenti sconfitte alle nostre ben armate legioni.

– Fortuna! E incapacità di Metello, – ribatté Crasso.

– A quando risale questa lettera?

– È verosimile che sia stata inviata quando ormai anche a Sertorio è stato chiaro che tutto era perduto. Al massimo un paio di mesi prima della sua morte.

– Nero mi ha raccontato una storia simile. Mi ha detto che parecchi dei coinvolti spingevano affinché Sertorio si consegnasse e accettasse di subire un processo, – considerò Cicerone. – Devono essersi spaventati.

– O si sono resi conto delle stronzate che diceva, – Crasso si schiarí la voce. – Era un illuso che viveva in un passato che forse non è mai esistito.

– O che è esistito ed è irrimediabilmente andato, – precisò Ortensio. – Dovremmo domandarci come mai ogni tanto qualcuno rimanga affascinato da idee cosí ridicole, da sogni irrealizzabili.

– Perché sono irrealizzabili? – Cicerone era indispettito. – Non desideriamo tutti un equilibrio tra plebei e patrizi?

Ortensio sorrise. Si grattò la punta del naso con una foglia d'alloro. – Il mito dice che Prometeo volesse cambiare l'ordine delle cose. Sappiamo bene che fine ha fatto.

– «Non avreste potuto chiedermi di risparmiare i corrotti e i pusillanimi, i voltagabbana e i traditori del popolo romano». Be', sarebbe stata una strage comunque, di questi tempi... – Crasso ridacchiò.

Anche Ortensio si lasciò scappare un risolino.

Cicerone invece non ci trovò nulla di divertente. Trattenne il respiro per un lungo istante. Appoggiò la lettera sulle ginocchia. Guardò il soffitto. Espirò. Aveva caldo, sebbene il sole non fosse ancora alto nel cielo. – Eppure Sertorio sembrava credere in ciò che diceva...

Crasso si alzò. – Ed è riuscito a convincere chissà quanti qui a Roma della bontà delle sue farneticazioni!

– Stavo proprio pensando a Nero, – disse Cicerone. – Ha usato quasi le stesse identiche parole.

– E immagino che se avessimo potuto interrogare gli altri, ci avrebbero ripetuto la medesima montagna di escrementi fumanti.

– Lo avevano abbandonato già due anni fa, – Cicerone si picchiettò il labbro. – Che assurdità! Tutti questi morti per qualcosa che è defunto da cosí tanto e non ha portato a nulla di concreto...

– Vorrei proprio conoscere il nome del «cane traditore» che mandava i messaggi dall'Hispania, – Crasso sospirò.

– Temo che non lo scopriremo mai, – Ortensio sorrise.

– Magari se trovassimo Erennia...

Ortensio si disse d'accordo. Passò una mano su una decina di lettere ancora sparse sulla scrivania di Crasso. – Il complotto, alla fine, è esistito soltanto per quei cinque e Sertorio.

– E il loro misterioso congiurato ispanico, – aggiunse Crasso.

– Sí, e forse lui.

– Mi piacerebbe sapere pure che fine ha fatto l'argento... – Crasso incrociò le braccia. Stava pagando a caro prezzo la scarsa abitudine a provare disappunto.

– Tito Annio... Dov'è adesso? – Cicerone si rese conto della mancanza dell'ex centurione soltanto allora.

– Sta dando la caccia alla puttana ibera, – rispose Crasso.

– Non solo è riuscita a uccidere due uomini e due donne in un battito di ciglia, ma ha persino fatto perdere le sue tracce! – Ortensio applaudí. – Un vero *monstrum*! È diretta verso il mare, dicono l'attenda una nave cilicia.

Cicerone si picchiettò ancora il labbro, pensieroso. – Ma che razza di storia è questa?

– Me lo chiedo anch'io, – bofonchiò Crasso.

– Pretori, senatore... – Tito apparve sulla soglia della stanza.

Cicerone abbozzò un sorriso. – Nottata difficile, centurione?

– Non immagini quanto.

Crasso gli fece segno di entrare. – E allora?

– Niente. – Tito si attaccò a una brocca. Che fosse vino o acqua poco importava: era assetato. – Sparita.

– E cosí siamo fottuti, – Ortensio si sedette. – Vorrei tanto una coppa di vino...

– Dobbiamo prendere quella bastarda! – Crasso avanzò verso il suo Molosso, minaccioso. – A noi serve quella donna!

– Calma, collega, calma, – Ortensio annusò una brocca. Aveva trovato ciò che cercava.

– Senza sapere dove è diretta, come potremo mai raggiungerla? E anche se indovinassimo la direzione... – considerò Tito.

– Abbiamo ancora una o due notti, poi la luna comincerà a diventare calante –. Lo incalzò Crasso. – Dimmi cosa ti serve e te lo darò. Uomini, cavalli...

– Nobile Crasso... Ti assicuro che voglio catturare quella cagna quanto te, ma cosí... Dovrebbe essere un colpo di fortuna. Credi alla fortuna, pretore?

– Attento a come parli, centurione, – Crasso lo rimise in riga. Passò freneticamente in rassegna i fogli sul tavolo. – Deve pur esserci un indizio, qui da qualche parte!

A Cicerone sfuggiva qualcosa. Sentiva di sapere dove fosse diretta Erennia. Perlustrava la memoria alla ricerca di un'informazione, di una notizia, che aveva ricevuto da chissà chi e chissà quando. Chiamò Tirone.

– Che succede? – domandò Ortensio.

– Forse ho modo di sapere dove sta andando, – rispose Cicerone.

Lo scrivano accorse. – Devo prendere appunti? – chiese.

– No, mio buon Tirone, – Cicerone lo prese per le spalle. – Hai con te le tavolette dell'interrogatorio di Plauzia?

Tirone mise a terra la cassetta contenente i ferri del mestiere, frugò. – *Eureka*! – esclamò. Estrasse una piccola pila di tavolette. Ne scelse una e la mostrò al suo padrone, che si illuminò. – Ecco dov'è diretta! – Cicerone passò la tavoletta a Ortensio.

Il pretore la prese, la girò e rigirò, gliela restituí imbarazzato. – Non sembra scritta in latino.

– Ah, già. Tachigrafia... – Cicerone la restituí a Tirone. – Leggi il punto in cui Plauzia parla della villa di Flacco.

Tirone muoveva le labbra mentre scorreva i segni tachigrafici. – Qui, Plauzia dice: «Quando un collega senatore gli chiedeva se si fosse ammattito a comprare tutta quella terra sulla costa, a qualche miglio a nord di Laurentum, nel nulla, lui rispondeva: "Sai, mia moglie vorrebbe una villa al mare..." Oppure, quando ha commissionato le statue all'ingresso: "Sai mia moglie è devota a Venere..."».

– Può bastare, Tirone, – lo interruppe Cicerone. – Dico che è lí che è diretta: l'inspiegabile villa di Flacco a Ostia!

– Quale villa? – Crasso si fece attento.

Ortensio sgranò gli occhi. Si picchiò la fronte. – È vero! Ah, Bibulus... Se ci fosse stato lui qui, ora... Dannazione! Quando interrogò lo schiavo di Pisone, quello gli disse che Tuberone e il suo padrone avevano avuto una diverbio in merito a qualcosa da spostare da una villa vicino a Ostia!

– Un tratto di costa privato serviva ai congiurati per ricevere i messaggi di Sertorio dai cilici, – confermò Tito.

– Hai detto «qualcosa da spostare»? – chiese Crasso. – Forse si riferivano all'argento?

– Può essere, – considerò Cicerone. – Nero mi ha detto che Tuberone e Pisone non riuscivano ad accordarsi su come impiegare l'argento dopo la morte di Sertorio.

– È lí che sta andando Erennia, – sentenziò Tito. – Ci rimane poco tempo. Nobile Crasso, ho bisogno di due cavalli e un uomo. Prenderei Lafreno, se il nobile Ortensio non ha nulla in contrario.

Ortensio acconsentí. – Prego. Disponi di lui come fosse un tuo sottoposto. Ma attento: il ragazzo è strano e non so come abbia reagito alla morte di Bibulus.

– Ce la caveremo.

– Troverai due cavalli pronti alla porta Trigemina, – disse Crasso.

– Bene. La prendiamo, quella figlia di una lupa. La prendiamo, per gli dèi.

– Riportala qui per me. Viva, – disse Crasso. – E cerca l'argento, già che ci sei.

Tito uscí dal *tablinum* e andò dritto da Lafreno. – Ragazzo, vuoi prendere la puttana che ha ucciso tuo padre?

Lafreno smise di incidere il suo cavallino. – Me lo ordini?

– Te lo chiedo.

Il ragazzo ci pensò un po' su. Fece dondolare il testone spettinato.

– So dove sta andando, – Tito gli diede una spintarella.

– Devo ucciderla.

– Vedremo. Ora, ascoltami bene: con lei potrebbe esserci una persona a cui tengo molto e che non c'entra niente. A lei non deve accadere nulla, d'accordo? E ti devi dimenticare di averla vista.

– Sono questi gli ordini?

– Sono questi gli ordini.

Lafreno emise un brontolio, poi diede il cavallino di legno a Tito.

– Cosa significa? – domandò Tito.

– Che va bene.

– Lo metterò qui, d'accordo? – Tito aprí la sua sacca per deporvi il cavallino di legno. Notò che lo scrigno con il veleno era socchiuso e si rese conto che non conteneva la fiala con il liquido scuro, ma una piú piccola piena di qualcosa di oleoso, trasparente. L'afferrò, la stappò, e nell'aria si diffuse un dolce profumo di rose.

– Flavia, dannazione!

Erinni

Roma, anno 681 ab Urbe condita, quarto e terzo giorno prima delle none di quintile
(4 e 5 luglio, 72 a. C.)

Erano uscite dalla città da una delle porte piú trafficate. Flavia aveva fatto affidamento sulle difficoltà che i pretori avrebbero incontrato nell'organizzare la caccia. Avevano abbandonato il carro lungo la strada Ostiense e poi, in un'ansa nascosta del fiume, erano montate su uno dei barconi che facevano la spola tra Roma e Ostia. Il barcaiolo, uomo fidato ed esperto nel contrabbandare fuggitivi dai tempi delle liste di proscrizione di Silla, non fece domande: per lui si trattò soltanto di un temporaneo, ben remunerato ritorno alle vecchie abitudini.

Erennia era straordinariamente tranquilla. Se ne stava in un angolo della barca, sonnecchiava, pareva abituata a quelle situazioni: uccidere, fuggire...

Flavia, appoggiata alla gerla che aveva riempito con l'occorrente per la fuga, l'osservava di sottecchi.

Erennia se ne accorse. – Che hai? Riposati. Non hai dormito, stanotte, e abbiamo bisogno di essere in forze. Ne dobbiamo ancora fare, di strada, per arrivare puntuali all'appuntamento con la nave.

– Non ho sonno, – rispose Flavia.

– Come vuoi, – Erennia si voltò su un fianco e chiuse gli occhi. – Non pensare piú a Nero e a Galla, Mammina. Dimentica i morti, già loro pensano troppo a noi.

– È il fiume. Mi mette a disagio.

– Presto o tardi Galla verrà avvolta dalla nebbia del tempo. E il Tevere tornerà a essere soltanto il Tevere.

Se verrai in Hispania con me, potrai cominciare una nuova vita.

Flavia annuí grave. – Che razza di arma è quella? – chiese poi.

– L'ho fatta io con le mie mani –. La celtibera le passò il sottile gambo di ferro con il manico.

La donna lo prese tenendolo davanti a sé con due mani.

– È il gambo di un *pilum*. Sai cos'è un *pilum*?

– Certo, è il giavellotto dei legionari –. Sulla punta dell'arma c'erano ancora tracce di sangue e un piccolo grumo con un capello. A Flavia si torse lo stomaco. La riconsegnò a Erennia che la sciacquò nel fiume.

– Esatto. Questo, in particolare, era infisso nello scudo di mio padre quando ho trovato il suo corpo sul campo di battaglia.

– Oh, – disse Flavia.

– Già. Ero piccola. Decisi quindi di creare un'arma che potesse andar bene per la mia statura e il mio peso di allora. Volevo ucciderci quanti piú romani potevo. Gli ho aggiunto un manico in legno, cosí da poterla lanciare o usarla in questo modo, – Erennia fendette l'aria con un affondo. – Ma è metallo dolce: bisogna avere una buona mano.

– Te ne intendi di armi e guerra, tu.

– Mammina, noi donne celtibere sappiamo combattere, se serve.

Flavia le diede le spalle. Non voleva che la vedesse in faccia mentre le chiedeva: – Hai ucciso Nero con quella?

– Sí, ma preferisco non parlarne.

– Io preferirei di sí, invece. Visto che avrebbe dovuto essere la mia vendetta, che, a detta tua, mi è stata negata dagli eventi.

– Gli ho trafitto la gola dal basso. E mentre era in ginocchio gli ho infilato due dita del gambo di metallo nella nuca, ruotando. Cosí, – mimò il gesto. Sul viso le comparve un'incomprensibile espressione di repulsione.

– Gli hai fatto un buco in testa, – Flavia pensò a Galla. – Un atto di pietà.

– In un certo senso. Adesso sai come è morto e io voglio riposarmi, quindi... – Erennia gettò uno sguardo al barcaiolo, un uomo abituato a fingere di non ascoltare, poi si rannicchiò e richiuse gli occhi.

Com'era diversa dalla donna disperata che le aveva chiesto aiuto due giorni prima, pensò Flavia. Persino la voce era piú profonda: faticava a immaginarla vittima e carnefice al medesimo tempo. Provò un tale e profondo disgusto per lei che quasi le diede il voltastomaco.

Su indicazione di Erennia, vennero sbarcate poco prima di raggiungere Ostia. Il barcaiolo ricevette la seconda parte della sua ricompensa.

Le due donne, sole, con pochi bagagli, si incamminarono. Si tennero lontane da tutto e tutti. Incontrarono i pochi abitanti del litorale: qualche carro, qualche mulo carico di prodotti agricoli e pesce diretto verso Roma, null'altro.

Flavia non sapeva dove stessero andando e, quando chiedeva lumi a Erennia, quella rispondeva semplicemente: – A sud, lungo la costa.

Procedettero svelte per forse cinque ore. Per Flavia era difficile stimare le distanze. Erennia svoltò all'improvviso verso il mare, seguendo una stradina all'apparenza poco battuta.

Percorsero ancora un miglio fino a giungere in vista di un grande cantiere. Il posto sembrava abbandonato: pile di mattoni e mucchi di calce, travi di legno, cumuli di pietre, secchi, picconi e pale... Tutto invaso da una rigogliosa flora.

Al centro del terreno stava il grande basamento di quella che forse avrebbe dovuto diventare un'elegante *domus* costiera. Il mare da lí non era visibile per via della vegetazione, ma Flavia aveva la sensazione che fosse molto vicino. Un solitario gabbiano fluttuava sostenuto dalla brezza che soffiava dal Tirreno. Il cielo era terso, il sole, rovente, incombeva ormai a perpendicolo su di loro. L'aria era pregna dei profumi della macchia mediterranea e il canto delle cicale era quasi assordante.

Erennia si sedette su una colonna stesa in mezzo allo spiazzo davanti al cantiere. Si massaggiò i piedi.

Flavia si asciugò il viso con la stola che le copriva la testa, depose la gerla e si mise di fronte alla compagna, su un capitello corinzio di pregevole fattura.

Erano sudate. Mangiarono un tozzo di pane e metà di una caciotta che Flavia aveva portato per il viaggio. Bevvero grandi sorsi d'acqua da un otre in pelle di capra. Lo svuotarono e per un po' stettero in silenzio.

– Che posto è questo? – chiese Flavia.

– È la villa di Flacco, – rispose Erennia.

– Chi?

– Lucio Valerio Flacco Poplicola. Non ne hai mai sentito parlare?

Flavia ci pensò su, si grattò la cicatrice. – Sí, è uno dei senatori morti nelle settimane scorse, se non sbaglio.

– Esatto, il vecchio Poplicola ha comprato questa terra per costruirci una villa che sapeva benissimo non avrebbe mai visto ultimata.

– Che intendi dire?

Erennia sorrise, come se le fosse tornato in mente un ricordo divertente. – Niente.

– Perché siamo venute proprio qui?

– Perché è in riva al mare, è tranquillo e appartato. Un

buon punto dove attraccare senza essere visti. Flacco lo aveva scelto per questo.

– Ah, anche lui aveva a che fare con mercanti e pirati cilici?

– Oh, sí, – rispose Erennia.

Flavia frugò nella gerla ed estrasse una piccola anfora. La scosse. – Ho un po' di vino annacquato. Ti va?

– Alle donne romane non è vietato bere? – chiese Erennia maliziosa.

– Vedi uomini romani in giro? – ribatté Flavia appoggiando le labbra all'anfora.

– No.

– E allora... Dovremo pur ingannare il tempo, – passò il vino alla celtibera.

Erennia bevve. Fece una smorfia. – Che ci trovate, poi, nel vino, voi popoli del Sud... Per me rimarrà sempre un mistero.

– Ci troviamo la verità –. Flavia si fece restituire l'anfora, la tappò e la ripose con cura nella gerla. Tirò fuori una piccola *laguncula* di metallo e bevve una sorsata d'acqua.

– È di un militare, quella, vero?

– Il mio secondo marito era un legionario.

– Sei stata sposata?

Flavia annuí.

– E lui dov'è? È morto in battaglia?

– Sí, – rispose Flavia, – anni fa.

– Ti manca?

– No.

Erennia si stese supina sulla colonna. Seguí nel cielo le evoluzioni del gabbiano per un po', facendo schermo ai raggi del sole con la mano. – Mi sono sempre chiesta perché un cosí bel faccino come il tuo sia stato rovinato da quella cicatrice.

– Me la fece il mio primo marito.

– Spero tu gli abbia fatto pagare uno sgarro del genere.

Flavia si coricò nell'erba, appoggiò la testa al capitello. – Agí per amore, che tu ci creda o no.

– Mi riesce difficile crederlo, però è vero: l'amore è una tale follia che a volte spinge uomini e donne alla grandezza e alla turpitudine in egual misura.

Flavia non commentò.

– E cosa faceva per vivere, il tuo primo marito?

– Del suo meglio.

– Come chiunque, – Erennia sospirò.

– Già –. Flavia tacque per un po', poi spostò il discorso su Erennia. – Ho sempre pensato che amassi Nero. Conosco la gente, vi ho visto insieme: non poteva essere tutta una commedia.

– L'ho ucciso, questo cosa ti fa pensare? – chiese secca la celtibera. Si mise cavalcioni sulla colonna. Scosse i riccioli neri.

– «L'amore è una tale follia che a volte spinge uomini e donne alla grandezza e alla turpitudine in egual misura», – ripeté Flavia.

– Non ne voglio parlare. Dammi una mano, – Erennia si alzò e a passi svelti si diresse verso una piccola tettoia. – Vieni!

Prese a trafficare con una grande, anonima anfora piena d'olio. C'erano fiaccole avvolte in un panno.

– Aiutami, – ordinò.

– A che servono? – chiese Flavia.

– A comunicare con la nave che ci verrà a prendere. Basterà piantarle sulla spiaggia, due piú a nord e due piú a sud, e loro capiranno che siamo arrivate e li aspettiamo. Tenendo la prua nel mezzo eviteranno le secche.

– Lo hai già fatto?

Erennia sorrise. – Qualche volta.

Andarono sulla spiaggia, superarono alte dune coperte di giunchi e finalmente videro il mare. Il sole aveva cominciato a calare lentamente a ovest.

Piantarono le coppie di fiaccole intrise d'olio lasciando uno spazio di una trentina di piedi tra una e l'altra.

– Adesso, – disse l'ibera, – prepariamo una piccola catasta di fascine. La legna è già pronta alla villa, dobbiamo solo accumularla qui, – indicò un punto ai piedi delle dune.

E cosí fecero. Svuotarono anche la gerla di Flavia per velocizzare il lavoro.

In un'ora tutto era predisposto.

– Non appena il sole sarà calato, accenderemo il fuoco e cominceremo a scrutare il mare. Loro sono là fuori, lontano. Aspettano un segnale per avvicinarsi, – disse Erennia.

– E fino ad allora che facciamo? – domandò Flavia.

– Niente, beviamo il tuo vino. Non è birra, ma me lo farò andare bene.

Erennia fece un piccolo falò dietro l'ultima duna in vista del bagnasciuga, poi andò ad accendere la pira e le torce in riva al mare. Quando tornò, Flavia le passò l'anfora.

L'ibera bevve a grandi sorsate. Si versò un po' di vino sulla veste. Rise. Si pulí la bocca con il dorso della mano. Flavia notò per la prima volta che sull'abito c'erano anche piccole macchie di sangue.

– Uh, – disse Flavia, – mi gira la testa.

– Una donna come te, Mammina…

– Vuol dire che c'è ancora una brava romana timorata degli dèi in me, nonostante tutto, – si stese sulla sabbia.

– Ma sí, – disse Erennia, – riposa: ci aspetta un lungo viaggio. Ti piacerà, vedrai, la mia terra. È cosí verde e dolce e aspra, come le genti che la popolano. Ti piacerà portare al pascolo le greggi. Imparerai ad andare a cavallo e a caccia. E magari, chissà, conoscerai il tuo terzo marito e avrai i figli che non hai avuto. Ti insegnerò la mia lingua, come si pregano i nostri dèi e a danzare attorno al fuoco, sotto le stelle...

Flavia le dava le spalle. Rannicchiata, si era tirata la stola sulla testa. Respirava lenta, regolare, illuminata dallo strascico di un sole arancione scivolato ormai oltre il crinale della duna.

Erennia attese. Il viso le si velò di un'infinita tristezza. Flavia le piaceva. Eppure la celtibera era un fiume in piena che fino ad allora aveva travolto tutti quelli che aveva incontrato sul suo cammino, che lo meritassero o no. Il suo destino era stato scritto da un'altra mano, e lei doveva solo seguire le righe tracciate col sangue, senza porsi domande. Strinse l'arma, chiuse gli occhi. Lottò contro la tentazione di risparmiarla. Si alzò e, piano, silenziosa, si avvicinò alla donna.

– Tu non sai chi sia Amor, vero? – le chiese Flavia senza voltarsi.

Erennia fu colta alla sprovvista, nascose il *pilum* dietro la schiena. – Pensavo stessi dormendo.

– Tu non sai chi è Amor, Erennia, vero? – insistette l'altra.

– Non so a cosa ti riferisca.

– Il «terribile Amor», cosí hai detto stanotte.

Erennia tentennò. – Ah, Amor... Non è forse un tizio che lavora con te?

– Hai mai visto qualcuno oltre a Castore e Polluce al mio seguito, Erennia? – rispose Flavia.

– Magari è qualcuno che conosci di cui abbiamo parlato. Avrò detto un nome a caso...

– Amor sono io.

– Che stai dicendo? – Erennia portò di nuovo l'arma lungo il fianco.

– È il nome con cui mi chiamavano a casa, quando ero piccola. Il mio nome segreto, Erennia. Lo conoscevano solo mia madre, mio padre, i miei fratelli... e Galla.

– E con ciò? – disse Erennia facendo un passo nella sabbia verso Flavia. – Avrò sentito uno dei vostri stupidi soprannomi, giú nella Suburra. Ci sarà un Amor, da qualche parte.

– Mi hai pure detto che il Tevere tornerà a essere soltanto un fiume, per me, quando avrò dimenticato Galla. Ma tu non sai che fine ha fatto il suo corpo.

La celtibera non replicò.

– E hai ammazzato Nero nello stesso insolito modo e con la stessa insolita arma che ha ucciso la ragazza...

Erennia puntò il *pilum*. – Non ha piú importanza, ormai, Flavia. E, per gli dèi, non sai quanto mi dispiaccia fare ciò che sto per fare.

– Lo hai detto anche a Galla, dopo che l'avete torturata a quella maniera?

– Flavia...

– Per te sono Mammina, brutta puttana. Fai quel che ti pare, – disse Flavia voltandosi, – ficcami pure il tuo metallo nel petto, tanto io ti ho già uccisa.

Erennia rimase interdetta.

Flavia si frugò e poi lanciò ai piedi della celtibera un piccolo oggetto. Erennia lo raccolse, lo prese tra le dita liberandolo dalla sabbia, sbiancò. Osservò la fiala alzandola verso la luce dei fuochi.

– Se fossi stata abituata a bere vino ti saresti accorta che aveva uno strano sapore –. Flavia sorrideva perfida. Si mise in ginocchio, cominciò a ridere. – Ho avuto la mia vendetta. Ora fai quel che devi fare, quali che siano le tue ragioni.

Erennia indietreggiò incerta. Strinse gli occhi come un felino pronto ad attaccare, urlò con tutto il fiato che aveva in gola e scagliò il suo dardo oltre la testa di Flavia. Si lanciò su di lei e le strinse il collo. Flavia tentò di opporre resistenza, ma la celtibera era forte e la schiacciava con il suo peso. La vista le si stava appannando e pensò di essere prossima alla morte quando Erennia, all'improvviso, la lasciò e rotolò via ansimante. Corse verso il mare. Vi entrò fino alle ginocchia, bevve acqua salata cercando di vomitare, ma non ottenne altro che di contorcersi in violenti conati. Uscí dalle onde, imprecando nella sua lingua barbara, calciando l'aria e invocando i suoi dèi.

Tornò verso Flavia. Si abbandonò a pochi passi da lei.

– Non vuoi piú uccidermi? – chiese Flavia massaggiandosi il collo.

Erennia scosse il capo. – Che senso avrebbe, ormai? – Affondò le dita nella sabbia, cominciò a piangere. – Tu... tu non sai cosa hai fatto!

– Ho ammazzato l'assassina di Galla! – Flavia la fissava piangendo. – Aveva quindici anni, Erennia! Perché?

– Perché era un ostacolo! Cosa credi, stupida, misera donna? Che abbia goduto nell'uccidere Galla, o Samellia e Marcellina? O Plauzia? Per gli dèi, Plauzia mi amava! Lei mi amava... Meravigliosa, piccola, ingenua Plauzia. E anche Nero... Mi amava e si fidava di me! – Erennia piangeva e si percuoteva il petto.

– Tu e Nero non eravate altro che due cani degli inferi! – Flavia stringeva il pugno a un palmo dal naso della celtibera. – Tutto quel male... Ho visto il corpo di Galla, sai? L'avete... Oh, ma gli dèi mi hanno ascoltata, – digrignò i denti in segno di sfida.

– Nero non c'entra niente. O meglio, non l'avrebbe uccisa, – Erennia si graffiò le guance. – Nero, povero Nero.

Amava le cose belle e l'abbiamo trasformato in un mostro. E tu, Flavia, che hai impedito che il disegno degli dèi si realizzasse, hai reso vana tutta questa sofferenza.

– Ma che stai dicendo? Gli dèi mi hanno soltanto permesso di fare giustizia!

Erennia rise. – Fare giustizia era il compito che il destino aveva assegnato a me. Tu non sai cosa sia giusto o sbagliato… Sei solo ciò che sei. Ma io sono molto piú di quanto vedi. O almeno lo ero… – Si afflosciò. Ebbe un altro conato di vomito, il veleno cominciò improvvisamente ad agire.

– Che giustizia sarebbe uccidere povere ragazze indifese?

– Erano come montagne da scalare, fiumi in piena da attraversare, erano ostacoli.

– A cosa?!

Erennia sospirò, gli occhi velati di lacrime. – L'uomo che mi ha mandato qui si chiamava Quinto Sertorio, un generale, un grande uomo.

– Quel Quinto Sertorio?

Erennia annuí. – Mi chiamava figlia, capisci? – Erennia ebbe un conato ancora, farfugliò. – E in cambio mi ha chiesto di far parte del suo sogno. Nessuno ti ha mai offerto tanto, vero?

– Sei la figlia di Sertorio?

Erennia fu scossa da una risata. – Sí. Come molti altri, come Nero… Come Roma. Ma ero io l'unica che lui chiamava figlia. Diceva che ero il vero dono che gli dèi avevano voluto fargli, la sua gioia e il suo orgoglio –. Vomitò. – Non ho fatto niente di sbagliato. Ho solo esaudito il volere di mio padre. Era necessario! – urlò, sbavando.

Poi si alzò, afferrò Flavia per le spalle. – Lo ammetto: ho provato piacere mentre osservavo Flacco bere la fiala con il veleno che l'ha ucciso; ho provato piacere quando il mercante ha ucciso Tuberone e quando Pisone si è gettato dal ponte. E persino quando il vecchio Orsino si è tagliato le vene davanti ai miei occhi. Ero lí con loro quando sono morti, ed è stato un piacere leggere nei loro sguardi la disperazione per le conseguenze del tradimento, sgomenti di fronte alla vendetta di Sertorio. E ora... Tu e il tuo cuore spezzato mi avete impedito di completare l'opera. Ne mancava uno, Flavia... Uno. Dovevo ucciderne ancora uno, laggiú in Hispania. E giustizia sarebbe stata fatta, – la celtibera singhiozzava, si cospargeva di sabbia la testa e il viso.

– Che padre è uno che chiede alla figlia di uccidere in suo nome? Dov'è l'amore in tutto questo?

Erennia tentennò. – Sertorio mi ha sognata, e ora che è morto mi ha lasciato in eredità il suo disprezzo e il suo odio. Capisci? Sono una furia, sono una dea! Come se lui nel suo ultimo bacio mi avesse soffiato dentro il mio destino. Ed era fuoco. E il fuoco mi brucia! L'amore di mio padre mi brucia! – l'ibera si stracciò la veste. – Brucia! – corse verso il mare gridando frasi incomprensibili.

Flavia la seguí, la vide tuffarsi nell'acqua nera. Le ultime parole che riuscí a comprendere furono: – Io sono Erennia, figlia di Ertogeno di Artobriga e di Quinto Sertorio e non sono piú niente.

Tito smontò da cavallo. Lafreno lo imitò. – È questo il posto di cui parlava Cicerone?

L'ex centurione controllò in giro e trovò la gerla di Flavia a terra. Poco lontano, un mucchio di cianfrusaglie che avrebbero potuto essere il suo contenuto. Le esaminò e riconobbe la *laguncula*. Sentí un senso di oppressione al petto. – Sí, è questo –. Il sangue gli pulsava nelle tempie. Il dolore che provava nello stringere il pugnale di Gabello con la mano ferita era diventato un fastidio remoto.

Lafreno vide una grande buca proprio dietro la colonna adagiata al centro del cantiere. Ci guardò dentro. C'erano i resti di un'anfora rotta. Allungò il braccio, frugò tra i cocci ed estrasse un pezzo d'argento grande come il palmo della mano. – Il tesoro di Flacco era qui, – disse. Lo mostrò al compagno, assieme ad altri tre lingotti. Dovevano essere sfuggiti ai cilici mentre caricavano in fretta e furia il bottino sulla nave.

– Infilali nella sacca e tienili nascosti. Capiremo dopo cosa farne, – ordinò Tito.

Uno stormo di uccelli neri si alzò in volo dalle frasche, all'improvviso.

Lafreno li osservò sparire oltre le cime degli alberi, verso l'interno. – Cosa significa? Sono un brutto segno?

– Che ne so? – Tito strinse l'amuleto a forma di cazzo che portava al collo. Dov'era la sua piccola donna di ferro?

– Là! – Lafreno indicò un filo di fumo alzarsi sopra i pini marittimi, in direzione del mare.

Tito, abbandonata ogni cautela, si avviò a passo svelto verso la spiaggia, Lafreno lo seguí.

Scavalcarono una duna. Trovarono i resti fumanti del falò e le torce. L'ex centurione aguzzò la vista e scorse qualcosa che ondeggiava sulla linea del bagnasciuga. Era lucido, brillava e biancheggiava nella luce del primo sole. Era il corpo di una donna. Tito corse in acqua. Quando raggiunse il cadavere tirò un sospiro di sollievo. – Deve essere Erennia, – commentò. La voltò. I grandi occhi verdi erano ormai opachi, spenti. La bocca era contratta in una sorta di ghigno agghiacciante.

– Sono qui! – Tito sentí la voce di Flavia. Fu come se avesse udito il canto di un uccello. Vide sua moglie rannicchiata, un fagotto scuro, ai piedi di una duna. La raggiunse. Flavia stringeva le ginocchia al petto, infreddolita.

– Sei ferita? – chiese Tito.

Flavia fece di no con la testa. Lui le si sedette accanto. Notò dei segni sul collo. – E questi?

– Non è niente. È stata Erennia a uccidere Galla. Non so se l'abbia anche torturata. Credo che sia stato Nero a massacrarla, ma lui non l'avrebbe uccisa. Lei invece ha deciso di eliminarla.

– Perché?

– Non lo so. Mi ha detto che era d'intralcio alla sua missione.

– Quale missione?

Flavia si strinse a Tito. – Mi ha detto di essere la figlia di Sertorio... Farneticava a proposito della morte di quattro senatori. Mi ha persino detto che avrebbe dovuto uccidere ancora qualcuno, in Hispania. Hanno un senso queste parole per te?

– Sí, credo di sí –. Tito le baciò la fronte. – Hai usato il veleno, eh? Alla fine sei riuscita ad avere la tua vendetta –. Flavia rabbrividí. La abbracciò. – E adesso Galla non urla piú?

– Non urla, ma nemmeno sorride.

– Già, – Tito le tolse la sabbia dalle spalle. – Ma sei stata brava, quella non era una donna qualsiasi.

– È vero che ha ammazzato quattro senatori?

– Credo di sí.

Tacquero. Per un po' ascoltarono il mare. All'orizzonte si poteva ancora scorgere la vela dei pirati.

– Eri tra gli uomini che hanno fatto irruzione nella villa di Nero ieri notte?

Tito annuí. – Temevo che t'avrebbe uccisa.

– Stava per farlo.

– I cilici hanno preso tutto l'argento vero?

– Sono sbarcati, hanno visto Erennia morta, sono andati alla villa e hanno caricato decine di anfore sulla nave.

Se c'era argento, dentro quelle anfore... Be', in quel caso, sí, se lo sono portato via. Non mi hanno vista, o forse mi hanno ignorata.

– Meglio cosí. Ascoltami bene: tu non sei mai stata qui. Racconterò che Erennia è stata uccisa dai cilici, che le hanno portato via l'argento. Fine.

– Voglio solo dimenticare –. Flavia indicò poi Lafreno, che stava accoltellando il corpo della celtibera. – Che fa?

– Anche lui sta avendo la sua vendetta.

Flavia si strinse forte al marito. Almeno lui era caldo ed era vivo.

Le ragioni di un traditore

Roma, anno 681 ab Urbe condita, none di quintile
(7 luglio, 72 a. C.)

Terenzia teneva Tullia per mano. La bambina faticava a mantenere il passo della mamma.

– Su, Tuliola, non farti tirare...

– *Dada* sta leggendo, non vuole essere disturbato, lo sai, – la piccola mise in guardia Terenzia avendo ben presente il mondo ristretto in cui gli impegni del papà la costringevano a muoversi.

– Vedrai che per noi, oggi, farà un'eccezione, – Terenzia le sistemò i capelli. La prese in braccio. – Stai diventando pesante, figlia mia!

Si affacciarono in biblioteca. Cicerone, curvo su un raro testo di Panezio di Rodi sul senso dovere e i conflitti impliciti nell'assolvere agli imperativi che esso imponeva, dava loro le spalle. Tirone le vide e fece segno alla bimba di tacere.

La piccola lo imitò portando l'indice al naso. Si lasciò scappare un risolino.

– Cosa deve fare la bella figliola quando il padre è intento a studiare? – chiese Cicerone senza voltarsi, né alzare gli occhi dalla pergamena che aveva disteso sul tavolo.

– Il padre farà un'eccezione, perché sua figlia è insieme alla madre, ossia tua moglie, – Terenzia mise giú la bambina, che zampettò felice dal papà.

Cicerone si chinò per abbracciarla. – A che devo il piacere di questa interruzione? – lanciò un'occhiataccia a Terenzia.

– Oh, no, immagino che il piacere sia tutto nostro, visto che ormai vivi recluso qui dentro, – disse lei. – Ci lasci soli, Tirone? Porta con te Tullia.

Cicerone sospirò, fece segno allo scrivano di obbedire alla *domina*. Lo scrivano prese in braccio la piccola. – Andiamo a vedere se c'è ancora il nido delle rondini sotto la tettoia in giardino?

Tullia applaudí entusiasta. Cicerone le baciò la testolina.

Rimasero soli e Terenzia gli si avvicinò. Gli porse la mano destra, lui la prese tra le sue. – Che c'è, moglie? Se sei qui per dirmi che trascuro il foro e gli affari e…

– Trascuri la tua famiglia, caro. Ma ti perdono: vedo che sei affranto, anche se ne ignoro il motivo. Quando ti nascondi in mezzo ai tuoi libri è perché stai meglio qui che altrove. È il tuo rifugio.

Cicerone sospirò. – Qui, tutto ha un senso. Le parole, le tesi che vogliono dimostrare… Tutto è logico e i fatti si susseguono negli scritti di poeti, storici e filosofi per necessità.

– La morte di Plauzia ti ha davvero ferito.

– Oh, Plauzia… Il ritrovamento del suo cadavere non mi ha sconvolto. Sentivo che era stata uccisa. Adesso so che è stata Erennia, perché la giovane era d'intralcio alla vendetta di un morto. Che assurdità.

– È finita, caro. Non come avresti voluto, magari, ma devi voltare pagina, come fai sempre quando passi al caso successivo, – Terenzia gli accarezzò una guancia. – Guardati, sei pallido come un cencio. Esci, prendi un po' di sole. Cura i tuoi banalissimi affari di provincia. Prometto che non ti tormenterò piú con la carriera.

Cicerone sorrise, le baciò la mano. – Sono morte otto persone, mia cara, per un complotto mai veramente esistito. Fossero morte per i venti milioni dell'eredità…

l'avrei trovato osceno, meschino, cinico, ma almeno avrebbe avuto un senso.

– Il tuo rammarico non può cambiare quanto accaduto. C'è dell'altro, vero?

– Ci sono ancora troppe domande senza risposta.

– Ah, ecco! – Terenzia si allontanò. – Basta, Marco, basta –. Lo prese per un braccio e cercò di trascinarlo fuori dalla biblioteca. – Non troverai le tue risposte qui, cosí come non pioveranno dal cielo. Dimentica. È un capitolo chiuso. I morti non parlano.

– Ma forse, a volte, le risposte possono cadere proprio dal cielo, – la voce profonda di Tito fece sobbalzare entrambi.

– Centurione! – Cicerone si staccò dalla moglie. Sorrise. – Fai sempre questo tipo di entrate in scena, tu?

– Potrei suggerirti di farti annunciare? È buona abitudine, Tito Annio, – commentò Terenzia passandogli accanto. – Vi lascio soli. Centurione…

Tito piegò il capo in segno di saluto.

– Mia moglie ha ragione, – Cicerone mise su una faccia seria, attese che Terenzia uscisse e tornò a sorridere. – Che piacere, vederti, che piacere!

– Piacere mio –. Tito era stupito da un'accoglienza tanto calorosa. – Sono lusingato che tu sia felice, ma in fondo ci siamo incontrati l'ultima volta solo tre giorni fa.

– Sí, sí, lo so. Ma sono lieto ugualmente di poter fare quattro chiacchiere con te. Ci sono molti punti oscuri del caso di Sertorio di cui vorrei discutere con qualcuno. E tu sei la persona piú adatta. Comunque, a cosa devo l'onore? Nuove dal pretore? – Cicerone si appoggiò alla scrivania, invitò Tito a sedersi di fronte a lui. – Vino? Come va la mano?

– No, grazie, – disse Tito studiando il suo interlocutore. – La mano va meglio, grazie.

– Vedo, vedo. Dannazione, non riesco a darmi pace all'idea di aver perso anche la testimonianza di Erennia. Uccisa dai pirati cilici per l'argento dei congiurati. Come pensava che sarebbe finita?

– Mai fidarsi di un cilicio, – rispose Tito, compiaciuto che la propria versione dei fatti sulla morte di Erennia fosse ormai data per vera. Flavia era al sicuro.

– Allora, che succede? – chiese Cicerone.

– Non sono qui come Molosso di Crasso, sono qui come Tito Annio Tuscolano.

– Ah, – Cicerone lo squadrò perplesso, – bene... In cosa posso esserti utile?

Tito estrasse dalla sacca due pergamene ripiegate in piccoli quadrati. Le porse all'oratore. – Penso che tu debba dare un'occhiata.

Cicerone le appoggiò sul tavolo. – Di che si tratta?

– Dimmelo tu, senatore.

Diede una prima, rapida letta a entrambe. Sollevò lo sguardo dalle carte e incrociò quello dell'ex centurione.

– Già, – disse Tito.

– Sono ciò che penso?

Tito annuí.

Cicerone prese in mano le pergamene tenendole davanti a sé a braccia tese. – Questa è la lista con tutti i nomi dei congiurati e questa è quella che sembra essere l'ultima lettera di Sertorio a Erennia, di cui nemmeno Nero, quasi certamente, era a conoscenza.

– E solo tu e io al mondo sappiamo della loro esistenza, – disse Tito ammiccando.

– Per gli dèi... Crasso non le ha lette?

– Nessuno le ha lette tranne me. Le ho trovate e le ho tenute senza dire niente.

– Queste due carte probabilmente sono la risposta a tutte le domande che mi tormentano. Dove le hai scovate?

– La lista era nella tana del mercante, la lettera, invece, era tra le pieghe della veste di Erennia quando l'abbiamo trovata morta sulla spiaggia.

Cicerone cominciò a scorrere la lista. Bisbigliava i nomi in un crescendo di stupore. – Ci sono tribuni, senatori, questori, e persino un edile qui a Roma e magistrati della Cisalpina... Veri insospettabili! – Lesse avidamente, scivolando con il dito lungo le fitte righe del documento, fino a che non si interruppe di colpo. – Dannazione... – si andò a sedere. Puntò i gomiti sulla scrivania e si coprí la faccia con le mani.

– Chi l'avrebbe mai detto, vero? – commentò Tito.

– Temevo che avrei letto il suo nome, speravo il contrario, ma sapevo di illudermi.

– Il buon Marco Valerio Messalla Corvino è uno dei congiurati.

– Ormai ne ero certo. Nero ha fatto il suo nome, Capella l'ha indicato come colui che ha favorito l'incontro tra Plauzia e Flacco...

– Mi spiace, so che siete amici.

Cicerone sospirò. – Anche gli amici sbagliano.

– Ma questo è uno dei piú gravi errori che si possano commettere, secondo la nostra legge.

– Ne sono consapevole, centurione.

Tito alzò le mani. – Ti invito a leggere, tuttavia, l'ultimo nome in fondo alla lista.

Cicerone lesse e quasi cadde dalla sedia. – Questo è inaspettato e...

– ... pericoloso. Ma ora almeno sappiamo chi spediva i messaggi dall'Hispania.

– Il cane traditore cui faceva riferimento Nero, – l'oratore gettò il foglio al centro del tavolo. Si picchiettò il labbro. – E adesso?

– Adesso sta a te, – disse Tito alzandosi.

– Perché a me, centurione? Perché hai portato a me queste pergamene? Sai che se Crasso lo venisse a sapere potrebbe farti giustiziare?

– Ma non lo saprà, giusto? – Tito si fermò sulla soglia della biblioteca. – Senatore, nelle ultime settimane m'è successo di tutto, sono stati giorni strani. Ma la cosa piú incredibile che ho visto è stata Crasso rimanere con un pugno di mosche mentre sperava in un clamoroso successo. Ed è stato bello. Mi piace pensare che tu agirai nella maniera migliore per la Repubblica. Arrivederci, amico mio.

– Tito, aspetta, – Cicerone lo seguí. – Che farai? Torni al Nord?

– Nah, mi sono bastati pochi giorni a Roma per capire che questo è l'unico luogo in cui ho un senso. Cos'aveva Sertorio? Un disegno? Ecco, ne ho uno anch'io.

Cicerone rimase in piedi in mezzo al peristilio della sua *domus* senza sapere che fare. – E l'altra lettera? La lettera di Sertorio a Erennia, che cosa c'è scritto?

– Leggila, è interessante, – Tito salutò con la mano e se ne andò.

Tirone sbucò da dietro una colonna. – Messalla è davvero in quella lista?

– Quante volte ti ho detto che non devi origliare? – Cicerone rientrò subito nella sua tana, la biblioteca.

– Mi porto avanti con il lavoro, *domine*, – disse lo scrivano seguendolo.

– Allora che aspetti? Porta anche un catino con un po' d'acqua e una toga: andiamo dal nostro vecchio amico a comunicargli che la sua splendida vita non sarà piú tanto splendida.

– Che intenzioni hai, *domine*?

– Lo deciderò strada facendo, Tirone. Non è semplice. Tito mi ha consegnato una bella gatta da pelare.

Appena lo scrivano lo lasciò solo, Cicerone tornò a sedersi dietro la grande scrivania. Aprí la lettera di Erennia in punta di dita, c'erano macchie scure che avrebbero potuto essere sangue. Fece una smorfia, stese il foglio davanti a sé e lesse. Quando finí si alzò incredulo. Prese a girare per la stanza facendo del proprio meglio per credere a quanto c'era scritto sulla pergamena.

«Siamo stati cosí miopi... E Sertorio contava su questo, ne sono sicuro», pensò. Alcuni caratteri erano sbavati. Erennia doveva aver pianto, leggendo quelle parole. Cicerone sospirò, e pregò gli dèi di perdonarlo perché provava pietà per lei e per Sertorio. Ripiegò con cura la lettera. Non vedeva l'ora di consegnarne una copia a Crasso e Ortensio, assieme alla lista, per godersi le loro reazioni.

Prima, però, avrebbe dovuto punire un amico, e questo lo feriva nel profondo.

– Naturalmente è una copia, – disse Cicerone scrutando la reazione di Messalla.

– Naturalmente, – il Valerio gettò il foglio sul divano su cui era steso.

– Non la leggi? – Cicerone sorseggiò un po' d'acqua. Tirone era rimasto in disparte facendo del suo meglio per confondersi con l'arredamento.

– So cosa contiene.

– E tu sai cosa sei diventato agli occhi della Repubblica?

– Perché non me lo dici tu?

– Vuoi che ti dica che sei un traditore?

– Non sono un traditore! – protestò Messalla. Si tirò su a sedere per portare lo sguardo all'altezza di quello di Cicerone.

– E come ti definiresti?

– Sono uno che voleva e vuole cambiare le cose. E che ha il coraggio per farlo.

Cicerone sfoggiò la migliore delle sue risate false. – Davvero non ti manca la faccia tosta. Aprire la porta di casa a un nemico in armi! Sai cosa avrebbero fatto con i venti milioni e mezzo dell'eredità di Flacco? – Cicerone fece una pausa. Scrutò l'amico. – Certo che lo sai. Volevi vedere Sertorio mettere a ferro e fuoco Roma? Perché Sertorio non era Lepido. Sertorio era forse il piú valoroso dei nostri generali e ci sarebbe riuscito!

– Mi sono sempre opposto alla formazione delle legioni! – Messalla alzò le mani. – Ero uno dei tanti che voleva riportare Sertorio a Roma, questo sí. Ma per dimostrare che le sue idee erano migliori di quelle di tutti noi. Volevo che fosse processato e avrei fatto il possibile perché venisse perdonato e riabilitato!

– Ma sei stato tu a far incontrare Plauzia e Flacco. E sappiamo entrambi che l'unico scopo della ragazza era spennare per bene il suo caro paparino. A cosa pensavi sarebbe servita quella montagna d'argento, altrimenti?

– La mia povera Plauzia... Le interessava solo sposare Nero. Lui le aveva promesso che Flacco l'avrebbe lasciata andare quando fosse tutto finito. Le aveva promesso... L'ho messa in guardia, Cicerone. Ma era cosí cocciuta, la mia povera Plauzia.

– Non cercare di commuovermi con questo strazio. Tu sapevi!

– Erano Tuberone, Pisone e Nero a spingere per la discesa in armi di Sertorio! Non io, e nemmeno le decine di buoni romani che riponevano nel generale le loro speranze... Mi hanno ingannato. Anch'io ho contribuito ad ammucchiare quel tesoro, è vero, ma pensavo che avrebbe potuto sostenere la scalata politica di Sertorio, una volta riabilitato, piuttosto che tramutarsi in armi.

Cicerone batté le mani, si versò un po' d'acqua. – Ho sempre sostenuto fossi avventato, da quando ti incontrai otto anni fa a casa di Cecilia Metella. Ma ero sicuro che fossi anche una delle menti piú brillanti tra i senatori. Come hai potuto credere a simili fantasie? Sertorio riabilitato... Andiamo, Messalla!

– Ci ho creduto. Volevo crederci. Ne avevo bisogno... Guarda, Cicerone. Ammira la Repubblica che tu hai salvato mettendo in ginocchio Silla. Cos'è, in realtà, se non un aborto in cui ogni organo è mal sviluppato? Come può vivere, una creatura cosí sfortunata?

– Non è marciando sull'Urbe che avreste risolto i problemi della Repubblica. Non consegnandola a un uomo. Silla e Mario non ti hanno insegnato niente?

– Tutti voi ritenete che chiunque voglia far rinascere la vecchia Repubblica sia un pazzo. Voi non avete piú alcuna speranza... – Messalla tornò a stendersi sconsolato.

Cicerone si alzò, afferrò la toga all'altezza del petto. – Ci sono solo io, qui, Marco Valerio. E io sono il primo ad avere nostalgia di una Repubblica che non so nemmeno se sia esistita, tanto è lontana ormai nel tempo e avvolta nelle nebbie del mito. Ma so che è in senato, nel foro, nei comizi che le cose possono essere cambiate. Non con le armi, i sotterfugi e gli inganni, affidandosi a folli visionari come Sertorio. Mario non diceva forse cose simili? E infatti aveva perso il senno. Tutti loro perdono il senno, prima o poi...

– E che dovrei fare? Affidarmi alle leggi e alla dialettica come i Gracchi? Che fine hanno fatto? Io sarò ingenuo, ma tu devi essere cieco.

Cicerone andò a sedersi vicino all'amico. – Sertorio desiderava cose giuste, forse. Ma era un folle, parlava come se non conoscesse i limiti insiti nell'essere solamente un uomo.

– Però non avrebbe obbligato Roma a marcire nel recinto imposto dall'aristocrazia senatoriale. Cosa credi che provi quando vedo negati i diritti ai coloni e agli italici? Sono romani come noi!

– Cercare di volta in volta il giusto appoggio, destreggiarci tra i potenti sussurrando i consigli piú saggi: questo dobbiamo fare, Messalla, per mantenere l'equilibrio.

Messalla sorrise sconsolato. Restarono in silenzio per un po', fino a quando il Valerio non chiese: – Chi ha quella lista, a parte te? Gli uomini del pretore sono qui fuori e tu sei venuto per sincerarti che non faccia pazzie?

– Ce l'ho solo io.

Messalla sospirò, forse di sollievo. – E che intenzioni hai?

– Cosa credi che dovrei fare? Mi hai mentito.

– L'ho fatto per proteggere Plauzia. Se solo avessi immaginato quanto stava accadendo...

Cicerone lo fissò negli occhi senza dire nulla, poi inspirò a fondo. – Non voglio che decine di romani vengano giustiziati per la loro ingenuità e la speranza in un cambiamento. Ma, d'altra parte, non voglio neppure che non subiscano alcuna conseguenza per quel che è stato e resta un tradimento, seppur privo di conseguenze.

– E quindi?

– Quindi, per punirti, cancellerò il tuo nome dalla lista.

Messalla rimase interdetto. – Per punirmi?

– Da questo momento, da te mi aspetto gratitudine ed esigo l'amicizia della tua famiglia, – spiegò Cicerone. Si sentí una caricatura di quelle che i suoi concittadini amavano tanto rappresentare sulle pareti delle loro case per far sorridere gli ospiti.

Messalla sorrise. – Ma l'avresti avuta anche senza questa drammatica messinscena! Mi hai terrorizzato!

– No, amico mio. Se tu mi avessi concesso l'amicizia della tua famiglia prima di oggi, sarei stato in debito. Da oggi sei tu a essere debitore. Ricordalo, – Cicerone si alzò, appoggiò una mano sulla spalla del giovane senatore. Chinò leggermente il capo, fece segno a Tirone di seguirlo e uscí.

Addio, mia sposa

Roma, anno 681 ab Urbe condita, ottavo giorno prima delle idi di quintile (8 luglio, 72 a. C.)

– Hai fatto la cosa giusta, – disse Astragalo.

– Bene, ora che me l'hai confermato tu sono piú tranquillo, – Tito diede una pacca sulla schiena dell'amico.

– Quanto sei stronzo, centurione.

– Una volta avrei potuto farti dare cinque vergate per tanta mancanza di rispetto.

– Ti davo dello stronzo anche allora.

Tito scosse la testa. Fece per uscire, Astragalo lo seguí. Incrociarono Lucrezio che simulava affondi con il suo coltellino.

– Bravo, piccolo! – Tito lo incoraggiò. – Però piú deciso! Cosí, – glieli mostrò.

– Lucrezio, dammi quel coltello! – Astragalo lo sgridò.

Lucrezio fuggí.

– Inseguilo, se sei capace, *dada*, – lo prese in giro Tito.

– Lo vedi che sei…

– Un tuo amico, – gli porse il braccio. – Grazie.

Astragalo lo strinse. – Prego. Mi devi diecimila, e a Pitodoro devi l'affitto.

Tito sospirò. – Lascio la sacca con il denaro qui, verranno gli uomini di Crasso a prelevarla per spedirla al Nord.

– Posso prendermi la mia parte?

– Te la do io, la tua parte. E se quando torno manca qualcosa…

– Andiamo…

– Così è. Ora devo andare.

Nello studio di Pitodoro qualcuno stava urlando. Il *medicus* chiamò Astragalo a gran voce.

– Su, da bravo, il padrone chiama.

– Ci vediamo, centurione.

– Come no.

Tito uscí in strada, alzò gli occhi al cielo. Si grattò la barba ispida. Doveva trovare un *tonsor*. Sí, nel pomeriggio lo avrebbe cercato. Scese dall'Oppio e si tuffò nella Suburra. Ne aveva di strada da fare, per raggiungere Flavia sull'Aventino.

Si godette la passeggiata e un po' di quei romani che Sertorio avrebbe voluto salvare. Pensò che, in fondo, il generale avesse ragione: con il suo unico occhio aveva visto lontano nel tempo, eppure non era riuscito a guardarsi i calzari. Eccoli lí, i suoi concittadini, impegnati a sbarcare il lunario, a concludere affari, a fottersi a vicenda, a litigare per niente... Scorse un pellegrino, un greco. Tentava di farsi capire da un venditore ambulante di frattaglie. Il greco aveva bisogno di informazioni, il romano voleva vendergli fegatini. Come Sertorio potesse vedere due romani, in quella scena, gli risultò oscuro. Tito ebbe il sospetto di essere vecchio. Si voltò all'improvviso perché per un attimo credette di essere seguito. E fece ciò che era abituato a fare: stette all'erta, ma fece finta di niente per il resto della sua piacevole camminata.

Raggiunse l'*insula* in cui abitava Flavia. Castore e Polluce stavano caricando un carretto con casse e gerle. Adesso erano intenti a issare un materasso.

Mammina seguiva le operazioni.

– Quello avresti potuto regalarmelo, – le disse Tito.

– E io poi dove dormirei? – Flavia ordinò a Castore di spingere il materasso piú in profondità. – Ti lascio la casa, mi pare abbastanza. Hai scritto a Torquato per dirgli che non torni a Placentia?

– Avrà una mia lettera insieme a novantamila sesterzi e all'esenzione dalle tasse.

– E il povero Genzio? – Flavia ridacchiò.

– Se la caverà.

Due ragazze, una smilza e una piacevolmente tondeggiante, piangevano in un angolo.

– Chi sono? – domandò l'ex centurione.

– Le mie lupe, Tito.

– Dovevi pagarle bene.

– Le ho trattate bene.

– Le pagavi anche bene.

– Sí, d'accordo, le pagavo molto bene.

– Ora ti credo.

Flavia sorrise. Il sole le fece brillare gli occhi. Il caldo spinse il suo profumo nelle narici di Tito, che sentí torcersi lo stomaco.

– Che c'è? – gli chiese Flavia.

– Niente… – rispose lui.

Flavia alzò gli occhi al cielo. Gli accarezzò una guancia.

Castore venne ad annunciare che il carro era carico.

– Flavia, io… – Tito aveva qualcosa da dire, ma non sapeva come fare.

Flavia lo interruppe. – Te la caverai benissimo –. Gli prese la mano fasciata tra le sue. – Va meglio, vedo.

– Prude –. L'ex centurione sorrise. – Sai che è la mano che mi aveva graffiato la strige?

– Ma sono tutte superstizioni, no? – la donna ammiccò.

– Già. Stronzate buone per i creduloni.

– Esatto, – Flavia lo baciò. Lo tenne stretto. Tito ricambiò l'abbraccio della sua piccola donna di ferro. Le mise in mano la corniola con inciso lo scorpione che gli aveva dato la strige.

– Cos'è? – chiese Flavia rigirando il ninnolo in mano.

– Un portafortuna. Me l'ha dato la strige. A me non serve piú.

– A me invece servirà tutta la buona sorte del mondo. E poi tu a queste cose non credi, no?

– Abbi cura di te. E se troverai la tua famiglia, portala a Roma. Io sarò ancora qui in giro, immagino.

– Chissà, – Flavia allungò lo sguardo oltre la spalla di Tito. – C'è il ragazzo che era con te sulla spiaggia che ci fissa dall'altro lato della strada. Ha un'aria cosí inquietante... Sono abbastanza sicura che ti stesse seguendo quando sei arrivato.

– Non ti preoccupare. È la mia nuova recluta.

– Non puoi stare senza un Gabello tra i piedi?

– Ah, questo è di tutt'altra pasta.

I due si abbracciarono di nuovo, poi Flavia si congedò anche da Catula e Fabia. Castore e Polluce salirono sul carro, Flavia montò e afferrò le redini del mulo. Guardò Tito e gli regalò un ultimo sorriso. Infine il carro si mosse.

Tito puntò il dito verso Castore e Polluce. – Voi due, scemi... Tenetela d'occhio.

– Non potremo fare peggio di quanto hai fatto tu, – disse Castore.

Tito attese che il carretto cigolante sparisse dalla vista. Quindi affrontò Lafreno. – Ragazzo, che vuoi da me?

Lafreno abbassò gli occhi. – Voglio che tu mi dica cosa fare.

– D'accordo: per prima cosa, guardami in faccia quando ti parlo. Secondo, devi migliorare nel pedinamento. Mi sono accorto di te dall'Esquilino, per gli dèi.

– Ti seguo da due giorni. Giorno e notte.

– Ah, – Tito si grattò la testa.

– Ho dormito in casa del *medicus*.

Tito tentennò. – Ottimo. Ma si può fare di meglio. Terza cosa, se vuoi lavorare con me devi fare esattamente quello che ti dico. Senza discutere. Siamo intesi?

Lafreno gli porse un animaletto di legno.

– Cos'è? – chiese Tito.

– Un leone.

– A me sembra un cavallo. Brutto. Devi migliorare anche in questo.

Lafreno annuí.

– Da quanto non mangi? – Tito lo afferrò per un polso. – Hai le braccia di una ragazzina.

– Da un giorno.

– Ecco, non deve accadere, devi mangiare.

– È facile.

– Bene. Poi andremo dal tuo nuovo capo.

– Non sei tu, il mio nuovo capo?

– Andremo dal mio capo, che quindi sarà il tuo capo supremo: Marco Licinio Crasso.

– Ero in casa sua qualche giorno fa.

– Per gli dèi, ragazzo, c'ero anch'io...

– Che ne faccio di questi? – Lafreno gli mostrò i quattro lingotti d'argento, quelli rinvenuti alla villa di Flacco.

– Mettili via, – disse Tito guardandosi attorno. – Avremmo dovuto consegnarli ai pretori.

– Ah. Glieli riportiamo, allora?

– Non dire cazzate. Sapremo farne buon uso anche senza il loro consiglio.

I due si avviarono chiacchierando. Lafreno chiedeva, Tito rispondeva. La brava gente dell'Aventino non fece caso a un veterano e un assassino a spasso sotto il sole di luglio.

Epilogo

Roma, anno 681 ab Urbe condita, ottavo giorno prima delle idi di quintile
(8 luglio, 72 a. C.)

– Sai che potrei trascinarti davanti a una giuria per questo? – Crasso non nascose il suo disappunto. – Da quanto tempo la conservavi, senatore?

– Collega, Marco Licinio, mi pare che Cicerone ci abbia fatto un favore, piuttosto. Quanta scortesia nei confronti di chi reca doni… – Ortensio sorrise.

I due pretori, seduti a lati opposti del grande tavolo nel *tablinum* di Crasso, spulciavano le copie della lista dei congiurati. Cicerone se ne stava in piedi, davanti a loro, con le braccia incrociate. – Ve la consegno oggi, ma ne sono venuto in possesso soltanto ieri.

– Dove l'hai trovata? – domandò Crasso burbero.

– Mi è stata consegnata in segno di pentimento da qualcuno che era in quella lista e che ho cancellato.

– Ah, Cicerone, non è buona cosa nascondere alla legge un traditore, – commentò Ortensio.

– Sono certo che anche voi state leggendo il nome di parecchi vostri amici in questo momento. Bravi romani ingannati dalle fandonie di parolai senza scrupoli…

– Ci stai invitando a manomettere una prova? – Crasso sollevò per un attimo lo sguardo sull'arpinate.

– No, sto umilmente lasciando alla vostra discrezione l'analisi della gravità del coinvolgimento di ciascuno di quei bravi romani.

Crasso lo fissò cercando di capire se Cicerone lo stesse prendendo in giro. – Attento, senatore, attento. E comunque: chi ci garantisce che questo elenco corrisponda al vero?

– Avete le lettere e sapete del complotto, ormai. Chi è nella lista ha la coscienza sporca, non sarà difficile per voi verificare che sono tutti coinvolti, in qualche modo –. Cicerone sorrise. – Ora, posso suggerire agli stimati pretori di leggere l'ultimo nome?

Gli occhi di entrambi scivolarono in fondo alle pergamene.

Ortensio scoppiò a ridere. – Oh, mi spiace collega: niente Pompeo!

– Dannazione! – Crasso spinse il foglio lontano da sé. – Quinto Metello Pio...

– Esatto, era Quinto Metello a mandare messaggi a Flacco.

– Si era stancato di inseguire un fantasma da anni, il caro Quinto. E se non puoi battere il tuo nemico... – Ortensio rise di nuovo.

– È pur sempre un proconsole ad aver tradito, Ortensio, non vedo cosa ci sia da ridere! – Crasso si alzò. Andò ad affacciarsi sul giardino.

– A quanto ammontava la taglia che aveva messo sulla testa di Sertorio? – domandò Ortensio.

– Trenta talenti d'argento e tanta terra, – rispose Cicerone.

– Che attore, il caro Quinto. Che attore! Chi l'avrebbe mai detto?

– Per gli dèi. Tribuni, edili... Magistrati e senatori di ogni grado e ordine, qui a Roma e in provincia, – commentò Crasso.

– La definirei una miniera d'oro, collega.

I due pretori si voltarono contemporaneamente verso Cicerone.

L'arpinate sorrise. – So cosa state per dire. Che un processo che vedesse imputati i cittadini che compaiono su quella lista sarebbe un disastro per la Repubblica; che ancora possiamo udire gli echi della guerra civile tra mariani e sillani e la gente è stanca di sangue e caos. Che forse se ne potrebbe fare un buon uso...

Ortensio applaudí. – Che ti avevo detto, Crasso?

– Ho sempre pensato che ci si dovesse guardare da questo oratore di Arpino. Dal primo giorno che l'ho incontrato, – Crasso tornò a sedersi.

– Fate ciò che volete. Sono certo che quei nomi vi saranno oltremodo utili per ottenere quello cui aspirate, si tratti del comando delle truppe del senato contro Spartaco, o magari del consolato, – disse Cicerone. – Posso avere un po' di latte di capra?

Crasso suonò un campanellino. Comparve Clizio, che fu incaricato di soddisfare la richiesta dell'ospite.

– E tu cosa ci guadagni, Cicerone? Cosa vuoi? – lo provocò Ortensio.

– Vuole diventare edile, – rispose Crasso. – Questi sono i nostri accordi, giusto, senatore?

Cicerone alzò le mani. – So che avresti mantenuto la tua promessa, pretore. Sei uomo di parola e te lo riconosco, come chiunque altro a Roma, ma... Non voglio niente. Ho fatto il mio dovere, tutto qui.

– Per gli dèi! Sei tu quello che avrebbe dovuto congiurare con Sertorio! Non pensavo esistessero piú romani di questa pasta, – Ortensio si stava divertendo.

– Stronzate, qualcosa mi dice che hai già avuto la tua ricompensa, – Crasso lo fissò da sotto le folte sopracciglia.

Cicerone tacque.

– Che facciamo con il caro Quinto, collega? – domandò Ortensio.

– Lui merita un trattamento speciale, – rispose Crasso. – Ho sempre odiato i Metelli.

– Questo potrebbe essere un problema. Sai che i Metelli e io siamo piuttosto legati, – Ortensio incrociò le braccia.

– Be', da oggi anche io e i Metelli abbiamo un legame speciale.

Cicerone si schiarí la voce.

I due si ricordarono della sua presenza.

– Stimati pretori, se posso, avrei un'idea da esporvi, – disse Cicerone.

– Sentiamo, – acconsentí Crasso.

– Stupiscici, – lo punzecchiò Ortensio.

Cicerone si picchiettò il labbro, prese a camminare per la stanza. – Ecco, Quinto Metello Pio, il cane traditore, come lo definiva Nero, in realtà è il vero artefice del fallimento della congiura e forse il vero vincitore della guerra in Hispania –. Fece una pausa. Osservò di sottecchi i suoi interlocutori. Arrivò il latte di capra. Cicerone ne bevve un sorso.

– Vai avanti, – lo incalzò Crasso.

– In fondo ha voltato le spalle a Sertorio per primo e ha convinto molti dei presenti sulla lista che fosse un folle inaffidabile. Anzi, nulla ci vieta di pensare che fosse lui il promotore della corrente che voleva portare Sertorio a Roma per sottoporlo a giusto processo.

– E per riabilitarlo, non dimentichiamolo, – precisò Ortensio.

– Certo, ma nel rispetto delle nostre leggi, – obiettò Cicerone.

– Però sapeva di aver fatto qualcosa di sbagliato! – lo interruppe Crasso. – Perché, altrimenti, dopo la morte di Sertorio, inviare quel messaggio a Flacco? Quel «distruggete tutto»? Voleva eliminare le prove. Era nel panico. Probabilmente teme che una volta sconfitti i mariani qualcuno possa trovare la corrispondenza di Sertorio. E magari su piú di una di quelle lettere compare il suo nome. Chi ci dice che non fosse lui il mandante degli omicidi?

Cicerone si frugò, porse a Crasso la lettera trovata addosso a Erennia.

– Cos'è? – il pretore svolse il foglio di pergamena. Lesse l'intestazione, rimase a bocca aperta. Passò la missiva a Ortensio. Anche lui sgranò gli occhi.

– Vi invito a leggere, nobili pretori. Capirete di quanto ci siamo sbagliati.

Ortensio si schiarí la voce, lesse:

QUINTO SERTORIO SALUTA SUA FIGLIA ERENNIA

Figlia, quando leggerai queste righe avrai già saputo che ho bevuto le acque del Lete. Ma il mio amore per te è tale che mai potrei dimenticarti, cosí come spero tu non dimenticherai me.

Mnemosine mi sussurra riportandomi alla memoria la notte in cui ti portai via, bambina, dal tuo villaggio in fiamme. Sento ancora le tue lacrime sulla spalla e le tue zampette di scoiattolo stringersi attorno al mio collo. Quanto ti piaceva la mia barba, ricordi?

Le tue zampette di scoiattolo oggi sono diventate robuste e rapide al pari di quelle di un leopardo, figlia mia. Sei cresciuta forgiando il tuo spirito puro come l'oro dei monti della tua terra natia. Mia splendida fanciulla celtibera, devota ai valori dei miei avi, mi manchi piú che mai. Ti ringrazio per aver fatto di tutto per sostenere il mio sogno, che ora si è infranto contro la paura dei traditori cui sei obbligata a sorridere ogni giorno. Sono vermi privi di dignità, che non meritano di finire le loro vite serenamente, nei loro letti. Non voglio lasciare questo mondo pensando che la faranno franca in barba agli uomini e agli dèi. Io li condanno a morte e tu farai calare su di loro la mia vendetta. Sto piangendo lacrime amare mentre scrivo queste righe perché so quanto ti costerà, ma Tuberone, Pisone, Orsino e Flacco devono morire. Usa Talele, se necessario. Attingi all'argento di Flacco per pagare i suoi servigi, ma non ti fidare del cilicio: ha talmente tanti padroni da non averne nessuno. Pensa bene a ciò che deciderai per Nero, figlia mia.

In lui abbiamo permesso che nascesse l'amore per te, ma non so in che maniera reagirà alla notizia della mia morte. La sua mente è disturbata e imprevedibile. Dopo quanto ha subito non potrebbe essere altrimenti. Impediscigli in ogni modo di interferire con i nostri piani. Non può seguirti dove andrai, e se lo lascerai vivo potrebbe, anche suo malgrado, rivelare la tua missione. Potrebbe persino boicottarla deliberatamente, visto che ti ama dal profondo e mai vorrebbe vederti morire.

Non hai molto tempo, figlia mia. Alla luna piena di quintile, una nave cilicia ti attenderà lungo la costa, di fronte alla solita spiaggia. Torna in Hispania, consegna l'argento ai miei fratelli lusitani, iberi e celtiberi, e finisci il lavoro eleminando il piú infame dei traditori.

Sii la mia furia vendicatrice, Erennia. Non temere la morte: per quelli come te e me, è niente. Ci vedremo presto.

– Erennia ha guidato la mano del mercante, e Nero non era altro che uno strumento. Era la celtibera, la vera emissaria di Sertorio, i suoi occhi e le sue orecchie, – Ortensio passò la lettera al collega.

– Sertorio non ha scelto Nero a caso, – commentò Cicerone, – doveva sapere chi era. Magari gliel'ha detto qualcuno dei prigionieri quando i suoi barbari l'hanno catturato. E ha capito che sarebbe stato il cavallo di Troia perfetto per entrare nel senato romano. Erennia lo ha irretito, ammaliato, e Nero non si è reso conto di nulla. Pensava di avere il comando...

– Ma in realtà lo aveva la sua concubina, – concluse Crasso.

– Se non l'avessero ammazzata i cilici... Chissà, forse sarebbe riuscita davvero a uccidere Quinto Metello Pio! In verità Erennia si è dimostrata una donna straordinaria, – considerò Ortensio.

– La figlia di Sertorio...

– Lui la chiama cosí. Incredibile...

– E questa, invece, come l'hai avuta? – chiese Crasso appoggiando la lettera sul tavolo.

– Me l'ha consegnata lo stesso congiurato pentito, – rispose Cicerone.

– Di cui non sapremo mai il nome, vero? – tentò Ortensio.

Cicerone sorrise, non rispose.

– È stata tutta una stupida vendetta... – disse Crasso.

– La vendetta di un uomo morto! – precisò Ortensio. – In fede mia, questa è la faccenda piú ingarbugliata e strana di cui sia mai venuto a conoscenza.

– E quindi, alla luce di quanto emerso, cosa proponi di fare con Quinto Metello? – Crasso invitò Cicerone a esporre infine la sua idea.

– In un certo senso, come dicevo, – riprese l'arpinate, – possiamo immaginare che sia stato lui a salvare Roma dalla congiura, mentre noi, ignari, portavamo avanti le nostre vite –. Cicerone si avvicinò ai pretori. Mise le mani sul tavolo. – Allora mi chiedo: dieci anni di campagna militare in Hispania, culminati con una vittoria definitiva, non meritano forse un riconoscimento?

– Quinto Metello Pio merita la pena capitale, altro che riconoscimento! – Crasso sbottò a ridere. – Ha partecipato alla congiura, per gli dèi. Per dieci anni non è stato in grado di vincere sul campo e si è arreso vendendosi al nemico. Anzi, chi ci dice che tutto quel temporeggiare senza affrontare Sertorio non sia stato una strategia per aiutare i ribelli? Poi, quando ha capito che con l'arrivo di Pompeo non avrebbe piú potuto fare i suoi giochetti e che la guerra contro Sertorio non sarebbe durata altri dieci anni, ha voltato le spalle ai congiurati.

– Appunto, – disse Cicerone con un sorrisetto furbo.

Ortensio applaudí. – Bravo! Ma certo, certo: un eroe è quello di cui abbiamo bisogno, ma non deve essere Pompeo. Sulla carta, Quinto Metello Pio ha sconfitto Sertorio insieme a Pompeo, no? E allora facciamolo sfilare in trionfo. E neghiamo il riconoscimento a Pompeo. Addurremo come motivazione che non ha i titoli, visto che non è stato mai nemmeno questore, e che è ora di smetterla di concedergli trionfi. Molto meglio veder sfilare il ricattabile e accantonabile Quinto Metello Pio sulla via Sacra. Non volevi una pietanza avvelenata da servire a Pompeo, Crasso? Eccola!

Crasso si illuminò. – Meraviglioso! Quel pallone gonfiato, arrogante di Pompeo si sentirà un po' meno Magno.

– Tuttavia... – Cicerone interruppe i festeggiamenti di Crasso.

– Tuttavia? – gli fece eco Crasso preoccupato.

– Non ne avrete certo a male se vi dicessi che in questo momento una staffetta sta portando una copia della medesima lista che è nelle vostre mani proprio a Pompeo. Naturalmente la lista non comprende il nome di Quinto Metello.

– Naturalmente, – Ortensio sogghignò.

Crasso rimase di sale. – Perché, per gli dèi? Perché compiere una simile stupidaggine? Cosa credi che ne farà, Pompeo, eh?

– Esattamente quello che ne farete voi. E che ne ho fatto io, – rispose Cicerone serafico.

Ortensio sospirò. – Equilibrio.

– Esatto. Potere meglio distribuito, diciamo.

Crasso si fece minaccioso. – È stato un gesto davvero stupido, senatore.

Cicerone si strinse nelle spalle.

– Equilibrio, – ripeté Ortensio.

Cicerone lasciò la casa di Crasso con un'espressione compiaciuta stampata in faccia.

– È andata bene, immagino, – disse Tirone.

Cicerone annuí. – Tito aveva ragione: vedere Crasso scornato dà una certa soddisfazione.

– Ma in fondo userà la lista per ottenere i suoi scopi, – considerò lo scrivano.

– Certo, ma non sarà l'unico. E dovrà competere con gli altri per guadagnarsi l'appoggio, diciamo cosí, di quelli sulla lista. Forse riusciranno a spartirseli equamente, forse no. Forse tutti e tre otterranno gli stessi vantaggi. Ma di sicuro, almeno, grazie a quei nomi nessuno prevarrà solitario.

– Come racconterai questa storia? Come hai intenzione di scriverla?

Cicerone si fermò in mezzo alla strada. – Non scriverò di questa faccenda. Non ho la minima intenzione di menzionare un solo fatto dei tanti che sono accaduti in queste settimane. E dubito che qualcuno ne farà parola. Andiamo a casa. Devo comunicare a mia moglie la decisione di riprendere la carriera politica e devo scriverlo anche a mio fratello: magari la smetterà di tediarmi con le sue monotone lettere.

– Nemmeno una parola? – chiese Tirone.

– Nemmeno una parola, – Cicerone sollevò la toga per accelerare il passo. Aveva fretta di stringere tra le braccia la sua piccola, ingenua Tullia, pura come solo i fanciulli sanno essere.

Pompeo

Da qualche parte in Hispania
(Fine di luglio, 72 a. C.)

– Come sto? – Pompeo si guardò nello specchio.

– Bene, comandante, – rispose il suo aiutante di campo.

– Questa lorica comincia a stringere. Sai che la indosso in battaglia dai tempi della Sicilia? – Lucidò la testa di Medusa che gli decorava il petto.

– È sempre splendida.

Pompeo annuí. Studiò soddisfatto la propria immagine riflessa. Il suo schiavo personale unse gli schinieri col grasso facendoli luccicare. Gli sistemò la tunica di lana che sporgeva dalla lorica.

– D'accordo, – disse il generale, – ora fallo entrare.

L'aiutante uscí dalla tenda e poco dopo tornò annunciando: – Marco Perperna Ventone chiede udienza, comandante.

Perperna fece un passo avanti, si tolse l'elmo. A testa alta, la lorica ammaccata e opaca, gli schinieri impolverati, le frange che pendevano sulle gambe lacere o mancanti. Scosse il cimiero, di un rosso smorto dopo tante battaglie. Era magro, le labbra secche, screpolate dal sole. Teneva un involto di pelle di vitello sotto il braccio. – Ave, Gneo Pompeo Magno.

– Ave, Perperna –. Pompeo deliberatamente ignorò il nome intero del mariano. Lo accolse seduto sulla sua sedia da campo, nel centro della tenda. – Posso offrirti un po' d'acqua, del cibo? So che ultimamente le scorte scarseggiano, dalle vostre parti. Magari un bagno?

– Ce la caviamo bene, grazie, Pompeo.

– Lo vedo, – scambiò un'occhiata irridente con il suo aiutante. – Ebbene, apprezzo sempre chi si propone di evitare una battaglia che sarà certamente cruenta e lascerà migliaia di uomini, specialmente i suoi, sul terreno. Mi hanno detto che vuoi trattare? E sia, trattiamo.

Perperna si schiarí la voce. – Ecco... – guardò l'aiutante. Pompeo lo fece uscire, poi con tono confidenziale si sporse in avanti. – Coraggio, salviamo la vita ai tuoi uomini.

Perperna annuí, aprí l'involto. Mostrò il contenuto a Pompeo.

– Cosa sono? – chiese il generale.

– Lettere.

– Ah, capisco. Di chi?

– Lettere che molti insospettabili senatori e magistrati romani hanno scambiato con Sertorio in questi ultimi anni di guerra.

Pompeo finse stupore. – Davvero?

– Oh, sí. Ci sono nomi che neppure puoi immaginare.

– Questo è preoccupante.

– Mentre tu, qui in Hispania, hai sudato e rischiato la vita combattendo contro di noi, a Roma...

– Contro Sertorio. Ho rischiato solo contro Sertorio, – precisò Pompeo.

Perperna incassò, fece finta di niente, era lí per salvarsi la pelle. – A Roma tramavano alle tue spalle per far tornare Sertorio. E Sertorio era in combutta anche con Mitridate!

– Infanghi la memoria di chi ha lottato al tuo fianco per salvarti la vita? Tipico...

– No! Sertorio aveva tradito persino noi. Capisci? Stava tradendo il suo popolo, non era nemmeno piú un romano. Era...

– Ci sono i nomi su quelle lettere? – chiese Pompeo tagliando corto.

– Certo! – Perperna gliele porse.

Ma il generale alzò la mano. – Aspetta. Scommetto che troverai molti di quei nomi su questa lista –. Prese una pergamena e l'allungò a Perperna. Il mariano la lesse, la fece cadere in preda allo sgomento.

– Come?

– Amici a Roma...

– Non è possibile!

– Eccome se lo è. Le tue lettere sono carta straccia. Se vuoi lasciarmele le leggerò comunque con grande interesse.

– Ma...

– C'è ancora il sangue di Sertorio su quelle missive, Perperna? Hai tradito l'unico che avrebbe potuto permetterti una fine dignitosa.

– Io... Devi ascoltarmi! Ci sono scritte cose che...

– La trattativa è finita. Ci vediamo sul campo. Se sarai ancora vivo quando ti avrò davanti –. Pompeo lo liquidò con un gesto della mano. Richiamò l'aiutante, che scortò fuori un incredulo Perperna. Il mariano, uscendo, abbandonò al suolo il plico con le lettere.

Pompeo lo raccolse e lo gettò in un braciere. Osservò le fiamme consumare le ultime tracce di un complotto mai esistito. Poi si rivolse all'aiutante. – Ora dobbiamo porre fine a una guerra.

Indice

Questo libro è stampato su carta contenente fibre certificate FSC®
e con fibre provenienti da altre fonti controllate.

FSC
www.fsc.org
MISTO
Carta da fonti gestite
in maniera responsabile
FSC® C115118

Stampato per conto della Casa editrice Einaudi
presso ELCOGRAF S.p.A. - Stabilimento di Cles (Tn)
nel mese di luglio 2023

C.L. 25639

Edizione						Anno			
1	2	3	4	5	6	2023	2024	2025	2026